Cuentos reunidos

AF276222

Guillermo Saccomanno
Cuentos reunidos

Planeta

La lectura abre horizontes, iguala oportunidades y construye una sociedad mejor.
La propiedad intelectual es clave en la creación de contenidos culturales porque
sostiene el ecosistema de quienes escriben y de nuestras librerías.
Al comprar este libro estarás contribuyendo a mantener dicho ecosistema vivo y
en crecimiento.
En **Grupo Planeta** agradecemos que nos ayudes a apoyar así la autonomía creativa
de autoras y autores para que puedan seguir desempeñando su labor.
Dirígete a CEDRO (Centro Español de Derechos Reprográficos) si necesitas fotocopiar
o escanear algún fragmento de esta obra. Puedes contactar con CEDRO a través de la
web www.conlicencia.com o por teléfono en el 91 702 19 70 / 93 272 04 47

© 2023, Guillermo Saccomanno
   Todos los derechos reservados
© Editorial Planeta, S. A., 2023
   Avda. Diagonal, 662-664, 08034 Barcelona (España)
   www.planetadelibros.com

Publicado de acuerdo con Grupo Planeta Argentina S.A.I.C.

Adaptación de la cubierta: Booket / Área Editorial Grupo Planeta
Fotografía de la cubierta: © Alejandro Guyot
Primera edición en Colección Booket: marzo de 2024

Depósito legal: B. 1.649-2024
ISBN: 978-84-322-4294-6
Impresión y encuadernación: Liberdúplex, S. L.
Printed in Spain - Impreso en España

Biografía

Guillermo Saccomanno (Buenos Aires,1948) ha publicado, entre otros libros, *Situación de peligro*, *Bajo bandera*, *Animales domésticos*, *El buen dolor*, *El pibe*, y la trilogía sobre la violencia compuesta por *La lengua del malón*, *El amor argentino* y *77*, esta última Premio Dashiell Hammett (2009). Ha ganado el Premio Crisis de Narrativa Latinoamericana, el Premio Club de los XIII, el Primer Premio Municipal de Cuento, el Premio Nacional de Novela. Con su novela *El oficinista* (2010) obtuvo el Premio Biblioteca Breve Seix Barral. Su crónica *Un maestro* (2011) le valió el Premio Rodolfo Walsh. Con la novela *Cámara Gesell* (2012) recibió por segunda vez el Dashiell Hammett. En colaboración con Fernanda García Lao escribió *Amor invertido* (2015) y *Los que vienen de la noche* (2018). Sus títulos más recientes son *Terrible accidente del alma* (2014), *Cuando temblamos* (2016), *Antonio* (2017), *El sufrimiento de los seres comunes* (2019), *Los días Trakl*, *Mis citas con Lao* y *Soy la peste* (2020). Recibió el Premio Democracia y el Konex de Platino como el mejor novelista del período 2008-2011. Sus relatos han sido traducidos a varios idiomas.

A Patricia,
Carla, Ornella, Carmela, Anselmo,
Lola, Vera, Teo, Tazio

El camino verdadero pasa por una cuerda que no fue tendida en lo alto, sino apenas sobre el suelo. Parece destinada más para hacer tropezar a que se camine por ella.

Franz Kafka

Una aclaración, si cabe

Al reunir cuentos que publiqué desde los 80 hasta acá me pregunto quién era cuando los escribía, si estoy a la altura de los comienzos y lo que me prometía. Uno es el peor crítico de sí mismo. Detecto obsesiones y constantes. Intento una revisión y, subterránea, está la idea de la repetición, que nunca es igual, y acecha. Pude corregir alguna frase, no mucho más. Retocar lo que estos cuentos fueron en su momento habría sido maquillarlos. No se puede cambiar el pasado, ese que uno fue. Preferí entonces mantener su orden cronológico. El resultado es sombrío: estos cuentos surgieron de una realidad. Es cierto, son ficciones, pero persiguen una verdad. La catástrofe a la que aluden no es solo individual. En consecuencia, al leerme hoy reviso también la historia: no es agradable. Para los que elegimos este oficio, por más que nos guste y mal que nos pese, la realidad nunca fue agradable, nunca lo será. Sin embargo persistimos, como si fuera posible cambiar las cosas. De Antonio Dal Masetto aprendí que un día que no se escribe es un día perdido. Intenté seguir su ejemplo. En el camino no estuve solo. En la lista de agradecimientos se encuentran los nombres de quienes me orientaron, los maestros y los amigos, mis seres queridos. Releerme también es pensar en ellos y en quienes ya no están. Las ausencias se sienten.

G.S.

Situación de peligro

1986

No digo que no haya allí más y otra cosa. Por ejemplo, un impulso metafísico, y por momentos, hasta teológico, de precipitación en el negro maelstrom de la angustia. Lo que digo es que, al menos en este caso, las laceraciones del espíritu no bastan para disimular las llagas de una carne abrasada. Como la de ese niño que debe «arder» para que la historia, desde su náusea, recuerde que cada nueva generación está prometida a sus basureros.

Ese niño que, casi seguro, podría ser mi hijo.

EDUARDO GRÜNER

Aunque siguiera tronando

Era verano y por primera vez, después de años, lo habían dejado solo su mujer, su hija y su nieta. La casa le quedaba grande. Demasiado espacio, demasiadas piezas. Él se conformaba con poco: la cocina para hacerse unos mates, el patio donde sentarse a leer y el jardín donde el pasto y las plantas crecían desmesuradamente. No se sentía tan mal solo. Mientras todos temían por los riesgos de su soledad —la presión que podía subir, el corazón que podía fallar, sus reflejos que también—, él se sentía a gusto y le extraía a la situación varios beneficios pequeños sintetizados en una frase:

—Nadie me rompe las pelotas.

Además, lo divertía la perplejidad de los otros, entre quienes estaba su hijo. Últimamente, en esta semana, había venido a visitarlo más de lo habitual: por lo menos, calculaba, tres veces.

Transcurrían unos días irrespirables. Las noches se habían hecho sofocantes, pegajosas. Me dijeron: No lo dejes solo. Visítalo. El pobre nos da miedo, le puede pasar algo. Unos vecinos fueron avisados: un hombre, tarde por medio, caía a tocarle el timbre y a conversar —según él— de pelotudeces. Me tratan como a un pelotudo, decía él. Lo decía, sonriendo sobrador, mientras caminábamos hacia una pizzería.

—Va a llover —dijo alguno de los dos.

Las estrellas desaparecieron en el cielo sobre la autopista. Las copas de los árboles comenzaban a bandearse. Del lado del parque una brisa que se iba convirtiendo en viento arrastraba polvo. Estábamos sentados en una mesa a la calle. Una jarra de vino por la mitad. Los colectivos, a esa hora, pasaban más espaciados. Los sonidos de la avenida se ahogaban como voces rebotando en un patio chico, buscando una salida. Me preguntó qué pensaba hacer de mi vida.

Sin darme cuenta al principio, empecé a hacer un resumen de mis últimos años como si hubiera encontrado a un amigo de otra época. Él me observaba pensativo, a veces intervenía, cortándome, para disentir. Otras, emitía una frase lenta, pronunciada con delicadeza, sin apuro deliberadamente, intentando en el otro una reflexión. Alentaba conversar con ese hombre pensativo que, mientras prendía un cigarrillo o llevaba el vaso a la boca, decía:

—Te escucho, seguí.

Hablamos de la democracia reciente, de las perspectivas del país. Hablé, digo. Después, seguramente porque la noche estaba refrescando y ahora el vino y el viento inspiraban, hablé del pasado. Después, abruptamente, del presente. Y después —quizás como nunca lo había hecho antes— del futuro: comentaba planes de amigos, proyectos personales. En algún momento de mi monólogo aludí al libro de un exiliado: testimonios de represión, hechos violentos que en los diarios —en su oportunidad— adquirieron una simple repercusión de anécdotas policiales. Le confesé que, paradójicamente, ahora que nos había sido deparada la constitucionalidad, mis ganas de viajar, de vivir unos años fuera del país, eran mayores. Dijo entenderlo. Un colectivo sacudió el adoquinado de la avenida. Parecían caer las primeras gotas de una llovizna.

—Tenés una hija —me dijo—. Pensalo.

—Lo sé —le contesté.

—Y tenés treinta y seis años.

—Es mejor que tener tu edad. ¿No te parece?

De golpe, me arrepentí. Me acordé de sus cóleras, de sus enconos. Creo haberlo escrito: cuando se enojaba, con frecuencia, amenazaba con embarcarse de fogonero en un barco de carga con destino a Hong-Kong. Por entonces, me acuerdo, usaba un bigote a lo Errol Flynn. Mi madre parecía creerle: lloraba, gritaba, daba un portazo. Estas secuencias se condensaban en la sordina de la memoria, en una culpa imprevista durante esta noche caliente de enero, cada vez menos caliente, cada vez menos quieta, cada vez más frágil y liviana. El viento, con estruendo, derribó una silla. Hubo estrépito de vidrios rotos. La noche se ennegrecía. El agua salpicaba despacio nuestras caras. Llamé al mozo.

—No —dijo interrumpiéndome el gesto—. Esta noche pago yo.

Su contestación no pudo ser impostada. Como tampoco suelen ser exactos los detalles que registra la memoria: siempre hay otros detalles que no son los recordados, siempre escamoteados por el remordimiento o la cobardía. Mientras la tormenta se encubaba, antes de que nos dispusiéramos a dejar la mesa, hablamos de otras cosas. Hablamos, como suele decirse, de la vida. Hablamos de las mujeres. Dijo que mi madre y mi hermana se merecían esas vacaciones, que a la nieta le vendría bien esos días en el mar.

El motor de un colectivo solitario nos aturdió. No pude escucharlo con claridad. Se venía la tormenta.

—¿Cómo? —le pregunté.

—Es así nomás —sentenció.

—Vamos —propuse—. Se viene la tormenta.

—¿Y vos? ¿Cómo estás?

—Bien —le dije—. Un poco cansado a esta hora.

Su sonrisa dejó traslucir preocupación:

—Si vos lo decís —comentó.

Cada vez que nos encontramos no puedo esquivar la idea de que esta será la última oportunidad que tenemos para estar juntos, para decirnos lo que nunca nos dijimos. El viento flameó en el toldo de una tienda. Me propuse registrar este momento, registrar su campera clara, su pantalón vaquero y sus mocasines negros. Registrar su modo de torcer la cabeza a la derecha con una expresión que no es del todo una sonrisa, una expresión desprovista de la ironía y la cólera que le eran habituales. En este tiempito en que se quedó solo supe que se confirmaba una complicidad callada, que esta complicidad no era más que el reverso de la pelea, la rivalidad, el duelo constante que no culminaría con la victoria del que saliera vivo del enfrentamiento sino con su fracaso.

—Si no pagamos —dije—, nos va a agarrar la tormenta.

—Esperá. Ahora, por fin, está corriendo un poco de fresco. No se podía respirar. Vos sabés el calor que hace en tu casa.

Aunque me fui hace años, la suya seguirá siendo mi casa. Me lo seguirá repitiendo como siempre, con orgullo.

—Ya sé —dije.

—Sí —dijo—, aquí se respira.

Se resistía a abandonar esa mesa en la calle. Se cruzó de piernas y encendió un cigarrillo. Hice nuevamente el gesto hacia el interior de la pizzería. El dueño estaba concentrado en cortar porciones, en seguir con la mirada los movimientos de cuatro pibes que bebían cerveza riendo a carcajadas, empujándose, haciendo tambalear las botellas vacías sobre su mesa.

—¿Tenés apuro?

—No. Simplemente no quiero que nos agarre la tormenta.

Un ayudante del pizzero vino hasta nosotros.

—Otra jarra y la cuenta —dije.

—No me sirvas mucho —dijo.

—Te estás cuidando.

—¿Qué puedo hacer?

—Disfrutar la soltería.

—La disfruto, no creas. Esta mañana me levanté, tomé unos mates, me puse a leer y después dormí un rato. Almorcé un tomate, un huevo duro, un poco de pan y un vaso de vino. Hice la siesta. Después regué las plantas. Y me senté a leer otro rato largo. ¿Qué otra cosa puedo hacer? Soy feliz a mi manera.

Ahora sí el viento, fuerte, volcando una silla. Y el concierto de vidrios rotos. La noche oscura y el agua salpicándonos con gotas gordas, tibias, aisladas.

Me adelanté a su gesto, pagué a la apurada y caminamos hacia la esquina de Mozart. Me di cuenta de que tomaba la delantera, como alentándolo para que se apurara. La lluvia se había vuelto más espesa en la esquina. A los diez metros de doblar por Mozart el agua nos empapaba torrencial. Buscamos un refugio. Las lámparas de alumbrado se agitaban nerviosas agujereando una niebla celeste.

—No te apurés —dijo—. Igual estamos calados.

Bajamos a la calle con el agua por los tobillos. Se reía avanzando a la deriva. Temí que se cayera. Retrocedí y lo agarré de un brazo.

—Puedo solo —creo que me dijo—. Dejame.

Nos guarecimos bajo un balcón. El viento cambiaba de dirección y arremolinaba las ráfagas de lluvia más y más violentas. Con las manos en las solapas, nos preguntamos qué era peor, si permanecer bajo ese alero inútil o continuar hasta la casa, atravesando la borrasca que se transformaba, a cada segundo, en un telón más impenetrable. Algunos árboles se inclinaban quejosos. La calle se ensombreció. No muy lejos se desmoronó un poste arrastrando cables. En el fragor del derrumbe percibimos el enredo de las lámparas.

Las pocas que quedaron encendidas despedían un fulgor cada vez más intermitente. Tuve la impresión de que éramos espectros.

—¿Seguimos? —le grité.

—Dale —dijo.

Encorvados, alcanzamos la esquina de Avenida Bruix y la placita. Los sumideros, atosigados, gorgoteaban ominosos. La tormenta nos contraía, empujándonos uno contra otro, haciendo que nos abrazáramos grotescamente para no caer. Quise agarrarlo para que no perdiera el equilibrio. Él también hizo lo mismo conmigo y trastabillamos chapoteando en el río torrentoso que descendía desde una calle más alta. La vereda parecía una orilla inalcanzable. Sentí miedo. Sentí los huesos helados. Sentí que temblaba. Mi padre era una marioneta contorneada por un relámpago. Después, repitiéndose, la noche negra, empequeñeciéndonos, reduciéndonos a nuestra condición de animalitos extraviados en el temporal. Lo escuché putear. Todas las puertas cerradas. Todas las casas muertas. Solamente el rugido del vendaval, enmudeciéndonos, convirtiendo nuestros pasos en bamboleos ridículos y desesperados. Me acordé de las precauciones de los médicos, de las prescripciones de mi madre. Hubiera deseado volver a ser el chico asustado por la tormenta, el desprotegido y no el cuidador de este hombre que, hacía tanto, me había explicado que esos ruidos tremendos no eran más que truenos, dos masas de agua que entraban en conflicto allá arriba. Se aferró a un árbol. Me arrojé sobre él. Ya habíamos cruzado la corriente. Pero todavía estábamos a más de la mitad del camino.

—Seguime —grité.

Y gritaba no solo para que me escuchara, para que mi voz se impusiera sobre la borrasca que la anegaba. Gritaba contra esas calles de un barrio que, como diría un tango, no solo me había visto crecer sino que ahora, bajo esta lluvia terrible, podía ser testigo de la disolución de mi padre. Reconocía las fachadas: la casa de una maestra particular, la de un almacenero, la de un repartidor de soda, la de un tornero. Todos los frentes permanecían escondidos en la negrura acuosa. Y ahí estábamos los dos, ese hombre de sesenta y un años y su hijo caminando a tientas, sacudidos por las olas que un cielo castigador arrojaba impiadosamente. Gritaba contra mí. Pero no podía escuchar. El aguacero ahogaba el esfuerzo de mi garganta.

El viento me impide acercarme a él. Salto hacia un costado y palmeo su hombro.

—Puedo solo —dice.

Por un instante creo que levito. Voy a volar, vuelo. Una hamaca va y viene. El follaje de los eucaliptus viene hacia mí asestándome inmensurable un sol tibio de invierno cuando tengo nueve años. Vuelo en las hamacas del Parque Avellaneda, vuelo y vuelo hasta que los eucaliptus se alejan y, al mirar hacia abajo, las rodillas con cascaritas de la última caída, la puntera raída de las zapatillas de goma y el polvo arenoso y hacia atrás, hacia atrás. Y también esa opresión en la boca del estómago. Mareos y luego una larga enfermedad: la hepatitis. El aislamiento y los consejos del médico: El chico tiene que estar solo. Solo en el cuarto que comparto con la abuela. Solo con la colección Robin Hood y las historietas que me trae mi padre, esta sombra proyectándome su brazo en la lluvia, balbuceando agitado:

—Te sigo. Caminá. No me esperes.

Un estruendo nos paraliza. Otro trueno. Devoraba revistas y libros. Cuarenta días de cama, ha dicho el médico. Hay una sola forma de huir de la habitación de altas paredes y techo remoto: la lectura. Reposo, ha dicho el médico. Y ha recalcado: Reposo absoluto. Es riesgoso que mi hermana me visite. Me saluda a través de los vidrios empañados. Veo su nariz pegada a la puerta. Le hago una seña. Soy un prisionero de mi hígado.

—¿Qué están comiendo, mamá? —pregunto.

—Pizza.

Hace una hora, no más, mi padre rehusaba ir a la pizzería. Pero eso fue ayer: ahora es el diluvio. Ya no es la lluvia de gotas tibias: son agujas de hielo, punzantes. Nos penetran. Nuestros dientes castañetean.

Durante un momento eterno, congelados, permanecemos en el medio de la calle, sin reaccionar. Los brazos extendidos, buscándonos, payasescos. Somos dos escorzos azulados y débiles sometidos a la presión del vendaval que nos hace tambalear. Si abrimos la boca para hablar tragamos agua fría. Me largaría a correr si él pudiera imitarme. Correríamos juntos como cuando era chico y él, adelante, pateaba una número cinco flamante. Los pibes aullaban entusiasmados cuando mi padre hacía picar la pelota. Y eso fue antes de mi hepatitis, antes de que la enfermedad exacerbara mis sentidos. A fuerza de tés con limón y comidas insípidas, de frazadas y aislamiento, me convierto poco a poco en un insecto acosado por los estímulos de un exterior siempre distante. Por las noches me quedo despierto hasta tarde. Mi abuela me pide que apague la luz. Espero a que se duerma para, cautelosamente, encenderla. Protejo el velador con un echarpe y continúo con mis lecturas. Lo sé: ya nunca volveré a correr con el impulso de antes, ya no me van a interesar los juegos. Me he elegido observador. Me he descubierto capaz de estudiar todo lo que ocurre a mi alrededor con una neutralidad que es, de alguna manera, una venganza. Sin embargo, antes que el hígado se rebelara en mi contra, con los pibes del barrio juntábamos leña y kerosene para las fogatas de San Pedro y San Pablo. Vestía una campera de franela gris. Mi madre me había llevado a comprarla en una sastrería de la avenida Directorio, a pocas cuadras de esta calle en la que mi padre y yo nos procuramos un abrigo contra las sacudidas de la lluvia, sacudidas de brutalidad reforzada, sacudidas como latigazos enviándonos al uno contra el otro, haciéndonos girar como trompos en la medida en que nos proponemos asistirnos.

Cuando me levantaba el cuello de aquella campera, frente al espejo, me creía un héroe de película. Contra esa campera cargo la leña para el gran fuego. Mientras voy y vengo con la leña, mientras contribuyo a acumularla en el terreno baldío de la esquina, una opresión en el pecho. Es un dolor tenaz que me encoge. No le concedo importancia. El gran fuego me convoca. Además, no puedo fallarle a la barra de amigos. Mis padres no miran con agrado la amistad que trabé con los pibes de la calle. El hijo de un librepensador, imagino, debe ser diferente. Y no practicar esos fuegos sacramentales, paganos, supersticiosos. Quizás hay otras razones: esos pibes son peronistas, hijos de familias peronistas. En casa, según los vecinos, somos contreras. Mi padre suele decir que él no está contra los trabajadores y sí contra la demagogia. El pueblo es inocente a pesar de los errores que comete, ha dicho.

Quiero participar de la fogata. Y no pensarme convertido en una especie de falso sahib en una India ortopédica. Quiero juntar leña. A pesar del dolor un poco más abajo del pecho, quiero juntar leña y celebrar la noche del fuego. En lo alto de la pila de leña, que debe medir como una montaña, se coloca una pareja de muñecos. Una mujer y un hombre. Dos zapallos son los pechos de la mujer y una zanahoria entre las piernas, el miembro de su compañero. Las risas iluminadas por el fuego cuando las llamas lamen la zanahoria, las risas encendidas de las mujeres codeadas por los hombres que las tocan. Esa noche lloviznó. Pero el fuego fue tan portentoso que el agua no pudo con él como ahora puede, en cambio, jugar con nosotros que subimos trabajosamente el cordón de una vereda, apretándonos de nuevo contra un árbol mientras a nuestra espalda, a no más de cincuenta metros, cae un árbol como un plumero gigantesco, levantando borbotones espumosos del asfalto.

Me arrepiento de haber pedido esa jarra de vino en la pizzería. No debí encargarla cediéndole a mi sospecha de que este fuera el último encuentro con mi padre. Por esa sospecha, me digo, ahora sí será el último encuentro. Cegado por la lluvia, acorralado contra una pared me preocupo por las consecuencias de esta tormenta en su salud: ¿Qué pasará con su presión? ¿Qué, con sus arterias? ¿Qué, con su corazón? Lo advierto renguear sumergido bajo el aguacero, dando los pasos de costado, como un acróbata artístico. Ya hace mucho que me saqué los anteojos y los introduje en un bolsillo. Patéticamente, se me antoja que toda esta situación no es más que una visión de nuestras historias a través de un llanto apocalíptico. Grito y vuelvo a gritar. Indico un lugar, ahí cerca, donde la marejada que brama junto al cordón se angosta:

—Por aquí, papá —grito.

El diluvio silba y enronquece. Me resisto a creer que una tormenta de verano pueda ya no voltearme sino voltearlo. Un estúpido fenómeno meteorológico. Anunciado previamente, tal vez, por la radio: «Desmejorando por la noche con probabilidad de chaparrones, etcétera». Quizás si me hubiera guiado por los pronósticos que la abuela hacía: si se nubla del lado del gallinero, tormenta segura. Miraba el cielo purpúreo aterrorizado. Las predicciones de la abuela eran infalibles. La noche ocurría en la tarde y sucedía el diluvio. Las cañerías se obstruían. Las rejillas del patio saltaban propulsadas por surtidores y la tierra del gallinero se licuaba flotando frente a la cocina. En una de esas tardes, probablemente, mi madre había dibujado retratos de artistas de cine en cuadernos que entreví en mi infancia. Sus dibujos son ingenuos. No hay en ellos mucho más que la fascinación por el ídolo. Por ejemplo, Leslie Howard. Por ejemplo, Walter Pidgeon. Por esos años, escuché decir, mi madre era parecida a Joan Crawford. Mi madre, a pesar de su miopía imperceptible, según mi padre, era más hermosa sin anteojos. Me muestran una foto de ambos, en San Clemente del Tuyú, la primera vez que mi padre vio el mar. Tu padre era un picaflor, me ha dicho la abuela. Mi madre, en cambio, no tuvo más que festejantes. Durante años fue empleada de una óptica, Lutz Ferrando. A través de una oración deshilvanada en una conversación, por ella o por mi padre, me entero que tuvo un admirador, casi novio. Un tal Wolf. Mi padre lo menciona como «ese alemán» igual que si dijera «ese nazi». Mi madre no le festeja la mención. Mi padre cambia el tono y señala que ella terminó optando por la calidez peninsular. Ella, sonrojada, le dice:

—Salí.

Me deslumbran, sin embargo, los dibujos de mi madre y su devoción por el cine. Esta devoción la comparte también mi padre. Y me la contagian. Me llevan a ver *La guerra gaucha* en el Gran Rivadavia. Atemorizados, me cubren los ojos. Puedo impresionarme, dicen. Después de esa película, jugaré a esa guerra en el jardín. Los soldados españoles golpean a Enrique Muiño, lo golpean y queda ciego. Hay un alboroto estruendoso de campanas. Los culatazos no logran vencer fácilmente a ese viejo como los goterones no doblegan a mi padre que, ahora con decisión, alarga una pierna hacia la vereda, fallando, sin importarle hundirse en la correntada, puteando, disimulando su contrariedad, imponiéndome:

—Dale, apurate. No te quedés.

La voz le flaquea. No obstante, está recorrida por una fibra dura, crispada. Al mal tiempo, buena cara, podría decir. Admiro su entereza. No mucho tiempo atrás me prometía escribir sobre nuestras relaciones, revisaba un texto autobiográfico que diera cuenta de enfrentamientos y coincidencias, de fervores y amarguras recíprocas, de una controversia que no cesaba y que, al relatarla, me volvía alternativamente verdugo y víctima. Ahora, al escuchar su voz, apreciaba su fortaleza, ese vigor —quizás robustecido por la necedad que lo caracterizó en otros días— que era una demostración más de sus ganas de no darse por vencido frente al huracán y menos, frente al hijo que le llevaba unos metros de ventaja bajo la lluvia densa como una catarata. Enarcó las piernas y subió a la vereda. Volvió a entrar en un charco con una nueva puteada. A pesar de la tormenta, resistía. Como Gary Cooper en *A la hora señalada*. Me acordé de su locuacidad después de que vimos esa película, una de sus predilectas. Y me acordé cómo enfatizaba, varios años después de perdido un sindicato entregado a una banda de negociadores, su cruce con unos pistoleros en un bar del Abasto. Una ginebra en el mostrador, la mesa de billares, la 45 en la cintura, el nombre de un pesado pronunciado entre dientes hacia el gallego que atendía el local y después, teatral, la aparición del jefe de la banda precedido por dos gorilas y seguido por otros dos. El hombre se llamaba Johny Cane y tenía fama de duro. Mi padre, como lo contaban sus amigos, lo invitó una ginebra. Johny se sorprendió por su coraje. Lo habían contratado los amarillos para liquidarlo, dijo. Y también, aseveró, él no mataba a nadie que tuviera las pelotas de ir al frente solo como lo hacía mi padre. Así Johny se puso a las órdenes de este hombre que lo invitaba una ginebra. Mi padre, me contaba, había empezado el diálogo diciendo:

—Me dijeron que vos me buscás, que te contrataron para liquidarme. Bueno, aquí estoy. Y solo. Pero te aviso que tengo una 45 en el cinturón.

Esos habían sido los tiempos después de la caída del peronismo. Oponiéndose ahora a la Revolución Libertadora, mi padre fue secuestrado en Rosario en un recorrido por los sindicatos del interior. Me había llevado con él. El viaje lo entusiasmaba, lo divertía. Hablaba de la igualdad de los trabajadores. Un mediodía, uno de sus compañeros me llevó a su rancho a orillas del Paraná. Durante tres días estuve en ese rancho. Cuando preguntaba por mi padre, me decían que estaba ocupado con las cuestiones del gremio. Después, un anochecer, bajó de un auto. Hubo abrazos, risas, se destapó vino. Supe que había estado preso y que casi lo fusilaron. Si se salvó de ese fusilamiento, me decía ahora, no podía morir bajo este aguacero. Busqué apoyo en una pared. Se puso a mi lado. Las caras chorreadas, lívidos en la oscuridad, murmurábamos:

—¿Cómo te sentís?

—Yo estoy bien —dijo—. ¿Y vos?

—Mojado.

—No digas —dijo.

Ni un alma alrededor. A lo mejor, ni las nuestras. No era improbable pensar que nuestros cuerpos se trasladaban solos, poseídos por un reflejo nervioso que rehusaba marcharse. Otro relámpago, infinito, nos devolvió nuestros perfiles incandescentes. Percibí que su pelo no era canoso bajo la lluvia. La oscuridad y el agua le habían devuelto su color. Su piel había recobrado lozanía y no era únicamente por la mojadura. Sus labios esbozaron una mueca feliz.

—Vamos, pibe. ¿O te sentís mal?

Arrancamos. No faltaba mucho para dejar Tandil y llegar a la esquina de White, donde habían establecido su campamento primero los gitanos y después se levantó una calesita. Los gitanos que habían comprado fierros sobrantes de la guerra y que, una mañana de otoño, esos metales con forma de bomba, martillados hasta el cansancio, salieron disparados por las zanjas de la calle de tierra como torpedos: eran, efectivamente, torpedos. Hubo gitanos pegando alaridos y gitanos ensangrentados. Hubo gitanas profetizando el fin del mundo. Y hubo, inevitablemente, la sociedad de fomento, integrada por las buenas conciencias de las fuerzas vivas del barrio, estigmatizando a los portadores del caos. El campamento se esfumó y fue potrero hasta que apareció la calesita que, para mí, era un eco en esas tardes de invierno que sobrevienen noche prematura. Hace frío, mucho frío y desde la esquina viene la música como desde el horizonte, desde una fiesta a la cual no seré invitado. La música y el oído se dejan enredar en las mentiras del viento y esa melodía que parece una milonga es «Busco a mi Titina». Mi padre, en su taller de sastre, en el fondo, sobre el caballete, canta: «La busco por Florida». Canta: «Y no la puedo hallar». La milonga, más bien, suena en los casamientos. Los chicos juegan bajo la galería o caen dormidos encima de los sobretodos desparramados en una gran cama matrimonial mientras los grandes beben y bailan. La danza de zapatos de punta cuadrada y zapatos de taco alto girando sobre los mosaicos, no estos mocasines de mi padre resoplando clop-clop en los charcos, no mis mocasines vacilantes resoplando clop-clop en los charcos; mocasines desahuciados trazando compases desorientados, perdidos, acosados bajo el agua, apretando la piel de los pies hecha media y hecha cuero frío encaramándose por la espina dorsal. Las damas peinadas con permanente. Los caballeros a la gomina y con bigotito. Sacos amplios, holgados, cruzados, de solapa ancha. Pantalones con botamanga. Y una mancha de sudor en una axila, a escasa distancia del tirador. Miro con envidia a mi padre que baila con mi madre. Mi padre despliega con habilidad un movimiento: la sentadita.

—Milonguero viejo —le dice un pariente.

Pero papá no baila solo con mamá. Incansable, baila con todas, sonriendo, galán. La suya es una sonrisa de dientes inmaculados, brillantes. Más tarde me enteraré de que su dentadura es postiza. Probablemente su humor también sea postizo: a una prima le festeja el pan dulce. Y al marido de la prima, levantando una copa, le dirá, halagador, que no hay pan dulce como el de su prima. Más tarde, mucho más tarde, en sus períodos de ensimismamiento, durante un movimiento de Brahms por la radio, apurando una costura que debe entregar mañana, reiterará que contra la soledad no hay remedio. Sin embargo, como esta es una noche de risas locas, abraza a mi madre preguntándole si se acuerda de cuando eran novios. Mencionan un club, donde solían bailar. Brisas del Plata. El nombre del club brilla en letras de neón blanco, iridiscente y nimbado de magia. Mesas de metal, botellas de cerveza, orquestas típicas. Mi madre corrige el nombre de una canción, lo acusa de olvidadizo, dice:

—Era Barry Moral; no Oscar Aleman.

—Te digo que era Alberto Castillo.

Era una noche en que lloraban los violines, decía el tango desde la afonía de la calesita en esa esquina que, ahora, es tan lejana como la construcción que se levanta en su lugar: una casa común en un barrio de clase media, una puerta con barrotes, dos ventanas, un frente de granitullo que imita las lentejuelas ahora bañadas por la lluvia implacable, rugiente, azotándonos. Nos hemos arrinconado en la esquina de enfrente, en un escalón de zaguán cerrado, hombro contra hombro. Casi no nos divisamos. Extraigo de un bolsillo un paquete de cigarrillos. Está empapado. Lo aprieto y lo arrojo contra el viento. Una boca de tormenta, ahí delante, lo devora. Emprendemos otra vez la vuelta. Es cierto: falta menos. Pero antes de doblar o antes de llegar a este escalón, volviéndome, aterrado, con los sentidos de alambre, tanteando en el telón de agua helada, tan helada, con rabia por no poder lanzarme en carrera y con rabia por no poder arrancar a este hombre y a su hijo de la borrasca que cae con bronca sobre techos, árboles, baldosas, sobre quienes están librados a la intemperie, a la lejanía del fuego del hogar, de una Itaca de la cual nunca debieron partir, pero esa es la enseñanza que él, el progenitor, le regaló a su único hijo varón: partir, aun sabiendo que si el horizonte se componía de otros paisajes, el escenario de la desgracia sería siempre el mismo: esa calle, esa casa, ese patio; transportados en valijas y en portadocumentos, reencontrados, más que recuperados, en el borde de un pocillo de café, en la brasa de un cigarrillo, en el gusto de un vino en bares del continente nuevo o el viejo, agazapadas cicatrices mal cerradas atacarían siempre a traición cada vez que se quisiera olvidar y no, porque parte de la lección era entender que «la verdadera muerte es el olvido» y también que, en una de esas, quedarse era partir definitivamente, no ser apresado jamás y remontarse por encima del margen estrecho del sueldo, del adelanto del sueldo, el despido, los clasificados, el fantasma del hambre y además, el amor en cómodas cuotas mezquinas, el amor comprado con agachadas de cabeza de cordero que se desplaza, con resignación cagona hacia el matadero; y esa era la otra lección: quedarse, pero con la condición de que el anclaje no fuera a durar hasta que llegara la hora de la tapa de madera, el puñado de tierra encima y las últimas palabras expiatorias, malditas sean. Pero antes de llegar a este escalón, antes todavía de guarecernos bajo un nuevo balcón que nos exponía menos al aguacero, fue que grité. Temblaba delante suyo, tiraba los dedos abiertos hacia la corteza resbaladiza de un árbol, me daba vuelta, derrotado, gritando como un chico:

—Tengo frío, papito. Tengo frío.

Abrazado a mí mismo, lo esperé. Me empujó contra la pared y aferrándonos pudimos acercarnos otro poco a la esquina. Apreté los ojos. Me mordí los labios. Y mis párpados volvieron a cerrarse hacia el pasado, los despertares de ojos pegados, la conjuntivitis. Mi madre y mi abuela descubren mi mirada con algodones empapados de té tibio. Me asusta despertar y no poder abrir los ojos: es peor que estar muerto, me digo. Mi madre me acompaña al colegio. Pulóveres y encima el guardapolvo blanco. La tela cruje de almidón. Mañanas de escarcha y galletitas en el bolsillo. Las madres en la puerta hasta que se iza la bandera en el mástil. Las madres, luego, a la salida, recibiéndonos en el mediodía que vaticina sopas, pucheros, lentejas, bifes, papas y huevos fritos. Hago los deberes. Calco sinuosamente una península, cada una de sus curvas, con una pinturita Faber azul. Mi madre me despierta con dulzura. Mi padre, por el contrario, con una agitación excesiva en la que es difícil discriminar la alegría del enojo. Tira de las frazadas, como despojándome de toda tibieza. Y ahí queda, junto a mis pies enzoquetados, el ladrillo que anoche la abuela calentó en un brasero. O el termo eléctrico. Por las noches invernales un viento siberiano araña el portland con las hojas muertas del parral. Ese susurro me inventa un intruso que se metió en la casa. Mi padre, de noche, está ausente. Tengo miedo. Alguna mañana mi padre reaparece para arrancarme las frazadas.

—Arriba —exclama.

Preparando el desayuno, mi madre musita:

—Hay que ir al colegio —mientras se huele el café con leche y se paladean por anticipado las tostadas con dulce de leche o con manteca y azúcar. El sabor de las tostadas crocantes.

El algodón tibio de té en los ojos.

—Cómo tiene los ojos este chico —¿dijiste mamá?

—Tengo frío, papito. Mucho frío.

Indignado con mi flojera, traté de recomponerme. No podía. Apenas pude preguntarle:

—¿Nos apuramos?

—Dale —dijo.

Cruzamos golpeados por el agua dura. Nos arrimamos a las paredes. Pasamos la casa del médico dental, la casa que fuera de Doña Lidia y Don Pepe, la casa de los italianos, la casa del quinielero, la de la gallega y nos detenemos, entumecidos, en la puerta de casa. «Vos sabés el calor que hace en tu casa». La vuelta al hogar. Mi padre encuentra las llaves y me las entrega. Me cuesta colocarlas. Hacerlas girar ya es más fácil. Sacudo con un envión del hombro la puerta de madera hinchada. Le cedo el paso y él entra primero.

—Dejá —digo—. Cierro yo.

Parece llover menos en el pasillo que atraviesa el jardín hacia las habitaciones que dan a la galería. Aquí también hay charcos, pero son más chicos. Hay plantas tiradas por el viento. Una rama del laurel me pega en la frente. Parpadeo. Cierro la puerta detrás mío y corro hacia la cocina.

—Traé toallas —casi le ruego a mi padre—. Voy a hacer café.

La cocina me resulta estrechísima. El frío de la tormenta aglutinó en su interior el olor de la pobreza y del deterioro. Entre sus paredes se huele una tristeza de tibiezas perdidas, de alegrías y dramas polvorientos recubiertos por una pátina de grasa. Una caja de fósforos. Abrir los mecheros del gas. Prender también el horno. Hay un jarro sin asa, impregnado de borra: contiene un resto de café. Le agrego agua y le vuelco varias cucharadas de café antes de colocarlo sobre el fuego. Después, me desnudo. Estoy contemplando la cocina frotándome los brazos. Ese es el aparador de siempre, donde se guardan tazas y cubiertos, tarros de contenido incierto y repasadores amarillentos. Sobre el aparador se han ido acumulando diarios y revistas viejas. Y sobre estos ejemplares arrugados, los libros que él lee últimamente. A un costado, junto a la ventana, la mesa de superficie acrílica, raspada: un cenicero superpoblado, una taza, un mate, un paquete de cigarrillos y la radio que hoy es un radiograbador. Me acordé de las largas noches de infancia, de su figura inclinada a la luz de una lámpara, aguardando el último informativo mientras transcurría una sinfonía de Dvorak y él, como emergiendo después de un sopor tenebroso y excelso a un tiempo, gesticulaba:

—La sinfonía del Nuevo Mundo.

También, las sillas que arrancan chillidos al correrse. Sillas de asiento de plástico, medio desfondadas. Detrás de las sillas, está él, entre divertido y asustado.

—¿Estás bien? —me pregunta.

—Cagado de frío estoy —le contesto.

Acerco mi cuerpo al calor de la vieja Arthur Martin. El fuego es anémico. No calienta mucho. Hay que colocar la piel sobre los mecheros para que la sangre se reanime, para que el calor vuelva paulatinamente al cuerpo. El jarro del café ronroneaba.

La voz, detrás, me anunció:

—Te tiro la toalla.

Era la misma voz que cantaba «cascabel, cascabelito», bajo la ducha fría en las mañanas de escarcha. Se jactaba de bañarse con agua fría. No le parecía una proeza ni un acto fuera de lo común. Era un rito olvidado, a su manera. Una práctica de moral espartana que me recomendaba al igual que la lectura de Plutarco. Después, tras pasar por el dormitorio y unos mates amargos, ágil y fragante, salía a la calle, rumbo al trabajo, silbando. A veces, con mi madre, lo acompañábamos hasta la puerta. Se diría que emergía de la noche dispuesto a enfrentar el día como un combate personal. Mi abuela, con admiración y ternura escondidas, decía:

—Tu padre está loco. Bañarse en agua fría en pleno invierno. Uno de estos días se va a pescar una pulmonía.

Pero antes que mi padre despertara, una hora antes, al alba, ella ya estaba levantada, lavándose la cara, el cuello, los brazos en la pileta del patio, también en agua fría.

—¿Cómo te sentís? —le pregunto.

—Con el café se nos va a pasar el chucho.

¿Quién iba a decir que esa noche concluiríamos ambos desnudos en la cocina, alternándonos en la proximidad de los mecheros del gas, puteando contra la tormenta, el uno angustiado por el otro, calentando café y revolviendo por toallas en roperos impregnados de naftalina y lavandas antiguas? Retorcí mi pantalón, mi saco, mi camisa y los tendí en el respaldo de una silla. Continuaba temblando. Me frotaba las manos, me friccionaba la cara, respiraba histérico por la nariz. De una alacena, bajé dos tazas. Serví el café, sin colarlo, hirviendo.

—¿No tenés algo fuerte para tomar? —pregunté.

Me contestó desde el baño:

—Coñac español. Pero lo guardó tu vieja.

Reaccionando, recapacitando bruscamente en mi desnudez, vergonzoso, me cubrí la pija y los huevos encogiéndome sobre el calor del horno. Me di vuelta, estaba solo. Dispuse las tazas sobre la mesa, escuché el rumor de la tormenta que menguaba. Coloqué mis mocasines a un costado de los mecheros.

Me até la toalla a la cintura. Las gotas se espaciaban. Un trueno se alargó carraspeando muy bajo, conteniéndose. Ahora descendía una lluvia más fina y susurrante. El cloqueo de un desagüe se sobreimprimió al rumor del viento también más suave.

Apareció en short y en sandalias, en la puerta, recortado contra la oscuridad de la tormenta apaciguándose:

—Qué noche —dijo.

Tomamos el café. Me estudiaba con una mirada de pibe, inocente. Cuando terminó su taza dijo:

—Servime más.

—¿Cómo te sentís? —volví a preguntarle.

—Bien —dijo.

—Estás colorado.

—¿Y qué querés después del tifón?

—Tengo frío —dije—. Estoy cagado de frío.

—No es para menos. ¿Con qué te vas a vestir? Mejor que te quedés. Va a seguir lloviendo.

—Me tengo que ir —dije.

—¿Qué te vas a poner?

—Debe haber algún vaquero viejo guardado por ahí. Y una remera. Me voy a recortar dos plantillas con diarios, para los zapatos.

—Sí, tiene que haber algo para que te pongas.

Fuimos hasta el galpón del fondo, donde yacen atesorados muebles, vajillas, escobas, libros y aparatos en desuso. Una característica de nuestra familia es amar los objetos del pasado como si éstos pudieran, algún día remoto, resucitar el tiempo perdido. Hacía años había dormido en ese galpón, durante la agonía de la abuela. De noche, si llovía, procuraba mantenerme despierto. La penumbra y las goteras tejían una atmósfera de encanto que era imposible transcribir en partitura: ese contrapunto entre sombras y perlas de luz taladrando la quietud, sabía, estaban construyendo una música íntima, particular, privada, que nadie me arrancaría jamás. Ahora, al entrar al galpón, volvía a escuchar la misma música, igualmente íntima, particular y privada pero, esta vez, esta noche, arañada por las uñas del óxido. La decadencia se había abatido sobre esas sensaciones del adolescente que se merodea a sí mismo. Tal vez no era la adolescencia la que se terminaba de una vez y para siempre sino una perentoria edad de la razón —tan perentoria como la adolescencia— que se inauguraba después del fragor de una tormenta demasiado dilatada. Encontré un vaquero desteñido. Me lo probé.

—Es mío —señaló.

—Pensé que era mío —dije—. Aunque me queda algo holgado.

—No —dijo—. Es mío.

Tenía razón.

—¿Tenés una remera?

Dejamos el galpón. Volvimos a la cocina. Me llené otra taza de café. Mi padre me extendió una remera azul. Olía a jabón barato.

Me la puse. Ahora mi ropa olía diferente. No con la fragancia de la cual él se enorgullecía cuando salía para el trabajo, una fragancia que le envidiaba de chico. Ahora el olor de su ropa —como el de toda la casa, todo lo que en ella cabía, con excepción de la vegetación del jardín, renovada cada primavera, extinguida cada otoño, yerta y esquelética cada invierno, resucitando hasta desbordar sus límites en el verano—, ese olor de la tela de algodón, de la tela del jean, era el olor de una transpiración anegada en desodorante y de un desodorante apenas disipado por un jabón de pocos pesos.

—De esta tormenta no te vas a olvidar —me dijo.

—No así nomás —le dije.

—31 de enero.

—Y sigue lloviendo un poco.

Terminé de cortar plantillas de diario, las coloqué en los mocasines.

—Mirá que llovió —dijo.

—Y va a seguir —dije.

Me probé los mocasines con las plantillas.

El cuero mojado me apretaba los dedos de los pies. Era una sensación extraña. La remera y el jean secos me habían espantado el temblor. Tomé otro poco de café. Una de las puertitas del aparador crujió.

—No —dijo él—. No sé dónde hay un coñac. Pero acá hay cigarrillos.

Fumamos mientras ensayaba caminar con las plantillas. Y con la ropa de mi padre. Hundí la mía en una bolsa de nylon y sorbiendo el poco café que quedaba en mi taza, ahora tibio, le dije:

—Gracias.

Después, apelando a formalismos que nos eran usuales, me acompañó hasta la puerta de calle, me aseguró que debía quedarme tranquilo, que se sentía bien —y en verdad se lo veía bien, robusto, rejuvenecido por la tormenta, la gimnasia cultivada hacía mucho, los músculos firmes y sus gestos flexibles—, muy bien, que me apurara a tomar un taxi porque iba a seguir la tormenta, que iba a leer un rato y después se iba a dormir aunque siguiera tronando.

Bajo bandera

1991

La literatura es una defensa contra las ofensas de la vida.

CESARE PAVESE

Imaginaria

El imaginaria camina entre las sombras que proyecta la doble hilera de camas engarzadas unas sobre otras, va y viene por los pasillos, avanza entre las cabeceras de fierro con barrotes que parecen rejas y los cofres, que andá a saber por qué se los llama cofres si son armarios sin puertas adosados a las paredes laterales de la cuadra, con los estantes al descubierto, mostrando apiladas, en orden, las cosas de cada soldado. La noche es el momento propicio para reponer la caramañola que te desapareció. La noche es también el momento del descanso, pero se diría que se asemeja más a una tregua en la que quizá puede recuperarse el cuerpo pero no el alma.

Porque al dormirte sos succionado por ese sueño laberíntico y pantanoso que repite las penurias del día. Te deslizás resbalando en ese abismo, cayendo y cayendo, con el vértigo secándote la lengua, sin poder agarrarte de nada. A veces, el imaginaria se frena y mira entre los barrotes de una cama a un soldado, que, como vos, ahoga el grito de la pesadilla. A veces, espía el jadeo y el sube y baja de un cuerpo bajo las frazadas. A veces se regocija cortándole la paja a alguno. A veces, se acerca a un insomne y se parapeta conversando con él en voz muy baja, y cuanto más baja más se escucha en el silencio, se pasan el cigarrillo, y la brasa es una luciérnaga roja que se aviva, en la penumbra, con cada pitada.

El mejor turno de imaginaria es el primero. Después, le pegás al sueño de corrido. El último tampoco es malo. Solo que después tenés que aguantar todo el día cabeceando, con los párpados que se te cierran, el cansancio pesándote en los reflejos y en la espalda. El peor turno es el penúltimo. Te corta la noche. Y cuesta después volver a dormirse. Apenas cerraste los ojos, el silbato a diana te astilla el cerebro. Te incorporás en cámara lenta. Y todo el día será la antesala gomosa de esos milagrosos minutos en que vas a poder tirarte a descansar lejos del alcance de las órdenes. Trabajes en el taller de mantenimiento, en un depósito o en una oficina, vas a estar a la caza de esos minutos en los que te vas a tirar en el piso, o sentado vas a cruzar los brazos sobre las rodillas encogidas, apoyando la frente afiebrada para recobrar los fragmentos del sueño perdido en la noche. Si aprovechás esos paréntesis, bastan unos minutos de sueño para sentir, cuando te despertás, que te cambió momentáneamente la sangre.

Pero si hay una imaginaria que todos quieren escabullir es la imaginaria en las muleras. Te subís las solapas del capote, te abrochás las orejeras del pasamontaña bajo la mandíbula y, con las manos congeladas en los bolsillos, atravesás el regimiento envuelto en la luz fantasmal de la nieve y trepás la escarpa hacia los establos. Hay cerca de ochenta mulas en cada establo. Están separadas por una larga división de madera con comederos a ambos lados. Una sola lamparita, en la entrada, queda encendida toda la noche. Todavía perdura en tu boca pastosa la saliva caliente del sueño. Pero no podés aflojar a la tentación de acurrucarte sobre unos fardos. En la tiniebla del establo, te encaramás por encima de los comederos y, con la ayuda de un palo, desparramás unos golpes sin ganas sobre los lomos inquietos. Si una mula se cae, las otras la patean. Una mula muerta es señal de que te dormiste en tu turno de imaginaria. Además, pensá, primero te van a masacrar en un baile, después te vas a comer el calabozo. Y, cuando salgas, seguirán las complicaciones de un sumario, te pondrán la mula a cargo y hasta que no terminen de descontártela del sueldo que nunca cobrás no te van a largar de baja. Te despabilás, descargás la bronca con el palo golpeando aquí y allá cuellos y ancas. Eso sí, no pierdas el equilibrio, no trastabilles. «Sooooo». Y otro palazo.

Ahora el imaginaria de la cuadra se repliega en el fondo del galpón y, desde ese ángulo, contempla la perspectiva de patas y barrotes metálicos. La doble hilera de camas, con sus líneas verticales, imita una avenida tenebrosa con jaulas en vez de casas. Al imaginaria le sugiere el corredor de un penal. Escucha el silencio. Es una marea sorda y densa que anega sus oídos. A medida que camina por la cuadra pasa junto al rumor de una respiración acatarrada, un ronquido, un lamento, una tos. El imaginaria es una sombra entre las sombras. Puede estar a los pies de tu cama o en el otro extremo de la cuadra. Su olor es el tuyo, así como el olor de los otros es también tu olor. Un vaho tibio en el que se confunden sudores, alientos, flatulencias y poluciones. La tela áspera de la bolsa de rancho tiene el mismo olor nauseabundo que las frazadas. El mismo olor tiene tu camiseta que tu almohada. Y el mismo olor rancio exhalan los borceguíes cuando te los sacás. Afuera nieva. Y mientras siga nevando, ni miras de bañarse. Ya perdiste la cuenta del tiempo que llevás sin bañarte. Por lo menos, un mes y pico. Toda la higiene de la compañía se circunscribe a enjuagarse caras y manos con agua helada en los piletones. Los calzoncillos largos se paran solos de la mugre que tienen. Alrededor de las braguetas, la frisa vacila entre el ocre y el marrón. A algunos, la roña se le ha vuelto un musgo blanquecino alrededor del glande. Pero, cuando viene la noche, el agotamiento puede más que la mugre y los piojos. Nadie se gasta en rascarse. Los cuerpos se abandonan extenuados y comienzan a bracear en el barro cálido del sueño. En las sombras, la sombra del imaginaria revisa un cofre y saca algo.

—¿Qué hacés, loco? —murmura un soldado, detrás, en una de las camas de abajo.

—Me pareció que había una rata.

—Si me llega a faltar algo mañana, te rompo el culo.

El imaginaria debe estar alerta y velar por el descanso de sus camaradas. Mis camaradas, piensa. Y se pregunta qué tiene él en común con el polaco Wasilevsky, ese al que nadie pasa ni cinco de bola porque estuvo preso por robo y estupro, básicamente, por la violación. O con el Topo, que traficaba cocaína en Monte Grande. O con Almirón, ese peón de estancia que se coje una oveja con la misma satisfacción que te rompe las falanges en una pulseada. Al caminar entre las camas, entre los cuerpos entregados al letargo, el imaginaria se demora en cada cama, constata quién duerme arriba y quién duerme abajo y se acuerda de sus nombres, de los datos que cada uno suministra sobre su historia y, comprueba de pronto que está solo en la noche, solo en el mundo, librado a su suerte y a la lucidez precaria del insomne. Por un instante, estar despierto le confiere una cierta superioridad. Es un pariente de Dios auscultando estos destinos entregados a sus sueños. Este poder es efímero. Y no le atenúa sentirse más solo que nadie en la tierra. Sus pensamientos se contagian de una melancolía punzante. Puede sentirla anudándole la garganta. Tiene un vacío en el estómago. Puede ser desesperación. Pero también es probable que sea hambre.

Durante un rato se queda quieto, atisbando, hundido en sus ideas. Pero ahora vuelve a caminar, sigiloso. Porque el imaginaria, además de velar por el descanso de sus camaradas, tiene que registrar cualquier novedad e informarla. Pero no habrá ninguna novedad. A ningún soldado le conviene que se produzca una novedad en su imaginaria. De modo que sigue deslizándose entre las sombras con la cautela nerviosa de un gato, estudiando la oportunidad para conseguir antes del fin de su turno, ese cuchillo que le desapareció.

Aquí se aprende a defender la Patria

—Aquí se aprende a defender la patria —dice severo el teniente coronel Hellman, revistando las filas—. Aquí se templa la voluntad del soldado. Aquí se nutre de coraje para enfrentar al enemigo. Aquí se robustece su ánimo y se hace firme el carácter para combatir en nombre de la tierra, del hogar y de la mujer. Aquí ustedes se olvidarán de ustedes. Y pensarán en la madre, en la hermana y en la novia. Aquí dejarán el egoísmo, el comportamiento materialista y se les hará carne el ideal del guerrero que lucha en nombre de Dios, en nombre de la Familia, que es el núcleo esencial de la Comunidad. Aquí se forjarán capaces de entregar la vida en la noble guerra contra el Anticristo. Aquí, mis infantes, se aprende a amar la Patria. Y a defenderla.

El viento no para. Arrastra una nevisca helada. Y la formación se disuelve rápido. El cielo está gris, tan gris como nuestros días.

A los oficiales y suboficiales se les computa doble su destino en estas guarniciones. Cada año que pasan les equivale a dos. Para nosotros, el tiempo también vale doble. Pero en sentido inverso.

Por las noches, antes de dormir, miramos las cabreadas del techo hasta que el hambre y el cansancio nos apagan los ojos.

Nos dormimos esquivando pensamientos negros. Pero esas vigas de madera encima de las camas te hacen pensar que un soldado de la clase anterior —eso dijeron los soldados viejos—, se ahorcó con el cinturón, colgándose de las cabreadas. Tal vez fue un invento. Tal vez no. Tal vez no fue de la clase anterior sino de la otra, la anterior a la anterior, o de la anterior a la anterior de la anterior. O tal vez, igual a vos, hubo, hay, habrá siempre uno, en cada clase, que use las cabreadas como patíbulo. Y también, seguro, hubo, hay, habrá uno que piense tus pensamientos negros. Si se pudiera saltar en el tiempo hacia atrás o hacia adelante, encontrarías, apichonado en esta misma cama, con las manos entre las piernas, buscando el calor, como si pudiera dárselo su propio cuerpo tembloroso, a otro como vos. Otro que mira, por encima del hombro, con ojos enfebrecidos, las cabreadas. Otro que, a fuerza de mirarlas, termina por ver su cuerpo colgando, desarticulado, ligeramente mecido por las sibilantes corrientes de aire helado que atraviesan la cuadra sumida en la oscuridad. Otro que se impone resistir, mintiéndose que lo peor, el período de instrucción, ya pasó, y que cierra los ojos unos segundos para convencerse de que no estaba colgándose, no estaba, no está, no estará. Y ese otro, lo sabés, se engaña, se ilusiona, se finge superior, estoico, para no pensar en toda la obsecuencia que todavía le queda por delante, en todas las agachadas que le faltan protagonizar y que, tolerará, invocando mentalmente a quienes extraña y están tan lejos —«la madre, la hermana, la novia»—, y también, con impotencia al principio, con cinismo después, terminará tomándole el gusto a la obsecuencia, a la agachada, consolándose, pensando que uno puede acostumbrarse a todo y, en situaciones, encontrar hasta placer al convertirse en un animal sin voluntad, obediente, que solamente responde a las órdenes de su amo, órdenes cuyo sentido y finalidad se le escapan, pero que alguna lógica deben de tener porque todos, alrededor, en manada, bajan la cabeza y, sin voluntad, sin vacilación, al oír el grito, al oír el silbato, parecen reaccionar de un letargo y, frenéticos, salvajes, cobran una energía turbulenta. No, ese no sos vos, te decís y te ponés a pensar que vos sos otro. Eras otro, te acordás. Y cuando esta noche y todas las noches que te esperan, noches insondables, noches fatales, noches siniestras, noches de muerte, noches siempre más largas que su tiempo real, medido entre el «la compañía, buenas noches» y el silbato de «la compañía, arriba», noches recorridas por una desesperación amordazada, y entonces, cuando todas estas noches sean un sarcófago de la memoria, te prometés, vas a ser otro.

El frío te endurece los gestos. Andás andrajoso, con ropa varios talles más grande. Pero el capote te queda chico y tironea tus movimientos, la sisa se descose y la manga se separa. Si sos piola, podés robarle el capote a uno más corpulento y dejar el tuyo en su lugar. Si sos piola y no te frunce que el dueño te descubra. Con las solapas del capote levantadas, el Topo, Tacuara, Chofitol, Diego y vos, deciden una mañana sacarse una foto detrás de la sala de internaciones. Desde el blanco y negro de esa mañana, posando, cada uno elige su rictus más viril, recios, simulándose por encima de las circunstancias y de sí mismos.

Diego pestañea, aturdido por el sol, todavía convaleciente. Hace una semana que volvió de Chapelco. Y casi no la cuenta. A talar Chapelco mandan soldados seleccionados de cada compañía. El criterio con que los milicos hacen la selección suele variar. A veces, mandan los que no tienen ningún oficio. A veces, aquellos que parecen los más fuertes. Habitualmente, los castigados. O a los que quieren joder, como a Diego. A talar Chapelco.

Apenas bajamos de los camiones, al pisar el cuartel, la Conchuda Nabeiro llamó a Diego gritando su apellido.

—¿Así que usted es bolche, soldado?

—No, mi subteniente. Soy peronista.

—No mienta, soldado.

—No miento, mi subteniente. Soy peronista.

La Conchuda sacó el pito y empezó a bailar a Diego. Un pito, cuerpo a tierra. Dos pitos, carrera march. Diego corría y se tiraba. Así fue nuestra bienvenida a la guarnición. Al felpearlo a Diego, la Conchuda nos demostró lo que nos esperaba desde esa tarde en la plaza de armas.

Cuando Diego estaba boca abajo, resoplando, tragando polvo, mirando el pedregullo entre los borceguíes del oficial, la Conchuda decía:

—Vamos, soldadito. Si grita bien alto, para que escuchen sus compañeros, que usted es un bolche hijo de puta, lo dejo en paz. Si no, lo mando estaquear hasta que baje el copete.

Y Diego gritaba:

—Soy peronista, mi subteniente.

Y todos lo oímos.

Al ser asignado a Mesa de Entradas, busqué el expediente de Diego. Constaba que él y su hermano, durante una manifestación, habían metido a un policía en la vidriera de una sastrería. Y habían sido presos políticos en Devoto.

La Conchuda bailó a Diego durante una hora y media. Diego era un muñeco pesado envuelto en sudor y polvo. Pero no perdía fuerza. Daba la impresión de que el desgaste lo sufría más el oficial.

Diego fue enviado a una voladora. Habrán pensado que en compañía de aquellos pibes villeros y del campo, entre brutos y malandras, Diego iba a quebrarse. Se produjo el efecto contrario. En unos meses, Diego se ganó el fanatismo de sus compañeros.

Pero todavía no habían pasado esos meses. Y para joderlo una vez más, a Diego lo mandaron a talar Chapelco.

Bajo la nieve, en zapatillas rotas, muertos de hambre y de frío, durmiendo en carpas que apenas los cobijan del viento y las tormentas, son escasos los que resisten el trabajo de la tala desde el amanecer hasta la noche. De allí vuelven espectros lívidos, de ojos hundidos, lentos y callados. De allí trajeron a Diego, en coma.

Pasando el barrio militar, a un kilómetro de la guarnición, en la orilla del Chimehuin, está el horno de ladrillos. En el horno se trabaja las veinticuatro horas. Y los «accidentes laborales» son rutina. Toda la producción del horno va a parar a Chapelco. Se comenta que el teniente coronel Hellman y el mayor Balaguer hicieron un flor de negocio con los directivos de Austral-Sol Jet. Les venden ladrillos y proporcionan la tropa para la tala. En las revistas leemos que en Chapeleo se está generando un nuevo polo de turismo que competirá no solo con Bariloche sino con Cortina D'Ampezzo.

Enterrado bajo una frazada, en la enfermería, la respiración de Diego era un silbido. Había llegado de Chapelco horas antes. Demacrado, los labios morados, empujaba una sulfa con un trago de mate cocido amargo.

—No me hagás acordar —decía—. Aquello es Siberia, hermanito.

Para el desayuno nos dan un jarro de mate cocido con leche y un pan. A media mañana nos toca otro jarro de mate cocido solo. El almuerzo consiste en un plato de caldo roñoso y maloliente y otro con un hueso de cordero apestoso, que milagrosamente puede traer adherida una tirita de carne grasienta. El postre, una manzana picada, no más voluminosa que una pelotita de ping pong. A la tarde, alrededor de las cinco, nos dan otro jarro de mate cocido. Y después la cena, un bis recalentado del almuerzo. Si no te las rebuscás, preparate para una gastroenteritis crónica y un concierto doloroso de tus tripas. Como el pobre Tacuara: perdió la flora intestinal. Y no hay gragea que le calme las puntadas. Por las noches, quejándose como una parturienta, tropieza chancleteando de ida y vuelta al baño, aferrándose de los barrotes de las camas. Cada día, Tacuara está más esquelético. Nacionalista, lector de Primo de Rivera, hasta hace poco Tacuara se jactaba de su suerte. Hasta hace poco el servicio militar presentaba para él un sinfín de espectaculares chances heroicas que nosotros —Diego, Chofi y yo, los zurditos—, no podíamos comprender. Hasta hace poco Tacuara sostenía que el único método para convencernos era el aceite de ricino que usaban los camisas negras. Le decíamos que dijera más bajo eso de «zurditos». Y él nos contestaba que era falangista pero no delator. Y canturreaba *De cara al sol*. Hasta hace poco, Tacuara también era otro. Y no este flaco cerúleo y escuálido que va y viene arrastrándose por la cuadra, doblado en la penumbra, contraído por el dolor, agarrándose la barriga. Cuando tenemos Criollitas, se las pasamos. Y Tacuara lo agradece, porque ya no se atreve a comer otra cosa. Un solo bocado de la comida del rancho, una sola cucharada de ese caldo, le sube el horror a sus húmedos ojos biliosos, cada vez más extraviados y profundos. De contrabando, Chofitol, si puede, le rapiña todo lo que sobra de la dieta de los internos de la enfermería. Con su debilidad a cuestas, camino de la anemia, Tacuara parece sufrir las bajas temperaturas más que nadie. Y se pone todo doble: dos camisetas, dos calzoncillos largos, dos pares de medias. Y no para de temblar. En el silencio de la formación, en el silencio de la oficina de Operaciones, en el silencio de la noche, se oye el castañeteo de sus dientes, como si sus maxilares tuvieran una vida independiente de su cuerpo azotado por los espasmos. El calvario de su aparato digestivo va a terminar en noviembre. Y empezará otro, del que Tacuara tardará en tornar conciencia. Porque en noviembre, durante los preparativos de las maniobras, mientras practicamos cómo cargar los equipos en las mulas, Tacuara hace lo que nunca hay que hacer: pasa detrás de una mula. Y la bestia le dispara una patada. El golpe lo alcanza en la quijada, con un horrible ruido de huesos rotos. Ni siquiera lo oímos gritar. Está desmadejado en el pasto, ensangrentado, a unos metros del animal. Tacuara sobrevive dificultosamente. Sin conciencia, dejando un reguero de sangre, lo llevamos a la enfermería. Sin conciencia, esa misma noche, lo trasladan al hospital de Zapala. Sin conciencia, al día siguiente, lo derivan al hospital de Neuquén. Y sin conciencia, al día siguiente, lo suben a un avión que lo transporta a Buenos Aires, al Hospital Militar Central, donde permanecerá en estado vegetativo durante meses.

Si tenés familia, pedí que te manden encomiendas y giros. En las encomiendas, que te pongan café, dulces, embutidos y bebidas fuertes. Estirá el contenido de cada encomienda todo lo que puedas. Y los giros reservalos, no los cambiés hasta último momento, cuando se te hayan acabado las provisiones. Entonces, los giros, al hacerlos efectivos, se te van a ir en comprarle comida a las mujeres del barrio de suboficiales. Las esposas de los sumbos montaron una industria gastronómica clandestina que refuerza los ingresos de sus maridos. Podés comprar milanesas con papas fritas, ravioles con estofado, albóndigas con puré, empanadas, pasteles, bizcochuelos y pastafrolas.

No es bueno estar pendiente de las encomiendas y los giros. A los viejos les cuesta hacer esos envíos. Por lo tanto, usá la imaginación. La adulonería puede tener sus beneficios. Hacete el simpático y ganate algún sumbo, algún ofiche. Mejor, un sumbo. Porque la lucha de clases, tarde o temprano, se manifiesta. Y entonces los sumbos se desquitan la bronca con los siervitos de los ofiches. Si un sumbo te caga, podés botonearlo a tu ofiche patrón. Pero apenas el ofiche se distraiga o se ausente, estás jodido. En el barrio militar siempre hay un gallinero que limpiar, leña que juntar, huertas que zapar. Sí, «el hambre y la necesidad tienen cara de hereje». Le escribís a tu familia pidiendo que te manden una Biblia en la próxima encomienda. En tu casa deben estar pensando que te volviste místico. Poco después, con las sagradas escrituras bajo el brazo, te caés por el rancho y le comentás los versículos a un sargento primero evangelista, encargado de la cocina. Job te depara chorizos colorados, panceta, cebollas, tomates y zanahorias.

Si no nieva, llueve. Si no llueve, garúa. Y si no garúa, el viento, frío, implacable. Al adentrarnos en la vida cuartelaria, la melancolía se condensa. Esta es la colimba. Y el colimba, como su nombre lo indica, *cor*re, *lim*pia, *ba*rre. Ya se sabe, las bolas quedaron afuera, en la puerta. Y ahora, todo lo que está quieto se pinta y todo lo que se mueve se saluda.

—Ordene, mi cabo primero.

Si un sumbo se la toma con vos, te la morfás apretando los dientes. Y después, con los otros, sos el primero en cagarse de risa del baile que te ligaste.

Si te tenés que enfrentar con un pesado, porque no queda otro remedio, tragás saliva y te disponés a pelear. Más te vale que te rompan la jeta que pasar por cagón. Con suerte, cuando estés cobrando en forma, los separarán.

Si te ataca la nostalgia, ginebra y paciencia.

Ya estamos en los primeros días de junio. Y cada noche son mayores las dosis necesarias de ginebra y paciencia. No sos el único que, con la tristeza de los atardeceres, no aguanta sin la ginebra. De algún modo, siempre nos la procuramos, siempre damos con un artilugio para conseguir un porrón que cambia de mano, casi arrebatado. Al principio, te quema. Al segundo trago, su calor se expande confortable por las venas. Su gusto te va entrando y, la euforia inicial, despacio, se transforma en placidez. Con otro trago más, te hacés un buche, paladeando. Vas sintiendo de nuevo el cuerpo, los brazos, las manos, las piernas, los pies. Cada miembro, cada articulación, vuelve de nuevo a su sitio con una dulzura tibia. Y la nostalgia se suaviza, se hace leve y termina por desaparecer como la sombra de una nube pasajera.

También en estos días empieza a rumorearse que en el regimiento pronto no habrá más víveres ni presupuesto para comprarlos.

—Cuando gobernaba el General —añora el principal Domínguez—, la milicia tenía su dignidad. Ahora el soldado ve carne cada muerte de obispo, en una madrugada de guardia. Y esto, como limosna. Antes no pasaba hambre. Y disponía de café, chocolate y ginebra —recalca ginebra—. Era un gustazo la guardia en esa época.

El principal Domínguez, la Chancha Domínguez, tiene unos ojitos rapaces que desmienten la bondad de sus facciones porcinas. Es la mano derecha del mayor Balaguer, el encargado directo de la compra de alimentos. El Topo cuenta que la Chancha tiene un departamento en Córdoba, otro en Buenos Aires, y dos autos último modelo, sin contar unos «terrenitos», como le dice a sus campos en Santa Fe. Al igual que el mayor, en los dominios de la guarnición, la Chancha cuida las apariencias y se mueve en un jeep de Mantenimiento.

El mayor, cuenta el Topo, su asistente, tuvo la idea de dar licencias especiales. Pero el teniente coronel Hellman se opuso. El riesgo de la licencia, según el teniente coronel, es ofrecerle un flanco al enemigo de afuera y al enemigo de adentro. El enemigo de afuera son los chilenos. Y el enemigo de adentro, los comunistas. Nosotros sospechamos que se opuso a las licencias pensando en la tala de Chapelco y en el suministro de ladrillos.

Sentado en su escritorio, con los dedos morcillosos engarzados en su vientre desbordante, el principal Domínguez nos dice pachorriento:

—Antes, cuando el General, la milicada tenía un peso. —Y sus ojitos adquieren un brillo conspirativo.— Ahora, aunque no lo crean, soldados, hay dos ejércitos en el país. Uno, liberal y vendepatria, comprado por los yanquis. Y otro, nacionalista, sanmartiniano, comprometido con la defensa de lo nuestro, al que correspondo.

Lo cierto es que si hoy nos toca cobrar, quedamos empeñados. Si te roban un elemento, reponelo cuanto antes, sin perder un segundo. Porque, cuando pasan revista, te ponen a cargo lo que falta. Y se te descuenta del presunto sueldo que nunca percibís. Siempre vas a estar en deuda. Grabatelo: siempre. Por lo tanto, ya que siempre vas a estar debiendo, tratá de que sea lo menos posible.

Los soldados que trabajan al servicio de la Chancha en el depósito de Intendencia son profesionales eximios del robo. Cuando se acerca una revista, ellos empiezan su tarea como langostas. Al otro día faltan pasamontañas, capotes, chaquetas, breeches, medias, camisetas, borceguíes, caramañolas, mochilas, bolsas de rancho, correajes enteros. Cuanto más roban los cerdos, más se justifica que los elementos faltantes se sigan descontando y que nadie perciba su paga. La Chancha sabe recompensar a sus subordinados: siempre están bien comidos y bien vestidos. Por supuesto que nos sobran ganas de reventar a esos pibes. Pero sería inútil. Porque entre nosotros hay demasiados más que dispuestos a ocupar sus puestos.

—Pero un día de estos —pronostica la Chancha—, cuando nos retobemos los milicos que tenemos un auténtico sentimiento nacional, de mejorar la Patria, el asunto va a cambiar. Y agárrense nomás.

El fervor patriótico de los oficiales y suboficiales se reaviva al acercarse el 20 de junio, el Día de la Bandera y nuestra jura. Pasamos mañanas y tardes haciendo práctica de desfile.

—Un, dos. Un, dos. Un, dos.

—Oiga el tambor, imbécil.

—Se sale con el pie izquierdo, pajero.

—Un, dos. Un, dos. Un, dos.

—A ver, usté, tagarna. Fuera de la formación. Salto de rana.

En esas mañanas opacas, gritamos hasta la afonía.

—Sí, juro.

—No escucho —brama el teniente coronel Hellman, sacando pecho en la plaza de armas—. No escucho al regimiento.

—Sí, juro.

—No escucho.

—Sí, juro.

—No escucho.

—Sí, juro.

—Ahí va queriendo.

Las revistas son cada vez más frecuentes. En consecuencia, se multiplican los robos y los elementos a cargo. Los soldados de la Chancha están particularmente activos mientras se fortalece nuestro «espíritu guerrero» en las prácticas de desfile.

—Un, dos. Un, dos. Un, dos.

Marchamos hacia el 20 de junio.

—Un, dos. Un, dos. Un, dos.

Y el 20 de junio amanece con un cielo de plomo y una nevada persistente.

En la calle principal del pueblo, sobre la plaza, hay un tablado con un terciopelo rotoso, escarapelas y parlantes que transmiten chacareras en sordina. Hay un micrófono que silba y una voz engolada que lo prueba repitiendo holas. Abajo, dos almidonadas gordas de guardapolvo se enojan porque sus alumnos, saludándonos con banderitas, no quieren tomar distancia.

Saltamos de los Unimog. Zapateamos sobre la nieve dura, congelados. Una bandada de chatos, todos pibes, harapientos, raquíticos y descalzos, nos rodea con admiración.

Y en el palco, con las narices rojas de frío, están las autoridades militares, eclesiásticas y civiles. Los figurones y sus señoras sacaron a relucir sus galas, pero el viento y la nieve les frustran la exhibición. Tienen que cubrir su fatuidad con sobretodos, gamulanes y tapados, ponchos y echarpes. Cada tanto, las mujeres, molestas por el viento, retocan su peinado para la ocasión, que tantas horas de peluquería les significó. Un sombrero, revoleado, planea caprichosamente delante de los efectivos que se aproximan al compás de la fanfarria.

Infante, soldado argentino,
infante, soldado marcial...

De nuevo, esa voz con ambiciones de locutor oficial, tropezando en las consonantes de las palabras difíciles, nos anuncia que hará uso de la palabra el teniente coronel, quien tose amenazador al pararse frente al micrófono:

—Esta no es una fecha más —ruge—. Como jefe de este regimiento de infantería de montaña, como hombre de armas que soy, como un soldado de la Patria, garantizo que hoy, 20 de junio, no es una fecha más en el calendario. Los guerreros que hoy desfilan aquí, en este confín de nuestra rica y noble tierra, muestran a las claras la vocación de dar su sangre por los colores celeste y blanco, que también son su símbolo.

«Como teniente coronel del ejército argentino, puedo asegurarles que esta fecha ilustre nos permite apreciar, una vez más, cuál es el temple de los hijos de este suelo. Hoy la Nación vive momentos difíciles. El enemigo apátrida inficiona con su veneno nuestras capitales. Ese enemigo, que aspira con sus aviesas intenciones cambiar los sagrados colores de nuestro pabellón por el infame trapo rojo, no pasará. No lo permitirán las madres de esta tierra, no lo permitirán las hermanas y las novias de estos soldados. Pero antes, no lo permitirán los hombres que hoy, con su juramento, reafirman la protección de los valores occidentales y cristianos heredados de nuestros antepasados. Hoy, 20 de junio, no es una fecha más. Porque hoy estos jóvenes infantes, gritarán su juramento contra el viento de la cordillera, para que los escuche la Patria toda, a lo largo y a lo ancho de su territorio, pronunciando hondamente el sentimiento generoso de su sangre dispuesta a regar nuestra Argentina en nombre de la enseña que un general de la Nación, don Manuel Belgrano, nos legó.

Después de la ceremonia y el desfile, una camioneta del Club de Leones trae chocolate caliente. Nos empujamos en la fila, a los codazos.

Los que sirven, el hijo del dueño del almacén de ramos generales y su cuñado, son dos cuarentones engominados, con camperas de esquí importadas, jeans y botas de gamuza. Se las tiran de cajetillas y hablan como si tuvieran una papa en la boca.

Los chatitos nos miran, en un costado de la calle, mudos y expectantes. De golpe, nos sentimos oligarcas.

Nos apartamos de la camioneta y les tendemos los jarros.

—Esos que vayan a laburar si quieren llenarse la panza —dice uno de los leones.

Pero nadie le hace caso.

Una india, también descalza, con un bebé en brazos, no se atreve a venir. Cuando le damos un jarro, se echa a llorar.

—A-A-Atención.

El teniente coronel nos recorre con una mirada. Firmes, contraídos, cada uno clavado en su lugar. Se nos acerca. La india ha intuido que algo se cortó. Asustada, mira al teniente coronel que nos observa fulminante. La mujer no sabe qué hacer con el jarro, baja la cabeza y, mirando desde abajo, aterrorizada, se lo devuelve al Topo. El Topo, rígido en posición de firmes, ni amaga moverse. De reojo, vemos el jarro humeante en la mano de la mujer, extendido entre el Topo y el teniente coronel. El Topo está petrificado.

El teniente coronel agarra el jarro y mira a la mujer con asco. Ella retrocede, limpiándose los mocos. Los chatitos también reculan, intimidados por nuestra súbita parálisis y silencio.

—Tenga su jarro —mascula el teniente coronel, golpéandoselo en el pecho al Topo—. Ojalá se contagie alguna peste.

Y la compañía vuelve a treparse a los camiones.

Los Unimog arrancan, abriéndose paso en la nieve, y perdemos de vista el palco, las banderitas. A los tumbos, los camiones se orientan hacia el colegio.

A mediodía, en la cancha de fútbol que está detrás de la escuela, el regimiento será agasajado con un asado criollo. En el aire se huelen los chorizos y los costillares.

—Esta no es una fecha más —imita el Topo—. Hoy es una fecha inolvidable para el estómago de los infantes.

Nos desparramamos en las aulas. Las mochilas se descargan sonoras sobre los pisos de madera. Los fusiles, con su inconfundible eco de herramientas pesadas, se acuestan junto a los pupitres.

A través de la niebla azulada de los cigarrillos, desde las ventanas que dan a la calle de tierra, vemos a los chatitos y sus madres que vuelven a juntarse detrás de los Unimog, esperando.

La mano de Dios

Si en algo se parecen los mufas y los cornudos es en que son los últimos en enterarse de su desgracia.

Pero esto no podía aplicarse del todo a Lito, el enfermero, que era consciente de su fama de mufa. Y lo era mucho antes de la noche del bebé muerto y eso fue, a su vez, mucho antes, aproximadamente seis meses antes, de que se dijera también que Lito era un cornudo.

En la pared de la oficina, detrás de mi mesa, seguía clavada con chinches esa foto que me había mandado el viejo. En un arranque de rabia, yo la había roto en pedazos. Y después, arrepentido, la había reconstruido con cinta scotch. Al mirar esa toma nocturna de la avenida Corrientes y el Obelisco, así emparchada, la foto tenía algo de rompecabezas, como la imagen que cada uno de nosotros conservaba de su pasado y su geografía, una imagen fragmentada que costaba recomponer y que, al armarse, mantenía siempre la línea divisoria entre un pedazo y otro. Podíamos recordar cada uno de los pedazos —momentos, situaciones, instantes— pero no del todo completo. Yo había querido destruir ese paisaje extrañado. Y después, había precisado reconstruirlo, porque, en la medida que lo tuviera ahí pegado, cada vez que me daba vuelta, encontraba un resto de fuerza para no aflojar («Sé fuerte y no aflojés», decía el viejo en esa tarde de marzo, agarrado a la ventanilla del vagón que nos llevaría al sur), una hilacha de esperanza y la ilusión de que cada día faltaba menos para el día en que volveríamos a ser lo que habíamos sido, lo que pensábamos ser.

Cuando Lito miraba la foto, con uno de los cristales de sus anteojos partido, el izquierdo, pegado con cinta scotch como la foto, bizqueaba al concentrar su atención en la imagen, acercándose a la pared como si la reproducción en blanco y negro de la avenida Corrientes y el Obelisco retrocedieran, alejándose de él, en un corredor de bruma. Al pararse frente a la foto, Lito balbuceaba acerca de su historia. Y al hacerlo, en borbotones que se alternaban con silencios repentinos, unas pausas tan largas como imprevistas, uno podía pensar que no lo hacía únicamente porque tenía dificultad en expresarse sino también porque dudaba de la idea que se proponía transmitir. Entonces yo pensaba que a Lito no solo le costaba juntar los pedazos del pasado sino además, los del presente, quebrado a través de sus anteojos. Alguna tarde, para ver qué aumento tenía, me probé sus anteojos. Y no pude entender cómo, con su miopía, había pasado la revisación.

—Estaba escrito que tenía que hacer la colimba —me dijo—. Mi viejo decía que me iba a salvar por virola. Mi vieja se cabreaba al oírlo llamarme virola, o cuatrochi, o ciego de mierda. Antes de la revisación, yo ya sabía que no iba a salvarme. Lo sabía porque consulté al oráculo.

Lito decía que supo que haría la colimba antes del sorteo. Había consultado el I Ching. Y el libro le había contestado: «Los atributos de los signos primarios son: en lo interior peligro y en lo exterior obediencia. Esto indica la naturaleza del ejército, que en su esencia más íntima es una entidad peligrosa».

Frente a esa respuesta no lo sorprendió en nada el sorteo y tampoco el resultado de la revisación.

Al probarme sus anteojos pensé que el mundo, visto a través de sus cristales, era desproporcionado, inmenso, enemigo y que parecía venirse encima. Por supuesto, esta era una perspectiva personal. Sin embargo, estuve seguro de que esa debía ser la impresión que Lito tenía de la realidad y de los otros, una visión cargada de intimidaciones que justificaba el sudor frío de sus manos, el sigilo de sus movimientos, sus gestos retraídos que parecían abortar siempre antes de que cumplieran su trayecto, gestos en los que tal vez había más miedo que timidez. En su libretita había anotado que la existencia fuera de los sueños consistía en una proyección matemática del espanto anticipado en el dormir. Porque al levantar los párpados, lo que él veía estaba secretamente estremecido por un presagio, la intuición de que un acontecimiento fatídico acechaba y era inevitable. Y no podía hacer nada, solamente le quedaba morderse el labio inferior y esperar que ocurriera.

Y cuando se plantaba frente a la foto nocturna de la avenida Corrientes y el Obelisco, frente a los surcos y estrías brillantes de las arrugas de la cinta scotch, a su mirada quebrada por los reflejos se le imponía la deformación del cristal izquierdo, partido en diagonal y unido por otra cinta scotch.

—Me parece mirar todo a través de una cicatriz —dijo Lito.

Pero eso fue después de junio. Porque los anteojos se le rompieron en junio.

Sin embargo, su fama de mufa empezó a poco de nuestra llegada al cuartel, en esas semanas que nos asignaron los destinos y Lito fue a parar a la enfermería. No nos cabían dudas —a Diego, a Chofitol, a mí— de que su fama se basaba, considerablemente, en su aspecto. Alto, morocho, narigón —con una enorme nariz picuda y torcida—, a lo que se sumaba su pelo de carpincho invulnerable a la presión del pasamontaña y también, esos anteojos que magnificaban su bizquera, todo en Lito contribuía a provocar un sentimiento ambiguo entre la pena y el asco. Caminaba como desarticulándose. Y al mirarlo parecía que sus huesos, para andar, se atornillaban y desatornillaban sucesivamente en un mecanismo doloroso, a punto de romperse. Además, tenía esa voz grave y hablaba en un tono tan bajo que obligaba a prestarle la máxima atención para entender sus frases siempre tan cortas y abruptas, generalmente tan enigmáticas, cargadas de un sentido agorero y fatalista. En una de esas, Lito se esforzaba por pasar inadvertido. Pero no lo podía conseguir. Porque su proximidad se anunciaba también con su insoportable olor a pata. De modo que no hacía falta verlo para advertir su presencia. Y al reparar en él, cuando llegaba —fuera al casino de soldados, al detal, al rancho, a la cuadra— inspiraba primero silencio y después ese silencio se transformaba en vacío. Para decirlo en sus términos, no era su apariencia física la que producía nuestra consternación cada vez que se acercaba, sino su aura. A lo mejor, la atención y el silencio ya se habían producido antes y él, Lito, el mufa, sencillamente, se limitaba a abrir del todo una puerta que estaba desaceitada. Y entonces, su aparición y el chirrido de la puerta eran simultáneos como la aversión y la repugnacia.

Una tarde me mostró algo que había subrayado en Dostoievski: *¿Cómo voy a ser idiota, cuando me doy cuenta de que la gente me cree un idiota? Cuando entro en un sitio donde hay gente, pienso: «Me miran como si fuera un idiota; sin embargo, soy inteligente y ellos no se dan cuenta».*

Ponele que en este momento están transmitiendo un partido. Juega Argentina. Y nos meten un gol. En el segundo en que todos abuchean, cuando todas las puteadas se funden en un mismo aliento, todas las miradas, de costado al principio, directas después, buscan y enfocan a Lito que, en un rincón, baja la cabeza avergonzado, enrojeciendo, mientras se acomoda el armazón de los anteojos y, después, asustado, se los saca, empañando los cristales y limpiándolos con una punta del pañuelo sucio de mocos resecos.

—¿Qué querés que haga? —te dice con una mueca que está más cerca de la condolencia que de la disculpa.

En consecuencia, la noche del bebé muerto pudo ser, si no la primera de las señales clave de su influencia de mufa, seguramente su coronación como tal.

Después de esa noche, cobraban otro significado anécdotas que se podían haber olvidado.

Por ejemplo, aquel sábado a la mañana en que varios soldados de franco, en la puerta del regimiento, le hicieron dedo a una camioneta que iba hacia el pueblo. Se atropellaron para trepar a la caja. Lito quedó rezagado. Y la camioneta partió sin él, pero antes de que dejara atrás el barrio de suboficiales, se rompió su dirección. Después de trompos y piruetas, la camioneta volcó clavándose en una zanja. Hubo fracturas de costillas, piernas y brazos rotos. A través de aquella polvareda, algunos creen ver todavía a Lito, parado a unos metros de la puerta del regimiento, mirando.

Cuando empezaron las grandes nevadas, en las muleras de la Servicios, una mula amaneció congelada. Los sumbos atribuyeron su muerte a la negligencia de los imaginarias. Por lo tanto, todos los que esa noche habían hecho imaginaria en aquella mulera fueron castigados con arresto, privados de franco, y sumariados con la mula a cargo. Lito había sido uno de los imaginarias de esa noche.

Una mañana, los soldados de Mantenimiento mateaban escuchando la radio en el costado de un galpón. Lito asomó por allí. Y no tuvieron más remedio que convidarlo. Por suerte, se dijeron, no se había quedado mucho. En una mesa sobre la que se distribuían pinzas, tenazas, martillos, destornilladores y sierras, había un calentador Primus. Aliviados, le cambiaron la yerba al mate y renovaron el agua. Alguno preguntó si no convenía desinfectar la bombilla. Cuando se iba a reanudar la mateada, explotó el calentador. Y unas peligrosas llamaradas amagaron propagarse hacia unos bidones de combustible.

Otra vez, el principal Domínguez reunió voluntarios para descargar un camión de forraje y prolijar un establo. Los que se ofrecieran iban a ser recompensados con unas cuantas tiras de asado y damajuanas de vino. Para ofrecerse a algo así había que ser chato o estar muy cagado de hambre. Lito se sumó al contingente. Al atardecer, en medio del asado, corajudos de vino, los chatos se pusieron a fintear con los cuchillos de rancho. El juego desembocó en una descomunal batalla de mamados. Cerca de una docena de heridos fueron arrastrados a la enfermería. Lito volvió enchastrado de sangre. Pero no tenía siquiera un raspón.

—Sé que tengo fama de mufa —me dijo—. ¿Te pensás que soy tan gil que no percibo cómo se apartan cuando me sienten venir? No les guardo rencor. En buena medida, la responsabilidad es mía. A lo mejor, cuando tengo un presentimiento, debería avisar. Sin embargo, me lo callo. Lo anoto, lo registro. Y voy directo al acontecimiento, sin poder impedirlo. Me digo que quizá no va a pasar nada. Pero pasa. Y me resigno. Tenía que pasar, me digo. Y alguien, también, tenía que representar al yeta para justificar las creencias mágicas de todos, las de ellos y las tuyas. Y las mías, por supuesto. Alguien, cualquiera. Le pudo tocar a otro, a Chofi, a Diego, a vos. Me tocó a mí. No es para que me tengan lástima. Y si me mereciera esta suerte, ¿qué?

Cumpliendo «el mandato paterno», así lo decía, Lito se inscribió en el curso de ingreso de medicina. Abandonó en las primeras materias. Y cambió por la carrera de filosofía. Cuando se encontró en la guarnición intuyó que le iría mejor si mentía que estudiaba medicina. Si declaraba la verdad, pensarían que era un zurdito y lo mandarían a limpiar bosta. Fue asignado a la enfermería.

«Hoy me va a pasar *algo*», escribió en su libretita al despertarse en una mañana a fines de junio.

Y esa noche, una de las más frías de aquel año, a eso de las once, vino a la enfermería la mujer de un suboficial con su bebé hirviendo de fiebre, sacudido por convulsiones. El capitán médico, «el veterinario» como lo llamábamos, había viajado en comisión a Zapala y no volvería al cuartel hasta la mañana siguiente. Como responsable de la enfermería había quedado el cabo primero Cardozo, un bestia que no discernía entre la aguja de una jeringa y un sable bayoneta.

—Podíamos salvarlo —iba a recordar Chofi—. Pero la penicilina estaba bajo llave, en una heladera con candado, reservada para la oficialidad y sus familiares. En el invierno se restringía su uso. Y únicamente se suministraba con autorización expresa del «veterinario».

Cardozo nos ordenó que le hiciéramos respiración boca a boca al bebé. No respiraba.

—Hay un remedio antiguo —siguió contando Chofi—. Un baño de agua fría. Pero Cardozo no quiso saber nada. El pendejo murió antes de la medianoche. Y Cardozo repetía: «Soplen, tagarnas. No está muerto el muertito».

—La madre esperaba en un banco de la sala —dijo Lito.

—Y cuando salí para vomitar, me encaró —se acordaba Chofi—. Me preguntó por la criatura. «Está evolucionando», le dije. En el baño creí que se me salían las tripas. Y cuando volví, Cardozo y Lito se alternaban en la respiración boca a boca, agachados sobre el cadáver. «Le toca a usted», me dijo Cardozo. Y yo: «Tóquelo, mi cabo primero, tóquelo. Está helado». «Entonces traigan una estufa», me contestó.

—Estuvimos haciéndole respiración hasta las diez del otro día, en que apareció «el veterinario» —según Chofi—. Y cuando pasó todo, Lito sacó de un bolsillo de la verdeoliva esa hoja de libretita. «Hoy me va a pasar *algo*.» Y subrayado, «*algo*».

En esa época, a Lito lo tomó entre ojos el sargento ayudante Santos, el espiritista.

Si a Santos le ponías una capa negra, se transmutaba en un maldito de película de terror. Flaco, encorvado, con un bigote afilado, tenía un aspecto draculiano que se profundizaba con su voz cavernosa al decirnos, confidencial, que el mal nos rondaba, tentándonos con acechanzas y metamorfosis. Para Santos éramos seres hegemonizados por Lucifer. Y esto, con certeza, explicaba por qué levantaba a la compañía en mitad de la noche.

—¡Arriba, hijos de Satanás! —clamaba.

En una de sus visiones había sorprendido al demonio entre nuestras camas.

Santos no fumaba, no bebía y era vegetariano. También nos dijo una vez que no fornicaba si no era con el deseo de reproducir. Si lo asaltaba o no este deseo, era evidente que no lo asistían sus ruegos nocturnos porque Santos no tenía hijos.

Su mujer, una india huesuda y enjuta, vivía escondida en esa casa de madera, rodeada por un jardín estéril, donde terminaba el barrio de suboficiales. Santos no la dejaba salir sin permiso. Únicamente le concedía arrimarse hasta el almacén y regresar enseguida, mientras él le tomaba el tiempo. A la señora de Santos no se le conocía otro trayecto. Por supuesto, tampoco se daba con las vecinas. No obstante, una tarde, en una distracción de su marido, se acercó hasta la enfermería para pedir un medicamento. Cuando Lito le preguntó qué clase de medicamento quería, ella aludió al reumatismo. Le afectaba las vértebras.

—Me duele la columna —dijo.

Con suavidad, y tal vez inficionado por el miedo y el recelo que emanaban de esa mujer mansa y apagada, Lito procuró que se sentara en la camilla, se colocó por detrás y, con delicadeza, tímidamente, se atrevió a levantarle la campera, el pulóver, la blusa y la camiseta ballenera del ejército pegoteada a la carne.

—Tenía los lonjazos supurando pus —contó Lito—. Y me pidió, al borde del llanto, que si el marido llegaba a interrogarme, yo negara que la había atendido. Le di una crema cicatrizante, unas sulfas y gasa. Le dije que con eso iba a andar mejor. Y que me consultara de nuevo si no había mejoría. Se secó las lágrimas con un resto de algodón. Y me besó las manos. «Dios lo proteja, doctorcito», me dijo. Y se fue.

Después, esa misma tarde, antes de que oscureciera, el sargento ayudante Santos pasó por la enfermería y se llevó a Lito a las muleras. A los cuerpo a tierra se lo llevó.

Se hizo de noche. Pasaron más de dos horas.

Y desde una de las ventanas de la sala, a través de los copos que empezaban a caer, Diego y Chofi miraban hacia el cerro 1005.

—Ya va a venir—decía Chofi.

—¿Y si le pasó algo? —preguntó Diego.

—Siempre le pasa algo a Lito.

—¿Y si damos parte?

—¿De qué? —le contestó Chofi—. ¿A quién?

Lito volvió de las muleras embarrado, con la verdeoliva desgarrada. Entró sudoroso, jadeando. Tenía la cara raspada, quebrado uno de los cristales de los anteojos y le sangraba la nariz.

—Saturno mal —fue todo lo que dijo.

*

A fin de año había dos turnos de licencia, de diez días cada uno. El primero comprendía Nochebuena y Navidad. Y el segundo, Año Nuevo y Reyes. Como su padre le había insistido por carta que la fiesta importante era Navidad, Lito combinó con sus compañeros de la enfermería para salir en el primer turno. «Para mí, fenómeno», le dijo Chofi. «Como soy pagano, festejo la muerte del año, la defunción de este putísimo año que pasamos aquí encanados. Decile al veterinario y yo no tengo problema.» «En casa somos muy creyentes», le dijo Lito al «veterinario», ablandándolo. En verdad, el padre no le había escrito. «Si no es capaz de dirigirme la palabra, menos va a agarrar una birome», nos dijo. Fue la madre quien le transmitió la voluntad del padre, ya que le darías una gran satisfacción si te tenemos sentado a la mesa de Navidad. Te acordarás, hijito, que él siempre dice que la familia es el pilar de la comunidad. Por favor, hablá con tus superiores y ellos sabrán comprender. De lo contrario, esa noche sin vos será como un velorio y no quiero pensar en la cara de perro que tendrá tu padre.

A pocos nos había contado Lito que su padre era guardiacárcel. «Y un chupacirios, que no es lo mismo que un creyente», dijo. «El creyente sostiene una relación personal, íntima y profunda con Dios. El chupacirios, en cambio, es un fetichista que venera los íconos y precisa teatralizar su fe para creérsela». Cuando nos contó que su padre era guardiacárcel dijo: «Por eso, acá, yo me siento como en casa. A cada uno de estos cancerberos me los tengo remanyados como a mi viejo». Y también: «Cuando veo a sus mujeres e hijos, me da una pena. No son mujeres e hijos. Son paridoras con sus crías. Animales domésticos». A propósito, Lito nos explicó por qué en su casa le decían Lito. No era el diminutivo de su nombre Aníbal, Aniba*lito*. No: «Porque mi viejo me decía animal y después anima*lito*». Al volver de la cárcel lo primero que hacía era preguntar por él, averiguar cómo se había portado el anima*lito*. «Si me portaba mal, si había hecho alguna travesura, me amenazaba con llevarme a la cárcel. Al colegio me mandaron siempre de mañana. Y tenía que levantarme, igual que aquí, a diana. Una vez me hice la rata. Y él me llevó a la cárcel. «Cuando estés solo en tu celda te vas a arrepentir de lo que hiciste» me dijo. Lito había avanzado por los pabellones de la mano de su padre. «La cárcel tiene el mismo olor que esta cuadra», decía. Y también: «Nosotros, el mismo olor que los condenados». Se acordaba: «La mano de mi padre, enorme, áspera y caliente. Me decía: Los malhechores no tienen cura, nunca se enderezan. Por eso, casi todos vuelven. A mí, no me importa. Tarde o temprano, caen de nuevo. Y yo estoy acá, esperando, con el cinto, para quitarles las mañas y evitar que se retoben. El secreto está en esperar, como en cualquier orden de la vida. El Señor me ha dado un poco de su paciencia, que es infinita, para que cumpla con mi misión». Lito siguió a su padre sintiendo una puntada en el estómago. «Miralos», le decía el padre. «Miralos bien.» «Pero yo no me atrevía a mirar de frente las sombras entre las rejas. Tenía miedo. Y el dolor de estómago me iba en aumento. Me daba vergüenza tener una descompostura justo en esa situación. No quería demostrarle a mi padre lo que estaba sufriendo». Al terminar la recorrida de los pabellones, en la puerta del penal, el padre le anunció: «La próxima vez va en serio. Que te sirva de escarmiento. Y ahora volvé con la cachorra». A la madre, contó Lito, la llamaba la cachorra.

Devota de Pancho Sierra y la Madre María, la madre de Lito se consumía en el estudio de la astrología y las ciencias ocultas. Curaba el empacho, el mal de ojo y era medio milagrera. «Antes de que se le trastornara la psiquis tenía una clientela numerosa», dijo Lito. «Una caterva de infelices y menesterosos que esperaban bajo la galería para ser atendidos. Esperaban achicharrándose en verano y tiritando en invierno, comentándose sus dramas y tragedias. Y yo escuchaba sus miserias como si fueran novelas de intriga. Por las noches, para que me durmiera, la vieja me leía las profecías de Nostradamus, el Armagedón y unos cuentos de Rubén Darío. Pero no había caso. Yo no pegaba un ojo. Me hacía el dormido y aguantaba a que ella apagase las luces de la casa. Entonces me levantaba, descalzo, y en puntas de pie, cruzaba las piezas de la casa chorizo y espiaba las actividades de mi madre, que se encerraba en un cuartito de la terraza. El cuartito tenía una claraboya. Y mi madre, con la ayuda de un telescopio, revisaba las estrellas y hacía anotaciones».

*

Diciembre se presentaba cálido, sin nubes, como un adelanto de la alegría de la primera baja y las licencias. Lito consiguió que «el veterinario» le permitiera salir en el primer turno. El día en que le tocaba salir amaneció limpio y luminoso. En las oficinas, en los depósitos y también en la pista de combate había gritos exaltados. Pero Lito no podía compartir la euforia.

Al mediodía, después de rancho, se apuró a ir a la cuadra y cambiarse la ropa de fajina por el uniforme de salida. Aunque el Chevalier pasaba por la puerta de la guarnición recién a las cinco y faltaban varias horas, Lito quiso estar listo, como si el estar listo para subir al micro fuera a precipitar el transcurso de los minutos. Temía que un acontecimiento imprevisto pudiera impedir su partida. El vértigo hacía que sus reflejos se extraviaran equivocando cada gesto. Cuando dio por hecha la valija, se le cayó de la cama superior y tuvo que rehacerla.

Unas monedas se le deslizaron rodando debajo de los cofres. Y se le fue un rato largo hasta encontrarlas. Después, se dio cuenta de que al arrodillarse había arrugado la raya del pantalón y se había manchado la botamanga con aceite negro. Si al cruzar la guardia algún sumbo, por el simple gusto de joderlo, advertía ese detalle, podía demorarlo y hacerle perder el micro. Fue al baño y fregó el bajo del pantalón con agua y un minúsculo jaboncito. Ahora la mancha se había expandido. Mareado, volvió a su lugar en la cuadra y se recostó sobre el elástico, contra el colchón enrollado. Encogió las piernas. En esa posición, la cama le quedaba corta. Tenía un gusto rancio en la boca. En un cofre, a dos camas de la suya, había entrevisto un frasco de mermelada. Se incorporó constatando si la cuadra permanecía desierta. Una cucaracha trataba de despegarse de la tapa. Mermelada de damasco. Unió el pulgar con el anular y disparó un golpe seco y certero. La caparazón de la cucaracha se estampó sonoramente contra el fondo del cofre. El frasco estaba por la mitad. Y su dueño no notaría la disminución. Abrió el frasco y hundió los dedos. Se los chupó con desesperación. Lamiéndose, volvió a su lugar. El sabor empalagoso lo apaciguó. Cuando sus yemas estuvieron desabridas empezó a comerse las uñas. La angustia no se dejaba dominar.

Entre los barrotes de las camas vacías, contraído, con esos anteojos de vidrio de botella en los que titilaba un destello del sol que se filtraba por un ventanuco, Lito era un pajarraco lastimado, víctima del terror, derribado en los confines de una jaula abismal. «Mis pálpitos no fallan jamás», nos había dicho. Y esta mañana, al despertarse, el presentimiento estuvo en todo su cuerpo, con esa electricidad típica. Entonces Lito escribió en una hojita de la libreta que llevaba en un bolsillo: «Hoy me va a pasar *algo*». Y subrayó, como siempre en estas circunstancias, «*algo*». Después, arrancó la hojita y la guardó aparte, en otro bolsillo.

Ahora, en la tarde, entrecerraba los ojos. Y se mordía una cutícula pensando en relajarse. Si se mantenía aparte, tal vez pudiera exorcizar la inminencia de la fatalidad. Si se topaba con Santos, pensó, podía resultarle fatídico. El mes pasado Santos había acudido a la enfermería una noche en que Lito estaba de guardia. «Mi señora no se encuentra bien», le dijo. Y le explicó que su mujer se había cortado un dedo picando cebolla. Y tenía la herida un poco infectada. Como la curandera del pueblo no había logrado aplacarle el dolor, Santos quería probar consultando a los doctorcitos, aunque no creía demasiado en su ciencia. Lito no se animó a pedirle a Santos que convenía mirarle la herida a la mujer. Le dio a Santos unas sulfas. Y cuando se marchaba, sonriendo con malicia, Santos le dijo: «Dios lo bendiga, doctorcito». No pasó mucho hasta que Santos llevó a su mujer a ver al «veterinario». Tenía gangrena. Y había que amputarle el brazo. La mujer fue evacuada de urgencia a Neuquén. Y más tarde, cuando Santos se reincorporó a la guarnición, hizo correr el rumor de que Lito le había hecho un daño. Y si se lo cruzaba, ahí mismo, Lito se disponía a recibir su castigo.

Lito se sentó en la cama. Y con las manos frías y húmedas revisó la libreta. No podía decirse que su libreta fuera exactamente un diario. En sus páginas convivían reflexiones farragosas, de pretensión ensayística, con poemas filosóficos y aforismos. Lito englobaba esa producción secreta denominándola «Pensamientos sobre la existencia», la cual, según él, era una cárcel.

—«El cuerpo es una prisión» —me leyó una vez—. «Y los demás, tus guardianes. La libertad de uno concluye donde se alzan las rejas de los otros». Pensalo —me dijo—. «Somos presos que nos soñamos libres.»

Y remató:

—«Los sueños son un reducto de ratas muertas».

Me confesó que no tenía aspiraciones literarias.

—Escribo por rachas —me dijo—. Cuando tengo una de estas rachas, pierdo el sueño. Puedo estar sin dormir noches enteras. Y al final de la racha, cuando voy a poder conciliar el sueño, sé que al despertarme tendré un pálpito. Al venirme el sueño, no es tanto un sueño sino más bien un sopor. Y me despierto ardiendo como una brasa, empapado, chorreando. Mirá mi almohada. Está manchada del sudor. Y no hay con qué sacarle la impregnación. Como si fuera una sustancia química desconocida.

De golpe, oyó pasos y voces. Lito guardó la libreta y adoptó nuevamente la posición del dormido. «Sí», pensó, «lo más prudente es quedarse quieto». Dos soldados entraban en la cuadra a buscar sus bolsos. Ni lo vieron. Por las dudas, apretó los párpados. Aun cuando ya no se oyen ni pasos ni voces, cuando la cuadra vuelve a quedar aplastada por el silencio, Lito sigue en la misma posición. «Todavía falta para las cinco», piensa. Y se deja fluir en el río lánguido de la quietud y el tiempo del cuartel atontado por el verano. Puede sentir en las sienes la marcha monótona de los segundos. Siempre inmóvil, con los dedos cruzados sobre el pecho, espía las ínfimas partículas de plata levitando a la deriva en los rayos del sol que se corre en la ventana alta.

«Si me pasa algo», piensa, «Galán va a visitar a Gladys y le va a entregar la carta».

—Lito es un obsesivo, un paranoico y un masoquista —había dicho una vez Chofitol.

—Nadie puede ser todo eso junto —se opuso Diego.

Era cierto que mientras nosotros pensábamos que la simpatía que nos provocaba Lito se parecía bastante a la piedad, esa forma de piedad que lo hace a uno sentirse un gran tipo, en Galán funcionaba diferente. Nuestro sentimiento, en gran parte, se cifraba en que Lito era un inocente. Y nosotros habíamos aprendido a negociar esa inocencia. En cambio, la simpatía, la falsa piedad de Galán, era un auténtico sentimiento de mierda.

—¿Cómo explican su vínculo con Galán? —nos había replicado Chofitol con la autoridad que le daban sus materias de psicología.

Quizás tuviera razón. Era bastante curiosa la amistad que unía a Lito con Galán, el furriel de la compañía.

Además de rubio y pintón, Galán era el eterno payaso de cualquier grupo. Nos imitaba a todos. Y sus imitaciones eran perfectas. Pero su número más exitoso era la imitación que hacía de Lito, actuándola con una saña que se le filtraba en la parodia, cada vez más distante del humor. Y Lito lo observaba hipnotizado, aprobando complaciente, como si fuera la imitación de otro. Nos preguntábamos qué podían tener en común. Y también cuándo reventaría Lito.

Lito y Galán conformaban toda una dupla. El introvertido que admiraba a Mishkyn y ambicionaba con ser un Sidharta y el expansivo heredero de un próspero negocio de artículos para el hogar de Villa del Parque. Cuando Lito decía que deseaba alcanzar el espíritu de hombres como Khalil Gibran, el otro le contestaba que los turcos siempre habían sido excelentes comerciantes pero que él, Oscar Galán, cuando estuviera de vuelta en el negocio, les pasaría el trapo a todos, incluyendo a Frávega y Peres Pícaro.

Y Diego, el militante de la Juventud Peronista, cauteloso, prudente, que nunca buscaba despegarse del conjunto, se exasperaba con las bromas que Galán le gastaba a Lito. Para que se den una idea, su chiste más liviano era aparecerse por la espalda de Lito imitando el vozarrón del sargento ayudante Santos. Y Lito se daba vuelta, aterrorizado.

—Sos un hijo de puta —le decíamos a Galán.

—Y yo caigo siempre —decía Lito—. Soy un idiota.

A Diego, estas jodas empezaban a calentarlo.

El punto de contacto entre Diego y Lito residía en que ambos, el militante peronista y el místico, estaban alentados por una fuerza interior que los protegía aislándolos, en medio de la adversidad.

—¿Sabés por qué te carga el turro? —le preguntó Diego—. Porque sos un cabecita negra refinado. Avivate. Galán es distinto de nosotros. Vos y yo queremos cambiar las reglas del juego. Él no. Está satisfecho con su mezquina concepción de un mundo impulsado por los jugos gástricos. Ese burguesito no le llega al tobillo ni siquiera a los negros de mi compañía. A su lado ellos son puros. Porque ellos, como nosotros, también quieren cambiar el mundo.

Diego se dedicó a observar a Lito. Y cuando Galán jodía a Lito, Diego murmuraba:

—Ya van a ver. Ya van a ver.

—¿Qué? —le preguntamos.

—Ustedes no se metan. Nosotros no tenemos que intervenir. Y el hombre va a reaccionar.

Pero Lito no reaccionaba.

Y más tarde, cuando nos sorprendió con la foto de su novia:

—Está buenísima —coincidimos.

Y Galán, imitando a Lito:

—Debe tener un alma así de grande para darte bola —y simuló una abertura con las manos.

Y después:

—Lo de siempre —dijo—. A las que están fuertes se las coje un boludo.

—No nos acostamos —le contestó Lito—. Queremos llegar vírgenes al altar.

Y una mañana de noviembre, mientras hacíamos fiaca en los tendederos, Galán le arrancó a Lito el ejemplar de *Demián* y se puso a recitar, imitándolo.

—Traé —le pidió Lito, como lastimado.

Pero Galán continuaba su número, cuya gracia empezó a disolverse cuando Diego lo interrumpió:

—Devolvele el libro, hijo de una gran puta.

Galán retornó la imitación.

Y Diego se levantó.

—Dejalo. No me jode —le dijo Lito.

Pero igual Diego fue hasta Galán y lo derribó de una trompada entre las cejas. Recogió el libro y se lo entregó a Lito.

—No hacía falta —le dijo después Lito.

—A mí me hacía falta —le dijo Diego.

—Sí, a vos más que a mí.

—¿Quién te creés, Lito?

—Esa no es la manera de predicar lo que uno cree.

—¿Jesús?

Lito sacó una hoja de su libretita:

—Tomá. Lo copié para vos. Te va a ayudar.

Y Diego leyó:

Desde la antigüedad, aquellos que fueron los mejores funcionarios de la Corte tuvieron naturalezas interiores sutiles, abstrusas, misteriosas, penetrantes. Demasiado profundas para ser entendidas. Porque tales hombres no podían ser entendidos.

Solo puedo contar de ellos cómo parecían al mundo:

Parecían circunspectos, como quien en invierno cruza una corriente;

Vigilantes, como quien debe enfrentar el peligro por todos lados;

Ceremoniosos, como quien efectúa una visita;

Blancos, como un trozo de madera sin labrar; Pero receptivos como un hueco en las colinas. Oscuros, como una corriente perturbada...

*

En la soledad de la cuadra, sentado en el elástico de la cama, Lito doblaba y desdoblaba la hoja de la libreta.

«Hoy me va a pasar *algo*», leyó de nuevo. Y escondió la cara entre las manos.

Lo consolaba pensar que si le pasaba *algo*, Galán le entregaría su carta a Gladys. La había escrito después del pálpito, esa misma mañana, después de diana.

—Ella va a entender —le confió Lito a Galán.

—¿Pero por qué se la dio a Galán? —nos íbamos a preguntar.

Lito levantó la valija y se dispuso a salir de la cuadra. La tarde le pegó con su luz. El sol blanqueaba la guarnición. Despacio, casi rengueando por el peso de la valija, Lito empezó a avanzar hacia la guardia. Su sombra se afilaba alargándose sobre las lajas. Soplaba un viento caliente, presagioso de tormenta. Caminaba contando las lajas. Si al concluir la cuenta de las lajas que lo habían separado de la guardia el número era impar, podía considerarse a salvo. Otra vez sintió un mareo.

Estaba por cruzar la guardia.

El Chevalier, a la derecha, venía doblando un recodo frente al barrio de suboficiales, a unos quinientos metros. El micro dejaba atrás una gran polvareda.

—¡Deténgase, hijo de Satanás! —oyó.

Y esta vez no era una joda de Galán.

—La mano de Dios está en todas partes —le dijo el sargento ayudante Santos—. Y nada ni nadie se le escapa.

*

—La curiosidad me venció. Y apenas el tren salió de Zapala abrí la carta. Ustedes lo conocen. La carta estaba llena de «mente», «alma», «espíritu» y «nobles sentimientos». Cada vez que escribía «amor», lo escribía con mayúsculas. Porque el suyo era un «AMOR celestial», un «AMOR excelso». Con la mina nos citamos una tarde en La Perla de Once. Hacía un calor. Y ella no paraba de pucherear, diciendo que Lito era un ser tan especial. Y nos fuimos quedando hasta que se hizo de noche. Ella no hacía más que hablar de él. Y yo la escuchaba. Cuando pedí la cuenta estábamos un poco borrachos. Ella, más que yo. Y al salir, llorando, se me abrazó. Le pegué un chupón largo, furioso. Y nos pusimos a rascar. Bueno, fuimos a un telo. Y me la recojí con bronca. Porque pensé que nunca nadie iba a llorar por mí como ella lloraba por él, que era un ser tan especial. Y yo, en cambio, un vulgar materialista que solo podía hablarle de electrodomésticos y la facturación del negocio. Nos seguimos encamando todos los días de mi licencia, todos. Ella vivía en Floresta, en una casa baja, con jardín adelante. Me invitó a pasar. Y conocí a los padres. Y una noche que me quedé a cenar escuché que la madre, en la cocina, le preguntaba por qué no se conseguía un muchacho como yo, agradable y buen partido.

*

Penélope...
Tristes a fuerza de esperar,
sus ojos parecen brillar
si un tren silba a lo lejos.

Alguien dejó la puerta de la oficina de guardia abierta para que entren el sol y un lengüetazo del verano seco y polvoriento.

Aquí no hace calor. Y da la impresión de que un pedazo de invierno se hubiera quedado adentro, en los calabozos donde los presos pasan sus días en silencio, hablando de cuando en cuando, muy raramente, como si el encierro y el recuerdo del invierno que perdura entre estas paredes empastaran los pensamientos y las voces. Podés terminar estúpido de mirar siempre la misma pared. Y sin embargo, cuando pensaste que te la habías estudiado de memoria, pueden surgir una rugosidad, un vestigio de humedad, una rajadura que antes no habías advertido. Te podés pasar los días buscándole formas humanas a la pintura descascarada de la pared. Y te decís que mientras tengas ocupado el cerebro, el calabozo no te va a poder. Sin embargo, te puede. Cuando te querés dar cuenta, el encierro te volvió pelotudo. Pero vos no te das cuenta. Te pensás que sos todo un genio porque concentrás toda tu inteligencia en el trayecto de una hormiguita colorada con la que jugás al gato y al ratón, arrinconado contra un zócalo en el fondo de la celda, el putísimo dos por uno que compartís con un chato que se pasa todo el tiempo sacándose cera de los oídos y hurgándose restos de comida entre los dientes picados.

Penélope...
Uno tras otro los ve pasar,
mira sus caras, los oye hablar.
Para ella son muñecos.

La voz de Serrat tiembla, se desvanece y vuelve a subir agitada a través de la corriente de aire. La música proviene de la oficina de guardia, donde está la radio encendida. Ojalá que no cierren esa puerta, piensa Lito. Le gusta esa canción. Se rasca pensativo la cabeza. Y al rascarse, se siente como un mono. Antes pensaba que tenía piojos. Pero no son piojos. Son pulgas. Y las pulgas son mucho más grandes. A veces, mata el tiempo triturando las pulgas con las uñas. Y se acuerda de aquella mañana de julio cuando do «el veterinario» montó un operativo antiladilla en el cuartel. En cada compañía, todos los soldados tuvieron que afeitarse las bolas. Después, tuvieron que bañarse. Esa fue una de las tres o cuatro veces que en los baños de las cuadras hubo agua caliente. Pero caliente es un decir porque la leña era escasa. Los soldados aullaban bajo el agua fría. Después, en bolas, formaron junto a los piletones. Chofitol y Lito mojaban algodones en unos baldes con kerosene y espadol y los pasaban por las bolas de la tropa. Era julio, nevaba y los soldados desnudos en la luz opaca de los baños, tiritando, con los labios violáceos, parecían prisioneros de un campo de concentración. Los soldados se habían tenido que tragar las puteadas cuando los sumbos les ordenaron que se afeitaran las bolas. Tuvieron que tragárselas también bajo los chorros punzantes de las duchas. Y también tenían que tragárselas ahora, mientras los enfermeros, bajo la supervisión del «veterinario» y del cabo primero Cardozo les quemaban las bolas. «Jodansé por putanear», repetía el «veterinario». Y después les ordenaron que se pusieran el capote sobre el cuerpo desnudo y corrieran, chancleteando con las zapatillas en la nieve, hasta la enfermería, donde los iban a vacunar. «¡A la enfermería, carrera march, tagarnas», gritaban los sumbos si alguno se caía en la nieve. Y caerse en la nieve era bueno porque el frío te aliviaba el fuego de las bolas. El operativo antiladilla fue un fracaso. Pero nadie lo confesó. Preferíamos rascarnos hasta sangrar. No fuera cosa que al «veterinario» se le ocurriera un nuevo operativo.

Ay, amor, Penélope,
mi amante fiel,
deja ya de tejer
sueños en tu mente.
Mírame. Soy tu amor.
Regresé.

Y piensa en Gladys. Se imagina dándole a leer su libreta de «Pensamientos sobre la existencia». Por suerte, en el calabozo, pudo conservar la libreta. Como le quedan pocas páginas, debe comprimir la letra. Y entonces, cuando ella lea, con lágrimas en los ojos, le va a dar un beso salado.

*

Para Nochebuena, en el rancho hubo ravioles, estofado de cordero y pan dulce. Los que teníamos amistades en el barrio de suboficiales conseguimos, por unos pesos, sentarnos a una mesa de familia.

Lito la pasó en el calabozo.

Esa misma noche, el sargento ayudante Santos, en su delirio místico, confundió a su perro con una encarnación del demonio y lo apuñaló. Después, con el cuchillo ensangrentado, persiguió a su mujer para extirparle la influencia de María Magdalena, que se le había aposentado. Ella, con su única mano, pudo agarrar una pala lineman y defenderse. Le descargó todos los golpes en la cara y la cabeza.

—Fatiga de combate —opinó Chofitol.

—¿De qué combate? —preguntó Diego.

—Contra el demonio, boludo.

—Dios se apiade de sus almas —dijo Lito al enterarse. Demacrado, ojeroso, Lito salió del calabozo el 28 de diciembre.

—Que la inocencia te valga —lo cargaron.

—Igual no tenía ganas de pasar la Nochebuena con mi viejo —dijo.

El 29 por la mañana llegaron los que habían salido en el primer turno de licencia.

—¿Le diste la carta a Gladys? —fue lo primero que le preguntó Lito a Galán, mientras este se volvía a poner la ropa de fajina.

—Se la di. Pero tenemos que conversar.

Con las manos en los bolsillos, apoyado en los barrotes de las camas, Lito seguía los movimientos de Galán.

—Es una mina bárbara, tu novia —empezó Galán—. Dice que sos un ser muy especial. Ella también es muy especial. Parecen tal para cual, hechos uno a la medida del otro.

—Gracias.

—Mira, leé esta carta que te manda.

Galán le entregó un sobre.

Y mientras Lito leía, ansioso, preguntó:

—Dale, ¿qué pensás?

—¿Qué pienso de qué? —le preguntó Lito a su vez sin levantar los ojos del papel.

—De lo que ella te cuenta. Tenés que comprenderla, Lito. Es una mujer. Y yo, un hombre. Vos también sos un hombre. ¿No te pasa nada?

—Estuviste mal, Galán.

—Escuchame. Te voy a explicar.

—Explicátelo a vos —le dijo Lito, devolviéndole la carta. Y abandonó la cuadra.

Solo, Galán leyó la carta. Como en las cartas de Lito, había «AMOR» con mayúsculas. A ella le conmovía ese «AMOR» que no necesitaba de las palabras, ese «AMOR» de una conexión telepática que hacía que si a uno le pasaba *algo,* el otro lo pudiera apreciar en vibraciones aunque se interpusiera una distancia sideral.

—Y ni una alusión a lo nuestro —iba a contar después Galán—. Ni una puta alusión. Y que conste, la conchuda me había prometido que le hablaría a Lito del remordimiento que sentía. No, ni mierda. Se calló. Y me mandó al frente. Haciéndome quedar como un pelotudo. Y perder un amigo, que es lo principal.

Pero eso lo iba a contar Galán mucho después. Galán se echó a correr. Lito caminaba hacia el río. Lo alcanzó.

—Perdoname —le suplicó.

Caminaban a la par. Lito miraba hacia el río. Y Galán lo miraba a Lito.

—Nos enamoramos. Gladys me dijo que te lo iba a poner en la carta.

—Estuviste mal.

—Perdoname. Yo no quise.

Lito se sentó en una gran piedra de la orilla.

—La carta —dijo Galán—. Tomá. Es tuya.

—Bueno.

Lito la aceptó.

—No me vas a cagar, ¿no?

—¿Cagarte? —le preguntó Lito.

—Sí, como hiciste con Santos. No me vas a hacer un daño, ¿no?

—No —le sonrió Lito con tristeza—. Te perdono.

Galán se fue. Y cuando ya no se oyeron sus pasos en las piedras, cuando estuvo solo, Lito rompió la carta y tiró los pedacitos al agua helada, cristalina y sonora. Después, sacó una hoja de la libretita. «Hoy me va a pasar *algo*», decía. La tinta se había corrido, esparcida por alguna humedad.

También rompió esta hoja y tiró los pedacitos al agua. Pero se quedaban remolineando entre las piedras de la orilla.

A las cinco tenía que tomar el Chevalier.

El campeón del regimiento

Hace una semana que Rosenberg está en un calabozo. Y como un robot, infatigable, recorre el dos por uno desde la puerta hasta la pared del fondo, arrastrando los borceguíes sin cordones. Para pasar por encima de las piernas de Almirón, su compañero de celda, que apoya como hipnotizado una mejilla en la pared, Rosen repite un saltito infantil uniendo los talones.

A veces Rosen se para frente al ventanuco en lo alto de la pared del fondo y mira caer la llovizna helada.

Y mientras va y viene, se para, mira por el ventanuco y vuelve a ir y venir, Rosen canta:

Viento, dile a la lluvia
que quiero volar y volar.
Hace más de una semana
que estoy en mi nido
sin poder volar.

Los presos le gritan a Rosen que se calle. Pero Rosen no les hace caso. Cuanto más lo putean, más desafina con su voz gangosa, como entonando una letanía.

—Vos seguí —le dice Almirón—. Y esta noche vas a ver.

Almirón está en el calabozo por haberle quebrado una pata trasera a una mula. Estaba alimentando a las mulas de su compañía, la Servicios, cuando una le tiró una patada. Almirón la esquivó raspando. Agarró un palo y golpeó al animal hasta hacerlo caer. En la vida civil, Almirón era peón de estancia. Y se enorgullecía de cojerse ovejas. Las dejaba rengueando, contó. Los que lo vieron bajo las duchas dicen que Almirón tiene la pija de un burro.

Viento, dile a la lluvia
que quiero volar y volar.
Hace más de una semana.

Y cuando Rosen va a repartir su saltito por encima de las piernas de Almirón, este levanta las rodillas y Rosen cae hacia un costado, estrellándose la frente contra la pared. Se toca el dolor y sonríe. Almirón lo levanta de la verdeoliva, acomodándolo para meterle una trompada. Entonces Rosen le sopla un besito. La trompada no le da tiempo para apartar la cara.

—Rompele el culo —grita un preso.

—Esta noche —contesta Almirón.

Ponerlo a Rosen en la misma celda que Almirón forma parte de su castigo.

Pero Rosen no se inmuta:

Yo estoy con mi compañera
hace una semana
sin poder volar.

Rosen me contó que se hizo puto por aburrimiento una tarde de invierno cuando tenía diecisiete años. Sus padres habían salido. La madre tenía un cáncer en la matriz. Y el padre, protestando porque debía abandonar el taller, la acompañaba a visitar especialistas. Rosen había quedado al cuidado de la casa y de su hermano menor, semiparalítico, que tenía catorce. Estaban mirando televisión.

—A mi hermanito lo agarró la polio —me dijo—. Pero sexualmente no le dejó secuela.

Rosen se acordaba de la epidemia. Había sido en el 56, ellos estaban de vacaciones en Mar del Plata. La madre se oponía a regresar a Buenos Aires. Las familias que tenían chicos prolongaban sus vacaciones. Las clases iban a empezar más tarde. Pero el padre dijo que el hambre era peor que la parálisis. Y que de su taller de confección de pantalones dependía el futuro de la familia. El taller quedaba en Villa Crespo. Y Rosen se acordaba de que al volver al barrio, los árboles tenían los troncos caleados. Entonces, a los diez años, su hermano había contraído la polio.

—Mis viejos no querían que lo moviera del sillón. Pero yo me puse a jugar con él. Y fue así. Tan inválido no era.

Cuando llegamos al cuartel Rosen fue asignando a la oficina de Intendencia. Cabezón, bajo, morrudo, como un pequeño rinoceronte rubio, mirando siempre oblicuo o desde abajo con sus protuberantes ojos celestes de muñeca. Rosen se empecinaba en acentuar la imbecilidad de su sonrisa babosa. En la oficina había otros cuatro soldados. Pronto empezaron a cargarlo. Pronto fue el punto. Y pronto también lo tomaron de sirvienta. Para todo Rosen tardaba demasiado. Podía pasarse horas barriendo un rincón, preparando el mate. Y cuando le ordenaban ir a buscar algo fuera de la oficina nunca se sabía cuándo iba a volver. Si iban por él, podían encontrarlo parado frente a la pista de combate desierta, mirando sin mirar el viento y los cerros, cantando una de sus canciones. Podían encontrarlo en la orilla del río, mirando sin mirar la corriente, tarareando. Podían encontrarlo igualmente en el archivo, mirando sin mirar cómo una araña se desplazaba por su brazo. Mirando sin mirar, siempre, con esos ojos tan celestes, tan vidriosos y redondos que parecían artificiales. Así era Rosen. Pero nos equivocamos al creerle la imbecilidad de la sonrisa de beato y estampita. Porque Rosen iba a sorprendernos a todos jugando al ajedrez, clasificándose como el campeón del regimiento.

Fue a medida que escalaba posiciones en el torneo de ajedrez cuando lo sumariaron.

Se había presentado en la enfermería quejándose de fuertes dolores anales. Lo revisaron Chofitol y Lito. Después, «el veterinario».

—Tiene una infección de la san puta —dijo Chofi. Y no se explicaba cómo Rosen había podido aguantar tanto.

«El veterinario» interrogó a Rosen. Con su sonrisa ingenua, Rosen le contó que se lo había cojido la compañía entera, incluyendo el cabo primero Olivares. «El veterinario» elevó el caso. Se labró un sumario. El oficial actuante fue la Conchuda Nabeiro. Le tomó testimonio a todos los soldados, uno por uno, por orden alfabético. A Rosen se lo habían cojido alrededor de treinta. Los acusados se culpaban entre ellos alegando su inocencia. Ninguno había sido. Pero todos habían escuchado que otros sí. Como Wasilevsky, el polaco que antes de la incorporación al servicio había estado preso por robo y estupro. El polaco dijo que lo habían hecho víctima de un infundio y se persignó frente a la Conchuda:

—Dios me libre siquiera de pensar una aberración semejante, mi subteniente.

La investigación se prolongaba. Y en la cuadra surgieron inquinas, afloraron rencores y hubo explosiones de odio.

Todas las broncas soterradas subieron a la superficie. De golpe, fuimos enemigos. La confusión y la desconfianza dormían entre nosotros.

—Si usted me dice quiénes fueron, soldado —prometía la Conchuda a todos y a cada uno—, le doy mi palabra que queda al margen de este sumario. ¿Se imagina qué pensarían de usted su madre, su hermana o su novia si se enteran de esto?

Al salir del interrogatorio cruzábamos miradas recelosas. La delación masiva nos aislaba hundiéndonos en una furia muda.

También el cabo primero Olivares negó. Y declaró que se trataba de una difamación. Indignado, se preguntaba cómo la Conchuda podía creerle a un judío puto antes que a él, un suboficial con sus calificaciones. Y juró romperle los dientes a ese rusito de mierda cuando lo tuviera a tiro. Ni la vieja lo iba a reconocer cuando él lo agarrara.

El número de involucrados excedía la capacidad de los calabozos. De modo que se cerró la investigación y se prohibieron por un mes las salidas de franco.

Con su letra apretada, inclinada hacia la izquierda, la Conchuda caratuló con lápiz, provisoriamente, la carpeta del sumario: «s/c 48 ROSENBERG, Sergio José y otros». El expediente estuvo durante días sobre el escritorio del mayor Balaguer, de quien dependía la oficina de Justicia. Cada vez que el mayor lo examinaba, según el Topo, se atusaba el bigote y volvía a ponerlo en su lugar, en la bandeja de asuntos menos urgentes.

—El caso Rosenberg —le decía el Topo, que ya había completado a máquina el pase del informe, la elevación para el teniente coronel.

—Hay otras cosas antes, soldado —le contestaba el mayor, refunfuñando.

En los días en que Rosen estuvo en el calabozo, el cabo primero Olivares aprovechó para resaltar su reciedumbre bailando a los involucrados en el sumario.

—Hijos del rigor —decía—. No se les puede dar confianza.

A Olivares lo habíamos visto por primera vez en Palermo, cuando nos subieron al tren. Durante el viaje, Olivares caminaba los vagones taconeando, con andar de cowboy, asegurando que en el sur nos iban a sacar machos.

Era rubio, atlético, y sus ojos verdes disfrutaban perversamente en las formaciones. Te miraban de arriba a abajo, intimidatorios. Y te obligaban a clavar los tuyos en algún punto impreciso por encima de su cabeza.

—¿Qué mira, tagarna?

—Nada, mi cabo primero.

—¿Acaso soy su novia, soldado?

—No, mi cabo primero.

—¿Y entonces...?

—...

—¿Usted se la come, recluta?

—No, mi cabo primero.

—¿La mira con cariño?

—No, mi cabo primero.

—¿O duerme abrazado a la culata?

—No, mi cabo primero.

—¿Entonces por qué transpira?

—No transpiro, mi cabo primero.

—Miente, tagarna. Me parece que vamos a tener que hacer un poco de movimiento. ¿Sabe lo que es esto?

—...

—¿No sabe, soldado?

—Un pito, mi cabo primero.

—¿Sabe para qué sirve el pito, tagarna?

—...

—¿Usted tiene pito, soldado?

—No, mi cabo primero.

—¿Entonces es una señorita?

—No, mi cabo primero.

—¿Le gusta mi pito, soldado?

—...

—Usted no tiene pito, soldado. Y yo sí. Lo voy a hacer bailar con mi pito. Y le voy a hacer un hijo macho.

En el tiempo que Rosen estuvo en el dos por uno se lo cojieron los presos. Y les contagió su infección. Pero del contagio nos enteramos más tarde.

Fue puesto en libertad antes de que se cumpliera el mes. El teniente coronel le había otorgado su clemencia. Pero no gratis. A Rosen lo sacaban del encierro para que practicara ajedrez y se entrenara para representar al regimiento en el torneo de la brigada.

Ahora lo tengo a Rosen frente a mí, sentado en una mesa del club de soldados, observando el tablero y las piezas. Es una tarde negra. Y hace un frío polar. La temperatura nos arrincona cerca de la estufa de leña. A nuestro alrededor se van juntando espectadores. Acorralado, trato de terminar en tablas. Rosen me saca permanente ventaja. Ensayo estrategias inútiles que no impiden que Rosen me vaya dejando sin piezas. Finalmente, me asfixia.

—País de competencias consoladoras —dice—. El gran campeón de la rural. El gran macho del box. Los grandes piolas de la cancha. Cocardas, copas y diplomas. Los argentinos tenemos un culo bárbaro. Todavía nadie se dio cuenta de que lo más grande que tenemos es el culo. Jaque.

Cuando juega al ajedrez, su sonrisa melosa se adueña de sus labios carnosos y rosados. Disimuladamente, me aprieto las fosas nasales o prendo un Particulares. Rosen apesta. De su cuerpo brota un hedor espeso. Unos dicen que esa pestilencia es olor a bolas. Otros, los más, que es olor a culo. Su verdeoliva, barnizada de mugre, emite pequeños destellos de grasa.

También dan asco sus uñas comidas, casi inexistentes. Me pregunto qué placer puede haber en cojerse este cuerpo que corcovea nervioso cada vez que mueve un alfil, un caballo y extrae mi reina del tablero murmurando con fastidio:

—Jaque —sin perder esa sonrisa estúpida, como si fuera él quien está perdiendo.

La mugre forma capas sucesivas en su cuello. Y Rosen se rasca la nuca levantando la vista, mirándome.

Cubro el jaque con una torre.

Y Rosen la toma con la punta de sus dedos mochos y vuelve a murmurar:

—Jaque.

En las tardes en que jugamos al ajedrez hay apuestas. Un paquete de cigarrillos, una botella de ginebra, un polvo en el quilombo y turnos de imaginaria reemplazan el dinero. Y aunque no entiendo el juego, los chatos apuestan lo mismo. Rosen le gana a Chofi, a Lito, a Tacuara y al Topo. Rosen no tiene adversarios. Y se convierte en un ídolo.

Desde el mostrador, el cabo primero Olivares atisba las partidas. Tiene la sangre en el ojo. Y espera la oportunidad para vengarse de su «pupilo», como ha dado en llamar últimamente a Rosen. Pero Rosen no se altera, y mientras mueve su reina, canta lo suficientemente alto como para que Olivares pueda oírlo:

Yo soy aquel
que cada noche te persigue.
Yo soy aquel
que por quererte ya no vive.
El que te espera,
el que te sueña...

Ya se hizo de noche. Y es la hora de rancho. Rosen y yo somos los últimos en retirarnos del club. Rosen se demora guardando las piezas en la caja de madera. Las piezas caen con un sonido de huesos rotos.

Y estoy aquí, aquí,
para quererte.
Estoy aquí, aquí,
para adorarte.
Yo estoy aquí, aquí,
para decirte
que como yo
nadie te amó.

Abandonando el mostrador, el cabo primero le ordena:
—Soldado, venga.
Me quedo en la puerta, mirando.
—¿Qué pasa, tagarna? —me dispara Olivares.
—Espero a Rosen, mi cabo primero.
—¿Son marido y mujer, soldado?

—No, mi cabo primero.

—Rosen ya va a ir. Afuera, carrera march.

Antes de obedecer la orden, veo que Rosen mantiene una expresión de inquebrantable docilidad, remarcada por la sonrisa almibarada, complacida en la sumisión.

—¿Y Rosen? —me preguntan en el rancho.

—Lo agarró Olivares.

El Topo se burla de mi preocupación. Y suele cargarme por la amistad con Rosen. Me tranquilizo pensando que no pueden pensar que soy puto. De todas formas, la situación no me gusta. Y pienso que una de estas noches voy a volver a escaparme al quilombo. Tengo que sacarme de encima la virginidad, esta enfermedad secreta. Si me sacara el queso de una vez por todas, pienso, no le daría tanta importancia a las jodas del Topo. Si me vaciara la leche, pienso, también dejaría de preguntarme qué se puede sentir al cojerse a un puto. Más de una vez me lo pregunto. Y me conformo pensando que putos son los que reciben, no los que dan. Al menos, esto es los que piensan todos.

El lugar de Rosen en el rancho permanece libre un rato largo. Y cuando entra al galpón, lo vemos venir a través del vapor fétido de la sopa. Vemos venir a un Rosen cabizbajo que pretende esconder el pómulo amoratado y la oreja enrojecida. Su mirada celeste está húmeda. Sin embargo, sonríe.

—¿Olivares? —le pregunto. Y me guiña un ojo.

Otra de esas tardes, Rosen tarda en aparecer por el club de soldados. Se desarrollan algunas partidas, pero sin emoción. Me entretengo leyendo una revista de ajedrez. Y mientras analizo una partida de Capablanca, entra el cabo primero Olivares y, como de costumbre, se acoda en el mostrador, su puesto de vigilancia. Sus ojos verdes buscan infructuosamente a Rosen entre las cabezas envueltas en la atmósfera pesada de tabaco.

Es raro que Olivares venga antes que Rosen, pensamos.

Y cuando aparece, Rosen trae la mano derecha vendada.

—No es nada —dice—. Un accidente.

Y mira a Olivares.

—Se me cayó la máquina de escribir —dice—. Quise atajarla y me rompí los dedos.

—Voy a apostar por usted, Rosen —anuncia el cabo primero—. A ver cómo me mueve hoy.

Rosen lo ignora. Y con la mano vendada, sonriendo, mueve un peón cuatro rey.

—Un porrón de ginebra a que gana mi pupilo —dice estruendoso el cabo primero.

Me asombra que Rosen no perciba que estoy tramando un principiante jaque mate pastor. Y también que se deje derrotar.

Con rabia, Olivares se nos arrima con sus pasos de cowboy.

—¿Es o se hace, Rosen? Aposté por usted.

—No se enoje, mi cabo primero —susurra Rosen.

—¿Por qué perdió?

—No perdí —le contesta Rosen, distribuyendo de nuevo las piezas—. Gané.

Y hacia mí:

—¿No que gané?

A mediados de agosto los días transcurren con una monotonía persistente. La nieve se alterna con la llovizna. Despertar a diana, formar en el contraluz del amanecer, izar la bandera, hacer orden cerrado y practicar en la pista de combate hasta el mediodía son los rituales que debemos ejecutar diariamente, capacitándonos para una guerra que puede detonarse en el segundo menos esperado. Ahora que cepillamos el caballo de un oficial, ahora que lustramos el correaje para una revista, ahora que desarmamos los fusiles que se traban al gatillar, ahora que hachamos leña para las viviendas del barrio, ahora que desparramamos aserrín y kerosene en el piso de la cuadra, ahora que pintamos los cartelitos que prohíben pisar el césped, ahora que alguien se pajea desesperadamente en un retrete, ahora que la nieve otra vez se hizo garúa, puede estallar esa guerra que se agazapa en las hipótesis de conflicto que estudian los oficiales en esas reuniones de la Plana Mayor.

En esos días, a Rosen lo rapan, lo obligan a bañarse con agua fría y lo visten con un impecable uniforme de salida. Con disgusto evidente, el teniente coronel endereza el birrete de Rosen antes de que suba a la camioneta que se perderá por el camino de ripio, en dirección a Zapala, donde se libra la competencia y Rosen representará al regimiento.

Todos, quien más, quien menos, despedimos la camioneta con un «Fuerza, Campeón». Todos, inclusive los que se lo cojieron, sienten que un poco de la gloria de Rosen les pertenece. Todos, incluso Tacuara que masculla:

—Es indiscutible, los judíos son bochos.

Todos, quien más, quien menos, cada uno a su manera, sentimos una solidaria admiración hacia el Rosen manso y sonriente que se sienta en la camioneta y saca un brazo por la ventanilla, saludando con una V en los dedos todavía vendados.

Eso, un lunes.

Y el miércoles, temprano, arrugado y maltrecho, con la cara tiznada por el polvo del viaje, dedicándonos otra de sus sonrisas dulzonas, Rosen vuelve al cuartel como si nada hubiera ocurrido. Pero Rosen perdió. Rosen fue descalificado. Rosen arruinó el honor del regimiento, dice el teniente coronel. Y el cabo primero Olivares, paladeando su resentimiento, nos sugiere que lo liquidemos en una manteada. Pero no lo manteamos. Rosen es encerrado nuevamente en un dos por uno. En esos días, durante una tormenta de nieve, me toca otra vez hacer guardia. Rosen se pega a la puerta del calabozo y me pide algo de comer a través de la mirilla. Todo lo que tengo es un caramelo.

—Lástima que no tengas chicles —me dice—. Hacer globos me entretiene.

Y después:

—Gané. Les gané a todos.

En esta noche Rosen me cuenta cómo se hizo puto. Y también me cuenta que cuando salga de la colimba va a dejar la carrera de economía, que empezó para no contrariar a los padres.

—Cuando salga —dice—, voy a juntar guita. Me voy a ir a Europa. Y me voy a operar. Quiero ser hermosa.

—Dormite —le digo.

—No tengo sueño —dice—. Y vos, sí. No te podés quedar dormido. Yo te doy conversación y aguantás.

Y se pone a contar cómo es la casa de sus padres en Villa Crespo, a describir la belleza de su madre.

—Me gustaría ser como ella —dice.

En esos días, los presos se lo cojen de nuevo. Y se le reanuda la infección provocándole fiebre. Enflaquecido, demacrado, Rosen no se lamenta. La piel le transparenta las venas. Ardiendo, debilitado, se tumba debajo del ventanuco y, ovillado, se acurruca balbuceando frases inconexas. Cuando la guardia se da cuenta de su gravedad, lo transportan entre cuatro, como si fuera un muerto, a la enfermería donde seguirá delirando durante dos días y dos noches.

Rosen, Rosen, la maravillosen,
como blanca diosen,
como flor hermosen,
tu amor me condena
a la dulce pena de sufrir.

Cuando vuelve en sí, Rosen sonríe a los internados que le cantan. Se siente halagado. Está a gusto en la enfermería. Revolea sus ojos celestes hacia cada uno de los que rodean su cama, agradecido por esta recepción a la vida.

Al mejorar un poco, Rosen colabora en el cuidado de los enfermos. Les controla la temperatura, da inyecciones y los lleva hasta el baño. Hace las camas, arropa a uno y le lee una carta a otro. No hay supuración ni excrecencia que le dé asco. Está siempre alerta y dispuesto a atender las necesidades de cualquiera.

El nuevo Rosen también nos deja con la boca abierta por su higiene. Está limpio, perfumado. Y se deja crecer las uñas. Muestra satisfecho cómo le crecen.

—Lo podríamos dar de alta —dice Chofi—. Pero la Conchuda no quiere que vuelva a la cuadra. Mejor para Rosen. Cuanto más lejos esté de Olivares, mejor.

Una noche el Topo introduce fumo y ginebra en la sala de internaciones. Y con la ayuda de una linterna, parado sobre una mesita de luz, Rosen improvisa un strip-tease. Los enfermos le hacen el coro:

Quiero llenarme de ti...

Y Rosen, que se sabe de memoria todas las letras de Sandro, se desnuda contonéandose en la oscuridad agujereada por la linterna. Impostando la voz, tirándole besos al público, Rosen salta a una cama y finge tirar del cable de un micrófono imaginario.

Quiero encerrar a tu mirada entre mis manos,
luego abrazarte y llenarte de calor...

Rosen sacude la cadera, se acaricia la pelvis y se curva incitando al coro de fumados y borrachos. Están todos demasiado idos para notar la entrada del cabo primero Cardozo. Ni Chofitol ni Lito, que está de campana pero que se ha distraído por no perderse un detalle del espectáculo, se dan cuenta de que esa sombra es Cardozo que avanza entre las camas, cruzando la luz que sigue a Rosen como un *spot*, proyectando sus gestos sensuales sobre una sábana que hace de telón de fondo.

Tu peligrosa inocencia me estremece,
tu picardía me hace sonreír,
la candidez de tu mirada me enloquece...
Dime, pequeña, qué te puedo pedir...
Y el coro no termina de entonar:
Quiero llenarme de ti...

Cuando suena el silbato y un grito desgarra la función:

—¡Atención!

Después de esa noche, a Rosen lo mandan al horno de ladrillos. El trabajo embrutecedor y el salvajismo de sus nuevos compañeros lo desintegran.

En octubre lo devuelven a la enfermería. Y de ahí lo despachan hacia el Hospital Militar Central.

No vamos a saber de Rosen hasta fines de febrero.

En cierta forma, todo lo que pasó con Rosen, favorece a Sabañón.

Sabañón es enclenque, tímido y no soporta que le escondamos los guantes de lana. Siempre está junto a la estufa de la oficina de Logística, donde fue asignado, frotándose las manos. A pesar de que es un chupamedias de los sumbos, a los que siempre les regala algo de sus encomiendas, a pesar de que su padre le ha escrito al teniente coronel y de que le hizo llegar una botella de whisky importado, Sabañón se pierde la primera baja. Y la segunda.

Sabañón es un blando, como muchos. Quizás no tanto como para ser el punto de la cuadra. Pero, ahora que quedamos menos, en enero, allí está, quieto, acorralado, como implorando con su mirada huidiza que no reparemos en él. Y por supuesto provocando el efecto contrario.

Los días se alargan cálidos y limpios. Los calabozos ya no amedrentan. Al reducirse la tropa, si se la encierra se desarticulan los engranajes que hacen funcionar el cuartel. Si te meten en un dos por uno es por la noche nomás. Porque a la mañana tienen que sacarte para que des curso a los expedientes, cortes el pasto, cuides el jardín de un milico o le laves el auto.

El tiempo es propicio para tomar sol, zambullirse en el Chimehuin y, por las noches, impulsados por la ginebra, escaparse al quilombo.

Sabañón se pasa los días en la penumbra fría de su oficina y cuando oscurece, después de rancho, se apura en acostarse.

Un sábado a la tarde lo sorprendemos en el club de soldados, calentando agua en unas cacerolas. Después, las lleva a los baños de los sumbos. Intrigados, lo seguimos en silencio. Y vemos cómo vuelca el agua en una regadera para bañar al cabo primero Olivares.

—Está hirviendo, tagarna —le ordena Olivares—. Y écheme más en la espalda. ¿No ve que tengo jabón, todavía?

En el Correo, el Topo despega una carta dirigida a Sabañón. Así descubrimos que no es empleado de un banco, como nos contó, sino bailarín del Teatro Colón.

—No, vos puto no sos —le dice el Topo—. Para ser puto hace falta tener huevos, como Rosen. Vos sos una marica, olfa.

A fines de febrero Rosen vuelve al cuartel. Viste una camisa roja a cuadros, un jean y mocasines marrones. Trae un pulóver azul anudado a la cintura. Y la sonrisa, su sonrisa eterna, inseparable. Rosen vuelve a ocupar su vieja cama en la cuadra. Aunque ahora tiene camas para elegir, vuelve a ocupar la misma que ocupó al principio. Vuelve a jugar al ajedrez. Vuelve también a extraviarse en los límites de la guarnición, mirando sin mirar el paisaje. Y vuelve especialmente a que le entreguen la libreta de enrolamiento firmada y sellada. En el documento habrá de constar que él, el soldado clase 48 Sergio Rosenberg cumplió el servicio militar.

Y cuando le entregan la libreta, la guarda en un bolsillo trasero del jean y se marcha sin despedirse de nadie.

Calor de hogar

Si este cuento fuera una película, podría comenzar con una hamaca doble, de madera, de esas con dos sillas enfrentadas unidas por un piso de tablas. La pintura amarilla de la madera se ha ido descascarando. La hamaca está quieta. Y a su alrededor, en el jardín trasero de una de las casas del barrio de oficiales, el pasto y la maleza crecen indicando que el chalet está deshabitado. Se escucha el sonido de un postigón que golpea el viento. Y también, el viento produce el vaivén de la hamaca, que se balancea con un graznido seco, desaceitado. Todavía no sabemos que uno de los chicos dueños de la hamaca murió hace unos meses. Y que este accidente determinó la ausencia de los habitantes del chalet. El abandono y la melancolía de la construcción se condensan en el ánimo de quien pasa por la calle de tierra y la observa. Y quizás esta impresión de abandono y melancolía se deba al contraste del chalet, hostil, apagado, mustio, con el verde intenso de los pinos y los álamos, que jaspean con su sombra la propiedad.

También este cuento, si fuera una película, podría empezar con un cartel de lata pintado de celeste. Sobre el pretendido fondo color cielo, en letras amarillas que en tiempos mejores fueron doradas, el óxido permite leer:

FANNY COIFFE
PEINADOS - MANICURA — DEPILASIÓN
A LA CERA CHINA

El cartel está clavado en uno de los parantes de un porche, en otro chalet. Y este también sugiere, por su aspecto, que está deshabitado. Al revés del chalet anterior, no hay nada en este que nos permita inferir que había chicos entre sus ocupantes. Hay objetos que quedaron afuera en el momento en que la casa fue abandonada. Pero ninguno —un par de zapatillas, una bombacha colgada de un alambre, una damajuana de vino vacía, volcada debajo de una ventana, una colchoneta enrollada y atada con soga en un costado del porche, una reposera abierta bajo la sombra de un pino, con la madera embarrada por la lluvia, la lona podrida y un charco de agua musgosa en el asiento—, ninguno de estos objetos sugiere mucho más que el desorden, el apuro y el nerviosismo con que fue abandonada esta vivienda enterrada en un recodo del bosque.

Carson McCullers escribió en el comienzo de una de sus narraciones: «Una base militar en tiempo de paz es un lugar monótono. Y suelen ocurrir algunas cosas que se repiten una y otra vez». Y también: «Y a veces pasan también en una guarnición cosas que no se repiten».

La historia que voy a contarles se desencadenó, transcurrió y culminó en gran parte en estas dos viviendas. La primera, la que tiene una hamaca de madera carcomiéndose en la humedad del jardín trasero, está ubicada en la ladera de un cerro, en lo alto del barrio de oficiales. Emplazada en un sitio preferencial, desde sus ventanas abiertas en otro tiempo, se dominaba el valle en el que se extienden los dos barrios —el otro, el de suboficiales— y después, el tambo, la franja de asfalto de la pista de aterrizaje y también el río. En los días claros, desde sus ventanas se podía distinguir también cómo el río desaparece detrás de la alameda que precede al pueblo aproximadamente a tres kilómetros al sur. La segunda casa, la que tiene el cartel de lata oxidada en el porche, humilde y sencilla, está en el barrio de suboficiales.

Sin embargo, la relación que tuvieron los habitantes de ambas casas fue poca y ocasional. Las mujeres, si se conocían, se conocían de vista, simplemente por estar casadas con hombres destinados a la misma guarnición. Y los hombres, entre sí, no tuvieron otro trato que el rutinario impuesto por la vida del cuartel. No obstante, hubo un momento en que sus existencias se cruzaron. Uno, el oficial, fue el sumariante. Y el otro, el sub-oficial, el sumariado.

La historia entonces comprende un sumario que ya se encuentra en el archivo de la oficina de Justicia del regimiento, convenientemente aplastado bajo el peso de pilas y pilas de expedientes y, en el momento en que ustedes leen este relato pertenece a las ratas si es que no fue destruido por el fuego. La carátula del mismo dice: «Cbo. 1o BENIAMINO, Ramón Trinidad y otros: Alteración del Orden, Agravio a las Buenas Costumbres e Inconducta». Y en sus fojas se acumula la información probatoria de los cargos que se le formulan al sumariado. También, se solicita su exoneración del ejército. En el mismo sumario, como «otros» se involucra a varios soldados. Pero ninguno de ellos es el protagonista de esta historia, ninguno de ellos estuvo tan cerca de los hechos mencionados en el sumario y de otros, laterales, que no hacen al expediente pero sí a esta historia: por ejemplo, la muerte del hijo de doce años del oficial sumariante y su posterior intento de suicidio con una pistola. El protagonista es otro soldado. Y tenía acceso a las dos casas de que les hablé. Cuando había franco, todos nosotros enfilábamos hacia el pueblo. Y éramos recibidos por las calles desiertas y las casas con sus puertas y ventanas cerradas, con excepción de los dos o tres hoteluchos de siempre que nos aguardaban con las mesas tendidas y las camas hechas dispuestos a hacerse el fin de semana. Frente al pueblo recluido, el entusiasmo del franco se deshacía como un copo y, a medida que cruzabas la plaza y mirabas la desolación azotada por el viento y el polvo, si no por la lluvia y la nieve, te sentías un turista de la angustia y te dabas cuenta de tu verdadera condición de paria.

Por bastante menos dinero del que se gastaba en el pueblo, se podía pasar el fin de semana en la casa del cabo primero Beniamino.

Al principio solo iban a su casa, «especialmente invitados», los tres soldados que trabajaban con el cabo primero en la zapatería del cuartel. Entre ellos estaba Zuloaga, correntino como el cabo primero, por el que el suboficial sentía predilección. El cabo primero Beniamino y Zuloaga no parecían tanto proceder de la misma provincia como de la misma madre, dos sapos ventrudos, pachorrientos, que croaban con la misma tonada y se entendían con los mismos gestos.

Zuloaga fue quien entrevió la punta del negocio.

Por entonces Beniamino solamente los «invitaba» a comer.

Aunque se decía peluquera diplomada y había puesto un cartel en el porche de la casa, Fanny Ordoñez de Beniamino, la señora del cabo primero, era una de las tantas cocineras del barrio que vendía comida a la tropa. El matrimonio no tenía hijos. Ella decía que para tenerlos había que asegurarse antes un buen pasar. Y esperaba establecerse con un salón de belleza en Paraná, su ciudad natal.

Un sábado por la noche, después de un guiso de cordero y promediando la segunda damajuana de vino, mientras Fanny servía un budín de pan con crema y dulce de leche, Beniamino volvió a repetirles a sus soldados todo lo que le dolía cobrarles la cena, porque él no los quería como amigos sino como a hermanos. Pero no le quedaba otro remedio.

Zuloaga le pidió que no se afligiera. Y le expuso su idea de un negocio. Los colimbas no solo extrañaban la comida. Extrañaban, por sobre todas las cosas, el calor de hogar. Y para encontrarlo, mejor dicho, para dar con un pálido reflejo de calor de hogar, se iban a tirar la plata al pueblo. Por un precio inferior, el cabo primero podía ofrecer, «a una selecta minoría, claro», casa y comida durante los fines de semana. Si el cabo primero se decidía, según los cálculos de Zuloaga, pronto gozaría de una respetable clientela, pronto reuniría una buena suma y pronto Fanny podría poner su salón de belleza en Paraná. Por supuesto, había que manejar el negocio con cierta discreción.

Beniamino pensó que el vino se le había subido a la cabeza. Y pensativo, sonriendo malicioso, dijo que era un riesgo. Y Fanny, llenándole otro vaso, dijo que para ganar había que arriesgar.

Esa noche el cabo primero durmió mal. Se removió entre las frazadas, destapó a Fanny, apartó con las manos moscas invisibles y se sacudió inquieto hasta que a la madrugada, Fanny, cansada de codearlo y patearlo, se pasó al sofá del comedor junto a la salamandra. Y soñó con las clientas perdidas. Y las futuras.

El domingo a primera hora de la mañana, el cabo primero fue al cuartel a buscar a Zuloaga. No lo encontró en la cuadra. Los soldados pensaron que había pasado algo para que el cabo primero buscara a Zuloaga tan temprano. No pensaron exactamente: «Pasó algo», sino más bien: «Zuloaga se mandó una cagada». El semblante de Beniamino, habitualmente risueño, estaba ensombrecido.

La noche anterior Zuloaga había terminado durmiendo la curda en un depósito de forraje, abrazado a una botella de ginebra. Allí lo encontró el cabo primero, roncando vestido, cubierto por unas matras. Y de allí lo sacó a los empujones, llevándolo hasta un bebedero donde le sumergió la cara.

—¿Y en qué irías prendido vos, che Zuloaga? —lo tanteó.

La pregunta alivió a Zuloaga. También él había pensado: «Me mandé una cagada».

Con el sol golpeándole los ojos, Zuloaga respiró para contestar:

—A mí déjeme los naipes, mi cabo primero —y sonrió—. Y si no le parece mal, incluimos comida y alojamiento.

Zuloaga encaró el negocio como propio. Y empezó a sondear a la posible clientela. No podía sentar a la mesa de una casa de familia, decía, a bestias y analfabetos. Tenían que ser soldados que supieran apreciar, además de la comida, el calor de un hogar. Y que se comportaran como en su misma casa. Tenían que ser «gente de buena familia», decía. Y que dispusieran de la certeza quincenal o mensual de un giro. Porque la cosa tenía que funcionar estrictamente al contado.

Estaba el orangután
meciéndose en una rama.
Estaba el orangután
meciéndose en una rama.
Y pasó la orangutana
comiéndose una banana...

El cabo primero Beniamino tenía un combinado Zenith. Y daba gusto amodorrarse en el sofá, con el estómago lleno, embotado por el vino, escuchando música mientras los invitados se disputaban un truco o un póker. Porque apenas terminaba la comida, cuando el vino había distendido el clima, al sacarnos los borceguíes y acercar las plantas de los pies a la estufa, Zuloaga ponía los mazos sobre el mantel. Zuloaga era imbatible. Y siempre se las arreglaba para que todos quedaran endeudados con él. En las partidas participaba el cabo primero, pero raramente llegaba al final. Abotagado por el vino, se apoltronaba en un rincón y no despertaba hasta la mañana siguiente.

De pronto el orangután
le dijo a la orangutana:
Termina ya tu banana,
te invito a pasear en liana...

En esos fines de semana, Fanny se maquillaba y se ponía un escotado vestido rojo. Rehuíamos mirar directamente el escote. Pero cuando ella se inclinaba a servirnos, costaba desviar las pupilas.

Es la negra Soledad
la que alza mi cumbia...

Quizás en el mundo lejano del cuartel ninguno de nosotros se habría fijado siquiera en ella. Pero en esas noches crudas, a una eternidad de distancia de quienes habíamos sido, la aplaudíamos extasiados sin reparar tampoco en que Fanny no hubiera conseguido demasiados admiradores en el baile de un círculo provinciano, bajo los efectos de la cerveza, la cumbia, el chamamé y el cuarteto.

Pa' llá y pa' cá
y tan delicada en el gozar
con su pollera colará,
con su pollera colará...

El cabo primero festejaba las miradas:

—No dijiste que esta noche había ubre, che Fanny —decía agarrándole las tetas cuando le tocaba ser servido.

Y también:

—Tendrían que probar mi estofadito.

Los clientes apreciábamos estos chistes. Y el cabo primero, feliz con el curso de su negocio, gritaba un sapucai.

Y una vez que él se desplomaba, durante el café, podías conversar con Fanny sobre esa reencarnación que te esperaba del otro lado del túnel del tiempo: la vida civil. A Fanny le interesaban particularmente nuestras novias. Preguntaba cómo se llamaban, cómo eran, qué hacían, dónde vivían, qué ropa usaban. Y por unos segundos, Fanny era ellas. Y mientras te hablaba, como en un descuido, te tocaba la rodilla. Rogabas para que sus dedos avanzaran. Y avanzaban, pero cada centímetro tardaban un siglo. Sus uñas esmaltadas como sangre se clavaban en tu pierna mientras girabas, cada tanto, al acordarte de que el marido estaba ahí no más, a un metro, durmiendo. Pero no había problema. Todos habíamos bebido demasiado. En una de esas, lo más sano era preguntarle a Fanny dónde estaba tu cama, que te condujera al cuarto de los huéspedes, donde yacían alineados sobre el piso seis colchones con sus respectivas sábanas tendidas y perfumadas. Al pie de cada una, dobladas, estaban las frazadas. Y entre colchón y colchón, en un frasco vacío de mermerlada, había flores. Al cerrar la puerta del lado de adentro, descubrías que Fanny había pinchado una estampita de Ceferino y una rama de laurel.

No me niegues, ay morenita,
y ven pa' cá...
Con su pollera colará...

Y una de esas noches Zuloaga tomó la iniciativa. El cabo primero se abrazaba a sí mismo en el sofá, roncándole al respaldo. Zuloaga lo sacudió. El cuerpo rechoncho y pesado del cabo primero se volteó hacia Zuloaga y vaciló, a punto de caer. Ni siquiera abrió los ojos.

Entonces Zuloaga hizo una seña hacia la cocina, donde Fanny había ido a buscar otra damajuana:

—No es una puta, che. No tiene ninguna enfermedad y precisa cariño. Y por unos pesos más, lo podemos arreglar. Piensen que puede ser su novia. Piensen.

Ay, como me gusta
esta negrita Soledad...
Con su pollera colará...

Si este cuento fuera una película, la música quizá debería interrumpirse abruptamente para ceder al silencio violento de un cambio de escenario y un salto en el tiempo. A pesar del corte, todavía persiste en nuestros oídos la melodía tropical, pegajosa, como agarrándose. Y esa melodía, frente al silencio, se astilla y se disuelve cuando nos damos cuenta de que este ambiente, si propicia el recuerdo de una melodía, seguramente, deberá ser la reminiscencia de alguna marcha militar, cuyos bronces resuenan distantes pero gloriosos, casi lúgubres, como hubiera sonado una cajita de música mientras mirábamos aquel chalet del barrio militar, su hamaca quieta, apenas balanceada por un golpe de viento, moviéndola como si en ella jugara el fantasma de un chico muerto.

En su despacho de Operaciones, detrás de su escritorio, y en lo alto de la pared —no muy alto, porque le gustaba que lo vieran recortado contra él—, el capitán Roca había colgado ese cuadro con el general Roca galopando con su tropa en la campaña del desierto.

—Soy su descendiente legítimo —decía el capitán Roca—. Para mí no tienen secretos ni el Sur ni los hombres. Y como el general, si hay un sujeto al que desprecio es el ladino, aquel que esconde la cabeza como el avestruz. Si quieren andar derecho conmigo, soldados, no me mientan.

Y los soldados de Operaciones miraban el cuadro y miraban al capitán. Si Roca no era pariente de su ilustre homónimo, por ahí le andaba. Después de todo, los dos eran pelados.

Entre esos soldados se contaba Repetto. El soldado Repetto era un personaje. Tenía pinta, pero parecía no importarle. Tenía garbo, y tal vez se debía a la deliberación de un cierto descuido, una cierta negligencia en la manera de ponerse la verdeoliva o el uniforme de salida, una leve desprolijidad que a nosotros nos hubiera llevado horas. Tenía eso que da una educación de dinero, pero que el dinero, sin embargo, no puede comprar. Era de esa clase de tipos, admirables y repelentes, lo uno por lo otro y viceversa, que quedan siempre bien parados, aun en las situaciones más humillantes o dramáticas. Y esto parecía pasarle a pesar de las circunstancias, de los demás y de sí mismo.

—Simplemente —parecía decir—, se trata de mi encanto personal.

Pero no lo decía. Nunca lo hubiera dicho.

Repetto se llamaba Alejandro, como el Magno. Era estudiante de arquitectura y bocetista en la sala de arte de una agencia de publicidad americana. Su novia, socia de una boutique, había sido elegida segunda princesa en el concurso de Miss Mar del Plata el verano anterior.

Si le preguntabas cómo había hecho para levantarse una mina semejante, es probable que te hubiera respondido con una sonrisa que, curiosamente, no era vanidosa. En todo caso, la sonrisa de alguien que acepta las cosas como son. Y esa sonrisa hubiera querido decir:

—Encanto personal —sin necesidad de que él lo dijera.

A todos nos constaba que Repetto no había hecho absolutamente ningún esfuerzo para seducir al capitán Roca.

Si en algo congeniaban él, Repetto, su asistente, y el capitán, era en el estilo canchero con que llevaban la verdeoliva. Si los veías caminar juntos desde atrás, habrías pensado que Repetto era también un oficial.

A diferencia de otros oficiales, Roca tenía el porte y el acento como para tirárselas de cajetilla. La indumentaria, los símbolos, las armas, eran ornamentos naturales de su figura. Combinaban con él. Se fundían con su personalidad.

Pero si los veías caminar hacia vos, Roca algo adelantado, y Repetto un paso atrás, podías pensar que el soldado era un complemento más de la elegancia del oficial, para quien su clase y el ejército, eran lo mismo, un don heredado, un rasgo de su estirpe. Pero si mirabas detenidamente, te fijabas que había en Repetto una cualidad intangible que se las ingeniaba para que, si caminaban un largo rato juntos, fuera al revés. Él, el soldado, era el verdadero dueño de la clase y la distinción. Un error lo había colocado ahí, junto al oficial. Y trataba de que no se percibiera demasiado que, a su lado, el oficial, con su manera de caminar, con sus gestos, con sus tics, desentonaba exhibiendo esos modales. Al invertirse tu apreciación, te acordabas de lo que había dicho Repetto cuando el capitán Roca lo eligió como asistente:

—Es un tilingo. ¿Qué puedo hacer?

Victoria, la mujer del capitán Roca, era una rubia delgada, de penetrantes ojos grises. No tenía ni un gramo de más ni un gramo de menos. Y en su vida había acercado a sus labios un tenedor con un bocado de esos guisos que podía cocinar alguien como Fanny, la señora del cabo primero Beniamino. Su silueta daba a entender que tampoco había sido afectada por los tres partos en que, sucesivamente, había dado a luz a Ramiro, Agustín y María Victoria.

Repetto le cuidaba al capitán el Peugeot y los caballos. Al poco tiempo de estar en el cuartel, Repetto le manejaba el auto llevando a la señora, en el asiento trasero, a San Martín de los Andes, donde tomaba el té y jugaba a la canasta con sus amigas.

Como su marido, también le había tomado aprecio al soldado.

—Por favor, Ale —le decía—, hoy teneme el coche listo a las dos.

Y nosotros, imitando su voz aterciopelada, le preguntamos a Repetto:

—¿Y vos como la llamás?

—Señora, siempre —nos dijo—. Aunque ella me pidió que la llamara por el nombre. Tal vez, me tomen por boludo. Pero por esa mina, yo no me arriesgo ni esto.

—Ale, acordate de ensillar para cuando Ramirito vuelva del colegio —le decía ella.

Y Repetto cepillaba la cola de la potranca negra, adecuaba los estribos para Ramirito, el mayor de los Roca, que tenía doce. Y por la manera en que ponía la montura, sujetaba la brida y le hablaba a la potranca, podías pensar que Repetto era de familia terrateniente.

«Encanto personal».

Fue durante una práctica en la pista de combate.

El polaco Wasilevsky, con inquina, dijo aludiendo a Repetto:

—A este no se lo ve por lo de Beniamino porque está muy entretenido montándose a la yegua del capitán.

Estábamos en un descanso, detrás de un montículo.

Repetto se paró dejando caer el FAL.

Wasilevsky se reía de su ocurrencia.

Y nosotros mirábamos a Repetto que se le plantaba delante:

—Repetílo.

—Digo que sos un engrupido.

Frente al polaco podías adoptar dos actitudes. La primera, la usual, era hacerte el pelotudo y dejarla pasar. Nadie te iba a acusar de cagón por eso. Porque la segunda, excepcional en cualquiera, era disponerte a pelear. Y ligarla. Al polaco no le bastaba solo pelear y voltear a su adversario. Seguía destrozándolo, hasta que el otro imploraba y aceptaba repetir todo lo que el polaco pediría que repitiera, riéndose como una histérica.

—Y también digo que te la tirás de bacán —agregó el polaco—. Te pensás que cagás más alto que tu culo porque te garchás a la jermu del capitán.

—Parate.

—No te hagás el gallito que vas a suplicar.

—Parate, cagón.

Pero el polaco no se paró.

Y entonces Repetto se dio vuelta, como dando todo por terminado.

Pero había calculado que el polaco lo atacaría por la espalda. Fue impecable el zurdazo que sacó Repetto, acertándole al polaco en la trompa.

Desconcertado, el polaco tardó en reaccionar. Y cuando saltó otra vez contra Repetto, no pudo terminar el salto. Dos trompadas cortas, eficaces, detuvieron en seco su vuelo haciéndolo caer como un fardo.

Eso sí que fue «encanto personal».

En esa semana, Zuloaga se acercó a Repetto.

—Un tipo como vos merece todo mi respeto —le dijo, reverencial—. Espero que el sábado no me fallés. Ya sabés dónde.

—No te ofendas, correntino —le dijo Repetto—. Pero creo que el sábado tengo que llevar a la señora a San Martín.

—Es una invitación, che loco. No tenés que ponerte con nada. Va todo por mi cuenta. Para mí será un honor tenerte a la mesa.

La anécdota había llegado a oídos de Fanny, que estaba ansiosa por conocer a ese soldado que había defendido así la reputación de una mujer. La anécdota, contada por Zuloaga, que cargó las tintas resaltando el «encanto personal» de Repetto, suscitó las veleidades románticas de Fanny que se enamoró por adelantado de Repetto. Y como toda enamorada, sintió también que era la primera vez que se enamoraba.

—Por favor —le rogó a Zuloaga—, decile a ese muchacho que no falte el sábado. Preguntale qué le gustaría comer. Voy a servir sidra con el postre. Ojalá le guste.

—Le tiene que gustar —dijo Zuloaga—. Es un tipo de alcurnia.

La anécdota también había llegado al escritorio del capitán Roca. Un bocón se lo había contado a la Chancha Domínguez. Y la Chancha Domínguez se lo contó a la Conchuda Nabeiro. Y la Conchuda, al capitán, comentando:

—Lástima que su asistente sea un civil.

Y el viernes por la tarde, a eso de las seis, antes de que cesara la actividad en la Plana Mayor, el capitán Roca mandó llamar a Repetto. Pero no pudo sonsacarle nada. Su asistente permanecía en posición de firmes, mudo, con los ojos clavados en el cuadro de la campaña del desierto.

—Descanse —condescendió el capitán.

Y el cambio de posición del soldado fue una descarga ruidosa que descongestionó la tensión del ambiente.

—Antes de juzgar a un hombre, Repetto, me juzgo a mí mismo —le dijo el capitán—. Con este parámetro, elijo a quienes voy a abrirles mi alma. Con usted, no me equivoqué. Y lo felicito. No hace falta que me diga nada. Cuente conmigo, soldado. Cuente conmigo de por vida. Y ahora, permítame que le ofrezca un whisky Jack Daniel's.

En la biblioteca con vitrina, detrás de los volúmenes de Van Clausewitz y los manuales del Círculo Militar, el capitán Roca escondía una botella que, en su ausencia, Repetto solía besar y reponer después el contenido con agua y alcohol. Y ahora, el ofrecimiento de Roca lo conmovía a tal punto que hubiera podido confesarle que le adulteraba el whisky. Y si hasta ahora el capitán no había percibido la adulteración, pensó Repetto, quizá se debía a que el alcoholismo le había anestesiado el paladar y el olfato. Y le dio pena que, mientras sacaba dos vasitos de vidrio grueso de un cajón y los llenaba hasta el borde, el otro le dijera:

—From Tennessee, Repetto.

Y después, cuando dijo:

—Voy a hablar con el jefe de su compañía. Tómese un franco especial.

Repetto sintió más pena todavía.

—No puedo, mi capitán. Su señora quiere que la lleve mañana a San Martín.

—Entre nosotros, Repetto, que no rompa las pelotas. Bastante me las rompe a mí para que, con sus caprichos, se las rompa a usted. Si estuviéramos en guerra, sería otro cantar. Pero no estamos. Y para lo único que sirve es para reproducir la especie y conservar el apellido.

El capitán salió de atrás de su escritorio y dio la vuelta entregándole el vasito.

—Brindemos —le dijo—. Por los heroicos hombrecitos que se baten a duelo por esas insatisfechas damitas que nunca pesarán, en metálico, con todas sus ínfulas, lo que pesa el miembro que les salva el honor.

Y Repetto brindó pensando que el capitán se había emborrachado antes de beber siquiera el primer sorbo.

Roca se rio. No fue una risa cínica, ni una risa nostálgica. Tenía algo de cinismo y algo de nostalgia. Pero era una risa siniestra. Y Repetto sintió que su pena por él era miedo.

—¿Qué opina, soldado?

—¿De qué, mi capitán?

—De este brindis.

—Le estoy agradecido. Pero yo no bebo —mintió—. A veces, una ginebra, con mis compañeros.

—Tómese otro whisky, Repetto —le dijo Roca—. From Tennesee.

Roca vació el vaso de un trago y volvió a llenarlo. Repetto también vació el suyo y vio cómo Roca lo volvía a llenar.

—Tal vez, con ellas, habría que hacer lo que hacía aquel gallego, Repetto —le dijo Roca—. ¿Conoce el cuento? Había un gallego que decía que a las mujeres había que tenerlas igual que a un jamón, colgarlas del techo, en un rincón a la sombra. Y hacía eso con su mujer. La tenía colgada, como un jamón. Y cada vez que tenía necesidad, iba con el cuchillo y cortaba una feta. ¿Qué opina, Repetto?

—Es original, mi capitán.

—¿Original? —lo miró el capitán y Repetto bajó los ojos hacia su vaso—. Yo diría que eso es sabiduría.

—Puede ser, mi capitán.

—Es, soldado. Es.

Si este cuento fuera una película, ahora veríamos titubear la mirada del soldado, como si no pudiera sostener la mirada del capitán. Y la veríamos bajar hasta el portarretratos de cuero sobre el escritorio. Tiene una ampliación de una foto en colores de una época feliz del matrimonio. La foto fue tomada en el jardín de un chalet similar a ese en que ahora vive el capitán con su familia, ese que está emplazado de forma preferencial en la ladera del barrio de oficiales, el mismo que vimos al comienzo, con esa doble hamaca para chicos vacía y solitaria, moteada por los rayos de un sol que apenas puede atravesar la frondosa copa de los pinos. La foto pudo haber sido tomada en la vivienda anterior del oficial en una guarnición anterior. O bien en una casa de San Isidro, donde dice la mujer del capitán que viven sus padres. En esa foto el hombre y la mujer sonríen. Él parece más joven, tiene más pelo y no hay arrugas en su frente. Ella, en cambio parece mayor. Y si se mira atentamente su sonrisa, puede pensarse que está empañada por un resto de cansancio, aburrimiento o simple indiferencia que buscó tapar con la curvatura de sus labios. Si una mujer mirara la foto, tal vez pensaría que esa sonrisa sutilmente forzada se debe al agotamiento y la fatiga que producen la crianza de tres hijos. En la foto, Ramirito tiene cinco años, Agustín tres y María Victoria es casi una beba. La foto debe haber sido tomada un día de calor. El capitán está en camisa de mangas cortas. Y su mujer tiene un júmper celeste y los hombros y los brazos lechosos. Los dos varones, peinados con gomina, el pelo rubio aplastado, le devuelven la mirada al soldado que mira la foto. Ramirito tiene la misma mirada que el padre y la alegría insolente que transmite hace pensar en un carácter que será autoritario, y tal vez esta impresión se deba al casi imperceptible rictus de soberbia que arquea su boca. Agustín, en cambio, sonríe entre melancólico y desconfiado, como recelando de la cámara, con la misma expresión en los ojos que tienen los ojos de su madre. María Victoria, la nena, a pesar de que aparenta como dos años, tiene uno y todavía lleva pañales. Está en los brazos del padre, que la sostiene con orgullo, alzándola y dirigiéndole la cabeza hacia la cámara que enmarca la familia contra una pared blanca, debajo de un techo de tejas, entre la explosión de las hortensias, los jazmines y la santa rita.

Si este cuento fuera una película, veríamos ahora una foto de casamiento de dos jóvenes provincianos. Él viste un jaqué y se le ha aflojado el cuello palomita, algo torcido. Al dispararse el flash, ha pestañeado. La novia, con el pelo negro batido y decorado con unas florcitas, y sobre todo, un tocado de tul, tiene un vestido de organza blanca. Una de sus manos, la izquierda, está a mitad de camino entre el cuello y el labio inferior, algo movida, como queriendo tapar vergonzosamente una carcajada. La otra mano, está entre los dedos del novio, quien, a su vez, en su derecha, sostiene una copa de champagne, que puede contener sidra.

Y quien mira esta segunda foto, la foto de la boda del cabo primero y Fanny, la mira como distraídamente. Repetto no dice lo que piensa al contemplarla. Porque mientras Fanny le cuenta lo desconforme que está con su matrimonio y la vida en la guarnición, sus frustraciones y sus aspiraciones, su voluntad de renunciar a veces a todo y olvidarse de esta chatura, sus ganas de poner un salón de belleza en Paraná, donde atendería únicamente a mujeres distinguidas, mujeres de médicos y abogados, mujeres de ricos comerciantes y de estancieros, mujeres que para ella representan una distinción cifrada solo en el dinero y el poder adquisitivo, mientras Fanny cuenta todo esto, Repetto se calla y mantiene una sonrisa circunspecta, asintiendo, pensando qué pasará esta noche de sábado en lo de Beniamino pero mañana, apenas pueda, se tomará el colectivo a San Martín de los Andes.

—Y usted —le preguntó Fanny—, ¿de dónde es?

—De la capital, señora.

—¿De qué barrio? —y precipitándose: —Ya sé. No me diga. Del barrio norte.

—No, señora.

—Palermo —dijo Fanny, vacilando—. ¿Cerca de la Avenida del Libertador?

—A unas cuadras.

El invierno se dilataba. Y las nevadas se prolongaron hasta octubre. Y en este mes pudo encontrárselo a Repetto entre los clientes del cabo primero Beniamino. Cada viernes, cada sábado que Repetto iba a la casa, Fanny se ocupaba en llenar floreros con rosa mosqueta, encender inciensos y condensar la tibieza con fragancias que se contaminaban con el freír del ajo y la cebolla, el dorado de las carnes adobadas con laurel y romero. Cuando Repetto se contaba entre los invitados, Fanny no servía el vino en botellas de litro llenadas previamente con un embudo. Lo servía en jarrones y copas de cristal, regalos de su casamiento, decía. Para Repetto cocinó pollo y sopas de verdura. Para Repetto, hubo manzanas y peras asadas bañadas con marrasquino, hubo frutillas con oporto y crema, merengues con chantilly y sambayón.

Fue obvio, previsible, fue un lugar común que le dijéramos:

—Te está engordando.

A partir de que Repetto se introdujo en su vida, Fanny volvió a leer algo más que *Radiolandia, Vosotras* y las fotonovelas de *Idiliofilm*. Se hizo devota de Corín Tellado y desempolvó las *Rimas* de Bécquer, el *Tú y Yo* de Paul Geraldy y unas poesías de Almafuerte. Habló con Repetto de sus lecturas. Y Repetto le prestó su *Lobo estepario* y *20 Poemas de amor y una canción desesperada* de Neruda. Fanny le dijo que esas lecturas la ponían muy triste y le pidió que le recomendara libros. No tenía sentido preguntarse dónde Repetto consiguió *Las cuatro estaciones* de Vivaldi, el *Adagio* de Albinoni y los preludios de Chopin.

«Encanto personal».

Y una de esas noches, cuando el cabo primero sacó de un baúl una verdulera que había sido de su padre, Repetto nos asombró también manipulando el acordeón, arrancándole los acordes de *Kilómetro 11* y *Villa Guillermina*.

«Encanto personal».

—Te vamos a llamar Don Tránsito, che Repetto —le gritó el cabo primero por encima de las voces que tarareaban y los cubiertos que se golpeaban contra el jarrón de cristal y los sifones siguiendo las melodías.

—A mí me gusta más llamarte angelito —le susurró Fanny en el cuello.

En noviembre el cabo primero Beniamino ya no parecía un sapo sino un lechón. El negocio había sobrepasado sus expectativas. Y si le quedaba un resto de formalidad, algo de su porte militar, lo reservaba para el cuartel donde, a esta altura, se contaban considerablemente exageradas las noches pasadas en la casa. A menudo, los lunes, veíamos que al cabo primero le era difícil caminar derecho. Los soldados de la proveeduría contaban que era el principal consumidor de damajuanas y porrones.

Y los viernes y los sábados en que Repetto no iba a su casa, Fanny, malhumorada, esquiva, trataba a sus huéspedes como por obligación. En esas noches, generalmente, se perdía la compostura. Terminaban con el cabo primero tumbado en el piso y los soldados turnándose en la cama matrimonial. Fanny, también borracha, prodigaba su cuerpo con indolencia, sin fijarse demasiado en quién la tripulaba.

—A ellos les doy amor de segunda mano, angelito —le aclaró a Repetto—. Y no siento nada. Como si lo hiciera con mi marido.

Una mañana, el capitán Roca le advirtió a su asistente:

—Sea prudente en sus escapadas al barrio de suboficiales.

—A usted no puedo engañarlo, mi capitán —le dijo Repetto—. Se extrañan el calor de hogar y la novia. No me crea distinto a los demás.

A Roca lo enterneció la humildad de Repetto, parte de su «encanto personal».

—No se confunda, soldado —le dijo el capitán—. Usted no es un negrito.

No menos racista y despreciativo era el suboficial principal Prado, trompetista de la fanfarria, quien siempre se vanagloriaba de ser un hombre culto.

Para el cabo primero Beniamino, el Negro Prado tenía el alma blanca.

Prado era alto, morocho y canoso. Usaba un bigote recto que se alisaba hacia los costados con la yema de los dedos en los momentos mudos de cada marcha, humedeciéndose los labios, listo para soplar otra vez su trompeta. Prado era pulcro, caminaba erguido y para él, según Beniamino, la vida era un desfile.

Envanecido con su buen gusto musical, nos contó que era poseedor de una valiosa discoteca. Tenía las sinfonías completas de Beethoven editadas por *Selecciones,* que él había comprado por vuelta de correo. También tenía casi todos los longplays de la «inimitable» orquesta Boston Pops. Aunque, claro, no se la podía comparar con la Sinfónica de Filadelfia dirigida por Eugene Ormandy. Para Prado, Ormandy era el director más grande y talentoso de todos los tiempos. Por supuesto, sus compositores favoritos eran Tchaikovsky y Strauss. En consecuencia, abominaba la que él consideraba música popular: el rock, la cumbia, las rancheras y el chamamé. Especialmente, las rancheras y el chamamé. Con la excepción de Glenn Miller, en su casa, nos contó, no había otra música popular.

—La ranchera y el chamamé son para los cabecitas —nos dijo el Negro Prado—. Música para la manada, para exaltar sus bajos instintos.

La casa del suboficial principal Prado estaba a no más de veinte metros de la casa del cabo primero Beniamino. Y los viernes y los sábados por la noche, cuando el cabo primero tenía sus comensales y sus huéspedes, a pesar de que cerraba puertas y ventanas, no lograba callar la música y las voces que salían de su casa y, como en una marea, desperdicios de un barco que transporta una ola, llegaban hasta la casa del suboficial principal que, a su vez, cerraba las ventanas y subía el volumen de un concierto dirigido por Ormandy. Y la marea arrastraba hasta las paredes de madera de su vivienda el eco de una guaracha, una carcajada chillona de Fanny y el grito de uno de sus admiradores. Pero la marea, oscura, aceitosa, con sus notas grasientas y alcoholizadas no se limitaba a rodear únicamente su chalet. La marea se expandía, en su recorrido, abrazando las viviendas que se levantaban a los costados y enfrente, haciendo que sus postigones se cerraran ruidosos, con una violencia indignada que no podían percibir quienes, en la casa del cabo primero, bailaban saltando, aplaudiendo, cantando mientras Fanny se movía al ritmo de una cumbia, encorsetada en su vestido rojo, los pechos exuberantes comprimidos en el escote.

Y una madrugada, el Negro Prado se fue a quejar a la guardia. Y allí estaba la Conchuda Nabeiro.

—Este Beniamino, mi subteniente, con el perdón de la palabra, puso un quilombo en su casa.

Lo que pasa es que la banda
está borracha, está borracha...
Lo que pasa es que la banda...

El batifondo de la fiesta ahogó los golpes en la puerta. Y las voces empezaron a apagarse cuando los invitados vieron primero a la Conchuda, detrás al Negro Prado, y después, cuatro soldados de la guardia, que miraban perplejos a través de la tiniebla densa de fritanga, tabaco y vino. Una mano buscó temblorosa el botón del volumen en el combinado. Otra mano abrochó una camisa. Y otra subió un cinto. Y todas persiguieron algún detalle con torpeza, demasiado lentas, queriendo arreglar lo que ya nadie podía arreglar porque estaban buceando en esa bruma iridiscente tratando de pararse, golpear los tacos aquellos que todavía no se daban cuenta de que estaban descalzos, incorporándose otros, adoptando la posición de firmes, escupiendo un escarbadientes, dejando caer un cigarrillo, volcando un vaso, gritando como Zuloaga, con el tono pastoso de la ebriedad:

—¡Atención!

Rígidos, sintiendo un tambor en el pecho, con la circulación hormigueando en todo el cuerpo, los invitados fueron otra vez soldados.

—¿Quién es este cerdo? —preguntó la Conchuda, apartando a alguien boca abajo, en camiseta, al pie del sofá.

—Mi vecino —le dijo Prado.

—Levántese, cabo —gruñó la Conchuda, pateando el estómago de Beniamino.

Tirando del cierre relámpago de su vestido rojo, Fanny, aturdida, vio cómo dos soldados de la guardia cargaban a Beniamino y cómo sus invitados salían atropellándose a los saltos de rana, a los cuerpo a tierra. El frío de la noche había invadido el comedor. Tambaleándose, fue hacia la puerta y la cerró con un gesto indeciso entre el llanto y la rabia. Después, caminó al costado de la mesa, tomó con la punta de los dedos un vaso de vino y avanzó vacilante hacia el dormitorio. Apuró el vaso de vino y, de pronto, la cama matrimonial subió vertiginosa a su encuentro, o fue tal vez que ella se estaba desmoronando.

Ninguno de los ocho soldados encerrados esa noche en los calabozos, quienes figurarían como «y otros» en el sumario, ninguno de ellos era Repetto.

Al día siguiente, ateridos, con la cabeza retumbando por la resaca, aguantando como podían las arcadas, los ocho iban a preguntarse dónde se había metido Repetto, a quien creían haber visto antes de que la Conchuda irrumpiera en la casa del cabo primero. Se preguntaron, intrigados, una y otra vez, cómo había escapado, si es que había escapado. Y a medida que volvían a preguntárselo, empezaban a dudar si realmente había estado entre ellos. Y al hacerse todas estas preguntas se maravillaban sobre la índole de un misterio que preservaba de nuevo, una vez más, el invulnerable magnetismo de Repetto.

«Encanto personal».

El teniente coronel le confió la investigación al capitán Roca. El cabo primero Beniamino fue encerrado, bajo arresto, en una pieza del casino de suboficiales. Y los soldados detenidos, después que recuperaron la libertad, fueron destinados al horno de ladrillos. Zuloaga, recomendado para la primera baja por el cabo primero, iba a salir en la última.

Si extrajéramos el sumario con las actuaciones del archivo de la oficina de Justicia, comprobaríamos que el oficial brindó una versión menos suscinta de lo que referí hasta ahora. A lo largo de ochenta y pico de folios, el oficial sumariante recopiló las declaraciones del suboficial Prado, testimonios de otros vecinos del cabo primero y también lo que dijeron, vacilantes, atemorizados, pálidos por el encierro en los calabozos, los ocho soldados que esa noche de diciembre fueron sorprendidos «en una actitud abiertamente disoluta, en absoluto estado de ebriedad». Entonces ustedes leerían, a lo largo de esas ochenta y pico de fojas, cómo el oficial sumariante se abstuvo de formular juicios éticos y morales, guardándose con furia para el final, donde solicitó la baja del cabo primero. Convengamos también que en esas ochenta y pico de páginas, dactilografiadas de ambos lados, no encontrarán el registro de varios de los hechos que les conté. Como tampoco encontrarán alusión alguna al soldado Repetto, ligado a la historia de las dos casas que mencioné al principio, bajo cuyos techos transcurrió una historia más reservada, confidencial y secreta que la calificación que promete cualquier sello en la tapa de cualquier sumario.

Al comienzo del relato les dije que la historia comprendía un sumario. Pero que el mismo no era toda la historia en la medida en que el protagonista, el soldado que frecuentaba las dos viviendas del barrio militar, quedó al margen de las actuaciones.

Cuando el teniente coronel le pidió al capitán Roca que asumiera la investigación, lo primero que este averiguó fue si su asistente estaba comprometido con los hechos. Lo tranquilizó constatar que el soldado Repetto no era uno de los ocho tagarnas alojados en los dos por uno, y también que estos no aludieran siquiera a él en sus testimonios. Interpretó el silencio de los ocho interrogados, que dijeron no saber de otros soldados que fueran a la casa del cabo primero, como una sólida prueba de espíritu de cuerpo. Y decidió ser benévolo con ellos y descargar su aversión, su asco, su desprecio, sobre el cabo primero. Una institución, pensó, son los hombres que la componen. Todos los sentimientos que le inspiraban los tipos como Beniamino, habían encontrado forma y rasgos definidos en la figura del cabo primero y se le ofrecían como un blanco fácil en un polígono de tiro. Para el cabo primero Beniamino aquello era solo el principio de su caída.

Como suele ocurrir, y no solamente en la vida militar, aquellos que pontifican y acusan cifrando sus convicciones en la bajeza de los otros, no advierten la propia. El capitán Roca no estaba en condiciones de ver, ya no digamos admitir, sus propias fallas, sus propias debilidades, sus propias venalidades convertidas en virtudes.

A mediados de diciembre, cuando ya había dado por cerrado el sumario, Roca llegó un día al cuartel con su hijo Ramiro. Y le pidió a su asistente que ensillara la yegua y el manchado. Tenía la cara roja, masticaba un chicle de mentol y caminaba con el tieso aplomo de Jack Daniel's. Mientras ajustaba la montura del manchado en que iba a cabalgar su hijo, se volvió hacia Repetto que, en la penumbra del establo, terminaba de ensillarle la yegua.

—¿Sabe una cosa, Repetto? —dijo—. La yegua está preñada.

—No me di cuenta.

—Dese cuenta.

Y Repetto dejó de cinchar la yegua como respondiendo a un reflejo. Había algo en la voz campechana del capitán, algo en su mirada, ese matiz siniestro que ya antes había percibido Repetto y que lo obligaba a desviar su propia mirada, la mirada de alguien que es descubierto en una infracción, la mirada paranoica que acostumbran mostrar quienes estuvieron presos o quienes estuvieron sujetos durante mucho tiempo a una disciplina castradora.

Roca ayudó a montar a Ramirito. Y apartó bruscamente a Repetto de la yegua, quitándole las riendas.

Los dos jinetes, padre e hijo, salieron al trote en dirección al río. Al galope, cruzaron en un recodo donde el agua no era profunda, escuchando el sonido de los cascos contra las piedras grises, blanqueadas por el sol.

Y cuando regresaron, casi una hora más tarde, lo hicieron ambos en la yegua. El capitán sostenía a su hijo con el brazo derecho. La cabeza del chico colgaba rota y ensangrentada.

Si este cuento fuera una película, como ya dije antes, quizás habríamos visto cómo las botas del chico espoleaban en exceso al animal, lo habríamos visto perder las riendas y también lo habríamos visto querer arrojarse antes de que el manchado lo expulsara por el aire. Habríamos visto cómo la bota izquierda del chico se enganchaba en el estribo y cómo, viendo que quedaba trabado, el chico intentó aferrarse del cuello del caballo gritando:

—¡Papá!

Desbocado, el caballo se alejaba a todo galope por un pedregal. Y el padre, rezagado, vio con horror cómo el chico era arrastrado en la carrera, cómo su cabeza rubia golpeaba contra las piedras y cómo chorreaba su sangre, salpicando con una lluvia de líquidos rubíes. Todavía, seguramente, estaría rebotando en nuestros oídos el grito del chico, amplificado. Pero la vida no es una película y, aunque a veces, cuando nos sucede una desgracia, en medio de la acción, tenemos la impresión de que todo se desarrolla con una increíble lentitud, precisamente la lentitud de un ralentti, las cosas pasan a toda velocidad, excediéndonos, transformándonos en espectadores atónitos, imposibilitados de cambiar el transcurso de lo que nos está ocurriendo, lo que ya nos ocurrió.

Fue unas semanas después de la muerte, del velorio y el entierro de Ramirito Roca en el cementerio del pueblo que ocurrió otro suceso dramático en la guarnición. El accidente y la muerte del chico perduraban en los ánimos de oficiales, suboficiales y soldados de la Plana Mayor. La muerte de un chico es una muerte más grande, comentó alguno. Y todos asentimos, taciturnos, sin pensar cómo esa muerte había desviado la atención del escandaloso sumario caratulado: «Cbo. 1o BENIAMINO, Ramón Trinidad y otros». El suceso posterior a la muerte del hijo del capitán Roca se puede resumir en unas pocas líneas.

Aparentemente, fue un intento de suicidio. Una de esas noches de enero, claras y serenas, se oyó un disparo. Victoria, la mujer de Roca, dijo que el estampido la había sacado del efecto del valium. Se despertó sola. Como muchas otras noches, su marido había salido. Ya antes de la muerte del hijo, el capitán se subía al Peugeot y salía a manejar por la ruta hasta gastar el tanque. Había quienes, como la Conchuda Nabeiro, decían que el capitán tenía una amante por ahí. Y el ahí era tan ambiguo como sospechoso. Porque con una mujer como Victoria, pensábamos nosotros, a nadie se le ocurriría tener una amante. Esa noche, Victoria salió de la casa y vio el parabrisas del Peugeot astillado por un impacto. El capitán, con la cabeza entre los brazos tendidos sobre el volante, parecía muerto. Reprimiendo un alarido, la mujer abrió la puerta del auto y el cuerpo se le vino encima pesadamente, la mano derecha engarfiando todavía la 9 mm. Nadie podía pensar que al capitán se le hubiera disparado por un descuido esa pistola, que siempre tenía en la guantera.

Se encendían las luces de las casas vecinas, su marido estaba inconsciente, borracho pero vivo. Y ella, Victoria, gritaba pidiendo auxilio, socorro:

—¡Ayúdenme! ¡Por favor, ayúdenme!

Este grito también pudo ser el de Fanny Ordóñez de Beniamino al arrastrarse ensangrentada a través de la puerta de emergencia de un ómnibus nocturno que la conducía, en la noche, a una nueva vida.

Con su marido arrestado, a punto de ser exonerado del ejército, Fanny escribió una carta de amor a Repetto en la que decía que necesitaba pensar. En esas semanas se impuso un severo control de la circulación de los soldados por el barrio, se prohibió que las esposas de los sumbos siguieran vendiéndonos comida y se colocó una guardia permanente de dos soldados en la vivienda del cabo primero, un soldado en el frente y otro en el jardín trasero. Los dos guardias debían informar cualquier novedad. Bajo la vigilancia, acosada, Fanny se pasaba las mañanas, las tardes y las noches llorando.

Reloj, no marques las horas...

Si por la radio pasaban un bolero, no podía pensar sino en su angelito. *La miss,* escribió, y al escribirlo hablaba de la novia de Repetto, *no va a extrañarte como yo te extraño.* Le suplicó que le escribiera. Y le puso en la carta la dirección de una hermana en Paraná. Junto a la carta, en un sobre de papel madera, introdujo un libro de poemas entre cuyas páginas había pétalos resecos. Se aseguró que uno de los soldados de la guardia, amigo de Zuloaga, se comprometiera a hacerle llegar el envío al soldado Repetto. Y olvidando un par de zapatillas, una bombacha colgada en el alambre, la reposera abierta debajo de un pino y una colchoneta enrollada bajo el porche, con una sola valija, inclinada por el peso, apurada, al abandonar la casa se lastimó un hombro contra el cartel de lata. No se detuvo para mirar cuánto se había lastimado. Temía perder el micro que iba a Zapala.

El Chevalier se desbarrancó en las cercanías de Pilo Lil, poco antes de las nueve, antes de que oscureciera. Y era de noche cuando al regimiento acudió una camioneta de vialidad con la noticia. Rápidamente partieron hacia el lugar del accidente dos Unimog con soldados y un jeep con los enfermeros.

El ómnibus parecía un tremendo reptil de acero chamuscado y retorcido en el fondo del abismo de piedra. Y allá abajo, en la negrura, las sombras se movían con dificultad en la pendiente a la luz de faroles y linternas. Se oían órdenes dispersas, llantos de mujeres y chicos, herramientas que golpeaban con un sonido que rebotaba en el viento. Las improvisadas cuadrillas de rescate se atropellaban y las órdenes eran contradictorias. Arriba, en la ruta, se oyó una sirena y hubo un gemido de neumáticos clavándose en el asfalto.

Habían muerto cuatro pasajeros.

Fanny tenía partida la columna, la pelvis gravemente lesionada y una pierna quebrada. En el hospital de Zapala le vaciaron el útero y la enyesaron hasta el mentón.

Abatido por el remordimiento, Repetto le pidió a Chofitol que lo acompañara a visitarla.

Sin pintura ni maquillaje, inmovilizada por el yeso que la envasaba, con el pelo impregnado del olor antiséptico de la sala, al verla Repetto sintió vértigo.

Y pasó lo que él había rogado que no pasara.

Fanny se echó a llorar.

—Angelito, mi angelito. ¿Por qué? —sollozaba—. Prometeme que todavía me querés. Jurame, angelito. Te prometo que cuando me cure voy a estar linda de nuevo —y sus labios carnosos y morados se babeaban—. Cuando pase este martirio voy a ser solamente tuya, angelito. Te prometo.

—No se esfuerce —le dijo Chofi—. Cálmese.

Pero Fanny no miró a Chofi, ni pareció escucharlo. Y Repetto, parado como un tótem junto a la cama, como si lo hubieran clavado, seguía sin articular una palabra.

—Llevale unas velas a la Virgen del Valle, angelito. Tenemos que estar juntos de nuevo. Yo te amo, sabés.

—Vamos —dijo Repetto, empezando a retroceder.

—No me dejés, angelito.

—Que le den morfina —le dijo Repetto a Chofi—. Que la dopen. Que le cierren el pico a esa hija de puta.

Chofi lo retuvo de un codo para que su salida pasara inadvertida.

A sus espaldas, Fanny gritaba:

—Sacame de acá, angelito. Sacame de acá, por favor te pido. Sacame de aquí.

—¿Qué te pasa? —le preguntó Chofi a Repetto.

Repetto no le contestó, se paró en un corredor y se apoyó contra la pared.

—¿Te sentís mal? Estás blanco.

Y Repetto se desmayó.

Mientras tanto, la desgracia, con sus sombras y sus sonidos, se había adueñado del chalet de los Roca. Las sombras, digo, porque el capitán quería estar a oscuras, a solas y a oscuras. Y los sonidos porque en el silencio de la casa cobraban una fuerza inusitada. El canto de los pájaros afuera, una risa infantil en el jardín trasero, al igual que el tintineo de un cubierto en la cocina, de unos pasos en el cuarto de los chicos, el goteo del tanque del baño se convertían en estampidos que le hacían apretar los párpados al capitán, sentado en un silloncito del dormitorio, con los ojos casi permanentemente fijos en la cama matrimonial. Desde la noche en que había disparado la 9 mm, casi no había vuelto a hablar. Medicado con psicofármacos, con sus rasgos angulosos —y esta impresión de flacura extrema, de derrumbe interior, la acentuaba la barba de tres o cuatro días—, el capitán se resistía a dejar el sillón. Con lágrimas, desolada, su mujer había notado que en algunas ocasiones, en esos días, el capitán se había orinado. Y cuando quiso cambiarlo de lugar, convencerlo de que era mejor que se acostara, él la miró con una sonrisa en los labios que no atenuaba lo siniestro de la mirada. Entonces ella tuvo miedo, el mismo miedo que había sentido el asistente de su marido, ese miedo que obligaba a desviar la vista. Y luchando contra lo que sentía, además de miedo, la mujer acostaba al capitán y, cuando este cerraba los ojos después de tomar otra pastilla, ella entraba en el cuarto de los chicos, se sentaba en la cama de Ramirito y, llorando, se tocaba el vientre donde otra vida estaba empezando.

En esos días, poco antes de las fiestas, la familia se trasladó a Buenos Aires. Por Chofitol, el enfermero, supimos que el capitán Roca necesitaba un tratamiento psiquiátrico.

Del mismo modo que un sumario, y pensemos en el sumario labrado por el capitán Roca, proporciona una versión de ciertos hechos y no da cuenta de la mezquindad, la ambición y el deseo agazapados bajo el techo de aquella casa del barrio de suboficiales —y la mezquindad, la ambición y el deseo no lo son todo—, del mismo modo, si aquí interrumpiera el relato, ustedes tendrían una versión recortada de lo que sucedió en el chalet ubicado en el alto del barrio. *Ana Karenina* comienza con esta frase: «Todas las familias felices se parecen, y las desgraciadas, lo son cada una a su manera». Entonces, convengamos, si un sumario no da cuenta sino parcialmente del escándalo provocado por los Beniamino, hasta ahora no sabemos más de los Roca que, desgraciados a su manera, como los Beniamino a la suya, abandonaron la guarnición como alejándose de una pesadilla. Y los hechos que hasta ahora conté «sumariamente» no explican del todo el drama que lleva a Victoria a hacer valijas, bolsos y paquetes pensando que nunca volverá a la guarnición mientras, en el dormitorio, su marido aprieta los párpados para no mirar la cama matrimonial sin cobertor, ni frazadas ni sábanas, con el colchón al descubierto, con sus manchas, huellas de los cuerpos pero no de sus emociones.

Si este cuento fuera una película, un paso de tiempo, un fundido, un corte, nos situarían en otro escenario, en otra situación. Y de nuevo, aquí, un reparo. Así como el cine, con el ralentti, pretende registrar un detalle de una acción rápida, un paso de tiempo, omite qué hicieron los personajes entre esta y aquella escena y muchas veces nos quedamos con la sensación de que el director, en su selección de los momentos de la historia, nos privó de imágenes que hacen que su historia y la de sus personajes no se comprendan del todo. Así, en la literatura, un paso de tiempo —«días después», «meses más tarde», «y finalmente llegó aquel día»—, no expresan lo que los protagonistas vivieron en esos «días después», «meses más tarde», «cuando finalmente llegó aquel día».

Aquel día, para nosotros, era el de la baja.

Todo concluye al fin,
nada puede escapar.
Todo tiene un final,
todo termina.

Y era tradición que la noche anterior al día de la baja, los soldados se despidieran del quilombo.

Y esa noche, cuando fue de madrugada, nos abocamos metódicamente a destruir todo lo que encontramos a nuestro paso. Mesas, sillas, camas, puertas y ventanas. Vaciamos todas las botellas. Y las chicas ni osaron detenernos. Hubo gritos y carcajadas. No faltó una pelea para despellejarse los nudillos. Estábamos borrachos, borrachos como nunca habíamos estado antes, como nunca volveríamos a estarlo. Y ellas tuvieron que reírse por obligación, chupando pijas de a dos, de a tres. Tuvieron que hacer tortilla para nosotros, exclusivamente para nosotros. Y fue inolvidable cuando la Peti entregó el culo. Y la Bonavena, en bolas, bailando a los chupones con la Lenguaraza. Fuimos a cumplir con todas nuestras ganas. Y también toda la bronca acumulada durante más de un año.

Tengo que comprender,
no es eterna la vida.
El llanto en la risa,
allí termina.

Y derramamos ginebra en todas sus tetas y después la bebimos sedientos. Y también fue inolvidable con la Pirucha, uno por atrás, otro por adelante y otro por la boca. Le íbamos a hacer un regimiento de hijos, todos infantes.

Infante, soldado argentino,
infante, soldado marcial...

Y cantamos hasta la afonía mientras una botella estallaba contra un tronco y otra caía en un zanjón. Habíamos arrasado con todo. Por todos lados había fragmentos, astillas, pedazos y restos de cosas que nadie podía decir qué habían sido. Y uno dijo de prenderle fuego al rancho. Pero no lo hicimos porque, como decía la Bonavena, cualquiera de ellas podía haber sido nuestra madre y qué joder, ya había terminado todo.

En el amanecer, el río arrastraba maderas rotas, zapatos de taco alto, cartones y tiras de plástico.

Y olvidé aquello
que una vez pensaba
que nunca acabaría,
nunca acabaría,
pero sin embargo terminó.

Y al entrar el tren en Constitución, alguien enarboló como bandera la bombacha de la Pirucha, nuestro estandarte.

—Ahora sí —nos dijo Repetto mientras tomábamos nuestro primer desayuno en la ciudad, café con leche, una parva de medialunas crocantes, doradas—. Ahora sí les puedo contar.

Después de la euforia de la llegada, después de la ovación en el andén, aquellos que no habíamos avisado a la familia de nuestra llegada porque preferíamos el estupor y la alegría de una llegada sorpresiva a casa, aquellos que nos las tirábamos de duros y curtidos, y no éramos ni más duros ni estábamos más curtidos sino que, tal vez, no conseguíamos hacernos a la idea de la libertad, al menos de la libertad tal como la habíamos pensado antes de ser incorporados, aquellos que quizás preferíamos volver solos, entrar lentamente en el pasado, pero solos, de a poco, solos, sintiendo con todos los sentidos el regreso a algo que de golpe no sabíamos qué era, aquellos que en el cuartel habíamos hecho un pacto, a mil ochocientos kilómetros, que consistía en que, al pisar la Capital, en el primer desayuno, nos contaríamos los secretos que no habíamos contado a nadie, personales, íntimos, vedados, secretos que, de ser develados en el cuartel, nos hubieran costado la humillación perpetua o algo peor, si es que existe. Aquellos que habíamos hecho el pacto, solitarios, pensando probablemente que éramos más hombres porque nadie nos había venido a recibir a la estación —y quizás algunos no éramos más hombres sino que teníamos que entender, como tantas cosas que habría que entender al regreso, que nuestra llegada no era para tanto, que en una de esas, si hubiéramos avisado, también habríamos estado solos al bajar del tren—, aquellos que ahora habíamos entrado a ese grill frente a la Plaza Constitución y habíamos pedido café con leche con medialunas, aquellos que las mojábamos con gula y con el mismo hambre que se desayuna después de una noche larga de joda, aunque nosotros veníamos de una noche mucho más larga, todos aquellos nos miramos a ver quién contaba primero y, quien más quien menos, cada uno contó lo suyo mientras Repetto prendía un cigarrillo, esperando su turno, seguramente porque él iba a tener la mejor historia para contar.

«Encanto personal».

—Ahora sí les puedo contar que yo me cojía a Victoria, la yegua del capitán Roca. El polaco Wasilevsky tenía razón —empezó—. Yo me montaba la yegua del capitán. Desde mayo me la montaba. Y si me agarré a trompadas con el polaco fue porque estaba cagado y tenía miedo. Por eso, además, cuando Zuloaga me dijo de ir a la casa de Beniamino, fui. Cojíamos todos los fines de semana, cada vez que me pedía que la llevara a San Martín. Cojíamos en el auto y cojíamos en un hotelito. Y después, ella, fichaba con las amigas, se iba a jugar a la canasta. Pero las amigas no eran pelotudas. Serían mujeres de milicos, pero de pelotudas no tenían un pelo. Y nos miraban. La miraban y me miraban. Y yo, cada día más cagado, me preguntaba cómo hacer para cortarla. Me imaginaba al capitán pegándome un chumbazo. Por eso, me vino fenómeno la invitación a lo de Beniamino. Una coartada perfecta. Perfecta. Pero no, no me salió. Porque la pelotuda de Fanny se encajetó conmigo. Y, si bien así zafaba de llevar a Victoria los fines de semana a San Martín, la turra me apretó para que garcháramos otros días. Me mandaba llamar a la casa con cualquier excusa, despachaba a los pendejos y le dábamos. Y yo pensaba que si me la tiraba a Fanny, nadie iba a pensar que me la tiraba también a Victoria. Una tarde, Fanny anduvo husmeando por el barrio de los ofiches y cuando me vio salir de la casa del capitán me armó un quilombo. Y después, Victoria, cuando nos encontramos, me armó otro. Estaba chiflada por mí. Hablaba de dejar a su marido, igual que Fanny. Yo le pedí que la cortáramos por un tiempo, pero no hubo caso. Quería divorciarse y tirar todo a la mierda. Empezamos a vernos todas las noches, cuando el capitán agarraba el auto y se iba a fundir el motor por ahí, en pedo. Pero nunca lo fundía. Y el ruido del motor era la señal de que yo tenía que rajar en la oscuridad, siempre pensando que ahora me bajaba de un tiro. Victoria me decía que iba a hablar con el marido, quería contárselo. Decía que no le importaba tanto mentirle al capitán como mentirse. Decía que se estaba estafando a sí misma. Y lo decía en serio. Tenía huevos, la guacha. «Vos no te me vas a escapar», me decía. «Sos lo más maravilloso que tuve nunca. Y para que no te me escapes, voy a tener un hijo tuyo». Eso me dijo, que quería tener un hijo conmigo. Eso era en noviembre. Y fue cuando el Negro Prado botoneó a los Beniamino. La noche en que cayó la Conchuda con la guardia, yo estaba ahí. Si no me engancharon fue porque me escondí en el dormitorio, debajo de la cama. Y me quedé abajo de la cama hasta que la Conchuda se llevó a los ocho y Fanny, del pedo que tenía, cayó sobre el colchón. Recién entonces, me atreví a salir. Esperé hasta que amaneciera. Y con la primera luz del día, fui hasta el pueblo y me tomé el colectivo a San Martín. Ese día volví al cuartel después de pensar un millón de veces en irme al carajo. No sé cómo hice para volver. No sé. La única salida que se me ocurría era desertar. Pero no deserté. En esos días, Victoria me dijo que estaba embarazada. «Me estás jodiendo», le dije. «¿Tengo cara de estar jodiendo?», me dijo ella. Y como sonreía, pensé que estaba jodiendo. Yo pensaba que al menos no iba a tener que cojerla más. Pero ella me dijo: «No te vas si no me cojés». «Si te vas, grito; digo que me quisiste violar». No jodas, le dije. «No jodo», me dijo. «Y estoy embarazada». Tenía que ganar tiempo. Pero no sabía cómo. Agarré una de las botellas de Jack Daniel's que tenía el capitán. El tilingo las cargaba con Smuggler. Entonces, dándomelas de recio, mientras tomaba, le pregunté. «¿Cómo sabés que es mío?», le pregunté. «Por ahí es mía», me dijo. «Mirá si es una nena», me dijo. Les juro que me dieron ganas de matarla. Pensé: «Ma sí, que se vaya todo al carajo». Pero me quedé en el molde. «Vos sos el padre, Ale», me dijo. «Porque yo quise. Porque te amo», me dijo, como en los teleteatros. Entonces yo me di cuenta de que, además de tener huevos, estaba chiflada, totalmente chiflada. Ella lloraba. Yo me ablandé. A lo mejor ni tenía huevos ni estaba chiflada y era una pobre tipa, como yo era un pobre boludo que al principio me había creído muy piola por cojerme a ese minón. Cuando se puso a llorar me dijo que hacía años que no cojía con el marido. Lo quería como se quiere a un chico, pero el capitán le había dicho que, si ella lo abandonaba, él se pegaba un tiro. Cuando dijo eso le metí un sopapo. Y le grité que era una hija de puta. Y ella me metió otro. Y después, nos pusimos a cojer. Por el culo, nos pusimos a cojer. Mientras se la metía y se la sacaba y se la metía, ella lloraba y se reía. Y no, no podía cortarla. Hasta esa tarde en que pasó lo del pendejo. El capitán me pidió que le ensillara la yegua y el manchado. Y yo estaba en el establo, cinchando la yegua, cuando me dice, con ese tono: «¿Sabe una cosa, Repetto? La yegua está preñada». Juro que me hice el boludo, bien el boludo, lo mejor que pude. Pero no me salió. «No me di cuenta», le dije. Y él, sin perder la compostura, me dijo: «Dese cuenta». Cuando se fueron, cuando vi que se iban al trote, pensé: «Este es el momento». Tenía que rajar. Tenía que juntar coraje y desertar. Me imaginaba toda mi vida huyendo, escapando, cruzando fronteras, tomando trenes, barcos, aviones, siempre corriendo, siempre. Y cuanto más pensaba, más me quedaba en el establo, pensando también si lo mejor que podía hacer no era ahorcarme. Entonces, oí los gritos, las voces, los cascos de la yegua. El capitán traía al pibe muerto. Me escabullí por detrás del establo. Y disparé hacia el río. Estuve corriendo hasta que me reventó el pecho. Me mojé la cabeza en la corriente. «Tengo que hacer algo», me decía. «Tengo que hacer algo», mientras caminaba sin darme cuenta de que volvía al cuartel. Con el asunto del accidente, el velorio y el entierro del pibe, el capitán no vino al cuartel por unos días. «Tengo que entregarme», pensaba. Les juro que pensaba que tenía que entregarme. Y que tenía que ir a entregarme al capitán. Yo era el culpable de lo que había pasado. Si el capitán chupaba, era porque sabía. Había sabido todo todo el tiempo. Y había seguido chupando, seguro, para darse valor y pegarme un tiro. Pero como no me lo había pegado, seguía chupando. Y siguió chupando. Y por seguir chupando, salió a montar con el pibe y no pudo hacer nada, no pudo salvarlo. Y yo era un hijo de puta que no tenía huevos para poner la cara y decir: «La culpa es mía». Así que una noche junté coraje y fui hasta su casa. Pero él no estaba. Me abrió Victoria. Me dijo que pasara. Agustín y María Victoria dormían. Le dije lo que pensaba. Que yo era el culpable. Y ella me dijo que no, que la culpa era suya, que ella tendría que haber hecho algo antes, pero que no lo había hecho y ahora era tarde. Ahora ya no se podía hacer otra cosa que sufrir, me dijo, pensar y sufrir. Y también me dijo que si Ramirito se había muerto, se había ido, o lo había mandado llamar el Señor, era por alguna razón que nosotros no podíamos comprender. Y también que si alguien se iba era porque alguien venía. «Alguien se va y alguien viene», dijo. Y también que ella no tendría que haber tenido los hijos que tuvo. Porque no los había tenido con amor. Esta iba a ser la primera criatura que engendraba con amor. Y estaba segura de que, a pesar de que había sido engendrada en pecado, el Señor velaría por ella. Porque el amor era una fuerza suprema capaz de obtener imposibles, dijo. Se había hecho tarde, muy tarde, tardísimo. Se oía la noche, se oían los grillos y las ramas. Me agarró de la mano. «Estoy cansada», dijo. «Estoy demasiado cansada». Y la acompañé hasta el dormitorio. Quería esperar al capitán, y hablarle de una vez. Ella se recostó y yo me senté a su lado. Me acarició la nuca, las orejas. «Vos también estás agotado», me dijo: «Y no tenés la culpa de nada, mi amor». Me quedé dormido. Y me desperté con el salto que ella pegó en la cama. «Nos vio», dijo. «Nos vio por la ventana. Era él». Me paré sin saber qué hacer. Y entonces se oyó el estampido. Le dije que se quedara con los chicos. Y creo que fue mi primer y único gesto de valor en mucho tiempo. Salí a la noche. El Peugeot estaba frente a la casa. Tenía el parabrisas astillado y una perforación. El capitán parecía muerto. Cuando abrí la puerta, se me vino encima. Y Victoria estaba al lado mío. «Andate», me dijo. «Salvate vos. Salvate.» Y bueno, me salvé.

Un canillita entró en el grill. Ahora el local parecía más lleno. Los primeros trabajadores, los primeros empleados, una última puta, que nos sonrió desde su mesa y siguió tomando su submarino. Pedimos otra vuelta de café con leche para todos.

—Para mí, café solo —dijo Repetto.

—¿Qué vas a hacer? —le preguntamos—. ¿Y el bombo?

—¿Qué quieren que haga?

Nos miró a todos, uno por uno, como consultando. Y después se puso a revolver el café.

—La verdad —dijo—, me muero de ganas de estar con mi novia. Quiero estar con ella cuanto antes. Todo el tiempo. Y pedirle que fijemos fecha para el casamiento. Ahora soy libre, ¿no?

No le contestamos. Encendimos cigarrillos y lo miramos. Aunque nos picaba la garganta, seguíamos fumando. Todos los kioscos de la ciudad estaban a nuestro alcance. Y aunque ya habíamos tomado otra ronda de cafés con leche, no nos habíamos saciado. Por suerte, también todas las medialunas de la ciudad estaban a nuestro alcance.

Civiles

Y después, cuando pensás que ya pasó todo, no pasó todo. Y tenés que despertarte sudoroso, babeando una pesadilla atragantada para confirmar que no estás en el cuartel. Tenés que despertar en mitad de la noche, prender la luz, sentarte en el borde de la cama, pisar con los pies descalzos este otro mundo para sentir que estás lejos, que ya pasó. Pero tenés miedo de volver a dormirte y soñar de nuevo que te sortean, te incorporan y un silbato corta la noche:

—¡La compañía arriba!

Tendrás que acostumbrarte a soñar la misma pesadilla, esperanzado con la idea de que alguna vez tiene que abandonarte. Pero tendrán que pasar muchos años para que eso ocurra. Y tal vez, cuando creas que ya olvidaste, o que la pesadilla te olvidó, de nuevo, volverá a repetirse.

Y hay otro sueño que puede atacarte con la misma viscosa temperatura, con una sensación de realidad feroz: volvés a encontrarte a un verdugo, ese que te humilló hasta hacerte olvidar quién eras, o admitir que no eras el que pensabas. Ese verdugo hijo de puta que destruyó una a una tus presunciones de heroísmo y te humilló justamente donde más te dolía ser humillado y que, si lo consiguió, fue porque precisamente él era el verdugo, tu verdugo, y vos la víctima, y él sabía dónde lastimar, dónde a vos te lastimaba, dónde vos ibas a ser siempre la víctima. Y en este sueño, volvés a encontrártelo. El cabo primero Ávila viaja en subte, parado cerca del compartimento del maquinista, en el primer vagón. Al principio, no te ve. Sos vos quien ve primero al otro. Y cuando él te ve, cuando su ojo bizco sube hacia el lacrimal, entonces te das cuenta que vas a atacarlo como ataca un perro rabioso. Pero el sueño termina antes, segundos antes. Y estás sentado entre las sábanas, transpirando, sofocando un grito, con los dientes castañeteando. Y vas hasta la cocina. Tomás un vaso de agua. Y después otro. Prendés un cigarrillo. Das vueltas. Y te decís que tenés que enfrentar de una vez por todas el sueño. Apagás el pucho. Vas al baño. Meás. Apretás el botón. Y te parás frente al espejo. Tu pelo ha crecido.

Ayer nomás
en el colegio me enseñaron
que este país
es grande y tiene libertad.

Y durante aquel primer año seguimos encontrándonos. El promotor de los encuentros era Galán, el payaso Galán, que seguía imitándonos a todos como siempre. Pero al imitarnos, su número ya no causaba tanta gracia. La intención de las imitaciones tenía su fuerza, tenía su inspiración, pero algo fallaba en la interpretación de cada uno de nosotros. Galán había echado unos cuantos kilos y una papada incipiente y la calvicie prematura habían empezado a cambiarlo. También nosotros estábamos cambiando. Y era probable que el fracaso de su número se debiera a que imitaba a los del pasado.

Su padre, dueño de una casa de artículos para el hogar en Villa del Parque, se había decidido a inaugurar una sucursal en Flores. Y él iba a ser el gerente:

—Así que ya saben —decía—, cualquier cosa, me vienen a ver. Nada de garantías. Conmigo tienen crédito. Y a sola firma.

Lito lo miraba sin rencor ni desconfianza. Se había olvidado que Galán se había acostado con su novia en una licencia. La novia no era más su novia. Y Galán tampoco había vuelto a verla.

Cuando Galán imitaba a Lito, que había sido su número más exitoso en el cuartel, conveníamos que tal vez no le salía tan bien como antes porque no quería reavivar la herida. Pero, conociéndolo a Lito, uno se daba cuenta de que la herida había cicatrizado. Y para Lito era una más. A fin de cuentas, como tantas veces había dicho, se aprendía del dolor y él le daba las gracias, en el fondo, a Galán, por haberle enseñado la fragilidad de algunos sentimientos. Había retomado la carrera de Filosofía. Pero estaba decepcionado. «No es a través de los libros que se conoce a los hombres», decía. Y al decirlo todos pensábamos que lo había leído en un libro.

Una vez al mes, durante aquel primer año, nos encontrábamos en una parrilla de la Costanera. Después de comer, mientras pedíamos más vino, recordábamos nuestras historias del cuartel. Pero algo fallaba, como en las imitaciones de Galán. Quizás éramos mellizos de los que habíamos sido. Y el mellizo, el otro, se había quedado tal como era hacía un año, antes de la baja, esperando en la puerta del cuartel que uno le silbara y lo trajera a esta mesa, con su verdeoliva, y lo invitara a sentarse, a contar una y otra vez la misma historia, como si el tiempo no hubiera pasado.

Pero el tiempo había pasado.

Diego hablaba cada vez menos. Parco, contemplativo, reía como desde lejos.

Todos nos acordábamos de cómo lo había bailado la Conchuda Nabeiro cuando Diego pisó el cuartel, cómo lo mandaron a una voladora, cómo volvió en coma de la tala de Chapelco y cómo se había ganado a los chatos de su compañía. También nos acordábamos de cómo, cuando fueron las maniobras, los milicos lo abandonaron entre cerros con un grupito de chatos, escasos de agua y de raciones, librados a su suerte, para que se orientaran por el sol y las estrellas. Tenían que hacer de guerrilleros y rebuscárselas. Y cómo, para sorpresa de la oficialidad, así como todos los castigos a que lo sometieron en aquel año no pudieron doblarlo sino todo lo contrario, en las maniobras, una mañana, Diego y sus chatos capturaron una patrulla del comando y bajaron la ladera del cerro Horqueta gritando «La vida por Perón».

Cuando nos acordábamos, Diego se retraía. Siempre a su lado, también se retraía Lito.

—Eh, qué cara —le decía Galán a Lito, porque con Diego no se metía—. Tendríamos que revisarte los bolsillos. A ver si tenés una hojita de libreta guardada por ahí. «Hoy me va a pasar algo».

—En una de esas —le dijo Lito.

—¿Seguís teniendo esos pálpitos?

—Sigo.

—Yo nunca pensé que fueras mufa, vos —se rio Galán, pasándole un brazo por los hombros y haciendo cuernito con los dedos a su espalda, hacia nosotros.

—Cortala, payaso —le dijo Diego.

—¿Qué querés que haga? Me acuerdo y me río —decía Galán. Había tomado demasiado—. Este siempre anotando en su libretita: «Hoy me va a pasar algo». Y claro, al final le pasaba.

—El paranoico tiene algo de razón —dijo Lito, buscando la aprobación de Chofitol—. ¿No es verdad?

—Es cierto —le dijo Chofi. Su ceño no se había aflojado en los últimos tiempos. Seguía más apretado que nunca. Y en medio de la euforia de la sobremesa nos consideraba como si todos fuéramos un poco psicóticos, un poco esquizos, como los tipos que él estudiaba en el Borda.

Y le hizo un gesto al mozo, pidiendo la cuenta.

—Mañana tengo un examen —se justificó.

Y a nosotros nos pareció más un pretexto que una justificación. Fue Tacuara quien se lo dijo:

—¿Quién te corre? ¿Te tenés que levantar a diana?

A Tacuara, después de aquel accidente en el cuartel, cuando lo pateó una mula y tuvieron que evacuarlo, le había quedado un ceceo. Y uno, al mirarlo, no podía dejar de pensar en Tacuara antes de la patada. Tenía la mandíbula más prominente, antes. Y dientes postizos, también:

—Mirá, yo mañana tengo cierre en la revista. Y acá estoy.

—Vos sos vos.

—Sí, pero no puedo fallarle a los compañeros.

—¿Y nosotros? Todos tenemos obligaciones —le dijo Galán.

—Es distinto.

Tacuara había empezado a trabajar en periodismo, en un semanario deportivo. Pero lo que más le calentaba, decía, era la política. Militaba en el peronismo, en el sindicato de prensa.

—Claro, nosotros somos tus excompañeros —dijo Galán y recalcó ex, y después, imitándolo:— Ahora decime: Voz no entendéz nada.

—No jodás, Galán.

—No jodo, Tacuara. ¿Qué les pasa, a ustedes? Acá, el único que no quiere cambiar nada, parece que soy yo.

—Es cierto —le dijo Diego.

—Si estuviera el Topo —añoró Galán—. El Topo me comprendería. ¿Qué se habrá hecho de aquel malandra? ¿Vos no sabés nada?

No hacía mucho había recibido una postal de los Estados Unidos con la imagen de la Estatua de la Libertad.

—¿Seguirá traficando merca? —preguntaba Galán—. ¿O estará en cana?

En algún sentido, la postal quería ser un mensaje de que el Topo estaba cumpliendo con su sueño. Había juntado el dinero para llevarse a su padre arruinado y a su hermanita mogólica a los Estados Unidos, donde estaba la madre, viviendo con un negro. Yo me pregunté si el Topo habría cumplido la totalidad de su sueño, que era hacerse millonario y unir a la familia.

No te imaginás lo que es esto, decía el dorso de la postal. *Por algo es el país de Capone y Sinatra. Si me sale una que tengo entre manos, voy a hacer guita de la grosa y pronto vas a oír de este atorrante. Te voy a autografiar la tapa del* Time, *si es que no salgo esposado. Así te das dique con la gilada. Un abrazo.*

Y estaba firmada: *Alain.*

Le conté a todos de la postal. Galán dijo:

—Grande, el Topo.

—¿Y Rosen? —preguntó Lito—. ¿En qué andará?

Rosenberg, el puto Rosen, pero también, y por encima del culo que se había hecho romper en la compañía y en los calabozos, Rosen era «el campeón del regimiento». Y lo de «campeón» no se debía a que jugara al ajedrez mejor que nadie y se clasificara en el torneo del regimiento sino a que Rosen, el puto Rosen, le había metido el dedo en el culo al cabo primero Olivares, aquel hijo de puta, declarando que él se lo había cojido más que todos los soldados juntos. Y también le había metido el dedo en el culo al teniente coronel, que lo había sacado de los calabozos para enviarlo, en representación del regimiento, al torneo de ajedrez de la brigada. Y a propósito, Rosen había perdido la primera partida, y la segunda, y quedó fuera de competencia. Al volver al cuartel, el teniente coronel lo acusó de haber manchado el honor del regimiento, y lo devolvió a los calabozos.

—Debe estar chupando pijas en los baños de Retiro —dijo Galán—. Esos enfermos no tienen cura.

—¿Qué sabés si es una enfermedad? —le preguntó Chofi.

—Ya salió el defensor de pobres —le devolvió Galán—. Los putos son putos desde que nacen. Además, era moishe. No jodan, moishe y puto. Ese no tiene salvación.

—No, vos no cambiaste —le dijo Diego, taciturno, revolviendo el café, concentrado en sus pensamientos.

—¿Tiene algo de malo no cambiar?

Diego no contestó.

—¿Y Repetto? —preguntó Galán, ahora hacia nosotros, dejando de mirar a Diego, que lo ignoraba.

—Ese debe estar moviéndose en otro nivel—dijo Tacuara.

—Para él éramos unos grasas —dijo Galán—. Unos mersas.

—Pero no era mal tipo —dijo Lito.

—Yo nunca lo tragué —dijo Galán—. Se creía gran cosa por tirarse a la mujer del capitán Roca.

—Sí, pero en flor de quilombo se metió.

—La dejó preñada —se acordó Galán—. Esa sí que no se la esperaba Repetto. A lo mejor, ahora Repetto tendrá un hijo cadete del liceo militar.

Y volvió a reírse.

—Lo siento, muchachos —dijo Chofi, parándose, dejando unos billetes sobre el mantel—. Tengo examen.

—Yo también me voy —le dijo Diego.

—Salimos todos —dijo Lito.

—Vos siempre detrás de Diego —le dijo Galán—. Lo que hace él, lo hacés vos. ¿Qué es, tu hermano mayor?

—¿Por qué?

—¿Qué vas a hacer cuando Diego no te proteja, Lito?

—¿Vos te olvidaste de que una vez te senté de una trompada? —dijo Diego.

—No, no me olvidé. Pero si querés refrescarme la memoria, dale, vamos afuera.

—No jodás, Diego —dijo Lito, poniéndose entre ambos—. Y vos no tomés tanto.

—No estoy borracho —le dijo Galán. Y hacia nosotros:—Es que ustedes me miran todo el tiempo como si fuera un sapo de otro pozo.

—Y lo sos —dijo Diego, liquidando su café. Pero Galán no pareció escucharlo.

—Es que a veces te pasás de chistoso —le dijo Lito. Y lo dijo con una sonrisa que no era indulgente, la sonrisa del que había perdonado al otro por cojerle la novia. Era otra clase de sonrisa. Una sonrisa en la que había pena, lástima, piedad, todos esos sentimientos que nos había provocado Lito, el mufa y el místico, y que ahora, él los profesaba hacia Galán, como si Galán fuera una caricatura nuestra.

Y cuando salimos a la noche, la brisa del río tenía un olor a brea y un gusto dulzón. Al darnos la mano, al palmearnos en la despedida, nuestros cuerpos todavía estaban fibrosos, los músculos conservaban dureza y en los movimientos había un vigor atlético y espontáneo.

Galán tocó la bocina de su Fiat.

—¿A quién llevo? —preguntó a los gritos.

—Ya no tenemos nada que ver —murmuró Chofi. Y no creí que no quisiera que lo escucháramos.

—¿De qué hablás? —le preguntó Lito.

—Que ya no tenemos nada que ver como grupo, digo.

Y Diego le dijo:

—Vos, con tus prejuicios, vas a ser un intelectual pequeño burgués hasta que te mueras.

—Eso —dijo Tacuara.

—¿Y vos ahora sos revolucionario? —le preguntó Chofi, aflojando por primera vez el ceño, con ironía.

—Cuando quieras hablar en serio, hablamos —dijo Lito.

—Los puedo llevar a todos —gritó Galán, haciendo bramar el escape del auto.

—Vayan ustedes —dijo Diego.

Diego y Lito se quedaron en una parada de colectivos, frente al río, en la noche. Diego con las manos en los bolsillos. Y Lito saludando con un brazo en alto. A través del vidrio trasero del Fiat, se hicieron cada vez más diminutos en la distancia, en la noche, bajo la luz de un farol casi escondido entre las copas negras.

Galán manejaba nervioso, exigiendo el motor, clavando los frenos en algún semáforo y cruzando la mayoría en rojo. Puso la radio a todo volumen.

Ayer nomás
salí a la calle y vi la gente:

ya todo es gris y sin sentido,
la gente vive sin creer.

—Bajala un cacho —dijo Chofi—. Me duele la cabeza.

—Qué noche —dijo Galán—. Y esos dos. Siempre fueron unos amargados.

No le llevamos la contra.

Tacuara y yo nos bajamos en Corrientes. Chofi siguió con Galán, que lo iba a acercar a su casa.

En silencio, entramos en el bar Ramos. Pedimos cerveza. Hacía calor. Eran las dos, y ni él ni yo teníamos sueño. Los dos pensábamos en lo mismo. Y quizá teníamos recelo de la despedida.

Finalmente, Tacuara, pasando el índice por la espuma en el borde de su vaso, dijo:

—Vos también pensás que algo se cortó.

Asentí.

—Yo no —dijo—. Con Galán, sí. Ese no vuelve a llamar más para que nos encontremos. Si no tenemos nada que ver con él. Pero el resto, nosotros, nos vamos a seguir viendo, acordate.

—Me voy a acordar —le dije.

Y se puso a contarme de su trabajo en el semanario. Por supuesto que le gustaba escribir comentarios de fútbol, «la gran pasión nacional», dijo. Y pensé cuando, recién llegado al cuartel, se proclamaba nacionalista, lector de Primo de Rivera. Ahora entendía lo nacional desde otro punto de vista, menos oligárquico, dijo. Y por eso militaba en el peronismo, con todo. Si tenía que elegir entre el fútbol y la política, no dudaba. Porque estaba convencido de que este era un momento histórico, de efervescencia. Y cuando el pueblo peronista estuviera en el poder, dijo, entonces se iba a escribir la historia de estos años. Entonces, se sentaría a escribir esa historia. Pero, en el presente, no podía hacer otra cosa que vivirla, vivirla a fondo, dijo. No se podía escribir la historia sin antes haberla vivido.

—Y esto recién empieza —dijo, rotundo. Y pensé que Diego también lo había influenciado a Tacuara.

Pero no era solamente la influencia de Diego. En las aulas, en los sindicatos, en las fábricas, en los cafés, ese era el clima de las conversaciones. Y mientras nosotros nos internábamos en la madrugada pidiendo más cerveza en esa noche densa y pegajosa en que recién ahora, a las tres pasadas comenzaba a soplar un poco de fresco, en las otras mesas, y también seguramente en las mesas de otros bares, el tema debía ser el mismo.

No discutíamos la revolución. Discutíamos cómo ponerla en práctica.

Nos separamos en la esquina de Callao y Corrientes. Y quedamos en vernos pronto.

Y esa noche sería una de las últimas en que lo vería. Durante muchos años no iba a saber de él. Pero entonces lo ignoraba. Porque cada uno, a su manera, en esa madrugada, había ingresado a su historia, a la historia, y las calles que caminábamos conducían a un sueño que, esperábamos, no desembocaba en los calabozos.

Ayer nomás
en el colegio me enseñaron
que este país
es grande y tiene libertad.

Diego murió acribillado en aquel mismo verano, en un operativo de las FAP, por San Fernando. Se tiroteó dos cuadras con la policía, arrastrando a un compañero herido. La noticia ocupó todas las planas de los diarios.

En el invierno de 1975, Tacuara se cruzó con Lito en un túnel de subterráneos. Lito le dijo que en los subtes se sentía más seguro. Y le mostró una hojita de libreta. *Hoy me va a pasar algo,* había escrito.

Y le dijo:

—Estar en la superficie es peligroso.

En 1976, después del golpe, telefoneó a Tacuara pidiéndole que los guardara un tiempo a él y a su compañera, que estaba embarazada, en la casa de sus padres.

«Desaparcció».

Y su nombre figura entre los miles de desaparecidos por la dictadura.

En 1977, Tacuara fue detenido, torturado y padeció dos simulacros de fusilamiento.

En ese mismo año, Chofi se recibió de psicólogo y se fue a radicar a España.

Ayer nomás
mis familiares me decían
que hay que tener
dinero para ser feliz.

En 1978, una noche, a la salida de un cine, reconocí a Repetto entre el público. Estaba con una mujer, era su esposa, la que había sido princesa el verano anterior a nuestra colimba, en la elección de Miss Mar del Plata. Tenían dos hijos, me dijeron.

Aunque era invierno, Repetto y su mujer estaban bronceados. Habían estado hacía poco en Jamaica.

—El clima, la arena, el agua —me dijo—. Tenés que ir a Jamaica. No te dan ganas de volver, pero, claro, no se puede todo en la vida.

Como en el cuartel, Repetto destilaba «encanto personal». Si el traje y el sobretodo no eran hechos a medida, él tenía la medida justa para que le quedaran como a un modelo. A su lado, la mujer no desentonaba. En las páginas de *Vogue* o *L'Uoma* hubieran pasado menos desapercibidos.

«Encanto personal».

—¿Te seguís viendo con los muchachos? —me preguntó.

—No, creo que nos perdimos. Después de lo que pasó.

—¿Qué pasó? —me preguntó, seductor—. Acá no pasó nada, viejo. Mirá el mundial. El pueblo quiere pan y circo. Por supuesto, da pena cuando uno piensa en tipos como Diego. ¿Dónde lo llevó el idealismo? Mirá si hoy se levantara y viera a la gente gritando Argentina, Argentina. Pobrecito.

Ese año se celebraba el Mundial de Fútbol. Y los argentinos éramos derechos y humanos.

—Al que lo vi fue al Topo —siguió—. En Nueva York, lo vi.

Había sido una noche de lluvia. El Topo estaba en la puerta de un hotel de lujo, con uniforme, cubriendo con un paraguas a una vieja ricachona que subía con su chihuahua a una limousine.

—Lo hubieras visto al Topo —dijo Repetto, divertido—. Con ese uniforme de botones dorados, como medallas. Y con esa gorra. Si lo ponías en el timón de un acorazado, era un almirante. La vieja le dio una propina por la ventanilla. Y el Topo, cantando bajo la lluvia, se volvió a apostar en la puerta del hotel.

—¿Y hablaste con él? —le pregunté.

—No —me contestó—. ¿Para qué? Hubiera sido humillarlo. Imaginate, a un tipo en esa situación no le gusta que lo descubran.

El público ya se había dispersado del hall del cine. La cola de la próxima función avanzaba despacio. Y la mujer de Repetto, fastidiada, pero ocultándolo, le dijo:

—Nos esperan, amor. No vamos a llegar.

—Disculpame —me dijo Repetto.

Y del bolsillo de pecho del saco extrajo una tarjeta.

—Es mi agencia —dijo—. Bueno, no es una agencia grande, pero tenemos algunos clientes importantes. Hicimos avisos para el Estado. Y eso nos abrió puertas. Tenemos varios comerciales en el aire.

También por esos años vi a Rosen. Era un domingo por la mañana.

Rosen tenía un puesto de revistas y libros usados en el Parque Rivadavia. Rechoncho, canoso, con el pelo largo y grasiento colgándole sobre los hombros con caspa, mostraba aquella sonrisa dulzona que yo le recordaba. Y sus dedos, tan mochos y roñosos como siempre, acomodaban pilas de revistas viejas. Al mirarlo, desde lejos, algo me golpeó el corazón.

Entonces empecé a hilvanar un cuento con su historia. En el final, me acercaba a este Rosen, que atendía el puesto de revistas y le preguntaba si no había hecho la colimba en el sur. Rosen, con su sonrisa untuosa, me respondía que estaba equivocado, bajaba su cabeza de rinoceronte y volvía a reordenar una pila de ejemplares.

En otro final, yo me iba pensativo, y de golpe Rosen me llamaba por mi nombre, me alcanzaba y me preguntaba si no quería jugar al ajedrez.

No escribí ese cuento. Y tampoco me acerqué a Rosen.

Ayer nomás
en el colegio me enseñaron...

Habíamos hecho la colimba bajo una dictadura militar. Y desde entonces, habíamos vivido una democracia violenta y traicionada, una dictadura, «la guerra sucia» y la otra, la de Malvinas —como si esta hubiera sido limpia, como si hubiera guerras limpias—. Después, una democracia claudicante y negociadora que firmó la ley de obediencia debida y de punto final. Ahora, en un nuevo período democrático, iba a indultarse a los militares responsables del genocidio. Acordarse, entonces, tenía sentido.

Y nos acordamos.

Tacuara trabajaba en un video club.

—Tacuara —dije.

—¿Qué hacés? —se emocionó.

—Sos vos —dije.

—El mismo —dijo. Y noté que su ceceo había aumentado.

Nos mirábamos, sonrientes, desconcertados, inquisitivos, explorando a través de estos rasgos las huellas de aquellos otros rasgos grabados en la memoria. Éramos nosotros.

—Me las rebusco. El negocio es de mi cuñado.

Empezaba a oscurecer. Y hablábamos en la luz de las radiaciones de un televisor.

Después de «aquello», cuando lo dejaron en libertad, Tacuara había encontrado todo peor. Tenía tres pibes. Y su mujer no hubiera podido llevar adelante el hogar sin la ayuda de su hermano.

—Ella es maestra, sabés —dijo.

—¿Y vos?

—Laburo un taxi, de mi cuñado también. El turro sí que la hizo. Pero no puedo escupir la mano que me da de comer.

Tacuara prendió la iluminación del local. Fue a la trastienda y volvió con dos tazas de café.

—De vez en cuando, escribo el comentario de un partido. Pero no pasa nada. Vos sabés cómo está todo. Y para despuntar el vicio, dirijo un equipito de fútbol de pibes.

De pronto, salió de atrás del mostrador y se puso a revisar la estantería.

—El otro día me acordé de nosotros mirando una película. Esperá, tiene que estar por aquí.

La película se llamaba *Cuenta conmigo*.

—Es la historia de unos pibes. Tienen doce o trece años. Claro, cuando nosotros nos conocimos éramos más grandes. Bueno, la película cuenta una aventura. Un día ellos se enteran de que hay un muerto en un bosque y van a buscarlo. Ellos quieren encontrar al muerto y avisar, tener la primicia. El asunto es que ese es el último verano en que todos están juntos. Porque después, la vida va a separarlos. Pero no te la cuento. Te la recomiendo. Me hizo pensar tanto en nosotros.

Esa noche vi *Cuenta conmigo*.

No se las voy a contar.

Me pregunté quién era el muerto que Tacuara había pensado que buscábamos en un bosque, suponiendo que fuéramos los pibes de la película. Diego, me dije. Era Diego. El primer muerto de todos nosotros. Es una interpretación, también me dije. Y reconocí el tono de Chofi. Diego. No podía ser Lito. Lito era un «desaparecido». Y las Madres de Plaza de Mayo exigían la reaparición con vida. *«Con vida los llevaron, con vida los queremos.»*

Con las solapas del capote levantadas, contra una pared de la enfermería, el Topo, Tacuara, Chofitol, Diego y yo posamos eligiendo cada uno su rictus más viril, recios, simulándonos por encima de las circunstancias y de nosotros mismos en una mañana luminosa de invierno a más de mil ochocientos kilómetros y veinte años de distancia. Si Lito no estaba en la foto era porque él había disparado la cámara, quizá con su típico miedo a que fallara algo, a que la foto no saliera, a que él, con su mufa, impidiera que esa noche no viviéramos en esa foto esa mañana. Me pregunté qué podía estar pensando al apretar el botón de la cámara. Me pregunté si Lito habría pensado que algún día esa foto estaría tan viva.

Y esa noche, después de mirar la foto, salí a caminar por las calles desiertas del domingo. Caminé y caminé. Había bares que habían cambiado, modernizados, ajenos. Y otros, simplemente, ya no estaban. Caminé hasta llegar al Bajo. Y me envolvió una andanada de viento. Llegué al río. Y respiré hondo.

Y esa noche, cuando me acosté, de costado, puse la cabeza sobre el reloj. Cerré los ojos y escuché. Los latidos del mecanismo crecieron hasta ser detonaciones. Y no escuché el rumor de la ciudad, una bocina perdida, una frenada, un motor. El tiempo transcurrió cada vez más veloz, cada segundo más ensordecedor y más negro, arrojándome lejos de este cuerpo.

Y cuando abrí los ojos, había amanecido.

Y el resplandor celeste de la mañana iluminaba el mundo.

Animales domésticos

1994

*Toda comodidad debe ser pagada. La condición de animal
doméstico arrastra consigo la de bestia del matadero.*
ERNST JÜNGER

Zippo

—Puede que me hagan boleta esta misma noche —dice Zippo—. Y si me hacen boleta no son los rochos, hermanito. Es la yuta.

Zippo lo dice secándose el sudor de la frente con un pañuelito azul con rayas bordó. Después se lo pasa por el cuello y la nuca. El pañuelito desprende un perfume medio agrio.

Esta es una noche infernal. Desde la mañana temprano los medios avisaron a la población sobre las consecuencias del golpe de calor. Sus síntomas más comunes son debilidad física, calambres, fatiga, baja presión, pulso acelerado, fiebre, cambios bruscos de carácter, irritabilidad. También pérdida de la conciencia y alucinaciones. Si usted llega a sentir algunos de estos síntomas, consulte a su médico. A los viejos se les recomendaba permanecer en lugares frescos, ventilados y evitar las aglomeraciones. Comer liviano, en forma moderada y evitando las bebidas alcohólicas. Beber líquido en abundancia: agua fresca y jugos de frutas; dos o tres litros de líquido al día. Evitar la exposición al sol, en especial al mediodía, de once a quince horas. Usar ropa de algodón, liviana y holgada. No hacer esfuerzos físicos innecesarios. Tomar duchas tibias o refrescarse con agua los pies, los brazos y la cara. Quienes padecen de diabetes, hipertensión, enfermedades cardíacas o pulmonares crónicas o Parkinson, decía la radio, son los más proclives a sufrir las consecuencias de las altas temperaturas. Al mediodía, el calor subía en oleadas del asfalto derritiéndose al sol. Ahora, en la noche, la ciudad mantiene el calor en cada una de sus paredes. Y nunca terminan de hacerse los cubitos en la heladerita petisa de los separados. Ahora con Zippo, ya de madrugada, le echamos al whisky agua fría de una jarra. Pero pronto el whisky en los vasos es un caldo alcohólico con un regusto a malta. Me desabrocho la camisa. Al rato me la quito. Tengo esperanzas de que una ducha me reanime. Pero cuando me meto en el baño y abro las canillas el agua sale tibia. Esta noche yo pensaba acostarme temprano si refrescaba. No solo no refrescó sino que encima me encontré con Zippo.

Dejen que les cuente quién es Zippo.

Zippo debe tener algo más de treinta y pico, pero parece bastante mayor. Tiene pelo rubio, pajizo, y unas entradas que le agrandan la frente abultada. Sus ojos son celestes y la mirada es entre soñolienta y triste, como la de un chico lagañoso que recién se despierta. Usa un bigote finito. Siempre anda con barba de tres o cuatro días. Pero su barba no es la de un moderno. Más bien, la de un tipo que no toma mínimamente en cuenta su aspecto, aunque por la forma en que Zippo combina la ropa puede sospecharse que en él hay algo de moderno. Tiene un arrugadísimo saco azul, una camisa blanca abrochada en el primer botón, unos jeans gastados y calza unas zapatillas negras de caña alta con puntera de goma blanca. Un detalle: una de sus zapatillas tiene siempre el cordón desatado. Cuando uno lo ve caminar piensa cuánto va a tardar en pisar el cordón suelto, pero no. Hay que verlo caminar a Zippo: rígido, como si tuviera una contractura. Bajo, cabezón, endurecido, mientras camina con la flexibilidad trabada de un autómata no deja de mover los brazos, como si desfilara. Sus brazos parecieran tener una vida independiente del resto del cuerpo. Gesticula, hace un corte de manga, cierra el puño derecho y lo agita para darle énfasis a algo que dijo. Pero estos gestos, casi de maniático, son los menos en un tipo por lo general silencioso, tímido y controlado, que pareciera querer pasar inadvertido, manteniéndose siempre a un costado, prefiriendo escuchar y observar antes que participar. Uno puede pensar que estos gestos de Zippo responden a un tiempo largo de fermentación. *Cuando nos largamos, los solitarios somos imparables*, ha dicho Zippo en algún momento. Pero con todo esto no les conté todavía quién es Zippo, que en esta madrugada termina de decir algo de las amenazas telefónicas que recibió en la semana. Y no quiere admitir que está nervioso. Cualquiera en su lugar lo estaría. *Vivir peligrosamente*, ha dicho. Y después: *Todo lo que no me mata me fortalece*, con esa expresión suya, arqueando la boca hacia los costados, mostrando los dientes. Es un rictus que no se define ni por la risa ni por el llanto, pero que comparte algo de ambos. Al hacer la mueca, en la cara le asoma el miedo. Vuelve a repetir la cita, pero ahora en alemán. Cuando habla, Zippo mecha citas todo el tiempo. Tiene citas para todo y contra todo. Esta noche son su mejor antídoto contra el miedo.

Zippo no se llama Zippo. El apodo se lo pusieron en las redacciones donde trabajó como cronista de policiales. La explicación está en su antiguo encendedor de esa marca, bruñido por el uso, una verdadera reliquia que resiste el jugueteo nervioso de su dueño. Porque mientras Zippo te habla prende un cigarrillo tras otro jugando con la tapa del encendedor, abriéndolo y cerrándolo. *Pero a mí también me conocen como «el gomía de los rochos»*, dice. A Zippo lo enorgullece que lo conozcan como «el gomía de los rochos». Según él, *Foucault hablaba al dope*. Y lo justifica: *Los mismos rochos te lo dicen: la sombra enseña. El que entra ladrón a la cárcel, sale ladronazo.* Esta teoría quiso desarrollarla en un largo artículo que escribió hace unos años, cuando trabajaba en un diario que financiaba el PC. El artículo nunca llegó a publicarse. Poco después Zippo fue despedido por apología del delito. *Así son los bolches, todos caretas*, dice. *Burguesitos puritanos.* Y sigue: *Pero no te pienses que los rochos no lo son. En particular, cuando se hacen rochos importantes. El gángster también es un burgués, pero con el pensamiento al vesre. Los gángsters tienen los mismos ideales que un burgués, en lugar de ideales alternativos. Y se comportan básicamente igual que los capitalistas, solo que su comportamiento es punible. Lo que los diferencia es que son víctimas del sistema. Esto mismo lo dijo Fassbinder.* Si uno duda acerca de su amistad con Fassbinder, Zippo dice: *Un tipazo, Rainer. Nos presentaron en Berlín, en un festival. El gordo vivía en el límite. Y su estado físico era el testimonio de un tiempo que urge. La destrucción del cuerpo le parecía una meta, el tributo que deben pagar los genios. Así pensaba el gordo. Y te lo decía tranqui, chupándose una cerveza, con la humildad del que sabe. Nos chupamos Berlín juntos.* Uno puede pensar que Zippo es un fabulador, pero por la forma en que relata sus historias, todas con un eco de fabulación, se debe convenir que alguna base real deben tener. *Cuando me lo presentaron, el gordo me pareció medio imbancable. Una tremenda bola de grasa egocéntrica y antisociable. Pero si pelabas onda, si le caías bien, después, al margen del circo, aparecía el que era en el fondo: un gordo desesperado que se angustiaba con la inmundicia de este mundo. Si querés saber cómo era Rainer, te cuento. ¿Oíste hablar de* La transacción Nagasaki? *Es un melodrama que gira alrededor de secretarias y sus jefes, un carnicero en un frigorífico de Frankfurt y un asesino de chicos. El guion se lo había traído Schlöndorff, Völker Schlöndorff, el director, que está casado con la Von Trotta.* Zippo dice los nombres con una pronunciación gutural impecable. *Völker estaba inseguro con ese guion. Además, no tenía de dónde rascar un marco. Bueno, el gordo cachó el guion, lo leyó y se puso a hacerlo tal como estaba. Y con él mismo, como actor. Así era Rainer, un tipazo, y con categoría.* Fabulador o no, hay algo de lo que no dudo cuando escucho a Zippo hablar de su gran amigo Rainer. Y es que Zippo no está hablando de Rainer sino de sí. *Después de todo, qué es el cuerpo, hermanito. Vamos todo el tiempo contra él. Y el tiempo es cada vez más corto. No te alcanza para un joraca. Por eso, lo mejor, es tener la conciencia clara. Y como decía el poeta: la mejor manera de esperar es ir al encuentro.*

No me pidan que escriba correctamente el apellido de Zippo. Es una complicación austríaca llena de consonantes y con una diéresis imposible de acertar. Sin embargo, Zippo es argentino. *Nativo por casualidad,* te dice. *En verdad, debería ser boliviano.*

Porque cuando mis viejos vinieron rajando de los nazis fueron a parar a Bolivia, donde se embarazó mi madre. Pero me vino a parir a Buenos Aires durante un viaje de negocios del viejo. A Zippo le causa gracia tener un apellido austríaco siendo hijo de un matrimonio judío fugitivo del exterminio. *Una vez, cuando voy a Caseros a ver un rocho, un cana mira mi cédula y me saluda:* Heil. *Y yo le contesto: Abrime la braqueta y vas a ver que las apariencias engañan, loco.* En Bolivia su padre montó un aserradero. Y después de la guerra tomó como capataz a otro judío fugitivo como él. *Era un tipo muy gaucho,* dice Zippo. *Mis viejos lo querían y lo apreciaban. El tipo me tenía siempre en brazos. Se había encariñado conmigo.* Muchos años más tarde Zippo supo la identidad del capataz. Ni él ni sus padres pudieron creerlo. *Era el mismísimo Klaus Barbie, hermanito. Te lo juro: el mismísimo Klaus Barbie me acunó en sus brazos.*

Esta noche, antes de encontrarlo a Zippo, mi propósito era dar una vuelta, tomar aire, comer algo y acostarme temprano. Pero no soplaba ni una brisa. Bajé por la 9 de Julio hacia Corrientes. Había gran cantidad de gente en las plazoletas alrededor del Obelisco. Viejos, parejas, lúmpenes, mendigos, hippies fuera de época y chicos de la calle; sobre todo, chicos de la calle. Más derrumbados que sentados en el césped, todos quietos, transpirando, agobiados, sin aire, como atontados por un golpe, el golpe de calor que esta noche tenía el peso de todos los golpes que les dio la vida a estos pobres, entre los que estaban los nuevos pobres y los pobres de siempre, con las caras iluminadas por los gigantescos carteles de neón. Coca Cola: rojo y blanco. El Trust Joyero: rojo. Ámbito Financiero: azul y blanco. Casio: rojo y verde. Y las caras, muchas, mirando el cielo, a la expectativa, cambiando de color con el juego de las luces y marcas. Noblex, Sanyo, Aiwa, Philco. Caras rojas, caras azules, caras verdes, caras blancas. Levantadas hacia la negrura del cielo encajonado entre edificios y el resplandor luminoso de los carteles, un cielo en el que las estrellas eran débiles bichitos de luz. Y aquí abajo, todos aplastados por el peso de la noche, inmovilizados, atinando apenas un gesto, levantando una cajita de tetra-brik, hurgando en una bolsa de papas fritas, lamiendo con paciencia vacuna un helado, sin fuerzas para hablar, envueltos en los estallidos multicolores de los neones, como si ellos fueran maniquíes a control remoto en esta noche que pegotea hasta los pensamientos.

Después Corrientes, hacia Callao. Uno que otro adolescente, alguna pareja que se engalanó para una salida que consiste en un cine, una pizza, cerveza y la vuelta a casa. Corrientes casi vacía en este enero. También algún que otro personaje con aire intelectualoide, algún que otro con pinta de moderno o de psicobolche. No faltan tampoco algunos cincuentones con pinta tanguera, aunque son los menos en esta avenida casi desierta alrededor de la medianoche. Y estos pocos todos tienen algo en común: la ropa comprada en liquidaciones, imitaciones de las marcas importadas. También, la palidez. Porque son los que no pudieron irse de vacaciones y deben conformarse con este paseo que alargan prolongando lo más posible el regreso a sus viviendas que el calor convirtió en microondas, viviendas de clase media cada vez menos media y más baja, ratoneras en las que el sopor del verano los acorrala en sus habitaciones demoliendo sus sueños que, deambulando por el centro, pueden parecer más reales.

A Zippo lo encontré a la altura de Montevideo. Los dos íbamos a la deriva. Los dos en banda.

Fuimos a comer a Chiquilín. Pedimos asado, ensalada mixta, una botella de Selección López tinto, hielo y un agua con gas. Al rato pedimos otra botella. De postre, ensalada de fruta. Sobre el final discutimos acerca de la conveniencia de pedir una última botella de medio o de tres cuartos. Pero el final no era nunca el final porque es todo un gusto escuchar las historias de Zippo. Pedimos una botella de tres cuartos. Cuando pagamos y salimos, el agua con gas quedaba intacta.

Después fuimos al bar Ramos a tomar un café. Un café y tres whiskies cada uno. Estábamos por pedir el siguiente cuando me acordé de que en el departamento tenía una botella de JB. Podíamos haber venido caminando. Pero Zippo, en la esquina de Corrientes, como si se le hubieran disipado de pronto los efectos de calor y el alcohol, miraba hacia los costados buscando algo o a alguien. Bastante más tarde me di cuenta de que la suya era la reacción de quien se fija si lo siguen. Cuando le pregunté que pasaba, Zippo me contestó con esa mueca que parece el anticipo de una carcajada o un llanto: *Nada, hermanito. Aquí no pasa nada.* Y paró un taxi. En el taxi, cada tanto, también se dio vuelta mirando hacia atrás por la luneta trasera. Recién al bajar en la esquina de San Martín y Córdoba me aclaró: *Me pareció ver unos monos, hermanito. Pero no.* Ya eran más de las cuatro.

Apenas entramos en el departamento, con una sonrisa educadísima, Zippo me pidió permiso para pasar al baño. Cerró la puerta con ciudado. Lo oí vomitar, toser, vomitar, toser y después bajar la palanca del tanque de agua. Después, el fluir del chorro de agua en el lavatorio y un chapoteo. Y finalmente el soplido del aerosol desodorante de ambientes. Le pregunté a Zippo cómo se sentía. *Perfecto, hermanito. Venga ese whisky.*

Zippo sacó fumo y se puso a armar dos porros con suma parsimonia. *Qué malaria*, dijo. *No hubiera venido mal un mogra.* Y mientras armaba, ceremonioso, empezó a contarme cosas que yo ya sabía, típicas de su repertorio.

Lo que me contó era:

1) *EL MIEDO*

Al respecto, Zippo menciona un refrán criollo: *Al espantado, la sombra le basta.* Su pasado militante en la JP. El Operativo Dorrego. La JP y el ejército trabajando cuerpo a cuerpo en las villas. Aquellos que iban a construir la patria socialista y aquellos que, hasta hacía poco, constituían la guardia pretoriana del imperialismo pero que, ahora, por algún artilugio de la dialéctica y la negociación política, había pasado de ser el ejército represor a compañeros de ruta en la lucha por la liberación nacional. *¿Quién era el enlace entre la cúpula de los Montos y el general Carcagno, por entonces comandante en jefe de las fuerzas armadas, eh? Harguindeguy*, cuenta Zippo. *El mismo que más tarde, con el golpe, iba a manejar la Federal.* En abril del 76, Zippo se guardó en la provincia. *Con unos cumpas nos escondimos en un campito en Hornos, camino a Las Heras. El campito era de los viejos de un cumpa.* Zippo se demora en la descripción de esos días en Hornos. El antiguo y vencido casco de estancia, la huerta, el gallinero, los chanchos y las largas cabalgatas por el campo. Se detiene en la enumeración de los árboles, en el perfume del rocío. El casco estaba amurallado desde los tiempos de Rosas y la guerra contra el malón. *Nos convenía pasar de las consignas del Che al pacifismo de Woodstock.*

En lugar de crear uno, dos, cien Vietnams en todas partes, más saludable les pareció organizar una comunidad. Pero un mediodía, un sábado, mientras guitarreaban, tomaban unos vinos y hacían un asado, varios Falcon rodearon el casco. La desbandada. Zippo atinó a tirarse de cabeza al aljibe. Desde el fondo del pozo, enterrado en el agua y la oscuridad, oyó los gritos y los tiros. *Mamá, mamita, gritaba uno de los cumpas*, cuenta Zippo. *Yo zafé*, dice. Y se queda callado un rato. Después de eso, después de haberse salvado, el exilio, la culpa de estar vivo y las pesadillas recurrentes. *Desde entonces me quedó esta variación del tartamudeo, la lentitud para arrancar una frase y después mandarla de un tirón.* También, aclara, esa costumbre de darse vuelta cada tanto en la calle. La persecuta no es boluda. Y el paranoico siempre tiene algo de razón, dice. Lo dice con esa expresión, tensando la boca hacia los costados. *Era un borrego, hermanito. Cuando aterricé en el De Efe ni sabía cómo me llamaba. Y todavía hoy sueño que estoy en el fondo del pozo.*

2) *LA PROPIEDAD*

Hace un par de años Zippo publicó un libro sobre la falsificación y el robo de obras de arte en Argentina. La premisa de Zippo es inspirada. Y parte de la literatura. *Onetti le afanó a Faulkner. Faulkner le afanó a Melville. Melville le afanó a la Biblia,* comenta Zippo. *Y los que escribieron la Biblia, son los sumos pontífices del achaco. ¿Ves? Por ese lado me tira a mí el arte. Por el lado del achaco.* Pero el libro de Zippo no es sobre literatura sino sobre plástica. *Pensaba que mi libro era gelinita pura. Imaginate. Me metía con los marchands, con los funcionarios de los museos. ¿Querés que te cuente cómo te podés hacer con un Pettorutti, con un Fader, con un Victorica?* Zippo dice que un día de lluvia un empleado del museo llega a su oficina con impermeable. Baja al sótano y ataca una tela. Después, se la lleva en el forro del impermeable. *¿Quién va a inspeccionar el sótano de un museo?* Y otro día de lluvia, el empleado vuelve con el impermeable. Y en el impermeable trae la copia que reemplaza al original. *Esta es la fórmula más cantada de todas las fórmulas de achaco de los clásicos nacionales, que no existen ni como clásicos ni como nacionales. ¿Vos viste algo más trucho que la plástica argentina? Aparece Bacon y todos les dan a las reses. Aparece Hockney y todos se ponen a pintar piscinas.* Zippo alternó durante un tiempo la crítica de plástica con la crónica de policiales. No tardó en ganarse la bronca de los demás críticos, los galeristas y los plásticos. Los conoce a todos. *A todos me los tengo junados,* dice. Y empieza a nombrarlos uno por uno. *Escribir sobre ellos es como ser comentarista deportivo de una pelea de box entre enanos. Y encima, arreglada.* Después, reflexiona: *Si me hubiera metido con la literatura no habría corrido mejor suerte mi librito, que finalmente, más que gelinita, devino en una molo.*

3) *EL ALMA*

Hace cinco años que Zippo está separado de Deborah Goldblum, una bailarina del Teatro San Martín. Con ella tuvo a Alma, su hija. *Hace cinco años yo andaba en la malaria más abso-*

luta. Un día suena el tubo. De parte del Cachorro Testa, me dicen.
Un pesado de aquellos, el Cachorro. Está en la leonera y tiene para
rato. Por entonces, cuando Debo estaba embarazada, hacía poco
que lo habían encanado. Bueno, la cosa es que me llama uno de
los suyos. Y dice que quiere verme, que el Cachorro se enteró de mi
situación. El Cachorro sabe que te rajaron del diario, me dice. Y
que tu señora está esperando familia. Me encuentro con el ñato en
un bar de Santa Fe y Coronel Díaz. Y el tipo me dice que tiene algo
que darme de parte del jefe. Tomá, me dice. Y me entrega un fajo
de mosca. Buscate un buen sanatorio, pibe. Te lo ganaste por ser un
tipo de alma, me dice. El Cachorro dice que es lo menos que puede
hacer por vos. Zippo juega con la tapa del encendedor, prende un
cigarrillo ofreciendo el perfil y cuenta: *Por eso, a la nena le puse*
Alma. Zippo lleva a Alma a los recitales de Los Redondos y a El
Dorado. Cuando la tiene él, la lleva a todos los lugares que va.
Y ella se aguanta, despierta, acompañándolo. Cuando tiene a su
Alma con él no necesita tomar ni whisky ni merca. Nada. Pero
cuando la devuelve al departamento de la madre el domingo a la
noche, o cuando la despide el lunes por la mañana en la puerta
del jardín, se mete en el primer bar y se manda una ginebra doble
con un lexo. *Es una urgencia del cuerpo que perdió su Alma,* dice.
Entonces es cuando la soledad aprieta más fuerte. ¿Sabés lo que es
sentir que perdiste tu Alma?

Básicamente, estos temas son las obsesiones de Zippo: el miedo, la propiedad y el alma. El orden puede ser intercambiable.
Quizá ponerle un orden sea arbitrario. Porque sus obsesiones suelen aparecer en forma simultánea. Zippo se atropella para hablar
de cada una pero no puede desarrollarla, le cuesta, porque detrás,
pegadas, están las otras dos empujándose para aflorar.

Y aquí estamos, casi las cinco, liquidando la botella de JB.
Siempre con delicadeza y pudor, Zippo me ha pedido permiso
para pasar de nuevo al baño. *Algo que me cayó indigesto,* ha dicho. *¿Cómo no va a prender fácil el cólera? Si somos todos cagones*

en potencia. Y si surge un valiente, se trata de un pobre cagón que huye hacia adelante.

Miro el reloj. Veo qué hora es. Pero no tiene ninguna importancia. Zippo está saliendo de nuevo del baño, tosiendo, pasándose el revés de la mano derecha por la boca. Se acomoda otra vez frente a la mesa y revisa el fumo. Queda poco.

—Pura semilla —dice—. Y encima esta yerba está meada.

Se pone a armar. Y medita.

—Hoy fue todo una mierda —dice—. El calor, hermanito. No te deja pensar. Sensación térmica cuarenta y tres grados. Y, como si fuera poco, cargale las amenazas. Hoy otra. A lo de mis viejos llamaron. Porque tienen dónde estoy parando. Por suerte, atendí yo el teléfono. Que si llega a atender la vieja le da un síncope.

Y todo por su nuevo libro, me informa. Está escribiendo un gran libro sobre la superbanda. *Lo de gran*, aclara, *es por lo voluminoso*. Su humildad me mata.

—No te confundas con la banda de los comisarios —dice—. Esos son los de los secuestros extorsivos. Yo sabía que me metía en una grosa, que iba a tener quilombo, pero no tan pronto. «Te vamos a hacer cagar a vos y a tu nena», me dijeron. «Vos seguí jodiendo, escribí boludeces. Y vas a ver». Los rochos me garantizaron que no le va a pasar nada a mi Alma. Al que se meta con tu Alma lo reventamos, me dijeron. Pero igual, hermanito, ¿cómo querés que me quede tranquilo?

Sin embargo, no está dispuesto a volverse atrás. Alcanzó un punto de no retorno. *En una de esas, le piso el poncho a Capote*, ha dicho. Y vuelve a contarme una crónica que publicó hace unos meses sobre una fuga de la cárcel de Devoto. Unos presos cavaron un túnel. Cuando estaban más allá de la mitad, al cavar encontraron restos humanos. El asco y el terror los paralizaron. Pero siguieron adelante. De todos ellos, solo uno consiguió piantar. En la nota que publicó atribuía los restos a presos políticos de la época de la dictadura. Zippo me cuenta cómo obtuvo los pormenores de la fuga y el hallazgo de los N.N. Un llamado telefónico. Una cita en una estación de tren en la provincia. Dos tipos lo esperan. Lo suben a un auto. Le piden disculpas por tener que vendarle los ojos. El auto da vueltas y más vueltas. Después toma por un camino de tierra. Lo bajan a Zippo. Y siempre a ciegas lo hacen entrar en una casa. Cuando le quitan la venda está frente al único fugitivo de Devoto. Mientras pican unas milanesas frías y toman whisky, Zippo le hace el reportaje. En un sillón, a un costado de la mesa, hay una metra. En un camastro, pistolas y munición. El sitio parece un arsenal. Zippo me dice que tiene toda esa conversación grabada en un cassette. *Los rochos me baten siempre la justa*, ha dicho. *Y si se equivocan, se rectifican*. Después de publicada la crónica, los rochos lo buscaron para corregir el dato. Los restos humanos no eran de «subversivos», le dijeron. *Correspondían a sopres que quisieron piantar durante un motín en el tiempo de los milicos*. Pero, ¿por qué me cuenta Zippo toda esta historia?

—Porque fue cuando la escribí que empecé a escarbar sobre la superbanda —dice Zippo—. Y ellos me advirtieron: «Nosotros te podemos pasar todo el chimenterío posta, pero guarda con los azules, pibe». Y no te cuento más porque no hace bien cuando pariste un capítulo salir rajando a mostrárselo al gomía que tenés más cerca. A lo escrito hay que darle tiempo de maduración. Además, en este caso, tengo que chequear constantemente cada dato. Y esta vez, palabra, hermanito, estoy sentado sobre gelinita pura. Y voy a seguir aunque manden plomo.

Zippo apaga el porro, se para y se inclina como en una reverencia diciéndome:

—Con permiso —excusándose y volviendo a entrar al baño—. Debe ser el calor.

Esta noche yo esperaba que refrescara y acostarme razonablemente temprano. No solo no refrescó sino que además me encontré con Zippo. Y las noches con Zippo, ya lo dije, no tienen fin. En estas noches cada vez que uno mira la hora son las cuatro de la madrugada. Ahora, las cuatro fueron hace milenios. Y también las cinco. El tiempo es cada vez más corto. Mientras tanto, salgo al balcón. Mañana será un día como el de hoy. Pero mañana ya es hoy. En un rato va a amanecer. Y el calor subirá otra vez hirviendo la ciudad. Puede sentirse en la viscosidad de los últimos sonidos nocturnos que trepan hasta el balcón, densos, graves, como un disco pasado despacio. Desde abajo, desde la calle, vienen los gritos de unos pibes, puteadas, estrépito de vidrios rotos, los frenos histéricos de un automóvil, un motor que arranca, más puteadas. Es la salida de Palladium.

—Te invito un café, hermanito —dice Zippo asomándose al balcón con una toalla al cuello—. Nos va a hacer bien tomar un poco de aire. Es lo único que nos falta tomar.

Acepto. Pero antes debo pasar yo al baño. En los bordes del inodoro hay unas partículas rojas muy pequeñas, diminutas, casi imperceptibles. Busco lavarlas con la meada. Todo lo que logro es salpicar a los costados.

Bajamos callados el ascensor. A Zippo parece habérsele gastado la saliva. Al volver a la calle, el miedo lo ataca de nuevo.

Pero no lo dice. Caminamos por Córdoba hacia San Martín. Los bares de la esquina están cerrados. Zippo mira hacia atrás, como cerciorándose de algo. Doblamos por San Martín y después por Paraguay. Ni un bar abierto. Seguimos hasta Reconquista y enfilamos hacia Plaza San Martín. Al cruzar cada calle, Zippo se da vuelta y después sigue.

Cruzamos hacia Retiro. La confitería de la estación también está cerrada. Seguimos de largo, hacia el fondo, y damos con un bar miserable, que apesta a amoníaco. Antes de entrar, brusco, Zippo gira para mirar hacia atrás. Recién entonces entra.

—No, nada —dice—. Me pareció.

Nos ubicamos en los taburetes de la barra. Pedimos dos cafés con leche y medialunas. Pero es demasiado temprano; las medialunas todavía no llegaron. Dos porciones de pastafrola parecen estar esperándonos desde el fondo de los tiempos, debajo de una enorme campana de vidrio. Las pedimos. Tienen un sabor antiguo y una consistencia grumosa.

—Ya vengo. —Zippo se aparta de la barra.— Con permiso. —Y va al baño.

Poco a poco el bar se va llenando con los primeros laburantes, morochos jóvenes con el pelo húmedo y la cara fresca. Tienen un bolsito al hombro. Son peones y estibadores. También poco a poco ha ido amaneciendo. Y la mañana va pasando del azul a la claridad total.

—De día me siento más seguro —dice Zippo—. No demasiado, pero me conformo.

Está agotado, como si viniera de correr una maratón. Con la luz del día su palidez es cadavérica. Tiene los ojos irritados.

—En *Clarín* hay un flaco amigo, un periodista veterano de policiales —cuenta Zippo—. También se puso a escarbar en el asunto. Hace unos meses, una noche, cuando entraba en su casa, le metieron unos cuetazos. Si se salvó, fue porque era un aviso, ¿entendés?

Andamos por una de las dársenas de colectivos frente a la Torre de los Ingleses. En el reloj son las siete y diez. Zippo se detiene en una parada, y estudia el cartel como si fuera un jeroglífico.

—Yo sé que ninguna batalla se gana jamás, hermanito —dice—. El campo de batalla solo revela al hombre su propia locura y desesperación. Y la victoria es una ilusión de filósofos y de tontos: William Faulkner. ¿A quién se lo habrá afanado?

Zippo camina levantando la cabeza, leyendo los carteles de las paradas. Hace un buen rato que recorremos las dársenas. Zippo leyendo los carteles con los recorridos y yo a su lado. Finalmente se decide por una línea. Revuelve en los bolsillos del saco buscando monedas. Busca también en los bolsillos del jean. Y termina extrayendo del saco una billetera de cuero gastado. Tira de un billete marrón. Cada uno de estos gestos son lentos, difíciles. Se pone un cigarrillo en la boca, lo prende y juega un rato con la tapa del encendedor.

—¿Vos pensás que arreglaría algo yendo calzado? —me pregunta. Y se queda mirando la puntera sucia de sus zapatillas. En la cara tiene esa expresión que no se sabe si es el anticipo de una carcajada o un llanto—. Hoy mismo voy a la cárcel —dice y marca un suspenso—. Tengo que ver un punto que me va a pasar unos datos.

Después, hace una seña:

—Ahí viene mi colectivo.

Nos despedimos con un abrazo.

—Deseame suerte, hermanito —me pide.

Y con una agilidad inesperada se cuelga del colectivo que apenas frena.

Cuando entro en el departamento el sol rebota en la botella, los vasos vacíos y el cenicero repleto. Sobre la mesa, Zippo se dejó un papelito con anotaciones. Juzgados, causas, expedientes. Bajo la persiana. Demasiada luz.

Antes de acostarme, cuando voy a mear, en los bordes del inodoro siguen esas partículas rojas.

Animales domésticos

Desde que Felipe trajo esa estufa de kerosene no se puede respirar en esta casa.

—Quería darte una sorpresa —dijo cuando cortaba el hilo del paquete.

—Sabés que no aguanto el kerosene. Me da alergia.

—En esta casa hace mucho frío.

—Siempre hizo frío —le dije—. Ahora se siente más porque estamos viejos.

—¿Que querés? ¿Qué la cambie por una eléctrica? Las de cuarzo gastan mucho y no calientan.

Así son los regalos de Felipe. Cuando éramos jóvenes, con el sueldo compraba una pila de libros.

—Para vos y los chicos —decía.

—Sabés que no me gusta leer. Y lo que los chicos necesitan es ropa.

Es inútil luchar con Felipe.

—¿Cuánto te costó esa estufa?

—No se dice el precio de un regalo.

—Un regalo es algo que le gusta a quien lo recibe.

—No te aflijas. La compré con unos pesos que me gané a la quiniela.

—Si vos no jugás.

—No me creés.

—No, no te creo. Metiste la mano en mi secreter.

Y agarré la bolsa y me fui a comprar el pan. Que terminara él de desenvolverla. Y, cuando volví, ahí estaba, como un chico con un juguete, estudiando el folleto con las instrucciones y el movimiento de las perillas.

—Me hace mal el kerosene —le dije.

Pero él me contestó:

—Esta casa apesta a meada de gato.

Cuando Felipe se pone así, le doy la espalda. Y me meto en mí misma.

Doy vueltas en la cama, en la oscuridad. Deben ser las cuatro, según las agujitas verdes. Pero bien podrían ser las doce y veinte.

Con estos relojes modernos es difícil precisar el tiempo que es. Antes los relojes traían todos los números. Y se oía el mecanismo. Tic-tac. Tic-tac. Y una se daba cuenta de que el tiempo iba pasando. Eso antes de la tragedia de los chicos.

De tanto en tanto, Ana y Susi se atropellan ladrando en el patio. Y los maullidos de Beto. Las dos corren y ladran como si fueran feroces. Le ladran a Beto que está en la azotea. Hace un rato me pareció que estaba en la azotea.

A veces pienso que Felipe quiere que los animales duerman afuera para que se mueran de frío.

—Es inhumano como los tratás —le dije.

—Inhumano es ponerles nombres de seres vivos.

—No están vivos —le dije.

Y se calló, arrodillándose junto a la estufa, aflojando una perilla y levantando la coraza.

—Por la mecha no gasifica bien —dijo.

No hay duda. Ese maullido es de Beto. Ahora saltó al techo del dormitorio. Anda por las chapas del techo.

Pensar que desde el veintiuno de este mes los días van a tener un minuto más me saca de las casillas. Un minuto más de insomnio, de pensamientos que no van a ninguna parte. Y afuera, el viento, oscuro, cortante. Sin embargo, hay noches que Felipe se queda en la puerta de calle mirando hacia la avenida hasta la hora de la cena, como esperando que aparezcan y vuelvan.

Y ahora, en la noche, mientras Ana y Susi ladran en el patio, me cuesta respirar en la oscuridad del dormitorio. La estufa ilumina el rincón de la ventana que da al jardín. Es tan fuerte el olor del kerosene. Una de estas noches vamos a morir asfixiados por la emanación del kerosene. Pero si me llego a levantar y saco la estufa al patio, Felipe va a protestar.

Por los ladridos cualquiera diría que Ana y Susi son guardianas. Y no. Ladran de miedo. Si por mí fuera, las perras dormirían debajo de nuestra cama. Pero Felipe se niega.

—Los animales y la gente no deben mezclarse —dice.

—¿Y eso, lo sacaste de un libro?

—Rosas lo decía. En el *Manual para Capataces de Estancia*. Felipe siempre tiene un libro a mano para retrucar.

—Vos y tus libros —me fastidio—. Por tus libros estamos como estamos.

—Ayudan —me contesta.

—¿A qué ayudan?

—A comprender.

—No hay tanto para comprender en este mundo. Las cosas son como son. Y por más vueltas que les des, son como son y no se puede hacer nada para cambiarlas.

En la noche, por culpa del kerosene tengo naúseas y dolor de cabeza. Pero me callo. Felipe duerme como un bendito. Cuando ronca, lo sacudo y se calla un rato. Entonces el silencio es como un gas mortal, igualito a la emanación de la estufa.

—Deberías aprender a manejarla —me dijo Felipe—. Te conviene saber cómo se prende y se apaga.

—Vos la trajiste, vos te encargás.

—Igual que vos con las perras y ese gato de mierda.

—No seas boca sucia. Beto ni te molesta.

Me levanto en puntas de pie, me calzo las pantuflas y me abrigo con un batón para ir a la cocina a prepararme un té de tilo. Parada frente a las hornallas, espero que hierva el agua. Dicen que el tilo hace dormir. Será a los jóvenes. Acerco las palmas al fuego azul. Es tanto mejor el gas que el kerosene. Y es más seguro también. Pero Felipe no quiso saber nada con poner estufas de tiro balanceado.

Con prudencia, abro la puerta de la cocina para que entren Ana y Susi y después Beto, que tarda en venir porque anda por la azotea todavía, pero ya va a volver. Y cuando Beto entra, cierro y los dejo que se queden un rato adentro.

Aunque Felipe pueda levantarse para ir al baño y descubrirme no me importa. Estos animales son como mis hijos. Por eso les puse sus nombres. Cuando los llamo me parece que los estoy llamando a ellos, que no se los llevaron, que todavía están estudiando en el comedor, como cuando iban a la facultad.

Para entretenerme, mientras tomo despacito el té, leo el folleto que vino con la estufa. Felipe lo puso siempre sobre la mesa, al lado de los cigarrillos.

La vista no me da más que para leer las letras más gruesas:

1°) Desarmar la garganta

2°) Extraer la mecha

3°) Colocar la mecha

4°) Armar la garganta

No me viene el sueño, no hay caso.

Deje su mensaje después de la señal

Los sábados a las catorce en punto, cuando Cecilia cierra su local en Ayacucho y Peña quedan atrás los clientes, los proveedores, las cuentas y todo lo que tiene que ver con el negocio del diseño. Durante lo que queda del sábado y el domingo entero ahí nomás se desenchufa. Invitaciones le sobran. Pero no tiene ganas de enredarse en reuniones, comidas y madrugadas que pueden terminar en la dislexia de una discoteca.

Cecilia llegó a una edad en que ya no es una chica. Tiene treinta y cuatro años. Ahora, que se cortó el pelo a lo varón, aparenta veintisiete, veintiocho. Sin embargo, esta apariencia no es deliberada. El pelo corto es una simple cuestión de practicidad. La abochorna pensar en los papelones que hacen algunas mujeres de su edad para mantenerse en forma, como si fueran reciclables. No hay gimnasia, dieta ni maquillaje que puedan tapar la inseguridad. Y la inseguridad, para Cecilia, es una galaxia desconocida. Ni Blades ni El Cielo son sitios para atrapar príncipes azules y otras antiguallas. Por otro lado, los príncipes azules han muerto en tiempos de la peste rosa. Si se piensa un domingo caminando por la ciudad con un tipo que acaba de conocer, recorriendo la feria de San Telmo, almorzando en una parrilla cerca del río, siente vergüenza ajena. Alguna vez, hace tanto, podía atravesar con cierta integridad las convenciones de la primera salida. Tomarse de la mano, levantar la cabeza, mirar juntos una cariátide allá arriba. Dios, se pregunta Cecilia, ¿por qué todos los enamorados de más de treinta —si es que alguien puede enamorarse después de los treinta— tienen esa costumbre de recorrer San Telmo mirando hacia arriba como turistas alemanes? Y después, el obligatorio descubrimiento de lugares exclusivos, luz de velas, vino blanco, mozos de librea con sonrisa cómplice de entregadores y una secuencia infinita de slides que causan un empacho kitsch. No, por favor no me muestres tu loft. No me interesa ver las fotos de tus hijos. No me gusta el rock. Y ni te molestes en regalarme flores porque solo tolero los nardos. Ni te gastes en comprarme ese compact de Philip Glass. No se te ocurra dedicarme el último libro de Auster porque tengo todo Auster y además en inglés. No me subyugan ni tus tarjetas de crédito ni tus hectáreas cerca de Areco. No me cuentes de tu infancia, no me cuentes de tu ex, no me cuentes ni medio minuto de tu última sesión con el lacaniano y menos, todavía mucho menos, lo que esperás de una pareja y el significado de la palabra proyecto. Tampoco pretendas conquistarme con la posibilidad de New York acompañándote en un viaje de trabajo y después una semana en Puerto Vallarta. Sí, ya sé que ahí Huston filmó *La noche de la iguana*. Usá ese argumento para seducir alguna rusita posmo de cine club.

Cecilia piensa así porque tarde o temprano, por lo general más temprano que tarde, una corre disimuladamente la tapa de la olla y entonces, hirviendo en ese caldo, aparece el pulpo del otro. Y para bicho, piensa Cecilia, la tengo a Lourdes, mi gata blanca, tan perceptiva y autosuficiente como yo. Además, una mujer sabia es aquella que puede permanecer todo un día en su departamento sin precisar inventarse una bajadita al kiosco con la excusa de los puchos. Es cierto que Cecilia viajó mucho, tal vez demasiado. Y conoce el mundo. Y quizá por todo lo que viajó ahora piensa que para conocer el mundo no es necesario siquiera asomarse al palier.

Para algunos, para muchos, para casi todos, el domingo puede ser un día letal. Para Cecilia, en cambio, el domingo es el día en que es más Cecilia y agradece haber nacido en el siglo del contestador automático:

—Deje su mensaje después de la señal —cortante, sin mencionar ni el número ni su nombre. Tampoco una musiquita.

Cecilia detesta los contestadores con musiquita. Y también los que graban frases ocurrentes.

Este domingo de febrero Cecilia se despierta, como todos los domingos, entre las siete y las siete y media sin necesidad del despertador. Lourdes remolonea entre las sábanas de lino. Su remoloneo se vuelve pronto un combate neurótico con el lino porque se enganchó las uñas en la tela. Neurosis, piensa Cecilia. Pero el mundo es de los neuróticos. Sin una cuota saludable de neurosis es imposible sobrevivir con libertad. Los gatos son neuróticos, pero también son independientes, anárquicos y voluptuosos. Nunca trates de seducir uno porque cuando vos vas, él está de vuelta. Y Lourdes, al ser mujer, es la química pura de la gatunidad. Y podría arreglárselas perfectamente sin mí, piensa Cecilia, ayudándola a librarse del enganche con el lino, apiadándose más de su sábana que del encono de Lourdes.

A Cecilia le gusta dormir desnuda. Y al levantarse, cada mañana, mirarse en el gigantesco espejo que ocupa casi toda la pared. Le gusta verse. Y ver que su cuerpo sigue en forma. Está contenta con su cuerpo. Sonríe:

—Buen día, buen día.

Cuando está deprimida cambia el saludo frente al espejo:

—Buen día, mal día.

Le basta este saludo fetiche para que todo cambie. La belleza tiene que ver con tu interior, piensa. Y si además te rodeás de belleza, mejor.

Smile.

Va hacia el Sony y pone la radio, siempre sintonizada en Clásica. Sube el volumen hasta que la música inunda el departamento y llega al baño. Empezar la mañana duchándose con Haydn es un método infalible contra cualquier onda negativa. Desde la ventana del baño, como desde todas las de su departamento y también desde el balcón, se ve el cementerio de la Recoleta. Haydn y las tumbas. Haydn y los panteones. Haydn y las estatuas de la muerte. Pero también Haydn es el agua tibia que resbala en cataratas de espuma con perfume de algas por su cuerpo ligeramente bronceado. Porque si una arranca la mañana pensando que está de este lado del muro del cementerio y no del otro, cada pequeño placer se vuelve cinesmascope, technicolor y dolby, como el jugo de naranja que ahora toma con sorbos lentos, enjuagándose el gusto del sueño y la noche, acodada en el balcón, con una camisa de seda blanca entreabierta y nada más. La suya, piensa, es una perspectiva privilegiada. Y no solo desde un punto de vista inmobiliario, porque su punto de vista, en la mañana de este domingo, es el de alguien que observa con agudeza y desapego la brevedad de la vida. Cecilia piensa que tomarse su jugo matinal en este balcón, paseando la mirada por esos crucifijos, es plantarse frente a la vida con sensatez. No tiene sentido aferrarse a las cosas de este mundo, piensa. Ni a las cosas ni a las personas. La vida, piensa Cecilia, se parece bastante a estar en lista de espera en un aeropuerto. Esta situación, piensa, sirve para saber cómo es la gente. Están los que no se la bancan y protestan. Están los que aprovechan para perderse en el free-shop. Y están quienes, como ella, buscan el kiosco más cercano, compran *Vanity Fair* y eligen una mesa apartada del bar para tomarse un whisky con tónica. Ni desesperación ni free-shop. Cecilia nunca va a comprender a los que tienen pánico a los aviones, a los que sufren de jet-lag y a los que se quejan de trastornos respiratorios. Si no viviera frente a un cementerio, piensa, no le molestaría en absoluto vivir frente a un aeropuerto. De la misma forma piensa que una no puede sentirse más feliz en la vida por un marido, un amante nuevo o un lindo par de medias. Y esto es lo que ella llama realismo, en este domingo radiante de Haydn y vitamina C.

Después de tomar el jugo, Cecilia entreabre la puerta del departamento y levanta los diarios. Los domingos recibe, además de *Página/12*, *La Nación* y *Clarín*. No aguanta *Clarín*, detesta *Clarín*, lo aborrece, pero los domingos no puede resistir la tentación del horóscopo. Después de leer su horóscopo, pasa al chiste de Quino y tira el *Clarín* a la basura.

En la cocina, que tiene un look de cocina de campo, donde predomina la madera, completa el desayuno: tostadas de pan negro con mendicrim y miel, Lapsang Souchong con una gota de leche. Llega a tomarse una tetera entera mientras lee los suplementos literarios y de espectáculos. La revista de *La Nación* la reserva para ir al baño.

Esta mañana el contestador empieza a funcionar antes de lo previsto:

—Ceci, querida, habla mamá. Hace mucho que no venís a la quinta. Dale, vení. Hoy es un día regio. Y papi va a hacer un asado. Te compramos pollo. Un beso, hijita.

Son casi las nueve.

Al rato, de nuevo:

—Nena, soy yo. Tu padre. Hoy viene tu hermano Edu a la quinta. Y alguna vez me gustaría tenerlos a todos juntos en la mesa. Ya sé que sos toda una mujer libre, pero aflojá un cacho. Un beso. Posdata: aunque no vengas no te desheredo.

El silencio es la mejor respuesta, piensa. Si llega a levantar el tubo, está perdida. Tendrá que dar explicaciones. Y después, terminará sintiéndose culpable.

Hay que tener entereza para quedarse inmutable frente al contestador. Y un entrenamiento largo. Lo principal, al empezar un domingo, consiste en atajar el primer impulso de levantar el tubo. Por eso, lo mejor, y Cecilia lo pone en práctica, es bajarle el volumen al timbre del teléfono, de modo que el ruido de la máquina y las voces aparezcan sin el previo anuncio del teléfono sonando.

—Ceci, estás ahí —dice una voz de mujer—. Yo sé que estás ahí. Dale, atendé. Me invitaron a navegar. Y a vos también. Adiviná quién nos invitó. Ufa. Bueno, te la perdés. Un beso. Gabi.

La costumbre de juntarse los domingos y la imposibilidad de aceptar la soledad los domingos. Los domingos son como esos negocios de muebles usados que hay por Floresta. Y a ella los espacios le gustan despojados, con pocas cosas, elementales y sencillas, pero que transmitan placer. Así es su departamento, y así es ella. En su vida no hay lugar para muebles usados. Tal vez es demasiado japonesa su concepción del hábitat, tal vez demasiado ascética, tal vez demasiado moderna, pero todo lo que se puede conseguir un domingo vía angustia es como un mueble usado. Y para usarlo otra vez hay que ponerlo antes en condiciones: lijar, pulir, readaptar el interior y no solo la apariencia. Es un trabajo excesivo. Y pocos muebles valen la pena. Por eso, en lo de Cecilia, los ambientes son apenas dos, aunque la superficie del departamento es la de un cuatro ambientes. Derribar paredes, pintar de blanco, varias manos de blanco, exorcizando el pasado del lugar le permitió llegar a este espacio que este domingo, como todos los domingos del último año, se ha ido convirtiendo en una especie de monasterio narcisista, como le dijo Fabbri, su alma gemela. Es raro que Fabbri no la haya llamado todavía, pero en algún momento del domingo Fabbri va a llamar. Y a ese llamado le va a ser difícil negarse. Y se muerde la cutícula del dedo gordo de la mano izquierda.

Pasadas las once, Cecilia ya ha leído los diarios. Esta semana hubo dos o tres estrenos interesantes. Pero pensarse entre el público de los cines de la Recoleta o de Santa Fe le da cosa. Si algo no quiere ser nunca es una de esas señoras tipo Chiquita Legrand que hacen cola en las tardes del Grand Splendid. A Cecilia no le aterra la muerte pero sí la vejez. Hubo una época en que pensaba que se podía envejecer con dignidad y clase. Hubo otra época en que pensaba que debía ser bueno envejecer junto a un ser querido. Entonces pensaba que con los años se podría alcanzar una cierta inteligencia afectiva, una sabiduría del corazón. Pero después vino el síndrome de inmunodeficiencia adquirida. Se corrieron nombres, se produjeron las primeras bajas. Y eso era algo que le pasaba a otros. Hasta que los otros dejaron de ser los desconocidos y le tocó a Carolina, su exsocia. Todavía Cecilia se pregunta por qué dice mi exsocia cuando se refiere a Carolina, como si la desaparición de Carolina se hubiera debido a una divergencia de intereses. A Carolina le habían diagnosticado una neumonía especialmente virulenta. Tenía fiebres altísimas, tos y dolores agudos en el pecho. Después, unas colitis espantosas y pérdidas de peso. Y casi al mismo tiempo, empezó a sufrir infecciones parasitarias mientras se le iban extendiendo los hongos. Los problemas de nutrición de Carolina se hicieron cada vez más graves. Cecilia la veía envejecer día tras día. Y parecerse cada vez más a una víctima de campo de concentración, de esas que se ven en los documentales. A pesar de su debilidad, Carolina se agarraba de la vida con todas sus fuerzas, que eran cada vez menores, como si el aferrarse a la vida la debilitara aún más. ¿Por qué se la pegó Caro y no ella? No tenía la respuesta. Pero si hoy escucha hablar con ironía de la enfermedad, si se están haciendo chistes acerca de eso y si alguien, al darse cuenta de que Cecilia se queda callada y aparte, le pregunta qué le pasa, entonces Cecilia tiene una respuesta: *¿Querés que te cuente?* Y lo dice con su sonrisa más ingenua y un brillo perforador en los ojos, pasando de golpe a ocupar el primer plano. *¿Querés que te cuente?* No quiero envejecer. Y tampoco quiero saber nada de enfermedades ni de cualquier cosa que se le parezca. No pienso hacerme el análisis. Y si algún día me entero de que la tengo, veré. No le pienso dar a nadie el espectáculo que dio Carolina. Y el cementerio está tan cerca de mi departamento que hasta voy a ahorrarles bastante a todos en viáticos y gastos de traslado, sin contar el alivio que representa evitar la puesta en escena de la desintegración en cámara lenta. Un día salto por el balcón y paf.

—Piedra libre para Ceci, que está detrás del contestador —dice una voz de mujer—. Ceci, soy Laura. Tengo una gran noticia para darte. La corté con Marcelo. Hoy es mi primer domingo de separada. Quería proponerte festejarlo juntas y sin los chicos. Llamame que estoy en casa. Un beso a Lourdes.

Pronto va a ser mediodía. Y Cecilia está tirada en la alfombra mirando un libro de Egon Schiele. Ama la obra de Schiele. Su figura se parece algo a la de esas mujeres entre anémicas, lascivas y enigmáticas. *Femme assise*. Cecilia es consciente de ese parentesco de las formas. *Femme à demi-nue et aux bas noirs*. La calientan esas reproducciones. *Enfant étendue sur le ventre*. La calientan tanto o más de lo que la calentaba en la adolescencia aquella parte de *Sexus* en que Miller tiene un menage à trois con Maude y Melanie esa noche de tormenta y lujuria. Casi sin darse cuenta está boca abajo sobre la alfombra, tocándose, los dedos mojados, el anular moviéndose en círculos primero y después, más arriba, sosteniendo un ritmo parejo, casi matemático. Ningún hombre podrá tocarla nunca como ella se toca, con delicadeza al principio, como si no quisiera, casi distraída, y con más intensidad después, sin apartarse de ese punto que es justo ahí, ni un milímetro a un costado o al otro. Ningún hombre podrá acariciarla como ella se está acariciando ahora, más fuerte, más fuerte y, de pronto, más despacio, aguantando que le duela un poco para después volver, otra vez despacio, otra vez acelerando, pero sin perder el dominio, porque ningún hombre puede sentir lo que siente una mujer, igual que ni ella ni nadie sabrá nunca eso que está mirando fijamente Lourdes, acurrucada en un sillón, tan comprensiva.

—Aló, Ceci. Laura. ¿No recibiste mi mensaje? Sos un plomo. Marcelo me dejó el auto. Dale, ¿por qué no vamos por ahí? Es un día fantástico, ¿te enteraste? —Una pausa.— Ya sé, Ceci: o anoche la pasaste bomba y todavía no llegaste, o estás en uno de tus días. Espero que sea lo primero. Chuic. Laura.

Se le cortó. No puede retroceder al punto donde estaba hacía apenas un instante. Ahora se levanta de un salto. Va hacia el Sony. Revisa la pila de compacts y pone uno: *In the mood*. Y ensayando unos exagerados pasos de baile, levanta el libro de Schiele, lo vuelve a su lugar en el estante y, siempre bailando, con un compañero imaginario, entra en el baño, se sienta en el bidet y se aplica un doloroso y refrescante chorro de agua fría.

Por debajo de Glenn Miller oye una voz de hombre, triste, entrecortada, nerviosa:

—Espero estar hablando con lo de Cecilia. Soy Ignacio. Te llamo para pedirte disculpas por la otra noche. Yo sé que para vos era un cena de trabajo. Confundí las cosas. Bueno, eso quería, disculparme. Y, si me lo permitís, invitarte hoy a almorzar, Ceci —y ahora la voz se esfuerza por sonar decontracté—. Tomalo como un desinteresado acto de desagravio, si querés. Gracias. Un beso. Y disculpame de nuevo.

Cecilia cruza el departamento hacia la cocina. Se pregunta por qué, cuando la gente no sabe qué hacer con su vida un domingo, trata de resolver su duda con el prójimo. Y saca del freezer lechuga, zanahoria, choclo, tomate y ajo. A Cecilia le encanta el ajo. Si tienen una ventaja indiscutible el domingo y su soledad, es el ajo. Cecilia pica tres dientes, los echa en un pocillo y después le pone aceite de oliva y salsa de soja. Tapa después el pocillo con un platito para que se concentre el sabor de salsa. Ahora saca de la heladera un huevo, lo pone a hervir y de la repisa agarra una latita de atún. Este va a ser su almuerzo, pero no hay por qué apurarse. Falta que hierva el huevo y recién es la una y veinte. También falta que llame Fabbri. Es rarísimo que Fabbri no la haya llamado todavía. Quizá debería preocuparse. Pero no tiene por qué preocuparse si tiene decidido no atender cuando Fabbri la llame. Otra vez la culpa, la culpa de mierda. Nadie como Fabbri para explotarle la culpa. Ni siquiera sus padres.

Un roce aterciopelado contra el tobillo y el maullido que la reclama mientras saca una manzana de la heladera.

—No, no me olvidé de vos —dice Cecilia.

Y antes de cerrar la heladera saca un trozo de hígado de un

tupper, y la botella de leche. Corta el hígado en trocitos, vuelca leche en un plato y, en otro, al lado, pone el hígado.

Después, apaga el Sony y va hacia el tablero de dibujo donde dejó la bolsa del video. *Qué bello es vivir*, Frank Capra. *La diabla*, Susan Seidelman. *Tracy se divierte*, de vaya a saberse quién. Mark Curtis, dice la caja. Pero, ¿a quién puede importarle quién dirigió una porno? Solamente a una obsesiva como Cecilia. No es un mal programa para la tarde del domingo, que está empezando. Siempre se promete ver la porno al final, después de cenar. La pajita de las buenas noches, la llama Cecilia. Pero no puede aguantarse hasta la noche; seguro que va a ser la primera película que ponga en la video después de almorzar. Si está con ánimo, la verá toda. Y después, a la noche, repetirá las mejores secuencias. Pero todavía falta para la siesta.

Cecilia aparta la bolsa del video y abre un block de dibujo. Y con la Rotring en la mano, cruzándose de piernas, haciendo girar la banqueta, se da vuelta hacia el espejo de la pared y empieza a dibujar su autorretrato. *Cecilia en chemise*. Hay algo Egon Schiele en su dibujo. ¿Por qué Schiele dibujaba las mujeres como si fuera una mujer? ¿Por qué ella se dibuja como si la dibujara un hombre que murió tan joven? *Egon Schiele y yo*, anota al pie del dibujo. Después arranca la hoja, la coloca debajo de la otra y vuelve a dibujar encima, calcando, queriendo mejorar el autorretrato anterior. No debería hacerlo. Debería bancarse las imperfecciones del primer dibujo. Por más que consiga superar el primer dibujo en versiones sucesivas, siempre será más real el primero. Abre una caja de marcadores y le da color al pelo, a los ojos, a los labios y a los contornos del cuerpo. Todo el tiempo queremos ser mejores de lo que somos. Lo último que se pierde es la vanidad. *¿Cómo me veo?*, le preguntaba Carolina. *Mejor*, le contestaba Cecilia. *Acompáñame al baño*, le pedía. *No te podés mover con el suero*, le decía Cecilia. *Quiero verme en el espejo*, le insistía Carolina. *No te podés mover*, repetía Cecilia. Y adivinando: *No tengo espejito.*

Todo lo que Carolina quería era verse mejor de lo que se veía. Así de simple. *Dame tu rouge*, le decía ella. Y era casi una orden. *Sabés que de día no uso*, le decía. Y Carolina: *Mañana me vas a traer rouge y un espejito*. Durante el resto de esa tarde y después, durante toda la noche, se había impuesto ser leal con Carolina y llevarle rouge y un espejito. Lo que más la impresionó a la mañana siguiente fue que Carolina se alegrara al verse con los labios pintados. *¿Te gusto?*, le preguntó. *¿Vos te gustás?*, le contestó ella. Y Carolina: *Si no te la creés vos, no se la cree nadie, Ceci*. Para agregar, enseguida: *Y yo me la creo*.

—Podés atender, Ceci —es la voz de Fabbri, pastosa de resaca—. Habla tu doppelgänger. Atendé. No hay peligro conmigo, excepto el invisible. Atendé. Te estoy mirando.

Hay un silencio, pero se oye la respiración del otro lado, el jadeo de alguien que solo aspira oxígeno a través de Parisiennes.

—¿Dónde estás, corazón? —canta Fabbri—. Oigo tu palpitar. Okey. Intento más tarde; ánimo.

El primer llamado de Fabbri este domingo. Ninguna sorpresa. Cecilia se pregunta cuántas veces más llamará. Aunque sabía que este primer llamado iba a ocurrir, no estaba preparada. Fabbri es la nube negra del domingo. Y es también la mandíbula tensionada. Cecilia siente que este llamado la cargó. Tiene que estar atenta para que los llamados que seguirán no la carguen más. Necesita moverse, sacudirse esa contractura en la base de la nuca. Busca relajarse moviendo la cabeza hacia los costados.

A esta hora el sol empieza a dar en el balcón y entra en el departamento. Cecilia se tira de nuevo sobre la alfombra para hacer una serie de ejercicios. Se acuesta. Y con las manos detrás de la nuca, sube el busto. Acerca el codo derecho a la rodilla izquierda estirando la pierna derecha y viceversa. Un, dos. Un, dos. Después, estira y levanta las piernas formando un ángulo de noventa grados. Un, dos. Un, dos. Acto seguido, con las piernas flexionadas sobre el pecho, sube la cabeza siempre con los brazos detrás de la nuca. Un, dos. Un, dos. Y esa tensión que es Fabbri parece disolverse. ¿Cómo era ese poema zen que él le había enseñado? *Cuando pienso que ya no pienso en ti,/ sigo pensando en ti./ Quiero intentar ahora no pensar/ que ya no pienso en ti.* Un, dos. Un, dos. Un, dos. Un, dos. Un, y el contestador:

—Ceci, soy Laura. ¿Recibiste mis mensajes? Paso de nuevo la información. La corté con Marcelo. Hoy se llevó a los chicos. Y me dejó el auto. Mi primer día de separada, nena. Vamos a festejar, dale. Espero tu llamado.

Cecilia aumenta la rapidez de sus ejercicios. Siempre con los brazos detrás de la nuca, flexiona una y otra vez las piernas sobre el pecho. Hasta que, agotada, se deja caer, abriendo los brazos, normalizando la respiración. Tarda un rato en recobrar el aliento. Cuando lo consigue, pega un salto, se para y va de nuevo hacia el Sony.

De pronto el domingo es una sonata para clavecín y flauta de Bach. Cecilia no solo normalizó la respiración. También sus sentimientos. No hay como un poco de actividad para deshacerse de la ansiedad y restablecer el equilibrio. Para Cecilia es básico mantener siempre el equilibrio. Y aunque Fabbri, resentido, suela llamarla *Miss Blindex*, Cecilia sabe que lo dice porque no puede aguantar que todos, todos menos él, la consideren equilibrada emocionalmente, como una vez oyó que la describían. *Quiero ahora intentar no pensar/ que ya no pienso en ti.* Toda su energía ha vuelto, circula por su cuerpo y le despeja la mente. Se limpia el sudor de la frente: unas gotitas entre la nariz y el labio superior. Se huele las axilas. Se embriaga con su propio olor recorrida por una onda de excitación. Pero resiste las ganas y se mete en el baño. Pero en mitad de la ducha la sorprende un aterrador desconcierto sinfónico. Envuelta en una toalla blanca, corre hacia el Sony para expulsar a Shostakóvich de su departamento: apaga esa sinfónica estridencia rusa que atenta contra la paz del domingo.

Termina de secarse. Saca de la heladera una lata de Budweiser. Mezcla la lechuga, la zanahoria, el choclo, el tomate, el huevo y el atún en una ensaladera transparente. Después agrega la salsa de ajo, soja y aceite de oliva. Está para chuparse los dedos. Cecilia se chupa los dedos. Otra ventaja de la soledad es que una puede comer sin cuidar los modales. Puede comer con la mano. Masticar con fuerza, escuchando el crujido de la lechuga entre sus dientes. La gimnasia le despertó el hambre. Cecilia come con rapidez. No hay como un buen salpicón recién hecho para reponerse. Toma la cerveza directamente de la lata. Se tira un eructo. Sentada en una banqueta, las piernas entreabiertas, así come. Algunas gotas caen de su pelo mojado sobre la mesa de madera. Una alegría tan sutil recorre el domingo, hasta que una voz de mujer le llega desde atrás:

—Ceci, mamá otra vez. —Cecilia levanta la cabeza hacia el techo y cierra los ojos.— Son las dos y media casi. Hace un rato nos llamó tu hermano para avisar que venía a la quinta con Dolores y los chicos. ¿Por qué no lo llamás y te venís con ellos? Ya sé que vos y Dolores no se toleran, pero Edu siempre tiene un lugar para vos en el auto. Además, papá está insufrible. Empezó otra vez con eso de que, si nadie viene a la quinta, la vende. Por favor, Ceci, si estás ahí llamalo a Edu. Un beso, nena. Mamá.

Cecilia está en mitad del salpicón cuando una voz se mete de nuevo en su vida.

—Ceci, soy Lola —y Cecilia piensa que la voz de su cuñada es de estreñida—. Nos vamos a la quinta. Edu está sacando el auto. Y me pidió que llamara a ver si querés que te pasemos a buscar. Bueno, no estás. Chau.

Se da cuenta de que no tiene ganas de seguir comiendo.

Por un instante está por desconectar el teléfono. Pero sabe que no lo va a hacer. En el fondo, le causa un placer tan infantil como maldito permanecer a la vez indiferente y lejana a esos llamados procedentes del exterior. Y el placer es mayor cuando se imagina en lo que se hubiera convertido de aceptar una sola de las propuestas para este domingo.

—Estás ahí —suena la voz de Fabbri, deliberadamente lúgubre, cavernosa—. A mí, no, nena. Yo sé que estás ahí. Podés esconderte de todos, pero no de mí. Yo sé siempre donde estás. Y en qué estás. Y vos sabés que yo sé.

La respiración fatigada de Fabbri la irrita tanto como ese silencio de espera. Después Fabbri cuelga.

Cecilia tiene un mareo leve, como si le hubiera bajado la presión. Abre la alacena inferior de la mesada y escupe el bocado de manzana en la basura. Tira también la manzana y lo que sobró del salpicón. Es un malestar pasajero, se dice. Todo se volvió liviano, de golpe, hasta casi perder peso. La ley de gravedad dejó de existir. Es apenas una sensación, pero funciona como un alerta. Una pequeña luz roja parpadeando en el tablero de control. *Fasten your seat belt*. Estamos atravesando una zona de ligera turbulencia. *Los dañados nos reconocemos como los gatos,* me dijiste en esa sesión. Me estabas acariciando el pelo. Y mandando al carajo la distancia ortodoxa entre paciente y terapeuta. Sin embargo, me quedé quieta. Era suave tu caricia. *Los dañados somos gente peligrosa,* me dijiste. *Nuestra presencia afecta a todos los que queremos, aunque no estemos físicamente con ellos.* Carolina se moría, no terminaba nunca de morirse, y vos me sacaste del sótano de la depresión. Empezamos a salir. También a mí me daba vértigo la situación. *Como un curita y su monaguillo,* te reías. *Es preferible el peligro a la depresión,* me decías. Y cuando yo pensaba que no había nada de malo en eso que hacían el curita y el monaguillo, me dijiste que eras bi. Y entonces se invirtieron los papeles. La ayudada convertida en ayudadora. Pero no había forma. *Nadie es bi,* admitiste. *Estás de un lado o del otro. Nadie va y viene lo más campante. Siempre hay un lado que es el verdadero, el real, tu tierra.* De acuerdo, me jodiste. Pero quedamos amigos. Sos mi mejor amigo. Pero no el domingo. Y aunque sepas siempre dónde estoy y en qué estoy, el domingo es mío.

Cecilia cierra los dedos, estruja la lata de cerveza y también la tira a la basura. Otra, en su lugar, piensa ella, se tomaría un lexo. No es su caso. Cecilia dispone de suficientes reservas de voluntad como para emerger ilesa de los nubarrones Fabbri. El domingo también es un derecho humano. Tapa el tacho, cierra la alacena y ve a Lourdes husmeando su plato vacío. La gata mira a Cecilia, que la mira. Vos me comprendés, piensa, y le echa más leche en el plato. Mientras la gata toma la leche, Cecilia lava la ensalada, el cuchillo y el tenedor. Odia lavar las cosas de la cocina. El detergente le arruina la piel de la manos. Cecilia piensa que solo las frígidas pueden ser felices lavando platos. Se apura a enjuagar todo. Sus pensamientos se van apartando de Fabbri a la máxima velocidad crucero. Cecilia es un Boeing que retoma altura. La nave se ha enderezado por fin y ahora se desplaza con serenidad, dejando atrás el frente de tormenta.

Son las tres y cuarto pasadas. La hora de la siesta.

Camina hacia el balcón. El cielo se oscureció en el sudeste. Sin embargo, aquí el sol todavía quema el parquet. Y el parquet quema las plantas de sus pies. Baja las persianas de golpe. Acostumbrando los ojos a la oscuridad, casi a tientas, recoge los videos.

—Aló. Soy Marcela —dice una voz—. Ceci, esta tarde voy a tomar café a lo de un amigo. Hace unos sillones de aluminio brutales. Te puede interesar para el negocio. ¿Me hacés la pata? Besote.

Cuando la voz termina de hablar, Cecilia ya pasó por la cocina, levantó la toalla que había quedado encima de la banqueta y está poniéndola sobre la cama en la penumbra del dormitorio.

Cada vez que Cecilia se prepara para una porno tiene que recurrir a su parte racional para justificar los estampidos de su corazón. En su parte racional subyace un arsenal bibliográfico sobre la sexualidad femenina, la búsqueda del orgasmo y el punto

G. Alex Comfort, Nancy Friday, Masters & Johnson, el Informe Hite. Libros de autoayuda, tratados, investigaciones, encuestas, encuestas y más encuestas. Una se busca en los testimonios, quiere averiguar si le pasa lo mismo que a Wanda F. de Minneapolis, a Geena R. de Atlanta y a Mary T. de Seattle, aunque también puede clasificarse en la misma categoría de Lisa H. de Oregón. Para el 70% de las mujeres, la forma más fácil de obtener el orgasmo es el coito o la penetración vaginal. El 45% valora la estimulación del clítoris. El 22%, el sexo oral. El 11%, la masturbación. Cecilia, confundida, tuvo una época en que pensó que pertenecía al 70%, al 45% y al 22%. Sin embargo, últimamente, se clasificaría en el 11%. A diferencia del hombre, la mujer comienza a sensibilizarse en zonas alejadas de los genitales —nuca, cuello, orejas, muslos y pechos—; el contacto prematuro con el clítoris o la vagina puede molestarla y hasta detener la excitación. La superficie erógena de una mujer es toda su piel. Aunque tanta información abunde y esté al alcance de todos, tanta ciencia solo sirve para demostrar que una se siente como una sirvientita paraguaya recién llegada a la ciudad, buscando algo parecido a la comprensión —que debería ser el amor, pero que no es siempre el amor—, perdida en un callejón negro y sin salida. Y en el fondo del callejón acechan unas luces turbias y aceitosas, las vidrieras de un sex-shop en la gran noche de los orgasmos perdidos. Cecilia se acuerda de cuando Laura le contó que su primer orgasmo había sido en realidad el segundo. Había tenido un orgasmo después de haber pensado que antes había tenido uno. Buscando vaciar su cerebro de imágenes y recuerdos, Cecilia está acostada, control remoto en mano, y ha empezado a tocarse los pezones.

Su parte racional es la que le hace pensar que los videos de Tracy Adams vienen cada vez más minimalistas. Tracy es una rubia enorme, más tetona que la chica esa que Guess está poniendo de modelo. Tracy tiene un vestido celeste. Está pasando la aspiradora por un departamento de típico gusto clase media.

El departamento está pintado con los colores de un Holiday Inn. Suena el timbre por encima del motor de la aspiradora. Tracy se pasa el antebrazo por la frente transpirada, se arregla un poco el vestido y, con agitación, abre la puerta con una sonrisa de ama de casa feliz. Entonces entra Bob, su marido, un tipo de traje y corbata, con un maletín. Tal vez el marido tendría más pinta si no tuviera ese corte de pelo ridículo. Además, el pobre trae el stress en la cara y el saco al hombro. Bob tira el maletín en el sillón, después se afloja la corbata y se deja caer. Hoy tuvo un día agotador, le cuenta a Tracy. Todo lo que quiere es acostarse. Tracy piensa antes de decirle algo que no sabe muy bien cómo decirle. Esta noche tienen invitados. Oh, no, se queja Bob. Tracy le cuenta que hoy la telefoneó Janet. Ella y Percy vienen a cenar. Son nuestros mejores amigos, dice Tracy. Y un matrimonio encantador. Además, ya compré las bebidas y el roast beef y las patatas están en el horno. Relájate, dice Tracy, arrodillándose junto al sillón. Tienes que relajarte, cariño. Y empieza a desabrocharle la bragueta. En cuestión de segundos, Tracy le está chupando la pija a su marido con entusiasmo scoutista. A veces, levanta los ojos para ver la reacción de Bob, que le revuelve el pelo: Sigue, sigue, no te detengas ahora, nena. Sin dejar de chuparle la pija, Tracy se quita el vestido. No usa corpiño. Y lo bien que hace, porque con ese par de lolas podría reventar un Maidenform reforzado. Tracy tiene una diminuta bombachita blanca. Por suerte, piensa Cecilia, ni es rojo pecado ni tiene puntillas. Esta escena de la vida conyugal tiene lo suyo, piensa Cecilia, tocándose despacio. Las pornos son un variado catálogo de pijas. Aunque la de Bob no esté entre las más dotadas, va adquiriendo sin embargo un tamaño nada despreciable. Cecilia estira un brazo a un costado mientras Tracy le lame el glande a Bob. Sus dedos dan con un cepillo para el pelo. El cepillo tiene un mango apropiado. Ahora Tracy aprisiona la pija de Bob entre sus lolas. Cecilia, sin dejar de mirar el jadeo de Bob, revuelve en el cajoncito de la mesa de luz buscando entre los cosméticos, descartando un pomo de Body Smoother de Clinique, un frasco de Fond de Teint Hydratant Lancôme y un envase de Dune, cuya tapa considera fugazmente y la abandona porque ya dio con el tubito que dice vaselina.

—¿Qué hace la nena ahora que nadie la puede ver? —dice desde lejos la voz ronca de Fabbri. Cecilia no quiere que se le corte ahora. Puede imaginarse la sonrisa terrible de Fabbri—. La hora de la siesta. La hora de las figuritas japonesas. La ciudad arde. Y se viene un vendaval. Sudestada, la peor de todas, dicen. Pero a la nena no le importa porque está jugando a las escondidas con las figuritas japonesas. A la nena no le importa ni la tempestad que se viene ni que su mejor amigo necesite su ayuda. Cuando terminés de jugar, cuando te despiertes de la siesta, llamame, Ceci.

Figuritas japonesas, así llama Fabbri a las películas porno, asociándolas con las viñetas eróticas de los libros de arte oriental. *Pijas chiquitas y gorditas. Me alegro de estar en Occidente.* Cuando Cecilia le contaba que había salido con alguien, lo primero que Fabbri le preguntaba era cómo tenía la pija. Si en una reunión encontraba una amiga que estaba con un tipo nuevo, también era lo primero que Fabbri le preguntaba. Y ninguna se escandalizaba. Fabbri sostenía que era tan natural que las mujeres hablaran de pijas como los hombres de conchas. Y, a propósito, siempre se acordaba de que en su pueblo, un pueblito perdido en La Pampa, a la puta con que él había debutado a los quince años la llamaban «La Canoa». No se precisaba demasiado poder de deducción para entender por qué la llamaban así. Para Cecilia no era tan fácil contarle sus experiencias con las pijas, pero hacía como que sí. Después, cuando pajeaba, chupaba o se metía una, no podía dejar de pensar en cómo iba a describírsela a Fabbri. De esta manera, todas las pijas empezaron a ser Fabbri. Hasta que poco a poco Cecilia dejó de contarle. Cada vez tenía menos que contar. Hasta que llegó el día en que ya no tuvo nada pero nada que contar.

Sobre la toalla, abierta de piernas, Cecilia contrae la pelvis. Se muerde el labio inferior superando esa sensación de vejiga llena a punto de estallar y esas ganas dolorosas de mear pero no pis. No te detengas ahora. Ya no puedo parar. Empapada. Espasmo tras espasmo. Ahí viene otra vez. No, no voy a parar. Otra vez, ahí, ahí, ahí tenés. Ese líquido precioso, agrio y dulce. No pares, no pares, no pares. No paro.

A las cuatro y veinte, exhausta, Cecilia apaga la video. Boca abajo, la cara hundida en la almohada, se abandona en un sueño sin memoria, como su departamento, que no tiene ni un solo cuadro ni una sola foto. Porque todas las fotos —las de sus padres, las de su hermano, las de sus sobrinos, las de Carolina, las de Fabbri—, todas, están en una caja lacrada en el fondo de un cajón, en el fondo de la baulera, en el fondo del edificio.

Mientras Cecilia duerme, casi a las cinco, la tarde del domingo se oscurece. De repente, afuera es casi de noche. El viento empieza a golpear puertas y ventanas, a torcer los árboles y a volar todo lo que encuentra a su paso. Hay remolinos en las calles. Y diarios, puchos, polvo giran enloquecidos en los remolinos. Las primeras gotas que caen, espaciadas, son gordas y fuertes. En poco tiempo la lluvia es una cortina de agua impenetrable que se derrama con rabia cambiando de dirección una y otra vez. Van a ser las seis cuando Cecilia se despierta aterida, en un sobresalto, oyendo el bramido de los truenos y el impacto de alguna cosa que el vendaval dispara con un estruendo ensordecedor. Se incorpora aturdida y siente la garganta atascada de terror. La lluvia acribilla las persianas de su departamento. Afuera el mundo parece estar llegando a su fin.

Se pone un sweater de hilo gris y corre por la oscuridad del departamento trabando las puertas ventanas y levantando las persianas. Después, se sienta en el piso de parquet, abrazándose a sí misma, junto a los vidrios. Su figura, sumida en la penumbra, proyectada en el espejo, parece atraer por momentos el fulgor de los relámpagos. Mientras en otras partes zozobran vidas y destinos, Cecilia contempla con nostalgia la furia de la sudestada; la recibe como un privilegio que este domingo le ha concedido en privado. Esta sensación aumenta cuando Lourdes, asustada, busca refugio en sus brazos como si fuera un bebé. Es reconfortante esta sensación de estar así, como agazapada en lo negro, iluminada cada tanto por un resplandor eléctrico, protegida en el interior de su departamento como Lourdes se protege en su regazo.

Pierde la noción de cuánto tiempo permanece así. Ni siquiera le presta atención al contestador cuando emite una voz de mujer:

—Ceci, soy Laura. Perdimos el domingo. ¿Viste la tormenta? Me llamó Marcelo. Dice que Libertador está inundadísima. Y que los chicos me los va a traer mañana. ¿No querés venir a comer una pizza y ver un video? Dale. Venite.

Casi en seguida, se oye otra vez el clac del contestador:

—Nena, habla mamá. Hay una tormenta tremenda. ¿Escuchaste la radio? Nos vamos a quedar todos en la quinta. Así que no te preocupes por nosotros que estamos todos bien, sin luz pero todos bien. Por favor, cuando llegues a tu casa, llamanos si podés. Queremos saber cómo estás vos. Hacelo apenas puedas. Porque seguro que también se van a cortar los teléfonos. Un beso.

El resplandor de los relámpagos adquiere proporciones fantásticas: irradian una luminosidad enceguecedora. Y después, pegados, los truenos que hacen temblar vidrios y paredes. Hay instantes en que el cielo parece ensañarse con su puerta ventana, arrojándole latigazos de agua. La lluvia es una metralla de rayas brillantes, iridiscentes, que el cielo arroja contra ella, y que revienta en seudópodos inquietos contra la barrera invisible de vidrio, estrellándose antes de alcanzarla.

—El diluvio universal ha llegado, Ceci —dice la voz de Fabbri en la penumbra. Por el tono, Cecilia sabe que esa voz es la del vodka.— Yo no creo que Dios nos permita subir a ningún arca. Las autoridades consideran que la ciudad está en estado de desastre y emergencia. Textual, nena. ¿No querés compartir conmigo el fin del mundo? Please, hoy te necesito, Ceci. ¿Te conté que el viernes empecé a eyectar a mis pacientes? Si venís, te doy más detalles. Por favor, llamá aunque sea. Fue otro mensaje de tu amigo consumidor de AZT.

Era previsible que Fabbri volviera a llamar. Desde que supo el resultado de su análisis de HIV, Cecilia se le transformó en una adicción. *Sé que sos la única que no me va a fallar*, le dijo esa tarde de septiembre en La Biela. *No hay error, Cecilia.* Y depositó sobre la mesa el sobre de Praxis Medica. *Mirá los árboles, respirá el perfume de la tarde, sentile el gusto a tu café. Y pensá que estás viva. Haceme el favor de no poner esa carucha de criatura sufriente. El que va a partir soy yo. Quiero ver sonrisas a mi alrededor hasta que llegue mi hora.* La dureza y el estoicismo de Fabbri eran toda una parada. Cecilia pudo ver en sus ojos que algo se le había quebrado, pero no iba a demostrarlo. *No me mires así. Perdoná la comparación, pero no soy Carolina pidiéndote el rouge. Vamos, elijamos una buena película y después vamos a cenar. Hoy quiero tomar mucho champagne.* ¿Cuánto iba a durarle a Fabbri esa postura Bogart?, se preguntó entonces. Poco a poco, los domingos, Fabbri empezó a fisurar. *Los domingos te extraño como un perro*, le decía. *No quiero ser un intruso en tu día sagrado, pero conmigo podés hacer una excepción*, le decía. Y después se reprochaba: *Disculpame, tenés razón. Tengo que estar a la altura que me fijé.* Y también: *No me des pelota los domingos, porque si me aflojás, me voy a poner insoportable. Y no me lo voy a perdonar. En lugar de uno, vamos a ser dos los plomos. Si querés ayudarme, ni cinco de pelota.*

Cecilia se muerde los labios. Le gustaría llorar. Pero no puede. A veces piensa que lloró todo lo que tenía que llorar cuando murió Carolina. Y que ya no le quedan más lágrimas; solo este sentimiento de inquietud punzante que, a veces, como ahora, la ataca con saña. Entonces se resiste. No me vas a poder, Fabbri.

Se levanta de un salto y va hasta la cocina. Se prepara un café a la turca, bien fuerte. Vuelve al dormitorio con la taza humeante. Pero antes de llegar, otra vez una voz de mujer en el contestador:

—Soy Laura, Ceci. Necesito verte. Me está agarrando la depre. Mi primer domingo de separada. Y en banda.

Pone el video de Susan Seidelman. Apenas ve a Meryl Streep confirma que hizo mal en darle una oportunidad a esa histérica con muequitas de pickle. Parece que estuviera todo el tiempo tragándose un purgante. No la aguanta. Meryl Streep sigue primera en su ranking de odios. Con el estruendo de la tormenta tiene que subir el volumen para escuchar.

—Frígida —le dice Cecilia, pero la Streep no parece darse por aludida y sigue con sus muequitas de dama rubia victoriana—. Frígida. Frígida.

Hasta que se cansa de insultarla y pulsa el control buscando un canal.

Están pasando un noticiero, imágenes del desastre que produce la sudestada. El Río de la Plata alcanza uno de los máximos niveles en cincuenta años: cuatro metros. La temperatura está descendiendo bruscamente, mientras la lluvia aumenta su ferocidad y tapa los desagües inundando muchas calles. Hay cortes de luz. Cuarenta y cinco mil viviendas quedan a oscuras. Hay también cortes en las comunicaciones telefónicas. Se calcula que más de nueve mil usuarios de Telefónica y Telecom quedaron sin servicio. La combinación de fuertes vientos del sudeste, lluvia y pleamar, según el noticiero, está generando el temporal más violento de los últimos cuatro años, que ya causó varias víctimas y la evacuación de cuatro mil personas en la Capital Federal y el Gran Buenos Aires. Electrocutados con cables de alta tensión, muertos en accidentes automovilísticos, ahogados.

Son las ocho y cinco. Ya hace un rato que Cecilia sigue pendiente de flashes informativos. Pasa de un canal a otro. Se prepara una segunda taza de café.

—Cecilia, por favor, atendé. Por teléfono no se contagia —dice Fabbri en el aparato—. Me hacés sentir como un psicópata con cada mensaje. ¿Cuántos te dejé? ¿Cuántos recibiste? Ya perdí la cuenta. Si te asustan los truenos, llamame. ¿Vas a llamar?

Hay una pausa. No, Fabbri todavía no colgó:

—Bueno, está visto que esta botella de Absolut la voy a liquidar solo. Gracias por no entrar en mi juego, nena.

Y ahora sí: clac.

Desde Libertador y Dorrego, desde el hipódromo y las canchas de polo hacia la zona norte, el tránsito se ha vuelto imposible. El agua alcanza treinta centímetros de altura en las calles. Pero las zonas más afectadas son La Boca, Barracas, Avellaneda, Quilmes, Tigre y San Fernando. Los efectos de la sudestada también se hacen sentir en la costa atlántica. El mar ha derribado las carpas, cavado los cimientos de los balnearios, arrasado muelles, desmantelado los paredones de las costaneras como si fueran de cartón y avanza por las calles con una potencia devastadora. Los vientos son de cien kilómetros por hora.

Apaga el televisor.

Vuelve otra vez al living, a contemplar la tormenta. Desde lo alto, el cementerio envuelto en la lluvia es una imagen gótica. Hasta un desastre puede ser poético, piensa. Si lo considera así, como un desastre de poesía turbadora, la tormenta adquiere una singular dimensión estética. Cecilia está inmersa en pensamientos errantes y melancólicos. Tan errantes como las ráfagas de agua y tan melancólicos como esas cruces que esta mañana le infundían un optimismo cáustico.

Tendrías que hacerte el análisis, le dijo Fabbri aquella misma tarde en La Biela. *Es primavera*, le contestó Cecilia. *Y quiero que siga siendo*, agregó. *En una de esas comprobamos que somos hermanitos de sangre, Ceci. Y que lo nuestro fue un incesto.* ¿Hasta cuándo iban a seguir manejándose con esos diálogos, que eran una mala mezcla de comedia con serie negra? No había forma de cambiar el código. Ya era demasiado tarde. Y era preferible ese lenguaje que el de un episodio de *Zona de riesgo*. Fabbri se lo había dicho: *Si me ayudás a no perder altura, vos tampoco vas a perderla. Ya anocheció. Podemos pedir champagne.*

Cecilia va de nuevo hasta la heladera y saca una botella de riesling. Necesita un trago. Y también un Capra doble. Llegó el turno de *Qué bello es vivir*. Sabe que se va a emocionar en las mismas partes de siempre. Que cuando George Bailey esté por tirarse del puente bajo la nevada, se repetirá el milagro y ella se sentirá completamente destruida. No te burles, Fabbri. Siempre dijiste que en el fondo yo soy una nena cursi y cuando te retrucaba que vos eras muy puto, me contestabas: *Puto sí. Marica jamás. Hace falta tenerlas bien puestas para ser puto. No te olvides de que soy un pampeano que puede pelar la tripera en cualquier momento, si cuadra la ocasión.* La tripera era ese faconcito que Fabbri llevaba en un bolsillo del saco cuando estaba en una de esas noches y salía a perderse. *Una cosa es hacerte romper el culo y otra que aparezcas tirado en un galpón del puerto o en el fondo de una obra.*

Cuando había empezado a analizarse con él, cuando todavía no se había convertido en oreja, una noche, él le abrió la puerta del consultorio y ella quedó horrorizada. Tenías la cabeza vendada, Fabbri, un ojo en compota y la cara llena de raspones. *Un accidente de auto*, te limitaste a decir. Más tarde me hablaste de esas noches en que Hyde se apoderaba de Jekyll. Más tarde me mostraste la tripera. Más tarde fue todo. Y cuando fue todo ya era tarde y todo era la nada. Fuimos demasiado lejos, Fabbri. Pero, como vos me preguntabas siempre: *¿El infierno son los otros o el infierno es uno?* Mi respuesta siempre dependía de las circunstancias, porque después de la muerte de Carolina yo también sentía el impulso de esas noches Hyde, pero estaba paralizándome. Todavía no por completo. Pero la parálisis ya había empezado adentro, Fabbri. Y a vos no te lo podía ocultar. *Si tenés miedo, silbá*, me decías. Y aunque entre nosotros ya no pasaba nada, aunque tampoco me pasaba nada con nadie y cada vez tenía menos que contarte, vos me insistías: *¿Salimos esta noche?*

La verdad, si una se guiaba por el aspecto de Fabbri, podía pensar cualquier cosa de él menos que era putísimo. No trasuntaba ninguna seña, ningún tic que permitiera sospechar. Cuando entraban juntos a un cocktail, a un vernissage, a cualquier evento de los circuitos de la tilinguería intelectual, ellas no podían dejar de fijarse en él. *Mueren por vos,* te dije una vez. *Tal vez pronto mueran muchos por mí, nena,* me contestaste. *No quiero que se muera el encanto de esta noche,* te dije. Pero el encanto de esa noche y de todas las noches ya había muerto. Aunque vos eras tan drástico: *No murió, Ceci. Está algo marchito. Y hasta te diría que más seductor. Tiene una belleza otoñal que funciona mejor que la manía adolescente,* me dijiste. Siempre tuviste, tenés y tendrás la última palabra.

—Ceci —de nuevo Fabbri, remoto, en el contestador—. ¿Te acordás del koan zen del guerrero y la princesa? Bueno. Creo que este domingo es mi noche cien.

Cecilia se lleva el vaso de vino a los labios y busca fijar la atención en la película. Pero este mensaje de Fabbri es el peor de todos. Sí, se acuerda del koan. Había una vez un guerrero que se había enamorado de una princesa. Como prueba de amor, ella le pidió que permaneciera cien noches esperándola al pie de su ventana. Empezaron a pasar los días. Noche tras noche, cuando la princesa se asomaba a su ventana, allí abajo, esperando, estaba el guerrero. Desde la primera noche hasta la noventa y nueve. Y cuando, por fin, en la noche cien, ella decidió bajar, el guerrero se había marchado.

Entre el koan y la película de Capra, este domingo, mejor Capra. Pero Fabbri le acaba de disparar una flecha evenenada de culpa. Cecilia está a punto de levantar el tubo del teléfono, llamarlo y putearlo. Pero se contiene. Rebobina la última parte de la película. Ahora sí puede sentir que sus emociones son sencillas, puras, básicas. El milagro está por repetirse. George Bailey está por tirarse del puente.

—Cecilia —de nuevo el contestador—, soy Laura. Te llamé todo el día. Si estás ahí, contestame. No soporto más el bajón de este domingo. Necesito hablar con alguien. Por favor, dame bola. No sé qué voy a hacer. Extraño a Marcelo, extraño a los chicos. Me estoy volviendo loca. Llamame apenas puedas. No me banco más.

Antes, esta película le arrancaba lágrimas. Ahora, en cambio, su emoción se traduce en una felicidad dolorosa que, cuando George Bailey abandona toda esperanza, se vuelve tristeza. Todos somos George Bailey, piensa. Aunque la vida pueda no ser tan maravillosa, la tristeza es un sentimiento noble. La tristeza es tan noble como la dignidad de saber estar sola. Y hay una dignidad que nadie puede apreciar en esos domingos de reclusión. La superioridad de Cecilia se fortalece en estos tiempos en que la soledad se ha devaluado en terapias de grupo, agencias de contactos personales, clubes de separadas y separados y toda esa inabarcable diversidad de muelles donde solo se puede pescar más de lo mismo. Laura, piensa Cecilia con lástima, pronto va a anotarse en esa categoría de pesca menor. A Cecilia la piedad le parece un sentimiento de cuarta. Si algo aprendió con Fabbri es a rechazar la compasión. *Tenerle lástima a alguien es lo peor que te puede pasar*, le dijo Fabbri. *Nunca tengas lástima. Y menos los domingos. Lo más horrible que me puede pasar un domingo es que vaya a perderme por ahí.*

Son casi las once. El temporal parece arreciar. El viento hace cimbrar los vidrios. El tableteo constante del aguacero aumenta la impresión de su aislamiento de domingo. El sonido de la tormenta, el ligero frío que siente al pasearse por el departamento dentro del sweater de hilo la remite a sensaciones de la infancia. Son sensaciones vagas, imprecisas. El rumor de la lluvia en el techo de la vieja casa de Belgrano, la tibieza de las frazadas, el olor a tierra mojada y, después, en la mañana, el jardín reventando en perfumes de glicinas, rosales, jazmines, azaleas. Y la presencia fuerte de la ruda. Hace un año su madre le regaló una ruda. Su madre y las supersticiones. Pero la ruda se secó. Si esto quiere decir algo, mejor no pensarlo en este domingo.

Tendría que comer algo, piensa. Abre la heladera. Se sirve otro vaso de riesling. Saca muzzarella, tomate y albahaca fresca. Corta el tomate en porciones simétricas al tamaño de las rodajas de la muzzarella. Lo dispone en un enorme plato blanco. Condimenta con sal, pimienta, aceite de oliva. Recién entonces agrega unas hojitas de albahaca. Tuesta cuatro rebanadas de pan. Se dedica a paladear la cena oyendo la tormenta.

Los truenos empujan a Lourdes a la cocina. Los truenos y el olfato de la comida. Cecilia le corta unos trocitos de hígado y le renueva la leche del plato.

—¿Sabés quiénes vienen a visitarnos esta noche? —le pregunta a Lourdes. La gata levanta el hocico del plato y le contesta con un maullido displicente.— Janet y Percy. Los debe haber retrasado la sudestada.

Cecilia levanta el vaso en un brindis imaginario. Descubre que, desde su saludo ritual frente al espejo al despertarse esta mañana, estuvo callada todo el día:

—Janet y Percy son nuestros mejores amigos, Lourdes. Un matrimonio muy agradable. Tracy y Bob también son muy agradables.

También se da cuenta de que está comiendo sin ganas. Hace un esfuerzo pero no puede seguir adelante. Tira la mitad a la basura. Después, saca de la heladera una manzana y la frota contra el sweater. Cuando la manzana resplandece, Cecilia la observa con admiración. La manzana es su fruta favorita. Pero apenas la muerde la encuentra arenosa. Escupe el bocado.

Envidia la voracidad con que Lourdes limpia su plato y después toma la leche. Ni siquiera los truenos la apartan de su cena.

—Buen provecho, Lourdes.

Lourdes vuelve a dedicarle una mirada y un maullido.

Por unos minutos, la lluvia afloja. Pero no el viento. Seguida por Lourdes, Cecilia cruza el living en dirección al balcón. Ve las ramas sacudidas, la calle desierta y, después, los árboles del cementerio moviéndose enloquecidos.

Pone la radio. Escucha un informativo. Debido a la violenta sudestada que azota la ciudad y el Gran Buenos Aires, se suspendió la reunión de gabinete que debía realizarse mañana. Un accidente aéreo en Iguazú, trágica secuela del temporal: la caída de un taxi aéreo proveniente de la localidad brasileña de Foz de Iguazú provocó la muerte de sus seis ocupantes. Varios barrios porteños permanecen sin luz, sin teléfono y sin agua potable. Aunque el sistema sanitario está trabajando a pleno, las napas freáticas están al máximo y ya no absorben nada. Uno de los peligros inminentes en las zonas inundadas es la suciedad y la contaminación de las aguas del Río de la Plata.

Cecilia mueve el dial. Todas las radios están cubriendo la sudestada. Apaga el Sony. Busca entre los compacts el *Stabat Mater* de Pergolesi. Pronto será medianoche. *Quando Corpus Moriteur*, ese coro, ese órgano, tienen la unción de este momento en que Cecilia apoya la frente contra el vidrio y mira sin mirar por encima del cementerio. Es un momento único. Tiene una plenitud que no morirá nunca, piensa acariciando ahora a Lourdes. El *Stabat Mater* alivia el aire encerrado del departamento. También dentro de ella. Cuando la música termina, Cecilia se da cuenta de que pasó por algo parecido a un trance. Quizá fue un satori. La ciudad, afuera, sigue siendo la ciudad convulsionada por la tormenta. El departamento sigue siendo su búnker, pero pasó algo que no puede describir. Acaricia a Lourdes, pero la gata escapa hacia la otra punta del departamento.

—Ceci, Laura otra vez —dice la voz en el contestador—. Estoy sola, Ceci. Estoy muy sola. —Laura está llorando.— Me estoy hundiendo. Por favor, estoy muy mal. Llamame.

Eso es lo que Cecilia llama capacidad de síntesis. A veces el dolor consigue que la gente pueda resumir su drama en unas pocas palabras. La retórica le quita intensidad al dolor, piensa. Pero Laura nunca se dará cuenta. *Estoy sola. Me estoy hundiendo.* Siempre fue así, boluda. Tuvo que separarse para enterarse. Y Cecilia no quiere ceder a la lástima que detona Laura. Una recién separada puede ser el colmo del patetismo. Otra, en el lugar de Cecilia, se alarmaría al recibir un mensaje como el que Laura acaba de dejarle. Otra, no ella. Cecilia no se deja engañar. Porque en este preciso instante, si entrara en el juego de Laura, seguro que al llamarla le daría ocupado. Apuesta a que Laura está haciendo otros llamados. Y, para comprobarlo, levanta el tubo y disca. Sí, ocupado. Las separadas y los separados son una cofradía. Y Laura terminó encontrando alguien a quien darle la lata.

Ya es más de medianoche. Para Cecilia el domingo todavía no se fue. Niega el primer rato del lunes como se niega a atender el teléfono. El lunes está lejos. Mañana está lejos.

—Vamos a divertirnos con esas parejas tan agradables —le dice a Lourdes—. No hay como el sexo grupal.

En el baño, se cepilla los dientes, se pasa una crema facial y se sonríe en el espejo:

—Vencimos.

Y entonces, de nuevo, la voz de Fabbri, ronca, sarcástica, le llega desde el contestador. Fabbri está cantando:

When I get older, losing my hair,
many years from now
Will you be still sending me a Valentine
birthday greetings, bottles of wine.

Cecilia se apura hacia el contestador. Está por levantar el tubo, pero se detiene. El instinto todavía le responde. No va a pisar la trampera Fabbri.

If I'd been out till quarter to three
would you lock the door.

Canta la voz aguardentosa de Fabbri, desafinado y borracho. Muy Cocker. Cecilia piensa: No tenés derecho, Fabbri.

Como si hubiera percibido telepáticamente su pensamiento, él termina de cantar:

—Y con este tema —dice Fabbri—, dedicado especialmente a Cecilia de Recoleta por su amigo íntimo de Palermo, cerramos nuestro programa del domingo. Fin de la transmisión.

—Fin de la transmisión —repite Cecilia. Y desconecta el teléfono con una sonrisa crispada.

Truenos, relámpagos y ráfagas de lluvia. Cecilia se propone volver a su estado de ánimo interior. Como está acostumbrada a cumplir sus metas, vuelve a la cocina, abre la heladera y saca la botella de riesling. También saca una cubetera y la vacía en una hielera de plata. Con la botella, la hielera y un vaso alto, saluda a Lourdes que le sale al paso:

—Voy a atender a nuestros amigos. Hasta luego.

Apaga la luz de la cocina y avanza por el departamento en sombras, que se ilumina en los segundos que dura un relámpago. Si el corazón le late otra vez con fuerza, no es por la tormenta. Está dispuesta a que el domingo termine como lo planeó. Ahí, en el dormitorio, están esperándola Tracy, Bob, Janet y Percy.

Pero no. Janet y Percy no llegaron todavía. Bob está salpicando de leche las tetas de Tracy. Todavía están en eso, piensa Cecilia. Desde esta tarde que están en lo mismo, sin aburrirse. Cecilia acelera el video.

Suena el timbre. Tracy acude a la puerta. Y son, por fin, Janet y Percy. Janet es una rubia alta, con el pelo recogido en cola de caballo. Tiene una llamativa blusa anaranjada y una mini azul. Su estilo es deportivo, simpático. Percy, más que su esposo, parece su hermano. Tiene el pelo castaño, cortado a la americana, una camisa floreada, muy tropical, y unos jeans desteñidos. Hacen una buena pareja, bastante más armónica que Tracy y Bob, aunque esta impresión se basa, según Cecilia, en el espantoso corte de pelo de Bob, tan grasa. Pero, se sabe, Bob jamás será un modelo de Hugo Boss. Me estoy poniendo demasiado criticona. Después de todo, son buena gente, me invitaron a su reunión y yo acepté venir. Los prejuicios a un lado.

Tracy le pide a Janet que la ayude con las bebidas. Janet la acompaña a la cocina. Mientras Tracy saca unas latas de cerveza, al darse vuelta encuentra a Janet tan cerca. Estás hermosa, le dice Janet. Gracias, le contesta Tracy, algo retraída, tímida por los pocos centímetros que las separan. ¿Nunca has tenido sexo con una mujer?, pregunta Janet, atrevida, acercándose más, acariciándole el cuello y dejando bajar su mano suavemente por las lolas de Tracy. Ruborizada, Tracy confiesa que no, pero se está poniendo juguetona. ¿Te gusta?, pregunta Janet, desabrochándole el vestido a Tracy y quitándose ella también su blusa y su pollera. Las dos se besan, se abrazan y es Janet la que toma la iniciativa, piensa Cecilia. Con ese lomo deportivo, Janet debe tener años de gimnasio, años de vestuario y ducha. Y mientras mira cómo Janet sienta a Tracy en la mesa de la cocina y empieza a jugar con los dedos en el clítoris de Tracy, Cecilia a su vez empieza a pellizcarse los pezones con la izquierda mientras con los dedos de la derecha se va palpando entre las piernas, explorándose los labios de la concha. Está húmeda antes de lo que calculó. Siente que está muy caliente, y sus dedos se deslizan más adentro como si resbalaran sobre seda. Está frotándose el clítoris en redondo; no puede dejar de mirar la lengua de Janet, experimentada, tan hábil, lamiendo a Tracy que, sentada sobre la mesa, se queja, poseída. Bob y Percy deben estar muy entretenidos en el living hablando de béisbol para haberse olvidado de que hace un rato tenían sed. Pero a las chicas no parece importarles mucho lo que puedan estar haciendo ahora sus maridos, porque la están pasando realmente muy pero muy bien. ¿Quieres que yo te lo haga a ti?, le pregunta Tracy, satisfecha, a Janet. Ahora es Janet la que se sienta sobre la mesa y Tracy la que empieza a lamer. Tracy ha resultado una maestra. Janet no da más de placer y se aprieta los pezones tratando de chuparse una teta. Tracy no deja de lamerla y tocarla. Con su lengua le merodea los dos orificios. Por su parte, Janet tiene una buena depilación. Y esto facilita el trabajo. Cecilia tira un brazo hacia un costado y tantea fuera de la cama. Se lleva el vaso a la boca y bebe un trago largo de vino. Después un segundo trago, demorando en tragárselo. Sin soltar el vaso, se quita el sweater y lo tira por ahí. Se acomoda la almohada en el respaldo y semi-sentada, entreabre las piernas. Es maravilloso hacer y sentir lo mismo que le hacen a una, suspira Janet, enterrando su dedo en la concha de Tracy, chupándoselo después, con un hilo de saliva colgándole de la lengua. Con la punta de la lengua, Tracy sube y baja por el clítoris de Janet. La concha de Janet se abre como una boca de labios sonrosados y pulposos. Todo lo que Janet alcanza a decir es ininteligible. Pero Tracy la entiende y se acomoda para un 69. A veces, la boca de una de ellas se hunde profundamente en la concha de la otra. Cecilia juega con la base helada del vaso en sus pezones, endureciéndolos. Tiene una idea. Deposita el vaso a un costado y levanta un cubito de la hielera. Despacio, empieza a pasarse el hielo por los pezones. Quiere alargar todo lo posible el goce. Janet y Tracy están enloquecidas, prodigándose en un frenesí de éxtasis nervioso con esos dedos que terminan en lar-guísimas uñas esmaltadas de carmín. Cecilia advierte que el hielo se derrite entre sus piernas y ahora, abriéndolas, vuelve a tocarse en forma circular. Pero se interrumpe cuando Janet empieza a acabar, suspirando, y Tracy, a su vez, suelta unas exclamaciones de placer y diversión, y sonríe. Me has mentido, le dice Janet, levantándose sobre la mesa. Lo has hecho antes, ¿verdad? Tracy, con una sonrisa entre candorosa y depravada, se pasa la lengua por el labio superior y contesta: ¿Tú qué piensas? Janet sonríe pensativa: Que es más variado que con un hombre, aunque ellos tienen lo suyo. Y Tracy: Por supuesto, ellos tienen lo suyo.

Cuando reaparecen en el living con la cerveza y los vasos, Bob, con su mejor gesto de anfitrión, toma la bandeja y comenta: Estábamos pensando en ustedes.

Afuera, otra vez el viento. Pero la tormenta, con su salvajismo, no perturba la atmósfera de intimidad que se ha establecido entre las dos parejas y Cecilia. Por el contrario, parece un estímulo más. Pero, ¿dónde está Janet ahora? Cecilia se acuerda de que Tracy le pidió que trajera más bebidas. Una excusa, seguro. Porque ahora Tracy está acaparando para ella sola a Bob y Percy. Tracy está montada sobre Bob mientras Percy se ensaliva la pija. Cecilia advierte que Percy está notablemente equipado. Tiene una pija gruesa, oscura y con una cabeza gorda y amoratada que parece reventar de leche. Todavía no la tiene parada del todo, pero a medida que se aproxima a las nalgas de Tracy adquiere solidez y volumen. Con delicadeza, Percy va penetrando a Tracy por atrás.

Pero Janet no es ninguna estúpida. Y se une al trío. Con rapidez, vuelve a ponerle la concha en la boca a Tracy, que está siendo montada por Percy mientras, a su vez, se monta a Bob. Cecilia tantea de nuevo y recupera el tubito de vaselina. Se pasa la vaselina por el culo y la concha. Después, se pasa el brazo izquierdo por debajo y, entreabriendo las nalgas se pajea el culo, metiéndose, de a poco, muy de a poco, casi todo el dedo. Con la otra mano se frota los pelos, desparramando la mojadura que dejó el hielo, ahora mezclado con vaselina. Se le contrae de nuevo la pelvis, siente esas ganas de mear, la pelvis se le endurece y todos sus músculos se tensan, aprieta los dientes y deja que el primer chorro, caliente, empiece a bajarle en convulsiones, primero cortas y después más abundantes, más calientes, imparables. Cuánto, se asombra. Pero no va a parar. No pares. Y también: Tomen, hijos de puta. Tomen. Tomen. Pero ni Bob ni Percy reparan en ella porque están los dos exprimiéndose las pijas en las tetas y la boca de Tracy, regándola, descargando toda su leche, mientras Janet se relame con gula, y las dos, tanto Janet como Tracy, se untan la leche como si hubieran descubierto un nuevo masaje hidratante.

Cecilia apaga la video. Durante un rato queda inerte en la oscuridad. Huele a vino blanco y a vaselina. Su corazón tarda en recuperar el ritmo normal. A pesar de la oscuridad, cree ver estallidos de luz, haces fosforescentes. Afuera, la tormenta sigue siendo una sucesión de estallidos, viento y agua. Pero hasta sus oídos llega, como desde lo profundo de un túnel, un eco que le llega desde muy lejos. Se pasa una mano por la cara, después las dos. Se fricciona con fuerza los ojos, los presiona con la yema de los dedos, sigue viendo esas telarañas luminosas, enceguecedoras. También, como en una revelación, se da cuenta de que está llorando. Está llorando con todo el cuerpo. No puedo llorar. No podés llorar. Llorar está prohibido, Ceci. No puedo desdoblarme, no podés desdoblarte. Cecilia no puede desdoblarse cuando sabe que las lágrimas son un desdoblamiento. Lloro y me veo llorar. Las lágrimas son siempre un chantaje. Yo no puedo chantajearme. Vos no podés chantajearte. Se da vuelta en la cama, boca abajo, y muerde la almohada. Es una vergüenza, Ceci. Si no dejás de llorar ahora mismo, mañana te vas a arrepentir. Pero no puede dejar de llorar.

Muerde la almohada y tira de la funda con toda la fuerza de sus dientes. Basta, Ceci. Lágrimas y lágrimas. Lágrimas saladas. El cuerpo se le arquea, independientemente de su voluntad, hasta quedar en posición fetal. Y también independiente de su voluntad, es el registro del movimiento de su cuerpo. Los pensamientos del cuerpo y el cuerpo de los pensamientos. No soy yo la que llora. No soy una nena. No soy una histérica. Te prohíbo que llores, boluda. ¿Estás hablando sola? No, no hablás sola. No estoy hablando sola. Se impone cortarla. Ya.

Salta de la cama. Tropieza con la botella, el vaso, la hielera. Oprime el botón de la lámpara. Comprueba que por suerte no se rompió nada. Se volcó un poco de vino y la hielera. Mañana, lunes, viene la muchacha. Y a la muchacha no se le dan explicaciones. Así de simple.

En la oscuridad, como sonámbula, atraviesa el departamento. Un relámpago deforma los contornos de la realidad con una luz ultravioleta. Agachada, detrás del tablero de dibujo, Cecilia conecta el teléfono. Tiene tono.

Disca el número de Fabbri.

Y, cuando escucha la voz de Fabbri, es su voz metalizada por el contestador automático, que dice:

—Deje su mensaje después de la señal.

Hoy es muy lunes

1

Alberto no aguanta más a Rita y supone que ella tampoco lo aguanta más a él. Pero no se lo dicen. Hablan poco, y cuando hablan no es sobre ellos. Rita le informa que alguien se muda a un departamento más grande, alguien compra un auto, alguien hace un viaje. En sus informativos también registra accidentes, enfermedades, muertes y adulterios. Sus temas de conversación a Alberto le parecen siempre los mismos. Rita le cuenta algo que le contó la madre de un compañerito de los chicos a la salida del colegio, le cuenta algo que le contó una vecina mientras hacía las compras, le cuenta algo que le contó una amiga por teléfono. Por lo general, cuando Rita y Alberto hablan es durante la cena, con el televisor encendido y los chicos en el medio. Rita le cuenta conversaciones. Conversan sobre conversaciones.

—Vos no tenés nada que contar —dice Rita.

Y Alberto:

—No, qué voy a contar yo.

Alberto se queda hasta tarde viendo programas políticos. Se enerva discutiendo con el televisor. Entonces Rita le pregunta para qué ve lo que ve si le da tanta rabia. Alberto se enfurece todavía más con la pantalla. Insulta a los políticos para no insultarla a ella. Antes de irse a dormir, Rita le baja el volumen al aparato y le recuerda que los chicos ya están durmiendo. Ella también se va a dormir. Y cuando él se acuesta, aunque no esté dormida, Rita finge que lo está.

En alguno de los días siguientes al período menstrual de Rita tienen relaciones sexuales. Pero como sus períodos son irregulares y no hay mes que no tenga un atraso, esa única vez al mes es una vez cada mes y medio o más. Cuando esa vez sucede, para estimularse, Alberto piensa en Vicky, su compañera de oficina, la secretaria de Mister Perry. Está enamorado de Vicky desde la primera vez que la vio. Desde entonces no puede dejar de pensar en ella. Las noches en que se nota excitado, antes de acostarse, Alberto se masturba en el baño y después se ducha con agua hirviendo. Al meterse en la cama está agotado y siente tristeza, culpa y resentimiento. Y si Rita le critica esa costumbre de bañarse por la noche, Alberto le contesta que un baño relaja permitiendo un sueño profundo.

La casa en que viven, aunque la llamen casa, es un departamento en el fondo de una vieja casa chorizo en Chascomús al cuatro mil trescientos. La propiedad está fragmentada en tres departamentos. Al departamento del fondo se llega a través de un pasillo largo en el que rebotan los pasos y las voces. Las habitaciones son estrechas, producto de la refacción calculada por el dueño con el fin de subdividir la casa y alquilar. Lo que no calculó, fue el beneficio de bajar los techos. En consecuencia, las habitaciones son altas, frías y húmedas. Si una ventaja presenta el departamento del fondo es un patiecito, con baldosas gastadas, que Rita decoró con macetas y enanitos de jardín. Al patiecito dan los dos dormitorios, el baño y la cocina diminuta, que Rita se ingenió para convertir en comedor diario con una mesa plegadiza.

Todas las noches, al salir de la oficina, Alberto se promete no volver a la casa, pero vuelve. Todas las mañanas, al despertarse, se dice que esta es la última mañana de su vida conyugal. Pero entonces, durante el desayuno, al mirar a sus hijos, Lautaro de nueve y Maximiliano de ocho, se le parte el alma. Mira cómo Rita les pasa el peine, cómo les abrocha los guardapolvos y les dice que le den un beso a papá antes de ir al cole. En el instante en que los chicos lo besan, Alberto piensa que si toma la determinación de separarse quizá este sea el último beso que le darán sus hijos en mucho tiempo y se le hace un nudo en la garganta. Por eso, todas la mañanas, Alberto se fija un día más para meditar la decisión. Después, cuando la medita, al hacer cuentas, llega a la conclusión de que no gana lo suficiente como para separarse, porque la separación es una cuestión de dinero y él no va a ser uno de esos padres que abandonan a sus hijos haciéndoles pasar privaciones.

Al pensar en su futuro de separado una sucesión de catástrofes pasa por su imaginación. Primero no consigue garantes para alquilar un ambiente en cualquier parte. Después, cuando los consigue, tiene dificultades para pagar el alquiler y pasarle dinero a Rita y los chicos. Acorralado, empieza a beber. Y en poco tiempo Mister Perry lo despide y se encuentra en la calle y en la ruina.

La separación, está visto, tiene que esperar. A veces se marca una fecha. Cuando la fecha se acerca, desconsolado, se da cuenta de que debe aplazarla. Otras veces se dice que una separación no puede planificarse tanto. Se convence de que la decisión lo asaltará de improviso, dominándolo. Una noche, al bajar del colectivo, en el momento de sacar el llavero, se frena. Y ahí se termina todo.

2

Perry Advertising está en el quinto piso contrafrente del segundo cuerpo de un edificio antiguo en Maipú al seiscientos. *La compañía*, como le dice Mister Perry a su oficina, son tres habitaciones enormes y oscuras que dan a un pozo de luz. La primera, la más chica, funciona de recepción. La segunda, según Mister Perry, es sala de arte, redacción y contaduría. Aquí trabajan Alberto y Vicky. La tercera, la más amplia, en la que entra un poco de sol por la tarde, es la presidencia. Y estas tres personas en tres ambientes son eso que Mister Perry denomina también *la empresa*.

En sus épocas de gloria como publicitario, Mister Perry fue director de cuentas de Walter Thompson y Mc Cann Erikson.

Hoy sus clientes son *compañías* y *empresas* de la misma dimensión de Perry Advertising, pequeños anunciantes que cada tanto publican en guías de la industria, un aviso de dos por dos en un suplemento del agro y, en su momento de mayor inversión, encargan un folleto. Si un anunciante pide algo, Mister Perry consulta a un viejo diseñador gráfico free lance. Pero no lo llama diseñador sino director de arte, como se usaba antes. Como el presupuesto del diseñador siempre le parece elevado, Mister Perry termina por ocuparse él mismo de la creatividad. Alberto le corrige los errores de sintaxis y ortografía. Vicky trata con los medios y hace la facturación. Pero Mister Perry nunca está conforme con ellos. Mister Perry es inglés, tiene sesenta y cuatro años y, en los cuarenta que lleva en el país, su pronunciación afectadamente británica y sus torpes construcciones gramaticales le conceden un cierto desdén nobiliario. Por eso nunca le satisfacen las modificaciones que Alberto le propone. Del mismo modo, como es desconfiado, nunca terminan de convencerlo las pautas y las cuentas que Vicky le entrega.

La decadencia de *la compañía*, la humedad que se ensaña atacando las paredes, el mobiliario anticuado, sus diplomas enmarcados no afectan las presunciones de Mister Perry, que después de unos whiskies sigue elucubrando cómo ganar una cuenta importante. Cada tanto, con el entusiasmo del alcohol, Mister Perry devanea cómo retomar sus viejos contactos y conseguir *prospects*. Entonces le pide a Vicky una serie de llamados. Después, decepcionado, sale de su despacho y miente que tiene una cita en el *pub*. El pub es Matías Down Town. Pero cuando llega a la esquina de Paraguay y San Martín, en lugar de caminar hacia Matías cruza hacia el Ruby Bar, donde nadie lo conoce. Porque Mister Perry tiene temor de encontrarse con sus viejos conocidos de la publicidad, los *anciens combatants*. Y ya de noche, con varios whiskies más encima, busca un taxi.

En su juventud, Mister Perry fue pastor anglicano y cantó

en un coro. En esas tardes en que se le ocurre un golpe de suerte, inspirado por la botella que sacó de atrás de una pila de Advertising Age del sesenta archivados contra una pared, Mister Perry canta con voz de barítono canciones litúrgicas en inglés. En esas ocasiones, al escucharlo, Alberto se emociona. La voz de Mister Perry, encajonada, le hace pensar en iglesias y sentimiento puros.

—Otra vez se mamó Lord Cheseline —dice Vicky—. No lo banco.

—Pobre hombre. Está liquidado y sin embargo la pelea.

—No me jodas, Loiacono. Con lo que el gringo gasta en whisky yo vivo un mes.

A Alberto no le gusta que Vicky lo llame por su apellido. Pero no se atreve a decírselo. Como tantas otras cosas que no se atreve a decirle.

Vicky sostiene que la oficina es una fachada para encubrir la verdadera actividad de Mister Perry: agente secreto. Alberto se divierte cuando Vicky se pone a desarrollar su hipótesis. Los números no cierran para justificar el mantenimiento de la oficina y los dos sueldos. Y menos para resistir lo que Mister Perry gasta con sus tarjetas de crédito. Vicky piensa en alguna forma oscura de subsidio. Alberto se ríe. Le dice que Mister Perry tiene fortuna personal, que con lo que especula en la Bolsa y lo que recauda con el alquiler de sus departamentos en Barrio Norte y la casa quinta en Tortuguitas le sobra para llevar ese tren de vida. Vicky refunfuña. Igual hay algo que no cierra. Puede ser que Mister Perry sea un agente inofensivo, pero agente al fin.

—Sos una paranoica —le dice Alberto.

—Y vos un caído del catre.

El horario de Perry Advertising es de nueve a trece y de catorce a dieciocho y treinta. Alberto siempre entra antes de las nueve. Mister Perry, a más tardar, a las diez. Pero Vicky es incapaz de estar antes de las diez y treinta, lo que provoca, una vez a la semana, una perorata de Mister Perry sobre la puntualidad británica y la indolencia de los criollos. Vicky, que tiene antepasados sicilianos pero también una abuela india, le retruca a Mister Perry con argumentos gremiales. Es cierto que llega tarde, pero también que se queda bastante después de las dieciocho y treinta y más de una vez se pierde el horario de almuerzo. Además, si ella hace el trabajo de medios, y considerando que frente a sus clientes Mister Perry la llama su jefa de medios, está cobrando por debajo de lo que marca el convenio.

Vicky no se calla. A los dieciséis años militaba en la UES. Y en los primeros tiempos de la dictadura escapó milagrosamente a una masacre en una unidad básica de su barrio. Vicky va a putear siempre contra el consumo, la publicidad y el imperialismo. Y por supuesto, contra los modernos, que son la peor plaga que nos exportaron los yanquis, dice. Sin embargo, rescata de los Estados Unidos a Jack Kerouac, Norman Mailer y unos pocos más, no muchos. A Vicky la vuelve loca el rocanrol. No hay recital que se pierda. Mientras trabaja, pulsando el teclado de la computadora, se pone el walkman y tararea ausente moviendo la cabeza como si tuviera epilepsia. Sobre su escritorio desparrama casettes de los Rolling Stones, Joe Cocker, Eric Clapton, Janis Joplin y Bob Dylan. Todos los días escucha algo de Bob Dylan. Cuando supo que Bob Dylan vendría a Argentina estuvo casi primera comprando su entrada en Musimundo.

—Vos atrasás —le dice Alberto—. Mister Perry tiene tanto de gringo colonialista como tus abuelos sicilianos. Además, ya nadie se acuerda de Bob Dylan. ¿Sabés qué edad tiene Bob Dylan? Podría ser tu padre.

—Papito.

—Atrasás.

—Puede que yo atrase, Loiacono. Pero a vos te congelaron en el tiempo y el espacio. Sos una especie de Walt Disney, pero tirando a personaje de Benedetti. Te falta el bigotito.

—Gracias. Lo tomo como un elogio. Para mí Benedetti es todo un poeta. Un día de estos te voy a regalar un libro suyo.

—No me jodas.

—No te jodo.

Alberto se anima a hablarle a Vicky de una manera que no puede hablarle a Rita, porque ella se escandalizaría si la escuchara hablar a Vicky. Y calificaría su manera de hablar como la de una puta y no como la de una chica sincera y directa. Además, Rita está celosa de Vicky desde el primer día en que empezó a trabajar en Perry Advertising hace casi cuatro años, cuando Alberto le contó que la anterior secretaria de Mister Perry se había jubilado y una chica nueva la había reemplazado. Sin darse cuenta, Alberto se puso a describirla. *¿Y cómo es?*, le preguntó Rita. *Se parece mucho a Susú Pecoraro*, le dijo Alberto. *No sabía que te gustaba Susú Pecoraro*, le dijo Rita. *Siempre me gustó*, dijo Alberto. *¿Y desde cuándo es siempre?*, le preguntó Rita. Alberto se quedó en silencio. No le volvió a hablar de Vicky. Después, cada tanto, Rita le deslizaba: *¿Sigue trabajando con vos la Pecoraro?* Y Alberto se limitaba a decir: *Sigue*. Una noche Rita le anunció: *Una tarde te voy a dar una sorpresa: agarro a los chicos y te paso a buscar a la salida de la oficina*. Pero no lo hizo.

Quizá porque lo atemorizaba que Rita pudiera aparecer una tarde con los chicos por la oficina, Alberto mantuvo la foto del embarcadero del Tigre bajo el vidrio de su escritorio. En esa foto están Rita y los chicos. Lautaro tiene dos años y Maximiliano uno. Lautaro está a caballito sobre sus hombros y Maximiliano en sus brazos. Rita lo rodea por la cintura, de perfil, riéndose hacia la cámara. Alberto parpadea. La foto fue tomada un domingo de noviembre, un año antes de que empezara a trabajar con Mister Perry, que le había garantizado desarrollarse en una empresa en expansión. Pero el futuro no fue. Ya hace siete años que Alberto está en esta oficina y su futuro quedó tan atrás como la alegría de la foto. Al mirarla, Alberto piensa en cómo extirpar a Rita de la foto. Hace pruebas poniéndole encima una hoja en blanco, estudia posibles cortes. Pero no hay forma de hacer desaparecer a Rita sin que se advierta. Su brazo permanecerá siempre ahí, atrapándolo por la cintura. Hacerlo, cortar la foto, sería un riesgo que no está dispuesto a correr. Vicky se percataría. Le haría preguntas. Y cada explicación sería más fatídica que el hecho mismo de rebanarle el cuerpo a Rita.

Alberto mira el reloj. Son las diez y veinte pasadas y, como de costumbre, Vicky todavía no vino. Recién llega a las once menos veinte. Trae cara de ayer. *Cara de ayer* es una expresión de Vicky.

—Mala noche, ¿no? —le pregunta Alberto.

—Después te cuento.

Es evidente que Vicky no está en uno de sus mejores días. Sin embargo para Alberto está lindísima. Vicky viene a trabajar con campera de cuero, jeans y zapatillas. Todavía tiene el pelo húmedo. Cerca suyo puede olerse un perfume fresco de shampú.

—Mister Perry preguntó por vos. Está cabrero.

—Hoy que no me joda.

—Un día de estos se le puede acabar la paciencia.

—¿De qué lado estás, Loiacono? Fuck you.

Vicky se mete en el baño. Alberto prepara dos tazas de Dolca. Al volver, Vicky tiene las ojeras disimuladas con maquillaje. Alberto le entrega una taza.

—Cuidado —le dice—. Está muy caliente.

—Disculpame, Loiacono —afloja Vicky—. No es con vos. Es con la vida.

—*Quién me iba a decir que el destino era esto.*

—¿Te volviste filósofo?

—Benedetti.

Vicky se sienta frente a la computadora, se ajusta el walkman y prende un Derby.

Alberto la mira desde su escritorio, sin que ella lo advierta.

Una sola vez Vicky lo sorprendió mirándola. Con un coraje inusitado, en lugar de bajar la vista, Alberto le sostuvo la mirada. *¿Qué mirás?*, le preguntó ella. *Te miraba*, le dijo él. *No me gusta que me espíen*, dijo ella. *No te espiaba*, dijo él. *Estaba pensando*, dijo. *¿Y qué pensabas?*, preguntó ella. *No importa*, dijo él. Su valentía empezaba a ceder. Poco a poco se iba ruborizando. *¿Te pasa algo, Loiacono?*, le preguntó ella. *No, nada*, le dijo él. Y se sumergió de nuevo en la corrección de un original, la cara ardiendo.

Vicky fuma un cigarrillo tras otro. Al mirarla, Alberto sufre. Y se amarga.

3

Vicky tiene una madre arteriosclerótica y un hermano místico. La madre tiene setenta y cinco años y una jubilación mínima de la Municipalidad. El hermano estuvo en varias sectas y ahora, después de gurúes y maestros, combina las enseñanzas de Silo con el espiritismo. A la madre la jubilación se le va en remedios. Y el hermano es un eterno desocupado: está más allá de los karmas terrenales. Los tres viven como pueden de la jubilación y el sueldo de Vicky.

Cuando Vicky piensa en salvarse, piensa en vender la casa, que no es una casa. Son tres ambientes con balcón a la calle y una terracita encima de un local, en la planta baja, que tiene como extensión un depósito. Antes, cuando vivía el padre de Vicky, el inmueble entero les pertenecía. Pero el padre de Vicky era jugador y al morir los dejó endeudados. Para pagar las deudas, la madre vendió la planta baja, que ahora es una tienda y mercería. Cuando llueve, se tapan las cañerías de la terracita y el departamento y diluvia en el local y en el depósito. La última lluvia obstruyó los desagües de arriba y la dueña del local, frente a su mercadería empapada, amenazó con demandar a la madre de Vicky. Después de consultar a un abogado, Vicky intercedió con la dueña del local para llegar a un acuerdo: pagarle mensualmente los daños y perjuicios. De esta forma, el sueldo de Vicky sirve no solo para mantener a su madre y a su hermano sino también para pagar el desastre que la tormenta produjo en el negocio de abajo.

Quizás esto explica por qué Vicky también usa los walkman en su casa.

—Para lo que hay que oír —le dice a Alberto.

Cuando se lo dice, Alberto piensa que no hay palabras de consuelo y esperanza que la puedan alentar.

—Ayúdate y te ayudaré —le dice Alberto—. Y no lo digo yo. Vos no podés hacer por los otros lo que los otros no hacen por sí mismos. Tendrías que preocuparte más por vos. Sos joven, linda. Tenés todo por delante. No te va a faltar alguien que te quiera, te cuide y te respete. ¿Vos tenés conciencia de la polenta que transmitís?

—Polenta mágica, Loiacono. En un minuto, lista para servir.

A esta altura Alberto se calla. En más de una ocasión está a punto de decirle «y ese alguien que te quiera, te cuide y te respete soy yo». Pero le parece inmoral decirlo. Piensa en Rita, piensa en los chicos, piensa en los avatares terribles de la separación y se contiene. El pecho le retumba, las piernas le tiemblan. Piensa que le haría bien tomar algo fuerte. Pero recapacita que con medio vaso de vino se marea.

Lo cierto es que a Vicky no le alcanza lo que gana en Perry Adversiting como para irse a vivir sola, aunque sea, como dice, a un ambiente con *vista a ninguna parte*, del mismo modo que a Alberto no le alcanza tampoco para separarse. Alberto lo piensa y no lo dice.

A Vicky nunca le va a alcanzar porque cuando junta unos pesos siempre pasa un accidente que estropea su *proyecto de independencia, libertad y*, como dice, *toma de distancia del núcleo traumático.* Su madre tropieza en la escalera cuando sube a tender la ropa y se rompe la cadera. El hermano *somatiza el decli-*

ve materno con una enfermedad misteriosa que los médicos no saben si definir como anemia o mononucleosis, tiene delirios y visiones. Una nueva tormenta inunda la terracita, se vuelven a obstruir las cañerías y le chorrea el techo a la dueña del local que otra vez amenaza con entablar una demanda judicial. Aunque a Vicky no le alcanza para irse de su casa, piensa Alberto, tampoco le alcanza para irse siquiera de vacaciones. Porque cuando se aproxima fin de año, Vicky se da cuenta de que la casa necesita arreglos: pintura, cañerías, techos. Entonces sus pesos ahorrados debe destinarlos a la reparación de los desastres ocasionados por el invierno y sus tormentas. Este año, por ejemplo, Vicky se ha propuesto renovar la instalación eléctrica de la casa. Vicky dice que la situación de las conexiones es un peligro. Que el día menos pensado las paredes estarán electrificadas y todos van a morir como Caryl Chessman, lo que después de todo sería *la solución final* para todos sus conflictos familiares. Este año Vicky pensaba irse a Brasil, quería conocer Bahía. Hizo todas las averiguaciones, cuánto le salía el pasaje en micro, cuánto un hotel barato. Pero sus vacaciones se frustraron *again* porque la renovación de la instalación eléctrica no puede esperar. Y no quiere hacerse cargo de *la solución Chessman* que se viene en el próximo invierno.

Alberto la escucha y la escucha. Saca cuentas mentalmente. Piensa cuánto podrían juntar entre los dos. Y así huir, escapar, perderse. Los dos, sin valijas, solo con lo puesto, toman un micro en la Terminal Retiro y parten hacia Brasil. Lo dejan todo atrás. Él deja a Rita y a los chicos. Vicky deja a su madre y a su hermano. Pero, se pregunta Alberto, cómo abandonar a los chicos. Y no da con la respuesta.

Ahora Vicky le cuenta lo que pasa en su casa. Las discusiones con la madre, las miradas de odio callado que cruza con el hermano, las grescas con la tendera. Y Alberto piensa en su separación y en cómo rescatar a Vicky. Si tuviera la certeza de que ella lo aceptase, tiraría todo. Pero, como de costumbre, la razón lo domina.

Muerde el cabo del lápiz.

Sin embargo se anima a insinuarle:

—Mirá, Vicky —amistoso—, si querés, disponés de mi aguinaldo para rajarte.

—Estás loco, Loiacono.

—Te lo digo seriamente. Tomalo como un préstamo, si querés.

—¿Y a dónde me voy a ir?

—Lejos. A otro país, si se te antoja. Vos merecés llevar otra vida.

—*Si arruinaste tu vida en esta ciudad, la arruinaste en todas.*

—¿Bob Dylan?

—Kavaffis, Loiacono.

—No es verdad. Una cosa es lo que dicen los libros y otra la vida. Vos podés, Vicky. Estás a tiempo. No desperdiciés la oportunidad.

—Pero, ¿vos te creés que con tu aguinaldito alguien puede cambiar su vida? No me hagas reír, querés.

Alberto se retrae. Y Vicky lo percibe.

—No quise ofenderte —dice Vicky—. Disculpame.

—Yo decía nomás. Conmigo podés contar.

Pero los problemas de Vicky no se agotan con la madre y el hermano. Porque además de la madre y el hermano está Lili, la mejor amiga de Vicky. Y ese es el gran problema de Vicky, piensa Alberto. Lili y sus problemas son el gran problema que le impide a Vicky pensar en sus problemas. El problema de sus problemas.

—¿Qué tenés, Loiacono? ¿Coralitos en la mente?

En los días en que Vicky llega a la oficina con cara de *ayer* y anteojos de sol es imprevisible, piensa Alberto.

4

—¿Qué me querés decir? —le pregunta.

—Estás como en el fondo del mar, igual que un pescadito de esos gordos, con la boquita así, chup-chup. Vos mirás el mundo desde la profundidad del océano. Sos uno de esos pescaditos que van entre muchos, con la boquita chup-chup. Ven la vida color azul transparente, linda como en un documental. *Descubra las maravillas de la profundidad oceánica* —dice Vicky imitando una voz de doblaje—. *Descubra los secretos del pez Loiacono. Observe este precioso pececillo en vías de extinción. El Loiacono permanece en las profundidades submarinas sin interesarse de lo que sucede en la superficie.* Pero a mí no me podés engañar, Loiacono. Chup-chup.

—Anoche estuviste en lo de Lili.

—Anoche es hoy, Loiacono. Nadie me avisó que es de día.

—Y te drogaste.

—Chup-chup. Cuando el pececillo Loiacono intuye la cercanía de un ejemplar diferente sus escamas se erizan. Y entonces se convierte en un feroz depredador, más cruel aún que el tiburón —aquí Vicky imita la banda de sonido de Tiburón—. *Tuntún-tun-tún. Porque el pececillo Loiacono se convierte en piraña. Veamosló, amigos, cómo muestra sus dientes. ¿Has consumido drogas, sirenita? ¿Narcóticos, acaso? ¿Estupefacientes?* —y cambiando el tono, Vicky se ríe—. No me hagas caso. Ni una línea. Ahora, si me hacen el dosaje, seguro que me llevan. Estoy fusilada, Loiacono. El vodka hace estragos en mis células cerebrales.

—Lili hace estragos.

—*Chup-chup.*

—Quitate esos anteojos.

—¿Para qué?

—Porque quiero verte los ojos. Los debés tener rojos de marihuana.

—Tengo cicatrices en la mirada. Chup-chup.

—Chup-chup.

—¿Ves que sos un pescado?

—Mejor te hago un café. Mister Perry te va a matar.

—¿Cuántas veces preguntó por mí?

—¿Ves que te drogaste anoche? Cada vez que te drogás, al día siguiente no reaccionás con bronca contra Mister Perry. Te ponés paranoica. Tenés suerte. Mister Perry no vino todavía.

—Cortala. No me drogué. Solo vodka. Con tónica.

—Patético lo tuyo.

—Miren quién habla. Coralitos en la mente tenés.

—¿Te hago un café?

—Dale. Hoy no sirvo ni para hacer palotes. Hoy es muy lunes —*Hoy es muy lunes* es otra de las expresiones de Vicky que Alberto tiene grabadas—. Más lunes que nunca.

—Es jueves, Vicky.

—¿Sirve de algo saberlo?

Alberto destapa la lata de Molico y pregunta:

—¿Cortado?

—Si sos tan caballero.

—¿Me vas a contar qué pasó en lo de Lili?

—Después, Loiacono —Vicky se saca los anteojos de sol—. Estoy destruida.

—Me doy cuenta.

—Entonces, si te das cuenta, comprendeme. Y no me acoses.

—Nadie te acosa. Simplemente no tendrías que ir más a lo de Lili. Tendrías que cortarle el rostro, como decís vos.

—Anoche fue horrible. Cada vez peor.

—¿Y para qué vas, eh?

—Porque es mi amiga.

—Lo que tu amiga tendría que hacer es separarse —le dice Alberto—. Ese Javo va a terminar destruyéndola. Por los chicos tendría que separarse. No tienen conciencia del daño que les están haciendo a los chicos.

—Claro, para vos es fácil hablar de separación. Tenés tu hogar prolijito. Y das consejos. Así cualquiera.

Vicky enciende un Derby con el pulso tembloroso. Alberto no entiende para qué compra atados de diez. Vicky dice que lo hace para fumar menos. Porque cuando se le acaban así no baja al kiosco. Pero siempre termina bajando. Y en total se debe fumar cuatro atados. *El fumar es perjudicial para la salud.* Pero más perjudicial para la salud de Vicky es su amistad con Lili, piensa.

Lili y Javo están casados hace ocho años. Cuando se conocieron ella era secretaria de producción en Leo Burnett, donde Vicky era asistente de cuentas. Javo estaba empezando a trabajar como jinglero, pero tenía un grupo de rock, The Cracks. Al poco tiempo de salir, ella quedó embarazada y se casaron. Primero tuvieron a Eric y después a Brian. Javo dejó los jingles y también su grupo. Se dedicó a representar músicos under. Con los chicos, Lili dejó de trabajar. Javo, metido en el ambiente del rock, se las rebuscaba como podía. Lili le reprochaba que hubiera dejado los jingles. Y Javo, que se hubiera convertido en una burguesa. En menos de un año, contaba Vicky, se había ido al carajo. Y las discusiones se volvieron combates cuerpo a cuerpo.

Ahora no hay noche que Javo no regrese a la casa drogado y borracho. Lili lo llama dealer de mierda. Si Javo le tira un cachetazo, Lili se lo devuelve. Los chicos se despiertan y lloran. Como Lili no puede calmarlos, los dejan que vayan a la casa de Vicky, que vive a dos cuadras. En la madrugada, asustados, le tocan el timbre a Vicky. Y ella los refugia. Cuando Javo cae tumbado, para tranquilizarse, Lili arma un porro.

—A veces ni falta hace que Lili los despache a mi casa —le cuenta Vicky a Alberto—. Brian, el mayorcito, por la propia, toma la iniciativa. Lo abriga a Eric y solitos se mandan a mi casa de madrugada.

Alberto piensa que si Vicky se preocupa tanto por Lili es para distraerse de sus propios problemas, de la carga que significan para ella su madre y su hermano. Aunque al principio, cuando Vicky empezó a hablarle de su amiga Lili no le prestó mucho interés, día tras día, semana tras semana, mes tras mes, en los últimos años, principalmente en este, lo que le pasa a Lili es para Alberto una telenovela de la cual no puede perderse un capítulo.

En este interés de Alberto está toda la curiosidad del enamorado que quiere saber cada detalle, cada anécdota, cada suceso relacionado con el ser que ama. Y así como la madre y el hermano de Vicky fueron en un momento partes de Vicky de las que quería saber más, ahora todo lo que pasa en lo de Lili es también Vicky.

—No es que a Lili no le importen los chicos —le explica Vicky—. Está dispuesta a separarse. Más de lo que pensás está dispuesta. Precisamente por los chicos. Porque Javo viene cada vez peor. Pero, ¿qué querés? Son ocho años de no laburar para ella. Ocho años encerrada. Y tiene la autoestima por el piso. ¿Sabés lo que es ese bajón para una mina, Loiacono?

En la atención que pone Alberto al escucharla hay ternura, solidaridad, celos y rabia. Pero Vicky ignora, o al menos no parece darse por aludida, lo que Alberto siente y oculta con dificultad.

Y Vicky también ignora que, desde hace unos meses, Alberto ha merodeado su barrio y, desde la esquina de Córdoba y Niceto Vega, la noche de un sábado de mayo estudió la cuadra en que ella vive. Después de tomar impulso, apurado, pasó por la vereda de enfrente de su casa aterrorizado, pensando en las excusas que tuvo que inventarle a Rita para justificar su ausencia a un compromiso familiar. Alberto siguió dos cuadras más. Pasó delante de la casa de Lili. Y otra noche, un domingo, vio salir a Vicky de la casa de Lili acompañada por un tipo que, lo supo, tenía que ser Javo. Javo hablaba excitado, gesticulando. Vicky a su lado, callada, con la cabeza baja. Con tanto miedo como intriga, Alberto los siguió a distancia. Ellos entraron en una pizzería. Pero no se sentaron. Hicieron el pedido en la caja y después en el mostrador, mientras esperaban, Alberto vio cómo Vicky se tomaba una cerveza y Javo una ginebra. Pálido, melenudo y canoso, enfermizo y flaco pero barrigón, Javo tenía todo el aspecto de un sobreviviente de Woodstock. No dejaba de gesticular, como si lo que decía fuera imposible de transmitir solo con palabras. Vicky asentía y, de a ratos, levantaba la mirada de la cerveza y le sonreía asintiendo.

Cuando Javo entregó el ticket y les dieron las cajas de pizza, Alberto retrocedió y, cruzando la avenida, sin mirar, precipitándose sobre los autos, caminó en sentido contrario al de la pareja. Dobló por una lateral oscura. Y empezó a caminar a toda velocidad sin una dirección determinada, acelerando cada vez más el paso hasta que le dolieron las piernas y se le entrecortó la respiración.

Sintiéndose como un asesino que vuelve al lugar del crimen, un domingo lluvioso y frío, al atardecer, Alberto volvió a merodear el barrio de Vicky. Cuando pasaba frente a la casa de Lili, justo en ese momento, la vio salir con su marido y los chicos. Intentó controlar el pánico. Siguió de largo, dobló en la esquina y se juró no volver a merodear la geografía privada de Vicky. Poco después, una tarde, cuando Alberto ya estaba por salir de la oficina, Lili pasó a buscar a Vicky. Tuvo terror de que Lili lo reconociera. *Vos sos Loiacono*, le dijo Lili. *Sí*, admitió Alberto. *Ella es mi amiga Lili*, dijo Vicky. Alberto estaba por darle la mano cuando Lili se adelantó para darle un beso. Alberto lo agradeció, porque tenía las manos húmedas y frías. *Vicky habla siempre de vos*, dijo Lili. *De vos también habla*, sonrió Alberto. *Sos su mejor amiga*, dijo. Y pidió disculpas porque tenía que irse.

Alberto siempre ha pensado que puede ser confundido con cualquiera, que es un individuo sin ninguna seña particular. Esta idea de sí que lo llena de autocompasión, esa tarde en que Lili pasó a buscar a Vicky por la oficina lo hizo feliz.

Fue en esos días cuando pensó que sus sentimientos terminarían por explotar y, al fin, le declararía su pasión a Vicky, porque lo suyo era pasión. Pero una vez más, apelando a la razón, se convenció de que era prudente anestesiar sus ilusiones y dejar las cosas como estaban. Desde esa vez Vicky es su compañera de trabajo. La escucha con neutralidad. Y al salir de la oficina hace esfuerzos inútiles para no pensar en ella.

Si a la salida Vicky le propone tomar un café porque tiene que hacer tiempo, él no le pregunta hacer tiempo para qué. Si es para encontrarse con alguien, a él no le importa si alguien es hombre o mujer. Aunque Vicky, como si presintiera lo que a él le pasa, se cuida de aclararle quién es alguien. Toman el café. Después, como tantas tardes, Alberto va a los cines de Lavalle. Las películas le ayudan a mitigar la angustia.

5

Alberto y Rita se hablan cada vez menos. En Alberto, el silencio es involuntario. En ella, una reacción natural ante su indiferencia.

Si alguna noche Alberto llega tarde, casi de madrugada, ella espera el desayuno para preguntarle:

—¿Qué viste anoche?

Él le muestra los programas de los cines. Esa es una respuesta. Piensa que si tuviera una amante, sería fácil engañar a Rita.

Con mostrarle programas de cine bastaría.

—A mí nunca me llevás al cine —dice Rita.

—Si a vos no te gusta.

—La salida me gusta, tomar un café antes de la película, cenar afuera después y volver a casa en taxi.

—Para vos la película es lo de menos —dice Alberto—. Yo puedo pasar sin el café, sin cenar afuera y sin volver en taxi.

—Somos diferentes.

—Sí, a vos te gustan otras cosas. Y a mí las películas.

—Porque sos como un chico.

—Puede ser —dice Alberto—. Pero creo que sin películas no se puede vivir.

—Depende de lo que entiendas por vida.

—Somos diferentes —dice Alberto.

—Tan diferentes.

Al menos una vez a la semana, cuando más le cuesta volver a su casa, en la calle Lavalle, Alberto sale de un cine y se mete en otro. Es capaz de ver tres películas seguidas. Elige las películas de acuerdo a su estado de ánimo. Si tiene rabia, ve policiales. Si tiene ganas de reírse, ve comedias. Y si tiene demasiada tristeza, ve dramas. A veces alterna los tres géneros en una sola noche. Y sale de la última función reconfortado, pensando que su vida, como una película, desembocará en un final feliz.

Sin embargo, entre función y función, mira a los costados y le viene la desesperación. Una de esas tardes, a esa hora en que se vacían las oficinas y se encienden los primeros neones, está sentado en el bar Suárez, comiendo un pebete de jamón y queso, tomando una coca, esperando que empiece su primera función. En la mesa de al lado ve a un ejecutivo que ya no lo es. Conserva el traje, la corbata pero se nota que el tipo es un desocupado. La gomina le achata las canas. Alguna vez su ropa estuvo de moda. También alguna vez él mismo pudo estarlo. Pero no ahora, con la cara enrojecida, venosa, hinchada por el alcohol, con las manos que rematan en unos dedos desarticulados, las uñas largas y negras. El tipo habla solo. Habla de acciones, plazos fijos, movimientos de valores. Y cuando termina la ginebra, que no debe ser la primera y tampoco la última, se levanta, encara hacia la puerta del bar y sale, siempre monologando. Los fondillos de su pantalón están ensangrentados. También ensangrentada queda la silla que abandona.

Una noche, mientras Alberto saca su entrada en el hall de un cine, una banda de chicos de la calle trata de colarse en la sala pero uno de los acomodadores los intercepta. Los chicos, entre insultos, burlas y risas, parecen alejarse del hombre de uniforme que les impide entrar. Pero no se van del todo y siguen haciendo lío. Envalentonado, el hombre arremete. De golpe se ve rodeado por la banda. Brilla un filo. El hombre se agarra la pierna. Y mientras los pibes corren confundiéndose entre la gente de la calle, el acomodador se queda tirado, agarrándose la pierna con dolor, mirando la sangre que le chorrea entre los dedos.

Otra noche, en la última función de un policial, Alberto está sentado en las primeras filas de la sala casi desierta. La trama de la película es complicadísima. Lo único que queda claro es que hay un héroe detective, puro, incontaminado, que persigue a un narco colombiano que le robó la novia. La sala huele a mugre y desinfectante. De pronto, un espectador trepa al escenario y empieza a putear al narco de la pantalla. Desde la platea, el público escaso le grita. El tipo gira, espectral, iluminado por la proyección. Viste una campera gastada, vaqueros crotos y zapatillas. Tiene un bolso y lo revolea prometiendo arrojarlo. Pero no lo hace. Alberto calcula que el tipo puede ser un obrero, un peón. Y también, un pobre desocupado. Al enfrentarse al público, el tipo se tambalea absolutamente borracho. No tiene intención alguna de bajarse de la ficción. Pero nadie acepta el reto que propone. Desde la oscuridad le gritan, lo silban. El tipo salta a la platea y empieza a caminar entre las filas. Ahora ningún espectador parece haber gritado y silbado. Hay algo intimidante en esa silueta avanzando entre las butacas, escrutando los rostros.

Alberto ve muchas situaciones por el estilo, cotidianas, en esas cuadras con negocios que venden zapatos, ropa de cuero y buzos y jeans de oferta. Comederos, juegos electrónicos, confiterías pretenciosas. Y cines que fueron quebrando por la crisis. Algunos, para no quebrar, ofrecen karatecas, veteranos de Vietnam y sueños húmedos. Todo eso es Lavalle.

Después de medianoche, cuando cierran las salas, Alberto puede ver una patota de adolescentes marginales, colgados en la puerta de un cine a oscuras. Tipos de cara reconcentrada que miran los afiches de un cine que anuncia dieciocho pornofilmes en sus seis salas condicionadas. Tipos de mirada cómplice que buscan la mirada de otros tipos. Una chica que no debe tener quince años, con rouge incendiario y una mini apretadísima que camina cansada, sin encontrar clientes. La noche tiene el sonido de los pacman y de una canción de Julio Iglesias saliendo de una disquería en la que paran los taxi-boys. En una esquina, pilas de inmensas bolsas negras de basura esperan ser recogidas por un camión recolector que aturde al acercarse. Llovizna. Un ciruja borracho se apoya en la puerta de un cine que promete el regreso de un guerrero americano. Vomita. Y sigue su camino tanteando paredes. Dos chiquitas de la calle no consiguen vender sus últimos ramitos. Y putean a una pareja que no les compra. Aburridas, se detienen frente a un cine en el que dan una de Madonna. En otra esquina, más allá, dos policías conversan. Todo está en orden.

Alberto se asusta y se fascina a la vez con este espectáculo. Tiene miedo de convertirse en uno de esos tipos solitarios y menesterosos. Pero cuando su angustia es muy fuerte, piensa que tal vez lo mejor sería dejarse caer. La caída no es solo no volver jamás a su casa sino tampoco a Perry Advertising. Dejarse caer es sentarse contra una pared, arrinconarse en un umbral y liquidar la esperanza de un final feliz. Esos tipos, piensa mirando a los cirujas, son realistas de verdad. No esperan nada. Porque no hay nada que esperar de una vida sin amor. Esos tipos, envueltos en diarios, oliendo a su propia inmundicia, seguro que son más felices que él. Un día se dieron cuenta. Un día dijeron basta. Un día pegaron el salto. Ese día cortaron todas las ataduras. Y ahí están, viendo pasar a los demás como si fueran fantasmas. Quizá, piensa Alberto, los verdaderos fantasmas no son esos tipos sino los que son como él mismo. Y al mirar esos tipos derribados Alberto siente vértigo.

Ese vértigo, con mareos y palpitaciones, es similar al que le viene cuando piensa que tal vez sus sentimientos son tan contradictorios porque no se anima a confesarle a Vicky lo que siente por ella. A veces, cuando sale contento de una película, está seguro de que su historia puede tener un final feliz si se anima. Quizá, piensa Alberto, esos tipos cayeron porque no tuvieron la oportunidad de probarse en el amor, la oportunidad de volar. Y vuelve a su casa pensando que esta será la última noche que va a dormir con Rita y mañana hablará con Vicky. Pase lo que pase, hablará con ella. Un hombre no puede vivir sin probarse, piensa. Y antes de dejarse caer, debe tratar de volar. Esta noche, se dice, está tomando envión. La potencia que lo desborda se la debe a *El lado osuro del corazón*. Porque esta noche vio esa película. Y cambió su vida. Mañana invitará a Vicky a verla. A la salida del cine, piensa, conversarán sobre la película y después, cuando él le diga lo que le tiene que decir, echarán juntos a volar.

6

—Me siento como después de viajar toda la noche en uno de esos micros destartalados que van a la costa, Loiacono —le dice Vicky la mañana siguiente, mientras Alberto le entrega la taza de café—. Los huesos molidos. Hasta las uñas me duelen. Esta mañana ni me reconocí en el espejo. Esta noche fue la última, me dije. La última que me banco una de esas. Pero siempre digo lo mismo. Y después no la corto.

Alberto piensa en la película que vio ayer. Y en todo lo que pensó después, al salir del cine. Vicky ni siquiera le dio tiempo a decir nada. Él pensaba, apenas ella entrara, hablarle de la película. Pero Vicky llegó a la oficina y le soltó su rollo. Ahora hace unos minutos que habla. Alberto no la interrumpe. Ella tiene que descargarse, piensa. Y la escucha. Por un momento piensa que Vicky no le está hablando a él. Habla para sí. Tal vez le da lo mismo que sea él o cualquiera quien la escucha, porque a Vicky no le importa quién la escucha porque solo puede escucharse a sí misma y, quizá, ni siquiera eso. Después de pensarlo se siente egoísta. Si algo es el amor, es comprensión. Y él tiene que comprender que Vicky está pasando por una situación dramática. No puede pensar solo en sus propios sentimientos. También debe tener en cuenta los de ella.

—No tienen derecho a hacerle a los chicos una cosa así —dice Vicky—. Los chicos son inocentes. No pidieron ser traídos a este mundo de mierda. Y no tienen por qué bancarse todas las noches el rocky horror show que montan sus padres. Eran más de las dos cuando los chicos me tocaron timbre. Si los hubieras visto, pobrecitos, paraditos en el umbral. Brian, el menor, agarrado de la manito de Eric, el mayor. Podemos quedarnos a dormir con vos, tía Vicky, me dicen. Porque me llaman tía. Para ellos soy de la familia. Pobrecitos. Hermosa familia tienen.

Vicky revuelve en su cartera y saca una cajita de Lexotanil. Se pone un comprimido en la boca y lo traga con el café.

—No tomés esa porquería —le dice Alberto.

—¿Y qué querés que haga?

—Algo.

—No puedo parar, Loiacono —dice Vicky—. No puedo. Cuando venís a toda velocidad no podés frenar.

—¿De qué velocidad me hablás?

—El acelere, de eso hablo. No podés frenar de golpe porque te vas a la mierda. Tenés que ir rebajando de a poco, ¿entendés? De lo contrario, te estrolás.

—Te entiendo.

—Me mirás con una cara. Y sé lo que estás pensando.

—¿Qué pienso?

—Lo que pensás. Que estoy sonada. Para vos debo ser una adicta porque me mando esta pasta. Fuck you.

—Pasta —dice Alberto—. Tu amiga le da a la marihuana, su marido a la cocaína y vos a las benzodiazepinas. Hermosa familia para esos chicos.

—Vos no sabés nada.

—Lo único que yo sé es que te estás arruinando, Vicky. Y lo que les pasa a tu amiga y a su marido te viené al pelo para no pensar en vos. ¿Por qué no pensás en vos?

—¿De qué hablás?

—De los adictos. Si te seguís juntando con ellos, te van a hundir.

—¿Alguna vez estuviste en la merca, Loiacono?

—No. ¿Y vos probaste volar sin nada?

—No entendés.

—La que no entiende sos vos —dice Alberto. Se dispone a hacer más café—. Mirá, el otro día leí un reportaje a un rockero inglés. Dejó la droga y el alcohol. Ahora dirige un equipo de recuperación de adictos. Y es activista de Greenpeace.

—¿Dónde vivís, Loiacono? Todavía creés en los Reyes Magos. Esto es el subdesarrollo. ¿Sabés lo que sale una buena clínica para internarse y hacer una cura? Haceme el favor.

—¿Qué favor? Vos me contás y yo te digo lo que pienso. Si no querés saber lo que pienso, no me cuentes.

Al decirlo, Alberto se enorgullece de lo que ha dicho. Hasta ahora no se había animado a hablarle así a Vicky. Esta seguridad improvisada le concedió una cierta ventaja sobre ella. Esta es la actitud que siempre debió tener frente a ella, se dice. Le da la espalda, se acomoda en la silla y se dispone a sumirse en la traducción de un folleto.

—No te engranés —le dice Vicky—. Te lo suplico.

—¿Y qué hiciste con los chicos?

—Esta mañana pasé por lo de Lili y se los llevé al colegio. Entonces Lili me contó lo que pasó anoche. Javo volvió duro. Apestaba a alcohol. Decía que estaba armando una megatransa. Y que se estaba moviendo para juntar a los rockeros más capos en una banda impresionante. Todos: Charly, Gieco, Aznar, Lebon, Ceratti, Calamaro, Baglietto, Fito, Moris, y también las minas: la Sosa, la Cantilo, la Lizarazu. Lo más. Lili le dijo que eso era un megadelirio. Javo no le llevó el apunte y siguió contándole cómo pensaba juntarlos a todos. Como Lili tenía sueño, le dijo que se iba a dormir. Entonces Javo empezó con que ella siempre le pinchaba los globos, la misma lata de siempre y se puso a golpear la mesa del living y a darle trompadas a las paredes. Lili le pidió que se calmara, que se fumara un porro, que no despertara a los chicos. Y Javo dijo que lo que ella merecía era que él le diera con la toalla mojada. Lili le contestó que si le tocaba un pelo, le iba a romper los dientes. Javo se le fue al humo. Y ella agarró una plancha que tenía a mano.

Alberto ha escuchado esta historia una y mil veces. No obstante, vuelve a escucharla otra vez. Está dispuesto a esperar una oportunidad para invitar a Vicky al cine.

A la tarde, como por casualidad, abre el *Clarín* en las páginas de espectáculos y le pregunta a Vicky:

—¿Qué hacés a la salida?

—¿Por qué?

—Te invito al cine. Hay una película que quiero ver.

—¿Cuál?

—*El lado oscuro del corazón.*

—No me banco el cine nacional —se decepciona Vicky.

—Dale. Es una invitación.

—Estoy muy bajoneada, Loiacono —dice Vicky, suspirando—. No tengo ganas de nada. Ni de tener ganas. No te ofendas.

—¿Por qué me voy a ofender? Pensaba que te iba a venir bien distraerte un poco.

Alberto se obliga a seguir trabajando con los gestos de siempre. Toda su fantasía se ha roto en astillas. Cuando aparta los papeles que tiene sobre el escritorio, desde la foto del embarcadero del Tigre, Rita se ríe.

Son casi las cinco cuando suena el teléfono. Con una voz de fastidio Alberto levanta el tubo:

—Perry Advertising —dice.

—Con Vicky, por favor —dice un hombre del otro lado de la línea. Es casi una orden.

—¿De parte...? —se intriga.

—De Javo, decile —escucha. Y le molesta el tuteo—. Estoy en un público. Y tengo una ficha nada más.

—Para vos —le dice Alberto a Vicky—. Javo.

Vicky levanta el tubo del teléfono sobre su escritorio:

—Lo tomo. Cortá.

Alberto la mira chupar el cigarrillo.

—¿Qué hacés? —pregunta Vicky.

Silencio.

—¿Dónde estás? Te escucho lejos.

Un silencio más largo.

—Sí.

Un silencio más corto.

—No.

Y un silencio otra vez más largo.

—No, no puedo —dice Vicky—. Hoy no puedo.

De nuevo un silencio corto.

—Porque no puedo, te digo. Hoy no puedo. Tengo que hacer.

Un silencio largo.

—No, no es que no pueda hablar. Es que no quiero, Javo. Hoy no quiero hablar.

Y después:

—Otro para vos.

Y cuelga.

Loiacono sigue revisando la traducción del folleto. Cometió dos errores. Por estar pendiente de la conversación de Vicky se equivocó.

—Acepto la invitación, Loiacono —le dice Vicky.

—¿A qué debo el honor?

—A que no doy más. Y a que tal vez tenés razón. Me va a venir bien distraerme un poco. Aunque sea con un bodrio nacional.

—Mirá que tiene buena crítica.

—La crítica está comprada. Todo se compra. Y todos estamos en venta. De una forma o de otra, todos. También todo tiene su precio. Aún cuando no se trate de dinero.

—¿Qué quería Javo?

—Comprar mi silencio.

—No entiendo.

—Dice que quiere conversar conmigo porque le caliento la cabeza a Lili. Dice que necesita que lo ayude. Que tiene la mejor onda para arreglar las cosas. Que está dispuesto a hacer lo que sea con tal de no perder a Lili. Que yo puedo darle una mano. Eso dice.

—¿Y vos qué pensás?

—No sé qué pienso. Estoy saturada —dice Vicky, mordiéndose una cutícula—. ¿A qué hora empieza la película?

—Hay una función a las seis y diez y otra a las ocho y media.

—Vamos a la de las seis y diez.

—Pero no llegamos.

—¿Cómo que no llegamos? Nos rajamos a las seis. Porque un día nos rajemos antes no va a pasar nada. En este cementerio nunca pasa nada. Y Mister Perry no nos va a rajar a los dos juntos. Al menos, a vos seguro que no.

Alberto envidia el valor de Vicky. No puede echarse atrás. Y se deja arrastrar por ella. Además, la suerte está de su lado. Porque hoy Mister Perry se retira de la oficina a las cinco y media.

Oliverio, el protagonista de la película, es un poeta que trabaja en publicidad. Persigue a la mujer ideal, una mujer que vuele y le permita volar. Con cada una que se acuesta, termina decepcionado. Y aprieta un botón en la mesa de luz. El botón acciona un dispositivo que hace que la mitad de la cama que ocupa su amante de turno se abra al vacío y a la negrura. Son muchas las mujeres que decepcionan a Oliverio, casi todas. A poco de empezada la película, cada vez que se acuesta con una, Vicky se ve venir que él apretará el botón y tirará a la mujer de turno. Hasta que en un viaje a Montevideo, adonde va a vender su creatividad, Oliverio conoce a una puta y se enamora de ella. Oliverio se mete en los bares prostibularios de esa ciudad. En uno, vestido de capitán de barco, hablando en alemán, el mismísimo Mario Benedetti recita un poema. Cuando Oliverio está en Buenos Aires, mira el río y le recita poemas a su amada que está del otro lado. Durante toda la película los personajes hablan a través de poemas. Y en una escena, cuando Oliverio y la puta hacen el amor, la cama levanta vuelo. A esta altura, Vicky no puede contener la risa y dice que parece un comercial de colchones.

Mientras a Alberto se le mojan los ojos en varios momentos, no puede perdonarle a Vicky que se burle de la película.

Alberto se emociona de nuevo en las mismas secuencias en que se emocionó al verla anoche. Especialmente en la escena en que el protagonista busca a la muchacha en un cabaret. Desnudo ante ella, se arranca el corazón y se lo entrega. A Vicky esta escena le parece ridícula. Y Alberto, guardándose la rabia, le dice que no es para tanto.

—No entendés nada —le dice Alberto después, sentados en una mesa de Las Cuartetas—. Poesía pura, Vicky.

—¿Pedimos una calabresa? —le pregunta Vicky mirando la lista—. Y dos de fainá antes.

Alberto no tiene hambre. Lo que menos tiene es hambre. Además, la longaniza le cae pesada y le da acidez. Pero dice:

—Bueno.

—¿Tinto o blanco?

—¿No estás tomando esas pastillas?

—No hace nada. ¿Blanco?

Él no toma. Piensa que si toma perderá el manejo de la conversación. Sin embargo, contesta:

—Blanco.

Vicky come la pizza con voracidad.

—Esta es la mejor parte de tu invitación —le dice—. Me moría de hambre.

—¿Hablamos de la película?

—¿Qué querés hablar? Sin comentarios, Loiacono. No vale la pena.

—¿Cómo no te gustó?

—Porque es machista, cursi, falsa y reaccionaria. Una película para conmover secretarias. Pero eso no es nada. Lo peor es que encima es grasa.

—No podés decir eso. Es una película sobre los sentimientos, sobre la vida, sobre el amor.

—¿Me estás provocando? ¿Querés que te diga todo lo que pienso sobre ese bodrio?

Y sin esperar a que Alberto le responda, Vicky se pone a desarrollar todos los argumentos que tiene contra la película. Le habla de poesía, de literatura y de cine. Le habla de tramas, de encuadres y de puntos de vista. Le habla del cine fantástico, del cine realista y del cine de vanguardia. Le habla de la nouvelle vague y del free-cinema. Le habla de Buñuel y del surrealismo. Al escucharla, Alberto se impresiona. Que Vicky sepa tanto lo enamora aún más. Le duele que Vicky no concuerde con él, pero termina aceptando sus críticas. No debería hacerlo, pero no tiene argumentos para defender la película y defenderse. Piensa que debería resistir, ser menos obsecuente. Y que se está portando como un chupamedias.

No debería tampoco haber tomado vino. No se da cuenta de lo que dice.

—Es cierto todo lo que decís. Pero a mí me gustó.

—Claro, ¿cómo no te va a gustar? No te puede no gustar. Si está hecha para tipos como vos.

Más tarde, mientras vuelve a su casa en colectivo, Alberto se consuela pensando que aun cuando las cosas no se le dieron como había soñado, igual tiene la sensación de haber avanzado bastante con Vicky. Está contento.

7

—Anoche —repite Vicky con cansancio—. Anoche fue un verdadero infierno.

Hoy es un viernes radiante de fines de septiembre. Pero en la oficina está nublado. Vicky está nublada.

—Javo volvió durísimo a eso de las cuatro. Y se puso a dar vueltas por el living alrededor de la mesa ratona, me contó Lili. Vueltas y vueltas. Estuvo dando vueltas con las manos en los bolsillos. Después fue a la heladera. Agarró una botella de vodka y se puso a chupar sentado en un sillón. Lili le preguntó ahora qué pasaba. Y Javo le dijo que mejor no le contaba porque estaba jugado, jugadísimo. Había tomado una decisión, le dijo, y esta vez no iba a volverse atrás. Ya casi se había bajado la botella. Cuando quiso pararse, volvió a caer en el sillón. Terminó la botella chupando del pico y, cuando quiso pararse de nuevo, se cayó sobre la mesita. Al levantarse la miró a Lili con odio. Lili me contó que nunca lo había visto mirarla así. La decisión estaba tomada, le dijo Javo. Y aunque fuera tremenda, no iba a volverse atrás. Lili le preguntó de qué hablaba. Y Javo le contestó que se iba a enterar por los hechos. Lili se asustó. Tuvo miedo, terror, pánico. Una cosa son las peleas, me dijo, y otra cosa era esa mirada. Dejame, le pidió Javo. Por favor, dejame que tengo que hacerlo, le dijo. La apartó con suavidad, se metió en el cuarto de los chicos y cerró la puerta. Lili, despavorida, quiso llamarme. Pero cuando agarró el teléfono se dio cuenta de que Javo había cortado los cables.

Alberto tiene ganas de abrazarla. Pero se queda mirándola desde su escritorio, mordiendo siempre el cabo del lápiz. La abrazaría. Después, llevándola de la mano, se meterían en el ascensor y una vez en la calle, sin soltarla, se subirían a un taxi. A la Terminal Retiro de ómnibus. La terminal de ómnibus se le presenta en sus fantasías como una buena solución. Compraría dos boletos en el primer micro a cualquier parte. Vicky, acurrucada contra él, en la oscuridad del viaje, lloraría en silencio. Tal vez Alberto también lloraría. Porque si Vicky se dejara conducir por él en ese sueño loco de la huida, él no podría contener la emoción y lloraría, piensa, como lloran los hombres, con un llanto apenas insinuado, los dientes apretados. La ve a Vicky contra la ventanilla, recortada en los fulgores ocasionales de la ruta. Después, el viento cimbrando en la ventanilla y, más allá, los campos envueltos en la negrura. Bajan del micro en el amanecer, en algún pueblito. Entran en un hotel viejo, se anotan con otros nombres, inventándose una identidad nueva. Hasta ahora ellos no fueron los que habían creído ser sino otros. Y estos que son ahora, diferentes, son los verdaderos y auténticos. La pieza que les toca tiene una cama de hierro desvencijada. Hay un ropero con espejos. El piso es de madera. El escenario es melancólico y polvoriento. Pero no les importa. Alberto corre una cortina. La ventana da al campo. Mientras el primer sol de la mañana ilumina la pieza, se tiran en la cama y hacen el amor. No cojen, piensa Alberto. Hacen el amor. Y lo hacen con desesperación, furia, ternura y alegría, ajenos a todo, fundiéndose el uno en el otro, descubriéndose extasiados, empezando a planear una vida también nueva donde los planes son ahora lo de menos.

—¿Otro café? —le pregunta Alberto.

—¿Tenés aspirinas?

Alberto busca aspirinas en su cajón. Después le hace un Dolca a Vicky.

—Y entonces Lili agarró un tramontina. Imaginate lo que le pasaba por la cabeza —cuenta Vicky—. Pensaba que Javo había enloquecido definitivamente, que mataba a los chicos, la mataba a ella y después se mataba él. Con el tramontina fue en puntas de pie al cuarto de los chicos y abrió la puerta decidida. Y no sabés lo que vio.

—No.

—Javo, como un nene, estaba acostado en la alfombra, entre las dos camas, en posición fetal, durmiendo como un angelito. Lili prefirió no despertarlo. Volvió al living, se armó un porro y trató de arreglar el teléfono. Y cuando lo hizo, sentada en el suelo, en un rincón, se echó a llorar.

—Eso no puede seguir —dice Alberto, preocupado. Tendría que hacer algo. Por Vicky tendría que hacer algo.

—Disculpá que me descargue con vos, Loiacono —lagrimea Vicky. Es la primera vez que Alberto la ve llorar y el corazón le patea con fuerza—. Pero con alguien tengo que hablar. Y vos, de verdad, sos mi mejor amigo.

—¿Qué pensás hacer?

—Esta noche quedé en encontrarme con Javo. Quiero hablar con él. En una de esas es la mejor manera de ayudar a Lili. Si consigo que Javo me escuche, si consigo que reflexione, tal vez decida curarse. No me importa que sea difícil hablar con él. Igual voy a tratar. Tengo que salvar a Lili y los chicos. Y para eso hay que empezar por ayudar a Javo.

—Ese tipo no tiene salvación.

—Vos no lo conocés —dice Vicky—. Ahora puede estar quebrado, pero en el fondo es un tipo sensible, talentoso. Eso no se pierde.

A la tarde, cuando se aproximan las seis y media, Alberto le dice:

—¿Querés que te acompañe?

—¿A qué?

—No sé —dice Alberto—. Me preocupás. Ese tipo está mal, Vicky. Puede pasarte algo.

—Te lo agradezco, pero no. Soy grandecita, Loiacono. Y sé cuidarme sola.

8

En los días siguientes, la charla que Vicky tuvo con Javo pareció haber surtido efecto. Javo prometió consultar un terapeuta y meterse de cabeza en Alcohólicos Anónimos. Lili todavía no le cree demasiado. Pero Vicky le pidió que le diera tiempo. Nadie cambia de un día al otro, le ha dicho. No obstante, esta semana

Javo se puso a buscar trabajo. Y dos veces fue a buscar a los chicos a la escuela. Estos datos hacen pensar a Vicky que lentamente la pareja va a reconciliarse.

Las novedades alegran a Alberto. En la medida en que las cosas se arreglen en lo de Lili, piensa, Vicky podrá empezar entonces a pensar en sí misma. Y a él le será más fácil encontrar una oportunidad para confesarle lo que siente.

Pero después de esa semana vuelve a haber un lunes que es muy lunes.

—Qué poco dura lo bueno —le dice Vicky.

Tiene el rostro hepatítico, ojeras, la voz grave, distorsionada. En su mirada hay un escepticismo que lastima.

—Lo sabía —está por decir Alberto, pero se calla.

Toda esta semana, piensa, fue un espejismo. Y ahora que Vicky llegó esta mañana a la oficina con la cara de antes, Alberto ve alejarse otra vez su oportunidad y también a Vicky.

—Te dije que no ibas a conseguir nada tratando de convencer a ese tipo —está por decir, pero se calla. Lo mejor, piensa, es callarse. Y escucharla, como la escuchó siempre, como podría escucharla toda la vida.

—Fin de semana de mierda —arranca Vicky, empujando un lexo con el café que Alberto le sirvió—. El domingo a la tarde llevé a Eric y Brian a ver *La bella y la bestia* y después a tomar helados. Cuando fui a dejarlos, en lo de Lili estaban Silvia y Robi, el hermano de Javo. Hace mucho que salí con él, cuando era pendeja. Pero a Silvia no le importa y me tiene entre ojos. Están juntos hace como cinco años, pero ella, cuando nos cruzamos, no se la banca. Lili me insistió para que me quedara. Javo y Robi habían sacado unas películas del video. Silvia y Lili iban a hacer empanadas. Además, me dijo Lili, quería que me quedara porque tenía que contarme una cosa. Silvia estaba en la cocina y no podía escucharnos. No tenía que llevarle el apunte, me dijo Lili. Quiero que te quedes, me dijo. Pero no podía contarme de qué se trataba ahora porque los chicos estaban dando vueltas alrededor.

—¿Qué era lo que tenía que contarte? —le pregunta Alberto, impaciente.

—Ya vas a ver.

Alberto no la puede apurar a Vicky. Pero Mister Perry, que telefoneó avisando que llegaba más tarde, puede caer en cualquier momento. Y lamentaría que Vicky postergue la historia para más tarde. Echa hacia atrás la silla, se levanta y camina hacia el escritorio de Vicky, aparta unos papeles y se sienta en un ángulo.

—Robi es un cerdo, merquero viejo. Le venía a traer un negocio al hermano. Se sentaron en el living con una botella de whisky. Robi había conseguido dos socios para poner una disco. Tenían un galpón en vista por Palermo. Lo que Javo tenía que hacer era poner la parte que faltaba. Con una condición, le dijo Javo. Que la disco fuera heavy metal. En eso, se metió Lili. De qué heavy metal hablaba si no tenían un mango. Javo le contestó torcido, que no empezara a reventarle la burbuja, le dijo. Lili, Silvia y yo nos quedamos en la cocina. De lo que menos tenía ganas yo era de quedarme en la cocina con Silvia ahí. Si la vieras, esa es una lauchita dientuda. A su lado, Robi es una marsopa. Está cada día más gordo. Y como chupa sin parar, chupa lo que venga, transpira y transpira. Chupa y transpira. Cuando pienso que curtí con él se me revuelven las tripas. Sin embargo, Silvia sigue celosa de mí. Como si pudiera calentarme robarle esa marsopa. Cada tanto, Javo venía a la cocina a buscar cubitos. Y le preguntaba a Lili de qué estábamos hablando. Boludeces, le decía Lili. Cosas de minas. No abrás la boca, le decía Javo. Yo empezaba a preguntarme qué era lo que me tenía que contar Lili en secreto. Después, vino Robi a la cocina a ver si había algo más para tomar porque se les había terminado el whisky. Me guiñó un ojo mientras sacaba una botella de blanco de la heladera. Silvia, que no es una tarada, le cazó al vuelo el guiño. Pero no dijo nada.

Siguió haciendo el repulgue de las empanadas. En la cocina el ambiente se había vuelto irrespirable. Y no precisamente por el horno. Lili me pidió que la acompañara a su dormitorio a bajar unos paquetes de ropa del placard. Yo la seguí. Los chicos estaban viendo tele en el dormitorio de los padres. Así que Lili iba a aprovechar para contarme. Apenas nos encerramos le pregunté a qué venía tanto misterio. Pero Lili no pudo empezar a contarme porque se había armado quilombo en el living. Silvia lo puteaba a Robi diciéndole que ella no era ninguna pelotuda y que se daba perfecta cuenta de que me quería voltear. A los gritos, lo decía. Y Robi, divertido, le decía: Calmate, beibi, está todo bien. Pero no estaba todo bien. En eso entra Javo al dormitorio y la encara. Qué le estás contando, le pregunta. Y la empuja. Vicky se cae en la cama. Volvé a tocarme y te pateo los huevos, le dice. No quise empujarte, le dice Javo. Pero quedamos en que era un secreto, le dice. No le conté nada, dice Lili. Y se ponen a cagarse a las puteadas olímpicamente. Me fui al cuarto de los chicos, subí el televisor y me tiré en la cama con los pibes. Con el control puse la tele a todo lo que daba. Estaban viendo una policial. Una persecución, sirenas, tiros, frenadas. Pero por más alto que pusiera la tele, nos llegaban los gritos. Silvia y Robi en el living. Javo y Lili en el dormitorio de al lado. Vos siempre la misma, se oía a Javo. Querés que los demás te tengan lástima. Y yo sea siempre el hijo de puta. Los chicos me abrazaron. De pronto, se hizo un silencio en toda la casa, uno de esos silencios cargados. Ya vuelvo, le dije a los chicos. Javo y Robi se habían metido en el baño. Drogones de mierda, me dice Lili, parada en la puerta. Los chicos, le dije. Quise calmarla. Pero no había forma. Se puso a patear la puerta. Te dije que no trajeras merca a casa, guacho. Te voy a denunciar, hijo de puta. Robi entreabre la puerta y le sonríe. Ese cerdo no pierde jamás la sonrisa. Tranquilizate, cuñada, le dice. Está todo bien. Cuando Javo aparece detrás de Robi, Lili le tira un tortazo, pero Javo le agarra la muñeca y se trenzan. Con Robi queremos separarlos. Entonces viene Silvia, que nos ve a los cuatro entreverados y le tira un golpe a Robi pero me lo encaja a mí. Robi nos separa. Están todos alterados, dice. Y hacia Javo que tiene a Lili contra la pared: Qué mala onda, hermano. Javo le contesta: Estas minas siempre armando quilombo por boludeces. Y hacia Lili, con desprecio: Y yo que me rompo el culo para que salgamos adelante, dice. Y los dos hermanitos enfilaron hacia la calle con Silvia detrás, puteando. Un día de estos te la corto, gritaba Silvia en la vereda. Con Lili fuimos a ver a los chicos. Estaban mudos, como hipnotizados frente a la tele. Apagamos la tele. Y nos acostamos con ellos hasta que se durmieron. Nos habíamos olvidado del horno y las empanadas. Corrimos a la cocina. Eran carbón las empanadas. Ahí estábamos, solas, a medianoche, destrozadas. Qué me tenías que contar, Lili, le pregunto. Servime un poco de blanco, me dice. Y se pone a hacer un porro. Le pega una pitada, me lo pasa y me dice con una sonrisa muy loca: Adiviná. Qué, le pregunto. Me dice que no entiende cómo pasó pero pasó aunque ella se cuida. Porque yo me cuido, Vicky, me dice. Pero pasó. Estoy embarazada.

9

La delegación que acompaña al Presidente en su viaje por Europa está integrada por ochenta personas; tres de ellas son distinguidos coiffeurs. «Con el Papa no hablamos del ajuste sino del crecimiento», declara el Presidente. Y puntualiza: «Su Santidad está muy preocupada por la pobreza en Haití». Poco más tarde, en su regreso al país, reivindica la guerra sucia frente a autoridades militares: «Tuvimos que pelear duro. Ustedes, sus familiares y quienes los hemos comprendido. Hay que reivindicar las grandes batallas que ustedes libraron para que la Argentina sea libre».

Las privatizaciones de empresas del Estado continúan avivando la indignación de distintos sectores políticos. Alarman los despidos masivos, las denuncias de coimas y la creciente desocupación. En tanto, el ministro de Economía afirma que sus ingresos ascienden a diez mil dólares. «No puedo condenar a mi familia a la indigencia», explica a la prensa. Simultáneamente, más de quinientos funcionarios reciben aumentos de hasta el doscientos por ciento.

El ministro de Defensa anuncia que «si el narcotráfico se convierte en narcoterrorismo, van a estar allí las Fuerzas Armadas para aplastarlo». Un suboficial del ejército, abrumado por las deudas, estrangula a su mujer y seis hijos. Después, suelta al perro y al canario. Y se suicida. Se le dicta prisión preventiva al secretario de Narcotráfico. Después de golpear a un vecino que se negaba a venderle su propiedad a un precio irrisorio, el funcionario le prometió: «Te voy a reventar a vos y a tu familia. Van a aparecer en un zanjón».

En los últimos dieciocho meses, las policías Federal y de la Provincia de Buenos Aires abatieron ciento veintiséis presuntos delincuentes. La relación es de seis a uno, ya que murieron veintidós policías. Ciento sesenta y tres víctimas denuncian torturas y abusos. En todo el país se realizan, sin mucha repercusión, marchas contra la impunidad.

El Congreso Argentino de Cardiología informa que uno de cada cuatro habitantes padece hipertensión arterial. Diariamente se incrementa en el país la mortalidad infantil. En el barrio 9 de Abril de Esteban Echeverría, treinta mil habitantes viven con dos canillas de agua. El Hospital Muñiz se queda sin reactivos para hacer el test del sida. La Municipalidad no paga y los proveedores no entregan. El Muñiz no es solo el referente de la demanda individual sino que todos los hospitales de la Capital envían allí sus muestras para confirmar los casos positivos.

El Poder Ejecutivo reglamenta la ley de accidentes de trabajo tomando en cuenta los reclamos empresarios orientados a «reducir costos laborales». Un decreto modifica el régimen de peritos judiciales para desalentar «la industria de los juicios laborales». Cada una de las partes, cuando solicite la producción de una prueba pericial, deberá pagar una tasa del tres por ciento del total de la demanda por cada perito.

Las marchas de los jubilados ya suman treinta y tres. El Congreso sesiona custodiado por más de cuatrocientos policías, patrulleros, carros de asalto y camiones hidrantes. El objetivo es controlar a los jubilados que realizan manifestaciones de protesta en los alrededores. Se producen detenciones y hay varios heridos. Se suicidan dos jubilados. Luego, una jubilada. Más tarde, dos nuevos casos de suicidios de jubilados. El Presidente de la Nación se expresa al respecto. Declara que no es psicólogo como para explicar las motivaciones de los suicidios. Declara que si los jubilados tienen fuerza para manifestar, entonces que vayan a trabajar. Y declara también que le pidan a sus hijos que los mantengan. Además, sostiene, la estadística de suicidios es normal con respecto a la de otros países. A continuación veta el artículo 23 de la ley de privatización de YPF que establecía taxativamente que los fondos que produjera fueran utilizados para incrementar los haberes de la clase pasiva.

Un millón de personas acude a la procesión de la Virgen de Luján. El noventa y cinco por ciento son menores de treinta años.

Bajo la lluvia, las Madres de Plaza de Mayo inician la duodécima Marcha de la Resistencia bajo la consigna «solidaridad y lucha contra el hambre y la represión». El lema sintetiza un sinnúmero de repudios que van desde el proyecto de flexibilización laboral hasta el histórico reclamo de «cárcel para los genocidas» de la última dictadura militar. Cuentan con el apoyo del Plenario Permanente de Organizaciones de Jubilados, entidades defensoras de los derechos humanos del país y del exterior, agrupaciones sindicales y partidos políticos de izquierda.

—¿Vos tenés idea de lo que es un aborto, Loiacono? —le pregunta Vicky una mañana—. ¿Vos sabés lo que es perder un chico?

Vicky le clava los ojos. Alberto tarda en contestar. Como Vicky acaba de emerger de la lectura de la marcha de las Madres en *Página/12,* no sabe si se refiere a la causa de esas mujeres o al embarazo de Lili. Tiene que pensar, se dice. Alberto lee el diario, escucha la radio y ve la televisión. Las noticias, cuando le llegan, parecen provenientes del exterior. Y cuando una noticia lo enoja, su enojo es breve, circunstancial. Porque pronto Vicky vuelve al ser el centro de todos sus pensamientos.

Una tarde, a la salida de la oficina, cerca de la Plaza de Mayo, lo envuelve una manifestación. El aire del anochecer está enrarecido por los gases lacrimógenos. Sirenas. Gritos. Alguien lo lleva por delante. Trastabilla. Se agarra un brazo. Cuando menos se lo espera, está corriendo. Después, camina junto a una pared. Camina hasta que lo detiene un cordón policial. Entonces dobla por una transversal. Y vuelve a pensar en Vicky.

—¿Vos qué pensás? —le pregunta ella.

—No sé —dice.

—A ver, adiviná cuántos me hice yo.

—Vos —susurra. Y no se le ocurre una respuesta.

—A los tipos les jode hablar del tema. ¿Cuántos se hizo tu mujer?

—Ninguno.

—¿Para qué te vengo a preguntar a vos, eh?

—¿Qué tengo que ver yo?

—¿No sos mi mejor amigo?

—Rita nunca tuvo un aborto —dice Alberto—. Era virgen cuando nos casamos. ¿Nos tiene que dar vergüenza?

Por primera vez en mucho tiempo, Alberto le ha dicho a Vicky algo de su matrimonio. También por primera vez en mucho tiempo, fuera de su casa, ha pronunciado el nombre de su mujer. Y le suena como si lo hubiera dicho otro.

—No importa cuántos me hice —sigue Vicky—. Importa lo que sentí. En el primero, me apiolé de que no quería al padre, y además, de que no estaba preparada. En el segundo, no sabía quién era el padre. Y aunque podía estar más preparada, me sentía insegura. ¿Te cuento el tercero?

—Si querés.

—Hoy me arrepiento. De los tres me arrepiento. No me causa gracia que los chicos de Lili me llamen tía. Yo no quiero ser tía, Loiacono. Pero me parece que la chingué. Y que es tarde. Hoy, si me preñaran, lo tendría.

—¿Y tu amiga?

—Lili no puede tener más. Ya el segundo embarazo le vino complicado. Después de Brian no puede tener más. Se lo dijeron los médicos.

—¿Y qué va a hacer?

—Dice que va a tenerlo, sea como sea.

—¿Y el marido?

—Javo está rayado. Hoy le dice que tiene que abortar. Mañana, que van a tenerlo. También hoy dice que se va a curar. Y mañana vuelve a la merca.

Alberto saca un envase de chicles y le tira un Vivident a Vicky. No entiende cómo Vicky puede masticar chicles y fumar al mismo tiempo.

—¿Y vos qué pensás? —pregunta Alberto.

—Estoy rayadísima. Hoy quedé en comer algo al mediodía con Lili —dice Vicky—. Y a la tarde me voy a encontrar con Javo para tomar un café. Estoy en el medio, ¿entendés? La Celestina soy. Flor de tarada.

—¿Y tu madre qué opina?

—¿Mi madre? —se sonríe Vicky—. ¿Pero vos te pensás que mi madre está al tanto? Es como si le contaras a mi hermano de operaciones bursátiles. Esos dos viven en el limbo. Una leyendo vademécums de los remedios y el otro sus libritos de Kier. No me jodas.

—Te están usando, Vicky. Todos te están usando.

—Nadie usa a nadie. Cada uno toma lo que puede.

—Tan omnipotente sos.

10

Y después, este lunes, *muy lunes*.

Alberto se despierta antes de que suene el reloj. Se levanta con sigilo. Baja la alarma del reloj. Descalzo, en pijama, se pone un pulóver y va hasta la cocina. Llena una pava, prende un mechero. Pone la pava en el fuego. Se encierra en el baño, se afeita. Cuando sale, el agua ya está hirviendo. Se hace un té. Se lo sirve y se queda contemplando el vapor de la taza.

Rita entra en la cocina.

—¿Te sentís mal? —le pregunta.

—No.

—¿Te pasa algo?

—No.

—¿Seguro que no te pasa nada?

—¿Qué me puede pasar?

—Como estás tomando té.

Rita prepara el desayuno de los chicos. Como todas las mañanas, cuando Lautaro y Maximiliano se sientan a la mesa, Alberto los observa con ternura. Y una tristeza fuerte lo punza cuando piensa en la separación. Como todas las mañanas, al despedirse de ellos, ya con los guardapolvos puestos, piensa que este beso que le dan sería el último en mucho tiempo si él decidiera no volver esta noche a la casa.

El viaje en colectivo. El viaje en subte. Las cuadras que camina por Florida. Dobla por Tucumán. Dobla por Maipú. Su entrada a la oficina. Como siempre, es el primero en llegar. Hoy es muy como siempre, piensa.

A las diez menos cuarto llega Mister Perry. No puede ser que Vicky no esté en su lugar de trabajo. Renegando, Mister Perry se mete en su oficina. Al rato, se asoma. Cuando Vicky llegue, que lo vea, dice. Pero Vicky no llega. A las diez y veinte Mister Perry le grita desde su despacho.

—Albert —le grita.

—Sí, Mister Perry —le dice Alberto.

—Estoy cansado. Hoy mismo le envías el telegrama a tu amiguita. *¿Okey?*

Alberto advierte que Mister Perry ha dicho amiguita con una pronunciación particular.

—No es mi amiguita —dice.

—Tampoco es ya mi empleada. Traé un formulario de telegramas. Albert —le sonríe Mister Perry—. No perdamos tiempo, ¿sí?

—Entonces voy al Correo Central —dice Alberto.

—No —dice Mister Perry—. Perderías toda la mañana. Y yo te necesito aquí. Mejor, cuando ella venga, que ella vaya al correo. ¿Okey? Es más práctico.

—¿Algo más?

—No, *thanks.* Cuando tengas la traducción del folleto de desfoliadores, quiero verla.

—Sí, Mister Perry.

Alberto está todavía con el picaporte en la mano cuando Mister Perry lo vuelve a llamar:

—Albert, *come here, please.*

—Sí.

—*Sit down, please.*

Mister Perry le alarga sobre el escritorio un atado de Camel sin filtro.

—Sabe que no fumo, Mister Perry.

—Uno sabe que alguien no fuma. A partir de este dato, uno pude inducir que sabe algo del otro. Pero, *who knows.*

Nobody knows anybody. Nobody.

—*Nobody,* Mister Perry.

—¿Cuánto hace que te acuestas con ella?

—Vicky es mi compañera de oficina —dice Alberto, y su respuesta es inmediata—. También, mi mejor amiga. Pero nada más.

—Albert —le dice pensativo Mister Perry—, esa chica no es un buen elemento. Solo puede traerte problemas. En inglés hay un término para las que son como ella.

—No me interesa saberlo.

—Cometes un error. *A real mistake.*

—Creo que usted se equivoca, Mister Perry —dice Alberto, sin acercarse al escritorio del jefe—. Hay cosas que usted ignora sobre ella. Es una chica valiosa.

—¿Cuánto hace que te acuestas con ella?

—Me ofende, Mister Perry. Y la ofende a ella.

—*Come on*, Albert. A mí, no.

—Palabra de honor, Mister Perry.

—Te diré una cosa, Albert. Si no te acostaste hasta ahora con ella, eres un tonto. Y si no te acuestas con ella esta noche, *another one* se la fifará. ¿*Okey*?

—¿*Okey* qué?

—En inglés hay un término también para los que son como vos, Albert. ¿Quieres enterarte?

—Preferiría no hacerlo.

—Okey. Traeme ese folleto cuando lo tengas.

Después, al sentarse en su silla, Alberto murmura:

—*Fuck you.*

Y al decirlo, piensa que esa es una expresión de Vicky. Otra de las tantas expresiones de Vicky, especialmente después de cada uno de sus encontronazos con Mister Perry. *Fuck you, muy lunes*, murmura y mira el teléfono, ansioso.

Le tiene que haber pasado algo, piensa. Un accidente, piensa. Quizá Vicky está muerta. Lili está muerta. Brian y Eric están muertos. Y Javo también. Javo hizo una masacre. Y después se mató. Pero de todas estas muertes la única que le pesa es la muerte de Vicky.

A lo mejor, no pasó nada en lo de Lili. A lo mejor tuvo un problema con su madre. La semana pasada Vicky le habló de que su madre tenía que hacerse unos análisis. Tomografías, ecografías, le dijo Vicky.

—Albert —llama Mister Perry.

Alberto entra en su despacho.

—Vicky tenía que darme hoy una carpeta de presentación de *la compañía*. ¿Tienes idea si avanzó al respecto? Hoy tengo un *meeting*.

—Me voy a fijar, Mister Perry.

—Será mejor que la carpeta esté lista para las tres de la tarde, Albert. Mejor para todos. Y especialmente para tu amiguita. Porque de lo contrario, voy a *beat the shit out of her*.

—Veré qué puedo hacer, Mister Perry.

Hoy es más lunes que nunca, piensa Alberto. Demasiado lunes. Se pone a revisar el escritorio de Vicky. Ni señales de la carpeta de presentación. Todo lo que se le ocurre hacer es sentarse él a ordenar una carpeta. Así, piensa, va a ganar tiempo. Y cubrir a Vicky.

Mientras apura la redacción del folleto de los desfoliadores, mientras revuelve en el archivo y dispone los datos necesarios para una presentación pasable de *la compañía* —currículum de Mister Perry, avisos, premios, festivales y congresos en los que participó—, está pendiente del teléfono. Podría llamar a la casa de Vicky, pero si Vicky no pasó la noche allí, alarmaría inútilmente a su madre. También piensa que podría llamar a lo de Lili, pero no tiene el teléfono. No puede ser que no tenga el teléfono de Lili. Tiene que estar anotado en alguna parte entre las cosas de Vicky. Revuelve sus cajones, sus borradores y sus casettes. Y nada.

Al mediodía, antes de bajar a almorzar Mister Perry le pregunta:

—¿Cómo está la carpeta? La preciso a las tres.

—Quédese tranquilo, Mister Perry.

Alberto no baja a almorzar. Trabaja en el ordenamiento de la carpeta. Siente una puntada en el estómago. Piensa que debe ser el café. Mira el reloj. Y cuando está encuadernando las páginas de la carpeta son las dos y media pasadas.

Oye el ascensor y entra Mister Perry.

—¿Está la carpeta? —le pregunta.

—Está —le contesta.

Mister Perry va al baño. Cuando sale, perfumado, con aliento a dentífrico, le dice:

—Tal vez no vuelva a la oficina después de la presentación —ojea las carpetas—. Pero mañana, a primera hora, quiero sobre mi escritorio el telegrama de despido de tu amiguita. ¿Okey?

—Quizá le pasó algo, Mister Perry.

—A todos nos pasa algo, Albert. *Especially on mondays, more than other days.* Mañana, el formulario, *you know.*

—¿Y el folleto? —pregunta Albert, como si con esto pudiera desviar la represalia de Mister Perry.

—También mañana. Arriba, el formulario. Debajo el folleto. Lo primero es lo primero, Albert. Y tu amiguita, *it's over.*

Alberto se queda solo.

Pensar que este lunes que venía tan lunes como tantos lunes ha terminado en demasiado lunes, piensa Alberto. Piensa también en el viernes, cuando la acompañó hasta la esquina de Córdoba y Maipú. Piensa que quizás esa fue la última vez que vio a Vicky y no lo supo. Si Vicky hubiera tenido un problema, habría avisado, piensa. *Vos, de verdad, sos mi mejor amigo, Loiacono.* Y sabe que este lunes no es un lunes más. Tiene categoría de fecha inolvidable. Porque está seguro de que no volverá a verla. Sin embargo, espera. El teléfono sigue sin sonar. *En este cementerio nunca pasa nada.* No puede dejar de esperar. Piensa que si a las seis y media no tuvo noticias de Vicky, irá a su casa. No, se corrige, mejor a la casa de Lili. Y si Vicky llega a estar en lo de Lili y le pregunta cómo sabía que estaba ahí, seguro que se le ocurrirá alguna justificación.

Tal vez si hubiera actuado de otra forma, piensa, ahora todo sería distinto. Cree entrever chances que tuvo, ocasiones en las que pudo confesarse con Vicky. Pero las desperdició. Y ahora que son más de las cinco, se dice, tal vez es tarde para todo. *Soy grandecita, Loiacono. Y sé cuidarme sola.* Para todo.

Alberto cruza los brazos sobre el escritorio, apoya en ellos la cabeza. Debe tener fiebre. Cierra los ojos, aprieta los párpados. Es el final, piensa. Un hombre tiene pocas oportunidades en su vida. Una, dos, tres. Cuatro, a lo sumo. Y si las desaprovecha, está listo. Se pregunta cuántas veces pudo decirle a Vicky lo que sentía. Al hacer memoria, hay situaciones que cobran un sentido revelador. Toda su vida es una repetición de y síes.

El teléfono lo arranca de su silla. Levanta el tubo antes de que termine de sonar por segunda vez.

—Hola —dice.

—¿Loiacono?

No hace falta que Lili diga:

—Habla Lili —para que Alberto sepa que es ella.

—Hola —repite Alberto.

—¿Podemos hablar?

—Por supuesto, claro. —Se apura:— ¿Cómo está Vicky?

—Vicky está bien.

—¿Qué pasó?

—Por teléfono no —dice Lili—. Personalmente.

11

Alberto le menciona a Lili una confitería en la esquina de Tucumán y Carlos Pellegrini: Nebraska. Le basta entrar para darse cuenta de que eligió un lugar poco indicado, de putas.

Pero es tarde. Lili está sentada en un rincón.

—Hola —la saluda Alberto, y se inclina para darle un beso.

—¿Cómo estás? —le pregunta ella.

Aunque la pregunta no exige una respuesta, Alberto le dice:

—Bien, un poco preocupado —y se explica, como si Lili se lo pidiera—: por Vicky.

—¿La querés mucho, no?

—Sí —dice Alberto, confundido—. Es mi mejor amiga.

—Está todo bien. Para mí también lo era.

Lili es flaca, rubia, de pelo largo, pecosa, tiene la piel casi translúcida. Sus labios son delgados, violáceos, y le tiemblan al hablar. Porque cuando habla su aspecto es de una fragilidad que impresiona a Alberto. Lili parece haber pasado sin escalas de la adolescencia a la vejez prematura. Tal vez todo esto se deba a cómo se viste, un chalequito de gamuza sobre una camisola, un vestido suelto pasado de moda y sandalias de cuero. Una yisca le cuelga del hombro. De la yisca, cuando Alberto se sienta a la mesa, saca un paquete de Particulares y una carusita.

—No debería fumar —dice— en mi estado.

Alberto no puede evitar mirarle los pechos, caídos y protuberantes, los pezones punteando la camisola.

Lili hace chasquear la carusita:

—Pero de algo hay que morir, ¿no? —le pregunta.

—El tabaco no es bueno para la criatura —dice Alberto—. Se lo transmitís, ¿sabés?

—No digas —sonríe Lili. Alberto le ve un diente partido—. Vos debés ser un buen padre. —Y pregunta:— ¿La querés?

—Hace más de diez años que estamos juntos.

—No hablo de tu mujer. Hablo de Vicky.

Esta mujer no es Vicky, piensa Alberto. Pero tiene la frontalidad de Vicky. Se encoge en la silla. Se cruza de piernas y mira hacia la barra. El mozo está de espaldas.

—Un bar de gatas —dice Lili—. Aquí se encontraban, ¿no? Venían, digo.

Cuando Alberto dijo la Nebraska no pensó que era una confitería de putas. Ni siquiera lo pensó. En el local semivacío, las putas se aburren, intercambian señas y comentarios cortos. Pero ya es tarde, se dice. Además, vino a averiguar qué le pasó a Vicky, y no a hablar de su matrimonio.

—¿Qué le pasó a Vicky? —pregunta.

Lili no le responde. Ahora el mozo está parado frente a la mesa.

—Una coca —dice Alberto.

—Y un vodka con tónica —pide Lili—. Doble el vodka.

Y hacia Alberto:

—Si me aguantás.

—Te aguanto.

—La querías mucho, ¿no?

—¿A Vicky?

—No nos encontramos para hablar de Rita.

—Rita es mi señora.

—Y tienen dos nenitos hermosos. Lautaro y Maximiliano. No te calientes, Beto. También yo tengo dos nenes hermosos.

—No me llamo Beto.

—Vicky decía que te llamaba Beto.

—Nadie me llama Beto, desde que era pibe.

—Pero sí Vicky.

—¿Dónde está Vicky?

El mozo le sirve el vodka a Lili en un vaso de trago largo. Alberto contempla la operación en silencio, esperando. Después, Lili llena el vaso de hielo y le echa un chorro de agua tónica. Toma con la punta de los dedos una rodajita de limón y la exprime.

—Tu amante está con mi marido —dice Lili, levantando el vaso—. Salud, pibe.

—No puede ser.

—¿Qué no puede ser?

—Vicky era tu mejor amiga.

—Mi mejor amiga. Y la tuya. Pero te encamabas con ella, man.

—No.

—Vamos, pibe. A mí, no.

Alberto la mira beber. Lili toma con tragos cortos pero seguidos. Se pasa la punta de la lengua por los labios. Después agarra un cigarrillo, lo corta casi en dos y golpea el filtro contra la mesa. Juega con la carusita antes de prenderlo. Se toma su tiempo.

—Se rajaron esta mañana —le cuenta Lili—. A Brasil. En micro. Me dejaron una cartita, cada uno por su lado. Conmovedoras ambas. ¿Querés leerlas?

—No.

—Las tengo conmigo. Puro bolero, Beto. ¿Vos viste algo peor que el bolero?

Lili revuelve en la yisca y pone sobre la mesa dos hojas de cuaderno escolar.

—Te leo. *Hermanita: no sé cómo explicarte. El tiempo, que nada lo cura, puede contribuir al olvido. Lo único que te pido que no olvides es que voy a seguir siendo el creador de esos seres maravillosos que engendramos juntos. Con Vicky nos rajamos a Brasil en bondi. Los chicos, sé, podrán comprender, a su tiempo, porque el tiempo lo es todo, que su padre volverá. El amor tiene una fuerza que nos contiene a pesar del dolor. Si te llamo hermanita es porque nuestro amor es de hermanos. Me hubiera gustado hacer todo mejor, pero no pudimos. Cuando nos encontramos éramos vagabundos del afecto. Nos dimos lo que podíamos. Para mí vas a ser siempre la tierra. Y espero que lo seas, en todas nuestras encarnaciones, junto con Eric y Brian. No te pido perdón porque jamás creímos en la culpa, hermanita. Lo nuestro fue, pero seguiré siendo el creador de Eric y Brian. Cuando todo se arregle, te juro, encontraremos todos la armonía.* Firmado: *Javo.* Posdata: *No llores por mí, Argentina.*

—¿Y Vicky?

—Vicky —dice Lili pasando a la otra hoja de cuaderno—. Es lo único que te interesa, ¿no?

—No puedo creerlo.

—¿Qué no podés creer? ¿Querés leer vos?

Alberto toma la hoja de cuaderno:

Lili, amiga del alma: Los hechos superan las palabras. No sé cuándo empezó esto. Pero no puedo seguir engañándome y tampoco a vos. Se me cae la cara de vergüenza. Soy consciente de todo el dolor que sentís. Y del que te causo. Pero todo este rollo me sobrepasó. Amo a Javo con locura. Y no puedo darme el lujo de perderlo. Aunque te suene jodido. No sé a dónde conduce nuestra historia, no sé cuánto tiempo va a durar, no tengo la más puta idea de lo que sigue de aquí en más. Pensá lo que quieras de mí. Lo más terrible que pienses, es en cierto modo justo. Hay algo peor que vivir con la hipocresía. Y es ser hipócrita. No me preguntés cómo y cuándo empezó todo. No tengo la respuesta. Pero estoy segura de que en mi lugar hubieras actuado igual. Quizá, lo hubieras hecho más de frente. Yo no tengo tantos ovarios, Lili. Confío que le vas a explicar a mi vieja, ya que no a mi hermano. Porque vos, en mi lugar... Estoy llorando. Pensá lo que quieras. Soy la culpable. Vicky. Posdata: *Si lo ves a Loiacono decile que yo siempre supe.*

—¿Y? —le pregunta Lili.

—¿Qué quiere decir que siempre lo supo?

—Si no lo sabés vos, que te acostabas con ella.

—No es cierto —dice Alberto—. No es cierto.

—Vamos, a mí no —dice Lili. Y muestra su diente roto—. ¿Me aguantás otro trago?

—Vicky era mi compañera de oficina —dice Alberto—. Mi mejor amiga era.

—¿Llamás vos al mozo?

Alberto se recompone. Le devuelve a Lili la carta de Vicky. Llama al mozo.

—No tomaste tu coca —le marca Lili.

Alberto llena su vaso, lo toma de golpe y cuando viene el mozo ordena otra vuelta.

—No es justo —dice.

—La vida es una madeja —se sonríe Lili. Y su sonrisa es mitad ingenua y mitad borracha—. El que ama se deja.

Alberto la mira. Lili es un poco Vicky, pero no tan Vicky como para ser Vicky. Para colmo, en la confitería los parlantes están pasando *E penso a te* de Lucio Battisti. Quizá, si le contara todo esto a Vicky, incluyendo la canción, Vicky se reiría. *Claro, ¿cómo no te va a gustar? No te puede no gustar. Si está hecha para tipos como vos.*

—La verdad, Beto —le dice Vicky—. ¿Cuánto hace que te encamabas con ella?

Alberto sonríe. Mira el trago de Lili, la coca-cola, el paquete de Particulares, la carusita, da vuelta la cara hacia la calle. Y la sonrisa se le ensancha con tristeza:

—Desde el primer día que entró en la oficina.

Lili le quita el celofán al paquete y empieza a modelar un muñequito.

—¿Cojía bien? —pregunta.

—¿Importa eso?

—¿A vos qué te parece?

Durante un rato se quedan los dos callados, mirando hacia la calle.

—¿Y si me hago gata? —pregunta Lili.

Las putas están sentadas contra las vidrieras. Todas tienen un vaso delante, un vaso que apenas tocan. Todas mastican chicle. O al menos eso le parece a Alberto. Todas, también, de vez en cuando, los consideran con una mirada entre la indiferencia y el rencor. Lili y él les deben parecer una pareja que se está amigando en la semipenumbra amarronada de la Nebraska.

—Dejame probar —le dice Alberto—. Tengo ganas.

Se lleva a la boca el vaso de Lili. Toma un trago largo. Y después otro.

—Vicky me dijo que habías dejado.

—¿Qué más te dijo?

—Que te habías limpiado de merca y de alcohol.

—Eso te dijo.

—¿Es cierto?

—Estoy limpio en parte.

—¿Querés fumar?

—No me gustan los negros.

—No digo tabaco.

Afuera es de noche. La avenida 9 de Julio brilla. Hace calor. Quizás está por llover. Lili lo agarra del brazo y cruzan a una plazoleta.

—¿Lo hacemos aquí? —le pregunta.

—Quisiera caminar.

—Bueno.

Los dos caminan por Carlos Pellegrini hacia el sur. Dejan atrás los neones del Obelisco y siguen. Lili camina pegada a él. Alberto piensa en Vicky y no piensa en Vicky, piensa en Rita y no piensa en Rita, piensa en Lautaro y Maximiliano y no piensa en Lautaro y Maximiliano, piensa en Eric y Brian y no piensa en Eric y Brian. Y piensa en Javo y no piensa en Javo. Piensa en todos, pero no piensa en ninguno. Porque nadie pensó en él, piensa.

—Un porrito no te va a hacer nada —le dice Lili.

—No, nada.

—La querías mucho, Beto.

—No me llamés Beto.

—¿Y cómo querés que te llame?

—Mi nombre es Alberto Loiacono.

—¿Loiacono? Te gusta que te llame Loiacono.

—Vicky también me llamaba así.

—Entonces Alberto.

—Alberto me llama mi mujer.

—Sos difícil, eh.

—¿Te parece?

Doblan por Chile hacia el Bajo. Las calles están oscuras. Hay pibes en las esquinas. El calor del día se acumuló expulsando a los inquilinos de los conventillos a las veredas. Quien los mira puede pensar en una pareja de enamorados, piensa Alberto. Ahora lleva a Lili del hombro. Su mano baja acariciando su brazo desnudo. Lili tiene una piel suave.

—¿De dónde son los Loiacono?

—Del sur.

—Todos los italianos son del sur.

—¿Y vos?

—Abuelos alemanes y napolitanos.

—Linda mezcla.

—Sí, una cornuda y un corneador corneado.

—¿Te duele tanto?

—Me jode, man.

—¿Querés que te lleve a tu casa?

—Hoy me tomé la noche libre. Dejé los chicos en lo de mi cuñada. ¿Vicky te habló de Robi?

—Vicky me habló de todo.

—Menos de que curtía con Javo.

—Lo intuía. Pero yo estaba casado. Quizá, si me hubiera separado, las cosas hubieran sido distintas. Vos no hubieras perdido. Hubiera perdido Rita. Siempre alguien pierde.

—No siempre. Por ahí, nosotros ganamos.

Ahora caminan por Defensa, hacia el Parque Lezama. De los conventillos les viene un olor de moho y fritanga de ajo. Pasan por una pizzería y los dos tienen una tentación de hambre. Pero Lili le dice a Alberto que esperen a fumar el porrito. Y siguen caminando.

La noche se ha vuelto más caliente en las calles de San Telmo. A veces, al pasar por un zaguán, se detienen a espiar y reciben una bocanada del calor que se espesó durante el día.

Una ola de calor se apoderó de la ciudad en estos días. En la noche de este lunes el anticipo del verano puede disolverse de pronto con una tormenta. Pero Alberto en lo que menos piensa es en la tormenta.

—*El que pierde gana* —dice—. Siempre.

—Vicky me decía que vos eras muy lector —dice Lili—. ¿Eso quién lo dijo? Dame una pista.

—Las pistas no sirven, Lili.

De golpe, Lili se le adelanta y se le para enfrente. Esta reacción lo toma de sorpresa.

—Dame un beso —le pide.

Alberto se inclina, le toma el cuello con las manos y siente la lengua de Lili en su lengua.

—No deberíamos —dice—. No corresponde.

—¿Por qué?

Pero Lili es ahora la que le toma la cara en sus manos y le da un beso prolongado, dulce, caliente. Lili tiene gusto a alcohol, a cigarrillo negro, pero su beso es tan aliviador que Alberto se queda quieto, dando y tomando aliento, quieto, muy quieto. Lili tarda en separar su boca de la suya. Un resto de saliva los une antes de que ella eche atrás la cabeza y le pregunte:

—¿Estás bien?

—Está todo bien.

—Qué bueno —dice Lili, entrelazando sus dedos con los suyos—. Yo también estoy bien. Años que no me sentía así.

—También yo.

—¿Y sabés por qué?

—Porque no hay como dos perdedores para ganar.

—*Porque te tengo y no.*

—*Porque te pienso.*

—*Porque la noche está de ojos abiertos.*

—*Porque la noche pasa y digo amor.*

—*Porque has venido a recoger tu imagen.*

—*Y eres mejor que todas tus imágenes.*

—Vicky me contó que la llevaste a ver *El lado oscuro del corazón* —dice Lili, con lágrimas—. Y que eras fanático de Benedetti. Yo pensaba, te lo juro, será un kitsch, pero por qué no me toca a mí un tipo como ese. Y lo miraba a Javo. Dios le da pan a quien no tiene dientes. Y la miraba a Vicky. Una vez leí que la puesta del sol es la aurora en otro sitio. ¿No es cierto?

—¿Te gusta Benedetti? —pregunta Alberto, por preguntar, mientras cruzan hacia el parque.

—¿Quién no tuvo su época Benedetti? —le devuelve Lili—. ¿Y quién no tuvo su época Sabato? Mirá dónde venimos a parar, Beto. ¿O preferís que te llame Alberto?

—No sé —dice Alberto.

—Vení —lo guía Lili—. Vamos a buscar un sitio piola.

En las sombras buscan un banco. Lili hurga en la yisca:

—Tené —le dice, pasándole un deforme caramelito envuelto en aluminio. Pero no es un caramelito.

Después Lili saca papel de armar, le pide el fumo y, con habilidad, empieza a liar el cigarrillo. Pasa la lengua por el borde de pegamento. Retuerce una punta. La prende con la carusita y le da una pitada ansiosa.

—Es de la buena —dice—. De la buenísima.

—Te creo.

—Vicky me contó que eras un reventado. No quiero volverte a la perdición, Alberto. Pero un porrito no le hace mal a nadie.

—Completamente de acuerdo —dice Alberto.

Agarra el porro con la punta de los dedos. Imita la manera de fumar de Lili. Aspira y retiene el humo. Se demora en expulsarlo. Pita una y otra vez.

—¿Cuánto hace que no fumabas?

—Siglos, una eternidad —dice—. Fue en otra vida.

—Todo fue en otra vida. Yo también fui.

—¿Qué fuiste?

—Estoy segura que no fui. Pero alguna macana debo haber hecho en otra vida. Y ahora tengo que pagar.

—¿Cómo estás?

—Ahora bien. Está todo bien.

Se pasan el cigarrillo. Cuando le toca el turno, Alberto lo retiene más que Lili. Y se ríe. Primero, se ríe despacio. Y después, a carcajadas.

—Pará, loco —lo abraza Lili—. Estamos en la vía pública.

—En la vía láctea estamos —le dice Alberto, abrazándola—. Perdiste, perdí, perdimos. Y ganamos. La vía láctea, Lili. Es nuestra.

—Te pegó fuerte —dice Lili—. Te dije que era de la buenísima.

—La vía láctea.

—La que se perdió Vicky —dice Lili.

—Y Javo —le susurra Alberto besándola, oliéndola en el cuello, debajo de la oreja—. La vía láctea.

—Me estoy quemando los dedos.

—¿Tenés más?

—Estás dado vuelta.

Alberto se endereza en el banco:

—Armá otro, Lili —dice—. Está todo bien.

—¿No tenés hambre?

—Sed tengo.

—Por aquí debe haber un bebedero.

—Antes armá otro.

Lili hurga de nuevo en la yisca.

—Yo tengo hambre.

—Hacemos otro porrito —le dice Alberto—. Y después...

—¿Después qué?

Lili arma el porro en la oscuridad. Alberto mira a lo lejos. Ve luces en el fondo de la arboleda negra.

—Tomá —le dice Lili.

Alberto fuma circunspecto.

—La vía láctea sos vos —dice.

—Qué fuerte —Lili le acaricia la cara.

Los ojos de Alberto se pierden en los de Lili. Alberto la besa. Su lengua busca la de Lili. Después, despacio, su lengua empieza a bajar por su cuello, por la clavícula y, bajándole el escote, lame tratando de llegar a los pezones, pero como el escote no es tan pronunciado, desgarra la tela. Lili se resiste ahora. Pero él se empecina en retenerla y su lengua, sin parar, sigue lamiendo.

—La vía láctea —susurra Alberto, engolosinado—. Mi vía láctea.

—Cortala —lo rechaza Lili, con firmeza pero sin violencia—. Vamos a buscar agua.

—No quiero agua.

—Si te mojás la cara y las muñecas se te pasa.

—Tengo otra sed.

—Vení —le dice Lili, tendiéndole una mano—. ¿Podés caminar?

Alberto se deja llevar. Puede oír el susurro de las hojas en las copas de los árboles, el chasquido de los pasos en el pedregullo, el rumor del tráfico en la barranca del parque. De nuevo divisa las luces. Y corre hacia ellas. Corre encandilado. Corre. Pero Lili no lo sigue. Y cuando gira para buscarla con la mirada pierde el equilibrio y, desmadejado, rueda barranca abajo, golpeándose la cabeza hasta que se lo tragan las estrellas y las sombras.

Historia clínica

1

A partir de los cincuenta años los trastornos de la próstata son comunes en el hombre. Hay enfermedades no prostáticas cuyos síntomas se superponen a los de la próstata y los ocultan. Y hay también enfermedades con síntomas similares a trastornos de la próstata, pero que son de otra índole. Para efectuar un diagnóstico correcto, los médicos deben hacer un planteo general de la enfermedad, contando con los datos que puedan aportar, además del paciente, sus familiares. En la obtención del diagnóstico se recurre a todos los medios disponibles: análisis, radiografías y exploraciones instrumentales. Es preciso descubrir el carácter benigno o maligno de la dolencia prostática, como también su repercusión sobre el estado general del paciente y, en particular, sobre sus vías urinarias. Una vez que se reunieron todas estas informaciones, se configura su historia clínica.

Cuando hay presencia de sangre en la orina, cuando el paciente llega a un estado de retención aguda del líquido con intolerancia a la sonda, cuando los cálculos pueden llegar a taponar la uretra, cuando se encuentran piedras de gran tamaño que obstruyen los conductos, cuando se producen infecciones o abscesos, consecuencia de la acumulación de pus, entonces se requiere la intervención quirúrgica.

Tu padre, en los últimos meses, tiene necesidad de orinar, de día y de noche, en forma cada vez más frecuente. Pero al llegar al baño siente, con las ganas imperiosas de orinar, un ardor intenso, unido a la disminución del calibre y la fuerza del chorro de salida. Al terminar tiene goteos. Y muchas veces, después de pasarse un rato largo encerrado en el baño, se queja de no haber podido, puteando por esa sensación punzante que no lo abandona.

Ahí está tu padre en la mañana de este viernes de agosto, con sus sesenta y ocho años, mientras le meten la sonda, tendido en la camilla de urodinamia, en el tercer piso del Hospital Cosme Argerich. El resultado de este análisis dirá si es necesario operarlo o no.

2

En 1976, cuando tenía cincuenta y tres, tu padre era periodista en la oficina de prensa de la Municipalidad. Después de una vida de sobresaltos, este parecía ser el empleo en que más duraría. Había alcanzado la subjefatura de la repartición. Trabajaba a la vez en un programa nocturno de radio, uno de esos que pasan tangos, y en un micro televisivo de economía y exportación. Pero lo importante, decía, era su puesto en la Municipalidad. Porque le había permitido finalmente dedicarse a lo suyo, que era escribir. Ya había publicado una novela policial y apuraba los últimos capítulos de la continuación. El año anterior, con una obra de teatro, había ganado un premio municipal. Era evidente que se había asentado en el trabajo y que ahora podía dedicarse a lo que siempre había querido. Escribía temprano por las mañanas, en su casa, y también por la tarde, en los momentos libres de la repartición. Te impresionaba, al verlo escribir, la fuerza con que golpeaba las teclas de la máquina. Escribía con todo el cuerpo. Esa energía violenta que desplegaba te hacía acordar a cuando era sastre. Entonces vos tenías diez años y él treinta y cinco. Cada una de las puntadas que daba era un jab. Sus movimientos eran de boxeador, no de costurero. Ahora, al escribir, liberado del peso que había representado para él ese oficio humillante, según contaba, su fuerza se había renovado. Cuando hacía una pausa al escribir después de un silencio volvía a la carga sobre las teclas y su vigor parecía aumentar. En esa época, que él llamaba de inspiración fecunda, a menudo lo ibas a buscar a la oficina para tomar un café en alguno de los bares de Avenida de Mayo. Él te citaba a Anatole France: *El artista debe prenderse a la ubre del Estado,* decía. En marzo, al cumplir cincuenta y cuatro dijo: *La plenitud de un creador llega a esta edad.* Y seguía aporreando las teclas sin parar.

En marzo de ese año los militares dieron el golpe. La jefatura de la repartición quedó vacante. Era un cargo político. Tu padre, funcionario de carrera, tenía objeciones y reparos para ocuparlo. Asumir ese cargo era ser un fusible, y él no quería perder la seguridad que tantos años le había costado lograr; ese puesto burocrático que, como decía, lo dejaba concentrarse en su obra. A pesar de su resistencia al cargo, las autoridades militares lo nombraron interinamente en la jefatura, aunque poco después lo efectivizaron en el cargo.

Meses más tarde fue víctima de un episodio que precipitó su caída y posterior enfermedad. A través de un sumario, fue acusado de usar los móviles de la repartición con fines personales. En el mismo sumario se lo acusaba también de expresarse en forma indebida frente a una subalterna. Nada de eso era verdad, te dijeron mucho después algunos de sus compañeros. Le habían hecho una cama, te dijeron. Los móviles de la repartición habían sido usados por unos nuevos acomodados. Y la empleada que había testimoniado en su contra era una recomendada, protegida por el brigadier que ahora usufructuaba la Intendencia. Fue entonces, en esos primeros meses de la dictadura, que tu padre sufrió una isquemia. Un médico denominó técnicamente el ataque como un infarto cerebral. Tu padre perdió parcialmente el habla, se le endurecieron un brazo y una pierna. Ese hombre que se enorgullecía de haber encendido asambleas gremiales con la pasión de sus palabras y sus gestos, tenía que conformarse ahora con una tartamudez pegajosa, con ademanes lentos y torpes. En estas condiciones, ni siquiera ensayó una defensa.

Mientras su licencia por enfermedad se alargaba, la Municipalidad le informó la sanción que le correspondía. Lo trasladaron a una oficina barrial de mantenimiento y suministros, como empleado simple. Durante la licencia, que se le renovaba periódicamente, luchó por restablecerse. Cuando se duchaba, con agua fría, como era su costumbre, cantaba tangos con pronunciación defectuosa. Pensaba que ese ejercicio le devolvería el habla normal. Por las mañanas se lanzaba a caminar por el Parque Avellaneda durante horas, confiando que la gimnasia le ayudaría a vencer el endurecimiento del brazo y la pierna. Después se propuso ir a trabajar a esa oficina a la que había sido derivado. *Habría que poder darse cuenta de que las cosas no tienen remedio, y estar decidido, sin embargo, a modificarlas*, subrayó en un libro. A su manera, pretendía no entregarse del todo a la desgracia. Hablando con dificultad, rengueando, procuraba rescatar la energía y la potencia apagadas. Pero su derrumbe había empezado. Y no iba a detenerse en los años que siguieron, complicándose con nuevas isquemias, problemas circulatorios y una arterioesclerosis precoz.

No obstante, cada tanto, en los primeros tiempos de su enfermedad, se sentaba frente a la Lettera 22 en el galpón del fondo y arremetía contra las teclas. Ese galpón había sido su taller de sastre. La máquina estaba sobre la mesa sostenida por caballetes que, años atrás, había servido para cortar telas, coser y planchar. Se proponía escribir un libro de cuentos. En su mayoría, relatos autobiográficos, historias de su infancia y juventud, anécdotas de iniciación, sexo escabroso, con las tintas cargadas. Escribía sobre las calles de tierra de Mataderos, el olor fétido de las curtiembres, muchachos que caminaban por los bordes de la ley, el descubrimiento de la ciudad y sus personajes, casi todos fracasados, hombres y mujeres encallecidos, debatiéndose por tocar alguna zona de pureza, recreados en un estilo entre naturalista y arrabalero. Llegó a terminar un primer borrador. Había afasia en la escritura, porque ahora sus dedos se equivocaban al golpear las teclas, errando a menudo las letras.

Te preguntabas por qué tu padre no había renunciado, en lugar de aceptar esa jefatura. Siempre se había jactado de menospreciar los cargos. Una cosa, según él, era la ubre del Estado y otra engrupirse con el poder de la burocracia. Durante los años que estuvo en la oficina de prensa de la Municipalidad se había relacionado con tipos que estimaba. Algunos tenían entonces cierta fama y prestigio, la publicidad transitoria que dan los medios. A todos ellos los consideraba sus amigos, aunque, como se vería después, con su enfermedad, esta apreciación no era recíproca. Alrededor de todo funcionario hay siempre una corte de adulones y chupamedias que persiguen tal o cual favorcito. Tu padre, pensabas, los había tomado en serio. Interpretó esas complicidades interesadas como amistades. En el fondo, te decías, lo había seducido ese poder chico y temporal que da una función pública. Ahora, después del ataque, se encontraba solo y olvidado. Pero también podía haber otra explicación de su aceptación de la jefatura. Quizá, pensabas, tu padre la había aceptado por temor a una represalia, a ser despedido, a quedar en la calle, desocupado otra vez más, a una edad en que no es fácil conseguir empleo. Esta respuesta, aunque te reconciliara con él, tampoco arreglaba demasiado las cosas. Porque tu padre se había quebrado.

3

Lo supiste hace unos meses, por tu madre. Tu padre se hacía encima. Antes de llegar al baño. Después, en el baño, se quedaba un rato largo con una mano apoyada en los azulejos, inclinado sobre el inodoro, esperando y esperando, con la canilla del lavatorio abierta porque, como a los chicos, el correr del agua lo estimulaba. Eso, cuando no hacía afuera del inodoro. Tu madre tenía que estarle detrás, con el trapo de piso. *No tiene puntería,* te dijo. *El pobre perdió la puntería.*

Tu madre y tu hermana lo acompañaron a hacerse los estudios que recomendaban los médicos de la obra social: tomografías, endoscopías y tactos rectales. Pero no estaban satisfechas con la atención de la obra social. En esos días, en la madrugada, horas antes del amanecer, partían a ver a un cura de una iglesia de Palermo. Se decía que ese cura, además de exorcista, era milagrero. Hacía oscilar un péndulo sobre la foto del ser querido que a uno le preocupaba. Con el movimiento del péndulo, el cura apartaba la desgracia. Tu madre y tu hermana se alternaban. Para ir a ver al cura debían levantarse de noche, tomar un colectivo, viajar más de una hora y, después, todavía en la noche, ubicarse en la larga cola de desesperados. Acudían de todas partes, te dijeron. De muy lejos. Pobres de la Provincia y ricos del Barrio Norte. Ellas no solo habían pedido por tu padre. También lo hicieron por vos, por tus hijas y por tu nueva mujer, que estaba embarazada. Por vos, te dijeron, para que no te faltara trabajo. En esos días un cirujano de la obra social les dijo que podía operar a tu padre en forma privada, en una clínica, con láser. Pero esta operación era costosa. Más tarde, a través de un amigo médico, le sacaste turno a tu padre para una consulta con los especialistas de urología del Hospital Fernández, quienes ordenaron, después de más estudios, internarlo y operarlo.

Pero su operación se postergaba. Con los nuevos estudios, y analizando el cuadro que presentaba la enfermedad, los médicos se preguntaron si el cuadro de tu padre no sería neurológico, en cuyo caso la operación sería inútil.

Mientras la internación de tu padre se alargaba, tu madre no hacía otra cosa que lavar y planchar los calzoncillos, camisetas y pijamas que tu hermana le cambiaba a tu padre en el hospital tres veces al día. Se mojaba más seguido. *Deben ser los nervios,* dijo tu madre. Ella no tenía valor para visitarlo en el hospital, decía. La enfermedad le hacía acordar a la agonía interminable de su madre. No podía hacer otra cosa que lavar y planchar. Cuando no lavaba y planchaba, se tiraba en la cama matrimonial, donde permanecía horas en silencio, con los ojos cerrados. *No puedo verlo así a tu padre*, te dijo. Además, ella había empezado a tener olvidos y lapsus. La enfermedad de tu padre había revelado que ella también era una anciana.

La vejez puede matar por desgaste y mal funcionamiento de los órganos, pero también por un aumento de la fragilidad.

Una fractura, una bronquitis, la desaparición de un ser querido bastan para acelerar la caída. La indiferencia aparente de tu madre, su pérdida de la memoria, la debilidad de su capacidad de comprensión, y la agitación súbita que le venía con cada situación imprevista; todo eso indicaba que su tiempo se estaba terminando. Ella le daba la espalda al presente y se sentía obsesionada por un pasado que contadas veces había sido mejor. Sin embargo, ese pasado le inspiraba melancolía: si reflexionaba, si hacía un balance, se daba cuenta de que ese pasado estaba más habitado por recuerdos amargos y frustrantes que por los contados y breves estallidos de la felicidad. Entonces, se anulaba. Porque su pasado, además, había contribuido a que envejecer se pareciera bastante a un desmoronamiento.

Empujada por tu hermana, una tarde ella se atrevió a visitarlo. Cuando terminó el horario de visitas, tu padre se echó a llorar pidiéndole que se quedara. Con su poca fuerza la agarraba de las manos. Después que ella abandonó la salita, siempre llorando, tu padre se arrastró hasta la puerta gritando su nombre. Moqueando, aferrado al marco de la puerta, la llamó sin suerte. La escena no retuvo a tu madre. En el colectivo, de vuelta a su casa, ella se dio cuenta de que se había dejado el abrigo en el hospital, también el bolso con la ropa sucia que tu hermana le había pedido que se llevara.

Una de esas noches fuiste al hospital con tu mujer. A él lo emocionaba su embarazo. Ella se sentó en un banquito junto a la cabecera de la cama. Y él le guiñó un ojo:

—Cuando se vayan voy a correr a la enfermera —dijo sonriendo, sin pronunciar las consonantes.

Esta visita parecía devolverle el ánimo. Al mirar el vientre de tu mujer se le recompuso el optimismo. Aunque, por otra parte, también es cierto que con vos siempre se mostró, se muestra y se mostrará, sólido, resistente, estoico.

También hizo algún comentario sardónico y breve sobre el paciente con quien compartía la salita. Era un viejo villero de Retiro, de piel mate y pelo blanco amarillento. Una de sus piernas, hinchada y con moretones a la altura del tobillo, estaba siempre fuera de las sábanas. A un costado de su cama colgaba una bolsa de plástico transparente, una bolsa de drenaje, conectada a su próstata por un cable también transparente. La bolsa estaba llena de un líquido sanguinolento: orina. Señal de que ya había sido operado. Una buena señal. Porque indicaba que pronto el viejo dejaría esa salita. Antes de la operación, el viejo se sentaba en la cama y meaba directamente sobre los mosaicos.

Desde su internación, a tu padre le reforzaron las dosis de psicofármacos. Por la noche, después de la cena, tomaba un cocktail de lexotanil y dormicum, pero después debieron reducirle la dosis. Tu padre se levantaba para ir al baño, y atontado por los miorrelajantes, tropezaba y se caía. Una de esas noches chocó con la mesa rodante que tenía al pie de la cama y se desplomó. Acudieron a levantarlo los policías de civil que custodiaban la salita de al lado. En esa salita había un preso, un muchacho que se reponía de tres perforaciones de bala. Los policías te dijeron que tu padre se levantaba seguido por las noches. Se levantaba, iba al baño, se acostaba y enseguida volvía a levantarse, te dijeron. Al día siguiente de su caída, tu padre tenía una marca violácea en la frente.

4

Ni tu madre ni tu hermana ni vos habían calculado que estaría tanto tiempo internado, como tampoco que sería sometido a tantos análisis. Y menos aún habían previsto las alteraciones de la rutina y el orden familiar que representa la internación de un pariente, la organización de horarios para turnarse, durante el día y la noche, controlando el suministro de su medicación, el estado de su ropa y la atención de sus necesidades. Comparado con este período, aquel de las consultas y los trámites de su internación, que había durado un mes, parecía corto. Las madrugadas de espera en una cola para retirar número por una consulta y después, tres semanas después, el inicio de los trámites de internación, todo lo que en su momento era entristecedor, desgastante y corrosivo, no fue finalmente tan entristecedor, desgastante y corrosivo como lo que vino después. Porque comparado con aquel período de las colas, las esperas y los trámites entre hombres, mujeres y chicos martirizados por la pobreza, la enfermedad y la ignorancia, este período de la internación era más entristecedor, desgastante y corrosivo. Poco a poco se habían ido interiorizando de los términos médicos: endoscopía, citografía, tomografía. Parecía que uno podía llegar a entender el sentido de los análisis, que dominando el léxico uno se explicaría no solo el misterio de la enfermedad sino también el funcionamiento del cuerpo. En realidad, al decir estos términos, creyendo percibir vagamente su significado, uno empezaba a advertir todo lo que ignoraba. Al decir adenoma, se decía otra cosa: una fórmula contra el miedo, el desamparo y la soledad que provoca el cuerpo enfermo, sea del prójimo o de uno, ese cuerpo sano que alguna vez dejará de serlo. Nada de esto sabían cuando internaron a tu padre. Ni el recelo, ni la desconfianza ni el temor que se siente al entrar a un hospital. Entonces creían que internándolo se le ofrecía una posible mejoría de su cuerpo, una deseada prolongación de las funciones de sus órganos y sus glándulas, pero también, a la vez, que se lo exponía a que se socavaran sus nervios y viera aquello que nunca había querido ver, la naturaleza misma de su enfermedad. Mientras tanto, su operación se postergaba. Y había que hacerle un análisis. Y otro. Y otro más. Se le prescribió un análisis urodinámico. Pero había que hacérselo en otro hospital porque en el Fernández no tenían los equipos. Tu hermana averiguó. La respuesta fue que había que hacérselo en el Argerich. Pero para hacérselo había que trasladar una mañana a tu padre: levantarlo, vestirlo, sacarlo de la habitación del Fernández, subirlo a un taxi, llevarlo al Argerich y después, hecho el análisis, volverlo a su cama del Fernández. Cuando los urólogos tuvieran en su poder el resultado del análisis, dictaminarían si era necesario operarlo o no, porque cabía una probabilidad de que no lo operaran y entonces tu padre volvería a su casa.

—El viernes —dijo tu hermana—. Lo llevamos al Argerich. Ya conseguí un turno.

—No me van a operar —dijo tu padre.

Y tenía esperanzas de que así fuera. Después de todo, si no lo habían operado hasta ahora, por algo debía haber sido.

—El viernes lo sabremos —dijo tu hermana.

—No me van a operar —dijo tu padre, siempre sin pronunciar las consonantes—. Van a ver.

El viernes temprano te encontraste con tu hermana en el hospital y lo subieron a un taxi.

El trayecto desde el Fernández hasta el Argerich puede hacerse rápido por el Bajo. Pero ya eran las nueve, era viernes y el tráfico se trababa. Desviaron por Salguero, tomaron el Pasaje Saldías, entre el río y las vías del ferrocarril. Era una mañana de invierno luminosa y despejada. En el rostro de tu padre viste un cierto entusiasmo. Mientras el taxi avanzaba por Catalinas preguntó qué eran esos rascacielos. En los últimos quince años no había salido demasiado de su casa. Ahora miraba la ciudad con los ojos de alguien que vuelve de un exilio. Pidió un cigarrillo. Tu hermana le prometió que le daría uno después del análisis. También después del análisis lo llevarían a tomar un café, le dijo. La radio informaba que esa era la mañana más fría del año.

5

Mientras esperaban en un corredor, frente a la puerta del gabinete de urodinamia, tu padre, sentado en un banco, encogido, descruzó las piernas y dijo que no podía aguantar las ganas. El baño quedaba en el otro extremo del corredor. El trecho era largo.

Los que esperaban en los bancos del corredor o parados, contra las paredes, unos callados, como enmudecidos, y otros susurrantes, comentando por lo bajo los pormenores de sus dolencias, estaban todos igualmente pendientes de que se abriera la puerta de su respectiva sala de laboratorio. Y miraban sin pudor alguno cuando tu padre y vos pasaban frente a ellos, él agarrado de tu brazo, moviendo con dificultad su pierna endurecida. Y se hacía un silencio de curiosidad y lástima, ese silencio en el que se piensa, como si sirviera de consuelo, que siempre puede haber alguien que está peor que uno, por ejemplo ese viejo arrastrado por su hijo, agobiados los dos, abriéndose paso entre ellos, dos figuras confusas en la niebla que parecía flotar en el pasillo, esa semipenumbra lúgubre debida a la escasez de lámparas en el techo. Esos rostros que se volvían hacia ustedes, rostros enfermos, rostros pobres, se correspondían con el olor de la enfermedad y la pobreza, ese olor que empezamos a conocer al entrar por primera vez a un hospital del Estado. Es un olor agridulce, en el que se funden la pestilencia y el alcohol puro, las bacterias y la esterilización. Y también del pelo sucio, del calzado viejo y de la comida que impregna la ropa de los pobres, un olor rancio que ninguna colonia barata, por fuerte que sea, logra atenuar. Ese olor es también el de las ráfagas de olor amoniacal; del trapo de piso que pasa algún peón de limpieza. Pero la calefacción vuelve pronto a condensar el aire, transformándolo en un vaho repugnante y empalagoso. Cuando se ha traspuesto varias veces la entrada de los hospitales, uno termina acostumbrándose, de la misma forma en que uno se acostumbra al dolor aun cuando, con el paso del tiempo, se sufre más, cada vez más. Ir a un hospital duele y resiente. Pero no obstante, este dolor y este resentimiento no son tan hondos como el de quien despierta nuestra compasión o nuestro espanto. Porque lo nuestro, el dolor y el resentimiento de los sanos, es moral. Y ellos, en cambio, entregan el cuerpo.

Abriste la puerta desvencijada del baño. No había luz. Prendiste el encendedor. Viste una pileta roñosa y, más allá, una segunda puerta, entreabierta, que daba a los retretes. La oscuridad apestaba a orina y excrementos. Sentiste en el brazo la presión de los dedos de tu padre. Lo guiaste hasta el umbral de un retrete. Te pidió que lo esperaras afuera, pero la oscuridad era peligrosa. Podía resbalar, caer y golpearse en esa mierda.

—Hacé tranquilo —le dijiste sujetándole un brazo.

—No me pongas nervioso.

Se volvió refunfuñando, bajándose el cierre de la bragueta a la luz de la llamita del encendedor.

—No puedo —dijo.

Y volvieron a cruzar el largo corredor, de regreso al banco donde debía seguir esperando.

—¿Para qué es este análisis que me van a hacer? —preguntó. A veces, tu padre también perdía la memoria.

—Te van a mirar por el agujerito de la pija a ver si los huevos tienen pollitos —le contestaste.

Él se rio. Esta clase de bromas lo divierten y las festeja. En respuesta, guiñándote un ojo, amagó una trompada. Te adelantaste a atajar su gesto lento, vacilante. Tenía la mano fría y húmeda.

Un médico se asomó al corredor y dijo un apellido. Una chica morocha acompañó a una vieja hacia la puerta del gabinete.

Como la puerta no se cerró del todo, alcanzaste a ver cómo dos médicos, con la ayuda de la chica, tendían a la vieja en la camilla. Pudiste ver el vientre arrugado de la vieja, las canas de su pubis y el cable de la sonda. Apartaste la mirada.

6

Cuando por fin le toca el turno a tu padre, tu hermana y vos lo entran al gabinete. Tu hermana lo desviste. Tiene habilidad. Ciega también podría hacerlo. Hay un baño a un costado. Tu hermana acomoda la ropa de tu padre sobre una silla.

—Quedate vos —te pide.

Dos médicos, uno a cada lado de la camilla, le inyectan anestesia y se disponen a practicarle el análisis. Un biombo mugroso, cuya tela oxidada fue blanca hace mucho, oculta a tu padre. A través de la tela podés ver su sombra, de la cintura para arriba, recortada contra la luminosidad de la mañana. Con la sonda en la pija, dolorido, tu padre junta los pies. Lo único que podés verle son las piernas desnudas, los pies, las medias con rombos. A pesar de la anestesia, tu padre se queja.

—Aguante —le dice un médico, el que sostiene la sonda entre los dedos y, a la vez, mueve los botones de una caja negra, controlando el análisis. Ahora le habla a su colega, explicándole el procedimiento. Entonces pensás que el otro no es todavía su colega sino un practicante. La voz del médico quiere ser cálida, consciente de que tu padre, ese viejo en la camilla, no puede soportar el dolor:— Aguante, abuelo.

—Me orino, doctor —dice tu padre: *Eoíno*, escuchás, todo junto. Porque las sílabas se le engrudan.

—Ya sé, ya sé —dice el médico—. Aguante un poquito.

—No puedo —dice tu padre: *O ueho*.

—Falta poco —dice el médico.

Mientras el médico y el practicante conversan en su jerga

científica, la caja negra expide despacio un papel ancho que informa el estado de la vejiga y la próstata de tu padre.

—Me duele —dice: *E uele*.

—Ya casi está, abuelo —dice el practicante.

Sin soltar la sonda que sostiene con la punta de los dedos, el médico se vuelve hacia el aparato y observa la tira de papel que sigue saliendo de la caja negra. Líneas que suben y bajan indican las reacciones de tu padre.

—Me duele —dice tu padre: *E uele*. Y junta los pies.

—Ahora está —le dice el médico—. Orine si quiere, abuelo. Ya puede.

La caja negra termina de imprimir el resultado. El médico te hace una seña. Podés encargarte de tu padre, incorporarlo, vestirlo. El cuero de la camilla está mojado. Debajo de su cintura hay un charco brillante. El practicante te da una gasa. Secás a tu padre entre las piernas.

—Ya está —le decís, enderezándolo. Aferrándose a tu brazo, él agarra la gasa y aturdido, mareado, se seca la pija. El médico te dice que no le puede doler, que todavía está bajo el efecto de la anestesia. Sin embargo, tu padre se queja. Sin soltarte, da vuelta a la camilla. Le subís el calzoncillo por las piernas. Después le traés los pantalones y los zapatos. Tiene ganas, dice. Pero se las va a arreglar solo, dice. Y se mete en el baño.

El médico comenta con el practicante el resultado del análisis. Adenoma, dicen. Tunelización, dicen. Aprovechás que tu padre está en el baño para preguntarles si será necesario operarlo.

—Sí —te contesta el médico—. Y después de la intervención habrá que tratarlo de su problema.

En el baño, inclinado sobre el inodoro, al mear, tu padre hace un ruido similar al del agua que sube por una canilla después de un corte. El médico te dice que ese sonido se debe al aire que le dieron para el análisis. Es lógico que haga ese ruido, te dicen. Y también que sienta esa urgencia por orinar.

Cuando tu hermana ya puede entrar, tu padre hace un intento por salir del baño, pero las ganas lo acosan de nuevo y lo detienen. Puteando, molesto, avergonzado, tiene que volverse apurado para llegar al inodoro. Y de nuevo, al mear, se oye ese gorgoteo. Tu hermana se sobresalta con ese sonido. Le aclarás por qué es, lo que te dijeron los médicos, como si la aclaración lo volviera normal.

Otra vez tienen que salir al pasillo con tu padre y esperar. Después de un rato, el médico les entrega un sobre con el resultado del análisis. Se equivocó al escribir el nombre de tu padre. Los nombres no importan, pensás. Son cifras. Los cuerpos son lo único que cuenta. Y a veces tampoco. Nombres, cifras, cuerpos, te decís. La muerte borra toda diferencia. Pero no borra esta mañana. Te equivocás: también alguna vez habrá de borrar esta mañana.

Mirás el sobre. El médico se equivocó también al escribir el apellido: le faltan dos letras. Tu hermana, tu padre en el medio y vos, con el sobre, se alejan por el corredor rumbo al hall de los ascensores. Otros cuerpos quedan esperando.

7

Bajan a la mañana fría y soleada. Un viento helado viene del río. Tu hermana le ajusta la bufanda y le sube las solapas del montgomery a tu padre. Les decís que esperen. Cruzás la calle hasta la parada de taxis. Te subís a uno y le ordenás al chofer que pegue la vuelta y entre al hospital. A través del parabrisas ves a tu hermana y tu padre avanzando por la explanada de asfalto. Tu padre está empequeñecido dentro del montgomery azul pasado de moda, que hace tiempo fue tuyo. Parece más bajo que tu hermana. Al caminar levanta su pierna rígida con agotamiento. Sabés que nunca vas a olvidar esta imagen con luz de invierno.

—Vamos a tomar un café —pide.

—No —dice tu hermana—. El café te irrita.

—Me engañaron —dice tu padre.

Tu hermana le cuenta que el médico, hace un rato, mientras él estaba en el baño, dijo que no podía tomar café. Pero el argumento no lo convence. Ya ni puede confiar en ustedes, dice su mirada. Una vez más, le mienten.

—Un cigarrillo —dice.

—En el taxi —le contesta tu hermana.

Y lo suben. Ella y tu padre viajan en el asiento trasero. Vos con el chofer. La radio está sintonizada en una audición de tangos. Aturde. Le decís al chofer que la baje.

Mientras dejan atrás el Argerich para volver al Fernández, mientras el taxi bordea el Parque Lezama y encara por el Bajo, mientras tu hermana le prende un cigarrillo a tu padre, mientras el chofer protesta hablando de los perjuicios que trae el tabaco, tu padre, en voz baja, le dice a tu hermana que se hace encima. Y ella, también en voz baja, le dice que no se preocupe, que haga si no se aguanta. Por suerte el chofer no los oye. Sigue en la suya, despotricando contra los problemas que trae el tabaco: calambres, obstrucciones, tumores. Si vos supieras lo que me costó dejar el vicio, te dice. Antes él era un atleta, te dice. Por el espejo retrovisor ves a tu padre, su rostro desencajado. Ya no tiene la esperanza de hace unas horas. Sin embargo, con un resto, pregunta:

—No me van a operar, ¿no?

El taxi enfila por Madero. Estás callado, mirando cómo el taxi pasa entre los camiones, a la altura de sus ruedas, y más allá, el alambrado, los docks y los mástiles del puerto.

La indiferencia del mundo

1997

*Cuando rajés los tamangos
buscando ese mango
que te haga morfar,
la indiferencia del mundo
que es sordo y es mudo
recien sentirás...*
ENRIQUE SANTOS DISCÉPOLO, 1929

Cuento de Navidad

La mujer tiene treinta años. Es técnica en administración de empresas. Estudia ciencias de la comunicación. Colabora en una radio barrial. Trabaja en una agencia de publicidad. Hace dos años que está separada y, ahora, según sus familiares, está pasando por un buen momento. Tiene dos hijos: un varón de seis y una nena de cuatro. Esta noche, la noche del martes 24 de diciembre, la noche de Nochebuena, le pregunta al nene si no quiere acompañarlas a ella y a la nena hasta la avenida Directorio. El nene prefiere quedarse. Tiene fiaca, le dice.

Después de hacer unas compras, al volver, por la calle Mozart, al cruzar la avenida Olivera, ocurre el accidente.

Esta noche, la noche del martes 24 de diciembre, la noche de Nochebuena, el taxista del Renault 12, discute con un hombre que maneja un auto rojo. El taxista lleva una pasajera. El hombre del auto rojo lo amenaza con un palo. Y empieza a perseguirlo. El taxista maniobra a toda velocidad por la avenida Olivera. Avanza de contramano. Esta es una zona oscura, muy poco iluminada. Hace bastante que los vecinos protestan, sin resultado, por la ausencia de semáforos. El taxista alcanza a divisar a la mujer y a la nena. Según los vecinos, la frenada se oye un rato largo. Quedan marcas de quince metros en el asfalto. El taxi golpea primero a la mujer, arrojándola a cinco metros de la vereda. El cuerpo de la nena, con el impacto, salta, choca contra el parabrisas, rompe el vidrio y después es arrastrado quince metros. El taxi le pasa por encima, sigue hasta la esquina, dobla a la derecha por la avenida Garzón. El taxista abandona el auto y la pasajera en la calle White.

Esta misma noche, minutos después del accidente, paso cerca del lugar mientras voy en taxi a la casa de mi madre, donde vamos a festejar la Nochebuena. Al aproximarse a la esquina de la avenida Olivera y la calle Remedios, el taxi reduce la velocidad. La oscuridad envuelve la zona, la plaza, los árboles, las fachadas. El tránsito está cortado. Se pueden ver las sombras de los vecinos, siluetas confusas, brazos agitándose, señas que desvían autos y colectivos. Se oyen gritos, órdenes, insultos, llanto. El taxi dobla por la calle Remedios y después, a la derecha, por la calle White. Entro en la casa, beso a mis hijas, a mi madre, a mi hermana y a mi sobrina. Están disponiendo la cena. En una mesa baja, alrededor del arbolito de Navidad, están los regalos de Papá Noel. Las lamparitas que se encienden y se apagan derraman brillos sobre el celofán y las cintas de colores de los paquetes. Después de saludar, casi de inmediato, vuelvo al lugar del accidente. Mi curiosidad no es inferior a la intriga de los vecinos que merodean en torno de los cuerpos que yacen en el asfalto. También es hipócrita negar que en este drama, apenas intuido, se esconde el material de un cuento.

Me acerco a un grupo, a otro, pregunto. Una mujer, un viejo, un muchacho. Todos putean contra el taxista que atropelló a la mujer y la nena y huyó. Todos putean contra la policía, que fue avisada y no viene. Todos putean contra SAME, el servicio de ambulancias de la Municipalidad, que tarda tanto en venir. Inmóvil, la mujer está tirada sobre su costado derecho. El pelo le cubre la cara. Los gritos, las órdenes y el llanto siguen siendo los sonidos de la noche. A varios metros de la mujer, la nena tiembla, tiene cada tanto una convulsión y llama a su mamá. Entreabre los ojos y los cierra. Se encoge. Los vecinos la recuestan sobre un almohadón. La nena se chupa un dedo.

La sirena de un patrullero aturde. Los vecinos le abren el paso. Dos policías bajan disimulando el nerviosismo. Uno se apura hacia el cuerpo de la mujer. El otro va hacia el cuerpo de la nena. Los vecinos tratan de calmarla, le acarician la frente. El policía enfrenta la rabia de un hombre de más de sesenta, que le reprocha no haber acudido antes. El policía se disculpa. *Estoy trabajando, caballero*, dice. *Esta es una noche de mucho trabajo*. Se justifica, está haciendo todo lo que está en sus manos. Deriva la responsabilidad: *Nosotros somos de la cuarenta*, dice. *Tendría que haber llegado antes el comando radioeléctrico*. Se oye otra sirena. Es un patrullero del comando. Ahora son los policías quienes se encargan de desviar el tránsito. Poco después, otra sirena. Por fin llega la ambulancia. Un médico de uniforme blanco corre hacia el cuerpo de la nena. Y después hacia la mujer. Hay angustia en su voz cuando le pide al camillero: *Bajá la de madera*. Y repite urgente: *La de madera*. La camilla cae contra el asfalto. Los vecinos se apartan. *Atrás*, grita un policía. Los haces rojos y azules de las sirenas iluminan con destellos las expresiones consternadas de los vecinos. Se produce un silencio repentino mientras el médico y el camillero cargan a la nena en la ambulancia. Pero el silencio no se produce por esta escena. Más allá, al mismo tiempo, dos policías están tapando el cuerpo de la mujer con un plástico azul.

Vuelvo a casa. Me sirvo un whisky. Mi hermana me pregunta cómo era la nena. La describo. La visión del accidente, de la muerte ahí, a la vuelta de casa, cuando estamos por festejar Nochebuena ya no es solo material para un relato. Cenamos. Y al dar las doce, brindamos. Una de mis hijas distribuye los regalos. Hay risas, hay abrazos emocionados. Y la música alta en el equipo de audio. Cuando mi madre recibe su regalo, un CD de Mercedes Sosa, al escuchar *Todo cambia*, se echa a llorar. Esta es una de las canciones que más le gustaba a mi padre. La escuchaban juntos, tomados de la mano. Mi padre murió hace poco más de un año. Y algunos días después del aniversario de su muerte, mi madre padeció un derrame cerebral. Permaneció una semana internada en el hospital Italiano y ahora, en las fiestas, se encuentra restablecida. *Cambia, todo cambia*.

Después otra de mis hijas pone un CD de Celia Cruz. Y el ánimo se transforma. Bailamos, cantamos, tomamos, seguimos brindando. Llegan amigas y amigos de mi sobrina. Los adolescentes se suman a la celebración. Esta es la primera Nochebuena feliz después de años, considerando que la enfermedad de mi padre se prolongó más de una década. Una enfermedad puede afectar a una familia, a cada uno de sus miembros, ramificándose durante un tiempo incalculable. Alguien, mi hermana, pone un CD de Memphis. Ahora en la casa se baila el rock. El viernes 27 se publica la noticia del accidente. Para entonces obtuve algunos datos más. La mujer muerta es la exnuera de la directora de la escuela en que mi hermana trabaja como docente. La nena, su nieta. El diario me confirma ciertos hechos. La mujer había salido a comprar unos regalos para completar el arbolito de Navidad. Murió instantes antes de que llegaran al lugar los patrulleros y la ambulancia. En el asfalto habían quedado, junto a su cadáver, los regalos, el monedero y una botella de ananá fizz. La nena fue trasladada al hospital Piñero y después al hospital Garrahan, donde murió diez minutos antes de las doce de la noche, la hora en que con mi familia brindábamos, la hora en que empezábamos a repartir los regalos y a abrirlos tirando el envoltorio porque, se dice, trae buena suerte tirar el papel al piso. El taxista que había matado a la mujer y a la nena, desesperado, se presentó más tarde en el lugar del accidente. Era chileno. Tenía treinta años. De acuerdo a la información policial, el hombre, desesperado, se presentó media hora más tarde. Fue detenido por homicidio culposo. El hijo de seis de la mujer, el hermano de la nena, fue escondido en una de las habitaciones de la casa apenas se oyeron los primeros gritos de los vecinos. Lo encerraron para que no se enterara, se dijo. Aproximadamente a las veintidós, llegaron a la casa un hermano de la mujer y su esposa. Recién entonces se enteró de la desgracia. *Era muy cuidadosa al cruzar*, declaró otro hermano de la mujer. Los deudos se quejaron al periodismo que tuvieron que esperar hasta el miércoles por la noche para que el juez autorizara la entrega de los cuerpos. Pudieron enterrarlos el jueves en el cementerio de Flores, donde fue enterrado mi padre.

Pretendía escribir un cuento con esta historia, profundizarla. Encontré una paradoja: el exmarido de la mujer, el padre de la nena, había sido taxista cuando la pareja vivía en Soldati. Hice una lista de preguntas. Por ejemplo: 1) ¿cómo había empezado la discusión entre el taxista y el conductor del auto rojo que después lo persiguió amenazándolo con un palo?; 2) ¿qué podía saber la pasajera del taxista?; 3) ¿cuáles detalles del accidente recordaban con más precisión los vecinos? Y así, sucesivamente. A partir de unos pocos datos podía construir la narración. También, me dije, podía inventar. Es sabido: a veces la imaginación completa y supera en verosimilitud la realidad. Aunque, también es sabido, casi siempre pasa lo contrario. Disyuntivas, vacilaciones, temores. Aún cuando mi hermana me prohibió escribir sobre el asunto, decidido a escribir el cuento, me propuse pudor: omitir los nombres de los personajes y una descripción minuciosa de los cuerpos en el asfalto, sus heridas. Después de todo, me dije también, casi todos los cuentos que escribo arrancan a partir de algo que vi, algo que me contaron. En este sentido, la confesión, el chisme contado en voz baja, se vuelven atractivos con la posibilidad de reinventar la situación, la atmósfera, el personaje. Lo admito: no puedo narrar a partir de otras instancias. Con seguridad, me dije, este cuento no iba a ser distinto de otros que ya escribí. Una y otra vez en estas últimas semanas repasé lo sucedido. Hice otra lista, una cronología: 1) las fiestas; 2) el accidente; 3) el lugar; 4) los testimonios de los vecinos; 5) la celebración de la Nochebuena en casa de mi madre; 6) el drama en esa otra casa tan cerca. Antes de detenerse frente a la casa de mi madre, el taxista que me llevaba, después de dejar atrás el lugar del accidente, me había dicho: *Esta noche son dos las familias desgraciadas: la familia de las víctimas y la familia del que las pisó.* Esta podía ser una reflexión apropiada para cerrar el cuento.

Destruyo los recortes del diario, los apuntes. Termino de redondear una determinación. No voy a escribir ese cuento.

Sudestada

Cuando hay sudestada, hay inundación. Y a esta calle de tierra la sepulta el río. En el invierno del 85, durante un aguacero de casi dos días sin parar, según los diarios, hubo un récord de víctimas aquí en la provincia. En esta misma cuadra muchos se acuerdan del bebé que se tragó el río mientras los padres trataban de subir a un bote. El bebé se le resbaló de los brazos a la madre. Y nadie lo volvió a ver. Por eso, apenas el viento sopla trayendo del río ese olor a fruta podrida, los vecinos se alarman. Sin embargo, aunque vive en la esquina, a pocos metros de la orilla, Don Miguel no le teme al río.

Estudiando el cielo, la dirección de las nubes y la corriente que se va poniendo nerviosa, Don Miguel sabe de antemano cuándo viene la sudestada. Nació en esta zona de la ribera, creció en esta zona y cada vez que se mudó, quiso seguir en esta zona. Y ahora, en esta tarde de septiembre, mientras se sirve una ginebra se pone a esperar que arremeta la sudestada. Porque esta sudestada va a ser brava. Además es Santa Rosa.

Que la santa de la tormenta y su mujer muerta se llamen igual le da que pensar. Rosa odiaba vivir en la ribera. *Un día de estos nos va a llevar la crecida*, le decía Rosa. *A vos te gustaría una muerte así*, le decía ella. Cuando se encrespaba Rosa era como esta tormenta que se cierne, se acuerda Don Miguel. *Pero a vos Dios no te va a dar el gusto de que te arrastre el río*, le decía ella. *Porque antes se te van a reventar el hígado y los pulmones*, le decía. Rosa lo regañaba por la ginebra y el tabaco. Y él se reía cuando Rosa le pronosticaba que iba a morir de un ataque. Ella le tenía una paciencia santa, piensa. Y si no se murieron de hambre esa vez en que lo despidieron del frigorífico después de aquella huelga, fue por lo que

Rosa ganaba de sirvienta. A él, que había sido delegado, le costó encontrar trabajo en Berisso. Tenían una hija. Y Rosa no quería que ella se empleara hasta que terminase de estudiar. Pero la hija no terminó la carrera de contadora y se casó con un mecánico.

Hace un rato que se cortó la luz. Y aunque todavía no son las cinco afuera parece de noche. El viento envuelve la casa con las primeras ráfagas de lluvia. Y cada ráfaga se alarga en las puertas y ventanas.

Don Miguel prende la radio portátil. Pero anda con pocas pilas y apenas se escucha. Un informativo transmite noticias de la tormenta. Vientos de noventa kilómetros. Doscientas personas evacuadas en la costa de Quilmes, dice la radio entre interferencias. Durante la última sudestada, Don Miguel se negó a ser evacuado cuando la lancha vino por él. No estaba dispuesto a abandonar la casa. Y tampoco a quebrar la voluntad del río. Si el río quería llevárselo, se lo iba a llevar, nomás. La pulmonía que se agarró subido al techo hizo que lo internaran en el hospital. Don Miguel se acuerda de su hija, sentada siempre al pie de su cama. En el delirio de la fiebre, Don Miguel la confundía con Rosa. En esas noches le venían a la memoria la enfermedad y la muerte de su mujer. *El cáncer es más jodido que el río*, piensa.

Esta sudestada no es como ninguna que pueda recordar. Quisiera aguantar despierto hasta que pase. Pero es medianoche y el cansancio lo derriba. Con el brazo en la mesa haciéndole de almohada, se queda dormido.

En la madrugada, con el agua en los pies, se despierta tiritando. Santa Rosa es un rugido. En una de esas, se dice Don Miguel, el río va a llevarlo por fin con su mujer.

Después de eso

A veces los lugares más simples e inocentes de lo cotidiano pueden volverse extraños y ajenos. Hace ya tiempo que Atilio experimenta una distancia absoluta con los espacios y objetos de la casa. Hay veces que se siente intruso y recorre, por ejemplo, el patio observando el dibujo de las baldosas como si encerraran un mensaje cifrado. Lo mismo le pasa cuando, en la mesa, durante las comidas, casi sin probar bocado, permanece ratos larguísimos con la mirada perdida en un cubierto, en una frutera, en una arruga del hule. A los cincuenta años, tras haber pasado dos años en un campo de concentración de la dictadura, dos años en los que perdió los dientes y casi todo el pelo, piensa que debería estar más agradecido con la vida. No todos los prisioneros tuvieron su suerte. Cuando salió en libertad tuvo que soportar otra pérdida: su padre murió apenas él volvió a la casa. Aunque los médicos le hablaron de una arterioesclerosis precoz y de un cáncer fulminante, su madre nunca dejó de pensar que el viejo murió de pena y angustia. En ese tiempo, el primer tiempo de libertad, Atilio se encontró sin amigos y sin trabajo. Dio clases particulares de matemáticas y, con una entrada mínima, pudo seguir adelante. Le hubiera gustado alquilarse algo, pero no solo la escasez de dinero lo empujaba a quedarse a vivir en la casa donde había nacido. No quería dejar sola a su madre.

En estos días de febrero, cuando el calor incendia la ciudad y el asfalto se derrite, su madre suele descompensarse. En el último año se le declaró una lesión cerebral al caerse en la calle, cuando venía de hacer los mandados. El golpe le provocó también una quebradura de cadera. Si bien hasta entonces su madre había demostrado una considerable entereza frente a la desgracia, después de la caída los años parecían habérsele desplomado. Ahora, cuando Atilio piensa en la caída de su madre, no se refiere al accidente concreto, sino al derrumbe de sus gestos y reflejos, tanteos y palabras que no terminan de encajar en la realidad. En los últimos días, varias veces, la vieja confundió a Atilio con su padre. Recostada, mientras Atilio le tomaba la presión, ella le preguntó por qué no tenían un varoncito. *Me gustaría tener un varón*, le dijo. *Y que se llame Atilio, como vos*, le dijo. Tanto el calor como el frío son fatales para los viejos. Y Atilio desconfía que su madre pase este verano. Controlar su temperatura, su presión, cambiarle los pañales geriátricos son para él tareas de rutina. Y después de cumplir cada una, aunque Atilio ya está ducho en el manejo del cuerpo de la vieja, aunque sus movimientos al transportarla, darla vuelta, enderezarla revelan una destreza que solo concede la práctica, después de cada operación Atilio siente un cansancio agobiante y un vacío en la nuca que, en ocasiones, se convierte en un mareo. En esas ocasiones, después de atender a la vieja, Atilio camina por la casa como un zombie, con los ojos ausentes, y reacciona recién cuando choca contra un mueble y el impacto lo devuelve al comedor, los sillones con el tapizado raído, la atmósfera de moho sofocante y el sudor que le pega la remera a la espalda, esa remera que debería sacarse y lavar, igual que el pantalón, pero Atilio ya no tiene ánimo de encarar esta mínimas acciones de cuidado personal. Daría la impresión de que cuanto más Atilio se preocupa y concentra en atender a la vieja, en inversa proporción aumenta su abandono. En los últimos días Atilio no se bañó, no se afeitó y durmió vestido en un rincón del patio, instalado en una reposera bajo el parral. En los últimos días, también, una vez que los somníferos sumieron a la vieja en un letargo, antes de ocupar la reposera bajo el parral, Atilio salió a dar una vuelta por el barrio. Y terminó sentándose en un banco del Parque Centenario.

Esta noche, porque el sueño tarda en llegar, Atilio vuelve a repetir su paseo por el barrio. Piensa en los dos años que pasó en el campo de concentración. *Si sobreviví a eso*, se dice —y cuando piensa *eso*, *eso* es una manera de nombrar el horror—, *tendría que asimilar ahora, dieciséis años después, la desolación que me produce la enfermedad de la vieja. Estoy vivo, se repite. Y tendría que estar agradecido con el destino a pesar de eso. Vivir para contarlo*, se dice. Pero Atilio no suele hablar de eso. La situación de la vieja le resulta más intolerable que eso. Se queda un rato sentado en un banco. *Tendría que ser fuerte*, se dice. *Debería volver a casa*, se dice. *Pensar en mañana*, se dice. Y como sonámbulo abandona el banco, camina hacia Ángel Gallardo. A esta hora los colectivos pasan a toda velocidad por la avenida desierta. Atilio espera que se aproxime un colectivo. Y cuando está ya muy cerca, se tira bajo sus ruedas.

Una buena historia

Conrado podría contar lo que vio, lo que le pasó en Malvinas. Pero no puede hablar del asunto. Lo que vio, lo que le pasó, lo que nunca va a contar, eso es el silencio duro de Conrado este sábado de junio, el sábado al mes en que los muchachos del taller mecánico de la Avenida Cruz se juntan para un asado en el fondo.

Los muchachos ya no son muchachos. Y el taller no es ya lo que era antes, cuando el trabajo sobraba. Son cinco en total, sin incluir a Don Carlos, que si bien a los cuarenta y ocho no se considera en edad como para que le digan *don*, lo aguanta porque se lo dicen en tono de cachada amistosa y con respeto, respeto que se cifra en la actitud que tuvo hacia Conrado, tomándolo en el taller cuando nadie le daba empleo después de la guerra, de la que volvió cambiado, con ese silencio tan terco como enajenado. Don Carlos se encarga del asado. Y como condición para garantizar los encuentros propuso que en la mesa se converse de todo menos de política. Porque la política, coinciden los muchachos, divide y enemista. Este sábado, casi las cuatro, el encuentro se alarga. Conrado revuelve las brasas, las observa pensativo.

Sin advertir cómo, los muchachos se fueron adentrando en el tema del coraje. Hablar del coraje es también referir al miedo. A medida que la conversación resbaló para ese lado, Conrado se fue apartando de la mesa sin que los demás lo notaran. El primero en arrancar divertido con una historia fue el Gordo Berto, un as para los chistes. El Gordo todavía está aclarando que conviene diferenciar el miedo de la cobardía. *Un valiente*, explica, *se puede cagar encima*. Y se pone a contar de una apuesta que ganó de pibe, porque a los diecisiete se es todavía un pibe. Después de haber visto una de Drácula, una noche, en la barra de la esquina, jugaban a que nadie era capaz de cruzar el cementerio a medianoche. El Gordo Berto se animó. Le costó vencer el paisaje. Caminó entre lápidas y panteones, hasta que un pájaro nocturno, una lechuza, asevera, le aflojó las tripas. Ahora, al acordarse, entre vino y vino, se ríe imaginando lo que habrán pensado los parientes de aquel finado al encontrar cómo les había decorado la tumba. *Ven*, dice, *un valiente se puede cagar en la muerte.*

Después de las risas, el Pelado Oscar desdeña la historia del Gordo. Si se trata de contar un susto mayúsculo, él se acuerda de uno, que todavía le dura. Fue en el segundo recibimiento del General. Con todos los compañeros de la unidad básica, el Pelado estuvo en Ezeiza desde la noche anterior. Toda esa noche anterior la pasó en la arboleda, meta ginebra en los fogones. *Flor de tranca la que me agarré*, dice. Despertó al otro día. El General había llegado. Y alrededor del Pelado estaban tirados sus compañeros, cadáveres. A él, con seguridad, con la mona que dormía lo dieron por muerto. Si ahora puede contar el cuento es gracias al escabio, sonríe con tristeza, levantando el vaso. Después de esta historia cambia el clima de la mesa. Se hace una pausa sombría. Todos se quedan mirando al Pelado. *Una masacre*, dice, y se queda callado.

Héctor también tiene su historia. Es de los tiempos del Mundial del 78. Héctor se había levantado una mina de Parque Patricios. La define moldeando con las manos un cuerpo invisible. Cuenta las ganas que le tenía. *No habíamos tenido relaciones*, cuenta con pudor. Confiaba que ella se le iba a entregar al subir a su Fiat cero kilómetro. Aunque le faltaba completar los papeles del auto, igual se mandó a buscarla un viernes por la noche. Apenas terminaba de estacionar a media cuadra de donde vivía la mina, ahí nomás apareció la lancha. *Ahí nomas me pidieron los papeles. Ahí nomás se lo cargaron. A la taquería*, dice. Y se corta. En el respiro que se toma, Héctor confirma que le están prestando atención. Lo encerraron en un calabozo, cuenta. El entusiasmo del fútbol hizo que se olvidaran de él. En la madrugada, los canas trajeron unos yiros. *Las metieron en la celda de al lado*, se acuerda. *Las violaron*, dice. *A una*, cuenta, *con el bastón*. Aterrorizado, Héctor se acurrucó contra la puerta del calabozo. *Dos días me tuvieron*, dice. Su madre tenía un conocido en el Departamento Central, un inspector que averiguó dónde estaba *el nene*. En la mañana del tercer día lo sacaron del calabozo. El comisario quería verlo. El inspector conocido de su madre estaba en el teléfono. Héctor empezó a quejarse. Y cuando le devolvió el tubo al comisario, este cambió unas palabras con el inspector. Le hizo firmar la salida. Héctor se sintió en libertad. Y se puso a protestar recordando vagamente sus derechos de ciudadano. El comisario lo escuchó un rato. Después le pateó los tobillos. *Y otra vez adentro*. Esa noche, la tercera, desde el calabozo pudo oír los gritos de un pibe.

Del '80, la historia que va a contar Rinaldi. Una partida de billar en el café. Una noche de agosto. Tres Falcon y un camión frenaron en la esquina. *A ninguno se le ocurrió que la cosa podía ser con nosotros*, dice Rinaldi. *Siempre se piensa que estas situaciones les pasan a los demás.* Y explica: *El rusito de la vuelta figuraba en la agenda de un detenido.* Los subieron al camión, los llevaron a un descampado cerca de la Ciudad Evita. Les hicieron un simulacro de fusilamiento, cuenta Rinaldi. Y se demora en algunos instantes de esa noche: los golpes, el interrogatorio, las armas en la cabeza, los llantos, las súplicas. También en el olor a podrido de unos zanjones. A Rinaldi se le antoja increíble recordar con tamaña precisión algunos detalles de esa noche. *Aún hoy, dice, cuando ando nervioso por algún problema, sueño con esa noche.* Muestra la punta de una uña: *me faltó esto para ser boleta*. Prende un cigarrillo. Y después: *Sí, al Rusito se lo llevaron. Desapareció.*

Don Carlos niega con la cabeza, como si le fastidiara acordarse de una historia que está a punto de contar. Pero no la cuenta. Se diría que la historia que puede contar no tiene comparación con lo que Conrado vio y le pasó en Malvinas. Y se diría también que ahora todos comparten con Don Carlos la idea de que ninguna de sus historias puede compararse con lo que Conrado, la vista fija en las brasas, dándoles la espalda, podría contar. Se quedaron mudos, observando a Conrado, que ahora se vuelve hacia ellos, limitándose a sonreír. Habría que describir esa sonrisa: mueca, rictus, temblor de labios entreabiertos. Pero es inútil: no van a sonsacarle nada, ni este sábado ni nunca. Porque si para contar una buena historia antes es necesario haber vivido, también suele suceder que la naturaleza de ciertos hechos vividos empuje al silencio, a esa mudez con la que Conrado volvió de Malvinas hace catorce años, esa mudez que no pudieron resolver ni los psiquiatras ni los fonoaudiólogos.

Llanto

Gladys escribe sus cuentos en cuadernos. Escribe sin demasiada seguridad ficciones que cree menores: cuentos infantiles. Hace dos meses publicó su primer libro. Y recibió elogios de la crítica. Tardó años en decidirse a publicar, del mismo modo que tardó su tiempo en adoptar a Demián. Los trámites de la adopción fueron complicados. Y hubo un punto en que pensó que abandonaría el intento. Aunque se decía que publicar un libro es igual que parir, para ella no era lo mismo. Porque Gladys no podía parir. Era más fácil publicar, pensaba ahora, que tener un hijo. Y más difícil que tenerlo, se le ocurría, era adoptarlo. Como en los finales felices de sus cuentos, la adopción de Demián le fue concedida el mismo día en que su editor le anunció que estaba dispuesto a lanzar su libro.

Ahora son casi las dos de la madrugada. Desde la avenida sube el motor de algún auto. Se oye el ronroneo de los acondicionadores del barrio. Le hubiera gustado irse de vacaciones, pero Demián es muy chiquito. Transpirando, en remera y bermudas, Gladys está intentando avanzar en un cuento. Se distrae sacándole punta a un lápiz, ordenando las biromes y los marcadores de colores. Y cada vez que empieza una frase, desde la cuna, Demián la interrumpe. Cuando no tiene que alzarlo en brazos, tiene que prepararle la mamadera. Y si no son los pañales y el termómetro, porque Gladys tiene terror de que Demián esté incubando algo. Así como escribe sola sus cuentos también cría sola ese bebé que ahora llora y llora. *Hay que dejarlo llorar*, le han dicho. *Tiene que acostumbrarse*, le han dicho. *No le va a pasar nada porque llore toda la noche*, le han dicho. De acuerdo, piensa Gladys. Pero el llanto le nubla cada una de las frases que empieza y pierde el sentido de lo que estaba por contar. Se aparta de la mesa, va hacia la cuna, mira el bebé llorando. No aguanta que llore tanto. Y siente que la angustia se le condensa en la garganta. Gladys está llorando en silencio mirando al bebé que llora con todas sus fuerzas. Desde el primer día que Gladys tuvo a Demián le encontró algo de monito. Y ahora, en su crispación, Demián tiene algo de monito rabioso. Se aleja de la cuna. Y sus ojos dan con una ficha que mantiene en la mesa, en la que copió una frase de Paul Auster: *Los niños tienen tanta necesidad de alimentos como de cuentos.*

Los cuentos de Gladys, según la crítica, cuestionan las reglas del mundo adulto y reivindican el amor como un derecho humano. Son cuentos cortos, casi como koans en que provocan un estado de iluminación a través de la paradoja. A diferencia de otras narradoras infantiles, Gladys no apeló ni al sentimentalismo almibarado ni a las buenas intenciones. Por eso también la crítica saludó su libro como una lectura recomendable no solo para padres sino también para el público en general. Y en todos los recortes de crítica que Gladys encerró en una carpetita azul, no falta una reseña que la compara con Saint Exupéry. Sin embargo, ninguno de esos halagos la libra esta noche de la desesperación que le causa el llanto de Demián. Gladys se sienta y vuelve a empezar una frase. Pero es inútil. El llanto del bebé rebota contra las paredes del departamento.

Gladys entra al baño, revuelve el botiquín, saca un paquete de algodón, arma dos tapones y se los pone en los oídos. Se sienta a escribir. Y oye el llanto del bebé como si viniera a través de un túnel. Quizá debería apartar la idea de escribir un cuento y retomar esa traducción de un manual de autoayuda que le encargó una editorial. Porque Gladys vive de las traducciones. Y si no se apura con esa traducción no podrá pagar ni el servicio médico ni los pañales ni, lo que es peor, la muchacha. *Cómo vencer las ideas negativas*, traduce. *Tengo que controlarme*, se obliga. Y avanza en la traducción de un párrafo. Odia esta clase de consejos prácticos que tratan a las personas como robots. *Son la variante psicologista de Mecánica Popular*, piensa. Corre hacia atrás la silla. El llanto del bebé parece aumentar de volumen. Gladys agarra el lápiz por las puntas y lo quiebra.

No lo aguanto más, piensa frente a la cuna. Observa con neutralidad al bebé. Con el llanto, su parecido a un monito se agudizó. Y Gladys se alarma pensando cómo en ciertos momentos trágicos puede observarse de afuera, como una turista curiosa de su propio drama. Desvía la mirada hacia el balcón. Y piensa: *Seguro que si lo hago, mi libro va a trepar en la lista de best-sellers.* Le cuesta despegar la mirada del balcón de este séptimo piso a la calle. Y se pregunta: *¿Qué pasa si lo hago?*

Amor y comprensión

Una cinta roja en el picaporte de la puerta de calle protege de la envidia. Una estampita de San Cayetano, con una ramita de olivo, en un costado del aparador, garantiza que el trabajo no falte. Subirse a una silla en año nuevo, justo en el instante del brindis, al dar las doce, asegura un año próspero, así como en esa misma noche estrenar una bombacha o un calzoncillo trae buena suerte. Delia aprendió de su finada madre un sinfín de rituales. También de su finada madre, una nochebuena, aprendió a curar el empacho y a librar al prójimo del mal de ojo. Aunque Delia se define como católica practicante, no le parece una herejía confiar en el poder de estas ceremonias. Y menos en estos tiempos tan duros, tan amargos, cuando un martes de mayo, después de tres colectivos, en esta tarde húmeda, pegajosa y fría, llega a este chalet ruinoso y mugriento en Carapachay, donde vive la señora Adela.

La construcción está rodeada de pastizales, árboles torcidos. Unos perros flacos ladran al adentrarse en el terreno. En el porche se juntan algunas mujeres y dos hombres. Todos hablan bajo, casi murmurando, como en un velorio. Delia tiene que esperar entre ellos. Escucha comentarios sobre los prodigios que hace la señora Adela, casos perdidos que la mujer resolvió con sus trabajos. Hasta curó a un chiquito que estaba en quimioterapia, le dicen. Entre la gente importante que acude a ver a la señora Adela, le dicen, se destacan dos actrices de la televisión y un político. *La señora Adela no le cobra demasiado a los pobres, le dicen. La señora Adela compensa con lo que le saca a los ricos.*

Cuando empieza a oscurecer, al mirar la hora, a Delia el miedo le anuda la garganta. También quisiera no pensar en su casa. Delia dejó los chicos con una vecina. Seguro que a esta hora ya están portándose mal. También piensa en su suegra, que está en su casa desde hace dos años. Su suegra tiene Alzheimer. A esta hora le tocan unos remedios a su suegra. Y si Delia no está, seguro que la vieja va a saltear la medicación. Delia piensa en Ricardo, su marido. Cuando Ricardo se enoja se la agarra con los chicos y con ella. Hasta ahora no pasó de pegarle un cachetazo. Pero como en la fábrica de soda en que él trabaja están despidiendo, Ricardo está irritable y no hay semana que no estalle, semana que no se le escape la mano. Delia teme que un día de estos, fuera de sí, Ricardo pase del cachetazo a un desahogo mayor. A esta hora, al consultar su reloj, Delia piensa en cómo se enoja Ricardo cuando vuelve de la fábrica y no encuentra la mesa puesta. La señora Adela recién la recibe después de las nueve.

Vos tenés miedo, la encara la señora Adela. A Delia le sorprende encontrarse descubierta. La señora Adela no debe tener más de sesenta años. A Delia la desconcierta enfrentar esta giganta, con una piel increíblemente pálida, casi translúcida, el pelo azul y los ojos muy maquillados. Alrededor de la señora Adela la atmósfera huele a bizcochuelo, a perfume, a incienso. Obedeciendo un gesto de la señora Adela, intimidada por sus dimensiones, Delia se sienta en una silla tapizada con cuerina roja. Entre las dos hay una mesa redonda, cubierta por una tela negra, un mazo de naipes y una vela. *La primera vez que venís*, le dice la señora Adela. Delia asiente. *Tenés que concentrarte*, le pide la señora Adela. *Es importante que te concentres. Y que no pienses más que en tu problema*. La señora Adela le acerca el mazo de naipes. *Cortá*, le ordena. Delia vuelve a obedecer. Y la señora Adela va desplegando el tarot.

Delia se concentra. Busca resumir todo lo que le pasa, cifrar en un motivo concreto la causa de su visita. Pero no puede dejar de pensar en lo que debe estar ocurriendo en su casa. Ignora cómo resumir los veintiséis años de matrimonio, los chicos, la suegra, la amenaza de despido que transforma a Ricardo en un verdugo. Delia mira sus manos. Y las compara con las manos enormes de la señora Adela. *Cortá*, le pide de nuevo la señora Adela. Delia mira nerviosa las cartas. Ahora no le importa tanto el significado de cada carta, lo que el tarot pueda revelar sobre su destino, como saber qué está sucediendo en su casa. *Hay una enfermedad*, murmura la señora Adela. Delia se mira las manos, sonríe avergonzada: *Artritis reumática*, confiesa. Y oculta las manos bajo la mesa.

La señora Adela la estudia. Tiene una expresión a la vez serena y enigmática. Su respiración fatigada ocupa todo el ambiente, estremeciéndolo. *La enfermedad que vos tenés es rabia y remordimiento. Te sentís víctima de lo que está pasando en tu casa. Y por más que la situación tuya es injusta, vos en parte sos responsable.* A Delia se le precipitan ideas negras. En su casa debe estar agazapándose la tormenta. A Delia le es imposible apartar estos pensamientos. Todas sus fantasías desembocan en catástrofes. Y en la explosión de Ricardo. *Repetí conmigo*, le manda la señora Adela. *Concentrate y repetí conmigo: Veo todo con amor y comprensión. Elevo todas mis experiencias a la luz del amor. Yo soy mi propia autoridad. Me amo y me apruebo.* Delia repite. Modula cada frase dándole la entonación que le da a sus oraciones los domingos, en misa. *Te las voy a dar anotadas*, la señora Adela le entrega un papelito. *Guardalas en tu memoria. Y decilas para vos cada vez que te ataque el miedo*, le dice la señora Adela. *También voy a hacer un trabajo con vos. Escribime en esta hoja tu nombre completo. Y el de tus seres más queridos.* Delia obedece otra vez. *Venime a ver en una semana*, se incorpora la señora Adela. Y al medirse con ella, Delia se ve reducida a la niñez, a los días previos a su primera comunión. Delia susurra una pregunta: *¿Cuánto?* La señora Adela la está abrazando: *Ahora no pensés en la plata.*

Al abandonar el chalet Delia se apura. Las calles están vacías, oscuras y brumosas. A esta hora los colectivos tardan. Calcula a qué hora estará de regreso en su casa. No antes de la medianoche, se dice. En los colectivos, pretendiendo espantar el miedo, lee y relee las oraciones que le dio la señora Adela. Se recrimina no haber incluido en su lista de seres queridos los nombres de su marido y su suegra. *Veo todo con amor y comprensión*, recita en un susurro. Y después de grabarse las oraciones, tira el papelito por la ventanilla, como un criminal, piensa, intentando deshacerse de las huellas que pudieran condenarlo. La aterra volver tan tarde. Si Ricardo no se desquitó antes con los chicos, seguro estará esperándola. Al bajar del colectivo, Delia vacila frente a la puerta de su casa, saca las llaves. Es casi la una. No sabe qué le va a decir a Ricardo, cómo podrá explicarle. *Veo todo con amor y comprensión,* musita.

Esa puerta entreabierta

Desde que vino de Tostado a la capital con un título de perito mercantil, hace más de diez años, Estela Dallochio trabaja en una compañía de seguros y alquila el mismo departamento de un ambiente en este edificio de la calle Paso. Como la mayoría de quienes viven aquí Dallochio no se da con nadie. Casi todos sus vecinos, solitarios y solitarias como ella, alquilan departamentos estrechos como el suyo. Y casi todos, como Dallochio, también pasan gran parte del día afuera. Vienen por la noche a dormir, hasta la mañana siguiente en que vuelven a sus empleos. No hay chicos en el edificio. Para Dallochio, que no le gustan los chicos, esta es una ventaja. Durante los fines de semana el edificio es también un panteón.

Tímida, metida para adentro, por su carácter Dallochio resulta huraña. También es cierto que Dallochio es desconfiada y recela de cualquiera que se le arrime, aun en la oficina, donde podría haber hecho alguna amistad, pero no. Dallochio no tiene amigas. Ni amigos. Con sus tics, con sus manías, la soledad en que se enquistó se le antoja más una virtud que un defecto, un rasgo de superioridad, un triunfo personal que la distingue del prójimo. Del mismo modo que impuso con sutileza, en todas partes, que la llamen por el apellido y no por el nombre, su distancia en la manera de relacionarse le garantiza la convicción de que es invulnerable. Y el significado de esta costumbre de hacerse llamar por el apellido y no por el nombre se le robustece cuando se acuerda de la chica de Alien, a quien todos conocen solo como Ripley.

Por eso a Dallochio le molesta que el vecino de al lado, del décimo C, cuando se lo encuentra en el ascensor, en el hall de entrada, use su nombre para saludarla. Al buenos días, buenas noches, el vecino le agrega un Estela. Dallochio apenas le retruca el saludo en voz baja. Y se pregunta cómo el otro pudo averiguar su nombre. Seguro que le espió algún sobre de correspondencia que el portero dejó apretado debajo de la puerta. El vecino debe tener su edad. Y es evidente que se esfuerza por hacerse el simpático. Para Dallochio, en esta actitud del otro debe haber algo más. Y se siente perseguida al tener que librarse del acoso de este diplomático que se empecina en sonreírle cada vez que se cruzan y, como se cruzan cada vez más a menudo, Dallochio piensa que el vecino está siempre espiando a ver si ella sale para forzarla a esta intimidad de pasillo. Dallochio siente al vecino como un orzuelo.

Hace pocos meses que el vecino se instaló en el departamento de al lado. Cuando tuvieron los primeros encuentros en el corredor, Dallochio pensó que con su reticencia amedrentaría al otro. Pero no fue así. Por el contrario, la frialdad de Dallochio parecía estimular la tenacidad pegajosa del vecino.

Ahora, en este último tiempo, Dallochio toma precauciones antes de salir de su departamento. Y mueve las llaves y el picaporte de la manera más discreta posible, sigilosa, temiendo que el otro pueda oírla. Sin querer, la proximidad del otro se le está convirtiendo en una presencia invasora. Porque Dallochio empieza a prestarle atención a los sonidos del otro lado de la pared y, avergonzada, odiándose, se descubre poniendo un vaso para escuchar algo. Por lo general, lo único que oye Dallochio es esa risa. A veces, en la quietud de la madrugada, la risa le llega como una broma pesada. Si Dallochio acerca el vaso a la pared, la risa se calla. Si lo aparta, la risa arranca de nuevo. Y esa risa, que a Dallochio le parece afeminada en sus convulsiones, no le caben dudas, es una prueba de que el otro se está burlando de ella. También, en el último tiempo, Dallochio piensa en denunciar a su vecino. No en quejarse, no en protestar, piensa. Denunciarlo. Y al oír la risa del otro, Dallochio mira fijo el teléfono, un antiguo aparato negro, pesadísimo, que está tan callado como ella.

Un martes Dallochio debe quedarse hasta tarde en la oficina. Y tarde es más de medianoche. Antes de volver a su departamento, come un sandwich y toma una gaseosa en un bar de Corrientes. Al pagar, el precio de la consumición la enerva. Entra en el edificio todavía pensando en lo que se gasta comiendo afuera. Si Dallochio vive en el centro, a pocas cuadras de la compañía de seguros, no es solo por practicidad sino también por conveniencia, para ahorrar en comida además de viáticos. Está pensando en estas cuestiones cuando al salir del ascensor y prender la luz del pasillo, advierte que la puerta del décimo C está entreabierta. Mientras abre la puerta de su propio departamento, Dallochio no puede evitar que su cabeza gire hacia el costado con curiosidad. Con el codo, precaviéndose para no dejar huellas, empuja la puerta del vecino. El ambiente está iluminado y en desorden. En el aire se mantiene un olor tibio de humedad y tabaco, como si alguien hubiera estado ahí hasta recién. Hay unas sillas volcadas, ropa esparcida en el piso, papeles, revistas y libros tirados. Dallochio vuelve sobre sus pasos. Se encierra en su departamento. Tiene palpitaciones. En el baño, se moja las manos y la cara. En la madrugada, poco antes del amanecer, a Dallochio se le mezclan el insomnio, el agotamiento y el miedo. Por la mañana, con los músculos endurecidos por la tensión, cuando sale para la oficina, la puerta del vecino sigue entreabierta. Con el corazón en la boca, Dallochio se apura a meterse en el ascensor y, al llegar a la calle, a la radiante mañana de primavera, agradece tener que ir a la oficina.

Ese miércoles por la noche, al volver al edificio, Dallochio ve que la puerta del vecino está cerrada. Toda esa noche Dallochio se propone no dormir, pendiente de cualquier sonido que venga del otro lado de la pared. Afiebrada, resistiendo el cansancio, todavía vestida, Dallochio da vueltas en la cama. De golpe cree oír esa risa. Y se lanza contra la pared. Tiene el vaso al alcance de la mano. Pero no le hace falta ponerlo para darse cuenta de que la risa fue una ilusión suya.

Después de este episodio, Dallochio no vuelve a ver al vecino. Y tampoco se le ocurre preguntar qué se hizo de él. A medida que pasan los días se convence de que pronto terminará olvidándose de lo que pasó. Además, el departamento de al lado tiene otro ocupante.

Migración

Cuando empezó la racionalización de personal en el diario, a diferencia de sus compañeros de trabajo, Mirtha no se alarmó. Tanto los periodistas como los administrativos especulaban en qué invertir la indemnización para no descapitalizarse. En contaduría, donde trabajaba Mirtha, las soluciones más comunes para combatir los estragos del desempleo eran el kiosco y el taxi. A ella, con la antigüedad que tenía, según los cálculos de una compañera, le alcanzaba cómodamente para comprar un taxi. Sin padres, sin pareja, sin hijos, Mirtha solo se tenía a sí misma. Y esta era una ventaja sobre los demás. *Soy sola*, decía. Y al decirlo parecía recitar el número de su DNI. Mirtha tenía casi cincuenta años. Y a esta altura de su vida, se decía, no iba a hacerse drama por el futuro que le quedaba. Estaba dispuesta a aprovechar al máximo la indemnización. La iba a gastar en placer. Un viaje por la Patagonia. El itinerario se cerraba en Tierra del Fuego, decía. *¿Y después?*, le preguntaban. *Después*, contestaba Mirtha, resuelta, *después me mato. Y con mi muerte no voy a joder a nadie porque no tengo a nadie.*

Apenas terminó de cobrar la indemnización Mirtha puso en práctica lo que ella consideraba su sueño. Si se demoró un tiempo en salir de viaje fue porque también en ese lapso decidió vender su departamento de dos ambientes en Nazca y Álvarez Jonte. La propiedad tardó en venderse. Al cerrarse la operación la suma resultó bastante menor de lo que Mirtha había esperado. Pero no se hizo demasiado problema. Estaba ansiosa por comenzar el viaje. Con la indemnización y la venta del departamentito tenía más que suficiente para hacer realidad su sueño. A esta edad, pensaba, no le daba el cuerpo para hacerse la hippie y andar con una mochila durmiendo a la intemperie. Ella iba a parar en hoteles, deteniéndose en un lugar si le gustaba, sin importarle ni el tiempo ni lo que gastaba. Había pasado la mayor parte de su vida soñando con este viaje. Es decir, posponiendo su sueño. Y ahora, al viajar, observando uno y otro paisaje, se arrepentía de haber perdido tantos años. En el viaje, en una librería de Puerto Madryn, compró *Patagonia* de Bruce Chatwin. Añoró no ser más joven para reproducir la aventura del viajero inglés, recorrer a pie ese territorio tan inabarcable como desolado. Disponer de dinero le permitía cubrir largos tramos en remise. Era bueno atravesar esos paisajes desiertos y ventosos protegida en el interior de un auto. Y aunque cada desplazamiento le costaba una fortuna, era bueno también no tener que preocuparse por lo que pagaba. En un hotelito de Esquel, una noche de aguacero, subrayó en el libro de Chatwin ese pasaje de la conversación con un ornitólogo: *Conversamos hasta muy tarde, analizando la posibilidad de que también nosotros, los seres humanos, tuviésemos programadas migraciones en nuestro sistema nervioso. Era, según decidimos, la única forma de explicar nuestra alocada inquietud.* Durante demasiados años, pensó Mirtha, ella había sofocado amargamente esa *alocada inquietud* que, páginas después, en el mismo libro, Mirtha creyó identificar en una definición de Baudelaire: *el gran mal: el horror al propio hogar.* Durante demasiados años, hasta el despido del diario, Mirtha no había hecho otra cosa que merodear esta verdad que ahora, en el viaje, se le revelaba con la potencia del viento patagónico. Esa misma noche, escuchando la tormenta, Mirtha se fijó no pensar más en los años que había dilapidado ni tampoco en su cuerpo, que a esta edad, le mezquinaba la energía que ella hubiera querido. Lo pasado, pisado, se dijo. Después de esta conclusión, diciéndole adiós a la melancolía, Mirtha perdió la noción del tiempo en la Patagonia. A veces, después de unas semanas, volvía a algún sitio en que, recordaba, había tenido una percepción novedosa del mundo, del destino y de sí misma. Pero al regresar solía ocurrirle que esa percepción ya no era igual. Y entonces la experiencia tenía algo de segunda mano. Entonces Mirtha tomó otra decisión: no volver, no regresar. Y esta decisión fue similar a la que había tomado en ese hotelito de Esquel: lo pasado, pisado. Fue retardando el viaje a Tierra del Fuego, su tierra prometida. Y cuando por fin llegó, su dinero se había reducido. Pero no parecía inquietarse tanto por los billetes que se le volaban de las manos sino por la amenaza que se ocultaba bajo la gran nevada que tapizaba todo. La nevada le concedía a Ushuaia un glamour turístico, pero debajo del glamour había barracas miserables, fábricas de electrodomésticos a punto de cerrar, tomadas por los obreros. No hacía mucho, la policía había baleado a un obrero en una manifestación. Si bien desde la enorme ventana del hotel podía contemplar los techos y los autos cubiertos por un blanco de postal, y más allá la bahía, el mar como un vidrio oscuro, los nervios la contraían en las últimas semanas. Y desde estas últimas semanas hasta esta tarde los nervios y el transcurso del segundero de su reloj pulsera se confundían en una especie de vértigo.

Esta tarde, desde hace un rato largo, Mirtha está parada sobre unas piedras de la playa mirando ese pingüino muerto. El pingüino tiene manchas de petróleo y de sangre en el pico. Y al observarlo Mirtha se siente débil. Le da rabia encontrarse débil. En particular esta tarde en que el dueño del hotel la intimó con llamar a la policía si no liquida todo lo que debe. Las mucamas la miraron con la misma lástima que ella ahora mira el pingüino. Aquí, en Ushuaia, termina viaje. Aquí, en la bahía, esta tarde el mar tiene un color negro acerado. Pronto va a anochecer. Y nieva otra vez. Mirtha tirita. Se sube las solapas del abrigo.

La roña de los demás

Hace más de siete meses que Lidia guardó su viejo diploma de bachiller en un cajón junto con todas sus pretensiones de conseguir trabajo en una empresa. A los treinta y cuatro años, casada, dos hijos, con el marido desocupado, hizo de tripas corazón y se metió de doméstica. Lidia no dice mucama, no dice sirvienta ni tampoco muchacha. *Doméstica* le parece un término menos degradante. Una vecina de Eva Perón y José Martí le consiguió horas en un edificio de departamentos de Caballito. Y en poco tiempo Lidia pudo armar lo que con ironía llama su *cartera de clientes.* Cuando Horacio, su marido, vio que traía alguna ropa para lavar tuvo la primera reacción frente a su trabajo de doméstica. *Encima te traés la roña de los demás a casa,* le dijo. *Es la ropa de un periodista que vive en un ambiente,* le explicó Lidia. *El pobre no tiene siquiera espacio para un lavarropas. Y si la manda a un laverap se la devuelven arruinada,* siguió. *Pobres somos nosotros,* le dijo Horacio. Y no son celos, aclaró Horacio, adivinándole los pensamientos y lo que Lidia podía llegar a decir. Ahora, cuando Horacio la ve lavar la ropa en el patiecito del fondo, no le dice nada. Pero Lidia cree saber en qué piensa su marido. Y busca no prestarle atención a su encono.

Del mismo modo en que, con la falta de trabajo, uno se acostumbra a reducir cada vez más gastos y a vivir cada día con menos, restringiendo donde se pensaba que era imposible, así uno también se resigna a la serie de trastornos físicos que se suceden con el aumento de las preocupaciones. Las encías, el hígado, el estómago y los riñones se hacen sentir tanto como las contracturas, los calambres, la fatiga y los trastornos del sueño. La angustia y la desesperación se ramifican por todo el cuerpo. El deseo desaparece. Y junto con la desaparición del deseo, la rabia se va enquistando como una costra. En estas cosas piensa Horacio este viernes de agosto mientras da vueltas por el centro sin ceder a las palpitaciones, los mareos y esa piedra que le oprime el pecho desde que lo atacó una bronquitis hace dos meses. Aunque el médico le recomendó reposo, todas las mañanas, con el currículum de empleado bancario en un bolsillo del saco, sale de su casa con la esperanza de conseguir algo. Acude a todos los clasificados donde se pide un empleado administrativo.

A los treinta y ocho años Horacio no aparenta su edad, pero desde que está desocupado, y en particular desde que arrastra esta bronquitis mal curada, con su estado febril recurrente, debilitado, acusa cada una de sus dolencias como síntomas de una decrepitud prematura. Le achaca sus temblores, el castañeteo de los dientes, al frío polar de estas últimas semanas. Y da vueltas y vueltas por el centro aun cuando no le quedan ni amigos ni conocidos por visitar, haciendo tiempo para volver a su casa.

La necesidad lo vuelve a uno portador de un virus que los otros, aquellos que no están necesitados, detectan en el instante. La necesidad le imprime a uno gestos, tics, frases y toda clase de señales inconfundibles que transmiten pánico. Estar ante un necesitado lo obliga a uno a revisar sus propios miedos. Uno se ve proyectado en el que pide, en el que solicita, en el que espera ayuda. Y muchas veces cuando se ayuda no se lo hace por solidaridad sino para espantar cuanto antes ese espectro que, en estos tiempos, mañana mismo, puede ser uno. Y al necesitado, con sus reflejos afilados por la humillación, le resulta imposible no advertir el asco, la repulsa o la piedad hipócrita de los otros. Entonces el necesitado busca fingir, se impone una sonrisa, una salida ocurrente, caer simpático, mostrarse optimista. El necesitado apela a esta actitud aun cuando sabe que tarde o temprano el resentimiento lo va a traicionar, delatándolo, y no habrá ninguna estratagema diplomática que le sirva para ocultar los sentimientos venenosos que incuba. Se llama *necesitado* al que necesita, piensa Horacio. Sin embargo, *necesitado* es también un tipo que hace falta, se dice. Él, en cambio, no parece hacerle falta a nadie con excepción de Lidia y los chicos, Santiago de diez y Paola de siete. Al pensar en ellos con tristeza, el cariño y la ternura son un nudo en la garganta. Uno da cariño y ternura cuando no tiene otra cosa para dar, piensa con amargura. Y todos sus pensamientos de todos los días son parecidos. Da vueltas por el centro, cuenta cada tanto el dinero que le dio Lidia por la mañana y mira el reloj. Como Horacio es ahorrativo, ese poco dinero le rinde para quedarse en la calle hasta la noche, porque Horacio tiene vergüenza de volver a su casa antes que su mujer, de que los vecinos lo vean igual que a tantos tipos en el barrio, llevando los chicos al colegio, haciendo un mandado, atendiendo la puerta de calle si alguien llama. No, no aguanta la idea de volver antes que Lidia. Y estira la plata prolongando el tiempo entre un café y otro, midiendo las horas minuto a minuto, proponiéndose inútiles ejercicios silenciosos como detectar cuantas veces se repite una letra en los carteles de esta cuadra, ejercicios que le sirven para distraerse del remolino de sus pensamientos siempre machacones, siempre negros, siempre enroscándose. Así piensa y piensa Horacio toda la mañana y toda la tarde hasta que oscurece y camina hacia el subte ardiendo de fiebre. A esta hora siempre le sube la temperatura.

Y cuando llega a su casa Santiago y Paola están terminando los deberes, tan aplicados, porque Lidia siempre les repite que *el colegio es el trabajo que tienen los chicos.* Y ella, en tanto, en el patiecito del fondo, ocupada con el lavarropas. Enseguida sirvo la comida, le dice Lidia. *Termino de enjuagar esto y voy,* le dice. *No tengo hambre,* tose Horacio este viernes. Lidia se le acerca: *Vos deberías haberte quedado en casa,* le dice. Le toca la frente. *Estás ardiendo, Horacio,* le dice. El contacto de su frente con la mano de Lidia, fría, húmeda, olorosa de jabón, le proporciona un alivio breve. Después, como reaccionando, le agarra la muñeca, le mira las yemas de los dedos, arrugadas, y las besa. *Qué hacés*, se alarma Lidia al ver que Horacio levanta una camisa de la pila junto al lavarropas. Horacio desgarra la camisa con furia. *Estás enfermo*, murmura Lidia. Horacio la aparta con rabia. La furia de cada gesto de Horacio es amenazante. Lidia nunca lo vio así. Horacio desgarra una camiseta, un calzoncillo, una remera. Lidia piensa en los chicos. Y se traga un grito. Tampoco nunca, como ahora, lo vio a Horacio dejarse caer junto al lavarropas, llorando en silencio, tapándose la cara. Horacio llora encogido, corcoveando con espasmos. Lidia se agacha junto a él, se arrodilla. También ella está llorando. *Era también ropa de otra gente*, dice, como si la explicación tuviera algún sentido. *Qué les digo mañana, eh*, solloza. Y se abraza a su marido.

Feliz año nuevo

En la iconografía de las fiestas suele representarse el año viejo como un anciano flaco, esquelético, de sonrisa lúgubre, y al año nuevo como un rozagante recién nacido en pañales. A los setenta años, Salvador observa concentrado una tarjeta de salutación que alguien pegó con scotch en ese armario de metal. Junto al armario hay una mesa. Y en la mesa, entre ramos de flores, tijeras, celofán y moños brillantes, una pizza chica de muzzarela y una botella de sidra. Una vez más, como tantas noches de fin de año, Salvador no tiene problemas en estar solo cuando el treinta y uno de diciembre muere para que nazca el primero de enero. Salvador piensa que esta es una noche como otra. A los setenta años, está acostumbrado a la soledad. Calabrés, jubilado, hace cinco años que Salvador trabaja en esta casa de sepelios de la avenida Directorio, en Mataderos. Su único hijo vive en Boston, Salvador se acuerda cuando nació su hijo, se acuerda cuando murió la madre, poco después del parto. Se acuerda de todos y cada uno de los momentos alegres y los momentos tristes. Quizá, cuando su hijo le anunció que se iba a Estados Unidos, fue uno de los momentos más confusos. Por un lado, se alegraba. Por otro, se entristecía. Ahora, la ausencia del hijo es un sentimiento ambiguo. Cuando vino a Argentina, Salvador pensó que acá iba a armar una gran familia, a conquistarse una pequeña fortuna. Su gran familia se frustró poco después del nacimiento del hijo. Su pequeña fortuna nunca llegó a ser. Y si algo puede confortar a Salvador en esta noche es saber que su hijo está bien allá en los Estados Unidos y él todavía puede ingeniárselas para trabajar haciendo ramos, palmas y coronas.

En la planta alta de la casa de sepelios hay tres salas. En una velan a un viejo que murió de cáncer. Hay pocos parientes. Y casi no se oyen llantos ni lamentos. Los parientes, parece, optaron por una ceremonia sencilla, sin estridencias. En otra sala es el velorio de un chico que se mató con una moto. Esta sala es la más concurrida. Vino gente de todas las edades, jóvenes más que nada. Aquí sí hay gritos de dolor, estallidos de desesperación, desmayos. Los parientes del viejo decidieron no avisar a nadie. Los parientes del chico pareciera que avisaron a medio mundo. Salvador medita sobre estos dos comportamientos y su diferencia. Quizá, cuando una muerte es prevista, la misma espera le resta magnitud. Cuando una muerte es inesperada, piensa, la sorpresa despliega en cada uno la necesidad de manifestar la pena y el sufrimiento con exasperación. La sala restante está vacía.

Trabajar en una casa de sepelios, pasar las noches y las madrugadas cerca de los muertos, puede ser una ocupación como cualquiera, se dice Salvador. Todos los pensamientos que Salvador puede contar son simples, lineales y casi ingenuos. Son pensamientos que se traducen en frases hechas, a las que se recurre en los largos silencios de las horas junto a un ataúd. Si una conclusión ha sacado Salvador de su trabajo es que la muerte no es igual para todos. Cuando se dice que tanto los ricos como los pobres cagan, por ejemplo, se miente. Y lo mismo cuando se dice que la muerte llega a todos por igual, más allá de su condición social. No, se dice Salvador, no sufren lo mismo los ricos que los pobres. Los primeros disponen de una serie de artilugios que los protege, sin ir más lejos, de andar contando las monedas para velar a un ser querido. Los pobres, en cambio, tienen que ser meticulosos en lo que gastan en el velorio y en el entierro, empleando un dinero que estaba reservado para cuestiones más apremiantes. Los pobres están castigados en vida. Y también cuando les toca la muerte.

Esta noche Salvador no tiene ganas de comer. Ni siquiera un pan dulce que le regalaron y que tiene guardado en el armario. Saca una foto de su hijo. Está sonriendo en una mañana de sol, en la puerta de su casa en Boston, un chalet rodeado por un amplio jardín. Uno puede acostumbrarse a la idea de la muerte cuando se trata de una persona mayor, piensa. Pero no cuando se trata de un hijo. La peor de las muertes, se dice, debe ser la muerte de un hijo. Y oye los llantos y las voces de quienes, arriba, están velando al chico que se mató con la moto. Salvador destapa la botella de sidra cuidando que el corcho no dispare un estampido. Mira la foto de su hijo y el reloj. Faltan pocos minutos para las doce.

Mientras se oyen las sirenas, los petardos y las risas en todo el barrio, el silencio se vuelve denso en la casa de sepelios. Es un silencio profundo, opresivo, macizo. Una voz sobresalta a Salvador arrancándolo de sus pensamientos: *¿Puedo brindar con usted?* El hombre que entró en la trastienda debe tener algo más de cuarenta años. Salvador lo reconoce. Son muchas las caras que pasan por la casa de sepelios. Y Salvador las retiene todas. Este hombre es el hijo del viejo que velan en la primera sala. De allí se retiraron los pocos familiares y amigos. Y quedó solo el hijo. *A mi padre le gustaba la vida*, le dice. *Le hubiera gustado que brindáramos esta noche,* le dice. Salvador saca un vaso de plástico del armario. Y se lo entrega al hombre: *Y a mí me gustaría brindar con mi hijo,* cuenta Salvador. *Feliz año*, le dice el hombre. Salvador, brindando, se acerca para besarlo: *Felicità, figlio mio.* Y ahora, como si le hubiera vuelto el ánimo, Salvador saca ese pan dulce que le regalaron y lo pone sobre la mesa.

El pibe

2006

Mataderos

En las mañanas de invierno, los camiones de hacienda estacionan por la avenida Directorio enfilados hacia el frigorífico Lisandro de la Torre. En la negrura de las jaulas el ganado se mueve nervioso presintiendo su destino de corral y matadero. Si un animal se cae en el interior de la jaula, entre los cuerpos y las patas, los mugidos y los golpes, la bosta salpica fuera del camión. En esas mañanas de invierno, cuando vamos al colegio, no hay que pasar cerca de los camiones. Una salpicadura puede enchastrarte el guardapolvo blanco y almidonado.

Cruzando Directorio hacia el norte, empieza el empedrado, a diferencia de nuestras calles, que son de tierra y tienen zanjas. De aquel lado, se es más de clase media que acá, apenas una cuadra más al sur, donde el hedor del ganado, la pestilencia de las curtiembres y el agua estancada de las zanjas enrarecen el aire, que todavía es de campo. Acá, la clase media decae en un proletariado peronista con ínfulas de pequeña burguesía.

Por Directorio pasan los colectivos que llevan al centro. Para nosotros, los pibes, Flores ya tiene algo del centro, con sus luces, con sus tentaciones. Pero, según los muchachos del bar, el centro no es para los pibes. Podés perderte. Y cuando dicen perderte no aluden solo a esas calles desconocidas, sentirse nadie entre tanta gente. Perderse es resbalar en algún vicio sin retorno. Desde estas calles de tierra, todo lo que está más allá de la avenida es un sueño turbio.

Pero este no es el único límite del barrio. El parque Avellaneda, hacia el este, puede ser otro. Todo un paisaje boscoso, una vegetación que avanza sobre los senderos que dan al corazón de la arboleda frondosa, donde se alza un casco de estancia. Allí, en esa casona, dicen, torturaban a presos políticos en tiempos de los conservadores.

El parque tiene también un trencito que lo recorre, una calesita, un campo deportivo, un natatorio y, al fondo, un baldío en el que se acumulan caños y materiales de construcción. De día, el parque contagia su bucolismo: la ciudad remota, con sus ecos, apenas se siente. De noche, en cambio, el parque es peligroso. Unos cirujas paran en ese baldío. Duermen en los caños. Secuestran chicos, se dice. Los violan. A uno, parece, le arrancaron los ojos y ahora lo tienen mendigando para ellos. Estas historias, que se vuelven leyenda, son un formidable recurso que sirve a las madres para que sus hijos, al atardecer, ya estén en casa. No obstante, para los pibes tiene algo de intrépido entrar al parque cuando oscurece y espiar a los cirujas en torno al fuego. Hay que juntar coraje para entrar en las sombras y aguantar el miedo que da el viento en los ramajes, el chasquido de los pasos en el bosque, el chistar de una lechuza.

El barrio termina en el arroyo Cildáñez, donde flotan los desperdicios de las curtiembres. Del arroyo para acá, dicen los pretenciosos, se está en Floresta. De aquel lado, y los vecinos lo dicen despectivamente, es Mataderos. Para mi madre, que terminó el secundario y se recibió de perito mercantil, vivimos en Floresta. A mi padre, esta presunción lo disgusta.

Ésos quieren olvidar de dónde vienen, se enoja. Quieren borrar su origen. Pero nadie puede contra la memoria, por más que se la entierre. Nadie, repite.

Vivimos en Mataderos, dice.

Militante socialista, mi padre no defiende solo su origen. También marca una conciencia de clase. A muchos les avergüenza ser obreros, dice. Preferirían ser oficinistas. Como si los cagatintas no fueran proletarios de cuello blanco.

Mi padre lo dice porque nació de aquel lado del arroyo. Y pasando el arroyo, ahí nomás, vive aún el abuelo tranviario, viudo, con sus hijos solteros, que se le están yendo de las riendas.

Adentrándose en Mataderos, se atraviesan quintas y potreros, el barrio es un caserío habitado por los inmigrantes, los criollos y el malevaje. Se habla de milongas y minas fatales, de naipes y ginebra, de carreras de caballos y guapos, de ladrones y pistoleros que tienen en jaque a la policía.

Mal ambiente, dice mi madre.

Si algo nos queda claro a los pibes es que, más allá de la parada del colectivo, en la esquina de Directorio, hay otra geografía. Pero, para protagonizar ciertas historias, antes es preciso hacerse hombre.

El cine italiano propone como modelo de belleza mujeres opulentas y voluptuosas. Una italiana de la otra cuadra nos parece salida de una película. La mujer vino de Venecia. Y la llamamos así, la Veneciana. Que venga de allá evoca, además de los canales, una sensualidad húmeda. En verano, la Veneciana usa unos soleros escotados. Cuando estamos sentados en un umbral y ella pasa, dejamos caer una moneda. La Veneciana se agacha para levantarla y los pibes aprovechamos para espiar su escote. La Veneciana siempre se agacha, levanta la moneda y, con picardía, se la guarda en el escote. La moneda se desliza por debajo de su vestido y tintinea en la vereda. Alejándose, la Veneciana nos guiña un ojo.

Dai, guaglió, nos dice con picardía.

Y sigue de largo, mientras nosotros luchamos por la moneda, que se nos antoja tibia y perfumada. Según los muchachos del bar de la esquina, que si no tienen experiencia la simulan, la Veneciana tiene la fiebre. Si preguntamos qué es la fiebre, los muchachos, sobradores, nos dicen que todavía somos muy pibes. Ni siquiera tenemos edad para quedarnos en el bar. Por ahora, lo único que comprendemos es que una mujer con la fiebre no es para casarse.

Un pibe de la vuelta asegura haber debutado. La mujer con que debutó es su tía. Lo escuchamos contar. El pibe asegura que, si uno se la frota con un bife de hígado, la sensación es idéntica.

Otra fórmula para anticiparse a eso que la edad nos veda es la cambiadita: vos intentás ponérsela a un pibe y él, a su vez, trata de ponértela. Esta fórmula tiene un inconveniente serio: el nerviosismo y la vergüenza. El temor de que el otro cuente. Más de uno, después de hacer la cambiadita termina a las piñas con el otro. Los muchachos del bar, con fundamento, comentan que una de las ventajas de haber hecho la cambiadita consiste en que a uno después no le quedan ganas de probar de grande. A menos que te guste. Porque entonces, definitivamente te pasaste del otro lado. El otro lado no es haber cruzado una calle y descubrirse en una zona desconocida. El otro lado es ser otro distinto al que todos creen que es, otro que no solo los demás sino también uno ignoraba.

Una noche de verano los muchachos cuentan sus proezas. Nosotros, los pibes, estorbamos con nuestra admiración. Quizá para darse más importancia, esa noche los muchachos se ponen a medírsela. Ocho dedos, doce, quince, dieciocho. Mientras se discute si para una mujer es más importante el largo o el grosor, hay uno que cierra la discusión. Ninguno imaginó que alguien pudiera tenerla de ese tamaño. Cuando ese muchacho se casa, en los primeros tiempos de su matrimonio, sentados en la esquina, miramos pasar a su esposa. Por la manera en que ella camina, aseguramos que su marido la descoyuntó.

Cada historia de los muchachos es siempre una hazaña. Nosotros quisiéramos seguirlos en todo. Son nuestros héroes. Una duda nos va ganando: si son ellos los del colectivo mataputos.

En esta época se dice que un colectivo circula por las noches con las luces apagadas llevando una banda de muchachos armados con cadenas, cachiporras y sevillanas. Uno dice que deben ser los Tacuara. Otro lo corrige: Los Tacuara corren a los rusos. Estos del colectivo persiguen solo a los putos. Cuando encuentran un puto, se lo cargan y le dan para que tenga. Después al puto lo tiran agonizante en un basural. De ser así, guarda, más te vale que no te encuentren haciendo la cambiadita.

Nosotros sospechamos de los muchachos de la esquina, pero pronto nos damos cuenta de que ellos no pueden ser los mataputos. Hay una anécdota que, al recordarla, los humilla.

Un sábado a la noche, en una whiskería de Flores se encuentran con el marica del barrio. El marica es alto, flaco, rubio, elegante. Da pena que desperdicie esa pinta. Cuando ese sábado por la noche los muchachos lo encuentran en el boliche, lo rodean. El marica quiere alejarse. Pero ellos no lo dejan. Empiezan los chistes de doble sentido, las risotadas. Hay un empujón. Ninguno de los muchachos espera que el marica pueda reaccionar. Pero, con una trompada, el marica derriba al que lo había empujado. Y ahora tiene una sevillana en la mano, lista para cortar. Los muchachos se retiran prometiendo vengarse.

Pero ninguno será tan macho como él.

Motorman

Me gusta este reloj del abuelo, un Omega plateado de bolsillo, de principios de siglo, que usaba cuando era motorman. Cada vez que observo este reloj, escucho a mi padre hablar de su padre. Cuando mi padre habla del motorman, no se refiere a un pobre inmigrante calabrés sino a un héroe.

Según mi padre, el Omega representaba la obsesión del motorman por la puntualidad en el recorrido de los tranvías. El motorman prestaba tanta atención a los horarios como a su uniforme. Era puntilloso en cada detalle de su aspecto: el brillo de la visera y los botones plateados de su saco negro, la raya del pantalón y el lustre de los botines. Aun cuando se es pobre hay que preservar la dignidad, decía el motorman. Y también: No hay que confundir dignidad con orgullo. Mi padre heredó del motorman esos preceptos junto con el reloj.

Cada vez que mi padre consulta la hora en el Omega, parece evocar todo el pasado que late en el tictac de ese mecanismo.

El abuelo vino al país cuando tenía doce años. Tras desembarcar en Buenos Aires, se internó en la provincia buscando trabajo en el campo. Como era esmirriado, se puso varios pantalones y camisetas para simular corpulencia y conseguir que lo emplearan en la cosecha de la papa. Después de ahorrar algo de dinero, volvió a Italia. Y se trajo un hermano. Pasados los veinte, consiguió trabajo en el tranvía. Entonces decidió casarse. Le escribió a una muchacha de su pueblo. Ella tenía quince años. Ahora que era motorman, le escribió, estaba en condiciones de fundar su propia familia. Eso bastó para que ella se embarcara rumbo a Buenos Aires. Durante unos meses, los recién casados vivieron en una pieza de conventillo cerca del mercado Spinetto. En el barrio había varios italianos mafiosos. Al motorman lo ofendía esa mala fama que ensuciaba a todos los inmigrantes de su país. Con penurias y estrecheces, ahorraron para la compra de un terreno en Mataderos, a media cuadra del arroyo Cildáñez, en un territorio que era más campo que ciudad. Con la colaboración de los paisanos que ya se habían afincado en el barrio, levantaron una casa que tenía bastante de rancho.

Hay una foto en la que se ve al matrimonio y los hijos durante un alto de la obra. Mi padre no debe tener más de siete años en esa foto. Es un pibe rubio, flaco, y no es que la camisa y el pantalón corto sean enormes: la ropa parece grande porque mi padre es raquítico. Él y sus hermanos están descalzos en la tierra, cerca de la madre, sentada en una silla baja, con uno de los chicos en las rodillas. Cuando recuerda esa época, mi padre cuenta que el abuelo volvía caminando del trabajo y en el trayecto siempre juntaba ladrillos que servían para terminar la casa.

Cada vez que mi padre vuelve a contar ese capítulo —el motorman volviendo del trabajo, levantando un ladrillo acá, otro allá—, parece que lo emocionara más contar la historia que la historia en sí. Una vivienda debía ser de material, decía el motorman. Para el motorman era importante superarse: los hijos tenían que recibir una educación. Pero los pisos de la casa todavía eran de tierra y el baño un cuartito de chapa con un pozo ciego.

Mi padre dice que esa fue una época feliz. Los vecinos se ayudaban unos a otros. Y el motorman era siempre el que más colaboraba. No era alto pero los músculos que había sacado parecían aumentar su estatura. La dificultad para pronunciar el español lo obligaba a hablar lento, como reflexionando en el significado de cada palabra. Este laconismo, que en realidad era ignorancia, pasaba entre sus paisanos por sabiduría. El motorman inspiraba respeto. Se lo consultaba y se lo obedecía. Mi padre cuenta siempre una anécdota para demostrarlo. Una vecina le confesó al motorman que su marido le pegaba. El motorman esperó una nueva trifulca para intervenir. Una mañana de lluvia torrencial, en medio de la tormenta, la vecina salió corriendo a la calle, perseguida por su marido. El motorman se le cruzó al vecino, lo cargó como un fardo hasta el arroyo. Todos en el barrio se acordaban de la escena. El vecino manoteando desesperado en la corriente del Cildáñez desbordante.

Mi padre cuenta que era suficiente una mirada del motorman para que reinara el silencio en la mesa. Una sola mirada, se acuerda mi padre: Entonces bajábamos la cabeza y seguíamos tomando la sopa.

Pero esa mirada se fue debilitando con la viudez.

La abuela murió de cáncer. El abuelo tuvo que ingeniárselas solo para criar los cuatro varones. Necesitaba una mujer en la casa. Apalabró una criolla que se preciaba de ser descendiente de Coliqueo. La mujer se ocupaba de la cocina y la limpieza. Como una reacción de naturaleza animal, ella terminó amancebándose con el abuelo. Los hermanos la adoptaron. Y ella también los adoptó.

Así justifica mi padre que sus hermanos se desviaran del porvenir que el motorman les había imaginado. Con la viudez, el motorman no era el mismo. Ahora era más blando.

Mi padre ya se había casado. Quería formar su propia familia. Ahora vivía en la casa de su suegra, a pocas cuadras, del otro lado del arroyo.

El abuelo se había dejado estar. Y la criolla propiciaba la indolencia. Una tarde en que el abuelo volvió temprano del trabajo, la encontró acostada con uno de sus hijos, el que prometía como bandoneonista. Al abuelo le bastó una mirada para que ella se rajara en enagua.

Quien tomó entonces las riendas de la casa paterna fue el Nene. Prometía por su habilidad con los números y se hizo quinielero. Según mi padre, fue el Nene quien arrastró a los dos más chicos a la mala vida. La mala vida, repetía mi padre. La milonga, las minas y el escabio. Eso que había empezado con la muerte de la madre y ya no iba a frenar era la decadencia del motorman.

El motorman murió del corazón. Pero lo que en realidad lo mató fue la tristeza.

Unos años después, mi padre, afligido por deudas, decidió pedirle ayuda a sus hermanos. El Nene no solo manejaba la casa sino también a sus dos hermanos menores: el más chico, que quería ser boxeador, y el otro, que quería ser bandoneonista. El Nene y mi padre discutieron. Los hermanos apoyaron al Nene. Cuando mi padre se iba le tiraron un ladrillo. El ladrillo le acertó a mi padre en la espalda. Aunque lo derribó el golpe, recuperó el equilibrio y siguió caminando sin darse vuelta a averiguar cuál de sus hermanos le había tirado el ladrillo.

Tiempo después los hermanos se pelearon entre ellos. Decidieron tramitar la sucesión de la propiedad y sacarse de encima a mi padre. Cuando por fin los abogados arribaron a un acuerdo, mi padre me pidió que lo acompañara a una escribanía por Tribunales, donde sus hermanos le iban a pagar su parte.

Me acuerdo de esa tarde de invierno en que, callados, viajamos al centro. En la escribanía nos espera el Nene. Sobrador, mira a mi padre con una sonrisa. El Nene es el más canchero de sus hermanos:

Te vas a alzar con un montón de guita, le dice.

Y cuando llega el momento de entregarle a mi padre la parte que le corresponde, deposita sobre el escritorio un paquete envuelto en papel de diario. Adentro están los billetes: el quinielero le paga a mi padre en cambio chico. Todos billetes de un peso.

Querés contarla, pregunta el Nene con esa sorna tan suya.

Mi padre no le contesta. Me pasa unos fajos de billetes y el resto lo guarda él. El Nene, sarcástico, vuelve a preguntar:

Qué vas a hacer con tanta guita.

Mi padre no le contesta.

Pero el Nene insiste:

A ver si le comprás unos caramelos al pibe.

Ahora mi padre lo mira a los ojos. Lo fulmina con la mirada. El Nene sonríe nervioso y retrocede encogiéndose de hombros.

En la calle, ya de noche, hace frío y llovizna. Es incómodo caminar con esos fajos ocultos en la ropa. En la cintura, en los calzoncillos, en las medias. La ciudad parece haberse vaciado. Mi padre saca el reloj, el Omega que fue de su padre. Mira la hora. Es tarde. Para un taxi.

La gran vida

Se acercan las fogaratas de San Pedro y San Pablo. Cuando estamos juntando leña con los pibes, una puntada en el tórax me impide levantar unos troncos. Una opresión en el pecho. Después fiebre, temblores. El doctor diagnostica una gripe fuerte. Debo permanecer en cama. Después de unos días, sin mejoría, el doctor cambia el diagnóstico:

Hepatitis, dice.

El reposo debe ser absoluto. Y, como la enfermedad es contagiosa, tengo que estar aislado.

Cuánto tiempo, pregunta mi madre.

Un mes y medio por lo menos, dice el doctor.

Mi hermana me espía a través del vidrio de la puerta. Con las palmas y la nariz contra el vidrio empañado de la puerta, ella me espía y me hace morisquetas.

Todas las tardes, a la vuelta del trabajo, mi padre me trae una revista de historietas. La enfermedad tiene sus ventajas. Además de faltar al colegio, me la paso leyendo todo el tiempo. Mi padre se sienta al borde de la cama y comentamos las lecturas.

Una tarde lo oigo decirle a mi madre:

Estoy preocupado por el Nene.

Mi madre le contesta:

Ese sí que se da la gran vida.

Y repite con encono:

El Nene.

Tardo en darme cuenta de que no hablan de mí. De mi tío el Nene, hablan. Desde pibe, el Nene mostró talento para los números. En la primaria, era un as para las cuentas, ayudaba a sus compañeros con los deberes de aritmética. En esa época a mi padre lo llenaba de orgullo cuando un pibe le pedía ayuda a su hermano. Pero al entrar en el comercial, el Nene ya no se conformaba con el elogio como retribución. Ahora le cobraba a sus compañeros. Le pagaban sus favores con monedas o cigarrillos. Con algo más de quince años, descubrió que su rapidez para las matemáticas podía ser más rentable. Se puso a levantar quiniela. Y abandonó el secundario.

Al Nene, según mi padre, lo torció la calle. La milonga, explica. La vagancia, lo corrige mi madre. A mi padre le gustaría defender al Nene. Pero mi madre lo corta:

Es inútil, dice ella. A tus hermanos no les gusta trabajar.

Mi padre no tiene otra que callar.

Si le gusta la gran vida, sigue mi madre, que se aguante cuando tenga que pagar las consecuencias. Calavera no chilla.

Confinado por la hepatitis en la pieza del fondo, las últimas anécdotas del Nene me vienen como noticias del exterior. Mi padre me cuenta que el Nene ahora tiene una *garçonnière* por Congreso y una mesa siempre reservada en un cabaret del centro. Que en su mesa siempre están las *cocottes* más hermosas. Que nunca falta en su mesa un balde plateado con champagne bien *frappé*. Mi padre cuenta que el Nene, engominado y de gala como un bacán, va en un convertible al cabaret. Pero dice *voiturette*. A mi padre le encantan estas palabras en francés, que pronuncia a su manera. El francés, para mí, es el idioma del pecado. Otras veces, amargado, mi padre opina que el Nene se cree el Maharajá de Kapurtala. También dice que pretende vivir como un pachá. Así como el idioma del pecado es el francés, el paroxismo de los placeres, como el opio, procede de Oriente.

La enfermedad me agudiza los sentidos. Sueño que acaricio esas mujeres con las que el Nene se da la gran vida. Cierro los ojos, aprieto fuerte los párpados. A mi cama viene una mujer y después otra. Al despertarme estoy mojado.

En ese estado de debilidad, siguiendo las instrucciones del doctor, sin levantarme de la cama ni salir de la pieza, todo lo que ocurre fuera de estos límites adquiere dimensiones extraordinarias. Una madrugada, a la salida del cabaret, con una partiquina, lo para un pistolero. El Nene le robó la mina. Quienes acompañan al Nene esa madrugada cuentan que no se deja intimidar por el arma que lo encañona. Se aparta de la mujer y, con su sonrisa ganadora, se acerca al hombre como teniéndole lástima: Si me quemás, yo pierdo la vida, le dice, pero vos perdés algo más importante. Hacé el cálculo, le dice el Nene. Y le pone una mano en el hombro al pistolero. Vas preso y perdés la libertad, le dice. Y todo el tiempo que pases en la leonera vas a pensar en ella. Horas, días, semanas, meses, años, todo el tiempo de la leonera pensando en ella. No vas a compensar los segundos de audacia del chumbazo. Y qué va a hacer ella mientras vos hacés crucecitas en la pared del calabozo, le pregunta el Nene. Ella seguirá embromando giles. Chupará otras pijas jurando amor eterno y el mundo seguirá andando. No te arruinés, hermano. El pistolero baja el arma. Sos un hijo de puta, le dice la mujer al Nene. Y amaga pegarle. Pero el pistolero la agarra de la muñeca. Haceme caso, le aconseja impertérrito el Nene. Ninguna mina vale ni la vida ni la cárcel. Hay que calcular las cosas antes de actuar. La existencia es una ciencia exacta.

Por eso es que el Nene, arrogante, dice que no necesita un bufoso para andar en esos ambientes. Con la aritmética se acabaron los guapos. Los números mueven el mundo, dice.

Y cuando mi padre, el socialista, le discute su filosofía, el Nene lo sobra:

Sos un pobre idealista, pebete.

El Nene va a terminar mal, advierte mi madre.

Ahora van varios días que el Nene se borró del barrio. Nos enteramos de que un auto negro, con policías de civil, lo estuvo esperando en la esquina. Es que como andaba con unos inconvenientes financieros y me había retrasado con el arreglo, los tiras se me pusieron nerviosos, le explica después a mi padre.

Mientras tanto los remedios para la hepatitis desbalancearon la economía flaca de la casa. A mi padre no le queda otra que recurrir a sus hermanos.

Tus hermanitos, dice mi madre. Mejor que ni cuentes con ésos.

Son mi sangre, dice mi padre.

No te bastó que te tirasen un ladrillo por la espalda.

Igual, mi padre lo busca al Nene:

Para los remedios del pibe, le explica.

El Nene aprovecha la oportunidad para echarle en cara:

Vos mucho socialismo de aquí, mucho proletariado de allá, pero no tenés vento para los remedios de mi sobrino. Tus buenos sentimientos son joda, hermano. Tanto humanitarismo y no te calentás por los que tenés cerca.

Después de eso, mi padre y el Nene se ven cada vez menos. Con el tiempo, en casa no se habla más del Nene. Además mi padre, por su militancia, otra vez fue despedido de Thompson & Williams, la sastrería en que estaba empleado. Tiene demasiados problemas para que encima le recordemos al Nene.

Cuando tengo quince empiezo a trabajar de cadete. Atravesar la ciudad, caminar sus cuadras interminables, es todo un descubrimiento. La ciudad no se termina nunca. Vuelvo a casa alrededor de medianoche. Me quedo dormido en el colectivo. Una de esas noches en que cabeceo contra la ventanilla, lo veo al Nene. Después de sacar boleto, se agarra del pasamanos y bosteza. Ya no se peina a la gomina ni lleva traje. Está canoso, tiene una campera de franela gris, los pantalones arrugados y los zapatos deformados por el uso. Del bolsillo de la campera le sale esa revistita rosa de los burreros. Los dos nos sorprendemos al encontrarnos.

Tanto tiempo, sobrino, dice el Nene.

Y se pone a calcular el tiempo que llevamos sin vernos. Años, meses, semanas, días, horas. Ya no sale de garufa y largó el escolaso, dice.

He cambiado, dice.

En una peña conoció una cordobesa. Se casó. Ya tiene tres hijos.

En resumidas cuentas, cinco bocas a la hora de morfar, dice. No me pude seguir haciendo el rana. Tuve que sentar cabeza. Laburo todo el día. Dos conchabos. De ordenanza, dice. De mañana, en el Ministerio de Economía. Y de noche, en una oficina de Impositiva por Flores. Vos sabés que lo mío son los números, aclara.

Si yo tuviera tu edad, añora. Por supuesto, me estaría dando la gran vida.

Cuando sonríe noto que le falta un diente.

Bandoneón

Medio siglo más tarde, en un velorio, en el barrio, en un rincón de la casa de sepelios, durante una de esas conversaciones de madrugada, con frases entrecortadas y en voz baja, dos viejos se acordarán de aquellos tiempos en que había un café-bar-billares en la esquina y no, como ahora, un drugstore en una estación de servicio. Aquellos tiempos en que reinaban el tango, el fox-trot y el mambo y no el rock metálico, el rap y la cumbia. Al comparar la música de antes y la de ahora, en una digresión, los dos viejos se acordarán de los muchachos de antes, de malandras y percantas. Harán un recuento de ausencias y se preguntarán qué fue de mi tío, el bandoneonista. Los dos con su elegancia pasada de moda, peinados a la gomina, los trajes cruzados, oscuros, corbatas al tono, camisas blancas, conservarán la estampa a pesar de sus achaques. Bastará verles los zapatos de punta cuadrada, acordonados, lustradísimos.

Te acordás del Profesor, preguntará uno. Qué prodigio era.

Un fenómeno, dirá el otro. Porque el Profesor tenía talento para ser un grande.

Qué se habrá hecho de él, dirán.

La historia del Profesor puede empezar cuando el motorman enviuda. Cada día es un tropiezo. Necesita ayuda para criar a sus hijos y trae la criolla a la casa.

Por las tardes, cuando el Profesor ensaya con el bandoneón, la criolla, como un perro ladero, se queda a su lado y le ceba mate.

En el barrio vaticinan que ese hijo del motorman es un auténtico talento. No pasa de los doce cuando se sienta en un banquito en la pieza de piso de tierra, se pone un paño en las rodillas, acomoda el bandoneón, se concentra en la partitura y toca Bach. Todos lo apodan el Profesor. Y si el Profesor sabe tocar Bach en bandoneón, cómo no va a ser un virtuoso al hacer *La Cumparsita*.

Y la criolla siempre junto al genio precoz. Hasta esa tarde de invierno y llovizna en que el motorman, con catarro y fiebre, vuelve antes del trabajo y la encuentra acostada con el Profesor, que ya tiene dieciséis. El motorman no habla. Solo la mira a los ojos. Esa mirada, con la que pone en vereda a sus hijos, es suficiente. La criolla salta de la cama, manotea una combinación. El motorman está parado en la puerta mirando a su hijo a los ojos. Ella lo esquiva aterrada. Se lanza a la calle sin importarle la desnudez y el frío.

El Profesor se pone el pantalón a la apurada. Murmura lloroso un perdón. Cuando quiere escapar, el motorman le cierra el paso. Le basta una mano para atajarlo. Lo agarra del cuello y alzándolo lo pone contra la pared. El Profesor moquea. Piensa que esa tenaza en su cuello no cederá hasta estrangularlo. Ni se anima a luchar con la mano del padre. Por fin el padre lo suelta. El hijo cae desmadejado. Y, gateando, se escurre fuera de la pieza. Se refugia en el baño.

El motorman junta las pertenencias escasas de la mujer: unos trapos, unos zapatos, unas chancletas, un poncho, una cartera, una biyuterí, un frasco de colonia. Pone todo en un tacho de lata. Le echa kerosene. Y después un fósforo. Una humareda negra en el patio. El motorman toma mate callado. Desde el baño le llega una súplica del Profesor:

Perdóneme, papá.

Cállese, le dice el motorman.

Cuando los otros dos hijos vuelven a la casa al anochecer, el motorman está pensativo revolviendo las cenizas en el tacho. Advierten que pasó algo. También notan la ausencia de la criolla. Lo miran al Profesor. No le preguntan. Y menos al padre. Saben que más vale no preguntar cuando su padre está encerrado en sí mismo. No se habla más del asunto. Pero el aire queda envenenado.

Lo que el abuelo nunca sabrá, cuenta mi padre, es que la criolla se acostó también con sus otros hijos. Con todos excepto con mi padre. Porque a esta altura él se ha marchado hace rato de la casa, vive de este lado del arroyo y está formando su propia familia.

El motorman deja de vigilar a sus hijos. De haber vivido su mujer, ella les habría impuesto el estudio, una carrera. Pero el motorman está cansado, ha perdido la voluntad. Se la pasa contemplando el retrato de la finada. No tiene ganas de discutir. Ni fuerza para exigirles que estudien. Si los muchachos quieren salir a la calle, que lo hagan.

Según mi padre, ese fue el primer error que cometió el abuelo, que sería fatal para sus hermanos menores.

Poco después el abuelo lo pone al Profesor a trabajar en una carnicería. Al ver al Profesor con un delantal blanco de carnicero, manchado de sangre, mi padre no puede fingir. La tristeza lo puede.

Qué, le dice el Profesor. Me tenés lástima. En cuanto se arreglen algunas cuestiones vuelvo a la música y hasta el Colón no paro.

Igual que muchos pibes del barrio, el Profesor se deja arrastrar por la farra y el escabio. La va de langa. Los sábados por la noche sale con el bandoneón. Ya no se sienta en el banquito frente a la partitura de Bach. Toca de noche por chirolas en una cantina de Pompeya, otra de Barracas y también en un piringundín del Bajo.

Tenés que venir a verme, le dice a mi padre. Vas a ver. Los aplausos. Y las minas.

Una mañana de domingo, borracho, tambaleándose, con un ojo amoratado, el Profesor aparece por nuestra casa. Tiene el saco desgarrado, la camisa con manchas de sangre y la corbata floja. Mi madre lo hace pasar con reticencia. El Profesor me trae un gran regalo: su bandoneón. Está un poco descuajeringado, explica, porque anoche hubo gresca en el piringundín.

Te regalo la música, me dice el Profesor.

Y me hace la entrega solemne de su instrumento.

Mi madre, cautelosa, lo guarda en el ropero. Después busca hielo y se lo pone a mi tío en el ojo amoratado.

Apenas pase la escomúnica, dice el Profesor, resucito.

Mi padre lleva al Profesor hasta la puerta. Y como cada vez que uno de sus hermanos lo desilusiona, mi padre deja de verlo por un tiempo.

Tus hermanos, dice mi madre. Ésos no cambian más.

No obstante, mi padre los defiende:

Ellos son las víctimas necesarias para que otros tomen conciencia de lo que significa el capitalismo y produzcan un cambio.

Cuando mi padre habla así, mi madre asiente como dándole la razón a un chico.

Sin embargo, aunque no vuelve al bandoneón, el Profesor parece redimirse. Llega a tener dos carnicerías por La Matanza. Se casa con una enfermera del Hospital Salaberry. Tienen tres hijas. Pero el matrimonio dura unos pocos años. La enfermera, opina mi padre, no logra curarlo del alcoholismo. Después de fundir las dos carnicerías y de que su mujer abandona la casa llevándose a las nenas, el Profesor sigue cuesta abajo en la rodada.

Y se pierde de vista para nosotros.

Pasan muchos años hasta que recibimos una postal de San Clemente del Tuyú. El Profesor escribe contando que administra un residencial en las afueras del pueblo. El aire de mar, escribe, lo inspira. En cualquier momento vuelvo a lo mío, dice. Lo suyo fue, es y será el bandoneón. Apenas junte unos morlacos. Lo importante, dice, es que terminó su calvario. Y que el mar lo rejuvenece. El Profesor, estima mi madre, debe andar por los casi setenta.

Tiempo después el Profesor aparece en el diario, en la sección policiales. El residencial resulta ser una tapera y sus huéspedes, chorritos de la costa. Entre ellos es detenido un pesado que se fugó de la cárcel de Batán.

Mi padre se amarga de vergüenza:

El residencial, fíjate. Un aguantadero.

Mi madre mejor se calla.

Más tarde el Profesor nos escribe una carta donde informa sobre su suerte. Por fin pudo juntar unos pesos y comprarse un instrumento, dice. Gracias a la santa viejecita. Y le refresca la memoria a mi padre: la santa viejecita es su segunda madre, esa criolla que lo quiso tanto cuando él era un purrete. El Profesor cuenta que haberla reencontrado fue una prueba de la existencia de Dios. Ha sido un milagro. Y los milagros no se explican. Ahora, como cuando era un purrete, con la santa viejecita sentada como antes a su lado, en las noches le toca a las estrellas. Y ellas lo escuchan brillando contentas. Gracias al milagro, el Profesor asegura haber compuesto un tango que figurará entre los grandes éxitos de la FM Tango. Textual: «Agárrense que va a ser de los más pedidos», escribe el Profesor. El tango que dice haber compuesto se titula *Quejas de bandoneón*.

Mi padre no alcanzará a leer esta carta. Morirá poco antes. Y es también probable que cuando, unos años más tarde, muera el Profesor, atacado por el delirium tremens, ignore que su hermano mayor ha muerto antes que él.

Náufragos

No hace mucho que dejó de llover y amaneció en el campo. El rastrojero avanza a los tumbos enterrándose en el barro. La marcha es cada vez más lenta. El motor se ahoga. En la caja del rastrojero viajamos la abuela, mi madre, mi hermana y yo. Viajamos apretados ahí atrás, entre valijas, bolsos y paquetes, protegidos por una lona. Es enero y vamos de vacaciones. Unos sobrinos de la abuela tienen una casa en Santa Teresita. Y nos invitaron a pasar unos días.

Mi padre no traga a esos parientes. Una hermana de la abuela se casó con un mecánico alemán. Sus hijos siguieron el industrial, se capacitaron y montaron un taller en Castelar: ahora producen piezas de armamento para Fabricaciones Militares. Según la abuela, sus parientes prosperaron porque son trabajadores y se ganaron la casa en la costa con el sudor de la frente.

Nazis, dice mi padre. Trabajan para el ejército.

La abuela se calla. Los ojos le brillan con malicia. Es cierto que la abuela aprecia a sus sobrinos. Y que su aprecio es una forma más de rebajar a su yerno.

Aunque mi padre no traga a estos parientes de la abuela, no se opuso a que mi madre, mi hermana y yo viniéramos al mar. La explicación: en estos días termina de emplearse en una sastrería. Por ser nuevo le darán, no sabe cuándo, unos días de franco. No quiere que por su culpa nosotros perdamos unas vacaciones en el mar. Vendrá a visitarnos apenas pueda, dice. Así es que con mi madre y mi hermana subimos a la caja del rastrojero de los parientes rumbo a Santa Teresita.

La casa está en el campo, a unas cuantas cuadras del mar. Los días se hacen largos, aburridos, como las caminatas con mi madre por la playa. Para encontrar un almacén también es necesario caminar bastante. Santa Teresita es un pueblo diseminado entre cardales quemados por el sol, extensiones apenas alambradas que recién empiezan a delimitarse. El viento áspero y caliente levanta polvo y arena. Por las noches el viento trae el sonido del mar. Nos dormimos escuchando el oleaje.

Un sábado por la mañana temprano mi madre nos lleva al pueblo. De un micro baja contento mi padre. Besa a mi madre, levanta en brazos a mi hermana y me revuelve el pelo. No trae equipaje. Ni un bolsito. Apenas esta campera que le cuelga del hombro. Vino con lo puesto, se ríe. Se quedará apenas una noche. Porque el lunes temprano debe estar en la sastrería. No quiere perder tiempo, me dice. Que lo acompañemos al mar, pide.

Es temprano todavía, pero el sol calcina. Con seguridad será un día sofocante. En lugar de ir a la casa mi padre prefiere ir a la playa. Camina con agilidad y rapidez. Al acercarnos a la costa mi madre y mi hermana van quedando rezagadas. Yo lo sigo al trote. Mi padre encara un médano. Trepamos. Él primero. Y yo detrás. Hay un instante en que lo pierdo de vista. Mi padre ya pasó del otro lado del médano. Yo todavía estoy intentando alcanzar la cima. Cuando la alcanzo, lo veo otra vez.

Allá abajo mi padre corre por la playa, hacia el mar. Tira la campera, se quita la camisa. Le veo esa marca en la espalda, una cicatriz. Da impresión verla. Sin perder el envión, se saca los zapatos, las medias, los pantalones, hasta quedarse en esos calzoncillos anatómicos que usa. Corre sin parar hasta las primeras olas. Se zambulle. Una y otra vez asoma en la espuma y vuelve a clavarse en las olas. No es un nadador experimentado. Se nota en la desesperación de sus brazadas. Su silueta apenas se divisa a lo lejos. Pronto lo devoran las olas más altas y violentas.

Me apuro a levantar la ropa que dejó tirada en la arena. Freno antes de llegar al agua. Su figura, una silueta hace un segundo, ha desaparecido después de unas olas altísimas. Asustada, mi madre lo llama. Grita su nombre. Varias veces, al borde del llanto, lo grita. También yo grito. Para mi hermana estamos jugando. Y se ríe imitándonos. Gritamos al mar.

Mi padre tarda en insinuarse en la distancia. Una ola vuelve a ocultarlo. Quiere volver. La corriente lo tira mar adentro, pero él se las ingenia para nadar hacia la playa. Cuando emerge de entre las olas, ahora haciendo pie, levanta los brazos con una alegría de pibe. Recién al acercarse, cuando está ya con nosotros, se fija en la expresión angustiada de mi madre. El susto de mi madre lo divierte.

Esa noche, después de cenar, los parientes quieren jugar a las cartas. Esta noche hay luna llena y mi padre quiere volver a la playa. Como la noche es tibia mi padre propone que durmamos en la playa. Al sereno, dice. A la luz de la luna. A la abuela le molesta que no permanezcamos en la mesa con sus parientes. Es una falta de educación, dice. Se enoja como cuando en casa dormimos en el patio. Sin embargo, por vergüenza a una escena frente a sus parientes, se calla.

Doblamos unas mantas. Pesan más de lo que imaginamos. Pero igual seguimos adelante con el plan. Y salimos a la noche.

La marca, esa, le digo a mi padre. Esa que tenés en la espalda.

Aquel ladrillo, dice mi madre. Uno de tus tíos.

Quién.

No importa, dice mi padre.

Todos, dice mi madre. Todos fueron.

Mi hermana viene atrás, lenta en la arena. Tendidos en la playa, miramos las estrellas. Parecen estar al alcance de la mano. El mar brilla con fosforescencias. Mi padre está feliz. Y también mi madre. Esta felicidad debe ser como la de náufragos que encontraron tierra. Así acostados en la playa, envueltos en las mantas, los cuatro tenemos algo de náufragos. Somos náufragos y somos felices.

Hay cosas que no se pueden olvidar, dice mi padre. Como este instante.

Ciudad Evita

Cuando mi padre escribe esa novela que no terminará nunca, el barro de Mataderos se convierte en un blasón. Una estirpe de coraje. Pero él hace rato que dejó atrás el barro y los hermanos no le perdonan que sea distinto. Vos te creés de categoría, le dicen sus hermanos. Yo me cultivé, se defiende mi padre. Vos siempre te creíste fino, le reprochan ellos. Y lo cargan:

Por qué no te mudás a la avenida Quintana.

En una racha de malaria, como la llama mi padre, acorralado, prefiere no mangar a sus hermanos sino a unos tíos suyos que viven en Ciudad Evita. Son los pudientes de su familia.

Unos estirados, dice mi padre.

El tío de mi padre, hermano del motorman, fue tranviario también. Y su mujer, modista. Tienen un hijo doctor y una hija profesora de piano. Todo un mérito.

Si hoy son pudientes, dice mi madre, es por toda una vida de privaciones.

La abuela mira a mi padre con sarcasmo.

Mi padre le responde la mirada:

De qué más tenemos que privarnos nosotros.

De sus benditos libros, para empezar, dice la abuela.

Durante el gobierno de Perón los parientes de Ciudad Evita aprovecharon la volada. Se afiliaron al partido y empezaron a frecuentar una Unidad Básica con tal de apurar el préstamo bancario que les facilitó pasar de una planta baja al fondo en Mataderos a un chalet en Ciudad Evita, en esa zona de la provincia que hasta el derrocamiento de Perón se proyectaba como modelo de barrio justicialista. A mi padre no lo indigna tanto que sus parientes se hayan afiliado como que ahora, después del golpe de la Fusiladora, renieguen de aquella simpatía hacia Perón. A mi padre lo enerva que sus parientes olviden ese pasado no tan remoto. Y que ahora la vayan de demócratas cristianos.

Voy a escribir sobre ellos, amenaza mi padre. Son el oportunismo pequeñoburgués.

Los primos de mi padre, al obtener un título, alcanzaron lo que se llama una posición. El primo médico, por miedo a los padres, nunca levantó la cabeza de los manuales de medicina. La primera vez que vio una mujer desnuda fue en la morgue.

Ni que hubiera estudiado teología en lugar de medicina, dice mi padre.

Y su prima, con esa joroba. Ya pasó los cuarenta sin mirar nunca por arriba de las partituras. Esa joroba que tiene es el monumento a la genuflexión. Y por más que repita *Para Elisa* en el piano, la profesora de música no arranca del teclado una sola nota de sentimiento.

Si el sordo llega a levantarse de la tumba, le agarra los dedos con la tapa del piano, dice mi padre.

Ciudad Evita queda pasando los cuarteles de La Tablada. Las calles todavía son de tierra, pero los chalecitos nuevos, con sus techos de tejas y sus jardines le otorgan un respetable aire de prosperidad. En el frente del chalet, a un costado de la puerta, hay dos chapas de bronce, una sobre la otra: la del consultorio médico arriba y la de la profesora de teoría y solfeo, debajo. Porque sus primos, el médico y la profesora, nunca se fueron ni se irán de la casa de sus padres.

El médico y la profesora de piano, igual de escuálidos y silenciosos, conquistaron sus títulos obedeciendo más a las pretensiones de sus padres que a sus propias ganas. Ahora, con sus títulos, se hacen los importantes. A mi padre lo nombran en diminutivo y lo tratan con un respeto que es casi lástima. No es lo mismo ser un muchacho preparado, como ellos llaman a mi padre, que tener un título. La falta de un título lo avergüenza más que un defecto físico.

Si tuvieras un título, le repiten, tendrías más futuro. Con tus ideas nunca vas a salir adelante. No hacés más que contraer deudas. Sos incapaz de agachar la cabeza y conservar un trabajo pensando en tu familia.

Al socorrer a mi padre, estos parientes experimentan un placer morboso. Y la van de magnánimos. Porque ellos, a su manera, valoran el idealismo de mi padre. Un escritor siempre prestigia a la familia.

El último Año Nuevo los parientes nos invitaron a festejar con ellos. No traigan nada, le dijeron los tíos a mi madre. Para no ser menos, mi padre compró pan dulce, sidra, turrones, fruta abrillantada, nueces, castañas. Cuando llegó a casa con esa compra, mi madre le dijo que era un derroche.

No vamos a ser menos, le contestó él.

Con qué dinero lo compraste, preguntó ella.

Pedí un adelanto en la sastrería, dijo él.

Estás loco, dijo ella. Y también: La soberbia te va a matar.

La compra de mi padre parecía ostentosa en casa. Pero en lo de sus tíos, bajo un techo cargado de muérdago y guirnaldas, frente a una interminable mesa de manjares, era una bolsa de almacén pobretona. Su tía recibió con una sonrisa la bolsa y la quiso llevar a la cocina, pero mi padre le insistió para que dejara algo en la mesa. Ellos habían puesto una mesa que apabullaba: además de los vinos finos, había lechón, pescado en escabeche, ensalada rusa, pavo, vitel toné, varias clases de fiambre, quesos y paté. Después vendrían canelones, pollo al horno con papas y batatas y, de postre, duraznos en almíbar, tortas y helados. Más tarde, la sidra, el champagne y las frutas secas.

Es para humillar, dijo mi padre por lo bajo. Después comen fideos con manteca todos los días.

Y mi madre:

Terminala, querés.

Los parientes de Ciudad Evita habían invitado, a su vez, a otros parientes, primos de mi abuela paterna, la finada esposa del motorman, una familia inesperada para mí. Me pregunté por qué mi padre nunca me había hablado de toda esa parentela. Mi abuela paterna siempre había sido esa mujer joven de expresión entre dulce y melancólica en el retrato blanco y negro que miraba obsesivo mi abuelo el motorman. Cuando hablaba de su madre, mi padre nunca mencionaba a la familia de este lado de su genealogía, la materna. Ahora, en esta noche de Año Nuevo, aquí estaban. Y no eran unos pocos. Una infinidad de hombres y mujeres, muchachos y chicas, nenes y nenas. Todas esas caras eran nuevas. Me puse a buscar afinidad en los rasgos. Encontré no pocas similitudes: narices, lóbulos de orejas, ojos, labios, perfiles, gestos, modos de hablar, risas. Todos eran efusivos. Todos eran afectados en sus saludos y mi padre no se quedó atrás. Eran rotundos en sus afirmaciones, exclamativos y tajantes. Y formaban un clan de iniciados en alguna verdad secreta: la superioridad de la sangre italiana sobre la criolla y española, la afinidad por la ópera, la voluntad de ascender, una confianza solidaria en las relaciones de parentesco aun cuando, en la práctica, estas se asentaban en la envidia y el resentimiento. Me pregunté por qué mi padre nunca había hecho demasiada referencia a esta rama de su familia que tanto se le asemejaba. Creí entender: mi padre huía de ese parecido.

También me quedó en claro otra cosa: que ellos establecían una distinción entre mi padre y sus hermanos. Si mis tíos no habían sido invitados a este festejo, se debía a que eran unos perdedores y, por más que mi padre enalteciera el barro, ellos siempre serían parias que merodeaban el límite entre la miseria y lo delictivo, corriendo el riesgo de ensuciar el apellido. Mi padre, en cambio, era diferente. Que amenazara con escribir sobre esta parentela era, en más de un sentido, su venganza. Y si ellos eran a su vez condescendientes con él, se debía al temor de figurar caricaturizados en una novela.

No había terminado la comilona cuando dieron las doce, todos se levantaron de la mesa, se cayeron algunas sillas, se volcaron copas empapando el mantel, hubo brindis y abrazos. Para besarse, se agarraban de la nuca, se miraban a los ojos, lagrimeaban emocionados, alzaban las copas, se reían a carcajadas y se deseaban lo mejor. En esta efusión celebraban todo lo que se querían, lo bueno que era tener una gran familia, unida.

Afuera estallaban los tiros y los petardos. La noche se iluminaba con los fuegos de artificio. Estruendo y haces multicolores. Las estrellas eran menos estrellas en ese despliegue de luces intermitentes en el cielo.

Alguien puso una tarantela en el combinado, un Zenith flamante. La música a todo volumen impulsó a bailar. Hubo gritos, aplausos y el estampido de las botellas destapándose, los corchos lanzados al espacio y chorros de espuma. Sudorosos, con las camisas, chombas, blusas y vestidos pegados al cuerpo, eufóricos, aturdidos, hombres y mujeres, con una copa en la mano, se movían ahora al ritmo de un cha-cha-cha italiano mientras los chicos revoloteaban entre ellos. Cuando una nena o un nene lloraba, su madre lo llevaba a uno de los dormitorios y lo acostaba sobre los sacos y pulóveres de los invitados tirados en las camas.

Se hizo un silencio corto. Y entonces fue un tango. El modo en que mi padre, sutil, llevaba a mi madre por la cintura, lo natural y espontáneo que les resultaban los cortes y quebradas daba que pensar. Podía suponerse que habían estado ensayando, pero no: lo de ellos era instintivo, animal. Yo no recordaba haberlos visto antes así. Al bailar, el uno contra el otro, me revelaban un aspecto oculto, subyugante y envidiable de su historia. Entonces pude entender por qué, si se la pasaban chuceándose, en lugar de divorciarse permanecían juntos. El secreto estaba en ese tango, la delicadeza de la mano de mi padre en la cintura de mi madre, las mejillas juntas, la sensualidad anhelante y pudorosa a un tiempo en un paso sinuoso que estilizaba sus figuras y no me fascinaba solo a mí sino también a los demás, abriéndose para contemplar absortos, maravillados, a mis padres bailando como si estuvieran solos, en silencio, sin esa multitud de parientes ahora muda, que yo nunca antes había visto y nunca después volvería a ver, como tampoco volvería a verlos así a mi padre y mi madre, calientes, ajenos a todo. Solos.

El tango terminó. Hubo un silencio brevísimo, sorpresivo. Tardamos en reaccionar, todavía suspendidos en el encanto del espectáculo. El hechizo se resistía a disolverse. Después, como una tormenta, aliviando la atmósfera caldeada, la lluvia de aplausos encabezados por el primo médico y la prima profesora de piano.

Para que la gilada aprenda, me dijo después mi padre. Hay títulos que no se ganan en la universidad.

En la nueva racha de malaria, mientras mi padre da vueltas en torno a la máquina de escribir, mi madre empeña en el Banco Municipal los anillos de casamiento, una medalla de oro y unas alhajas de plata. No le dan mucho por el conjunto, pero alcanza para pagar dos o tres impuestos y lo que se le debe al almacenero. En estas circunstancias la paciencia de mi madre se parece a la resignación.

Mi padre me pide que lo acompañe al bar de la vuelta. Pide dos cafés en el mostrador. Después va hacia el teléfono público. Y llama a los parientes de Ciudad Evita.

Últimamente anduvo perdido, les dice, porque está atravesando una etapa de crisis. Económica y espiritual. Económica porque otra vez tiene que ajustarse el cinturón. Y espiritual porque con la mishiadura perdió la inspiración para seguir su novela.

Del otro lado de la línea, los parientes le dicen a mi padre que los visite, hace tanto que no se ven. Mi padre les agradece la invitación, pero se disculpa. No puede visitarlos, dice, porque está ocupado con una changa que le salió. Aunque va a tardar en cobrarla, no puede descuidarla.

No queremos que pases necesidad, le dicen. Vení que te prestamos unos pesos.

Imposible, dice mi padre. Por la changa.

Y me mira:

Pero puedo mandarlo al pibe.

El pibe soy yo, aunque ya estoy empezando a usar pantalones largos.

Cuando cuelga el teléfono dice:

A los pequeñoburgueses la beneficencia les enjuaga la conciencia.

En la mañana de invierno mi padre me acompaña hasta la parada del 180 en Directorio. No es la primera vez que viajo solo en colectivo. Pero es la primera que voy solo tan lejos.

Ya sos un hombrecito, me palmea. Con tristeza, me palmea. Y cuando el colectivo se acerca, me recomienda:

Fijate bien dónde traés la guita. Guardala bien.

Es largo el viaje hasta Ciudad Evita. El 180 cruza la provincia, pasa junto a corralones, depósitos y negocios de chatarra. Después bordea los cuarteles de La Tablada y avanza entre unos descampados. Por la ventanilla puedo ver unos bañados espejeantes, la helada que empieza a levantar.

Bajo del 180 en una rotonda, camino dos cuadras entre las calles de chalets. El viento de la mañana es más crudo acá. Antes de llegar a la casa de los parientes, el viento me trae una música de piano: *Para Elisa*. La profesora está en clase. Los tíos me hacen entrar al chalet por una puerta lateral al consultorio y la sala de piano, que da a un lavadero. Después me llevan a la cocina. La melodía del piano arremete y se frena, arremete y se frena, una y otra vez, todo el tiempo. Por la puerta entreabierta de la cocina veo unas baldosas oscuras y brillantes de cera. También los patines. En esta casa todo resplandece, todo huele a limpio. Por un instante me pregunto cómo será vivir aquí. El primo médico me dice que si quiero apreciar el concierto, para entrar al comedor donde su hermana enseña piano, debo ponerme los patines.

La tía me prepara un té. Y me lo sirve en un pocillo de café:

Quema, me dice.

Después la tía busca un billete en su monedero. Lo dobla. Y me lo pone en el bolsillito del vaquero.

Terminá el té, me dice.

Aunque me quemo, apuro el pocillo.

De vuelta, en un colectivo vacío, sentado en el último asiento, busco el billete en el bolsillito del vaquero. Abro la ventanilla. Y me pregunto por qué no tirar el billete. Saco el brazo derecho por la ventanilla. El viento me pega en la cara. El sol en los ojos. Mantengo el billete entre dos dedos. El billete flamea. Pero no lo suelto. Lloro pero no lo suelto. No lo suelto pero lloro.

En casa, le cuento a mi padre la visita a los parientes. A mi padre lo impresiona que me hayan servido el té en un pocillo:

Tacaños, comenta. No te olvides jamás de esta humillación.

Después, cuando le entrego el dinero, el billete doblado, se frota el brazo derecho:

Esta miseria te dieron, dice. Tendría que escribirlo.

Kavanagh

A mi padre lo desespera visitar a sus hermanos, pero no puede dejar de hacerlo. Pareciera que la única forma de calmar esa desesperación es volver a la casa paterna, ver los estragos del tiempo y el abandono, darse cuenta de que la visita ha sido inútil y marcharse vencido, con la confirmación de la derrota. En el fondo, mi padre ha decidido ignorar que sabe lo que ocurrirá en cada una de estas visitas. No es para menos su desolación: desde la muerte del abuelo motorman sus hijos no han sido capaces de revocar la medianera, pintar una pared, emparchar una gotera, aceitar una puerta. A veces mi padre parece creer que una visita suya bastará para que las cosas cambien. No se trata solo de arreglar la pata de un mueble o reponer una baldosa. Está también la mugre que se junta en todas partes. Las piezas huelen a una mezcla de tabaco, yerba, y sudor que se condensa con el brasero. Ni hablar de las moscas zumbando en el cuartucho con el pozo ciego, las telarañas en los rincones de las piezas y las cucarachas paseándose en la cocina encima de un queso fermentado sobre una tabla. El deterioro es completo. Y sus hermanos están orgullosos de esta vida que llevan, como si fuera un signo de hombría revolcarse en la mugre. Últimamente mi padre, cuando los visita, se cuida de hacer alguna observación. Ya sabe lo que le van a decir:

Vos te rajaste.

El Campeón es quien más le recrimina que se haya marchado. Para él mi padre no se fue: huyó. Hay algo infantil en el reproche. De chico defraudado. A mí me da la impresión de que al Campeón le hubiera gustado irse de esa casa junto con mi padre.

Un grandulón, opina mi padre. Ni limpiarse el culo solo sabe.

Sin embargo, el Campeón los tiene a todos convencidos de su fantástico porvenir en el Luna. Aunque mi padre es más reservado con su optimismo, no puede ocultarlo: este es su hermano preferido. El que más le preocupa.

El más duro es el más frágil, opina mi padre.

Al Campeón lo llaman así porque viene afirmándose en el box. Aunque se desloma en el frigorífico, congelándose entre reses en una cámara, a los veinte años, su futuro parece estar en el ring. Su aspecto lo confirma. Alto, corpulento, rubio, con una sonrisa inocente, conquista una simpatía inmediata. Camina con tranco lento, de una modorra canchera. Pero al boxear su expresión ya no es la de un cachafaz sino la de un matarife que goza con su faena. Su avance es preciso, demoledor. Nunca le ves la trompada. A veces, cuando hace sombra, yo lo miro desde un costado. Entonces el Campeón abre sus manos y me propone que le tire piñas, siempre cruzadas, que chocan contra sus palmas con un sonido seco.

En la mesa de luz el Campeón tiene *El Capital* en la versión de Juan B. Justo. Y en la pared, junto a Lause en una tapa de *El Gráfico*, cuelgan de un clavo dos pares de guantes. Cuando estalla la huelga en el frigorífico Lisandro de la Torre, el Campeón es uno de los obreros que le ponen el pecho a los tanques. La forma en que el Campeón cuenta las peripecias de la toma del frigorífico, el barrio sitiado, las mujeres y los chicos puteando a la policía y al ejército, las pedradas y las corridas hasta que los tanques apuntan hacia los portones enrejados del frigorífico donde los espera la resistencia obrera, una auténtica batalla, parece ser para él un round más en su camino hacia la consagración.

Mi padre no lo toma muy en serio cuando hablan de política.

No voy a ser toda la vida un obrero de la carne, dice el Campeón. Voy a ganar una fortuna en el ring y voy a vivir en el Kavanagh, se entusiasma. Y los voy a llevar a todos.

Revancha de lumpen, le dice mi padre.

En febrero, cuando llega carnaval, el calor se hace insoportable. Los techos de chapa, los mosaicos del patio, la tierra de la calle, no hay superficie bajo el sol que no te queme. Apenas si hay un reparo fresco a la sombra y en las piezas altas. Las siestas son calientes, pegajosas, irrespirables. Pero para nosotros, los pibes, este calor es un deseo que se condensa. Acechamos con pomos y bombitas de agua, con baldes desbordantes, esperando que pasen las chicas por la vereda. Ellas saben que nosotros estamos alerta. Pasan para provocar. Cuando corremos para mojarlas ellas gritan riéndose y disparan hacia un zaguán donde tienen, a su vez, baldes para responder al ataque. Lo mejor de este juego es ver cómo se les pega la ropa al cuerpo. El agua que nos empapa está tibia y tiene un gusto dulce.

Al atardecer, en la cuadra improvisamos una murga. No es necesario tener un bombo o un tambor para unirse. Si sabés batir un tacho es suficiente. Con disponer de ropa vieja, colorinche, y corchos quemados para dibujarse bigotes, basta. Por la noche la murga recorre las calles cantando:

Si Cristo murió clavado
Por tres clavos solamente
Por qué no murió tu hermana
Que la clavó tanta gente

A mi padre no le gusta el carnaval. Dice que es un ritual primitivo, un festejo pagano. Es la barbarie, opina. Y él está del lado de Sarmiento. Del lado de la civilización, no de la mazorca. Mi madre le dice que no es para tanto:

La gente se divierte como puede.

Y mi padre le contesta: Eso no es diversión civilizada.

A mí me gustaría ir al corso. Pero él siempre tiene un argumento en contra. Por ejemplo, que en carnaval más de uno emplea el disfraz para cobrarse una deuda con sangre. Mi madre se cansa de la discusión:

Si no la ganás, la empatás, le dice.

Porque a ella también le gustaría ir.

Por suerte una noche viene el Campeón. Me quiere llevar al corso de la Boca. Mi padre se opone. Pero mi madre lo convence:

Es boxeador. Sabe cuidar al pibe.

Es capaz de perderlo por una falda, dice mi padre.

Descuidá, hermano, le dice el Campeón. Uno nunca pierde a un ser querido, dice.

Y me pone una de sus manos enormes en el hombro.

Esta noche nos bajamos del colectivo a varias cuadras del corso. Caminamos por una calle como un túnel, en cuya salida se divisan las luces multicolores como farolitos chinos mientras se oye, lejano, un fragor de diversión. Pitos, matracas, cornetas, tambores. Una música que ensordece.

El Campeón se detiene en un conventillo.

Esperame acá, me ordena en la puerta.

Tarda un rato en salir. Cuando volvemos a caminar me dice:

Ando buscando una amiga.

Caminamos unas cuadras más, siempre merodeando el corso, cada vez más cerca. El Campeón se para en una casa de paredes de chapa. Y otra vez me ordena que lo espere. Del interior de la casa brotan voces, una gresca, estrépito de vidrios rotos. El Campeón sale con una sonrisa forzada:

La voy a encontrar en el corso, dice. La voy a encontrar.

A medida que nos acercamos al corso, la fiesta se vuelve una turbulencia de tambores y risas. Cowboys, osos, sevillanas, pieles rojas, astronautas, piratas, sultanes y odaliscas. Una mujer escultural, con labios muy rojos y pechos abultadísimos le sopla un beso al Campeón.

Es un macho, me dice el Campeón, no le des bolilla. Caminamos entre la muchedumbre sin apreciar las comparsas. El Campeón mira nervioso a un lado y a otro. Después, arrastrándome, se abre paso entre la multitud.

Va a ser difícil que la encuentres, le digo.

El Campeón parece acordarse de mí.

Te llevo a comer, dice.

Y apartándonos del corso entramos a una cantina. Acá la fiesta sigue, encajonada. Hay guirnaldas colgando del techo y góndolas pintadas en las paredes. Una pequeña orquesta toca un cha-cha-cha. Hombres, mujeres y chicos forman un trencito entre las mesas. Torero cha-cha-cha, cantan. El Campeón tiene sed.

Pide un pingüino de vino blanco para él. Y para mí una naranjada y un plato de ravioles. Una nube de papel picado cae en mi plato. El mozo le pregunta al Campeón si no va a comer nada. El Campeón, ofendido, le pregunta:

Hay algún problema.

Y pide más vino.

Cuando termino el helado, el Campeón me ordena:

Esperame en la puerta.

Después de un rato, el Campeón sale agitado poniéndose la camisa dentro del pantalón:

Rajemos, me dice.

Empezamos a correr hacia el corso. Desde atrás nos persiguen unos gritos.

Es que no me avivé, sobrino. Y vine sin un mango.

Otra vez en el corso, cómplice, me dice:

No le vas a contar a tu viejo que nos rajamos sin pagar.

Imito a mi padre:

Palabra de honor.

Nos confundimos con la multitud y luego doblamos por una calle oscura, cerca del puerto. En una esquina, tres muchachos vienen a nuestro encuentro.

Quedate acá, me dice el Campeón, señalándome un zaguán, unos escalones.

Uno de los muchachos empuja a mi tío. Así empieza la pelea. El Campeón parece que pronto los dejará fuera de combate, uno por uno, pero dos se le cuelgan de atrás y el otro le pega una patada entre las piernas. Puedo ver un fierro brillando en la noche.

Quedate ahí, me grita el Campeón.

Uno de los muchachos me agarra del cuello:

Si no fueras tan pendejo, me dice, vos también la ligabas.

El Campeón se incorpora como puede, agarrándose de la nada. Tiene la cara y la camisa ensangrentadas.

Por esa conchuda, escupe.

Tu novia, pregunto.

No era una amiga, vuelve a escupir. Una puta era.

En el amanecer, estamos sentados en el puerto, mirando los barcos. El Campeón se siente mejor.

Que no se entere tu viejo, dice. Tu vieja lo tiene agarrado de los huevos y se va a cabrear el pollerudo. Vamos a inventar alguna historia.

Me revienta que el Campeón hable así de mi padre. Pero no se lo digo.

La vuelta a casa se hace larga a esta hora de la madrugada. Ya no pasa ningún colectivo. Y el Campeón no tiene para un taxi. No tenemos otra alternativa que esperar y esperar en una parada.

Qué les pasó, estalla mi madre cuando regresamos, ya de día.

Unos patoteros lo quisieron joder al pibe, balbucea. Y agrandándose: No iba a dejar que le tocaran un pelo al pibe, dice. No iba a dejar.

Mi padre lo arrincona:

Seguí pasándote de piola. Vas a terminar mal.

A la noche, cuando sale del frigorífico, el Campeón entrena en Nueva Chicago. Los domingos por la mañana, antes de los ravioles con estofado, en el patio, improvisa peleas con sus hermanos y sus amigos. En estas peleas el Campeón, con una sonrisa piadosa que es una mueca, provoca a sus adversarios: apenas los roza. Es una piedad que enfurece. Y basta que sus rivales se enfurezcan para que él los felpee con una saña lenta, metódica.

Un viernes, en una milonga, el Campeón le quiere afanar la mina a un correntino. El hombre saca un faconcito. Y le quiere cruzar la cara. El Campeón se repone del asombro y contraataca. Le bastan dos trompadas para voltear al correntino. Unos paisanos saltan en su ayuda. La trifulca se propaga. Tiene que intervenir la policía para frenar el caos de golpes y botellazos. Entre las mesas y las sillas tiradas, el Campeón sigue golpeando al otro. Le deforma la cara a trompadas. Varios policías, a bastonazos, consiguen que al fin suelte al correntino.

Esa noche el Campeón la pasa en un calabozo. El sábado por la mañana el Nene y el Profesor vienen a avisarle a mi padre que el Campeón está en cana.

Vos tenés parla, le dice el Profesor. Sos un tipo leído.

Chamuyate a la yuta, le dice el Nene. Tenés parla.

Mi padre va a la comisaría. Al rato el Campeón sale en libertad. Antes de despedirse, en la puerta de la comisaría, el Campeón lo carga a mi padre:

Te gusta ser defensor de pobres. Cuánto te debo.

Mi padre le da la espalda.

Cuánto te debo, che, le insiste sobrador el Campeón.

Pero mi padre sigue su camino sin darse vuelta.

El Campeón vuelve a su casa. Y mi padre a la suya.

El domingo, mi padre no aguanta más la desesperación y se propone visitar a sus hermanos. Nos abrigamos. Y salimos a la calle. Como ya soy un hombrecito, según él, no me da la mano cuando caminamos juntos. Es una mañana fría, con unos nubarrones grises. Las casas bajas del barrio parecen aplastadas por ese cielo de invierno.

Nos recibe el Campeón, en pantalón corto, camiseta, con los guantes puestos:

Qué raro que tu viejo no viene a mangar, me dice. Guita no tiene, pero consejos le sobran.

Te estás pasando de piola, le dice mi padre.

El Profesor sale de la cocina con un sifón en la mano:

Llegaron para el vermú.

El Campeón está cortando unos salamines. Me corta una rodaja sobre un pan:

Buen provecho, sobrino, me dice. Probá el vermú.

Y me da un vaso. Lo que más me gusta del vermú es la espuma.

El Campeón sigue zumbón:

Este muerto de hambre lo trae a morfar al pibe.

Finíshela, le exige el Nene.

Pero el Campeón no le hace caso:

Tu viejo cree que la tiene más larga que todos, me dice.

Terminala, le dice mi padre, mirándolo a los ojos. Porque no va a ser como aquella vez.

Entonces queda claro que mi padre siempre supo cuál de sus hermanos le zampó aquel ladrillazo por la espalda.

Vieron, se sonríe el Campeón. Hasta le copia la mirada al viejo. Le falta el uniforme de motorman, le falta.

Y se le planta a mi padre:

Querés boxear, lo desafía. Ponete guantes.

Andá a buscarlos, me ordena mi padre.

El Campeón se quita la camiseta. Mi padre también se queda con el pecho al aire. Veo en su espalda la cicatriz esa. El Campeón se confía. Mi padre se agacha esquivándole un golpe y le acierta un directo en la frente, aturdiéndolo, obligándolo a recular. El Campeón vacila, tarda en atacar. Lo ha tomado por sorpresa el golpe de mi padre. Le cuesta más creerlo que asimilarlo. Tira un directo a la cara de mi padre. Veloz, casi invisible, el directo. A mi padre le sangra una ceja. Pronto tiene la cara ensangrentada. Le cuesta ver. Tambaleándose, me mira. Y cae sentado. Quiero ayudarlo, pero me apartan. Mi padre se levanta, va hacia la pileta, abre la canilla, pone la cabeza bajo el chorro y vuelve a enfrentar al Campeón.

Ahora la pelea es a muerte. Mi padre es más bajo y más flaco que el Campeón. Tiene que moverse con astucia.

Después de la caída de mi padre, el Campeón ha recobrado su frialdad. Sabemos que siempre saca ventaja de la furia de sus contrarios. Si no lo noquea a mi padre es porque lo está gozando. Baja la guardia, prepeándolo. Mi padre se lanza. Y le encaja un derechazo en el plexo, cortándole el aire. De pronto el Campeón está sentido. Mi padre golpea otra vez. Un cross a la mandíbula de su hermano. El Campeón se desmorona.

Jadeando, mi padre se inclina sobre el Campeón. Le ofrece una mano. Pero el Campeón la rechaza.

Mi padre se vuelve, me tiende los guantes para que le desate los cordones.

De regreso, cruzamos el Cildáñez, caminamos callados por las calles de tierra. Mi padre no está contento con su victoria. Teme que mi madre vaya a hacerle un escándalo cuando lo vea así ensangrentado.

Si tu madre pregunta no digamos que fue con el Campeón, dice. Digamos que fue con una patota.

El Campeón gana algunos combates en la Federación. Pero el Kavanagh le va quedando cada vez más lejos. Pobre pibe, se lamenta mi padre. Las malas compañías, dice. En lugar del Kavanagh va a terminar en una zanja. Sin embargo, mi padre siempre busca en el Campeón un gesto de esperanza.

Hace unos años me enteré cómo había terminado. Se había juntado con una paraguaya, tenía varios hijos y atendía una parrillita en Merlo, cerca de la estación. A la parrillita le había puesto Kavanagh. La atendió hasta que murió de cirrosis.

Por qué escribir

Cuando mi padre me cuenta una historia, lo hace con un fin pedagógico. A menudo repite que los medios y los fines deben tener la misma importancia. Y los libros son medios para un cambio de conciencia, una «superación». Eso explica por qué mi padre contempla con tanto orgullo su biblioteca en el galpón del fondo. Su biblioteca crece mes a mes, cuando cobra el sueldo. Quizá le importa más la cantidad que la calidad en los libros que acumula. Sus gustos son caprichosos, anárquicos. Casi siempre, autores extranjeros. La variedad no responde tanto al eclecticismo como a esa voluntad de «superación». Los libros son para él como los guantes de box para el Campeón: una estrategia de ascenso social. Casi un título.

Cuando la abuela le critica a mi padre lo que gasta en libros, la electricidad que consume en sus lecturas de madrugada, él la mira con rencor. La ignorancia es una enfermedad, comenta. A mi padre le gusta emplear imágenes provenientes de la medicina.

La ignorancia es un cáncer, dice. Detiene a los pueblos en su evolución. A diferencia de mis hermanos, que los contaminó el arrabal, a mí me salvó la literatura.

Una mañana de invierno, en la cocina, antes de salir para la sastrería, al contar las monedas para el colectivo, a mi padre se le caen algunas. Mi madre intenta arrodillarse para juntarlas. Pero mi padre no la deja. Se arrodilla él, puteando por lo bajo. Unas monedas fueron a dar debajo del aparador y están inaccesibles. Si mi padre considera una humillación que ella se arrodille a buscar las monedas, no menor es la rabia que siente al arrodillarse, estirar un brazo bajo el mueble. Al recoger las monedas se le ensucia el puño de la camisa. Mi padre putea.

Un título te ahorra esta humillación, dice. Arrastrarse por monedas.

En esta anécdota, dice, hay una enseñanza moral. Porque para él cada anécdota mínima de lo cotidiano depara una enseñanza. Las novelas, según dice, contienen un mensaje subterráneo. Aunque no resalte en la superficie, hay que captarlo. La lectura es una actividad que tarde o temprano rendirá sus frutos. Para él no cuentan ni el descanso ni la diversión. Toda actividad es instrumental. En su concepción de la utilidad de la literatura, se agazapa la especulación. Y en eso se parece a la abuela. La abuela, al calcular el gasto en electricidad, especula. Mi padre, al leer con voracidad, también.

Un día decide que yo abandone la lectura de historietas. Que los otros pibes del barrio las lean, coleccionen y cambien en un negocio de rebusque es normal. Los pibes del barrio, según mi padre, son rústicos:

Qué querés con los peronistas. Pan y circo, con eso quieren conformar a todos. Acá, en esta casa, disponés de una biblioteca, me dice. Las historietas no te dejan nada. Desde mañana, vas a leer novelas. Novelas juveniles, dice. Y poco a poco vas a ir formándote.

Al día siguiente, de vuelta del trabajo me trae un libro de Salgari de regalo. Para alentarme, me cuenta su vida. Un escritor acosado por problemas económicos, explotado por sus editores, ganando miseria para alimentar a su familia. Salgari escribía todo el tiempo, día y noche, creando esas aventuras, esos personajes memorables. Nadie describió los paisajes del mundo como Salgari, dice mi padre. Todos los mares, todos los continentes, todas las latitudes. No hubo paisaje que Salgari no describiera como la palma de su mano. Y lo más impresionante, dice mi padre, es que este hombre no salió nunca de su cuarto. Nunca. Todo fue obra de su imaginación y de su trabajo de galeote. Después me pregunta: Sabés cómo terminó Salgari. Acosado por la desgracia. Sumido en la pobreza, resentido, alcohólico, sifilítico, con una mujer ninfómana que debió internar por demencia en un manicomio. Seis días después de internarla, Salgari buscó suicidarse a la japonesa. Se quiso hacer el hara-kiri con un cuchillo, pero falló. Así que manoteó su navaja y se dio navajazos hasta desangrarse. Tenía cuarenta y ocho años. Dejó una carta destinada a los editores: «Ustedes se han enriquecido con mi piel. Me mantuvieron a mí y a mi familia en la miseria. Les pido que, en compensación de cuanto les hice ganar, paguen mi funeral. Los saludo quebrando la pluma».

Hace ya unos meses que mi padre consiguió trabajo en otra sastrería importante. A fin de mes, cuando cobra el sueldo y vuelve a casa, baja del colectivo y se apura entusiasmado por las cuadras de tierra con un paquete de libros. Apenas entra en la cocina, pone el paquete sobre la mesa, le entrega el dinero del sueldo a mi madre y se esmera al desenvolver los libros. Lo hace con cuidado, sin rasgar el papel madera del paquete, que después usará para forrar cada libro durante su lectura. En muchos de estos libros se hace necesario abrir las páginas con un cortapapeles. Abrir un libro siempre es un misterio. Huelo cada volumen, aspiro ese olor seco que, según mi padre, es el de los árboles que sacrificaron su vida para que nosotros podamos elevarnos.

Así como para mi padre los libros elevan, para la abuela, en cambio, pueden afectar la razón. A la abuela no solo le preocupa el gasto de electricidad, que mi padre se quede hasta tarde, de madrugada, leyendo en la cocina con la luz de una lámpara. Esa es la única luz de la casa que permanece encendida hasta tan tarde. La única luz de la casa y también del barrio. Mi padre lee, toma mate, fuma y, cada tanto, cuando levanta la vista y considera la oscuridad que lo rodea, piensa en la novela que va a escribir. Lo que también preocupa a la abuela es que mi padre duerma tan poco en estas noches en que no apaga la luz hasta que termina un libro y empieza otro, y así será hasta leerlos todos. A la abuela le preocupa que mi padre, al dormir tan poco, pierda, además del trabajo, el juicio.

Por las mañanas mi madre nos despierta a mi hermana y a mí para ir al colegio. Sobre la mesa de la cocina, junto a la lámpara, están los libros, unas anotaciones, el mate todavía tibio y el cenicero repleto que dejó mi padre, señales de que debe haberse ido a la sastrería sin dormir.

Tengo miedo de que le pase algo, dice mi madre. Está como ausente.

Un fin de mes, al volver del trabajo, con su paquete de libros, mi padre saca un sobre del bolsillo y me lo muestra. El sobre tiene su nombre. Y adentro hay billetes. Lo que queda de su sueldo. Son billetes nuevos. El papel está flamante, la tinta fresca. Su olor es distinto al de los libros. Mi padre parece adivinar que, al oler el billete tal como huelo los libros, estoy comparando:

La diferencia está en que un libro puede cambiar la vida de un hombre y de muchos, dice. Un billete apenas puede conformar a uno solo. Y a veces ni eso.

La platita, dice mi madre. Mi madre puede llamar al dinero «platita», pero mi padre jamás va a denominar «libritos» a los libros. Y esta es otra diferencia, ya no entre los libros y los billetes, sino entre ellos.

Los libros tienen valor, pero no precio, dice mi padre.

Sin embargo, aunque los libros y los billetes son, según mi padre, enemigos, mi padre guarda algunos billetes en el interior de un libro. Esas veces, excepcionales, en que mi padre, a escondidas, guarda unos billetes en un libro, están destinados, por supuesto, a comprar más libros.

En la sastrería, el *pompier*, un capanga de la patronal, según mi padre, lo toma de punto. Una de esas mañanas en que mi padre llega a la sastrería bostezando con sueño y un libro, el *pompier* le mira el libro. Un ensayo, cuenta mi padre. El *pompier* le pregunta: Así que usted es socialista. Mi padre le devuelve la pregunta: Por qué. El *pompier* lo provoca: Los socialistas comparten todo, le dice. Las mujeres también las comparten. Gente muy libre.

Y con malicia, el *pompier* le pregunta:

Su mujer también es socialista.

Mi padre lo agarra del cuello.

Y es despedido. Otra vez en la calle.

Tiempo después, un sábado por la tarde, mi padre me pide que lo ayude a envolver unas pilas de libros. Cuando terminamos de hacer seis paquetes, contando las monedas para el viaje, salimos. En el colectivo mi padre viaja triste:

Vas a ver, dice. Los libros no son solo alimento espiritual. Con sarcasmo lo dice.

Cuando bajamos del colectivo en el centro ya es de noche.

Mi padre es amigo de un librero de Corrientes. En el frente del negocio un cartel con letras rojas anuncia «Compra-Venta-Canje de Libros Usados». Al entrar nos envuelve una atmósfera polvorienta. Hay mesas con ofertas, estantes repletos clasificados por género y por letra. El librero es un compañero de lucha, me dice mi padre. Y porque es un compañero, dice, va a comprar estos libros a buen precio.

Mientras desenvuelve los libros sobre el mostrador, el librero los clasifica no por autor sino por su estado. Los más nuevos en una pila. Los demás, en otras.

Después abre la caja, saca unos billetes y se los da a mi padre.

Mi padre no cuenta el dinero. Nos despedimos. Con pena, caminamos hacia la salida.

Antes de salir a la calle el librero me chista:

Pibe, dice.

Y me pregunta:

A vos te gustan los libros.

Digo que sí.

Entonces no seas nunca librero, dice.

Y me da un libro:

Llevateló, dice.

Sábado por la noche. La avenida iluminada, las marquesinas rutilando, los autos brillantes, las vidrieras con sus reflejos, todo tiene un aire de fiesta. La gente va y viene, se aglomera en los cines y en los restaurantes. El sábado a la noche en Corrientes es una fiesta. Pero nosotros no estamos invitados.

Lo leíste, le pregunto a mi padre.

En la tapa se lee: *Miserias humanas.* Émile Zola.

Mi padre no contesta.

Quince años más tarde, en los 70, mi padre deja de trabajar como sastre. Se emplea en la Municipalidad. Es periodista en la sala de prensa. Y esto le da cierta tranquilidad: un sueldo a fin de mes. Ahora va a escribir esa novela que viene postergando. Pero en 1976, apenas los militares asaltan el poder, es sumariado por sus antecedentes. Como consecuencia de esa sanción sufre varios trastornos neurológicos que terminan postrándolo.

Se derrumba. Tiene cincuenta y cuatro años y se derrumba. La pérdida de la memoria se le convierte en una obsesión. Insiste en escribir. Ahora está empeñado en escribir unos cuentos de su infancia.

Entonces le pregunto por qué escribir.

Para acordarte, me dice. Tenés treinta. Sos un pibe. No sabés de qué hablo. Acordarse.

Acordarse, repito.

De lo que viviste, de quién sos.

Cuando se pierde la memoria, dice, uno está perdido.

Mi padre camina con torpeza, rengueando, y habla con dificultad. Quién soy, me pregunto. Uno es el que fue o el que imagina que fue en función del que es ahora acomodando la memoria, para tranquilizar el presente.

Una mañana, mientras mi padre espera un colectivo, un Falcon verde frena en la parada. Cuatro tipos secuestran a una chica. Mi padre forcejea con ellos. Uno de los tipos lo golpea con una pistola. Mientras la cargan en el auto, la chica grita un teléfono. Mi padre vuelve a casa llorando.

Olvidó el número.

Cuando temblamos

2016

Dame tu mano para entrar en la nieve.
ANTONIO GAMONEDA, 2009

A mi abuela se la llevó el viento

1

Porque los chicos no olvidan, el hombre no olvidó nunca ese invierno. Cambiaban de pueblo, viajando todo el tiempo, cambiando de hotel, todo el tiempo, de pueblo en pueblo, todo el tiempo, la ruta, el paisaje cambiando, del campo al mar, del mar a la pampa, de la pampa al desierto, después los cerros, los precipicios, los bosques, los lagos y, más tarde, las montañas, la cordillera, la nieve, no olvidará tampoco la nieve, como no puede tampoco olvidar los hoteles, los hoteles de provincia de pretensiones urbanas con ascensor, frente a una plaza donde están la municipalidad, el banco, la comisaría y también los hoteles chatos, las pensiones de viajante. Y las farmacias, porque en cada pueblo la abuela entra en una y se toma la presión, compra sus pastillas. El momento del tensiómetro, se acuerda: la abuela le sonreía para quitarle gravedad al asunto. La abuela le sonreía pero miraba de reojo el movimiento de la aguja, sube y baja, sube, baja, se estabiliza. El farmacéutico la calma: Está un poco alta, pero no pasa nada. La abuela suspira. Y hacia el chico: Tu abuela tiene un corazón fuerte. Vas a tener abuela mucho tiempo. El momento del suspenso se disolvía. Pero después el suspenso regresaba cuando el micro se detenía en un control del ejército, cuando entraba despacio en otro pueblo, siempre extranjeros, siempre de otra parte. De todo aquello se acuerda, pero de lo que más se acuerda ahora es de la primera vez que vio el revólver. Fue en el primer control del ejército, cuando el chico supo que la abuela llevaba un revólver en la cartera. Lo que se acuerda: el micro se detiene, la abuela entreabre la cartera, introduce la mano, entonces puede verlo.

La abuela lo mantiene escondido, pero él lo ha visto. Un militar avanza por el pasillo estudiando a los pasajeros.

2

Una vez, al entrar en un pueblo, la abuela le dijo: Vos no le hablés a nadie y nadie te va a preguntar. Caminan una calle desierta bajo la llovizna. Hace frío. Y si alguien te pregunta, no sabés. Ni siquiera tu nombre. No te acordás tu nombre. Que vengan a preguntarme a mí. Qué edad tendría la abuela, se pregunta ahora el hombre que hace memoria y anota, anota buscando saber. No más de cincuenta, calcula. Casi veinte menos que yo ahora, se contesta. Y no se equivoca. El hombre se acuerda del gamulán de la abuela. Lo abrigaba con el gamulán en las noches de viaje en micro, la abuela lo tapa. El perfume tibio y dulzón de la abuela. El viaje, la travesía sin destino, tiene mucho más de aventura que de turismo y más de huida que de aventura, una huida sin fin. La luna en la ventanilla del micro. Cuando abre los ojos en la noche del viaje siempre está la luna.

3

Nunca permanecerán en un pueblo más de tres días. Nunca le quedará al chico en claro qué le había disgustado a la abuela del lugar. Nunca llegarán a encariñarse con un paisaje. Hay tanto mundo por ver, dirá ella preparando la valija donde comprime la ropa de ambos. Qué más se necesita en la vida. Una valija alcanza y sobra. Y también: Debés aprender a andar liviano de equipaje. La abuela lava una bombacha y la pone sobre el calefactor. Y no extrañás La Plata, le preguntará el chico. Viví casi toda mi vida en la misma calle, le dirá ella. Casi toda menos los años del petróleo, de chica en Caleta Olivia. Fueron felices, fueron mis años felices. Y no volví más. Dicen que no hay que volver a los lugares donde se fue feliz. Después, empieza a decir la abuela. Y se corta. Tanto tiempo en La Plata, en una misma calle, es demasiado. La tierra será redonda pero el horizonte es infinito. Pero que sea infinito depende de vos. Extraño a mamá, dirá él. Extraño a papá. Y cuando el chico extraña la abuela le dirá: Ellos también deben extrañarte. Pero no pudieron hacer otra cosa: irse. A otro país, lejos: Alaska. Nosotros viajamos como ellos. Y ellos quieren también que nosotros viajemos mucho. El hombre quiere reconstruir las conversaciones con la abuela. De pronto es noche, el micro se interna en la noche y el chico se despierta mojado, temblando, mientras el micro cruza el desierto lunar, un paisaje que se repetirá durante el viaje, la predilección de la abuela por este paisaje. Acá el cielo es más cielo, dirá la abuela. Qué cerca están las estrellas.

4

Habrá instantes de alarma. Sentirá que el miedo se transforma en terror. Por más que la abuela sonría, el chico se da cuenta del peligro: entonces la abuela toma una de sus pastillas, la mastica, traga saliva. El chico, piensa el hombre, recordará el viaje y cada una de sus alternativas como las partes emocionantes de una película. La memoria, se da cuenta, va y viene. A veces, en tiempo pasado, unas en presente y otras en futuro: son muchas las veces que imagina lo que sucederá en el pasado, qué dirá en tal o cual situación. Todo aquel tiempo del viaje, un tiempo largo en días, noches y kilómetros. Lo recuerda casi siempre en blanco y negro, días helados en blanco y negro, aunque también, hay algunos soleados y cálidos, como aquella mañana radiante que se encontraron ante los acantilados, buscaron una pendiente. Cerca, gritaban los lobos marinos. La abuela se descalzará, que la imite, le dirá, los pies en las toscas, la espuma helada. Se acuerda de los lobos, tan cerca. Una tarde están caminando entre chacras, la abuela avanza entre manzanos y él la sigue. En un claro, la abuela se quita la ropa y se queda en bombacha y corpiño, le dice que se quede en calzoncillos. La abuela le dice que necesitan el sol. Necesitan la luz. Todos necesitamos la luz y más en estos días de sombra, dirá.

5

Cuando pasaron los años, a mi edad, le dice la abuela, uno se acuerda mejor del pasado lejano que del reciente. El corazón está allí, en ayer. Me acuerdo mucho de mamá, le dirá el chico. Y también de papá. El hombre no recordará dónde estaba el hotel. Pero sí recordará que la abuela fue hacia la victrola, la examinó, y después le preguntó al dueño, un gordo pelado, si podía poner música. El tipo tardó en pensarlo. La abuela introdujo una moneda. Al caer, el disco llamó la atención de una pareja que comía en un rincón. Apenas empezó la música, una canción lenta, el salón se volvió más colorido, recordará. La abuela bailaba sola. La pareja se levantó, dejó la mesa y bailó apretada. La abuela le tendió una mano. El chico se la tomó y la otra se la pasó por la cintura. Felices, los cuatro. Como sonámbulos.

Pero el pelado fue hasta el aparato y bajó el volumen. Enojada, la abuela volvió con él a la mesa. Después, otra vez el salón en blanco y negro. El chico recordará también las noches en que afuera todo estaba más oscuro que de costumbre. Después, en el cuarto, como todas las noches, la abuela le cuenta un cuento. Cuando el chico se está durmiendo, se oyen los motores. Abre los ojos, se despabila. Unos haces de luz barren las paredes del cuarto. La abuela se viste apurada, mira por la ventana, que él también se vista, le ordena. Rápido, apurate. Lo envuelve en una frazada, lo lleva al ropero, lo encierra. Tiene que esconderse. El chico espía. La abuela agarra el revólver. Se oyen gritos. Hay un silencio. Después una carrera de hombres por el pasillo. La abuela empuja la cama contra la puerta. Estampidos. También golpes en la puerta del cuarto al lado. Tiros. Reconoce las voces. La pareja que bailó en el restaurante. A un costado de la puerta, la abuela afirma el revólver con las dos manos. El chico oirá los gritos de la muchacha: Javier, grita. Javier. La abuela murmura: Hijos de puta. Los cuerpos se desplazan violentos, a los golpes, por el pasillo. Oye cómo la chica grita en la calle: Javier. Después los autos y camiones se ponen en marcha. El silencio retorna. La voz del pelado: Quédense en sus cuartos, por favor. No pasa nada. Puertas cerrándose. Limpiá todo, Mirta. Acá no pasa nada. Tranquilos. Fue un operativo nomás. La abuela espera para volver la cama a su lugar. Abre el ropero, le saca la frazada, lo acuesta. Mañana nos vamos, dice. Temprano. Querés que te cuente un cuento, le pregunta. Y apoya el revólver sobre la mesa de luz.

6

En el amanecer, todavía de noche, subirán a un micro desvencijado. A medida que el cielo vaya clareando el chico distinguirá a los pasajeros. Paisanos, gauchos. Mujeres con bolsas y canastas. Una trae una pierna de cordero. El chico la observa: le da asco esa pierna envuelta en repasadores. Te gusta el cordero, le pregunta la mujer. El chico cabecea que no. La abuela le sonríe: Te va a gustar, dice. Y la mujer le guiña un ojo. La mujer trae también una canasta. Saca un pastel y se lo ofrece. El chico vacila. Qué se dice, le pregunta la abuela. Gracias, musita el chico. Come callado. Van lejos, pregunta la mujer. Muy, dice la abuela. El pasaje se irá completando con criollos, viejas y una pareja de mochileros. Alemanes, dice la abuela al escucharlos. La mochilera saca una cámara, quiere retratar a los paisanos, pero se niegan. El paisano más viejo se enoja. La abuela habla en inglés con los mochileros. Les dice que a los mapuches no les gusta ser fotografiados, que temen que su alma sea robada, que mejor fotografíen los cerros.

El mapuche mira a la abuela. Le dice algo con un tono agradecido. El viaje huele a ropa ahumada, a establo, a bosta. De a ratos se respira un vaho dulzón. El micro, recuerda el hombre, bordeará un precipicio. Por la ventanilla el chico puede ver allá abajo un arroyo, un rancho, ovejas, unos pocos álamos. Le impresiona la altura. El micro marcha por el borde del camino y él prefiere no mirar hacia abajo. Bastará que se desvíe un metro y será el vacío. El chofer frena, se escupe las manos, se las frota y se agarra del volante. El micro toma impulso y se mueve a un lado y a otro. El chico, un hueco en el estómago, tiene ganas de vomitar. Y vomita. La abuela le pone una mano en la frente. Después le da un terrón de azúcar. Al micro le falta un tramo para dejar el precipicio. Por la ventanilla, como si volara en avión, el chico verá el cielo, un cielo azul y unas nubes algodonosas. Volamos, le dice la abuela. Las nubes casi pueden tocarse.

7

Sin embargo el miedo no había pasado, el miedo que, de pronto, inesperado, le secaba la boca, le venía con latidos en el pecho, flojera en las piernas. Cuando el ejército detenía el micro y los militares subían a inspeccionar el pasaje, exigían documentos y bajaban algunos pasajeros. El chico se queda callado, la abuela le preguntará en qué piensa, por qué tiene esa cara. En nada, dirá el chico. En nada, repetirá la abuela. Decime la verdad. Qué verdad, le devuelve el chico. La verdad, dice ella. Vos no decís la verdad, retruca el chico. Prometí cuidarte, dice ella mientras toma. Esta es mi verdad. Dónde están, porfía el chico. Mamá y papá. Trabajando, le dirá siempre ella. Lejos, en Alaska. Por qué no me escriben, pregunta él. No podemos llamarlos, quiere saber. No hay teléfono donde están. La verdad, ruega el chico. La abuela le revuelve el pelo. A mi mamá le habría gustado que fuera a la escuela, dirá el chico. Se aprende más viendo el mundo, dirá la abuela. El micro perdía velocidad. Allá adelante, otra vez la ruta bloqueada por el ejército. La abuela saca el neceser y del neceser las pastillas.

8

Cuando el chico despierta en la mañana la abuela ya está levantada. A veces piensa que ella no duerme, que vive despierta, custodiándolo. Se propone no dormir. Cuando por la noche la abuela le cuente un cuento fingirá dormirse pero aguantará el sueño y estará atento a los movimientos de la abuela. Pero el cuento de la abuela, siempre el mismo cuento, lo adormece. La abuela prueba contarle cada noche un cuento distinto pero, en el fondo, es siempre el mismo porque tiene siempre el mismo protagonista: el chico. Al chico le cuesta creer que el protagonista pueda salir siempre ganador de todas las batallas, pero le gusta creer que algún día pueda ser así, algún día, cuando sea hombre. Cuando seas hombre, le dirá la abuela. También le habría gustado salvar a la pareja que bailó con la abuela. Aunque pasarán varias noches, al chico le parecerá siempre que fue anoche la noche del operativo. El hombre advierte que el chico no siente tanto miedo esa noche como las siguientes. Le dará vergüenza despertarse mojado: Me hice, abu. No es nada, dirá la abuela. Lava su calzoncillo en el baño, lo enjuaga, lo tiende sobre una silla que pega a la estufa, junto a su bombacha. En estas últimas noches, las de ahora, de tanto escarbar el pasado, hay una en que el hombre también se despierta mojado. Y busca a la abuela en la oscuridad.

9

La abuela nunca lo deja solo. Nunca jamás, ni siquiera lo descuida cuando ella va al baño. Deja la puerta entreabierta. El chico esperará la oportunidad de un descuido. Apenas la abuela se distrae, mientras el vapor emana del baño, el chico sacará el revólver de la cartera, quiere tenerlo en sus manos, averiguar qué se siente. Esperará a que la abuela entre al baño, a oír la ducha. La puerta entreabierta, el vapor. El chico en puntas de pie, con el revólver en la mano, espía. La abuela bajo la ducha, se enjabona. La ve por primera vez, es la primera vez que ve una mujer desnuda. La abuela se enjabona, se acaricia las tetas, se toca los pezones con la punta de los dedos y después, lenta, baja una mano hacia el pubis. La abuela goza acariciándose como si sus manos no fueran suyas. El chico retrocede. Frente al espejo del ropero, afirma el revólver como vio en el cine. Cierra un ojo, el dedo en el gatillo, afina la puntería. El revólver pesa menos de lo que pensaba. Está así, apuntándose, cuando la abuela, envuelta en una toalla, pelo mojado, la piel rosada y la cara enrojecida, aparece en el espejo. La abuela huele a jabón. Sin decir nada le quita el revólver y vuelve a guardarlo en la cartera. Date vuelta, recordará el chico que le dijo la abuela. El chico oye el sonido del broche del corpiño, un cierre relámpago.

10

El silencio. También está el silencio que el chico no olvidará. La abuela tenía rachas de estar callada. A veces, durante el viaje, por encima del chico, siempre del lado de la ventanilla, la abuela miraba absorta el paisaje. El chico la miraba mirar. La abuela no se cansaba de mirar, miraba con los ojos entornados, parpadeando si le daba el sol. También miraba si llovía, miraba las gotas nerviosas en el vidrio. Y cuando miraba. A veces hablaba de su infancia, de cuando había vivido en Caleta Olivia, un campamento petrolero. Yo tenía tu edad, le cuenta. Vamos a ir, le pregunta el chico. A Caleta, le pregunta la abuela. Y después: No hay que volver a los lugares donde uno fue feliz. Su padre había sido petrolero, sindicalista petrolero, recalcará la abuela, y su madre maestra.

Le gustaba hablar de cuando era chica. Tenía una amiga, Tove, hija de un ingeniero noruego. La amiga se había casado con un ballenero y ahora vivía en el fin del mundo. Cuando la abuela está inspirada hablando de su pasado, él le pregunta por sus propios padres. Pero la abuela prefiere cambiar de conversación. El tiempo, piensa el hombre. El tiempo deforma la memoria, acerca momentos, aleja otros, agranda unos rasgos, esfuma otros. Por ejemplo, el bigote de su padre. Se acuerda de su perfume recién afeitado. De la abuela, en cambio, se acuerda, con una exactitud obsesiva, el viaje y cada una de sus alternativas. Si bien el recuerdo puede no ser preciso, concentrándose, las formas empezarán a delinearse, los aromas y las fragancias vuelven a ser y, al cerrar otra vez los ojos, otra vez viaja con ella. Qué pasó después, se pregunta.

11

Una noche, la fiebre. La mano de la abuela en su frente. La abuela revuelve en el neceser y saca el termómetro. Le pone una toalla mojada en la frente. En este caserío no debe haber un médico, refunfuña. Esperame, le dice. Voy a volver lo más rápido que pueda, le dice. Sale de la cabaña en busca de ayuda. Lo deja solo. A la abuela le había gustado este paraje con unas pocas cabañas, un bosque y más allá, después de un río, la cordillera, las cumbres blancas. La abuela se había entusiasmado con este paisaje. Y cuando vio el cartel de cabañas en alquiler acató el impulso y le pidió al chofer del micro que se detuviera. El encargado, un tipo grandote, canoso, les había pronosticado nieve: Cuando se levanten verán todo blanco. Pero mañana queda lejos. Ahora es la noche, el silencio. Oyó voces, distinguió la de su abuela, la del encargado. La abuela volvió con aspirinas. Otra vez el termómetro. Por la expresión de la abuela el chico se dará cuenta de que su fiebre es alta. La abuela retuerce la toalla, la empapa y se la vuelve a la frente. La sonrisa de la abuela simulaba una calma falsa. Después un motor acercándose a la cabaña. Un hombre joven, de anteojos, entra adelantándose al encargado. El doctor, lo presenta el encargado. El doctor se sienta en el borde de la cama. Le pregunta al chico cómo se llama. Y es la abuela quien le contesta. El doctor le pregunta si le gusta el fútbol. El chico no sabe qué contestar. El doctor le pregunta de qué cuadro es. El chico permanece callado. El médico lo hace sentar. El estetoscopio helado en la espalda. Que respire hondo, le pide. El chico obedece. De qué cuadro, le pregunta. De ninguno, dice por fin. El médico se asombra. Qué te gusta, le pregunta. Y le pide que abra la boca. Leer, dice el chico. Muy bien, dice. La abuela, detrás del doctor, observa. No es grave, dice el médico. Tiene una congestión. El jovencito deberá guardar cama unos días. El chico recordará que preguntó: Y la nieve. Por la ventana, dirá el encargado. Al chico no le caerá simpática esa respuesta ni tampoco le gustará ese hombre. Acá nieve es lo que sobra, sigue el encargado. Recién estamos en julio. Así que podés darle a la lectura. El chico cierra los ojos, se duerme. Y cuando despierte la abuela estará entregándole un tazón de caldo. De cordero, dice el encargado detrás de la abuela. La nieve, dice el chico. Por la ventana, dice el encargado. Parece haberle quitado autoridad a la abuela que, ahora, por primera vez en todo el viaje, parece confiar en alguien. La abuela lo abriga y lo lleva a la ventana. El paisaje blanco, las cabañas, la chata, los árboles, los cerros. Llueven unos copos bandeados en el viento.

12

El chico no olvidará tampoco: la abuela y el hombre cocinando. Están en la cabaña del hombre. Tiene rifles en un armero. Hay una cabeza de ciervo en la pared. La abuela pica una cebolla, le lloran los ojos. Después la abuela y el hombre caminando bajo los álamos. El hombre ahora se pregunta si no eran pinos en vez de álamos. La abuela y el hombre caminan en la orilla del río. También se acuerda de la abuela riendo por algo que dice el encargado. No cree haber escuchado antes la risa de la abuela. Una risa que se propaga entre los árboles. Una noche el hombre le promete que lo llevará a cazar. Le enseñará a tirar como le enseñó a su hijo, que ahora está en el ejército. Es un hombre de acción, dirá. La abuela ya no sonríe. Esta noche tenemos guiso de cordero, dice el hombre. A fuego lento, dice. Lo bueno se cocina a fuego lento. Le guiña un ojo a la abuela. La abuela sonríe. La suya es una sonrisa de compromiso. Vuelven a la cabaña. El chico no puede dormir porque la abuela no puede dormir. La abuela prende el velador, se levanta, va al baño. El chico se levanta. Estoy bien, le dice la abuela. Tira de la cadena, se lava la cara, se hace un buche con dentífrico, se perfuma. Mañana nos vamos, le dirá.

13

Viajarán otra vez en un micro que está por desarmarse en el camino de cornisa. Nieva. Viajan solo ellos y una mapuche embarazada. La nieve frena cada tanto la marcha. El chofer promete hacer una parada en un almacén. La oscuridad de la tormenta parece noche. En una curva el micro se desliza hacia el vacío, pero el chofer lo controla a tiempo. Saca una botella, bebe del pico. La mapuche ahoga un grito, se agarra la panza. Bajo la pollera le brota un chorro. Impasible, como resignada, no llora ni se queja. La abuela la asiste. La mapuche transpira. Su cara marrón se enrojece. La abuela le grita al chofer que se apure. El chofer bebe. Está oscuro alrededor. Pero adelante puede verse una luz, el almacén, un rancho. La dueña se resiste a darle una pieza a la mapuche. La abuela le entrega un billete. También le pide agua caliente, alcohol, agua oxigenada, sábanas y toallas. En la pieza hay una estufa de kerosene y, por toda iluminación, una lamparita. La abuela le pedirá al chico que colabore. También le dice que verá la vida con toda su fuerza. Apenas acomoda a la mujer en la cama empieza a asomar la cabeza. Ahora sí, los quejidos. El chico tratará de recordar los detalles. Es una nena, dice. La abuela le dice: Tenela. Y le pasa la recién nacida. La mujer llora. Se acordará que del bar viene una música criolla, el canto de la dueña y el chofer, borrachos, arrastrando unos versos desafinados. La abuela dispone una sábana bajo la mujer y la criatura. Los tapa con unas frazadas a cuadros. La abuela tiende unas frazadas en el piso de ladrillo, se acuestan. Ya no se escuchan ni la música ni los borrachos. Del otro lado viene ahora un jadeo. Dormite, le dirá la abuela. Qué están haciendo, preguntará el chico. Dormite. Finalmente, el silencio, opresivo. De tanto en tanto, la beba llora. Afuera, la nieve.

14

El chico volverá a la memoria del parto, una memoria agazapada que, cada tanto, imprevista, lo obligará a preguntarse si el pasado, cuando retorna, no se afana en embellecer una escena que no tuvo la hermosura que, ahora, el recuerdo se empecina en concederle. Fue así: la beba sangrienta y viscosa en sus brazos. No sabe cómo agarrarla, terror de que se le resbale, se le caiga, la cara oscura, fruncida, ese hedor, sintiendo una mezcla de repulsión y lástima. Era barro, se pregunta. Era sangre, intenta la memoria que todo lo enmascara y decora en beneficio de los que son acorralados por la culpa, y lo devolverá a la escena en que sostiene con firmeza a la beba; la traslada a un rincón, la deposita sobre una almohada, la limpia como si supiera, con un algodón. Y entonces, al encontrarse con la beba en sus brazos, el chico tiene que haber pensado en él mismo recién nacido, en su madre, preguntándose por qué uno no conserva memoria de ese instante en que vino, las contracciones, el dolor, el llanto y después, la mueca de la mapuche, su mirada buscando la beba, una sonrisa y una mirada que borraron el sufrimiento que endurecía hasta recién su cara. El hombre recuerda al chico y se pregunta, le pregunta a la memoria, la interroga preguntándose si, en ese cavar en el tiempo, encontrará una revelación cuyo sentido ignora y se pregunta también qué sentido tiene ahondar en el pasado, desenterrar los recuerdos como cadáveres olvidados.

15

El hombre se acuerda de que al chico el viaje lo entusiasmaba y a un tiempo le daba vértigo. La abuela debe sentir una embriaguez semejante. Y también el temor de la incertidumbre. El chico se acordará de que la abuela había mencionado el fin del mundo. La abuela lo había mencionado. La tierra del fuego, la había llamado también. El chico se preguntaba si el fin del mundo era una catástrofe incendiaria que todo lo iría a envolver con sus llamas. La idea del fin del mundo le daba miedo pero también lo atraía. Las vueltas en la cama resistiéndose a resbalar en pesadillas que no se anima a contarle a la abuela, pesadillas en las que ella participaba y también sus padres sin rostro, porque en sus pesadillas los padres aparecían sin rasgos y, entonces, se preguntaba cómo saber si le mentían al querer llevárselo diciendo que eran sus padres y cuando le proponían que se fuera con ellos pero el chico se negaba, lo asustaban los sin rostro por más que se hicieran los cariñosos, sospechaba de la forma tierna en que lo agarraban de las manos y empezaba el tironeo, se oponía, luchaba por zafarse de ese hombre, esa mujer, los dos sin rostro, sus manos como tenazas, gritaba, llamaba a la abuela, pero la abuela tardaba en acudir y cuando venía buscaba convencerlo, debía irse con sus padres, los sin rostro, lo zamarreaban y, al despertar, otra vez mojado, la abuela le apartaba el pelo de la frente y le preguntaba qué había soñado, que le contara, que al contarla la pesadilla perdía poder y se veía su mentira. El chico recordará que no se dejaba convencer, que todavía enredado en la telaraña del sueño, el peligro del que recién había escapado no se había disuelto. El hombre recuerda también que si el chico se negaba a contar sus pesadillas se debía al temor de que, al evocarlas, las escenas volvieran a reproducirse. Todavía hoy el hombre sueña con los sin rostro.

16

A la abuela le gustará también el desierto. Aquí donde parece no haber nada es donde más se ve todo, dirá la abuela. Esa tarde el micro había parado en una estación de servicio. Se habían apartado de los surtidores y el bar. Estaban parados frente a la meseta y el cielo. Hay que mirar las piedras decía la abuela. Quién sabe el tiempo que lleva esta piedra esperando ser mirada, los secretos que tiene para contarnos. La abuela le pasó la piedra. Le pidió que la observara. El chico se preguntará si la piedra, que sabe tantos secretos, puede saber de sus padres. Se pregunta si habrán cambiado sus rasgos o serán, como en sus pesadillas, sin cara. La abuela guarda la piedra en un bolsillo. La abuela, recordará el chico, ya no era la misma abuela que lo había traído de viaje. La abuela había sido una al empezar el viaje y otra ahora, en el micro que cruza el desierto. El hombre piensa en el cansancio de la abuela, el cansancio y el miedo que la abuela oculta. A través de la ventanilla, el desierto. Nunca es el mismo, le dirá la abuela. Su diferencia la pueden ver solo algunos elegidos, los que saben ver. El hombre se pregunta acerca de las conversaciones con su abuela, si de verdad fueron tales o las está inventando. Quizá la abuela necesitaba encontrarle un lado bueno a todo para no pensar en el miedo, el miedo que era, como el mío, un vacío oscuro, un grito mudo.

17

Aunque el chico ignoraba que el final se acercaba, podía sentirlo: había un gesto breve de la abuela que recién ahora notaba, un tic nervioso, un desvío en su mirada que solo él podía advertir, un atisbar alrededor de reojo, cada vez más seguido, un nerviosismo contenido que se le había agravado pero la abuela se empeñaba en disimular. Estás bien, abu, le pregunta. No es nada, le contesta la abuela. Un poco de presión nomás. Y respira profundo. Hay un momento en que el chico le preguntará hasta cuándo van a viajar. Después, aunque el chico no era de llorar, se puso a llorar. Los hombres no lloran, le dijo la abuela. El chico le preguntará si el viaje termina en el fin del mundo. Y la abuela le dirá que sí, en el fin del mundo. Y la abuela, revolviéndole el pelo: Tierra del Fuego. Y ahí nos vamos a morir, preguntó el chico. La abuela no dejaba de revolverle el pelo con una caricia: Vos no vas a morir nunca. Y nos vamos a quedar para siempre, preguntará. Nada es para siempre, hijito, le contestará la abuela. Y después: te voy a llevar a cortarte el pelo. El chico estuvo por contestarle que no era su hijo. No lo hizo.

18

Al chico le llamarán la atención el arreglo y también los elementos que la abuela guarda en un estuche: el esmalte para uñas, el alicate, el rouge, la crema para manos, el peine. La coquetería de la abuela, recordará, lo fascinaba. Lo mismo que su neceser con pastillas. También estaba la lectura: más un vicio que una pasión, piensa ahora el hombre: se acuerda de la abuela leyendo, sus anteojos, ve reflejados en sus cristales las páginas sucediéndose y ve los ánimos cambiantes de la lectura en el brillo de sus ojos, en la velocidad con que da vuelta las páginas de las novelas que compra sin discriminar, novelas de amor, novelas policiales, novelas de ciencia ficción, novelas de guerra, porque a la abuela no le importa de qué puede ser una novela ni si es buena o mala con tal de que le cuente una historia. Hasta un libro malo te deja algo, le dice. Cuando termina una novela la abandona en el asiento del micro, en la mesa de luz del cuarto de hotel, los pasajeros que la encuentren pueden vivir un milagro en el hallazgo, imaginar que ese libro es como un mensaje encontrado en una botella en el océano del tiempo. De igual manera que la abuela es cuidadosa en su arreglo de cada día, aun cuando puedan dejar apurados un hotel, y el chico ya hombre comprenderá ahora que la urgencia se debe a un peligro, la abuela, en el peligro, se pinta los labios. Toma una pastilla y se pinta los labios. Se acordará de que la abuela le dice: El rostro es un reflejo del alma. El mal y el bien se leen en la cara. Entonces, pensará el chico, la abuela lee para maquillar lo que siente. El hombre piensa que hay una conexión entre la cosmética y la lectura. Pero esta clase de asociación no le aliviará al chico una pregunta: Cómo es el alma de los sin rostro. Debían ser horribles sus almas, las almas de los sin rostro. En qué pensás, le pregunta la abuela al chico que mira por la ventanilla. Cerros, planicie, rocas, polvo, viento.

En nada, dirá el chico.

19

El chico sabrá cuando la abuela está nerviosa porque su calma es una sonrisa dura. Y, al contestar, lo hace regresando de otra parte, lejos. Además está el temblor casi imperceptible en el ojo izquierdo, un temblor que solo puede detectar alguien que la conoce. El hombre admite que el chico podía percibir el nerviosismo de esa mujer fuerte, aplomada y elegante, joven todavía, y lo de joven lo piensa ahora cuando ha superado la edad que la abuela tenía entonces. El chico podía advertir el mínimo gesto de inquietud de la abuela también porque había descubierto cómo era ella a lo largo del viaje. Ahora, en el ahora del viaje, al ver ese ligero temblor en el párpado izquierdo de la abuela, al caminar el muelle hacia la barcaza, le preguntará qué hay en la otra orilla, la orilla invisible en la bruma. Y la abuela con esa sonrisa, le contesta: El fin del mundo.

20

El viento frío lo hace llorar. Llora en el viento. El viento salado y helado, las gaviotas. La abuela, en la caseta de control, discute con los militares. No, no había tenido en cuenta que para ir al fin del mundo el cruce implicaba pasar por territorio chileno, dos aduanas y los controles militares. El chico se acordará de la abuela conversando con los carabineros y los militares argentinos, explicando que no había pensado en la necesidad de una autorización de sus padres para viajar por su patria, que ella se lo había prometido al nene, hacerle conocer la patria, con lágrimas en los ojos lo decía, contando los miles de kilómetros, no podía volverse atrás, defraudar al nieto, romper su ilusión, y lloraba, se acordará el chico, lloraba con una convicción que se la contagió al chico que también se puso a llorar, la abuela y él llorando entre los militares, llorando sin consuelo, el chico lloró a los gritos y, conmovidos, avergonzados, revisaron la valija, la cartera. El chico recordará que la abuela abrió la cartera, mostró el neceser con las pastillas y después se abrió el gamulán para que la palparan, pero un militar le dijo que no, no hacía falta, y ella, limpiándole las lágrimas al chico, tras la inspección, saludó a los militares y dejaron atrás el puesto. Subieron a un micro. El mar azul, el viento, la espuma blanca en el viento, se acordará el hombre. El chico ya no sentía el frío. Se acordará que ardía, el miedo y el llanto lo habían incendiado. Y este calor que lo invadía era quizá una señal de que estaban en la tierra del fuego. No olvidará el corazón latiéndole, la felicidad de la abuela con esa sonrisa tan suya después del peligro: Bienvenido al fin de mundo, le dijo. Y le revolvió el pelo.

21

La abuela y el chico se alojarán en una hostería frente al mar: La Posada del Ballenero. Debe ser el único lugar que acá no se llama «del fin del mundo». Así como el presidio abandonado es la cárcel del fin del mundo, y solo un sector opera como base naval, los almacenes, las tiendas, los bares, todos los comercios, todos se llamarán «del fin del mundo». Cuando pasen por la cárcel la abuela le dirá que su abuelo estuvo entre estas paredes. Le contará historias terribles que, a su vez, él repetirá a sus nietos. Al chico le gustan más estas historias que los cuentos. Se acordará de la historia del petiso orejudo. Y le pedirá a la abuela que se la cuente otra vez. La abuela también le cuenta las historias de los anarquistas. Uno había matado a un jefe de policía y hecho justicia al vengar a los fusilados de la Patagonia. Estas eran historias todas de otra época, le decía la abuela, pero no tan remota. Después el chico se dormirá. A la mañana siguiente la abuela conversará con los Knutsen, los dueños de la posada. Ella se llama Tove y él Gunnar. Tove es rubia, baja y tiene la piel tostada. Hace unas tortas riquísimas. Gunnar, corpulento y ágil todavía a su edad, se ocupa del mantenimiento de la hostería. Los Knutsen, se acuerda el hombre. Pero todavía faltaba para que fueran su familia y le dieran el apellido. Porque los Knutsen no habían tenido hijos. Faltaba también esa mañana de viento en que la abuela le dará un beso. Que ya volvía, le dijo. Que iba hasta una farmacia, la presión. Que se portara bien. Después, hacia los Knutsen, se corrigió, dijo que no hacía falta recomendárselo, el chico es un buen chico. Eso, se acordará, le dijo la abuela a los Knutsen en la puerta de la posada y después se fue caminando calle abajo, en el viento, hacia el centro. Los Knutsen buscarán consolarlo cuando, esa noche, le digan que ya es un hombrecito y debe saber la verdad, saberla y aceptarla.

22

Todavía ve a la abuela bajando la calle. Llevada por el viento camina. El viento la lleva.

23

Han pasado los años, cuántos años, y el hombre hace cuentas. En qué año nació su madre, en qué año su abuela. En el viaje la abuela tenía cuarenta y nueve. Había sido madre a los veinticinco, la edad en que fue madre su madre. El hombre suma, resta y, con cada resultado, se queda pensando, se pregunta el sentido de estos cálculos. Tiene sobre la mesa una piedra del desierto. Después de esa mañana en que el viento se llevó a la abuela los recuerdos son borrosos. Puede acordarse de la vez que vio una ballena asomando en el mar oscuro, el color del Báltico, según Knutsen. A Knutsen le gustaba hablar de cuando había sido ballenero y tenía infinidad de historias: nombres de islas, de factorías, tipos rudos, tifones. Ahora, al sacar cuentas, al anotarlas en su cuaderno de recuerdos, al considerar sus anotaciones, tiene la sensación de que armar el rompecabezas, escarbar en la memoria, le rompe la cabeza. El hombre saca cuentas, es abuelo. A veces sus nietos le piden que cuente una historia con ballenas. Entonces va al estante donde, dentro de un libro de ballenas, guarda una foto sepia: una ballena varada en la playa, varios hombres parados sobre su lomo, penados. Al mostrar esa foto a sus nietos el pasado fue un trueno en el pecho. Despertó en la clínica, en terapia intensiva, conectado a cables. Un monitor emitía el ritmo de la vida. Se prometió hacer cuentas con el pasado. Cuando estuviera en libertad, se dijo. Apenas estuvo en su casa, caminó hasta la librería, compró dos biromes. Una negra y una roja, y un cuaderno. Quizá dos biromes eran demasiado, pensó. También era probable que le sobraran páginas del cuaderno. Su memoria no era tanta, reflexionó. La memoria iba y venía. Aunque su pasado podía comprender muchas biromes y cuadernos más, lo que quería anotar podía resumirse en unas pocas palabras: A mi abuela se la llevó el viento. Y se lo repitió a lo largo de las mañanas, tardes y noches que la memoria, de improviso, le traía un recuerdo como un caracol que las olas arrojan en la playa. Buscó un caracol, se lo llevó al oído y escuchó el mar, escuchó el mar y también el viento.

24

El chico no olvidará que la abuela tardaba, que se hizo de noche y, en la noche los Knutsen se sentaron en el sillón, le hicieron un lugar en el medio. Fue la noche del mismo día en que a la abuela se la llevó el viento. Tenían que decirle la verdad, le dijo Gunnar. Un hombre no debe temerle a la verdad. Un hombre, le dijo, tenía que ser fuerte ante la verdad porque más terrible podía ser la mentira. La mentira corroía el corazón, envenenaba los pensamientos y también lo que uno sentía. El chico recordará que supo que la abuela no volvería antes que los Knutsen se lo dijeran. Tove se lo dijo. El chico no lloró. Lo había sabido, sin saberlo, antes que los Knutsen lo sentaran en el sillón. Lo supo cuando vio a la abuela llevada por el viento calle abajo. No olvidaría que en el instante en que la abuela desapareció de su vista un cormorán lo distrajo. Al buscar otra vez a la abuela con la mirada, la abuela ya no estaba. El cormorán en el viento. Entonces supo también que ya no extrañaría a sus padres. Siempre extrañaría a la abuela.

25

La madre de una subversiva abatida en un enfrentamiento. Sintió la mano de Gunnar en su hombro. Tove apagó el televisor. El chico seguía sin llorar.

26

Cuánto tiempo pasó desde aquella mañana de la abuela en el viento, se pregunta el hombre. Revisa el cuaderno, saca cuentas. Se acuerda de otra mañana, la mañana que los Knutsen lo llevan a la escuela. El nieto de los Knutsen lo llaman, aunque algunos decían que era el huérfano de los Knutsen. Pero en los papeles era un Knutsen: Juan Knutsen. El chico, no lo olvidará, se sintió a la vez aliviado con su nuevo nombre. Había quedado atrás el miedo, se pregunta ahora el hombre. Ahora su miedo era otro, que la abuela volviera por él y le anunciara que debían iniciar otro viaje, otra huida. Aunque la extrañaba, temía su vuelta. Por las noches, antes de dormir, lo aterraba que ella pudiera volver. Lo aterraba tanto como lo aterraban los sin rostro. Lo aterraba que la abuela también iba perdiendo el rostro. Hasta que lo perdió del todo. Pero esos no podían ser sus miedos, se decía. Esos eran los miedos de otro y no los de Juan Knutsen.

27

Últimamente el insomnio vence la medicación que toma al acostarse. La memoria no lo deja en paz. Al notar que el desvelo vuelve a la carga se levanta y se sienta frente al cuaderno. Las frases que escribe, se dice, tienen sentido solo para él. Por ejemplo: «El micro por el borde del precipicio». Y después: «El chico se tiene que acordar de los lobos marinos». A veces habla de sí en tercera persona, como si estuviera en un cuento. Hace años que enviudó. Si Silvia estuviera, se pregunta. Por qué no le contó ni a ella. Hay secretos que deben permanecer ocultos. La mentira envenena, decía Gunnar. Lo anotó hace unas noches. Se pregunta cómo habría reaccionado Silvia, su mujer, ya fallecida. Si le hubiera contado, qué. Sin embargo, ponía en duda la verdad de Gunnar. Su verdad era otra. Eligió el silencio. El secreto, su ocultamiento, no había afectado ni su existencia ni la de su familia. Quién podía juzgarlo. Había mantenido el silencio toda una vida. Se acordó de la vez que había viajado a La Plata y encontrado la casa, unos años antes. Había pasado varias veces frente a la casa sin animarse a pisar su vereda. Allí vivía una pareja joven con dos hijos. No quería importunarlos, se dijo.

28

Qué sentido tiene este cuaderno, se pregunta. Debe destruirlo. Sus anotaciones, los cálculos, las frases que tienen sentido solo para él. Resuelve quemarlo. Mientras camina hacia la cocina, la puntada en el pecho. Tiene que sobreponerse, piensa. Pero otra puntada, un puñetazo, no le da tiempo. Al cerrar los ojos cree ver el cormorán volando sobre la calle en que se pierde la abuela. Y, cuando vuelve la mirada, la abuela ha desaparecido.

Las siamesas

1

Cada vez que vienen esas nubes del fondo, la tormenta no falla, dice la madre. Y menos en invierno. Vas a ver, se va a caer el cielo. La hija asiente. Pero no vamos a estar cuando llueva, dice la hija. Le pone una campera a la madre y levanta el bolso. Agita las llaves de la puerta de calle: Movete, le dice. La madre le pregunta: Pusiste la malla. La hija prefiere decirle que sí. Después agita otra vez las llaves: Movete. No tengo toda la vida para esperarte. Y la madre: No te quejes que sos joven. Sí, le dice la hija. Joven para vos, dice. Para el mundo soy una vieja. La madre dice: Seguro que pusiste la malla. Seguro, dice la hija. Apurate, dale. La madre obedece, cruza el patio, sigue a la hija a través del pasillo que cruza el jardín reseco. Un trueno largo hace temblar el barrio entero. Apurate, dice la hija. La madre sale. La hija cierra la puerta de calle, pone doble vuelta, como si pudiera venir alguien a robarles qué. Caminan hacia la avenida, la parada. Las primeras gotas las sorprenden cundo están por subir al colectivo. La oscuridad de la tormenta torna el atardecer en noche cerrada. El aguacero se descarga contra las ventanillas. Siéntese, señora, se para un hombre y le cede el lugar a la madre. La mujer a su lado, una joven que debe ser su novia, también se levanta y le dice a la hija: Siéntese, señora. No, gracias, dice la hija. No se moleste. Y aclara con una sonrisa: Soy la hija. No lo parece, puede pensar la chica. Pero no lo dice. Y debe pensarlo como lo piensan los demás pasajeros del colectivo que avanza en la tormenta negra navegándola. Las dos sentadas, una junto a la otra. A la hija le habría gustado sentarse aparte, que no la vieran hermanada a su madre. Todos las miran, o a ella le parece. Y deben pensarlo al verlas juntas, las dos en el mismo asiento, una pegada a la otra, el bolso en la rodilla de una, un bolso de mano, porque les alcanza y sobra un solo bolso de viaje. Siamesas, piensa la hija. Sus ojos transmiten por momentos la mirada de lo irremediable. Pusiste mi malla, pregunta la madre. Quedate tranquila, dice la hija. El mar en invierno, piensa la hija. Y con esta tormenta que, según el pronóstico, alcanza a la costa atlántica y tiene para todo el fin de semana. Los pasajeros que escucharon a la madre sonríen con lástima. Y la lástima la abarca también a ella. El colectivo en la tormenta. Te dije que el cielo se vendría abajo, dice la madre.

2

Están sentadas en la mesa de un bar de la terminal. Una frente a otra. La hija mira la hora en su reloj pulsera y compara su hora con la que marca el reloj de la pared. El suyo atrasa. Toma el té despacio, con sorbos cortos como los de un niño. La madre la observa: Así no toma una señorita. Es que quema, dice la hija. Entonces dejás que se enfríe. Cuando algo está que arde siempre conviene dejar que se enfríe, dice la madre. Y frunce la nariz. Cuando empieza con ese gesto, la hija lo sabe, después la madre no puede parar y no hay quien la detenga. No le dice nada porque si le dice es peor. Sin embargo, como no aguanta, le dice: Estás nerviosa, calmate. La madre no la mira. Mira alrededor, mira la gente alrededor, los hombres, las mujeres. También los pordioseros. A los que piden limosna los mira con asco y desconfianza. Gente del interior, la mayoría, dice. Te das cuenta por la ropa, dice. Hablá más bajo, le dice la hija. Hablo como me da la gana. Además no estoy diciendo nada insultante. Te das cuenta que son del interior no solo por la piel marrón. También por la ropa. Son copia de las marcas importantes. Y la llevan apretada. Además, sentí cómo se perfuman. Porque son descendientes de indios y tienen una sudoración más fuerte. Aunque esté de acuerdo con la opinión de su madre, la hija se empecina en pedirle que hable más bajo. Nadie me oye. Solo se oye la lluvia, dice la madre. Y es cierto porque ahora las ráfagas de agua arrecian nublando las dársenas, los relámpagos intimidan y los truenos aturden. El temporal estremece la terminal. La madre se come las uñas. Estás nerviosa, le dice la hija. Te pido otro té. Y si no sale el micro, dice la madre. No lo pregunta: tiene una certeza fatalista, típica suya. Va a salir, dice la hija. Los micros salen aún con lluvia, retrasados pero salen. Es peligroso que salgan, dice la madre. Quién no sabe lo peligroso que es manejar con lluvia. Y más de noche. Te pido un té, dice la hija. Y te tomás la pastilla. No, dice la madre. Esta noche no quiero. Quiero estar despierta. Tomala, dice la hija, por si te pasa algo. Qué me va a pasar, dice la madre. Y si volcamos, le dice la hija. Si volcamos, podemos sobrevivir, dice la madre. Nada me impedirá ver el mar. Y la hija: Y si yo quedo paralítica. Imaginate. Vas a ser vos la que tenga que llevarme a todos lados. La madre: No sería un problema. Te traería conmigo a ver el mar. La hija la mira fijo: Te estás comiendo las uñas. Qué te molesta, le dice la madre. Si querés te pido un sándwich, dice la hija. No quiero nada, dice la madre. Un alfajor, dice la hija. Mejor otro té, dice la madre. La hija llama al mozo. El vendaval azota la terminal. El viento se filtra en el salón y les llega hasta las piernas. Apenas se oye al locutor de los parlantes anunciando arribos y partidas. Las partidas, menos frecuentes que los arribos. El locutor no tarda en anunciar que hay una demora en los servicios. Te dije, dice la madre. Qué me dijiste, dice la hija. Te dije que lo más probable es que nos tengamos que volver a casa. Tomá tu té, se te va a enfriar. No me digas lo que tengo que hacer, no soy una criatura. Esperá a tener hijos si querés mandar. La hija no le contesta que ya es tarde, que no tendrá hijos. Mirá si llegamos y el mar no está, dice la hija. Qué graciosa, dice la madre. Te gusta amargarme.

3

Podrías disimular un poco, dice la madre. Qué, dice la hija. Que no me aguantás. Si te quedaste sola, no fue por mi culpa sino porque no fuiste capaz de encontrar un buen partido, dice. A vos te tiraban los bohemios, los muertos de hambre. No me vengas con el cuento de que fue por mí. Fue porque no te gustaba tampoco trabajar. Porque si tanto te querías escapar, en vez de levantarte al mediodía, habrías madrugado, mirado los clasificados y buscado. O habrías revoleado la cartera, que encanto no te faltaba con lo igualita que saliste a mí. La madre chupa la cucharita del té, mira con recelo a los costados, está atenta a los que mendigan arrastrando los pies, rengueando, borrachos, drogados, hediondos, susurrantes, la mano extendida y abierta. Deben venir de la villa, dice la madre. La villa frente a la terminal, la villa sumergida en la tormenta, las construcciones torcidas, unas luces parpadeando en la lluvia, los contornos surgiendo en los relámpagos, las fachadas verdes, lilas, azules y las entradas de las callejuelas que conforman un laberinto que empieza a inundarse. Los mismos relámpagos parpadean en las dársenas. Un micro se acerca, estaciona. No es el nuestro, dice la hija. Me voy a quedar sin ver el mar. La hija no quiere usar el argumento que le dio el médico, pero lo usa: Quedate tranquila, todavía tenés cuerda. No vas a morir sin ver el mar. Decime, le dice la madre, por qué tiene que pasarme esto a mí y no a una de estas cucarachas. Ni saben que el mar existe. Los relámpagos, los truenos. Y el viento arrojando violentas olas de agua en las dársenas.

4

La voz del parlante anuncia el servicio de las 21.40 que ellas deben abordar. Caminan juntas, pero sin tocarse. Vas muy rápido, dice la madre. La hija no le contesta. Tiene los boletos en la mano. La ubicación de los asientos, dice la madre. La hija no le contesta. Le entrega los boletos a uno de los choferes. Si bien la trompa del micro y la puerta de acceso están bajo el alero de la terminal, el aguacero rebota y chorrea sobre el techo del micro, las salpica. La ayudo a subir, abuela, dice el otro chofer. Gracias, le sonríe la hija. Ella puede. El hombre le parece apuesto. Se pregunta si estará casado. Dejame del lado de la ventanilla, dice la hija. Pero la madre le gana de mano: Si necesito ir al baño, te despierto. Tomate la pastilla, dice la hija. Así te despertás en el mar. Ni loca, dice la madre. Con esta tormenta más vale no pegar ojo. Dormí vos, si querés. No, dice la hija. Quería sentarme ahí, me gusta mirar el paisaje. Por lo que vas a ver, dice la madre. La lluvia, dice la hija, la tormenta. Me gustan los relámpagos en el campo, los relámpagos electrizando el horizonte. Miren la poeta, dice la madre. La hija mejor se calla. El micro retrocede, gira, maniobra, abandona la dársena y entra completo en la tormenta. Se apagan las luces. Empieza el viaje. Te fijaste, dice la madre. Somos las únicas pasajeras. No me di cuenta, dice la hija. Solas, dice la madre. Viajamos solas.

5

El micro se desplaza lento hasta salir de la ciudad, cruzar el puente y encarar la ruta. La madre y la hija viajan calladas. La hija piensa en lo que debe pensar la madre, su ilusión de ver el mar. Porque en el mar, le ha dicho, siempre fue feliz aun cuando no lo era en su matrimonio. De todos modos el padre se fue pronto a trabajar en el petróleo, en Comodoro Rivadavia. Allá debía darse la gran vida, acostándose con todas, sin descartar las casadas. Y por eso le pegaron un tiro y apareció tirado en un basural. La madre también puede estar pensando, como siempre, por qué la hija no se fue con el primero que le ofreció volar. Pero la muy pretenciosa les encontraba a todos un defecto, el que no tenía pie plano, tenía las manos frías, y así fueron desfilando los mejores.

No te fuiste porque estabas cómoda, le suele decir la madre. Una excusa, mi enfermedad. Bien puedo arreglarme sola. Qué vas a poder, le dice la hija. Además de tu enfermedad, no ves bien. Y no hablemos del lío que te hacés con las pastillas si yo no estoy. La madre también le pregunta a veces: No pensaste en envenenarme. La hija no le contesta. A la madre no le extraña que un buen día, porque será un buen día, la hija se decida a terminar con ella. Será un buen día porque vivir así no es vivir, vivir sin el mar. Hace un rato que la madre está callada. El micro avanza contra la tormenta, se balancea a ambos lados. No me gusta este viaje, dice la madre.

6

La hija cierra los ojos y quiere dormir, pero no puede. La madre al lado, aun cuando esté quieta, le quita el sueño. Al cerrar los ojos, las imágenes que le vienen no la conforman. Trata de acordarse de los novios que tuvo. Pero se le confunden los rasgos, los modos, los bigotes de uno con la barba de otro, la voz de aquel con los ojos de otro. Por más que su madre opine que fueron muchos, no fueron tantos. Cuando pasó los cuarenta, paró de contarlos. Imposible recordarlos sin confundir caras, cuerpos, caricias. La madre, en cambio, solo su padre. Y después un amigo del padre, compañero del petróleo, que cada tanto, cuando venía a la capital, la visitaba. Una vez vino a visitarlas con su esposa. A la hija le llamó la atención el parecido entre las dos mujeres, la esposa del amigo y su madre. Ahora, en el viaje, mientras la lluvia no cede, gira hacia la madre: Cómo se llamaba la esposa del amigo de papá. La madre: Cómo te acordás. No sé, dice la hija, me acordé de la infancia, de momentos felices. A mí no me mientas, dice la madre. Esa no fue una época feliz. Y esa mujer me tenía envidia. Qué te envidiaba, dice la hija. Si terminabas de perder a tu marido. Justamente, dice la madre. La viudez, me envidiaba.

Pero él nos visitaba seguido, dice la hija. A vos te gustaba, dice. Tenía mal aliento, dice la madre. Y después cortante: Dejá de pensar porquerías. Por qué porquerías, dice la hija. Te conozco. La madre. Contra la ventanilla, está incómoda: Quiero ir al baño. Si me sentaba de ese lado era más práctico para ayudarte, dice la hija. Puedo arreglarme sola, dice la madre. Te podés caer. La madre se niega: No cabemos las dos. Dejame en paz.

7

La hija se pregunta cuándo fue la última vez que vio el mar. Más de veinte años atrás, con una amiga, en Semana Santa. Ella iba ilusionada con la idea de conocer un hombre que le gustara. La amiga, sin embargo, pensaba que ya no había hombres. La amiga tenía motivos para pensarlo, regordeta, poco agraciada como era. Ella, a su lado, resaltaba por su hermosura. Todos los que se les acercaron fue por ella y a ella le daba pena abandonar a la amiga. Hasta para sentarse en la playa se le pegaba. No pudo contemplar un amanecer sola. Pero después de este viaje todo será distinto, piensa. Y ella, por fin, será la que es en realidad y, por fin, libre, su existencia será la que siempre soñó. En qué pensás, dice la madre. Pensé que dormías, dice la hija. En nada, dice. El viento sacude el micro. La ruta se hace avenida principal de un pueblo. A los costados, negocios cerrados, un restaurante, un hotel, un taller, casas, una lamparita en cada puerta y otra vez descampado, un cementerio, las lápidas y cruces en el resplandor de un relámpago. Seguro que estás pensando algo malo, dice la madre.

8

Ya no llueve, apenas unas gotas. El micro, inmóvil. Por qué paramos, se despierta la madre. Hace unos minutos que el micro se detuvo a un costado de la ruta. La hija pudo escuchar las voces de los choferes y después la puerta de la cabina. También vio pasar a uno junto al micro, hacia la parte trasera, inspeccionar una rueda, escuchar cómo la golpeaba. Entonces se despertó la madre. Y ahora, se inquieta. No sé, dice la hija. Vos nunca sabés nada, dice la madre. Por qué no vas a averiguar. Por qué no vas vos que te quedaste del lado del pasillo, dice la hija. No me gusta nada esta situación, dice la madre. Tenés miedo que nos quedemos, dice la hija. Estamos solas, viajamos solas, somos las únicas, dice la madre. No estamos solas, dice la hija, están los choferes, son los responsables de este viaje. Y si algo pasa, dice la madre, pero se interrumpe. Paga el seguro, dice la hija. De qué me sirve la plata, pregunta la madre. Yo lo que quiero es ver el mar. Y después: Si tenés miedo, te acompaño, vamos juntas. La hija no le contesta, espera. Hay que esperar, dice la hija. Por esperar mirá cómo terminaste, dice la madre. Vamos juntas, se incorpora. Se levanta y le agarra la mano, la tironea: Dale, vení. Mirá si es una trampa, si este viaje ha sido una trampa. Andá a saber si no hacen siempre esto, frenar el micro en la nada para que vengan ladrones y nos despojen. Además nos van a violar. Bueno, a mí que soy mayor no. A vos, que sos joven. También yo soy mayor, está por decirle la hija, pero se calla. Se levanta, sigue a la madre. La madre golpea la puerta que separa la cabina de los choferes de los pasajeros. Golpea. Los choferes tardan en abrir. Estamos esperando un refuerzo, dice uno. Tardará un par de horas, dice el otro, el apuesto. Quiero salir, dice la madre. Les conviene esperar arriba, dice el apuesto. Le habla a la hija. Adentro van a estar abrigadas. Es que mi madre se ahoga, dice la hija. Abran de una vez, exige la madre. Acercándose al chofer, la hija le susurra: Es psicológico, pero le falta el aire, dice. Entiendo, dice el hombre. Es la edad, dice la hija. El otro chofer abre la puerta. La hija baja del micro. Ayuda a la madre a bajar. El viento húmedo, frío, las despabila. Nadie, dice la madre. Ni un camión pasa, dice. Y esos dos, ahí encerrados, deben estar maquinando cómo se van a deshacer de nosotras, avivate. La hija calla. Mejor nos escapamos, dice la madre. La hija se alarma: Estás loca, dice. A dónde vamos a escapar. La madre se enerva: Si no vas vos, voy yo. Se da vuelta, está por subir al micro. Le cuesta. Esto pasa por no tomar las pastillas, protesta la hija. Te las voy a traer. La madre se apoya en el micro. Subí a buscar el bolso y nos vamos. No es lo que teníamos pensado, dice la hija. Si no lo traés, lo busco yo, dice la madre. La hija sube al micro, vuelve con el bolso. Durante un instante se miran. La hija está por llorar. La madre, en la banquina, envuelta en el viento. El aire le confirió fuerza. La madre le da la espalda, salta la zanja en el borde de la banquina. Vos ocupate del bolso, le ordena. La madre trata de colarse en el alambrado. Se agacha, pasa medio cuerpo, una pierna. Lo consigue. La hija le ve una agilidad que le desconocía. La sigue, se engancha en las púas. La madre se aleja en la noche, se funde en la negrura. No era esto, se dice la hija. Sigue la sombra difusa que se le adelanta. La madre tropieza, se detiene, respira y sigue. La hija da vuelta. El micro quedó atrás, como tantas oportunidades en su vida. Cuando llegaran al mar, tan pensado tenía todo, y ahora el campo, la noche cerrada, una llovizna en el viento de frente, siguiendo a su madre, a ciegas casi, las dos perdidas.

9

Después, la madre, hundiéndose en el barro, se detiene. El viento trae ladridos. Si hay perros, hay gente cerca, dice la madre. Vos siempre les tuviste miedo, dice la hija. Puedo ir yo. No me dejes sola, dice la madre. Casi no se ven en la oscuridad. Pero un relámpago las ilumina, pueden verse empapadas, el campo desierto. La madre da unos pasos atrás. No percibe el barranco. Cae en un grito, manoteando como un títere. La hija tienta acercarse al borde. Desde abajo sube el chapoteo y un quejido entrecortado. Voy a buscar auxilio, dice la hija. No me dejes, suplica la madre.

Tiene que haber alguien en alguna parte. No me dejes. La hija vacila, se arrodilla. Unas gotas de lluvia, espaciadas, tarda en ser ráfaga. El lamento de la madre: Era lo que querías, dice. Desde el principio lo supe. La hija aventura otro paso y también resbala, cae, choca contra el cuerpo de la madre. El impacto de las cabezas. El barranco es más profundo de lo que pensaba, un zanjón que empieza a arrastrar corriente. La madre está medio hundida en un barro chirle que fluye. La madre está quieta. Debe estar inconsciente, piensa la hija. La agarra de los hombros, la sacude. De pronto la madre está forcejeando con la hija que quiere subirla a la rastra. Querías abandonarme, dice la madre. Eso ibas a hacer. Otra vez un relámpago. Otra vez, un trueno. Las dos se agarran. Las uñas de su madre, su ruego. No me dejes. La corriente, turbulenta, las obliga a aferrarse una a la otra. El torrente oscuro está subiendo. Lo tienen a la altura de las rodillas. La hija tira de la madre, pero no tiene fuerza suficiente. Las manos de su madre se escurren entre las suyas. La madre vuelve a chapotear. Ni siquiera se queja. Debe estar muerta, piensa la hija. No se anima a seguir porfiando en sacarla. Debe estar muerta, calcula. Le cuesta decidirse a rescatarla. Un relámpago ilumina el cuerpo. Tiene la cara hundida en el barro. La levanta de los pelos. Las facciones de la madre, una máscara de barro. La hija le aparta esa masa viscosa primero de un ojo, después del otro. Con espanto, la suelta, la deja resbalar en la corriente.

10

La hija en la tormenta. Solo se oyen golpes de viento. Otra vez los relámpagos, los truenos. Camina empantanándose. Encuentra unos matorrales. Y retrocede. Piensa en víboras. Y al pensar en víboras piensa en un castigo bíblico. Se resiste a pensar como religiosa. Solo debe guiarse por el instinto, ser un animal, seguir andando aunque no divise ni horizonte ni señal de vida humana.

Titubea. Y si vuelve atrás, se pregunta. Pero no hay atrás. Extravió el sentido de la orientación. Intenta ver la hora, pero su reloj no es sumergible y está parado en las tres y cuarto. Debe haber sido la hora en que su madre cayó en el barranco. Quizá no falte tanto para el amanecer, no mucho, pero cuánto. También perdió la noción del tiempo. Debería mantener la calma. Ahora, por fin, está sola. Acaso no tenía razón su madre al sospechar sus intenciones. Y bien, el destino la libró de la culpa. No fue ella, piensa. No fui yo, murmura. Fue el cielo. El cielo es el culpable. Levanta la cara, chorreando. A pesar del viento, el agua y el frío, siente la sangre hirviendo. Soy un fuego, dice. Se quita la campera que le pesa, se saca el pulóver, la camisa, el corpiño. Se descalza, se despega las medias y después el pantalón, la bombacha. Camina desnuda contra los embates del viento y el agua. Desnuda en la tormenta, encendida por los relámpagos, los truenos. Abre la boca. Bebe la lluvia. Hasta que choca con la bestia. Pero la bestia le devuelve la embestida. Le clava un cuerno. Se agarra la herida. No puede eludir una segunda cornada. Tampoco la tercera. La sangre, la lluvia.

11

Amanece. En el cielo, en retirada, unos últimos nubarrones. Un peón cabalga arriando las vacas perdidas anoche en la tormenta. Y encuentra a la mujer desnuda, ensangrentada, los ojos abiertos, sin vida. Se persigna.

Los albinos

1

Al despertar miró fijo el techo de la cabaña. Permaneció quieto un rato, sin hacer el mínimo movimiento, prestando atención a su alrededor, ese lugar que había pensado como el resguardo de su intimidad, caja fuerte de su secreto. Y al pensar caja fuerte, se dijo, no se trataba tanto del resguardo de un valor como de su pasado. Escuchó el crujido casi imperceptible de la madera que, como él, también parecía despertar. Escuchó el alrededor de este alrededor, aleteo de pájaros, trinos. Escuchó un golpe de viento, un crujido de ramas, los sonidos del bosque. Este era su primer día en el bosque. Y había planeado empezarlo visitando a su vecino, el afilador.

2

Si quería adaptarse a una nueva vida y vivir en el bosque era imprescindible que aprendiera los caminos, los recodos, los accidentes del camino si es que acaso, por su carácter intrincado, podían considerarse accidentes y no trampas deliberadas de la naturaleza y si podía hablarse de senderos o caminos cuando, en verdad, no existía ninguno definido, ninguno trazado con nitidez, y lo impenetrable parecía tener la intención de extraviar a quien se arriesgara a la espesura. No era fácil perderse solo para los extranjeros. También, para los lugareños. Se lo habían dicho, los mismos vecinos del bosque solían perderse apenas se internaban. Quienes vivían fuera del bosque y, supersticiosos, nunca se habían animado a internarse en él, se lo habían advertido. No era tanto que los hombres se desorientaran al no encontrar una salida. Según ellos era el bosque el que cambiaba de lugar los presuntos senderos o caminos con la intención de confundir al que se aventuraba por ellos. Y no habían sido solo los supersticiosos quienes se lo advirtieron: también aquellos que parecían más realistas mantenían una distancia con el bosque y conservaban el mismo respeto hacia el extranjero, trato propio no solo de la cautela sino de la sospecha. Se lo habían dicho en el bar de la estación de servicio donde la tarde anterior se había detenido el micro en el poblado cercano. El mayor de los peligros del bosque no consistía únicamente en el ataque de un lobo, le dijeron. También estaban los moradores, primitivos, hostiles, de pocas palabras, abandonados de la mano de Dios. Se contaban atrocidades de esos seres albinos. Más salvajes que los lobos eran. Pero él prefirió no darle crédito a estos comentarios y los consideró prejuicios. Además, si los abominables vivían apartados de la mano de Dios, esto podía resultar una ventaja ya que había venido a traerles su palabra. Había sido el único pasajero en bajar. Y apenas bajó, con una sola valija de cartón, en el bar, mientras tomaba una taza de café le preguntaron a qué había venido. Soy ministro de Dios, mintió. Esperaba tener todo el aspecto de un pastor. No podían no creerle. Si estaba seguro de su misión, le preguntaron. Asintió. Que Dios lo amparase, le dijeron. Dios lo protegía, dijo él. Dios es el camino. Y mostró la Biblia. Había que ver si Dios le enseñaba un camino cuando se perdiera en el bosque, si Dios podía humanizar a salvajes como el afilador de cuchillos y sus críos, le dijeron. Porque en el bosque todos, hombres y mujeres, eran como el afilador de cuchillos y sus hijos. Le convenía también tener en cuenta que los cuchillos eran característicos de los albinos. Que así los denominaran y que el hecho de que fueran albinos hablaba tanto de la superstición de los de afuera como de la rareza de los del bosque. Todos, hombres, mujeres, chicos, los albinos andaban siempre armados con un cuchillo. Abundaban las muertes a cuchillazos. No tenían un camposanto. Si enterraban a sus difuntos, solo ellos sabían dónde lo habían hecho. Por lo general, dejaban a sus muertos a la intemperie, alimento de los lobos. Nadie se animaba a entrar en su territorio, le dijeron. Ni siquiera un médico. Y si asomaban a veces a la civilización era para comprar lo indispensable en el almacén del pueblo. Había que ver lo sucios que eran. Apestaban. A su paso dejaban un vaho de pestilencia. Todo esto le contaron. Y más. Pero él no estaba dispuesto a sugestionarse por estos comentarios. En el almacén compró unas latas, pan duro y una botella de ginebra. Notó en el almacenero la misma combinación de cautela y sospecha que había notado en los otros. La misma que había notado en el único taxista del lugar, a quien contrató para que lo acercara al bosque. El taxista se lo dijo: no quería saber nada con los albinos y se limitaría a dejarlo en la que se suponía era la entrada al bosque. Después tendría que orientarse por su cuenta. Si me pierdo, le preguntó al taxista, usted sería el responsable de una viuda y dos huérfanos. No se perderá. Y Dios cuidará tanto de nosotros como de ellos. El taxista paró el auto. Tendría que seguir caminando, le dijo. Dios lo ayudará, le dijo con ironía. Entiendo, contestó él. Después de errar entre los árboles vio por fin la cabaña. Empezaba a anochecer. El paisaje se había sumido en un silencio cerrado.

3

Se afeitó, buscó una camisa limpia en la valija, eligió una corbata, le pasó un trapo a su único par de zapatos. Un ministro de Dios, se dijo, debía convencer también con el aspecto. Agarró la Biblia y salió. Los grandes bosques del sur, así figuraban en los mapas. Y este, en el cual ahora caminaba en dirección a esa cabaña y el galpón desde donde provenía el chillido de una herramienta, era de todos los bosques el más importante. Es fácil entrar, le habían dicho. Tan fácil como perderse si uno no es del bosque. Y era cierto porque, aun cuando le había costado encontrar la cabaña, ahora, después de alejarse hacia la propiedad del afilador, lo asaltó la duda sobre cómo regresar. No debía perder aplomo, se dijo. No caer en la sugestión. Y menos cuando estaba por abordar un posible cliente. Se corrigió: no debía pensar en los otros como clientes sino como feligreses, fieles, creyentes. No creer no le impediría simular una fe y fingirla ante los otros. De todas las personalidades que se le habían ocurrido al venir al bosque, la de ministro de Dios le había parecido la que mejor se adaptaría. Después de todo, se dijo, nadie sabía tanto de la angustia y la culpa como él. Especialmente de la culpa. Nadie como él. Firmeza, se propuso. Estaba por abordar a un cliente. Y de acuerdo a lo que le habían informado, no sería un tipo fácil. Pero era el más influyente en esa comunidad reacia a los ajenos y sus creencias. El chillido era ensordecedor. El hombre y los tres chicos, los tres casi adolescentes, los cuatro albinos, trabajaban de espaldas a la puerta entreabierta. Absortos en sus herramientas, cada uno ocupado con un cuchillo, cada uno sumido en sus propios pensamientos, si es que acaso podían distraerse con otro pensamiento que no fuera la atención completa que exigía la labor en que, con un mínimo descuido podían amputarse un dedo, dos, o varios. Dio un paso adentrándose en el taller. Golpeó la puerta a su lado. El padre y sus tres hijos giraron apenas. Las miradas lo interrogaron. Cada uno tenía un cuchillo. Suponiendo que fuera víctima de un ataque, se preguntó, cómo lograría escapar si lo más probable era que se extraviara y entonces esos cuatro, sus cuchillos. No debía dejarse amedrentar por la tosquedad de esos seres que carecían de contacto con el mundo. Los saludó con una bendición. Una bendición lenta, dedicada. Vengo a traerles la palabra de Dios. El padre lo miró. Los hijos miraron al padre. Por un segundo pensó que la mirada del afilador, temible, era la de su propio padre. No necesitamos lo que vende ni lo necesitamos a usted. Pero es probable que usted nos necesite si tiene un cuchillo. No tengo, contestó. Ahora no, le dijo el afilador. Pero pronto necesitará uno. Nadie es alguien en el bosque sin un cuchillo. El padre le dio la espalda. Antes de imitarlo, los hijos lo observaron un instante. Retrocedió hasta la puerta, salió. Nevaba. Con semejante tormenta no le convenía buscar otra cabaña. Le convenía regresar a la suya. Pero al poco rato de caminar bajo la nieve, se dio cuenta, estaba desorientado. Quiso volver a la propiedad del afilador. Pero fracasó. No le quedaba otra que seguir buscando en la arboleda, buscar, con suerte, una cabaña que le diera refugio. Se internó en el bosque.

4

No solo se había perdido. Había cometido un error más grave: su elegancia. El traje, la corbata, los zapatos no eran la indumentaria aconsejable para ese paisaje. Caminaba temblando, las piernas se le acalambraban y por más que cambiaba de mano la Biblia, los dedos se le agarrotaban. La nevada se volvió más espesa. Se apuró. El anochecer se precipitaba. Entonces, en la nevada, distinguió una cabaña. Había luz en una ventana. La chimenea humeaba.

5

Agotado, golpeó la puerta. Transcurrieron unos minutos. Tal vez no fueran tantos, pero le parecieron infinitos. Del otro lado fue destrabada una tranca. Después, el sonido de un cerrojo. Al entreabrirse la puerta, se asomó una mujer albina. Debía tener poco más de treinta años. Con rodete, de cara redonda, ojos azules casi transparentes, achinados. Después su cuerpo amplio, la rotundez de walkiria. Sus tetas no cabrían en sus manos. Me perdí, dijo. Estoy perdido. También mi hombre debe haberse perdido, dijo ella. Ya hace dos días que lo espero. La mujer lo miraba sin invitarlo a pasar. Traigo la palabra de Dios. Dijo él. Y en su nombre le pido me brinde abrigo, hermana. Ella se rio. Se rio con unos gorjeos infantiles. Pudo ver cómo se le movieron levemente las tetas. Después empezó a cerrar la puerta. En nombre de Dios, rogó él. Por favor, dijo. Estoy perdido. Ya me lo dijo, dijo ella. Mi marido no está. Eso ya me lo dijo, dijo él. Ella se apartó: Pase, dijo. Pero si vuelve, a él no le gustará encontrar a un hombre. El ambiente olía a sopa. Ella le ofreció un plato. Él se sentó, unió las manos en rezo, inclinó la cabeza, murmuró una oración, se persignó y después se frotó las manos, levantó la cuchara. Ella lo miró tomar la sopa en silencio. En la cabaña se oía el crepitar de la leña en la estufa, los sorbos de sopa y un cantito que ella tarareaba sin quitarle los ojos. Tiene un cuchillo, le preguntó. Él negó con la cabeza. Tenga, le dijo. Y le entregó un cuchillo de caza. Por si viene mi hombre, le dijo. En el bosque, Dios es un cuchillo.

6

La única luz en el ambiente era un candil. La mujer cabeceó hacia el jergón. Y él se acostó. Vestido. Ni el saco se quitó. Solo los zapatos. Si no se desnudaba, no era tanto por el frío como por el miedo. La mujer apagó el candil. El silencio se hizo más denso: podía tocarse. Acostado en su jergón él oyó que ella se desprendía de la ropa, el desliz de cada una de sus prendas. Después se acercó al jergón. Pudo oír los pies descalzos de la mujer. Espió sus contornos recortados por el resplandor mortecino del fuego. Al deshacer el rodete su pelo albino se insinuó en la semipenumbra. Venga conmigo, le dijo ella. Y era imperativa. Venga. Sus dos manos lo encontraron. Obedeció. Ella lo llevó de una mano. El olor de sus axilas, el olor de su cuerpo, el olor de su pelo. Había otro cuarto, el dormitorio. No tema, le dijo, en el cajón de la mesa de luz hay otro cuchillo. Si él viene podrá luchar. Nada calienta como ver dos hombres desnudos luchando. Porque acá en el bosque los hombres luchan desnudos.

Deberá desnudarse, agarrar su cuchillo. Ahora hágame suya. Y más vale que se le ponga dura.

7

Después tardó en dormirse. Las impresiones del día se confundieron en sus sueños. En algún momento despertó con la pija en la boca de la mujer. Afuera, un búho. Se dejó ir. Resbaló en la pendiente de otro sueño, ahora sin memorias. Volvió a despertar con la primera claridad. La leña se había consumido. La mujer roncaba expulsando un aliento ácido. Se levantó. En puntas de pie juntó su ropa. Salió. No se iba. Huía. Ya no nevaba. Pero la nieve cubría el paisaje. Sus pasos se enterraron en la nieve. Volvió a extraviarse entre los árboles y la maleza, esa espesura intrincada. No tenía atrás y el adelante era incertidumbre. Al internarse cada vez más en el bosque reparó que empuñaba el cuchillo, los dedos endurecidos en la empuñadura.

8

Caminó hundiéndose en la nieve. Sin orientación, todo lo que podía hacer era caminar derecho, siempre en la misma dirección. Tenía que encontrar una salida. Sin embargo, aun cuando avanzaba en línea recta, en varios momentos tuvo la sensación de haber caminado antes tal o cual rincón, haber pasado antes por aquí o por allá. Estaba visto, pensó después de unas horas, que el avance en línea recta era subjetivo. Pero al esquivar un obstáculo cualquiera —una roca, un tronco caído— que lo obligaba a apartarse, se desviaba del camino recto. Esos pocos metros de desvío, cada vez que sorteaba el obstáculo, constituían gradualmente una distancia considerable de su propósito. Tomó conciencia de que se encontraba en un laberinto. La superstición lo invadió. Tal vez los que no se animaban a entrar en el bosque no se equivocaban al afirmar que el bosque cambiaba deliberadamente sus posibles senderos. El silencio le llenó el alma. Apretó la Biblia. Ya no le importaba tanto encontrar su cabaña como encontrar a alguien, alguien que le devolviera una esperanza chica y le proporcionara alguna indicación de cómo continuar la marcha. Cuando dejó de pensar en su cabaña, solo entonces pudo verla.

9

El viejo albino estaba frotándose las manos sentado junto al fuego. Al lado, sobre la mesa baja, estaba la botella de ginebra, un jarro y un cuchillo. Usted también se perdió, dijo el viejo. Como mi hijo. Seguro que se perdió. Salí a buscarlo. La nevada me obligó a entrar en esta cabaña. Arrímese, necesita un trago. Esta ginebra debe ser del dueño. Es mía, dijo él. El viejo levantó la botella, bebió del pico. El viejo lo miraba pendiente de su reacción. Qué vino a buscar al bosque, le preguntó. Vine a traer la palabra de Dios, le contestó. El viejo sonrió con picardía: Entonces me alojará por esta noche en la casa de Dios. No esperaba respuesta. El viejo miró el cuchillo: Uno nunca sabe cuándo deberá usarlo. Tiene uno, le preguntó.

10

El viejo le inspiraba recelo. En un mundo donde todos y todo era hostilidad, no quedaba al margen. El viejo esperaba su respuesta. Lo estudiaba. No se engañe, su predicación es una excusa como cualquier otra para justificar su huida. Venimos al bosque huyendo. De algo, de alguien, de nosotros mismos. Fugitivos somos. Y usted no puede ser la excepción. A mí no me mienta. El viejo se calló, bebió. Permanecieron callados. Quizá no soy yo quien precisa confesarse. Si quiere, lo escucho. Y si quiere callar, el silencio es una respuesta que me da la razón. Acá nadie es de preguntar ni de contar demasiado. A nadie le importa de nadie. Y cuanto menos se sepa de los demás, mejor. Otra vez el silencio entre los dos. El cansancio le pesaba en todo el cuerpo, pero no podía ceder a la flojedad. El viejo volvió a mirar el fuego. Y ya no le prestó atención. Tendería una manta en el piso, se dijo. Le dejaría la cama al viejo. Actuaría como un auténtico ministro de Dios, condescendiente, piadoso. Mientras se acostaba junto al fuego vigiló los movimientos del viejo al acostarse. Tenía miedo de dormirse, cerrar los ojos antes que el viejo. Se preguntó si no sería mejor saltarle encima, acuchillarlo. El viejo volvió a hablar: No me respondió, dijo.

11

Se le cerraban los ojos. No podía evitarlo. En la semipenumbra que concedía el fuego confundió la respiración del viejo con el viento. Se preguntó si antes no había vivido esta noche o la había soñado. Se incorporó. Quedaban pocas brasas en la estufa. Caminó hacia la puerta. La noche blanca rodeaba la cabaña. Oyó la voz del viejo: No puede ir muy lejos. Menos, de noche, le dijo. Tendrá que acostumbrarse al bosque. Quienes vienen, al principio se resisten. Después se resignan. Y se quedan. No será el primero ni el último. La frustración lo invadió. Pensó atacar al viejo, pero el viejo tenía un cuchillo. Se acostó otra vez. Cada tanto, alerta, levantaba los párpados.

12

Se sintió atrapado. Empezó a pensar en que quizá debería creer en la fe que transmitía la Biblia. La precisaba si quería abandonar este bosque que se le presentaba como una trampa. De todos modos, se dijo, de todas las veces en que debió huir, la más difícil había sido la primera, desapareciendo sin dejar pistas. Viajó en tren, en ómnibus. Cruzó la pampa, el desierto. Hasta que estuvo por fin ante el bosque y se sintió inalcanzable. No había imaginado que su tierra de fuga podía ser una trampa peor que aquella de la que había huido. Tuvo terror de extrañar ese otro que había dejado atrás. No experimentaba remordimiento por lo pasado. Creía haberse librado de su sombra. Un hombre ignora de lo que es capaz hasta que se encuentra acorralado, pensaba. Y él había conseguido escapar. En consecuencia, se dijo, no debía dejarse llevar por estas ideas negativas. Puedo oír el ruido de sus pensamientos, le dijo el viejo. No dé más vueltas, le había dicho. No tiene otro lugar donde ir. Nadie acá tiene. Además el bosque se resiste a dejar salir a quienes vienen. No podrá salir.

13

Antes del amanecer, en la quietud profunda y lúgubre del bosque. Una vez que se entra en el bosque, no se puede salir, le había dicho el viejo. Encontraba un gusto retorcido en amedrentarlo. Adivinaba sus pensamientos, se dijo. Y sabía de su miedo. Extrajo su cuchillo y lo miró con admiración. Usted debería tener uno, le dijo. Tengo, le contestó. A ver, pidió el viejo. Sacó su cuchillo. Y después, con astucia, le dijo: Es uno de los cuchillos de mi hijo. Él decidió guardar silencio. Hace hoy tres días mi hijo dejó la cabaña. Se debe haber perdido con la nevada. Es uno de los castigos del bosque. Uno termina por ver blanco. Todo blanco. El blanco ciega. Su mujer me contó su ausencia. Y salí a buscarlo. Mi hijo no debió arriesgarse bajo la tormenta. Pero lo hizo seguro por satisfacer a esa puta, porque su mujer es una puta. Se acuesta con cualquiera. Como todas por acá. Se acuestan con el primero que llama a sus puertas con tal de obtener alguna chuchería. O de la ilusión de ser llevadas a otra parte. Lejos. Pero nadie se llevará a esa puta a ningún lado. Y menos mi hijo. Al principio se opuso a que yo saliera en su búsqueda. Quiso retenerme con sus encantos. No lo consiguió. Empecé a andar. Me sentí perdido. Entonces di con esta cabaña. Seguro que usted se la tiró. No me lo niegue. No preciso de su mentira. Lo que dije, una puta. Uno de estos días también yo me la voy a tirar. Déjeme ver ese cuchillo. El viejo se paró. Era más alto y corpulento de lo que había previsto. No pretendo hacerle daño, sonrió.

14

El miedo que le provocaba el viejo lo erizaba. No quería demostrarle lo que sentía. Así como el viejo no le quitaba los ojos a su cuchillo él no le quitaba los ojos de encima al viejo. A mí no me engaña, dijo el viejo. Si usted no le robó el cuchillo a la puta, entonces se lo robó a mi hijo. Pero para apoderarse de su cuchillo tuvo que luchar con él. Y si luchó con él, el cuchillo en su poder dice quién ganó la pelea. Tarde o temprano sabré la verdad, dijo. La verdad siempre sale a la luz. Entonces, dijo. No terminó la frase. Fue hacia la puerta. Antes de partir, el viejo se volvió: Entonces, repitió. Y tampoco terminó la frase. Salió dejando la puerta entornada. Un golpe de viento arrojó una andanada de copos dentro de la cabaña. Aunque el viejo se había marchado quedaba en el aire un remanente ominoso. Se sintió abatido, sin fuerza. Pero tenía que probar otra vez: internarse en el bosque y encontrar una salida. Pero antes necesitaba dormir, recobrar energía. Sus reflejos se enervaban ante el menor sonido del exterior. Un pájaro podía ser una señal de alarma, la advertencia de que alguien se acercaba. Pero no, era su nerviosismo. Trabó la puerta, los postigos. Se acostó en el camastro como dos días antes, pero no era ahora el mismo. En dos días era otro. Quienes había conocido no podían ser todo el bosque, pero esos seres devenían representativos de una naturaleza amenazadora. Sus párpados cayeron agotados. Soñó con una vida anterior, un sueño del que quería despertar. Pero su cansancio era tan agobiante que siguió soñando esa repetición.

15

Despertó sobresaltado, aturdido. Sintió que regresaba de muy lejos. Tardó en reconocer dónde se encontraba, identificar sus pertenencias, que no eran muchas. Había traído poco abrigo. El sobretodo era su única prenda protectora. Se lo puso. Tal vez no fuera suficiente para la marcha que lo esperaba, pero prefería morir congelado antes que acosado por el encierro. Estaba determinado a encarar una travesía. Se dejó ganar por un entusiasmo repentino. Nada lo amedrentaba. Tuvo el presentimiento de que no pasaría demasiado tiempo sin dar con otros habitantes. Guardó el cuchillo. Si volvía a encontrarse con el viejo y el viejo estaba con su hijo, pensó, no tendría otra alternativa que hacerles frente. Se persignó antes de abandonar la cabaña. Necesitaba creer.

16

El vaticinio del viejo lo perseguía: El bosque no lo dejará salir. Quiso olvidarlo forzando la marcha. Daba un paso tras otro, el próximo siempre más lento, enterrándose en la nieve. Pero no cedía a la dificultad. Se hundía hasta la rodilla. Entonces oyó el primer aullido.

17

Si podía haber un peligro más fuerte que la cercanía de un lobo, se dijo, ese era el miedo. Debido al miedo su infancia había sido la de un chico con las uñas comidas. Se acordó de su padre: Un día de estos te voy a dar una paliza, le prometía. No hacía falta una travesura. Cualquier excusa le bastaba. La sombra de su padre extendiéndose sobre él, proyectándose sobre la pared, oscureciéndolo. Ahora se daba cuenta: la sonrisa del viejo en la cabaña le había hecho acordar a la sonrisa maligna de su padre. Al acordarse del viejo pensó que el parecido de ambos no era tanto físico como espiritual. Y este parecido era más espeluznante que el físico, envenenaba el aire a su alrededor. Cuando era chico, cuando menos se lo esperaba, aun cuando había permanecido atento noches enteras, noches enteras encogido, ovillado, siempre el primer golpe lo sorprendía, lo que explicaba la intensidad del dolor, porque sufría más lo inesperado del puñetazo. El desconcierto lastimaba más que sus nudillos, el impacto derribándolo con un labio partido. La puerta entreabierta, los chillidos gozosos de la mujer, su propia mujer, el jadeo del padre. También la mujer de la cabaña se parecía a su mujer, el olor de sus axilas las hermanaba. La puerta entreabierta: su mujer a caballo del viejo, la agonía del orgasmo. Él entra al dormitorio cuchillo en mano. No quería pensar en esa dirección. No debía, se dijo. Lo debilitaba. Cada paso enterrándose en la nieve era un paso atrás enterrándose en la memoria. Y el aullido.

18

Lo había escuchado contar. Si alguien se extraviaba en el bosque nevado, al perderse, el blanco podía afectar sus reflejos, alterar sus sentidos, padecer alucinaciones. Pero las imágenes que lo habían asaltado no eran alucinaciones aunque fueran tan reales, como si volvieran a repetirse esas escenas. Se había transportado en el tiempo. Su infancia, con todo su pavor, estaba transcurriendo ahora y en este ahora el chico se imaginaba en otro tiempo, otro lugar, fugitivo en un bosque nevado, acosado por un lobo y, en consecuencia, lo que estaba viviendo no transcurría en el presente sino en el futuro y el aullido venía de su infancia, acompañándolo desde entonces. Con la respiración agitada, caminaba mirando alrededor, empuñaba con fuerza el cuchillo. Se preguntó si semejante fuerza la había aplicado al empuñar el cuchillo entrando al dormitorio donde su mujer y su padre fornicaban. La hoja se hundía en el cuello de su padre y le manaba un borbotón de sangre oscura sin dejarlo articular una sola palabra. La mujer volvía a chillar otra vez como una cerda, queriendo escapar, pero ya no pudo, igual que una cerda, queriendo escapar pero, como el viejo, estaba perdida porque los dos, después de la primera cuchillada, habían sido heridos de muerte, lo que ahora lo convencía de que una sola cuchillada letal que le encajara al lobo sería suficiente, lo paralizaría. Volvía a abrir la puerta del dormitorio. No necesitaba coraje, se dijo, sino astucia. La nieve seguía cayendo tupida.

19

Se detuvo. Permaneció alerta, esperando. La nevada sumía al bosque en un silencio opresivo. Solo escuchaba su respiración. El frío le trepaba por las piernas. Pronto sintió las manos entumecidas. No podía quedarse donde estaba. Tampoco podía confiar que el silencio quería decir que el lobo se había retirado. También, pensando en las alucinaciones, si es que habían sido realmente alucinaciones, si acaso el aullido no había sido una impresión fantasiosa de su miedo. Empuñando el cuchillo, decidió continuar la marcha. No se dejaría tomar por sorpresa. Se preguntó si esta vez la orientación era la correcta. En varias oportunidades tuvo la corazonada de estar en el camino correcto. Pero el bosque se le revelaba enseguida como laberinto. Tendría que haber marcado los troncos a lo largo de su marcha, de forma que no se habría arriesgado a repetir una y otra vez el pasaje por el mismo sitio, una y otra vez, repitiendo los mismos pasos, los mismos rincones.

20

Debía encontrar ayuda antes de la noche inminente. De lo contrario lo aguardaba una muerte segura. Otra vez oyó el aullido, otra vez se detuvo, otra vez la espera, otra vez el suspenso y la angustia. La quietud le fue insoportable. Su destino era una broma funesta. Consultó el reloj: se había detenido. No pudo hacerlo funcionar. Siguió andando. A medida que se sucedían sus pasos, más lentos, más pesados, la marcha se tornaba más lenta. Se preguntó cuánto tiempo llevaba marchando. Miró el cielo y calculó cuánto podía faltar para la noche.

21

De pronto, antes de lo esperado, la oscuridad. La noche blanca lo envolvió. La nieve cargando las ramas, la nieve cubriendo la tierra. La nieve, hermosa y espectral. El miedo ahora le retorcía el estómago. Temblaba. Pero no podía detenerse. No se dejaría doblar por los cólicos y la pérdida de fuerzas. Empezó a considerar una alternativa de huida. El sappuku. Pero lejos estaba de la iniciativa y el coraje samurai. Le aterraba pensar el cuchillo penetrando en sus tripas. Tampoco se veía cortándose las venas. Tenía que sobreponerse. Probaría unos pasos más. Seguir adelante hasta. Pero qué quería decir hasta. Dónde era hasta. El hasta también era una incógnita. Creyó divisar una luz entre los árboles. Una hoguera no muy lejos. El fuego le devolvió el ánimo. Pero su alegría fue corta. Cada encuentro en el bosque había sido hostil. Por qué habría de ser distinto ahora. La mano empuñando el cuchillo recuperó su vigor.

22

Antes de acercarse se dio cuenta de su imprudencia. No podía surgir de la espesura empuñando un cuchillo, actitud que inspiraría en el otro una reacción súbita incitándolo a la defensa y la lucha, enfrentamiento que, por cierto, sería desigual ya que sus fuerzas habían menguado. Lo ocultó en el cinturón, se abotonó el sobretodo. Y encaró hacia el fuego. Había un albino frotándose las manos como le había visto hacer al viejo. Tuvo que disimular el asombro al ver los rasgos del otro. Demasiado parecido al viejo. Curtido, rudo, como el padre. Apenas lo vio acercarse el otro manoteó un cuchillo. Era más largo, un facón casi sable. Lo inquietó acordarse de que apenas dos noches atrás se había acostado con su mujer y que, además, ahora portaba su cuchillo de caza. Cuando viera el cuchillo lo tomaría como una ofensa y, sin aceptar una justificación, vengaría la ofensa. Lo midió con una mirada aviesa. Qué buscaba, le preguntó. Una salida, dijo. No la encontrará, dijo el otro. Una vez que se entra en el bosque no hay ni antes ni después. Solo bosque. Bosque y lobos. Usted no es de aquí, le preguntó, aunque el tono no era inquisitivo sino de afirmación. Nadie de aquí andaría con esa ropa de ciudad. Traigo la palabra de Dios, contestó. Por qué su Dios no le señaló el camino, sonrió el otro. Está temblando. Alégrese de que no lo atacara un lobo. No irá muy lejos si no tiene un cuchillo. Todos en el bosque tenemos uno. Hasta los chicos del afilador suelen andar con sus cuchillos. Esos sí que conocen el bosque. Cuídese, les divierte atacar a los viajeros. Se los ha visto carneando lobos y comiéndolos después. También viajeros. Tuvo suerte de no cruzarse con ellos, más peligrosos que los lobos. Hablaba sin levantar la vista del fuego. Él notó que su propia mirada se había vuelto nerviosa. Tiene uno, le preguntó el otro. Ahora estaba perdido. Tengo uno, dijo. Aunque el miedo lo delataba en su voz, no podía achicarse. Extrajo el cuchillo, la hoja brilló iluminada por el fuego. El otro hizo una mueca. Estuvo con la muy puta, dijo. No sé a qué se refiere, dijo él. Sí lo sabe, lo cruzó el otro. Desnúdese, le dijo imperativo. Acá peleamos desnudos, como los lobos. No quiero pelear, le dijo él. Ese es su problema, no el mío. Se paró a una cierta distancia. Empezó a desnudarse. Era fornido, musculoso. Y tan corpulento como su padre, el viejo. Sintió una mezcla de vacío y atracción hacia la pelea inexorable. El otro tenía una erección. Y él notó, por su lado, que su pija también se erguía en el preludio de la lucha. Pudo también sentir que una corriente eléctrica y caliente lo envolvía. Apenas pudo bajar los ojos para apreciar esta manifestación de su virilidad. El otro le lanzó una estocada. Él se echó hacia atrás, esquivándolo y respondió al ataque. Su cuchillo le cortó el brazo. Brotó la sangre. Y su reacción fue una risotada. La sangre lo excitaba. Y le insuflaba nuevo estímulo a su combate. Alcanzó a evitar una nueva estocada, pero no del todo. El filo hendió su brazo izquierdo. La sangre le chorreó. Las gotas rojas en el blanco de la nieve. Vamos, lo alentó el otro. No sea cobarde. Se merodeaban tanteando los movimientos del adversario. El otro se lanzó en una embestida a fondo. Pudo esquivarlo y, a su vez, tirar una cuchillada. Su cuchillo se hundió en la carne del otro, se curvó, cayó de rodillas agarrándose el estómago ensangrentado. A pesar de la herida buscó pararse, un último ataque, decisivo y final. Profirió un ronquido estremecedor. Él lo evitó con una agilidad imprevista. Otra vez su cuchillo se clavó en el otro. Y otra vez de rodillas el otro lo miraba incrédulo con una sonrisa despectiva. Notó que el suyo era un triunfo sin alegría. No era una victoria sino otra cosa que le costaba definir. Lo avergonzó comprobar que eyaculaba al contemplar los últimos estertores del otro. Después, el aullido. Miró alrededor. Otro aullido. Y otro más. En el cielo, la luna llena.

23

Tenía que alimentar el fuego. Pero antes le urgió vestirse, pero con las ropas del otro. Tiró su ropa al fuego, reavivó las llamas. Le sorprendió cómo le sentaban sus prendas. Calzaba sus botas, como si las hubiera caminado la vida entera. Por primera vez en mucho tiempo se notó abrigado. Arrastró el cadáver lejos de la hoguera, cerca de los aullidos. Advirtió la presencia cercana de los lobos. Los lobos estarían entretenidos. Juntó ramas, las depositó en el fuego. Y mientras contemplaba la hoguera pensó con lástima en la suerte del otro, ese padre que le recordaba al suyo, su mujer que le recordaba a la suya. Pudo oír los gruñidos y las dentelladas del festín que se daba la jauría. Lo entristecía la suerte del otro. Al matarlo, se dijo, había matado algo en sí mismo. La jauría permaneció toda la noche devorando los restos. Cuando lo hubieran terminado, se dijo, también él estaría acabado.

24

Al agarrar el cuchillo del otro experimentó un sentimiento extraño. Por supuesto, un cuchillo más importante no le vendría nada mal. Pero no consistía en una cuestión práctica la rareza. Había acuchillado sin remordimiento a su padre y a su mujer. Y sin embargo, ahora, al acuchillar al hijo del viejo, comenzaba a insinuarse en él una culpa que, se daba cuenta, al vestir además el abrigo y calzar las botas del otro, se le iba espesando. Se preguntó si al vestirse del otro, esto lo convertía acaso en un ser del bosque. Al venir al bosque se había ilusionado con una redención espiritual. Quizás este era el motivo por el que había elegido camuflarse como ministro de Dios. En verdad, era a sí mismo a quien pretendía evangelizar a través de la transmisión de la fe en los demás. Se había engañado al pensar que este resultaría un paisaje idílico habitado por seres primitivos pero de corazón abierto. Estaba visto que la única manera de lograr que los corazones se abrieran era a punta de cuchillo. Había venido no solo a esconderse sino a ser otro, pero el bosque le había revelado su naturaleza animal y en este proceso, lo había afirmado más en él mismo. También se preguntó si no habría una conexión misteriosa entre el acuchillamiento de su padre y su mujer y el haber venido a parar a este bosque en donde los cuchillos habían adquirido un protagonismo que no conseguía descifrar. Atormentado por estos pensamientos observó un rato largo las llamas, sus formas cambiantes. Los gruñidos se habían aplacado y el silencio reinaba otra vez. Se oía apenas el crepitar de la hoguera y el susurro de la brisa. Había empezado a clarear. Aunque el miedo, subterráneo, no lo había abandonado, la luz del día, opaca, le devolvía un resto de fuerza para continuar su marcha.

25

Amaneció. Por momentos nevaba. Oyó un aullido cercano. Después, voces infantiles. Se acordó de los tres chicos del afilador. Cantaban. Pensó en un canto litúrgico. Cuando empezó a oírse el coro dejó de oírse el aullido. El espectáculo lo horrorizó. Los tres chicos terminaban de acuchillar un lobo. La carne todavía tibia despedía vapor. Y los albinos faenaban el animal con un auténtico regodeo, las bocas embadurnadas de sangre.

26

La visión, además de espantarlo, le produjo una reflexión moral. Eran más feroces los hombres, aun cachorros, que los lobos. Lo grave no era que reflexionara sobre el asunto sino que la visión le diera unas ganas bárbaras de acuchillarlos. Pero se frenó. Lo prudente era retroceder, desviarse y seguir su búsqueda por otro lado. No terminó de dar la espalda a los chicos cuando uno, descarnando un hueso, lo vio y avisó a sus hermanos. Cuchillo en mano, los chicos corrieron hacia él.

27

La persecución lo agotaba. Mientras él se hundía en la nieve, los chicos, acostumbrados al terreno, alentados por la cacería, venían tras él sin perder velocidad. No le quedaba otra posibilidad que hacerles frente. Al rodearlo, manteniéndose a unos pocos metros, los chicos empezaron a desnudarse. Después lo miraron expectantes. Las pijitas duras, esperaban que él los imitara. Y así lo hizo. Pudo evitar la primera estocada, pero no la segunda. Sintió un cuchillo clavándose en sus riñones. Su final estaba cerca, lo supo. No obstante, no se la haría fácil a sus atacantes. Pudo hundir una estocada en un hombro. El golpe lo demoró en cubrirse del embate de los otros. Uno le hundió el cuchillo en un flanco. Otro lo atrapó del cuello y lo cortó de oreja a oreja. Lo último que vio fue las piernas de los chicos rondándolo, sus pijitas paradas.

28

Poco después los tres hermanos rebanaban su cuerpo y lo comían con auténtica gula. Comieron. Comieron hasta saciarse. Y luego, cantando, emprendieron el regreso al hogar.

La cárcel del fin del mundo

1

A los treinta años, una edad que se considera la flor de la vida, me condenaron a La Tierra. Fueron más rápidos el juicio y la sentencia que el viaje al presidio en esa isla remota del sur. Una tarde caliente de febrero me trasladaron, como a todos los condenados. De la ciudad al puerto, apretados en camiones, con los tobillos engrilletados. Encañonándonos con los máuser, los perros nos empujaron hacia la planchada del barco que habría de cargarnos, el *Patagonia*, un buque de la Armada. Nos habrían fusilado con gusto en vez de embarcarnos. Bastaba un mínimo movimiento dudoso para que a uno le descerrajaran un tiro. De haber sabido lo que nos esperaba en La Tierra, con seguridad habríamos provocado a los guardias buscando un disparo que nos evitara el calvario al que éramos arrojados. Uno, al cruzar la planchada, tuvo el coraje de saltar al agua empetrolada del río. No volvió a la superficie. Debo aclarar que este percance en nuestra marcha hacia la estiba del *Patagonia*, donde viajaríamos hacinados, no turbó la impasibilidad de nuestros guardianes. Quizá también yo, de haber aceptado como reales las historias de horror que se contaban de La Tierra, debí saltar al agua, aunque más efectivo habría sido cometer un gesto ambiguo que gatillara mi muerte. Pero no. Los hombres somos capaces de tolerar las humillaciones más degradantes y los dolores más vergonzosos con tal de soñar, como chicos, que los milagros existen. Calzaba unos botines viejos y agujereados, con las suelas despegándose como lenguas. Último en la fila de condenados, disminuí el paso antes de embarcar. Un culatazo me arrancó de mis cavilaciones que no eran pocas, si bien giraban en torno a una misma pregunta: ¿Por qué yo?

2

La navegación en la tormenta, las subidas bruscas del barco, casi volando sobre las olas, y después, siempre azotado por el vendaval, sumergiéndose. El barco era una cáscara presa del capricho del mar, la proa hundiéndose y asomando en el oleaje. Otra vez una elevación imprevista. Y en seguida abajo, esa sensación de vértigo y naufragio, la cubierta barrida por la furia. Pero el terror no era siquiera comparable al asco y la repulsión que nos revolcaba en la negrura de la estiba, arrojándonos a unos contra otros, cagados, vomitándonos. La corriente helada que bajaba nos envolvía sin disipar la pestilencia. Rodábamos empapados en la inmundicia mientras desde arriba llegaban los gritos de los marinos. La tormenta duraba ya una semana. Los marinos, no menos desesperados que nosotros, se esforzaban por mantener la nave a flote. El océano arrebató un marino de la cubierta. Aunque el accidente nos alegró, no tardamos en recapacitar: nuestras vidas dependían de esos tipos que odiábamos. Quien sabía rezar, rezó. Aquellos presos que viajábamos a La Tierra, aquellos que habíamos infundido el terror a las almas piadosas, tipos capaces de comerse a su madre, y recuerdo aquí que, entre nosotros, había uno que lo había hecho y, si no me extiendo al respecto es por no desviar la atención del lector a una historia ajena que distraería de la narración que ahora me ocupa, aquellos, digo, que habíamos sido hasta poco antes una amenaza social, nosotros, los acusados de sembrar el pánico con la colaboración del sensacionalismo periodístico, los envalentonados con su propia fuerza o la de un arma, nosotros, siempre dispuestos a vender cara la existencia antes que ser capturados por la justicia de los poderosos, nosotros los temibles, rezábamos como podíamos las oraciones que recordábamos o simplemente invocábamos a un Dios que nos había negado y, no obstante, ahora, agallinados, le prometíamos una obediencia eterna que, jurábamos, no sería tan transitoria como nuestra razón pulverizada a bastonazos. En la oscuridad pestilente nos aferrábamos a algún gancho, alguna cuerda, elementos de agarre que no estábamos dispuestos a compartir y por los que era preciso luchar. Cuando el océano aquietó su ira, unos cuerpos flotaban en la charca de la estiba. Ahogados en sus excrecencias. La tormenta cedía. Y la contemplación de esos cadáveres mecidos en el agua hedionda nos proporcionó un júbilo: Gracias a Dios no me tocó a mí, pensábamos los sobrevivientes.

3

Después, el hielo en la sangre. El *Patagonia* continuaba proa al sur. La temperatura descendía a medida que navegábamos en ese mar austral. En la estiba, tras vaciar en pasamanos de baldes el pantano inmundo, persistía el hedor y el frío congelaba los miembros. Algunos hacían ejercicios para entrar en calor. Otros se masturbaban. Pero después del agotamiento, exhaustos, una quietud los paralizaba. Temblábamos. Tiritando, podíamos escuchar el entrechocar de nuestros dientes. El único alimento consistía en un jarro de mate, una galleta y, con suerte, un jarro de caldo aguado antes del anochecer. Rehusar estas raciones era tan perjudicial como ingerirlas. Las pulmonías y diarreas asolaban. Un condenado cantaba «El pañuelito blanco». Si durante el día el estribillo merecía puteadas, por la noche, en el silencio agitado por el viento y el rugido del oleaje, la canción era un puñal clavándose en los corazones. Convenía mantener distancia con el prójimo. No tenía sentido hacer amistad cuando mañana el otro podía ser un cadáver que sería arrojado por la borda. El cuerpo se desmaya antes que la mente, el cuerpo pierde conciencia de sí. Sin embargo, en ciertos casos, persiste una voluntad que puede juzgarse instinto de supervivencia o, si se lo prefiere, una fe. Por qué enfermábamos o perecíamos unos y no otros, me preguntaba. La pregunta derivaba en otra, la de siempre: ¿Por qué yo? La mente se desvanece, resbala en un maelstrom de la memoria que uno quiere olvidar. Cuando las sombras invaden el espíritu es aconsejable despabilarse. Si bien en la estiba no hay motivos para el optimismo y la esperanza, los pensamientos melancólicos contribuyen al debilitamiento, bajar los brazos, dejarse ir. Pueden tener engrilletados mis tobillos y mis muñecas, pero no mi imaginación, me digo obligándome a retornar a momentos felices de la infancia. En verdad mi infancia fue pura penitencia y angustia. Pero me las ingenio para idealizarla. También me resisto a pensar en cómo vine a dar a este barco presidiario, cuál fue el crimen que cometí, suponiendo que fue un crimen. No quiero pensar en aquello, pero pienso. No escribiré al respecto.

4

Cuando el *Patagonia* ancló en La Tierra éramos menos de los que habíamos sido embarcados. Entre los sobrevivientes abundaban los enfermos y moribundos. El hambre y la fiebre nos dominaban. Desde la cubierta pudimos ver un puñado de casas de madera con techo de chapa, todas pintadas de colores, destacando sobre la blancura. Habían sido construidas en pendiente hacia el mar. No nos detuvimos a contemplar el paisaje. Pisábamos el muelle escarchado tambaleándonos, algunos pasando un brazo por el hombro de otro. Un martirio caminar con las llagas causadas por los grilletes. Sin embargo esa mañana de aguanieve, al salir de la estiba, respirar ese aire crudo y limpio nos restituyó un soplo del aliento perdido. Ese aire nos tajeó los pulmones con unas puntadas vivificantes. Unos albatros nos sobrevolaron. Entonces, una emoción. Algunos estuvieron por llorar. En el muelle nos aguardaba, como recepción, una fanfarria: vientos y percusión. Esa marcha militar con sus sones que dispersaba el viento sonaba circense pero también a coronación de la travesía. Tras desfilar entre los músicos, dejando atrás la pompa, debíamos pasar entre una doble fila de uniformados. Apenas los primeros condenados se encontraron entre las dos filas, cayeron los golpes. Garrotes de leña, fierros, bastones, cachiporras con alambre trenzado y una bola de plomo. Tremenda ironía el festejo musical. Segundos después, mientras la marcha militar acompañaba el pasaje de los últimos de nosotros, no conseguía apagar los quejidos de los golpeados. Unos tras otros nos internábamos en ese túnel de garrotazos y, unos tras otros éramos derribados, unos tras otros, arrastrándonos, en cuatro patas, gateando. La lluvia de garrotazos era tan tupida que pronto enmudeció los lamentos. Unos tras otros, queriendo alcanzar el final de ese pasaje de golpes. Inútil cubrirse. Quien lo intentaba, como yo hice, al cubrirme la cabeza, el ensañamiento se descargó en las manos. Un impacto destrozó mi mano derecha. Cabe consignarlo: escribo esta memoria de La Tierra con la izquierda. De ahí que, algo más tarde, me apodaran el Zurdo. Los que habían desembarcado tambaleándose, no aguantaban los primeros golpes y quedaban allí tirados. Había empezado a nevar. Después que el último de los condenados ingresó al túnel de los golpes, maltrechos, sangrantes, debimos esperar órdenes durante un rato interminable. Esperpentos bajo la nieve. Un carcelero nos señaló unas carretillas recostadas contra una alambrada de púas. Debimos cargar a los caídos y volcarlos en un galpón. Incesante, la nevada cubría el paisaje. A unos doscientos metros se alzaban los paredones del primer pabellón. Cada pabellón tenía dos plantas. Y calabozos en ambas. Después, sucesivas, otras construcciones similares. Podía pensarse que no sería difícil trasponer la alambrada, tirarse al mar, emprender una fuga a nado. Nos dimos cuenta de que ningún guardia gastaría un plomo en detener al fugitivo. Ese mar embravecido desanimaba al más guapo. Su oleaje desvanecía cualquier ilusión de libertad. Pasando los pabellones, unas casas de techo a dos aguas, el poblado. La nevada constante tenía una belleza amarga, pero belleza al fin. Irradiaba su encanto extraño al corazón.

5

Esa misma noche nos condujeron a un patio cubierto. Se nos ordenó desnudarnos. Fuimos manguereados por unos presos viejos. Una vez bañados, calados hasta los huesos, siempre desnudos, vigilados siempre bastón en mano, nos llevaron a un depósito que apestaba a acaroína. Nos entregaron una parva de uniformes de franjas amarillas y azules, los que serían de ahora en más nuestra vestimenta de presidiarios. Teníamos que apurarnos a revolver entre las prendas y probarnos la que mejor nos calzara. Tal era la urgencia en abrigar la desnudez que nos disputábamos las prendas a los empujones y codazos. Una vez que nos apropiamos de la indumentaria nos repartieron unos capotes. El trato de los carceleros se había ablandado, lo que podía atribuirse a una piedad súbita pero también al cansancio, el fin del día, la hora de volver a casa. La mayoría de nuestros carceleros vivía en el caserío cercano. Con seguridad los esperarían mujeres y proles. Porque la familia, acá en el fin del mundo, era una institución necesaria para sobrellevar los pensamientos asesinos o suicidas, estos últimos, como lo comprobaríamos más adelante, serían los más. Tan lejos del mundo conocido estábamos. Atravesamos en hilera la antesala de puertas y cerrojos que precedía los corredores de los calabozos. En el centro del corredor, frente a las puertas de fierro con mirillas enrejadas, una única estufa a leña. Al entrar tambaleándome en la que sería mi celda, avancé hacia el catre. Me recosté. Perdí el conocimiento.

6

Desperté: dónde, cuándo, cómo. Un gordo afeminado de voz ronca me dijo: «Dormí, nene». Y seguí durmiendo un letargo sin sueños. Cuando pude reaccionar, el recluso me cubrió con una frazada áspera, pesada y rancia. «Tuviste suerte», dijo. «Solo te rompieron las falanges. De la cabeza no estás tan mal». Tenía vendadas la mano derecha y la cabeza. «Aprovechá las lastimaduras», dijo. «Te ayudarán a zafar de los trabajos por unos días. Cuando se apiolen que estás recuperado te van a subir al trencito y a talar los bosques». Después el penado se presentó: «Yo soy la Modista. En verdad, soy el sastre que remienda los harapos». Otra mañana, días después, vino a verme el Veterinario, como le batían al médico. Me quitó las vendas, estudió mi mano: «La tenés arruinada, pero entre las dos tenés que rebuscártelas con el hacha. Mañana te subirás al tren». «Y mi cabeza», le pregunté. «Acá lo que menos hay que usar es la cabeza. Y si la usás, agachala». Después, hacia la Modista, guiñándole un ojo, le dijo: «Sos una buena madre. Explicale al muchacho cómo son las cosas aquí. Parece delicado, así que avivalo un poco. En una de esas, con suerte, tal vez lo puedan mandar a una tarea más liviana que la tala». «Tengo sed», dije. «Dale unos mates», le dijo el Veterinario a la Modista. «Pero medíselos. Lo único que nos falta es que los nuevos se nos vayan por la letrina». El mate quemaba, pero me vino bien. El cansancio volvió a vencerme. Cerré los ojos. Entre sueños escuché la voz ronca de la Modista: «Bienvenido a La Tierra, nene».

7

Que la Modista me llamara nene no significaba que lo fuera. Pesaba más de ochenta kilos cuando fui a dar con mi cuerpo a la cárcel por un crimen que… Pero, tal como lo comenté, no voy a repetir la acusación de la que fui víctima. Ahora debía pesar unos escasos sesenta y era un esqueleto. Me sangraban las encías, mis dientes se movían y si quería extraerme uno con la punta de los dedos no resultaría difícil. Se nos despertaba al amanecer, todavía de noche, con un silbato y unos bastonazos en los barrotes. Un preso con un tacho de mate cocido nos llenaba los jarros con un cucharón. Otro, tirando de una bolsa, nos repartía un pan. Empecé a notar los privilegios. Había quienes recibían dos panes, alimento codiciado cuando unas horas más tarde, en plena jornada de la tala, hundidos en la nieve, necesitábamos pegarle un tarascón al mendrugo que devolvía un resto de vigor. Después del desayuno, siempre bajo la mirada vigilante de los carceleros, cruzábamos el patio y, despidiendo bocanadas de vapor, encarábamos el trencito destechado en dirección a los bosques. Las vías flanqueaban el poblado. Y al pasar cerca de esas casas, las chimeneas humeantes, mirábamos sus ventanas, una silueta corriendo una cortina, espiándonos. Uno se preguntaba entonces qué clase de mujeres y chicos podían vivir allí, qué existencia llevarían y qué pensarían de nosotros, si nos juzgaban acaso con la misma vara de quienes atribuyéndose ser la justicia humana nos condenaron, o nos contemplaban apiadándose de nuestra suerte, la miseria humana que representábamos. También pensaba que si dábamos lástima a los que, desde un ambiente hogareño y tibio, nos observaban a escondidas era porque precisaban de esa conmiseración para sentirse libres de la animalidad que nosotros encarnábamos.

8

En esos primeros días pude formarme una opinión somera de mis compañeros de infortunio. Todos se identificaban por un apodo, el que refería un defecto, un rasgo, una cualidad o una actividad anterior a la que el sujeto había tenido antes de venir a La Tierra. Después, en ocasiones, esa actividad volvía a retomarla el recluso si podía tener una utilidad. No había oficio al que no se le encontrara beneficio en la isla. Los presidiarios eran la mano de obra del presidio y el poblado. No obstante la tarea que debíamos cumplir, todos, sin miramientos, era la tala, deslomarnos hachando. Conocí al Tigre, la Chancha, el Anguila, el Yeti, el Narigueta, el Tripero, el Tahúr, el Ferroviario, el Profesor, el Lagartija, el Predicador y el Zapatero. Particular interés me llamó el Oreja, un muchacho raquítico y pantalludo, ojeroso, la nariz picuda, con unos dientes de conejo que le conferían un aspecto de roedor. Quizá debiera detenerme a contar más sobre el Oreja, personaje que más tarde me concedería una fama entre los penados que, lejos de enorgullecerme, privándome si quieren de una mínima jactancia, terminaría por transformarme en un lobo más. Pero no quiero adelantarme a los hechos. Me limitaré a consignar que los crímenes que aquí purgaba el Oreja no eran justificables ni por la pasión ni por el cálculo. El Oreja, tanto para quienes habían estudiado sus fechorías como para quienes lo habían sentenciado a la reclusión de por vida en La Tierra, no era una criatura humana sino la representación del mal en su estado más puro. Baste recordar que el menor de sus gozos había consistido en clavarle un grueso clavo en la cabeza a sus víctimas, todos menores de edad, desde recién nacidos a púberes. Pero no era solo su pasado perverso lo que generaba en nosotros la aversión y el repudio. El Oreja era además buchón de los perros. Y como la suya era una presencia callada y escurridiza, solía desplazarse con habilidoso sigilo escuchando aquellos chismes que podían interesar a nuestros cancerberos. Apenas lo veíamos acercarse, le rajábamos una puteada. Y nunca faltaba un depravado que se lo sodomizaba. Había que tener estómago para tamaña degradación.

9

En esos días ancló en el puerto un barco silencioso. Bajaron cuatro hombres, elegantes, de andar solemne. Trajeados y con sobretodos, con una mano sujetaban los sombreros para que no se los volara el viento. Integraban la delegación médica enviada desde la Capital, donde el Colegio Médico, en un estudio que más tarde iba a adquirir resonancia pública, los galenos arribaron a la conclusión de que el mal que poseía al autor de tantos infanticidios procedía de sus orejas. Una cirugía terminante, se dijo, le iba a cortar de cuajo la inclinación al sadismo. Una operación que redujera drásticamente sus orejas modificaría su personalidad y, aun cuando no lo volviera un beato, al menos apaciguaría su alma. Con tal propósito arribaron a La Tierra esos popes de la medicina y la psiquiatría. Se reunieron con el Alcalde y Director del Presidio. En un par de días se adaptó el dispensario para la realización de la cirugía. Se lo pintó de blanco, se hizo una desinfección a fondo, se adoptó una serie de medidas de higiene obsesivas. El Oreja se retobó. Los perros debieron empujarlo por la fuerza de su celda. Un inesperado jeringazo lo doblegó. En las horas que duró la intervención permanecimos en suspenso. Aunque cada uno continuaba abocado a su respectiva faena, la atención estaba pendiente de lo que sucedía en el dispensario. Una nevada tupida aumentó esa sensación de misterio. El Oreja salió del dispensario en una camilla sostenida por el Gaucho y el Contador. Lo trasladaron a su celda. Y allí se le instaló durante un tiempo el Anarquista, dedicándose al suministro de calmantes y la limpieza de las incisiones. Pero lo que más nos intrigaba era el resultado del experimento. Por más que le habían recortado las orejas, pronto lo comprobaríamos, el malvado seguía incurable. Cuando pudo levantarse, en su período recuperatorio, lo asignaron a la cocina. Duró un suspiro en ese puesto tan codiciado por nosotros, los hambrientos. Fue sorprendido sumergiendo una rata en las cacerolas del guiso. La paliza que le dieron sus compañeros lo retornó al dispensario. La anécdota vino a demostrar no solo el fracaso de la ocurrencia médica. También que las deformaciones corporales pueden repararse pero no las del alma y que ambos, cuerpo y alma, pueden vivir existencias independientes.

10

No tardé en tomar conciencia de que, por más acompañado que estuviera y formara parte de algo, un pabellón, ahora me esperaban los años más solitarios de mi vida. Qué es más corrosivo, se pregunta uno, si los daños que se le infligen al cuerpo o el deterioro progresivo del alma. Menudean los castigos: desnudos durante horas en la nieve, los calabozos regados con agua helada, las manos y los pies triturados en una prensa. Todo sin contar las palizas habituales. Una mínima infracción, como rezagarse al formar fila era sinónimo de un escarmiento atroz. Las enfermedades abundan y la queja es inútil. Sin remedios ni atención el cuerpo se debilita y se corroe el alma. Acá en La Tierra no se encuentra un solo sentimiento que no se defina por la voracidad. La falta de alimento es tanta como la de amor. Todo aquí corrompe el corazón. Y sin embargo en la soledad uno se las ingenia para detectar un alma afín entre quienes, en su vida anterior, no hubieran tenido nada en común. Es que esa vida anterior acá no cuenta y es conveniente olvidarla. La memoria es una trampa, socava, devasta ese resto de flaca energía precisa para sobrellevar cada día. Uno se las ingenia, anoto, para encontrar, entre estos seres que habría despreciado en otra vida, un consuelo, un gesto que nos recuerde que el cautiverio aún no pudo amputarnos un último reflejo humano en el que se confunden la compasión y, por qué no, el amor. No asombra entonces que una bestia humana como el Tigre se haya convertido en el protector del Magnate, que el Clown le de al Tordillo, que el Cantante atienda al Mojarra. Los fuertes se apiadan de los débiles y estos corresponden sus favores. He ido registrando que las torturas, los castigos, las vejaciones, no anularon del todo una solidaridad que suele manifestarse en las situaciones límite. Es normal que alguien extienda su mano y, a partir de ese gesto uno permanezca en deuda mientras dura su condena. Hasta mi llegada no habían sido escasos los que habían abusado de la sed de ternura de la Modista. Como no quiero que nuestra relación se preste a malentendidos, no me extenderé sobre la misma. No obstante referiré una situación. Cuando el Púgil se burló del afecto que cultivábamos caricaturizándolo como el amor que no se puede nombrar, no fui yo quien le paró el carro. La Modista le puso la tijera en el cuello, lo hizo arrodillar. «No jodas con el nene», le dijo. Y sin quitarle la tijera del gañote le advirtió: «La próxima te corto los huevos». Aunque yo no fuera un purrete, y la Modista me llamara así, nene, su modo de decirlo no insinuaba tanto la tendencia del invertido como un instinto bondadoso y protector que volvía inadmisible su condena a perpetua por un crimen que, dicho sea de paso, y por respeto a sus sentimientos, no habré de enunciar en estos apuntes. En tanto, mientras me iba adaptando a la vida en La Tierra, pues a todo se acostumbra el hombre, animal doméstico por excelencia, digo, mientras me empecinaba a la vez en no perder la conciencia del tiempo, la eternidad de encierro que tenía por delante, ya convertido en un condenado más, uno entre todos, yo, el Zurdo, permanecía siempre atento a los detalles en el curso de cada día y el comportamiento de mis semejantes. Tardé en darme cuenta de que así como yo observaba a todos también había uno que me observaba. Mi asco le generaba una mirada sarcástica y venenosa a ese ser, el más repulsivo de La Tierra. Del Oreja hablo.

11

Nadie supo cómo Júpiter vino a dar a nuestro pabellón. Tampoco nadie se propuso averiguarlo. Con seguridad, Júpiter se había fugado del caserío y, sorprendido por la tormenta, en una noche blanca, se refugió en nuestro pabellón. Lo descubrimos en el amanecer, tras el silbato y los golpes en los barrotes, cuando salimos de las celdas. Fue el Profesor quien, al verlo acurrucado junto a la estufa, se adelantó a levantarlo. Y fue también el que lo bautizó. Ninguno comprendió muy bien por qué ese gatito negro había elegido como hogar un pabellón. ¿Por qué alguien elegía huir del calor de hogar y buscar un sitio entre las fieras? Quizá Júpiter sabía, y nosotros no éramos del todo conscientes, que la tranquilidad de una familia no era tal, que bajo esa mansedumbre que se piensa basal de los más nobles valores cristianos, garantía de un porvenir celeste y blanco, soterradas, pululan pasiones tan infectas y ladinas como las picaduras de los insectos venenosos, sentimientos abismales que terminan subiendo a la superficie de la pretendida normalidad. Le preguntamos al Profesor por qué ese nombre. «Todos estamos llenos de Júpiter», dijo el Profesor. Quizás lo que el Profesor quiso transmitirnos fue que, como Júpiter, todos precisábamos de la ternura, una ternura que podía parecer inverosímil en nosotros, una necesidad de ternura que, en el encierro, manteníamos agazapada. Júpiter se trasladaba de una celda a otra. Y en su mudanza perpetua daba la impresión de disponer de un amor infinito que no vacilaba en distribuir a todos inspirando, como decía, esa necesidad de ternura que él retribuía con un ronroneo. En efecto, Júpiter nos devolvía una pureza primitiva, una luz que pugnaba por brotar. Lo recuerdo con precisión: Júpiter nos visitaba a todos. A todos excepto a uno: el Oreja. Se dice que los gatos tienen una percepción especial para captar las radiaciones de un ser vivo y, en consecuencia, se acercan o evitan el contacto. Júpiter no temía acudir a nosotros, instalarse a nuestro lado, acurrucarse y, amistoso, dejarse acariciar prodigando unos recíprocos arrumacos. Pero al Oreja ni se le arrimaba. Una vez el Oreja trató de conquistarlo pero no pudo vencer su resistencia. Por más que se le hizo el simpático ofreciéndole un cacho de marroco, Júpiter, luego de olisquear el regalo, retrocedió y saltó a mis brazos. Al Oreja no le gustó este rechazo. Caminó hacia mí, alargó la mano hacia la cabeza de Júpiter. Pude ver los dedos del Oreja con las uñas completamente comidas. Júpiter se apretó contra mi pecho.

12

El Anarquista, un extranjero rubio, joven, pero al que las palizas policiales habían envejecido, con sus ojos claros y sus modos de maestro paciente, le tenía al Oreja una afección. «Hay que salvar su arma», nos decía con su dicción torpe. Al arrastrar la erre con un acento eslavo en vez de alma pronunciaba arma. Era paradójico que ese tirabombas que había volado por el aire a los banqueros y sus familias, se acercara al Oreja con una dulce actitud evangelizadora. Había que comprender que al Oreja lo habían engendrado un carbonero tísico y borracho y una meretriz sifilítica, habiendo crecido en el sótano de un conventillo padeciendo no solo la desnutrición y la mugre sino también una cantidad abrumadora de calamidades. Según el Anarquista, el Oreja, vástago desdichado de la miseria humana, exigía nuestra contemplación. «Si no le tenemos comprensión nosotros, entonces quién», nos decía. Entonces se extendía con una verborrea confusa acerca de la fraternidad y la igualdad de los hombres. Después de cada sermón pedía que dejáramos al Oreja unirse a nosotros, que no lo tratáramos como un apestado. Pero apenas el Oreja sonreía con esa candidez fingida tan suya, cuando amagaba los primeros pasos hacia nosotros, nos levantábamos y optábamos, callados, por alejarnos y aguantar las ganas de borrarle a trompadas esa mueca boba que desmentía su mirada vidriosa. Júpiter nos imitaba y se venía con nosotros desconfiando del pantalludo raquítico. Andaban de aquí para allá, siempre juntos, el revolucionario y su falso cordero, juntos en el trencito hacia la tala, juntos barriendo la nieve que se apilaba en los portones, juntos reparando una caldera. El Anarquista había encontrado en la educación del Oreja un sentido a los años de encierro que tenía por delante hasta el fin de sus días. Hubo que ver la dedicación con que el Anarquista cuidó al Oreja cuando se pescó una pulmonía que estuvo a punto de despacharlo de una buena vez. Inexorable, lo previmos: cuando días más tarde el Oreja mejoró y su samaritano se contagió, el Oreja no le devolvió la caridad. Cada tanto espiaba el agravamiento del otro y esbozaba una sonrisa de tristeza que ninguno le creía. En esas noches el Oreja se masturbaba frenético y festejaba sus orgasmos con unas risas histéricas. Fue Júpiter el único compañero del Anarquista todo el tiempo que lo asoló ese flagelo en los pulmones. Y cuando al Anarquista le bajó la fiebre y presentó una mejoría pareció decepcionar a su protegido. «Dónde estabas, muchacho», le preguntó el Anarquista. El Oreja se encogió de hombros. Y se arrodilló junto a su lecho. El Anarquista sonrió feliz: Si un milagro me rescató de la agonía, le dijo, es porque sos mi misión en esta tierra. Paternal, le revolvió la pelambre al Oreja. Júpiter entrevió que se avecinaba la desgracia. Emitió un chasquido ante el acercamiento del Oreja a la cama del enfermo. Mostró sus garras diminutas. El Oreja y Júpiter se midieron con la misma mirada desafiante. La escena fue brevísima, un suspiro. Se me quedaría grabada hasta ahora, que la cuento, tal vez, para olvidar. Escribo sí, para olvidar.

13

Aunque la locuacidad no fuera un rasgo distintivo de los reclusos, el silencio de las nevadas terminaba por aumentar el mutismo sellando para siempre el pasado. Uno se volvía puro presente y el presente no merecía demasiados comentarios. No solo se empobrecía nuestro lenguaje haciéndose rudimentario. Sin embargo, cuando el silencio, con su aplastamiento, llegaba al hastío surgía el atisbo de una broma, una cargada, y esta era la excusa para derivar en los insultos. La broma precipitaba entonces el estallido del resentimiento concentrado y se producía una gresca que pasaba de la pelea personal a la confrontación de quienes tomaban partido por uno o por otro y, cuando uno menos lo esperaba, uno se veía envuelto en una trifulca de todos contra todos. Ojos reventados, bocas sangrantes, huesos rotos. En esos combates encarnizados cualquiera aprovechaba para cobrarse una vieja rivalidad, una venganza postergada que terminaba en un puntazo. Los carceleros, expectantes, disfrutaban que nos reventáramos hasta quedar tumbados y recién cuando estábamos al borde del aniquilamiento entraban a garrotazos derribando a los últimos contrincantes que se mantenían en pie. Una vez encerrados en nuestras celdas, en el corredor quedaban los heridos gimientes y, a veces, un moribundo. Podía oírse ahora un lamento, un último insulto mascullado y otra vez el silencio. El pabellón era castigado con una dieta elemental: pan y agua. El escarmiento aplacaba el ánimo hasta la próxima gresca. Cada vez que sobrevenía una de estas eclosiones el Anarquista se apuraba a meter a su pichón en su jaula. Es que todos, por hache o por be, se la teníamos jurada al Oreja y aguardábamos una oportunidad para reducirlo a la condición de guiñapo. Nuestro repudio al Oreja podía justificarse en la clase de aberraciones que había cometido pero también, y este era el motivo principal y común a todos, se debía a esa presunta docilidad que mostraba, esa mirada desde abajo en la que, al generarse la batalla, se debatía entre el temor y su avizoramiento de que alguno aprovechara para limpiarlo. El Anarquista, como digo, lo ponía al margen librándolo de la bronca que le teníamos. «Si no se sabe comprender, no se puede perdonar. Y la vida no vale una mierda», nos dijo una vez el Anarquista con su dicción rasposa. Quién estaba más tronado, nos preguntábamos, el Anarquista, con sus afanes de moralista o el canallita demoníaco. Quién de los dos era el alienado. También después, cuando el pabellón había retornado a una calma sepulcral, oíamos además de la risita nerviosa del Oreja y el susurro del Anarquista llamándolo a sosiego, el maullido de Júpiter.

14

Entre nosotros también hay poderosos y sometidos, patrones y esclavos. Los códigos no escritos que rigen entre los reclusos garantizan el desenvolvimiento de la vida diaria, constituyen reglas y limitan los sobresaltos en la colmena. Mi guía en el aprendizaje de las leyes a respetar fue la Modista. Pasaba la mayor parte del día remendando nuestros uniformes, trabajando en el lavadero, procurando que nuestros harapos estuvieran presentables, lo que era imposible pues teníamos una sola muda. El apodo irónico que le habían puesto no lo ofendía. Los apodos siempre indican algo de nuestra naturaleza y, a veces, dicen más de nosotros que el número de la libreta de enrolamiento. Después de dispersar toda sospecha sobre una historia sentimental entre nosotros, cuando la Modista creyó que podía arreglarme solo, me dejó solo. Ahora yo era el Zurdo. Ya podés cuidarte solo, nene, me dijo. Pero no me sonó tranquilizador. Podía ser víctima de alguno de los mandamases, un pesado que quisiera hacerme súbdito suyo, lo que no tardó en suceder. Habíamos regresado de la tala, engullido nuestra ración de guiso y retornado a las celdas. Pero no todas las puertas se cerraban. Con la complicidad de los carceleros, algunas puertas quedaban abiertas facilitando las visitas nocturnas. Una noche reparé que el carcelero no se detenía en mi cerrojo. Supe lo que me esperaba. Estaba dispuesto a resistir. La quietud fue aplastando el pabellón. Unas toses acatarradas, ronquidos, las voces de las pesadillas. No más que eso. Luchaba contra el sueño. Escuché que la puerta se abría. El Mono entró seguido de sus laderos. Uno portaba una vela. Y el otro una cachiporra. Que me bajara los lienzos, me ordenó el Mono. Por las buenas, me dijo. No obedecí. Se me vinieron al humo. Resumiré la lucha. Quedé con un ojo en compota. Perdí dos dientes. Anduve rengo unos días. Contraje una infección anal. Pero de no ser por mi resistencia no habría sido la primera y única vez que… Pero no quiero desviarme de la narración que venía haciendo sobre las relaciones de poder y sometimiento. De igual manera que en el exterior, en nuestra comunidad de condenados, se acordaban tanto los trabajos como las uniones conyugales y, entre estas, cabían tanto los arrebatos pasionales, las infidelidades, las venganzas y también las reconciliaciones. Por lo general era la fortaleza física la que determinaba una unión. Pertenecer a un pesado aseguraba, mediante la entrega, la integridad física. El robo de una pareja estaba tan mal visto como la traición. Que hubiera parejas antiguas se debía ya no a la atracción sino a la comodidad: no tenía sentido lanzarse a una conquista cuando era sabido que la novedad terminaría en rutina sin ofrecer otra cosa que una repetición diferente pero repetición al fin. El Anarquista y el Oreja no habían formado una sociedad matrimonial. Entre ambos, era evidente, existía, al menos de parte del Anarquista, una comunión. La pureza del tirabombas y la roña mental del Oreja eran, nos dijimos, dos caras de una misma luna. A propósito, era en las noches de luna llena cuando el Oreja corcoveaba con esa risita histérica que nos embroncaba. De no ser porque el Anarquista estaba siempre alerta para sacarle las papas del fuego, más de uno habría acabado con la alegría funesta del Oreja. Aún ahora, al reunir estos recuerdos, creo escuchar esa risita en las noches de plenilunio. Ojalá mi prosa pueda reflejar la mezcla de asco y furia contenida de esa risita que repercute en mis tímpanos.

15

La ballena apareció en nuestra playa a mediados de aquel junio. Cuando despertamos la ballena estaba allí. Nevaba. Y la blancura cubría el lomo oscuro de aquella giganta que respiraba con dificultad. Nuestros carceleros, tan amarretes de la compasión, esa mañana se conmovieron ante la magnitud de semejante desolación. Esa mañana, al ver el fenómeno, pronto dejaron de lado la obligación de la tala y nos ordenaron acudir en ayuda del prodigio. Empujamos la ballena hacia el agua. Sabíamos nosotros lo que se siente al ser uno expulsado de su ámbito natural. Al empujar a la ballena, empujábamos por nuestra libertad. Devolverla a su mar era retornarla también a sus seres queridos. Empujamos entre varios. Pronto fuimos muchos en ese esfuerzo inmenso. Su lomo subía y bajaba con intermitencia. Pronto dejaría de ser esa su única señal de vida. De nada servía nuestro empuje. Hasta que reparamos en su inercia total. Esa mole nunca volvería a surcar las profundidades. No recuerdo de quién fue la idea de sacarnos una fotografía antes de carnearla. Nos paramos en su lomo. El tiempo amarilló esa imagen. Y si la guardo es para conservar la esperanza de esa mañana. Durante un instante habíamos sentido que la libertad era tangible. Me cuesta reconocerme en el tercero de la izquierda, pero fui, soy ese. A mi lado, a la derecha, está el Anarquista con su ceño adusto. Al Anarquista le permitimos subir al lomo de la ballena. Pero no al Oreja.

16

Contar los días, las horas, los minutos, los segundos. Cuentan los que estarán hasta el fin de su vida y cuentan los que tienen por delante una fecha de salida remota, salida que es improbable considerando que acá podés quedarte en una enfermedad o reventar en un castigo. El tiempo acá es otro. Hay veces que pasa tan despacio que la propia respiración aturde. Se mira una y otra vez la misma pared, se aprenden de memoria las figuras de la humedad. También, como se dice, para matar el tiempo, si es que hay una alternativa de matarlo que no sea matarse uno, dicha alternativa puede ser la observación de los saltos de una pulga. Al mirar la pulga uno se percata de que su vida no es más trascendente que la suya. Un consuelo: uno puede creerse Dios y matar la pulga como Dios nos mata cuando menos lo esperamos. Pero si uno no tiene el coraje de consumar la propia muerte no puede pedirle a

Dios que lo haga. Es verdad que los condenados a perpetua nada tienen que esperar. Sin embargo somos los que convirtieron el pasaje del tiempo en un ejercicio de sabiduría. A pesar de que perdimos la ilusión de abandonar La Tierra, encontramos en la rutina la distracción, el entretenimiento, a través de pequeñas tareas que, una vez descartada la idea del suicidio, dan a entender que nuestro paso por La Tierra es un tránsito entre dos nadas. Aquellos que tienen unas décadas que purgar son curiosamente los que más deberían aprender de la espera y no ponerse nerviosos. Sin embargo, son los que suelen atormentarse con la idea de la espera. Quizás porque saben que al salir, si salen, al recuperar la ansiada libertad serán una máscara resquebrajada de lo que fueron y, aún devueltos a la sociedad que los expulsó, no podrán borrar los años de encierro: el mundo será otro, los otros serán otros y también ellos, a quienes se les recordará siempre el pasado carcelario. Siempre serán presidiarios. Serán sospechosos y sus seres queridos, por más queridos que sigan siendo para ellos, el querer no será recíproco, lo que se puede advertir ya con la correspondencia que llega a La Tierra. Al comienzo de nuestra llegada los seres queridos suelen escribir respetando una frecuencia que, en los primeros tiempos, con su puntualidad, tiene bastante de pago de un impuesto. Pero al cabo de un año las cartas comienzan a espaciarse. El destinatario busca disimular su preocupación y la preocupación deviene rabia, la rabia se enquista. Cuesta aceptar que uno ya no es un ser querido, que así como uno empezó a pertenecer a su pasado, para aquellos que amó se convirtió también en un recuerdo molesto. Aquel que admite que acá el tiempo es otro, que en su congelamiento dejó de transcurrir, tiene la posibilidad de una liberación: dejar atrás todo pasado, todo porvenir y ser puro presente. Entonces el prójimo, los otros, acá pueden ser otros. Y se puede descubrir en ellos cierta comprensión, tal vez encontrar alguien que sintiéndose semejante pueda deparar una amistad o el consuelo de una sombra de compinchismo. A la conclusión que se arriba es que nadie puede vivir solo, ni siquiera aquel que lo pretende pues le hacen compañía sus fantasmas, espectros imposibles de espantar, caprichos tortuosos de la imaginación lastimada que enrarecen la reclusión en una especie de autohipnosis. La fantasía de la conversación con la madre, con la novia, con el hijo no hacen bien. Acá, si se encuentra, como digo, un alma afín, esta tornará más llevadero el encierro. Además se robustece incesante la idea de venganza, idea que nutre el instinto rabioso, ese motor de la reincidencia. Tanto para los hampones como para individuos como el Anarquista, que no es el único redentor social en La Tierra pues cada vez son más numerosos los presos políticos partidarios de la dinamita y lo que esperan es salir de una buena vez para continuar con su obsesiva tarea de socavar los cimientos de la sociedad que los fabricó. En este punto conviene tal vez aclarar que esta es mi posición: quien está acá es porque la sociedad lo engendró y, al darnos esta forma, la forma del miedo, la sociedad elucubró cómo adjudicar sus culpas a los otros, es decir, a nosotros. Entonces, cómo no comprender que aquellos que algún día lejanísimo verán la luz y lo que esperan es retornar y desquitarse: el terrorista seguirá fabricando explosivos y persistirá en su afán de demoler el mundo, así como el ladrón, ametralladora en mano, se regocijará llenando de plomo las barrigas de los que se crucen en su camino. Pero el Anarquista como el Oreja habían desechado toda expectativa de liberación. Estarían acá de por vida. Lo que explicaba que el trato docente que el Anarquista le daba al Oreja le fuera además de una acción loable, un entretenimiento pedagógico. Sin embargo en el Oreja no veíamos ninguna evolución. Lo que para él podía significar la espera no ingresaba en ninguna de las categorías enunciadas. La suya era la espera entre una maldad y otra, maldad que se le complicaba en su realización porque lo teníamos entre ojos. El esmirriado tenía en claro instintivamente —y en esta clase de sujetos el instinto es agudo— que la primera que se mandase podía ser la final. Todos, debo consignarlo, le fabulábamos al Oreja diferentes castigos. Abarcaban desde la aplicación refinada de la tortura china hasta el primitivismo del empalamiento. Debíamos advertir que en la elaboración mental de estas operaciones repetíamos el mal que el Oreja, esquivándonos en su desplazarse sinuoso, corporizaba. Un mal que, en la medida que fuera el otro, el Oreja nos hacía sentir distintos y, por qué no, superiores.

17

También estaban los que, más por chupamedias que por buena conducta, se ganaban la simpatía de los perros y se les concedía el beneficio de la esclavitud en el caserío. Palear la nieve que bloqueaba las casas, cortar un ramaje, reparaciones de plomería y mecánica, todas las necesidades diarias de una comunidad chica para mantener un aspecto digno. Si se estaba dispuesto y, además de tener voluntad de ser servicial, se agachaba el lomo, uno podía ocuparse del reparto de pan que se amasaba y horneaba en el presidio, cuidar unas ovejas, pintar casas, todas actividades menos duras que la tala. Siempre había algo por hacer en el poblado para aquellos que habían tenido la suerte de caerle en gracia a los perros. Si subrayo el aspecto de la suerte es porque no bastaba con una actitud sumisa. Como decían algunos, es cierto que la suerte se hace. Pero también contaba que uno fuera rubio, toda una ventaja, a la que podía sumarse leer y escribir, contar con una cierta cultura. Quienes habíamos tenido un estudio, y yo era uno, podíamos ser empleados en el correo o en el periódico del lugar. Me designaron linotipista y también corrector. Estaba al tanto de las contadas noticias sociales de la comunidad. La boda entre un carcelero y una joven inmigrante que, huyendo de la miseria, había preferido convivir con un matón uniformado. Abundaban en estos enlaces las provincianas que dejaban atrás la explotación en las estancias. No faltaron, por supuesto, las bodas con las rameras del lupanar del cerro. Una vez casadas, eran las señoronas más conservadoras y respetables de la comarca: asistían emperifolladas a los festejos patrios en los que la misma fanfarria que recibía a los condenados en su arribo, daba un concierto con valses y chacareras. Ante estos matrimonios por conveniencia, las noticias del periódico eran generosas en adjetivos que celebraban la familia y el crecimiento de esta comunidad pequeña pero pujante que señalaba nuestra soberanía en el rincón más austral de la nación. El nacimiento de las crías también ocupaba su espacio en el periódico. El fruto de estas uniones, la reproducción de sabandijas, motivaba versos y ditirambos. Cada tanto, cuando en la capital algún político demagógico se acordaba de nosotros y armaba un alboroto en el Congreso, nos caía una delegación de funcionarios. Antes de cada una de estas inspecciones se nos mandaba pintar los pabellones, limpiar los calabozos, mejoraba la alimentación y el guiso ya no traía tantos huesos sino algo más de carne con grasa. También el dispensario se ponía en acción: se revisaba a los enfermos, se suministraban remedios. Un diputado socialista nos vino a inspeccionar: fiscalizó las condiciones en que transcurría nuestra existencia, labró un informe detallado sobre la situación de los reclusos. Su denuncia produjo cierto revuelo en la prensa. Pero pronto la visita a la capital de un Papa con motivo de un Congreso Eucarístico le restó importancia a la ira socialista pasándola a un segundo plano. A pesar de las injusticias diarias el Anarquista y el Oreja habían conseguido un trato especial. Sin duda era mérito del Anarquista, que se parecía ya a un lama. Con ese temple convenció a los perros acerca de la domesticación del Oreja y su utilidad en el caserío. Los veíamos deambular cortando leña en una casa, deshollinando en otra, encaramados en un techo arreglando chapas, limpiando el dispensario que, después de la visita del socialista, tenía pretensiones de hospital. De no ser por sus uniformes rayados habríase dicho que se trataba también de un padre abnegado dispuesto a todo con tal de encauzar a un hijo idiota. El Anarquista y el Oreja, modelos apropiados para la inspiración de un pintor religioso, teatralizaban la pureza de un santo y su obra curadora. El pastor y la fiera.

18

Que conste: no quiero adelantarme a los sucesos desdichados que estoy por narrar a pesar del vértigo que se apodera de mí, la urgencia por precipitar esta historia, la gana imperiosa de quitármela de encima como quien se confiesa y, por qué no, esta narración lo es. Entonces me fijo la cronología de los hechos macabros, hago memoria de esos días previos a la tragedia que comprometería a Júpiter. Que el Anarquista no se despegara del Oreja sugería más que una preocupación por su cuidado. El Lechuza lo advirtió: «El Anarquista no teme solo lo que podamos hacerle a su pupilo. Teme, más bien, que el insano haga una de las suyas». En esos días previos el Anarquista y el Oreja limpiaban el galponcito trasero de la casa del Alcalde, título pomposo que ostentaba el director del presidio, autoridad máxima también de la comarca. El funcionario todopoderoso de estos lares alejados de la mano de Dios se jactaba de su biblioteca y de ser un católico de ideas avanzadas, creía en la evolución de la especie y en el progreso indefinido mediante la ciencia, convicciones que no le impedían asistir a misa los domingos, hincarse a rezar, sentirse un feligrés bondadoso y, al mismo tiempo, dictar nuestros castigos, medidas que justificaba como correctivas. El Alcalde le había tomado aprecio al Anarquista. Tanto le había caído en gracia que solía invitarlo a su casa a conversar. Al juzgarse ilustrado y amplio, le gustaba debatir con el condenado ya que ambos creían en la salvación de la humanidad aunque desde distintas perspectivas y con diferentes métodos. Cuando el Anarquista y el Oreja terminaban su faena el Alcalde los invitaba a su casa y los convidaba con té inglés y bizcochos. «Acá uno no encuentra con quién hablar de temas elevados», le había dicho el Alcalde. El Anarquista paladeaba la infusión con cautela, como si fuese un soborno. El Oreja, en tanto, se relamía y oteaba con angurria la azucarera. Esas conversaciones sobre la humanidad y su suerte se tornaron frecuentes con el estallido de la Gran Guerra. Las noticias de la matanza llegaban con retraso. Discutían los efectos de la guerra química, su incidencia en la especie. Al Alcalde le admiraba la devoción y la paciencia con que el Anarquista trataba al Oreja. Y valoraba que este, en el último tiempo, luciera una mayor cortesía en el saludo, que escondiera durante las tertulias esa sonrisita nerviosa que para unos era la señal indiscutible de su retardo y para la mayoría una expresión diabólica. Debo resaltar también que el Oreja había enderezado su caminar. Si antes se desplazaba como al acecho, cuando ahora sus pasos tenían una cadencia aplomada que, en su exageración, le daban un aire farsesco. Nos preguntamos cómo el Anarquista había conquistado esa resolución casi desenvuelta en sus movimientos. En esas tardes, el Alcalde desarrollaba sus argumentos sobre la guerra como un proceso lógico de la regulación de la especie que había dispuesto el Supremo. «Sin su aliento nuestro siglo no habría divisado horizontes de grandeza», decía. El Anarquista se oponía y mencionaba como prueba de la ausencia de Dios el poder destructivo de la Gran Guerra, la carnicería masiva que, para el Alcalde, era apenas un episodio en la historia del hombre iluminada por el resplandor celestial. El Oreja escuchaba callado, la mirada pendiente de la chiquilla que ahora había entrado a la sala, se sentaba al piano y tocaba una polonesa. Ella era la hija del Alcalde, la luz de sus ojos, según decía. La quietud, la inmovilidad del Oreja ante los acordes, llevó al Alcalde y al Anarquista a una coincidencia relacionada con la educación por el arte: la música calma a las bestias. Conclusión relativa si nos atenemos a los hechos que me propongo narrar.

19

Después está esa noche en la que mientras comemos el guiso el Oreja tararea esa melodía, la polonesa, con una deliberada vocecita aniñada. La melodía, esa voz de nena, las notas que machacan iguales y comienzan una y otra vez, nos remiten a lo que fuimos antes de ser esta escoria. La polonesa ha logrado retornarnos al pasado, cuando el destino pudo ser otro. Nos preguntamos si acaso en ese pasado el Oreja también pudo ser otro o su destino aciago ya estaba escrito. Nos preguntamos, en este estado entre metafísico y autocompasivo, si el Oreja compartiría nuestros pensamientos o, tal vez, lo que no era improbable, estaría imaginando a la niña del piano víctima propicia para la repetición de una de sus horrendas fechorías, arrastrarla, mediante un ardid, a un sitio apartado donde pudiera darle cuerda a su maldad. El Oreja entonaba una y otra vez la polonesa. Y el Anarquista lo contemplaba con un arrobo paternal: por fin su discípulo había limpiado su espíritu. Pude ver que un enternecimiento similar ganaba algunos rostros curtidos. Pude ver al Mono guiñándole un ojo. Pude ver, lo recuerdo con precisión, al Oreja asintiendo. Habría apostado la moneda que no tenía a que esa noche el Mono arreglaría con un perro que la puerta de su celda y la del Oreja quedaran abiertas, que esa noche el Mono penetraría entre las nalgas pecosas del otro. Así fue. Después, en la madrugada, volviendo a su celda, el Mono tararea la polonesa con su vozarrón. También oigo el llanto infantil del Oreja.

20

Faltaba un rato para el amanecer. Nos despertaron los maullidos de Júpiter, unos maullidos de terror. Entre las rejas pudimos atisbar la causa del espanto y sufrimiento de nuestra mascota. Los chillidos del gato. Después, ominoso, el silencio. También el mar, el silbido del viento. Debía transcurrir aún ese momento previo a la claridad mortecina que va dando forma a las cosas, ese instante largo que para los insomnes es tan eterno como insufrible. La mañana, la mañana opaca como tantas. Al abrirse nuestras celdas lo vimos. Alguien le había arrancado los ojos a Júpiter. Después de esa aberración, el gato cayó a la planta baja. El animalito, dejando un rastro de sangre, caminó un trecho maullando errante. Y quedó tirado. Uno de nosotros lo sacrificó. No cederé a la tentación de resbalar en un relato morboso. Baste decir que al abrirse nuestras celdas, el último en salir al corredor fue el Oreja. Nuestras miradas lo enfocaron. El Oreja sonrió encogiéndose de hombros, sonrió con su candor baboso, una expresión de sus labios que contradecía el miedo que se agitaba en sus pupilas. El Anarquista, como todos, comprendió lo ocurrido y por ocurrir. Se apartó de su lugar en la fila de condenados, se acercó al Oreja, lo abrazó echándose a llorar. No hace falta explicar que era una despedida la suya. El Oreja permaneció imperturbable, con la sonrisa paralizada y los ojos mirando hacia el techo. Después, retrayéndose, con la cabeza baja, el Anarquista regresó a su puesto. Ahora era un derrotado. A mí me tocó levantar a Júpiter, introducirlo, todavía tibio, en una bolsa de arpillera, limpiar su sangre con un trapo empapado en kerosene. Enterramos a Júpiter detrás del pabellón, bajo un abedul. El Predicador dijo una oración en voz baja, pero no lo suficiente como para que todos pudiéramos escucharla y repetir entrecortadas sus frases: el padrenuestro. Todos repetimos amén. Hasta el Anarquista. El Oreja, desde lejos, observaba. Temblaba, pero no solo de frío. Nevaba otra vez.

21

La mañana y la tarde transcurrieron impregnadas por una desolación que nos abatió a la hora del Angelus. Se oyeron las campanas de la capilla del caserío. Al faltarnos Júpiter, algo faltaba en nosotros. En vano el Profesor volvió a repetirlo: «Todos estamos llenos de Júpiter». Consolándonos, quería consolarse. Cada tanto escudriñábamos al Oreja. Y bajaba la vista. El Anarquista, por su lado, lo ignoraba. Había claudicado de una vez y para siempre en su esfuerzo educativo. Esa noche el Oreja comió doble ración de guiso. Después: «Guardia», gritó. «El cerrojo», pidió. Pero el carcelero no le llevó el apunte. Me lo había chamuyado al carcelero. Más tarde, en la medianoche, nos vino el tarareo de la polonesa. Habríamos de escucharla hasta que alguien, uno de nosotros, tomara la iniciativa. Un martillo de la herrería. Y también un clavo. Empujé despacio la puerta. Me deslicé por el corredor. El silencio, el mar, el viento, la polonesa. El Oreja cantaba vuelto hacia la pared. Hubiérase dicho que esperaba manso la mano en el cuello, doblegándolo, el martillo, el clavo. Me limpié la sangre de las manos con sus cobijas mugrientas y regresé a mi celda. Los párpados me pesaban. El mar parecía estar acá adentro. Me hundí en un sueño denso.

Epílogo

En la mañana los carceleros nos formaron ante el Alcalde, ahora en su función de director del penal. Severo, nos dijo que si el responsable de tamaña aberración, asumiendo su culpa, daba un paso al frente, no adoptaría represalias. De lo contrario, el castigo caería sobre todos. Azotes, tala día y noche, pan y agua. Nadie se movió. Tardé en dar ese paso al frente. El Anarquista me siguió. Nos miramos. No tardaron los compañeros en sumarse. Todos el mismo paso al frente. El castigo colectivo no nos quebró. Habíamos soportado castigos más infamantes.

Si el lector desea juzgar lo que plantearé a continuación debe pensarlo más que como una moraleja como una meditación. Podría haber dedicado las páginas de este cuaderno al relato de otras experiencias. Si elegí los hechos de referencia no se debió a ninguna ambición ejemplificadora. Las leyes que gobiernan el aquí adentro, creo haberlo sugerido, son una proyección de las que rigen el afuera. El lector, al internarse en estas páginas, puede haberse sentido mejor persona que este atribulado cronista. Le propongo pensar si, en las mismas circunstancias, puesto a prueba en La Tierra, habría titubeado en actuar como actué. Quiero decir: el paso al frente de mis compañeros de presidio es una actitud que excede el elogio de mi prosa. Todo lo que le pido al lector es que medite antes de juzgar, como lo haría una dama de beneficencia o un verdugo. Y que una vez cumplida la meditación, no vacile en ese paso al frente.

El sufrimiento de los seres comunes

2019

El insomnio más largo

Camina sin parar, como sonámbula. Camina y piensa. Su pensamiento no se apaga ni se queda quieto. Ahora, por ejemplo, sé que está pensándome como yo la pienso. Así es ella. También podría describirla así: Florencia Ungar, DNI 24246057, tiene casi cuarenta años, los cumple en octubre. Cuatro más que yo. Es secretaria ejecutiva del Observatorio de Big Data de Transcorp Communications, donde pronto será ascendida a la dirección de Operaciones. Pelo castaño, ojos también castaños, labios finos, delgada, esbelta. Viste un polar negro sobre una camiseta gris, jeans y zapatillas. Esta medianoche de un martes frío de fines de mayo, mi hermana camina sin parar por la avenida Rivadavia como queriendo certificar que es la más larga del planeta sin darse cuenta de que los pasos apurados la internan en la noche más larga de su vida. Y la última.

Antes de bajar a la calle, puedo imaginarla, Flor estuvo escuchando la oscuridad como cuando éramos chicos. Y al escucharla, puedo verla, ella sabe que no pegará ojo hasta el amanecer. Sabe también que no hay antídoto contra lo que se le viene. Probó con yoga, con ejercicios espirituales, una gimnasia coreana. Probó también con el valium. Y como al día siguiente se levantaba estúpida, lo abandonó. Más tarde probó con el dormicum. Y como en la mañana también se despertaba zombi, lo abandonó, como había hecho antes con todos los psicofármacos que había acumulado en su botiquín hasta que una madrugada los tiró. Por eso esta noche ha decidido aguantar con los ojos abiertos. Si ahora aguanta con los ojos abiertos es porque al cerrarlos, apretando los párpados, el insomnio se vuelve una herida en las pupilas: fosforescencias, estrellas fugaces, destellos hirientes. La pesadilla de los despiertos en las sombras, las vueltas entre las sábanas.

Flor da otra vuelta en la cama, la enésima. Sabe que todo esfuerzo por conciliar el sueño es inútil. Hubo una época en que se subía al auto y daba tantas vueltas como las que podía dar en la cama. Se perdía en el conurbano. Hasta que una madrugada, por Berazategui, se estroló contra un semáforo: la sacó barata, tres costillas rotas. Se acuerda también de la época en que un polvo le aplacaba el insomnio. Si bien después del tipo no dormía más que un rato, al menos era algo. El problema del después consistía en que no aguantaba los ronquidos del otro. La mayoría ronca, me dijo. Y nada causa tanta rabia a los insomnes como compartir la cama con alguien que duerme profundamente. Los durmientes no pueden comprendernos, me dijo una vez. Además está el miedo. Porque el insomnio causa miedo al acercar la tentación del suicidio. Se pregunta qué le causa más miedo, si la muerte o ser madre. Las dos, formas de escapar del miedo. Si tuviera hijos también le pasaría, calcula. Más de una vez se pensó madre, pero siempre soltera. Los hijos quitan tiempo. Además es mentira, como dicen, que los hijos impiden el suicidio. Anita, su mejor amiga, madre de mellizos, cuando dio a luz se cortó las venas y fracasó. Tres meses después arrojó a los mellizos por el balcón del séptimo piso. Y atrás saltó ella. Los mellizos cayeron en la copa de una higuera y se salvaron. Anita, pobre, se mató contra los baldosones de la planta baja. Ser madre, piensa. Dedicarse a la crianza todo el día. Y entonces, madre al fin, extenuada, al llegar a la cama se hundiría en el pantano de un sueño. Pero se negó tanto a ser madre como a convivir y aquí está, negando que tiene miedo. También alguna vez pensó en hacerse torta. En una de esas, con una mujer era distinto. Pero la sola idea de chupar una concha le daba asco. El amor, en definitiva, no es otra cosa que una distracción de la soledad. Y si no hubiera estado sola, no habría escalado desde Floresta hasta Barrio Norte. Pero, se pregunta, de qué le sirve ser una ejecutiva, el confort de su departamento, mantenerse a los cuarenta con el look de una de treinta, si cada noche es un laberinto de ideas oscuras, cada una más oscura que la anterior.

Se pregunta si a esta hora papá, en el geriátrico, dopado, estará durmiendo. El sueño y el olvido son y no son lo mismo. Si se sueña se está en otra parte, una tierra donde el pasado y el futuro se confunden en el terror y el deseo, lo que se desea y lo que más aterra. Le gustaría, si se duerme, soñar que no sueña. Papá perdió la memoria. A veces, cuando lo visita, la confunde con mamá. No soy mamá, se oponía Flor al principio. No soy mamá, pa, soy Flor. No me jodas, Nora, negaba él. Flor debe estar en el cole. Contame cómo le va a Flor en el cole. Es tan aplicada. Te envidio, papá, le dijo Flor. Quisiera perder la memoria como vos. Esta noche de insomnio Flor se acuerda de papá. Y al acordarse de papá se acuerda de cuando éramos chicos. Nuestros padres eran insomnes. El terror les había quitado el sueño. Entonces jugaban al ajedrez. Todas las noches, todo lo que duraba cada noche. Nos acordamos: Enroque, decía papá. Oíamos una sirena. Los dos se miraban. Después, cuando volvía el silencio: Movés vos. Escuchaste, preguntaba papá. Mamá: Escuché, pasaron cerca. Y después: Enroque. A veces era papá: Jaque. Otras, mamá: Mate. Así noches enteras. Un estruendo cerca, otra sirena, tiros, gritos. Escuchaste, le preguntaba ahora mamá. Escuché, le decía papá. A veces era mamá la que le preguntaba: Escuchaste. Y era él quien le decía: Escuché. Después, cuando ya no se oía nada, igual seguían despiertos jugando al ajedrez. El mundo se divide entre los dormidos y los que estamos alerta, opinaba papá. Y nosotros somos una familia alerta. Me acuerdo de que Flor me cantaba en voz baja: «Duérmete mi niño». Yo no soy tu niño, protestaba yo. Mamá me dijo que si vienen yo te tengo que cuidar. Tenés que acostumbrarte. Mamá murió en el 83, cuando el terror parecía haber aflojado. Papá dijo que la había matado el miedo: un infarto. Y nos mandó a lo de sus hermanos en Trevelin. Aprendimos a montar, a darles de comer a los chanchos, a cazar maras. Lo que seguíamos sin aprender era a dormir. Nos pasábamos las noches despiertos escuchando el campo. Una vaca, un grillo, una lechuza, un cordero, los perros. Y el viento. El viento era lo que más nos gustaba. Nos gustaba el campo, la cordillera cerca. Y la nieve. Pero de noche seguíamos despiertos como si viviéramos con papá y mamá.

Flor siempre se acuerda de esa época. No hay noche de insomnio que no se acuerde. Y como su insomnio es crónico, se acuerda todo el tiempo. El insomnio es el motor de la memoria. Piensa en servirse un trago y salir al balcón. Pero no. El alcohol la va a tensar más. Podría levantarse, prender la Mac. Pero si lo hiciera se quedaría pegada. Siempre le pasa. Y más a esta hora, en este estado. Pasa un patrullero. La puerta del ascensor. El eco de voces en el departamento de al lado. Reconoce la del vecino vestuarista, su risa histérica. Después el silencio. Al lado hay música, fiesta. La alegría de los otros la hunde más en el insomnio, puedo imaginarla.

Aunque sepa de Flor más de lo que un hermano puede saber de su hermana, conocimiento que incluye el número de su documento, sé que es imposible imaginar una situación tan personal como el insomnio ajeno. A menos que uno también sea insomne. Las vueltas que se dan en la cama, de una pared a la otra, tomar agua, concentrarse en una mancha del techo, el goteo de una canilla, oír el ascensor, la calle, la atención errática, gestos que son manías, un repertorio de lugares comunes. No hay dos insomnes iguales. El insomnio no es el mismo para todos los despabilados. Los otros, los dormidos son de otra raza, decía Flor, y yo creía que hablaba papá. El insomnio siempre es soledad. Y no hay dos soledades iguales. Esta noche en que la imagino, Florencia está más sola que nunca, que nadie.

El latido del corazón en la almohada. El ritmo monocorde de la respiración. El roce de la sábana. La ciudad duerme. Ella no.

Piensa en los amantes en los hoteles. Piensa la noche de las estaciones vacías y sus mendigos durmiendo en bancos, en los trenes detenidos y las vías muertas. Piensa en la noche de los hospitales y la angustia en vela. Piensa en la noche de las comisarías, los calabozos y sus detenidos. Piensa en las cárceles y los presos. Piensa en las villas miseria y su miseria. Piensa en el planeta y piensa en los paisajes que nunca conocerá. Piensa en los aeropuertos, los pasajeros en espera, los aviones que surcan los cielos. Piensa en los barcos surcando altamar en la noche. Piensa en los océanos y en su profundidad. Piensa en los peces que irradian luz. Piensa en el cosmos, en las constelaciones, en las estrellas fugaces. Piensa en los dedos de sus pies. Y los mueve. Tendría que cortarse la uña encarnada del meñique del pie izquierdo. Se siente diminuta como ese dedo. Mueve el dedo chico del pie izquierdo, levanta la pierna, se lo toca. Es el dedo de la inseguridad y el miedo. Ella se siente insegura y miedosa. Pero al tocarse la uña encarnada piensa que, al menos, ese dolor le dice que está viva en el letargo que se impone. Así estará hasta que la primera claridad del día entre por el ventanal que da sobre la plaza de Arenales. Entonces escuchará los motores, las frenadas, los primeros ruidos del día. Pero falta todavía para esa hora en la que el insomnio se convirtió en un cansancio que acalambra hasta los reflejos. Entonces piensa alternativas a la cama.

Por ejemplo, bajar a la calle, caminar una avenida hasta el agotamiento. Hubo noches en que caminó Santa Fe hasta Plaza San Martín y después vagó por las estaciones de Retiro. Sorteó pibes peligrosos. Y si no le pasó nada, está convencida, se debe a que el insomnio le transformaba la expresión: podía verificarlo en su imagen en las vidrieras. Angulosa, pálida, los ojos vidriosos y rojos y el paso firme y rápido, transmitiendo una determinación que nada ni nadie podía turbar. Tal vez ella inspiraba temor. Al menos esto pensó: intimidaba. Caminar fue, después del estrole y los polvos, toda otra época: ya no recuerda cuándo. Es que el insomnio consigue esto, que entres en un despiste, trastoca los recuerdos, las fechas y hasta quién es uno.

Se levanta en la oscuridad, tiene la boca seca. Avanza hacia la pileta de la cocina, llena un vaso de agua. Lo toma. Llena otro. Lo toma. Y vuelve a la cama. También estuvo la época de los bares. Aunque prefería estar sola con su vodka tonic, no había madrugada que no se le arrimara un tipo. Le seguía la corriente, emitía monosílabos, se hacía la misteriosa. Como se aburría, se apartaba de la barra y se esfumaba. Eso antes. Ahora da otra vuelta entre las sábanas. Flor no da más. Y se pregunta desde cuándo sufre insomnio. Desde que tiene memoria, se dice. La memoria del insomnio le dice que nunca durmió en su vida excepto de a ratos, ni siquiera cuando era chica. Y se acuerda de las noches de ajedrez, la familia desvelada, los libros que me leía. Una familia sin sueño. A veces, en la penumbra, cuando me cantaba el arrorró, yo me hacía el dormido, más que nada para complacerla, y entonces ella prendía el velador, se ponía a leer, leía hasta que, al amanecer, empezaba a cabecear un sueño. Duérmete mi niño. Y cuando se cansaba: Dormite de una vez, me decía. Leeme, le pedía. Y ella me leía. Por qué es malo Heathcliff, le preguntaba. Porque de chico lo abandonaron los padres, me contestaba. Y por qué lo abandonaron los padres, le preguntaba. Y por qué, le preguntaba. Por qué, por qué, por qué. Yo volvía a la carga: A nosotros no nos van a dejar nunca, le preguntaba. Nunca, me decía. Callate y escuchá. Flor volvía a la lectura. Su voz no se cansaba hasta que me durmiera, pero yo no me dormía. Esta noche, ahora, Flor se acuerda: iba dormida al colegio. Si había sido buena alumna se lo debía al insomnio. Pasaba las noches y las madrugadas estudiando por desesperación. Era la única que, si se juntaba a preparar una materia con compañeras, duraba hasta el amanecer. Y si al examen llegaba somnolienta, en el momento de enfrentar la prueba se ponía las pilas. Desde que tiene memoria duerme de a ratos, excepto en la empresa. Aunque sí duerme al mediodía: se encierra en un baño y sentada en el inodoro cabecea un sueño corto. Después, al salir del trabajo, cuando entra en su departamento, se tira otro rato. Se despierta a la hora en que todos cenan. A veces se inventa un programa con amigas, para que la medianoche no la encuentre acostada. Pero las amigas la aburren, nada de lo que hablan tiene que ver con ella, que solo puede pensar en el insomnio que la espera al volver. No obstante, estira el encuentro. Porque si la medianoche la encuentra acostada, el insomnio la atacará antes. Se resiste a navegar, pero el impulso la puede y termina extraviándose en la pantalla. Y, si no hizo programa, después de prepararse un omelette, como esta noche, al acostarse temprano, porque la una es temprano, ya vio una serie y ahora, se pregunta, ahora qué. Las dos, las dos y un minuto, las dos y tres minutos. Y si bien cabeceó con los ojos cansados, ahora, despabiladísima, apaga un documental sobre mascotas asesinas, se incorpora.

Entonces se levanta, se viste. Se pone el jean, las zapatillas, el polar negro. Anota un número de teléfono, lo guarda en un bolsillo. Y baja. Las veredas y el asfalto brillan húmedos. Empieza a caminar hacia el sur. Camina sin mirar a los costados. Camina contando los pasos hasta que pierde la cuenta. Camina hacia Rivadavia. En la avenida dobla hacia la derecha, hacia el oeste. Camina por Rivadavia. Camina sin detenerse. Respira el aire húmedo. Pasa por Floresta, cerca de donde vivíamos de chicos. Pero no se detiene. Sigue de largo. Sigue hasta Liniers. Y se adentra en la provincia. Todavía de noche, pasa el primer tren del Sarmiento. No le presta atención. Ya hay colas en las paradas, los primeros hombres y mujeres del día que empieza a amanecer. Camina. El corazón, un tambor. Le falta el aire, pero sigue adelante. Toma impulso. Y marcha otra vez. Camina, se detiene, recupera el aliento. Camina. No sabe dónde está y tampoco le importa. Las construcciones empiezan a espaciarse. Hay pastizales a los costados de la ruta. Camina bajo el cielo encapotado. No da más, pero no para. Camina hasta que las piernas le fallan. Se le doblan. Tropieza. Un dolor en el pecho, como una detonación. Se cae, se levanta en cuatro patas. Logra pararse. Y avanza contra ese dolor en el pecho. Camina hasta caer otra vez. No vuelve a moverse. Cierra los ojos. Sonríe.

La policía me telefoneó en la tarde. Tenía mi teléfono anotado en un papelito en un bolsillo. Lo único que llevaba. Paro cardíaco, según la autopsia. La reconocí en la morgue. Sí, es mi hermana, dije.

La imagino poniéndose el jean, las zapatillas, el polar negro. La imagino caminando. La imagino en mi insomnio. Y salgo a caminar.

La loca del fondo

1

Hay una condena mayor que una madre judía o una madre italiana. Y es una madre escritora. En la mía confluyeron las dos sangres y, como si fuera poco, además, mi madre estaba poseída por la literatura. Julia Goldemberg repudiaba la familia burguesa de la que provenía y, a los dieciséis, después de una corta militancia en el maoísmo, se hizo hippie, dejó la casa natal y se fue a vivir en comunidad en una quinta de Moreno. Cuando la expulsaron por quedarse con un vuelto de la venta de sahumerios, sus padres, don Saúl y doña Donatella, una pareja de tenderos del Once, la recibieron llorando y con los brazos abiertos, la hija pródiga. Especialmente don Saúl, siempre dispuesto a perdonarla como cuando volvió deportada de Alemania. Aunque para esa época, que conste, Julie Gold, tal su *nom de guerre*, ya no era una nena.

Me estoy anticipando a los hechos. Debo acordarme de cuando me pasaba a la cama de mis padres. Fue en la época en que vivíamos juntos. Aunque no siempre cuando me pasaba a su cama, ella estaba en la cama con mi padre. A veces, estaba con una amiga. Por entonces mi madre ya era Julie. Así me pedía que la llamara. Lo que me acuerdo: Julie me devolvía a mi colchón en el piso, me arropaba con una manta peruana y entonaba bajito una balada pacifista de Joan Báez. Mucho después supe que era una canción de Joan Báez. Pero vamos por partes.

Julie Gold publicó a comienzos de los setenta *La loca del fondo*. La novela, que contaba sus revolcadas en la comunidad hippie, fue secuestrada por la censura, lo que para Julie significó un éxito que afirmó la fe en sí misma. Fue su único éxito. Y también su único libro. La chica terrible madre soltera. Aunque convivía en un altillo en Tribunales con Rafael Míguez, un poeta de vanguardia a fines de los sesenta, mi padre. Rafa, como yo debía llamarlo, se presentaba como un poeta de antología. Y en verdad lo era porque solo publicó tres poemas en una antología. En esa época yo era un bebé y un obstáculo para el talento de ambos. Julie trabajaba en una revista femenina. Y Rafa en un semanario. Odiaban esos empleos, pero sin sus sueldos no habrían alquilado ese altillo frente a la Plaza Lavalle, un colmenar donde habitaba la bohemia más moderna de la pequeña aldea, aldea que, convengamos, les quedaba chica y, por este motivo, pronto se largarían a recorrer el mundo que era ancho y ajeno. Lo más lejos que llegaron, Machu Picchu. Rafa no soportó esa fama de meses que Julie gozó con *La loca del fondo*. Fue la causa de la separación. No le importaron tanto la cantidad de cuerpos con que se había acostado Julie ni la calidad de su escritura como esa popularidad efervescente, tan súbita que al entrar en El Colombiano hacía que todos la saludaran a ella, que al llegar al Di Tella las miradas se centraran en su compañera. Vos te pensás que por salir en todos lados con esa novelita de mierda sos más que yo, le dijo Rafa. Más mierda vas a ser vos cuando te descubras en la que estoy escribiendo, le contestó ella. Y se fue después de un portazo. Para siempre.

Sin saber qué hacer conmigo, Rafa me dejó en casa de sus padres, el abuelo Jacinto y la abuela Mari. Los dos eran maestros en Las Heras, Provincia de Buenos Aires. De modo que me criaron mis abuelos en una casa en medio del campo, a unos kilómetros del pueblo. Poco después supe que Rafa, amenazado por la dictadura, se había rajado a Venezuela y no volví a verle la cara hasta el 83.

Después de aquella novela, Julie no volvió a publicar. Argumentaba que los editores no la comprendían en el desvío beckettiano que había adoptado su prosa. Terminaban los setenta.

Una época de bloqueo literario para Julie, que le adjudicaba su parálisis a los militares. La consoló enamorarse de Serguéi, un contrabajista ucraniano que daba clases particulares en un conventillo de San Telmo. Serguéi ganó una beca alemana para jóvenes compositores. La fundación le brindaba una beca de tres meses en Berlín. Todavía me acuerdo de cuando vinieron a despedirse al campo. Mis abuelos los miraron con desprecio. Ojalá les vaya bien, dijo mi abuela. Y no vuelvan más, dijo mi abuelo.

Cuando se terminó la beca, Serguéi cruzó el Muro y mi madre se quedó sola en un ambiente pelado en un monoblock. La última información que tuvo sobre el músico le llegó unos meses después: estaba enseñando música en una escuela de Smolensk. En el dorso de una postal Serguéi le pedía que fuera. Julie se iba a enamorar del Dniéper, le prometía.

Pero Julie prefería morirse de hambre antes que cruzar el Muro. Una artista debía sobrellevar las penurias económicas, pensaba. Además, era preferible vender el cuerpo antes que el alma. Por entonces conoció a Hannah Biermann, una estudiante de Sociología y *call girl*, que más tarde triunfaría en la novela negra con sus historias de erotismo y violencia, quien la convenció de que podría sobrevivir mejor en el puerto de Hamburgo. Como a Julie no le iba cualquier cliente, la exigencia fue la causa de su debacle. El macró la molió a golpes, le rompió dos costillas y la dejó tirada en el puerto. Pero Julie nunca fue de dejarse vencer por las dificultades. No esperó el alta. Según ella, no aguantaba el hospital nazi. La realidad es que no tenía papeles y cuando se restableciera debería enfrentar su situación de ilegal. Huyó del hospital apoyándose en una muleta, con un abrigo robado sobre el camisón blanco. El destino era, después de todo, generoso con ella al ofrecerle experiencias que merecían ser contadas. El dinero que había juntado en Hamburgo le alcanzó para retornar a Berlín y pagar el alquiler de unos meses en un sótano. Se había propuesto escribir una novela autobiográfica. Los vecinos se quejaban del ruido de la máquina de escribir. Como seguía sin papeles, no salía del cuarto por miedo a ser denunciada por ilegal. Comía lo que encontraba en las bolsas de basura. Escribía día y noche, casi sin dormir. Languidecía de hambre, pero todavía no se animaba a robar un supermercado. Una mañana de viento, un diario flameó hasta sus tobillos. Una noticia la atrajo: en París un estudiante japonés se había comido a una compañera. La anotó mentalmente.

Julie no fue nunca de resignarse. La pescaron robando un cartón de leche en un supermercado. Para completar su desgracia, la policía la detuvo y fue devuelta al país. Cuando la policía comprobó que era una indocumentada, la deportaron. Y no le quedó otra, al volver, que recurrir a sus padres.

Sus padres ahora eran dos viejos achacosos y ella, una mujer de treinta y pico que parecía mayor porque, como ella decía, estaba recortada. Y esto, su vuelta de Alemania, fue hace ya más de treinta años. Pero el tiempo no fue jamás una inquietud para Julie. Hay que vivir el presente, decía. El pasado es una sábana que nos enreda los pies impidiéndonos avanzar y el futuro, una noche que se nos viene encima. Solo tenemos la luz del presente, una luz que dura lo que la llama de un fósforo. Esa luz, el presente, nunca iluminaría a alguien: su hijo, yo.

Don Saúl había cerrado la tienda de la calle Larrea. Doña Donatella, contra lo que Julie había previsto, esta vez no quiso cobijarla. Pero don Saúl, un sentimental, logró ablandar a su mujer. Durante un tiempo, mientras buscaba integrarse otra vez al periodismo, Julie durmió en el negocio vacío. Finalmente consiguió trabajo como redactora de la sección «Vida cotidiana» en un diario. Nada odiaba más Julie que la «vida cotidiana». Nunca había comprendido qué podía ser lo cotidiano excepto «la aventura de vivir y contar lo que vivía». No obstante, se afirmó en la sección y consiguió alquilar un departamento de un ambiente en Parque Chacabuco.

Recién cuando pudo alquilar me vino a buscar al campo. Pretendió llevarme a vivir con ella. Pero mis abuelos paternos se opusieron. Los voy a denunciar como ladrones de niños, recuerdo que gritó Julie mientras volvía a la estación de tren. No solo no hizo la denuncia. Tampoco volvió a buscarme.

Debería contar que mi padre vino a visitarme en el 83. Me trajo un avión de juguete. Estuvo apenas unos minutos. Mi abuelo Jacinto le ordenó que se fuera. Era tarde para reparar el abandono, le dijo. La abuela Mari lloraba. Mi padre asintió. No supe más de él.

Julie recién se acordó de mi existencia cuando publiqué mi primer libro de cuentos, *El hijo de la loca del fondo*, donde, previsible, el cuento último y final, el más largo, apestaba a autobiografía. Había publicado en una editorial chica y no recibí demasiadas críticas, pero las que salieron fueron favorables. Yo trabajaba en una agencia de publicidad. Estaba enamorado de Mariana, una directora de arte. Nos habíamos ido a vivir juntos primero a un departamento en Olivos, frente a las vías. Y más tarde, cuando fui director creativo, compramos esta casa cerca del cementerio. Este es un barrio de clase media acomodada. Hay un club de tenis, una plazoleta y cabinas de seguridad en las esquinas. Un vecindario tranquilo, las construcciones pertenecen a los cincuenta, muchas se refaccionaron respetando los techos a dos aguas y los jardines delanteros. En su mayoría tienen un árbol en la vereda. Se ven azahares, magnolias, laureles, naranjos, palmeras. En primavera el barrio entero florece y se respira una brisa perfumada. Estábamos otra vez en primavera, con Mariana tuvimos un bebé: Martín. Si no éramos una pareja soñada, nos parecíamos bastante. Si bien nadie puede olvidar de donde viene, al menos yo sentía que acá estaba a gusto, me parecía al que había querido ser: estaba enamorado y había empezado a escribir los fines de semana mi primera novela, una historia de iniciación. Salinger era mi maestro.

Cuando Julie llamó un sábado por la tarde, la cité en una confitería de Belgrano. No la quería cerca. Dudaba en decirle que era abuela.

Pensé que debíamos hablar, me dijo Julie.

Le pregunté si quería café o té. Quiso un dry martini. Yo no, un café.

Estuve a punto de llamarla mamá. No hubiera sido su hijo. Le pregunté:

Hablar de qué, Julie.

Sos muy buen lector, dijo.

A qué te referís.

La loca del fondo soy yo, dijo.

Me pregunté cómo debía reaccionar. Qué decirle después de tanto. No debía haber escrito sobre Julie, darle el gusto. No supe qué decir. Julie me miraba sobradora con sus ojos celestes.

Puedo pedir otro, me preguntó.

Llamé al mozo.

Estuve a punto de contarle que Martín tenía sus mismos ojos. Pero no era el momento. Nunca lo sería. Julie no admitía imitaciones.

Me usaste, dijo. No tenés vergüenza.

Nunca antes vi a nadie tomarse un dry martini de un saque. Tampoco después. Julie se paró. Derecha, con una compostura de bailarina clásica. Me miró desde lo alto. No podía descender siquiera un centímetro.

Leíste el libro, le pregunté.

No me hace falta, dijo. Soy tu madre.

Se marchaba.

Esto no va a quedar así, dijo.

Quedó así.

2

Quedó así hasta una noche de invierno hace cinco años. Un llamado a las tres de la madrugada nos sobresaltó. También despertó a Martín.

Perdoname que llame a esta hora, dijo Julie. Estoy en problemas.

Era sabido que las dificultades no amedrentaban a Julie. Le habían robado al salir del chino. Dos chorros, en Constitución. Le pregunté qué hacía en Constitución a esta hora.

Si yo te importara sabrías que vivo en Constitución, querido, me dijo. Vivo en Constitución. En un sucucho, pero con internet. Lo peor es que en la bolsa del súper llevaba los remedios.

Desde Olivos a Constitución le puse media hora. Violé todos los semáforos en rojo. Era una noche de llovizna y bajo cero. La dirección era en la calle O'Brien, una calle estrecha de dos cuadras entre los paredones del ferrocarril y la calle Salta. Frené en la esquina de Lima. No me atreví a avanzar. Había unos barcitos tan sórdidos como ruidosos alternando con puertas boca de lobo. Putas y matones en la vereda. Quilombos, luces rojas. Sonaban cumbias y se tambaleaban zombis. A los costados y en el asfalto, deambulaban chorros, transas, travestis. Di marcha atrás. Tuve que maniobrar para no atropellar una gresca de borrachos. Un golpe se estrelló en el baúl del auto. Unos pibes se me venían encima. Reculé a toda velocidad y retomé por Lima.

Pegué un rodeo, di vueltas hasta encontrar un estacionamiento por Santiago del Estero. Caminé en dirección a O'Brien. Tres travas surgieron de un umbral, me abrazaron, forcejeamos, uno me agarró de los huevos. Pude zafarme.

Si volvés a pasar quiere decir que te gusta, nene, dijo el más corpulento.

Te esperamos, ricura, dijo otro.

Quedé impregnado de un perfume dulzón.

La calle O'Brien hedía a grasa frita y meada. Pude sortear a unos drogones. En esa calle podía comprarse lo que uno quisiera. Desde merca hasta paco. Una dominicana. O varias. Para caminarla necesitabas tener pinta de buscar lo que se ofrecía. Yo no tenía ese aspecto. En un bolichito dos canas tomaban cerveza con unas putas. Me miraron, los miré, seguí de largo. Una puta vieja me ofreció sus servicios. Seguí de largo. Una botella se rompió contra la pared a mi espalda. Oí carcajadas. Seguí de largo.

El edificio donde estaba la pocilga era tenebroso. Una lamparita amarilla alumbraba apenas la entrada. Se oía la cumbia fuerte. También gritos, puteadas, el llanto de un chico. Me paró un paraguayo flaco, desdentado, canoso. Tenía una pistola:

Dónde vas, chamigo.

El tipo me escrutaba con una sonrisa sin dientes.

Querés una chichí.

Le dije que no.

Mandanga, me tanteó.

Le expliqué, buscaba a mi madre, una señora tal y cual.

La del fondo, dijo. La loca del fondo.

La realidad imita el arte, me dije.

Debía admitir que Julie mantenía la coherencia a través de los años. Entré. Al final de un corredor oscuro encontré la puerta. Julie había pegado dos carteles fileteados. El primero anunciaba: «Julie Gold, taller de expresión literaria». El segundo prevenía: «Acá no hay plata. Solo libros». Sobre el mismo cartel le habían escrito: «Vieja loca», «Rescatate, abuela», «Chupame la pija», «Con tus libros me limpio el orto». No había timbre. Di tres golpes en la puerta.

Voy, dijo Julie. Era su voz. Más carrasposa de lo que recordaba, pero su voz.

Ninguno de los dos amagó un beso.

Cómo estás, le pregunté.

Julie era una mujer de setenta. Quizá más. Nunca supe su edad. Tenía el pelo blanco corto como Jean Seberg en *Sin aliento*. La diferencia entre Jean Seberg y Julie era que Julie no se había suicidado. Me pregunté cómo habría sido Jean Seberg vieja. Vestía una camisa a cuadros sobre una polera negra. También unos jeans rotos. Llevaba medias de lana y zuecos.

Estoy como puedo, sonrió. Al menos no me tiraron al piso ni me patearon. Lo que más lamento son los remedios.

En efecto, Julie vivía en una pocilga. El ambiente olía a sahumerio, porro y tabaco rancio. Pero se las había ingeniado para disimular la humedad de las paredes con afiches de películas de la *nouvelle vague*. También había decorado su ratonera con tapices. Su biblioteca: bloques de hormigón y madera sin pintar. Había pilas de libros en el suelo, sobre la mesa, alrededor de una computadora vieja: letras blancas sobre fondo negro. Me acerqué a leer la pantalla. Había un nombre japonés. Pude leer que escribía sobre antropofagia y belleza. Prendió una tuca. Y me contó. En París, Issei Sagawa, un japonés estudiante de literatura, había asesinado y devorado a Renée Hartevelt, una compañera de la universidad. Con la excusa de conversar con ella de sus progresos en el análisis de las vanguardias europeas, el joven Sagawa invitó a Renée a su departamento. Le pegó un tiro, la descuartizó y se la comió. Cruda. Le gustaron los muslos. Hizo particular referencia al clítoris, una exquisitez. Era cabezón, diminuto, flaco, un cuerpo de minusválido. La foto en el diario mostraba al japonés desnutrido. Sagawa dijo también que al comer a la joven deseaba absorber su energía. Cómo no iba a comprenderlo la escritora desfalleciente y flaca como un Egon Schiele. Comprenderlo y escribirle una carta fue la reacción instantánea de Julie. Estaba dispuesta a convertir su historia en una novela.

Tus remedios, le dije. Busquemos una farmacia de turno, Julie.

Otra vez estuve por llamarla mamá, pero no hubiera sido yo. Tampoco ella.

Primero tomate un pisco, dijo.

Te agradezco.

Me sirvió igual. No toqué el vaso.

No te interesa lo que estoy escribiendo, me preguntó.

A ver si después me acusás de plagio.

No podrías, dijo. Tendrías que nadar en aguas profundas.

Habían pasado todo el último año escribiéndose con el antropófago. En la cárcel Sagawa estuvo a punto de morir por una enfermedad del cerebro. Los franceses se lo quitaron de encima levantando la causa y extraditándolo. En Tokio lo esperaba su padre, un empresario. Lo internó en una clínica psiquiátrica. Milagrosamente, Sagawa se recuperó y, al no tener causas en su país, recobró la libertad. En la actualidad era comentarista de espectáculos en un programa televisivo y *connoisseur* gastronómico. Julie había establecido contacto con él. Si bien había una novela sobre su historia, *La carta de Sagawa*, de Juro Kara, a Julie le parecía, además de insuficiente, mediocre. Estaba dispuesta a escribir una gran historia. Se maileaba con Sagawa todas las semanas.

No creo que vos puedas ahondar en una historia semejante, querido, dijo. Se precisa haber vivido a fondo para escribirla.

Vamos a una farmacia, dije.

No hace falta, dijo. Tengo los remedios. Le lloré la carta a los chorros y me los dejaron. Una de dos: o mostraron una ética o se asustaron pensando a ver si la vieja se nos muere.

Por qué me llamaste, le pregunté.

Porque sabía que ibas a venir, sonrió.

Julie me estaba midiendo.

En realidad, quería contarte mi proyecto, dijo. Te necesito como lector.

Estás loca, Julie.

Otro pisco, me preguntó.

No tomé el primero.

Me fui.

En la calle me sacudieron el viento y la lluvia. No supe qué sentir además del frío y la desolación del barrio. Tal vez era lo único que podía sentir. Pero algo tenía en claro: no quería verla más. En la esquina seguían los travas. Crucé.

Al volver a casa necesité una ducha caliente, cambiarme la ropa.

Después me deslicé al dormitorio de Martín. Dormía como un angelito. Era un angelito.

No quería llorar. Pero lloré.

Contame, me pidió Mariana.

Qué.

Julie, dijo. Contame.

Le conté. Nos sentamos en el living y le conté.

Es su vida, dijo Mariana. No la tuya, no la mía.

Es mi madre.

Es una mujer independiente, opinó Mariana. No se puede negar que hizo con su vida lo que quiso. Tuvo agallas. No como nosotros. Es la parte que admiro de su generación. Esa libertad que tuvo. No esperó a que le dieran la libertad, se la tomó. Y se jugó siempre por lo que creía. Miralo así.

Qué querés decir, Mariana.

La admiro en un sentido.

En cuál.

Siempre me pregunto cómo habría seguido mi vida si en vez de meterme a diseñadora hubiera seguido pintando.

Y por qué no seguiste.

Vos tampoco fuiste muy lejos con tu novela pendiente.

Si no te hubieras metido en diseño y yo hubiera seguido insistiendo con la literatura, no estaríamos pensando en mudarnos a un *country*.

Pero tal vez seríamos más felices.

Qué es la felicidad, le pregunté.

No me quedé a esperar su respuesta. Al día siguiente tenía

que estar temprano en la agencia, la presentación de la campaña de un nuevo modelo de auto. Uno pequeño, descapotable, pistero. Me fui a dormir. Soñé que era un bebé con la cabeza del tamaño actual. Nadaba en una pecera. En la pecera estábamos Julie y yo. Julie era una barracuda. Me perseguía a dentelladas. Me comía un pie, después el otro. El agua se teñía de sangre. Desperté. Y ya no pude pegar ojo. Me subí a la bicicleta fija.

No hablamos más del asunto. Mariana seguía empacada. Fue una semana de silencios. Apenas cambiábamos frases referidas a Martín. Quizá Martín era lo único que teníamos en común. Y nos unía. Pero si lo pensaba un rato, ni siquiera Martín nos mantenía juntos. Porque su Martín no era mi Martín. Nuestro hijo se había convertido en un entretenimiento como la tele. Y cada uno lo veía en un canal diferente.

Una noche, al volver de la agencia se lo propuse:

Necesitamos un viaje.

Y Martín, preguntó. Es muy chico.

Lo dejamos con tus padres, una semana, diez días.

Los padres de Mariana eran jóvenes. Cincuenta y pico. Buena posición. Eduardo es escribano. Y Fina la ocupación más importante que tiene es jugar al bridge. La clase de abuelos ideales que se ven en un comercial. Además siempre están preguntando cuándo se lo vamos a dejar. No me parecía mala idea dejarles a Martín unos días.

Y adónde viajaríamos.

Europa, dije.

Europa, repitió ella.

Barcelona, París, Roma.

Por qué no Berlín, dijo.

Por qué Berlín, pregunté.

Hay mucho arte en Berlín.

Berlín no.

Dame una razón.

No le contesté.

3

Volví a saber de Julie la semana pasada. Dos veces. La primera, cuando estaba por entrar en la agencia. Vi un afiche casero pegado a una columna de alumbrado. Justo frente a la puerta de la agencia. Era su foto. En blanco y negro. «Buscamos a Julie Gold», decía. «Fue vista por última vez en Constitución. Viste campera y pantalón de jean. Una polera negra. Tiene zuecos. Ella habla y ríe sola». Después, un número telefónico. Arranqué el afiche, lo doblé, me lo guardé en un bolsillo.

Llamé a ese número. Atendió el paraguayo. Le dije que buscaba a Julie.

La del fondo, me dijo. A ver, esperá, chamigo.

No esperé. Esa tarde, al salir de la agencia fui a Constitución. El invierno seguía más invierno. Anochecía cuando estacioné. La sensación de estar cayendo en una trampa, atrapado en una telaraña.

A diferencia de la madrugada en que entré en ese edificio roñoso y maloliente, ahora había movimiento. Una banda de pibes tomaba cerveza y fumaba en la puerta. No se apartaron para dejarme pasar:

Unos pesitos, don, me cruzó uno.

Para ver a Julie tenía que pagar entrada. Les di unas monedas. Ni se movieron. Les dí un billete. Se corrieron. Pude oír sus risas a mi espalda mientras avanzaba por el pasillo. Algunas puertas estaban abiertas. La cumbia aturdía. También los gritos. Caminé hasta el fondo.

Golpeé tres veces.

Adelante, dijo Julie del otro lado. Está abierto.

Sabía que ibas a venir, dijo. Tarde o temprano ibas a venir.

Me podés explicar, le dije.

Y le mostré el afiche.

Querés un pisco, me preguntó.

No, gracias.

Explicame.

Un porrito, me preguntó.

Tampoco.

Ella armó uno, lo prendió, aspiró una bocanada larga:

Por eso estamos así. No conectamos.

Por qué lo hiciste, dije. Lo del afiche.

Fue un momento de bajón, dijo. Pensé que ya no existía, que nadie se acordaba de mí. Lo hice para ver si alguien me recordaba. No picó nadie, podés creer. Se me ocurrió que tal vez vos lo ibas a ver y te ibas a acordar de mí. Pero dudé y después descarté la fantasía. Averigüé sobre vos. Fue sencillo ubicarte. Ustedes los publicitarios cambian de agencia pero no de vida. Les gusta la plata. Llamé a la agencia donde trabajabas antes. Me dijeron que te habías cambiado. Te fui rastreando. Ahora que viniste se me pasó el bajón. También se me pasó porque terminé la novela. Increíble cómo me cambió el humor. La voy a mandar a concursos. No voy a arrastrarme en las editoriales para que me publiquen. Seguro que voy a ganar algún concurso. Aunque si lo pienso, los jurados son tan vulgares. Hoy todo es marketing. Pero, quién sabe, en una de esas, alguno pica.

Terminaste la novela, dije.

Se la mandé a Sagawa, me contó. Le expliqué que no podía pagar una traducción. Y mirá qué amor, esa cortesía que tienen ellos, los orientales. Me dijo que él se ocuparía de encontrar a un traductor del español al japonés y que la leería. En una de esas sale antes en Japón. Nadie es profeta en su tierra.

Entonces estás bien, dije.

Julie me dio un sobre marrón. Contenía una carpeta:

Es una copia para vos. Por si me pasa algo. Quiero que seas mi albacea.

Agarré el sobre.

Pero te quiero advertir una cosa, dijo.

Qué.

No se te ocurra plagiarla. La registré en Propiedad Intelectual.

Gracias, Julie, le dije.

No vas a tomarte el pisco.

No, Julie. Tengo que manejar. Y tengo una familia.

Vos siempre igual, dijo. Papi no corras.

Al salir les di otro billete a los pibes.

Grande, capo, dijo uno.

En la cuadra del estacionamiento había un volquete. Levanté la tapa y tiré el sobre con la novela. Me hubiera gustado sentir alivio, pero no. Pensé en Martín. Solo quería llegar de una vez por todas a casa. Subí al auto. Dejé atrás Constitución, subí a la autopista, aceleré.

Pero al acercarme a la bajada de Ugarte me di cuenta de que estaba tarareando una canción, una de Joan Báez. La culpa me había ganado. Retomé hacia la capital. A toda velocidad regresé a Constitución. Frené junto al volquete, levanté otra vez la tapa.

Estaba vacío.

Ni una nube

Esta es la historia de un hombre y una mujer, los dos viejos, que estuvieron siempre juntos desde que se conocieron hasta el momento de su muerte a los ochenta y siete años. Sus nombres, Miguel Ángel Bermúdez y Lidia Josefina Uriarte, oriundos del mismo pueblo, Las Flores, provincia de Buenos Aires. Nacieron en 1927. Lidia bajo el signo de sagitario y Miguel, de piscis. Se pusieron de novios a los quince años, se casaron a los veintiuno. Por entonces Miguel empezaba a trabajar en el Banco Nación y Lidia recién se recibía de maestra normal.

La carrera de Miguel en el banco tuvo varias geografías. Trabajó en filiales de todo el país. Por remotos que fueran los destinos a donde el banco lo trasladaba, vivían cada mudanza como una aventura turística. Durante estos cambios de domicilio, allí donde fueran, Lidia y Miguel eran considerados una pareja modelo. No solo se los veía enamorados. Estaban enamorados. Apenas llegaban a un pueblo, por ejemplo, Caleta Olivia, se ganaban rápido el aprecio tanto de las fuerzas vivas como de los catacruceños del petróleo. No había geografía que les disgustara ni ser humano al que no le encontraran un rasgo apreciable. Así como Miguel se ganaba la simpatía de todos, Lidia pronto se empleaba de maestra y se convertía en un modelo de docente. No se conoce el país, decía Miguel, si no se conoce a su gente. Y la mejor manera de conocerla, decía Lidia, es en su lugar. Y más se desprende uno de prejuicios, decía Miguel. Los indios, antes que indios, son humanos, decía Lidia, que no tenía reparos en dedicarles toda la atención a sus alumnos criollos. Ustedes deben ser comunistas, les dijo un ingeniero del Rotary cuando vivían en Mendoza. A nosotros no nos interesa la política, le aclaró Miguel. Solo el ser humano. Y Lidia aclaró: Mi marido juzga al prójimo por lo que es y no por lo que tiene. No creemos en los valores materiales, sino en los espirituales. En estas frases simples podía resumirse su filosofía. Tenían una visión práctica y sencilla para cada conflicto. Cualquier dificultad la enfrentaban con una sonrisa. Era difícil no quererlos. Y también no envidiarlos.

Los Bermúdez irradiaban seguridad en sí mismos y en su relación. Eran una unidad. Transmitían una impresión admirable de salud, vitalidad y alegría. Todo en sus vidas era bueno y daba gusto. A Miguel las mujeres lo observaban con suspiros y Lidia, allí donde iba, atraía las miradas de los hombres. Dolía verlos. Cualquiera que se detenía a contemplarlos se sentía desgraciado.

Miguel era cajero en el Nación de Paraná cuando Lidia quedó embarazada. Lidia se puso más hermosa aún. Hermosa y, por qué no, deseable. Si algo le faltaba a la pareja para completar el aura de felicidad que emanaba era una criatura. Cuando por fin Lidia quedó embarazada, perdió al bebé una noche de tormenta. Diluvio, truenos, relámpagos y la crecida del río. La inundación. Esa noche que parecía el fin del mundo, fue el fin de la esperanza de volver a quedar embarazada. Tal el diagnóstico.

El drama pareció afirmar aún más la fortaleza de sus sentimientos. Consultaron especialistas, viajaron a la capital una y otra vez. Hasta que llegaron a una conclusión: aceptarían la sentencia de la fuerza sobrenatural —se llamara Dios o destino— que había decidido privarlos de hijos. No había adversidad que pudiera contra ellos. Eran invulnerables a la maledicencia, el mal de ojo y toda miseria humana.

Miguel había sido trasladado a Rosario. Pronto lo notó. El padre de una alumna, un estanciero, le arrastraba el ala a su mujer. No acosó a Lidia con preguntas, no cambió su ternura ni tampoco permitió que la certeza del engaño modificara la mínima rutina diaria. No dejó que la rabia lo nublara ni tramó ninguna venganza. Dejó pasar el tiempo. Fueron unos meses largos, casi todo un año. El estanciero iba al Nación cada dos semanas. Un mediodía Miguel le preguntó si podían tomar una cerveza. Que lo esperase en un bar de la ribera. Cuando Miguel llegó, el hombre no estaba. Se sentó, pidió una cerveza, esperó. Esperó una hora. Supo que el otro no acudiría a la cita. Al volver a su casa en Fisherton, Lidia estaba acostada, desnuda, llorando. Miguel también se desnudó.

Nunca volvieron a hablar de lo ocurrido. Si alguna vez, en la Rural o en el Jockey, se cruzaba con aquel hombre, se saludaban como si nada hubiera pasado. Y, en verdad, nada había pasado. Miguel tenía una explicación de por qué Lidia había tenido ese desliz: la imposibilidad de ser madre. Pero nunca le contó a Lidia lo que pensaba. No valía la pena revolver el asunto. Poco después, en el otoño, a Miguel lo trasladaron a Trelew. A los Bermúdez los entusiasmó el nuevo destino: el viento patagónico terminaría de limpiarlos.

En Trelew, Miguel ocupó un cargo jerárquico. Y Lidia, una vacante de profesora en el liceo. Si bien habían vivido antes en la Patagonia, los dos tenían la sensación de que esta vez era diferente. El sur tenía fama de ser, además de tierra de exilio, una tierra sanadora. Acá se empezaba de nuevo. Y uno podía darle otro rumbo a su existencia. Aunque tenía algunas canas, Miguel se sentía dueño de una energía desbordante. Le atribuyó esta energía al romance con una odontóloga, una viuda joven. Como en toda comunidad chica, el rumor de la relación no tardó en llegarle a Lidia. Pero ella no le dio importancia. Si Miguel tenía una amante, ella misma era la responsable. Miguel se estaba quitando de encima la rabia de su engaño en Rosario. No iba a durar demasiado esa aventura, pensó. Y se equivocó. Duró dos años. Y en todo ese tiempo Lidia, igual que Miguel cuando ella lo engañaba, no cambió su comportamiento en lo más mínimo. La mentira de Miguel, lejos de amargarla y de dejarse estar, la estimuló. No solo se puso más apetecible, sino que se convirtió en una compañera ardiente como Miguel nunca había soñado. Miguel, a su vez, sintió que estaba más enamorado que nunca de su mujer. Y terminó dejando a la viuda. Más tarde, la misma chusma que había informado a Lidia de la relación de su marido le comentó que si había cortado se había debido a un embarazo. Miguel no había querido que la otra siguiera adelante. A Lidia le dolió enterarse. En su imaginación soñó que la otra moría en el parto y que ellos criaban a la criatura. Un sueño, nada más. Una locura, también. Cómo se lo podía imaginar.

En los años de la dictadura Miguel fue gerente en el Nación de Madariaga y Lidia, directora de una primaria. Como en todas partes, también acá se integraron pronto. Aunque los locales se jactaban de ser un pueblo gaucho y tenderle siempre la mano al visitante, era cierto que la amistad campechana con que eran recibidos se debía en gran medida a sus puestos. Ser gerente del Nación y directora de escuela era mucho más que ser alguien. Para el matrimonio este pueblo era un oasis comparado con lo que, se decía, pasaba en el país. Por un tiempo agradecieron a esa fuerza sobrenatural —Dios o destino— no haber tenido hijos. De ser padres, sus hijos ahora tendrían veintitantos. Y, con seguridad, estudiarían una carrera universitaria lejos del hogar. Ya se sabía en estos tiempos qué suerte podían correr los hijos que se criaban apartados, especialmente los que iban a estudiar a La Plata. Sus hijos no habrían sido la excepción, habrían estudiado en La Plata y en La Plata habrían desaparecido. Esa fuerza sobrenatural —Dios o destino— sabía por qué hacía las cosas. Fue en esta época que, además de comprar terrenos en Pinamar, construyeron un chalet frente al mar.

Desde que se casaron no fueron pocas las crisis que atravesó el país. Y de todas salieron ilesos. No se podía atribuir solo al talento administrativo de Miguel con respecto a sus ahorros, bienes, inversiones. También tenía su incidencia que su pequeña fortuna fuera creciendo a través de los sucesivos traslados y ascensos en su carrera. A la confianza que le transmitía a sus superiores, debía sumarse también el aprecio de los influyentes de todo pueblo al que arribaban: gente de campo, comerciantes, los pequeños propietarios que, al solicitar un préstamo, tenían siempre una atención con Miguel. Lidia, por su parte, como docente pero también como esposa de una figura prominente, nada menos que el gerente del Nación, participaba en actividades de caridad y beneficencia. También ella inspiraba confianza. Por supuesto, la pareja también había sido del círculo de algún político sospechoso y sabido de sus enjuagues. No les faltó cerca un militar cuyo patrimonio se incrementaba durante los años de la Junta Militar. En esos casos, que no habían sido tantos, aunque les resultaban beneficiosos, elegían, además de una reserva absoluta, no conversar siquiera entre ellos. Ellos nunca se habían metido con nadie y nadie se metía con ellos. No juzgamos, decía Lidia. Y Miguel lo repetía subrayando: A nadie. Y no nos metemos en política. Quien estuviera libre de culpas, pensaba Miguel, que arrojara la primera piedra. En este punto, como todo, Lidia estaba de acuerdo. No había trabajo que no tuviera su lado desagradable. Nadie trabajaba por gusto, aunque ellos, los Bermúdez, parecían nacidos para encarnar una prosperidad amable, sin sobresaltos.

Al jubilarse, Miguel y Lidia se radicaron en el chalet de Pinamar. Miguel empezó a trabajar en una casa de cambio. Lidia se empleó en un instituto privado de enseñanza media. Toda su vida habían soñado con pasar sus últimos años de vida junto al mar. Y aquí estaban. No tenían ya ni padres ni parientes que frecuentar. Sus padres respectivos habían fallecido y sus parientes, como tanta gente que había simulado quererlos encubriendo la envidia y el resentimiento, habían ido quedando atrás. Tampoco les quedaban amistades del pasado. Con el paso de los años y las mudanzas, aquellas amistades que en un momento habían parecido esenciales en una comunidad chica, con la distancia se habían vuelto primero esporádicas y después, pasado. Los Bermúdez, al venirse a Pinamar, traían un pasado. Pero a diferencia de aquellos que vienen a la costa huyendo de algún conflicto tormentoso, los Bermúdez llegaron con su felicidad invulnerable. Porque los Bermúdez, qué duda cabía, eran felices. Pasados los ochenta, tenían un aspecto más vital que los de su edad. En parte podía deberse a que hacían una vida sana, cuidaban su alimentación, caminaban, andaban en bicicleta, hacían gimnasia. Tomamos mucha agua, decían alternativamente cuando se les preguntaba el secreto de su bienestar.

No se alarmaron cuando el diagnóstico de Lidia indicó un cáncer. A Miguel, a su vez, le había empezado el párkinson. Con la misma naturalidad con que habían enfrentado los escasos conflictos privados como fueron, en su momento, los adulterios, aceptaron la edad y sus trastornos. Una mañana radiante de septiembre bajaron a la playa con una botella de litro y medio de agua mineral y una mochila liviana. Caminaron por la playa hacia el sur, hasta los médanos desiertos. Se sentaron en la arena, destaparon la botella, abrieron la mochila, extrajeron las cajas de psicofármacos y los fueron tomando mientras se miraban sin pestañear con una sonrisa dulce. Las gaviotas volaban cerca. Se acordaron de Mendoza, Paraná, Rosario, Trelew, Madariaga. Los paisajes, las vacaciones. Se sentían agradecidos con el mundo que habían vivido. Agradecidos y en paz con sus conciencias. Agradecidos con esa fuerza superior, fuera Dios o destino. Hasta que a Lidia la inquietó pensar que abandonaban este mundo sin haber dejado a alguien todo lo que tenían. Lidia se acordaba ahora de unos sobrinos lejanos. Miguel le dijo que no debía llevarle el apunte a una cuestión material en ese instante. Era un instante espiritual. Lidia asintió. En el fondo, siempre habían sido seres espirituales. Nunca se habían sentido tan espirituales. Nunca.

Agarrados de la mano, se acostaron en la arena, boca arriba, mirando el cielo.

El vengador del pueblo

1

«El miedo», se preguntará en un rato Ricardo Ragendorfer, como habiéndolo olvidado. «Querés que te cuente», amenaza.

«Estábamos hasta las manos con Carlos escribiendo *La maldita policía* cuando lo hicieron boleta a José Luis. Se había corrido la bola de que José Luis trabajaba con nosotros en la investigación». Cabe aclararlo: Carlos es Carlos Dutil, con quien Ragendorfer escribiría *La Bonaerense*, una crónica que describe los negocios mugrientos de la Policía Bonaerense. *Un maldito policía* es el filme de Abel Ferrara cuyo título habrían de adaptar y apropiarse los periodistas para bautizar a la fuerza. Y José Luis es José Luis Cabezas, el fotógrafo asesinado en Pinamar mientras registraba a ricos y famosos del menemato. La investigación conectaba a la Bonaerense directamente con el caso AMIA, el atentado terrorista más siniestro del que tiene memoria este país. «Nos volvimos adictos al vértigo —me decía Carlos—. Y es que no podíamos parar. Porque si parábamos nos íbamos a encontrar con lo que más temíamos: el miedo».

«Una madrugada me encontraba solo en mi departamento, escribiendo, cuando creí oír unos sonidos extraños. Me atacó un escalofrío. Me parecía haber oído el ascensor. Y era el ascensor nomás. El ascensor subiendo. No me acuerdo tanto de lo que sentí como de lo que me acordé. Y me acordé del túnel de los huesos». Unos años atrás, Ragendorfer había entrevistado a unos chorros que se fugaron, a través de un túnel, de la cárcel de Devoto. Mientras cavaban el túnel, los presos encontraron huesos en la tierra. Los huesos correspondían a presos amotinados durante la dictadura militar y delataban cómo había sido sofocado el motín. Los fugitivos se juramentaron para dar esa información cuando estuvieran libres. La noche de la fuga, al pasar entre los huesos, el pánico los detiene. Uno de los fugitivos queda trabado en el túnel. Se arrastra, forcejea, pero no logra zafar. Detrás se arrastra otro. El que viene atrás le tira de los pantalones, le arranca también los calzoncillos. Al fin el preso consigue desplazarse. Cuando alcanzan por fin la vereda, el preso ve las estrellas. «Yo la hice», le contó aquel preso. «Yo la hice. Rompí las baldosas y vi las estrellas».

Dominado por el miedo, ahora, en esta otra madrugada, Ragendorfer oyó el movimiento del ascensor subiendo en el silencio. Finalmente se detuvo. «Se detuvo en mi piso», cuenta. «Vienen», pensé. «Los pasos, del otro lado, se acercan. Y por debajo de la puerta pasa el diario de la mañana. Respiré aliviado —admite—. Pero tardé en reponerme del susto».

«Creo que ahí, esa madrugada, con ese cagazo, tomé conciencia de en qué estábamos metidos cuando con Carlos escribíamos *La Bonaerense*», confiesa Ragendorfer ahora. «Poco después, cuando salió el libro, el comisario Naldi nos mandó decir: "Este libro tiene vuelto"».

2

Diciembre. Sábado. Anochecer. 36 Billares. Espero a Ricardo Ragendorfer, el periodista de policiales. Ragendorfer entra al bar. A los cuarenta y cinco años, y a pesar de lo que ha visto y vivido, el Patán Ragendorfer, como se lo conoce en el ambiente, tiene la sonrisa ancha. Más bien retacón, rubio, con entradas pronunciadas y el pelo cortado casi al ras, una chomba oscura, jeans, fumando un cigarrillo tras otro, Ragendorfer camina con una electricidad contenida. Sus gestos, a veces, parecen impulsados por un voltaje súbito. Su aspecto puede ser el de un duro que viene de una noche larga. Antes de sentarse a una mesa, campanea rápido alrededor. Pero basta que sonría, los ojos enrojecidos y soñolientos —el Patán siempre te da la sensación de venir de una siesta—, para que la dureza se disuelva. El primero en saludarlo a Ragendorfer es el lustrabotas: «Qué tal, campeón», lo palmea.

«Patán es un apodo que me viene del secundario, inspirado en el perro célebre de los dibujos animados», dice Ragendorfer. «Desde entonces nunca pude librarme del apodo».

Pedimos cerveza. Durante un rato conversamos acerca de los apellidos y sus efectos en las elecciones de sus portadores. Hablando de policías, Ragendorfer recuerda a unos cuantos: «El comisario Buchoni», dice. «Otro —dice— el comisario Gallina». Uno más querés: «Carnero». Ragendorfer sigue: «Te digo otro: Delicia». Y se acuerda de cuando, durante el golpe de Lino Oviedo, estaba en Paraguay: «Yo andaba investigando el tráfico de chicos. Y en Asunción fui a ver al embajador de Estados Unidos. El tipo se apellidaba Service. Tal cual». En esa época, se acuerda Ragendorfer, cruzó la frontera con Brasil y siguiendo el caso trató con un comisario que se llamaba Wilson Perpetuo.

«Tu apellido —le digo—: Ragen que viene la cana». La asociación lo divierte. «Según Fogwill —cuenta— el apellido austríaco se traduce así: *Ragen* quiere decir "elevarse", y *dorfer*, "aldeano". Entonces yo vendría a ser eso, un aldeano que se eleva. Pero también, siempre según Fogwill, puede traducirse como "Vengador del pueblo"».

Ragendorfer no se toma en serio. Hace unas semanas se publicó *La secta del gatillo*, una crónica tan despiadada como vertiginosa de la historia sucia de la Policía Bonaerense. Que el libro se esté agotando en algunas librerías parece avergonzarlo. Y sonríe con humildad sin perder el humor, nunca lo pierde. Hasta el miedo se toma con humor. «Escribo sobre la Bonaerense porque vivo en la capital», dice. «Pero si viviera en la provincia —dice—, escribiría sobre la Federal». Intenta una explicación acerca del comportamiento de las dos policías. «La Federal es más hitleriana», explica. «La Bonaerense, en cambio, es fascista». No es casual, conjetura, que sea la policía creada por el peronismo. «Los bonaerenses, en este sentido, son peronistas. Me acuerdo de una película de la Wertmüller, *Amor y anarquía*. Ahí hay una salida dominical al campo de un jerarca fascista. Al final del día el jerarca dice: "Hoy comí, hoy cojí, hoy me tiré pedos. Ha sido un domingo perfecto"».

Y así pueden definirse los comisarios que Ragendorfer registra en su libro. Como el Gordo Naldi. A Naldi se lo cruzó varias veces en algunas entrevistas de televisión. «Dicen que yo la hice afanando porque ando bien vestido», le dijo una vez el comisario. Ragendorfer lo observó: el comisario vestía un saco sport fucsia, una corbata chirriante, pantalones amarillos y zapatos blancos. Otra vez, en otro programa, con motivo del operativo Café Blanco, en el que la Bonaerense secuestró dos toneladas de cocaína, Ragendorfer sostuvo que las toneladas, según los colombianos, eran tres. Una tonelada se había perdido en el camino. Naldi, fuera de sí, lo increpó: «Lo que pasa es que a vos te paga el narcotráfico». Ragendorfer lo corrigió: «Te juro que es al revés, Gordo». Y Ragendorfer, al contarlo, guiña un ojo cómplice. Otra anécdota con Naldi, también en televisión. El comisario y el periodista, detrás de las cámaras. Naldi le comenta que *La Bonaerense* lo perjudicó. «Ustedes me hicieron mucho daño con ese libro, querido», le dijo Naldi. «Me separé y todo», le confiesa. «Pero me volví a casar y ahora tengo una beba». Ragendorfer le cuenta: «También yo tengo una beba». El comisario y el periodista intercambian información sobre las respectivas edades de sus bebas y los pañales que usan. «Pero no, querido», lo alerta Naldi. «Cómo vas a comprar Pampers. Tenés que comprar Ugies, que traen más, son más absorbentes, más rendidores y también más baratos».

«Sos amigo de los canas», le pregunto. Ragendorfer tarda en

contestar: «Con algunos llegué a tener una relación que trasciende lo profesional. Por ejemplo, con un comisario que está al comienzo de este libro. La vez pasada compró un teletubbie enorme para mi piba. Como no había nadie en casa, estuvo yirando por ahí, haciendo citas y esas cosas, con el teletubbie. Te lo podés imaginar al policía yirando con el teletubbie».

3

Ragendorfer dice que suele ser más amigo de los chorros. «Los chorros siempre baten la justa», dice. «La verdad de lo ocurrido siempre está de su lado», afirma. Y me promete: «Te cuento una que te va a gustar». Prende otro cigarrillo, se echa hacia atrás y tomando envión arranca: «Hace como diez años, un policía baleó a su mujer, también policía, en la costanera. Y después se pegó un tiro. Cuando llegué al lugar me llamó la atención el rostro de la mujer, con un dejo de sorpresa. Y el del marido, con una expresión de rencor. Como si entre ellos siguieran manteniendo la discusión. Diez años más tarde, un chorro que integraba la superbanda, la que se llamaba también La Banda de los Tatos por su capo, el Tato Ruiz, me contó cómo cerraba el caso. El chorro ese se recibió de boga en la cárcel y ahora es un señor que se gana la vida honradamente, defendiendo a sus excolegas. Él me contó el motivo de ese crimen pasional. Cuando él cayó en cana fue por una mina que se había infiltrado en la banda. La mina era yuta. Esa mina, con la que el chorro llegó a encamarse, años más tarde le contó al marido del romance. El tipo no se la bancó y la mató. Fin».

4

Ragendorfer pide otra cerveza. Y aclara: «Pero siempre trato de que quede en claro que ellos son ellos y yo soy yo», dice. «Por ejemplo, una vez que estábamos con Carlos en Mar del Plata, en la tele, discutiendo con un comisario, hubo una amenaza de bomba. Cuando salimos del canal había patrulleros, un helicóptero. La cana se ofrecía a llevarnos. Y de golpe desde un auto una mina me llama. "Ricardo", grita. Era Pepita la Pistolera. Nos fuimos con ella». Ragendorfer dice que Pepita la tiene clara: «La delincuencia se berretizó», opina. «Esta ya no es época de grandes chorros como el Nene Villarino o el Pichón Laginestra. Como sostiene Pepita: "Ya no hay chorros, sino gente que trabaja de preso".»

5

«Nací en Bolivia», cuenta Ragendorfer. «Pero tengo pasaporte austríaco». La cédula que le extendió la Policía Federal, con un furcio burocrático, fija su lugar de origen en La Paz, Austria. El malentendido policial, como una de las tantas torpezas de la institución, tiene una lógica. «Bolivia era uno de los pocos países que otorgaba visa a los judíos fugitivos del nazismo. Mis viejos, cada uno por su lado, venían escapando. Y se conocieron ahí». El padre montó un aserradero en la selva. El administrador era un alemán puntilloso con su trabajo. Ragendorfer se acuerda de sus tres años, llevado en brazos o tomado de la mano del administrador. Poco después sus padres se vinieron a Buenos Aires. Recién en 1974 sabría quién era el administrador. «Un día mi vieja abre *La Nación* y se sorprende. Le dice a mi viejo: "Mirá, el administrador del aserradero"». Ragendorfer prende otro cigarrillo: «El tipo era Klaus Barbie, el Carnicero de Lyon, jefe de la Gestapo. Y recién lo capturaban. Barbie murió en la cárcel de Lyon, la misma donde había matado a Jean Moulin, el héroe de la resistencia».

6

Cuando se lo escucha a Ragendorfer uno tiene la impresión de que una máquina de narrar se ha echado a andar. No son solo sus anécdotas personales las que le conceden este don. Es también, básicamente, la forma en que cuenta. En algún momento dirá que le sorprendía de Bioy Casares que «parecía redactar todo lo que salía de su boca». Algo de esto hay en el modo de contar de Ragendorfer: es como si Arlt le hubiera cargado las tintas con una poética que entrevera el folletín y la crónica roja. Intento aclarar: parece redactar cuando habla, pero la edición se la hace Arlt. «Los primeros libros que leí —procura recordar—. Uno que me acuerdo era *Tarzán y el zoo*, pero no escrito por Rice Burroughs, sino por alguno de los seguidores del personaje. Después, otro, una novela sobre el secuestro de Eichmann. Cuando era pibe me había hecho amigo del diarero. Por entonces había un folletín titulado *Crónicas del hampa porteña,* que firmaba Gustavo Germán González, una estrella del periodismo policial de la época de *Crítica* que luego trabajó en *Crónica*. El cronista firmaba sus notas GGG, como una risa. Me acuerdo de que una tarde, cuando yo tenía once años, me llevaron al pediatra, Florencio Escardó hijo. Me vio leyendo ese folletín y, emocionado, me dijo: "Pero esto es muy bueno". Desde entonces soy muy lector».

7

Si se le pregunta cuál fue el primer hecho sangriento que presenció, le cuesta determinarlo. Su memoria es una película que se proyecta al revés, que retrocede desde el accidente del avión de Lapa, él sorteando cadáveres y restos humanos, a la masacre de Ramallo, donde permaneció atrincherado tras la noticia, y siempre hacia atrás, enumerando, se detiene en Eddy Pope, el basquetbolista que arrojó a su mujer por un balcón de la Avenida de Mayo para seguirla después. No son pocos los muertos ni la sangre que recuerda. Ragendorfer tarda en detener el proyector lanzado hacia el pasado: «De pibe yo iba al Club Argentino de Ajedrez. Había un conserje, un ajedrecista veterano que se había enamorado de una ajedrecista feísima. En medio de una partida se levantó para ir al baño. Como tardaba en volver fuimos algunos a buscarlo. Costaba empujar la puerta. El tipo estaba caído del otro lado: se había cortado las venas a raíz de una desavenencia amorosa y yacía en un charco de sangre. Vi cómo lo tapaban con diarios y alguien llamaba a la policía. Después, como si no hubiera ocurrido nada, todos volvieron a sus partidas. Ese fue el primer hecho sangriento que presencié».

En los años setenta, como no podía ser de otro modo, el joven Ragendorfer militaba en la UES. Y en el 76 tuvo que exiliarse en México. «Vivía en DF, con una directora creativa de Walter Thompson. Como no sabía hacer nada, leía todo el tiempo. Por entonces descubrí a Capote y poco después a Walsh: *Operación Masacre* y *La carta abierta de un escritor a la Junta Militar*, que me marcaron. La publicitaria se cansó de mantenerme y me apretó: "Buscate un laburo", me dijo. Supe que Carlos Ulanovsky estaba en *Interviú* y lo fui a ver. Ula me encargó una nota sobre cómo jode el ruido en la ciudad. En el Instituto Alemán de la Sordera conseguí un enorme decibelímetro y me mandé. Esa fue mi primera nota, titulada: "Le medimos el ruido a la ciudad y quedamos tarados una semana"».

8

«En la revista había un periodista mayor, Pedro Álvarez del Villar. El tipo me había adoptado. Gracias a su afición a la vida nocturna conocí todos los cabarets del DF. Después de la redacción tenía que acompañarlo a los cabarets y cuando volcaba de brandy, tumbado, yo agarraba un limón y lo exprimía en sus orejas para despabilarlo y remolcarlo». Ragendorfer se calla: «Cuando estuve hace poco en el DF me enteré de que había fallecido». Hay que escucharlo a Ragendorfer pronunciar «había fallecido» y agregar después, como si redactara el obituario: «Lamentablemente».

9

De vuelta en Buenos Aires, en el 82, Ragendorfer empezó un pasaje interminable por distintas publicaciones. «Había una revista semiporno, *Piel Suave*, en la que además de notas y cuentos eróticos se llegó a publicar un reportaje a Ezra Pound en el loquero. En la revista colaboraba Juan Jacobo Bajarlía. Y yo era crítico de cine». Ragendorfer alquilaba por entonces un bulín en la Recoleta. Una tarde, en un almacén, advirtió que al lado tenía a Bioy Casares. Y el escritor se emocionó al ver que el joven Ragendorfer tenía en un bolsillo *La invención de Morel*. A partir de esta coincidencia, el escritor y el periodista se pusieron a conversar. Ragendorfer acompañó a Bioy unas cuadras. Y cuando llegaron a la puerta de su edificio, Bioy le dijo: «Con Silvina vamos a ver por televisión *El Show de Benny Hill*. Lo invito a que nos acompañe». Desde ese momento y por un tiempo largo, Ragendorfer iba todos los jueves a lo de Bioy a ver a Benny Hill.

10

Después, la serie de revistas en las que escribió construyen una lista interminable en la que se destacan *Pistas, El Porteño, Cerdos & Peces*. Fue ahí donde empezó a cubrir policiales. «Me di cuenta de que mucha de la información que se puede obtener la encontrás yendo a la leonera, pero siempre está filtrada por la reja. Es distinto cuando te encontrás con los chorros en libertad, cuando están laburando. Y como yo entonces vivía en San Telmo y tenía algunas amistades del palo en el barrio y sus alrededores, la Boca, Barracas, me puse a investigar». Los chorros, recalca, le han proporcionado a menudo ese dato necesario para completar un caso. De este modo, en *El Porteño* se propuso una serie de historias de vida, «De profesión delincuente», en la que retrataba a chorros, dílers, mecheras, carteristas.

«Pero donde me armé como periodista de policiales fue en el diario *Sur*. Y el que me marcó fue un notable periodista de policiales que me doblaba en edad, Juan Carlos "Cacho" Novoa. Me acuerdo de que en una crónica, literalmente, escribí con pompa: "Vació los inquilinos de su cargador". Cacho me llamó aparte y me la corrigió. Tuvimos una discusión. Con el ímpetu de la edad, lo desafié: "Te espero en la esquina". Cacho aceptó. Bajamos juntos en el ascensor. Y mientras caminábamos, Cacho me preguntó: "Antes de la esquina, pibe, ¿no te tomarías una copita?". De este modo nació una gran amistad. "Mirá, pibe, lo que te estoy tratando de inculcar, Capote, Walsh, es lo que quiere el viejo boludo", me dijo. "Además, los diarios se hacen en los bares". Le pregunté quién era el viejo boludo. "Yo", me contestó Cacho».

11

La secta del gatillo, la crónica que acaba de publicar Ragendorfer en estos días, está dedicada a la memoria de su antiguo compañero de investigación, Carlos Dutil. «Cuando escribíamos *La Bonaerense*, ni Carlos ni yo teníamos el mínimo valor», se acuerda Ragendorfer. «Tampoco nos proponíamos hacer gran literatura». Y ahora se pierde en una digresión: «Con Bush o con Duhalde no se puede hacer tanta literatura como, por ejemplo, con el Pichón Laginestra». Le comento que su nuevo libro está acribillado con un humor macabro. Un ejemplo. A un comisario le pregunta: «¿Es verdad que al asesino lo tienen cercado?». Y el comisario contesta: «En realidad no sabemos dónde está, pero le aseguro que el prófugo tiene las horas contadas». Ragendorfer festeja la cita: «Carlos me decía siempre: "Si los canas se cabrean, va a ser por cómo les tomamos el pelo, acordate". Y aunque parezca mentira, nosotros no inventamos nada».

Ragendorfer chasquea los labios cuando se acuerda de Carlos. «Murió hace cinco años», dice. «Jugando al fútbol en El Petén, en la selva ecuatoriana, mientras hacía una nota sobre Médicos sin Fronteras.»

Pero el gran homenajeado en *La secta del gatillo* es Rodolfo Walsh. El título proviene de una de sus investigaciones pioneras: «*La secta del gatillo* procede de *La secta de la mano en la lata*». Ragendorfer se extiende: «No hay sino crimen organizado. Los pibes chorros, que le pueden dejar a la cana cinco pesos, no responden al crimen organizado. Son el crimen desorganizado. Y por eso los limpian. En cambio, con los pesados, como los chorros de bancos, los piratas del asfalto, los narcos y los capitalistas del juego, la cana negocia. Y de ahí sale la guita para financiar la política. Esto es clarito». Si el libro de Ragendorfer impresiona es por su ritmo vertiginoso y por su dinámica cinematográfica, que dejaría atónitos al finado Sam Peckinpah y al efectista John Woo. Y comparte con Walsh ese rasgo que Viñas supo señalar en el autor de *Operación Masacre*: una especie de rebelión contra el libro institucional, consagrado por la crítica. Es la asunción del libro sabedor de su temporalidad efímera, pero seguro de su potencia política. La acción trepidante, ajustes de cuentas, mejicaneadas, secuestros, y la cantidad increíble de plomo y sangre que hay en sus páginas son, además de un auténtico thriller, un documento aterrador que revela el complejo entramado de arreglos, pactos y extorsiones cotidianas como rutina de una gran empresa delictiva en la que el poder se hereda y perpetúa a través de un código rayano en la heráldica.

La historia que contó Walsh se prolonga en la de Ragendorfer. Ya fue contada, es cierto. Pero hacía, hace falta que se la cuente de nuevo. Fíjense en esta anécdota: el comisario Klodzcyk, alias el Polaco, gerente de la Bonaerense, organizador de la cosecha policial, muere diciéndole a uno de los suyos: «Viste, al final no me pusieron en cana».

Hace diez años, cuando recién lo conocía a Ragendorfer, después de una noche de verano con charla y alcohol, aproveché el encuentro para construir con sus rasgos un personaje literario. En aquel cuento, el protagonista decía: «Puede que me hagan boleta esta misma noche. Y si me hacen boleta, no son los rochos, hermanito. Es la yuta». Si me importaba encontrarlo ahora, conversar con él a propósito de su libro, entre otros motivos, se debía al interés de tensar las relaciones siempre conflictivas entre la realidad y la ficción. Para escribir aquel cuento, además de exagerar algunos detalles, inventé otros. Ahora, esta noche, en los 36 Billares, me daba cuenta, una vez más, de que la imaginación había sido un *tour de force* que el personaje real superaba.

Como en el final de una novela negra, había empezado a llover. El asfalto mojado de la Avenida de Mayo reflejaba las luces. Salimos del bar. Y como en aquel cuento, después de la despedida, volví a mi departamento para escribir. Pero lo que ustedes terminan ahora de leer y yo de escribir, no es ningún cuento.

Arquitectura del suicidio

1

El diario informa apenas: *Amanda Bruni, su fallecimiento*. Y no mucho más: la mención de su actividad en el teatro independiente como actriz, directora y dramaturga. Su intervención fugaz en Teatro Abierto a la vuelta del exilio, después en Teatro por la Identidad y un paso corto por la tele, un premio como actriz secundaria. No mucho más. Porque no hay mucho más. Ni quedará tampoco mucho más de Amanda. En un tiempo, nada.

Actores del árbol caídos, juguetes del viento son, pienso. Ni hablemos de los que se dicen chejovianos. La Bruni era una.

Me acuerdo de Amanda. Me acuerdo de los setenta, una rubiecita inquieta, nerviosa. La veo repartir volantes en la facultad. La veo putear a la cana en una manifestación. La veo con una guitarra cantando *Gracias a la vida*. Me dan ganas de fumar. Añoro la época en que se fumaba en las redacciones. Las nubes de humo, el tableteo de las máquinas de escribir. Ahora las redacciones son asépticas como un laboratorio.

Mejor termino de una vez esta nota sobre la inseguridad en Barrio Norte.

2

Tere me llama unas semanas después de la muerte de Amanda. Quiere verme. Necesita verme:

Sos de los contados que me quedan, dice. No el único, pero el mejor. Vos viste que hay una época, cuando creés haberlas vivido todas, en que uno quiere olvidarse del mundo. Bueno, después viene otra época donde el mundo te olvida. Creo que eso me pasa.

Nos citamos en el Florida Garden este domingo por la tarde. El bar sigue siendo uno de esos que perduran desde fines de los sesenta. Durante la semana se mantiene activo: comerciantes, tilingas, ejecutivos, veteranas, economistas, espías, canosos que flotan preservando una cierta elegancia. Pero los domingos, y especialmente por la tarde, el Florida es un velorio de elegante decrepitud con algunos turistas, unos pocos matrimonios entrados en la vejez. Un escenario ideal para probar la propia resistencia a la corrosión de la melancolía. Si no fuera porque vivo a la vuelta y en el Florida tienen el mejor café del barrio, le habría propuesto a Tere otro lugar.

Tere está en una mesa del fondo. Soy puntual. Sin embargo ella está hace rato. Naufraga en el segundo vodka, pero no se le nota. Al menos todavía. Hace tanto que no nos veíamos, dice. No hace tanto, pienso. No la contradigo. Tampoco cuando empieza a decir:

Por lo general se necesita haber vivido para avivarse de que el suicidio no puede endilgársele a los demás. No son los otros los responsables de mi muerte. Soy yo que elijo. Elijo qué. Poner un punto. Si me mato es por cansancio. Me cansé de vivir. Creo que hay una canción sobre eso.

Así habla Tere este domingo por la tarde.

Primero fue la Colorada Márquez, dice. Y ahora saltó Amanda. Te juro que no doy más, querido. Piso doce. Dos más arriba que la Colorada. Superó la marca, viste.

Tere mira a un costado, hacia la calle anochecida. Desde la última vez que nos vimos hasta ahora le pasó un calendario por encima. Y sin embargo, no fue hace tanto.

3

Fue en la *vernissage* de *La arquitectura del suicidio*. Retratos y construcciones de un arquitecto que ahora se lanzaba a la plástica.

El catálogo describía algunos de los personajes que inspiraban las pinturas:

«Francesco Borromini, el arquitecto barroco, se clavó su propio sable cuando se enteró de que la tumba del zar Alejandro VII se la habían encargado a un rival suyo. Algo tiene la relación de la arquitectura con el suicidio que impulsó a los estudiosos Marck y Hickler, en 1981, a proponer un sistema de variables que calificaron como "modelo arquitectónico del suicidio". El listado de suicidios de arquitectos que no pudieron sobrevivir a su obra es significativo. Un ejemplo: el moderno Giuseppe Terragni, el arquitecto racionalista creador de la Casa del Fascio, abatido y vacío tras vivir la guerra, terminó con su vida zambulléndose en el hueco de una escalera. También eligió el suicidio el danés posmoderno Johann Otto von Spreckelsen, responsable de la modernización del Arco de Triunfo, que no llegó a ver terminada su obra».

Tere me interrumpió la lectura. Nos abrazamos a los besos entre canapés, champagne y saludos alrededor. Vos estás siempre igual, querido, me dijo. Y vos hermosa, le dije. Una manera seductora de decirnos que la amistad sigue aunque no nos veamos y que el tiempo, pasados los sesenta, no nos ha mellado. Aunque bajamos la velocidad, seguimos en carrera. Tere sigue siendo, aún a esta edad, una tipa atractiva. Lo que me gusta de ella: no se hizo las tetas ni se tiñe. Su simpatía fue siempre un imán. Cómo estás, le pregunté entonces. Bien, gracias, y vos. Bien, le dije. Tus hijos, me preguntó. En la suya, le dije. No es que se olviden de mí, es que no quieren acordarse. Tere se rio: Lo mismo que mi hija. Si no viajo yo a Roma, a ella ni se le ocurre venir. Después de un instante me preguntó: Decime, por qué vos y yo nunca fuimos novios, querido. Vi que su alegría era la del champagne. Cómo estás, le pregunté de nuevo. Y, dijo. Se cortó. Tardó en seguir: Después de lo que hizo la Colorada Márquez quedé un poco estropeada del alma. Quise consolarla: se veía que iba a hacerlo, le dije. Demasiado escabio, demasiada pasta. Tere me miró fijo:

La soledad no viene sola, querido. Después, exultante de nuevo, volvió a abrazarme: Qué bueno que nos encontramos. Tenemos que llamarnos más seguido, dijo.

Fue ella la que llamó.

4

Y acá estamos. Domingo a la tarde. Florida Garden. De la Colorada me habla. Tere enumera los amores de la Colorada. Y también sus entradas y salidas de la merca, su divorcio previsible, los hijos en Canadá.

Hay que reconocer que la Colorada se daba los gustos en vida, se acuerda Tere. Gustos caros, pero no se privó de ninguno. Ni antes ni después del exilio en México. Menos se privó a la vuelta cuando montó la galería. Aunque tenía ojo como galerista y estuvo rápido en la cima, siempre me dije que la Colo se hizo *marchand* para voltearse a cuanto macho se le antojaba. Pero lo que la mató no fue, como puede pensarse, tanto la soledad como su madre internada en el geriátrico. Tres veces por semana la visitaba. Una vez la acompañé. A nuestra edad se vuelve duro tener padres ancianos. Una está adaptándose a la vejez y tiene enfrente ese espejo que adelanta. Había que verla a la vieja. Se quitaba la dentadura, se babeaba, se inclinaba, se tiraba pedos cuando no se cagaba encima. La Colorada me dijo una vez: Habría que cortarla antes. Tener ovarios. Y no tanto para librar a los otros de la propia decadencia. Para librarse una. Tres veces por semana voy. Hiede. Le tengo asco. Y trato de sobrellevarlo, Tere. Pero ella no podía con eso de la vieja. Se desbarrancó con las pastillas y el champagne. Te llamaba a cualquier hora de la madrugada. Si no la escuchabas, te puteaba. La última vez le pedí por favor que no me llamara a esa hora. Inútil. Insistió. Ustedes no quieren escucharme, me dijo. De qué ustedes me hablás, le dije. Los psi. No soy tu analista, soy tu amiga, le dije. Vos no existís, me dijo.

A partir de este instante, estás muerta. Ya vas a ver. Y al amanecer se tiró por el balcón de Libertador. No la chingó con la amenaza. Durante unos días fui una muerta en vida. Lo que me costó salir del pozo. Es que el suicidio, se diga lo que se diga, no me jodas, es una hijaputez. El suicida es un homicida tímido. Quién lo dijo. El que lo dijo tenía razón.

Tere pide el tercer vodka.

Y ahora Amanda, dice Tere. Vos sabés su historia, querido.

Superficialmente, le digo.

La historia de Amanda. El hermano era monto y ella, la JP. A su compañero la patota no le pudo impedir que se tragara la pastilla. El padre, un ingeniero prestigioso, apelando a sus relaciones, logró sacar a los hermanos del país. Amanda, embarazada, partió a México, donde tuvo una beba. El hermano, a Venezuela. Y después a Cuba. Allí se unió a la contraofensiva. Apenas pisó Buenos Aires, se lo chuparon. Desapareció en la Esma. La madre no lo soportó. Murió de un cáncer galopante. Tras su muerte, el padre se pegó un tiro. En el 83, con la vuelta a la democracia, Amanda emprendió el retorno. Y se metió con todo en el teatro independiente. Una noche, mientras hacía Chéjov en una sala del Abasto, la nena murió de una bronquiolitis. En el camarín se le murió.

Debemos convenir con Tere que este no es el domingo a la tarde más alegre. Miramos alrededor. Nos fuimos quedando solos. Anochece. Termina su vodka. Como hace tres años y ciento cincuenta y tres días que no bebo, voy por mi tercer café. Ya es de noche. Con seguridad, tendré que subirla a Tere a un taxi. Bastante tengo con mi historia para cargar con la suya. No obstante, soy un caballero.

Primero la Colorada, repite. Y ahora Amanda.

Comprendo.

No, no comprendés, querido. Hasta no hace mucho con Amanda nos encontrábamos al menos una noche a la semana.

Hacíamos un sushi y después bailábamos tango. Nos mandábamos a todas las milongas. Amanda me decía: Cuidado, nena, estamos cerca del precipicio. Tenía su sentido del humor Amanda. Vos, Tere, me decía, tenés suerte. Todavía no se te cayeron tanto las lolas. Es que a esta edad lo único que sube son las encías. Pero el humor no la acompañó el último tiempo. Me di cuenta por sus llamados. Lo mismo que la Colorada. Empezó a llamarme de madrugada. Una vuelta Amanda me dijo: Tengo miedo de estar sola en casa. Venite, le dije. Vino. Y se quedó, se fue quedando. *Entre mujeres solas.* Quién fue el que escribió esa novela.

El mismo que dijo que el suicida es un homicida tímido, le digo.

Ya lo tengo, dice Tere. Pavese. Señal de que el vodka no causa alzhéimer.

5

Tere cuenta que hubo un momento en que no la aguantó más. Una madrugada, de sorpresa, le cayó Amanda. Fue hacia los discos. Puso la *Pavana para una infanta difunta*. Basta, no te aguanto más, le dijo Tere. Yo también tengo una vida. Mañana viene un paciente a las ocho de la mañana, Amanda. Un suicida, le preguntó. Está en el borde, le dijo Tere. Cuántos pacientes se te suicidaron, le preguntó Amanda. Pregunta de mierda, le dijo Tere. Cuántos, la quiso apretar Amanda. Cuando trabajás con suicidas siempre está el riesgo, le contestó Tere. Claro, hay que trabajar con suicidas, le dijo. Vos creés que me la voy a dar, Amanda la observaba interrogante. Y sobradora. Lo que creo, le dijo Tere, es que te vas a tu casa de una buena vez. Me hartaste.

Me aguantás un cuarto trago, me pregunta ahora Tere. Y aclara: El último.

Yo te aguanto, le digo. Hay que ver si el cuerpo te aguanta.

Tere asiente. Y llama al mozo. El cuarto vodka.

No nos llamamos por dos días, sigue contando Tere. Supe que tenía que mantenerme firme. Debo confesar que el silencio de Amanda estaba por torcerme el brazo. Estaba por llamarla cuando se me adelantó. A veces una parada de carro viene bien, me dijo. Me cortaste el mambo, Tere. A Amanda se le notaba el alcohol en el tono. Me acordé tanto de la Colorada. A partir de ese llamado, volvimos a hablarnos, sigue Tere. Siempre por teléfono. Porque rehuía encontrarla. Me acordé de una tortura china. A un condenado se lo ata a un muerto. A medida que el muerto se va pudriendo, el condenado empieza a enloquecer. Y enloquece nomás. Los llamados de Amanda se volvieron más y más insistentes. Igual que la Colorada, su voz en el contestador de madrugada. Atendé, Tere, sé que estás ahí. Atendé, turra, me tiró una de las últimas veces. Me querés largar en banda como largaste a la Colorada. Te juro, querido, que estuve por reputearla. Me contuve. Y en la mañana, cuando estaba en el consultorio, me avisó el portero de su edificio. Amanda superó a la Colorada por dos pisos.

6

Como verás, querido, dice Tere, superé la tortura china. No enloquecí. Estoy acá, todo lo entera que se puede estar a esta edad.

Cuando dejamos el Florida es de noche.

Puedo sola, dice Tere. No necesito que me remolques.

Si querés, caminamos unas cuadras, le digo. Te va a hacer bien.

Unas cuadras, repite.

Se agarra de mi brazo, apoya la cabeza en mi hombro.

Nos tenemos que ver más seguido, dice. Cada vez somos menos.

Seguro que no querés que te lleve, le pregunto.

Me falta para saltar, dice.

De pronto, cambiando la expresión, ahora más seca, distante:

No te conté, dice. Mi madre murió la semana pasada.

No sabía, le digo.

No le dije a nadie, dice.

No me animo a preguntarle si necesita ayuda.

Para un taxi:

No llores por mí, Argentina, se despide. A menos que empiece a llamarte a la madrugada.

Me quedo parado en la esquina de Córdoba y Florida. Veo alejarse su taxi en la noche. El asfalto húmedo. La avenida casi desierta. No quiero volver a mi departamento. Camino la ciudad, doy vueltas. Pero vuelvo. Pienso en la Colorada, pienso en Amanda, pienso en Tere. En quien más pienso es en Tere. Pienso en su historia. Me quedo dormido pensando en Tere. Entonces suena el teléfono. Miro la hora. Las tres y cuarto.

El timbre se calla antes de que atienda.

Qué haría si no te tuviera

El mediodía huele a pasto caliente. Tina viene a casa y se instala. Que esta casa es su refugio, dice. Un spa. Hay verde, mucho verde, nena. Y si hace frío, aunque no se pueda meter en la pileta, igual lo dice: Un auténtico refugio donde reponerse, nena. No sabés qué tesoro son estas plantas. Y esta arboleda. Resultaste una ecologista. Mientras estamos sentadas en el parque, Kevin corta el césped. Pasa una y otra vez la máquina. Y el motor impide que pueda escuchar a Tina de corrido. No quiero escucharla. Hace mucho que dejé de prestarle atención a sus historias, que son siempre la misma. Desde acá lo vemos a Kevin ir y venir con la cortadora. Kevin tiene el pecho transpirado. Tina no disimula la forma en que mira al morocho, la muy calentona. Una pena que yo viva en un ambiente, me dice. Por qué, le pregunto. Vivís donde te gusta, Callao y Quintana. Una pena porque no tengo un parque como este, dice. Y me guiña un ojo: Si tuviera uno, seguro te pediría prestado al jardinero. Qué picardía que lo uses solo para el pasto, nena. Cómo te mantiene el parque, dice. Se para: Voy por lo mío, dice. Lo suyo es el gin. Va hacia la casa. Y cuando vuelve: Este es un espacio ideal para tener chicos. Por más que me quede callada, Tina ignora mi malhumor. Tina trae siempre una botella de Beefeater. Basta que llegue al tercero para que entre a hablar sin parar. Tina tiene algo más de cincuenta, no sé su edad exacta, pero parece de cuarenta. No sé cómo hace con tanta pasta y alcohol para conservarse. Cambia el color de pelo, cambia de novio. Mejor dicho, cambia de novio y cambia de color de pelo. Ella los llama novios. Y yo los llamo chongos. Cada vez le duran menos. En consecuencia, cambia cada vez más rápido de pelo. Vos necesitarías uno, me dice. Un qué, mamá, le pregunto. Un amante. Te cambiaría esa cara de pickle, nena. No soy una nena, mamá, le digo. Pero no me escucha. Por el motor de la cortadora no me escucha. Tina no le quita los ojos de encima a Kevin. Más que vergüenza, asco es lo que siento. Aunque si no estuvieran ni Kevin ni la máquina, Tina tampoco me escucharía. Así son nuestras conversaciones. Cuando va por el tercer gin-tonic se le da por hablar de amor. Entonces cuenta siempre la misma anécdota, que papá y ella se conocieron en una cama redonda. Ella era modelo y papá, director de TV. Todos pacientes de la misma clínica que les daba lisérgico. No quiero que me cuente otra vez esa historia que, según ella, no puedo negar porque es mi historia. Pero no hay caso. Me la cuenta otra vez. Hasta el último día tuvimos sexo. La noche antes de separarnos, lo que fue.

Gonza no tiene por qué enterarse, me dice.

De qué, le digo. De que tenés uno.

Gonza es mi marido. Ingeniero en sistemas. Tiene una empresa importante. Y casi no nos vemos. El negocio está antes que todo. Antes que el amor. Hace un mes y medio fue la última vez. Y lo que hicimos hace un mes y medio, la última vez, no fue el amor. Apenas nos sacamos las ganas. Eso, después de decirle que quería separarme. Gonza me abrazó al borde de las lágrimas. Fue más su iniciativa que la mía. Una cojida triste. Quizá Gonza pensaba que con un polvo podíamos evitar el derrumbe. Debí decirle que me alejaba más. No le dije que me acuesto con Kevin. Por qué te querés separar, me preguntó Gonza. Acaso te falta algo. Me faltás vos, pude haberle dicho. El amor me falta. Pero no se lo dije. Ni él se fue ni yo se lo pedí. Seguimos. Gonza está todo el día en la oficina. Y yo me lo paso en casa, escribiendo poesía. Ahora, al verlo a Kevin cortando el pasto, me digo que tendría que depilarme. Y escribir un poema que juegue con la relación entre cortar el pasto y la depilación, uno cortito, a lo Emily Dickinson. Llevo un diario también. Pero en el diario no anoté nada sobre Kevin. Si no lo anoté no fue porque temiera que Gonza pudiera espiarme el diario. No lo anoté porque me da vergüenza. Tirarse al jardinero es de cuarta. Para ser sincera, no escribo tanta poesía y el diario lo tengo bastante abandonado. Lo último que anoté fue una visita de Tina. No anoté más nada después que me di cuenta de que en todos mis cuadernos lo que más páginas ocupaba eran las visitas de Tina.

Estamos sentadas en el parque, bajo los árboles. Tina está con su vaso y yo con mi té. Tomo té todo el día. Es el té lo que te tiene así, dice Tina. El té y el encierro. No sé para qué te analizás cuatro veces por semana. Podría contestarle que me analizo para no ser como ella, pero no lo digo. En realidad, me analizo para ser otra. Pero no puedo ser otra. Esto ya lo escribí en un poema.

Apenas me llamaste, vine volando, dice Tina. No sabés qué alegría me dio. De cuánto estás.

Estoy, Tina. Y no lo sabe nadie. Ni Gonza.

Les va a cambiar la vida, dice Tina. A vos, especialmente. Un hijo es amor.

Cómo puede saber que será un hijo y no una hija. Tampoco yo lo sé. Ni me importa saberlo. No quiero ser madre.

No voy a tenerlo, Tina.

Estás loca.

No estoy loca.

Tina se sirve otro vaso. En un rato le va a patinar la lengua.

No quiero meterme en tu vida, dice. Pero soy tu madre. Y tengo la obligación de decírtelo. No abortes.

Tina ya está bajándose otro trago.

Te voy a contar algo que no sabés, dice. Y pone una cara entre maternal y comprensiva. Odio cuando Tina adopta este tono. Odio cuando me trata así.

La historia que me cuenta:

Cuando nos separamos, tu padre me pidió que jurara que nunca te lo iba a contar. Pero tu padre está muerto. Y lo que cuenta es cómo sigue la vida.

Antes que vos nacieras, perdimos a una criatura. Yo había ido al hospital a hacerme un análisis con yodo radioactivo. No sabía del atraso que tenía. Cuando se lo contamos a mi médico, se indignó por la irresponsabilidad del radiólogo: debía haberme preguntado si tenía un atraso. El médico nos dijo que teníamos una probabilidad contra noventa y nueve de que la criatura naciera normal. Nos aconsejó abortar. Y nos recomendó un médico en Once. Un aborto siempre es triste. Y más si le toca a una pareja enamorada. Llevábamos un año de casados. No te voy a contar lo que sentimos ese mediodía de febrero, porque me acuerdo de que era febrero, hacía un calor insoportable y nosotros en ese tugurio oscuro esperando el turno. Tu padre era el único hombre en esa salita de espera. Me acuerdo también del ventilador inútil. Algunas mujeres se apantallaban con una revista, otras fumaban. Había un olor fuerte a desinfectante que se mezclaba con los perfumes de las mujeres y el tabaco. Madres e hijas. Hermanas. También amigas. Habían venido de a dos, una mayor y otra más joven. Todas con la vista baja. Esperaban calladas, sin mirar a los costados, con miedo a ser reconocidas. Tu padre y yo en aquel lugar, una ratonera. Nosotros nos queríamos, queríamos esa vida, queríamos lo mejor. Y esas mujeres, me preguntaba, por qué lo habían hecho si no querían tener una vida. No había sido por amor. Nosotros sí, estábamos enamorados. No era justo que estuviéramos ahí, en esa situación. Dios no era justo. Cuando me tocó el turno, la enfermera le dijo a tu padre que tenía que pagarle antes y esperar afuera. Tan aturdido estaba que ni le discutió. Recé. Lo único que me acordaba, el padrenuestro.

Por qué me contás esto, le pregunto.

Se queda callada. No me mira. Mira el cielo, unas nubes algodonosas que pasan. Como siempre, cuando cuenta una historia del pasado no lo hace tanto para compartir una emoción como para emocionarse a sí misma. Tina y su ser sensible.

Conmovedora la historia, le digo. Pero ya la sabía.

Cómo que la sabías.

Vos me lo contaste.

Yo pensé que como se lo había jurado a tu padre.

Todo bien, Tina.

No le digo que así como no lleva la cuenta de lo que toma, tampoco de lo que cuenta. Me contengo. Lo mío ante Tina es contenerme.

Vos fuiste muy deseada, dice Tina. No sabés lo que pasamos con tu padre hasta que llegaste.

Y lo que pasé yo después que vine, le diría. Pero tampoco se lo digo. Ya no tiene sentido recriminarle al ausente, que siempre lo estuvo, ausente. Porque apenas se separaron por última vez, ya que las separaciones fueron varias, como si jugaran a las escondidas, después de esa última separación, el ausente fue definitivo en su ausencia. Mi padre aprovechó un contrato de una productora mejicana y desapareció con la excusa de que podía ser víctima de la dictadura. Y si te he visto no me acuerdo. Pero me acuerdo por más que quiero olvidar. Entonces, Tina, lo único que faltaba, es que ahora me cuente por enésima cómo se conocieron revolcándose entre varios y después, ese amor con música de los Beatles, buscó prolongarse en una criatura que no fue y después vine yo. No quiero escucharla a Tina, no quiero. Kevin y la máquina de cortar el pasto son un alivio, pero Tina no se da por vencida y levanta la voz. No escucha la máquina así como no escucha mi silencio.

Un año después de aquel aborto viniste, sigue Tina. Ya te conté de esa época. Aunque nosotros no andábamos en nada, igual nuestros padres estaban preocupados. Éramos de izquierda. Quién no lo era. Tu padre y yo teníamos amigos que sí estaban muy comprometidos. Una vez guardamos en casa a dos amigas. Otra, a un amigo. Trabajaba en los tribunales. Nos contó que no muchos se animaban a presentar hábeas corpus. La alegría de la familia fuiste. Llenamos la maternidad, todos querían verte. Sin embargo, mi madre no estaba tan dichosa. Seguro que ustedes no andan en nada raro, me preguntó. En qué vamos a andar, le dije. Ahora son padres, me dijo.

Y dale con los setenta, Tina, estoy por decirle. No se lo digo porque ya me cansé de decirle que no me interesan los setenta. Y no se lo digo además porque Tina no registró nunca lo que me pasaba ni lo que me pasa con eso. Podría contarle todos los abortos que les escuché a las mucamas mientras ellos se separaban y se juntaban, iban y venían. Tan ocupados en ellos mismos que de mí se ocupaban las mucamas. Podría contarle sus historias de amor y de abortos. Yo tenía seis, siete, ocho, nueve, diez, once, doce y las escuchaba. Irupé, la misionera, embarazada de Pedro, el albañil paraguayo. Susana, la santiagueña, novia de Roberto, el policía santafecino. Inesita, otra santiagueña, la que tenía varios novios y estaba de cuatro meses y casi se queda en un raspaje. Algunas, después del aborto, guardaban los trapos ensangrentados en el placard. Y Tina los descubría recién cuando las echaba. Le duraban nada las sirvientas. Me resistía a encariñarme con ellas. Pero terminaba queriéndolas. Me protegían de las grescas entre ellos. Apenas entraba en confianza con ellas, Tina las despedía. Ninguna le venía bien.

Me acuerdo de que cuando te trajimos a casa no dormíamos, sigue Tina. Por las noches nos levantábamos todo el tiempo para ver si respirabas. Una madrugada, me acuerdo, me pareció que no respirabas. Busqué un espejito y te lo acerqué a la boca.

No la escucho y se lo agradezco al motor de la cortadora. Cada tanto Kevin mira hacia acá. Tina se ve obligada a levantar la voz para seguir:

Una tarde estábamos esperando en el consultorio del pediatra. Había una pareja joven con un bebé delante nuestro. El bebé lloraba y la madre no podía consolarlo. Le ponía la teta en la boca. El bebé chupaba. Pero ella no tenía leche. Cada vez que ella se lo llevaba a la teta, después el llanto era más frenético. Estás seca, le dijo el marido. No insistas que estás seca.

Kevin apaga la máquina, la guarda en el garaje. Después sale con su motito. Desde allí, con una seña, se despide. Lo saludo desde acá. Lo mío es un gesto. Tina es más efusiva, levanta una mano.

Está casado, Tina, le digo.

Y qué tiene.

Conociéndolo a Kevin, lo sé, no le negaría el favor a Tina. Puedo imaginarlos juntos. Aunque para ser uno de sus chongos, a Kevin le falta estilo. Pero no sería un inconveniente. Tina se las ingeniaría para tunearlo: cambiarle el corte, vestirlo, enseñarle modales. Educarlo. Como viene educando a sus chongos. Y una vez que los educa, después, se largan. Buena escuela la de Tina para que después levanten vuelo. Civilización y barbarie, querida, dice.

Y qué tiene, repito. Pero no es una respuesta. Podría hablarle de Jessica, la mujer de Kevin. Jessica trabaja en varias casas de la zona. Y está de seis meses. Jessica es tucumana. Y me hace acordar a las sirvientas de cuando yo era chica. Solo que no va a abortar. Kevin y Jessica se quieren. Están en obra, ampliando la casa donde viven. Kevin quiere que ella deje de trabajar para ocuparse del embarazo. Pero Jessica, dice, no entra en razones. Le preocupa terminar la obra en la que se metieron antes del nacimiento, que el bebé entre en la casa con la obra ya terminada. La obra es la construcción de un cuarto para el bebé. Me causa una gracia esta venganza secreta, saber que Kevin no dejaría a Jessica por Tina. Que ama a Jessica. Y lo sé porque me lo ha dicho: De la cintura para abajo, todas son iguales a vos, mami. Vos sos más perfumada, patrona. Pero lo que importa es la parte de arriba, el alma. Lo que significa que Jessica tiene un alma y yo no.

No me estás escuchando, dice Tina.

Vos y papá estaban en el consultorio.

Tina suspira, bebe, prende un cigarrillo. Y sigue con la historia del consultorio del pediatra:

De la calle nos llegaron unos gritos. El hombre sacó una pistola. Vos entrá cuando te toque el turno, le dijo a su mujer. Le quitó el seguro al arma. Vuelvo enseguida, le dijo. En la calle aumentaron los gritos. Oímos el estrépito de un choque. Después unos tiros. Gritos. Frenadas. Una sirena. El bebé no paraba de llorar. Se abrió la puerta del consultorio. El doctor había oído también los gritos, el choque, los tiros, todo. Se preocupó. Mi marido ya viene, le dijo la mujer con el bebé. Lloraba más fuerte ahora. No hay caso, doctor. No lo puedo hacer callar, dijo. Me está volviendo loca. Desde afuera, las sirenas. El llanto del bebé era insufrible. Tu padre, vos y yo estábamos mudos. El marido volvió sonriendo. Sin que le preguntáramos, nos dijo: Tres boletas. Esos no joden más. El bebé seguía llorando. Qué pulmones mi cachorro, eh, dijo el hombre. Nosotros, mudos. El hombre entró al consultorio. El bebé tardó en callarse. Nosotros fuimos los próximos en pasar. El pediatra era un cincuentón pelado, con una expresión dulce. Se esforzaba por mostrarse dulce. Pero se le notaba que la consulta anterior lo había alterado. Le temblaba la sonrisa. Nos pidió disculpas, como si hubiera sido el responsable de lo ocurrido. Nos pidió un instante antes de revisarte. Sacó un blíster de un cajón de su escritorio y después dos pastillas. Se las tomó. Quiso tranquilizarnos. Pero él precisaba más que nosotros tranquilizarse. Mientras te revisaba nos contó que el tipo que había salido era policía. Tres pibes habían robado un auto. Chocaron al escapar. No les dio tiempo a los pibes, dijo. Es mi obligación atender a los bebés sean quienes sean sus padres, nos dijo el pediatra. No tiene que importarme de dónde vienen. Sin embargo, dijo, y no terminó de decir lo que iba a decir. Qué hubieran hecho en mi lugar, nos preguntó. No necesitaba una respuesta. Hice lo que tenía que hacer, dijo. Atender a su hijo. Pero qué será mañana de ese chico. Y si sale como el padre, qué puedo hacer. Así sea mi enemigo tengo que atender a su hijo. Los hijos del enemigo son inocentes, me digo. Ya no es mi responsabilidad, me digo. Pero quién me asegura que hice bien en atenderlo. Si sale como el padre, no es también mi responsabilidad haberlo ayudado a vivir, se preguntó. Cuando te puso el estetoscopio en el corazón se calló. Vos levantaste las piernitas. Te agitaste. No me hagan caso, dijo. Hablo mucho solo. Deben ser los años. Y lo que pasa ahí afuera. Era un hombre bueno, pero se lo veía vencido. Tal vez porque era bueno. Fue tu pediatra hasta que cumpliste un año. Entonces nos anunció que se retiraba, que estaba cansado y había decidido abandonar la profesión. Demasiados años, nos dijo. Quería viajar. Después nos enteramos. Le cayeron los milicos al consultorio. Se lo reventaron. Pero él pudo escapar antes. Por los techos. Y se exilió en Venezuela.

Por qué me contás esto, Tina.

No era un buen momento para traer hijos al mundo. Sin embargo, acá estás. Si esperás el momento perfecto para tener un hijo, estás frita. No existe el momento perfecto. Por eso te conté lo que te conté.

No voy a ser madre, Tina. No insistas.

Tina me mira fijo. También odio que me mire así. Me radiografía.

No es de Gonza, dice. Es eso.

No lo sé. No es solo por eso.

Tina no acusa recibo de mi secreto:

No pienses en Gonza ni en el que te lo hizo, nena. Pensá en vos. Y mirame a mí. Cuando llegás a mi edad, todo se ve de otra manera. Si no te tuviera a vos, dónde vendría a refugiarme cada vez que me caigo. Qué haría si no te tuviera.

La búsqueda de Dios

Mi casa se incendió:
ahora
puedo ver la luna.
Mizuta Masahide
(1657-1723)

1

El viaje y su relato empiezan cerca de la medianoche de un martes lluvioso de junio en una boletería de la Terminal de Ómnibus de Retiro. G. tiene la expectativa de que su embale de escritura resulte, al menos, tan largo como esta primera frase de arranque de la historia. Empiezan también con una mujer, más allá, que se despega de los mostradores cercanos de otra boletería y viene apurada hacia la ventanilla y le pide a G. que le deje hacer una pregunta. G. asiente, y ella le pregunta a la vendedora cuándo sale el próximo micro a San Clemente y también el precio. San Clemente es un destino más vulgar que la Villa marina a donde está por viajar G. Al menos eso presumen sus lugareños. G. se aparta unos centímetros de la boletería mientras la mujer averigua el precio del pasaje y saca billetes de un bolsillo de la campera. G. se pregunta cuántos centímetros se aparta ella del mostrador y cuántos se retrae él, y se dice que debería prestar atención a esta clase de detalles si pretende escribir un relato. La mujer está empapada, debe tener cuarenta. Rasgos aindiados, pelo teñido y desgreñado, la pintura corrida y su perfume barato, empalagoso. No lleva equipaje. Ni una cartera. Mira sus zapatillas desatadas y embarradas. La precisión es una exigencia de su oficio de narrador, se dice. G. prefiere pensar en el oficio de escribir antes que en el de vivir, que le exige plantearse qué hacer con esta angustia que lo sigue desde hace un tiempo: la jubilación le pegó fuerte, la edad y los achaques lo taclearon. La mujer cuenta los billetes, saca monedas. No me alcanza, dice. Le faltan treinta pesos. La empleada le sugiere que se fije en otra empresa, tal vez pueda encontrar una línea más económica. No me convienen los horarios, dice la mujer. Todos son de mañana. Y yo tengo que viajar hoy, dice. Una sonrisa triste le arruga la cara. La lluvia o el llanto le han corrido la sombra de los párpados. Seguramente viene de algún drama. Está huyendo, piensa G. Huye en la noche mientras arrecia otro chaparrón. La mujer permanece muda ante la ventanilla unos segundos largos. Tarda en reaccionar. Recibió un golpe, se le cierra una puerta, busca recuperarse, no atina ningún gesto. Tarda en decir como suplicando: No me alcanza. Está vencida. La puerta que se le termina de cerrar es una más, quizá la última. Su mirada se torna infantil, transmite miedo y también inocencia. Le cuesta entender, admitir. Es que no me alcanza, dice otra vez. No me alcanza. La empleada del otro lado del vidrio la mira impasible. Después lo mira a G. La mujer también lo mira. Esperan algo. Es la mujer la que termina con esta escena, retrocede mirándolos despectivamente a la empleada y a él, da unos pasos siempre hacia atrás y se ríe con una risa loca, se da vuelta, empieza a marcharse. Sabe cuántas, cuántos, le dice la empleada mientras la mujer se pierde en la estación. Nunca les alcanza. A mí tampoco me alcanza para ir a donde me gustaría. A dónde le gustaría, le pregunta G. A cualquier parte, le contesta ella. Y después: A dónde va. G. le dice que a la Villa. Le muestra su credencial de jubilado. Mientras le cobra, la empleada opina: Igual, aunque usted la hubiera ayudado con la diferencia, no habría arreglado nada. Hay gente que no aprende. El Señor les cerró las puertas del cielo. No entramos todos, dice. Cada día somos más y no cabemos.

2

Después de un mes largo volvía a la cabaña en la costa con la esperanza de un retorno a la escritura. Ahora, en la seudoficción, porque, se daba cuenta, lo que escribía era también diario, y en este retorno volvía a ser G., la inicial de su nombre, lo que se proponía, una transfiguración, era salir del yo, encontrarse en el dolor de los otros como estrategia de huida del propio, pero sin recurrir ni a la autocompasión ni a la piedad como coartadas ya que su búsqueda, se decía, era la de Dios y Dios, por su lado, joder con la pretensión, como un narrador, no tenía blandura alguna cuando se trataba de esparcir generosamente calamidades. Tampoco podía hacerse el distraído: todo este rollo con Dios era típico de la edad; en la vuelta final, asustado por la inminencia del desenlace, uno se acordaba del cielo. Mientras tomaba un café mugriento en el bar de la terminal, miró a su alrededor. La camarera atendía con desgano las mesas de los pobres diablos: a esa hora, cerca de la medianoche, todos eran pobres diablos, aun aquellos que, agarrándose las manos durante una cerveza, se podían mirar enamorados a los ojos. No le costó sacarle conversación a la mujer, preguntarle cómo estaba la cosa, literal, la cosa, aludiendo no solo a la realidad nacional, entre comillas lo de realidad nacional, la malaria, sino también aludiendo a su trabajo, la servidumbre mal paga, atender a los clientes que consumían lo indispensable para hacer tiempo y después, cuando se anunciaba su micro, se levantaban y se iban sin dejar un centavo de propina. Qué van a dejar, le dijo ella. Si nadie tiene un centavo. Y yo tengo que alimentar tres bocas, tres terneros, le contó ella como debía contárselo a todos los que le sacaban el tema, tres bocas sin contar a mi marido, tornero, desocupado, que no consigue siquiera una changa y entonces le da a la bebida. Que vaya a cartonear antes que quedarse en casa, le digo. Pero tiene vergüenza. Y entonces se chupa. Cuando se pone violento, el pobre, al menos no se la agarra con los chicos. Pero conmigo sí, le dijo ella, y se remangó un brazo. G. pudo ver las marcas, moretones, rastros de un forcejeo, el atajo de un golpe, imaginó. Y mejor no le muestro otras partes, dijo ella. A G. le pasaba a menudo, le tiraba, como se dice, de la lengua a los otros y después, cuando la lengua se les aflojaba, cuando la historia, trágica o graciosa se iba desarrollando, al escuchar los detritus del prójimo experimentaba una confusa mezcla de asco y lástima. Mejor no le muestro más, le dijo la mujer. Pudo haber un atisbo de seducción en lo que dijo, pero no. El suyo era un relato seco, desapasionado. Debía tener poco más de treinta, era alta, flaca, huesuda y caminaba torcida por una escoliosis pronunciada. G. le pidió la cuenta apenas notó que ella tenía necesidad de contar su historia sin importarle si al otro podía interesarle. No le importaba el otro. Solo la repetición de su historia, sin emociones ni subrayados. G. pensó que se la contaba a ella misma, necesitaba convencerse de que le ocurría lo que le estaba contando. Y usted a qué se dedica, le preguntó la mujer. Soy médico, le dijo G. Y también: Hágase ver esas tumefacciones. Porque tumefacción le parecía un término pertinente no solo para las marcas, sino también a su vida, además de que el término sonaba a jerga médica. Todos tenemos tumefacciones, le dijo, tumefacciones visibles e invisibles. Las que más duelen, las ocultamos, le dijo. La mujer le sonrió cansada: Usted debe ser un buen hombre. Hiciste la denuncia, le preguntó él. Qué denuncia, le preguntó ella, escéptica. A qué voy a ir a la cana, a que me gasten. Y después de una pausa: Si lo meten preso, con quién dejo los chicos para venir a laburar. G. también pudo mentirle que era abogado. Era su técnica para indagar en las historias de los otros. Infalible, bastaba nombrar una de estas profesiones para que los otros le volcaran sus enfermedades o sus problemas legales. Quien más quien menos, todos tenemos un mal, todos un conflicto con la ley. Entonces empleaba una fraseología proveniente de la «vulgata» específica de la medicina o el derecho. Y sos especialista en qué, le preguntó ella. Generalista, le contestó, un poco de todo. Y enseguida: Cuánto te debo. En realidad, más que el café le debía la historia, aunque no era nada original. No obstante, de hecho ahora la está escribiendo. Debía compensar a la mujer, así que le pagó con cien el café que costaba setenta y cinco y le dijo: Está bien. Dios lo acompañe, caballero, le dijo ella. Hacete ver esas tumefacciones, le dijo él. Dejó atrás el bar casi desierto pensando que la desgracia ajena siempre superaba la suya. Que mientras él se proponía buscar a Dios, los demás, los sufrientes, parecían estar seguros de su existencia.

3

El tipo subió al micro minutos antes de su partida, los pasajeros escasos ya en sus asientos. Llevaba un buzo negro de los Eagles, un pantalón de gimnasia y unos mocasines deformes. Buenas noches, saludó. Debía tener unos treinta. Pelado, sombra de barba, voz chillona. Se presentó como un adicto rehabilitado en la Fundación Alma y Vida. Buenas noches a todos. Me llamo Cristian y soy ex adicto a la cocaína. Durante más de quince años fui consumidor de cocaína y otras drogas. Mientras contaba su pasado, el calvario vivido, un auténtico viacrucis, dijo, repartía a los pasajeros una hoja manoseada y grasienta en la que se describían los usos de la cocaína y sus consecuencias, ilustradas estas por fotos de adictos con una tira negra en los ojos. Al mismo tiempo, en la planta alta del micro, un pibe repetía textualmente el mismo discurso: Buenas noches, buenas noches a todos. Me llamo Gastón y soy ex adicto a la cocaína. G. no había reparado en el otro, el pibe en la planta alta, que al repetir el mismo discurso que se escuchaba en la planta baja era un eco del tipo llamado Cristian. Tanto el ex adicto mayor como el ex adicto menor, ambos habían dañado a sus seres queridos. Lastimé a mi esposa y perjudiqué a mis dos hijos, mis dos soles, contaba Cristian en la planta baja. Hice sufrir a mis padres ancianitos, contaba Gastón en la planta alta. Ahora ya no tengo familia, decía. Mis padres no quieren verme más, se lamentaba Cristian. Reacomodándose en la butaca, G. extrajo un clonazepam y lo empujó con un trago de agua mineral mientras leía el volante de la Fundación. Miró unos gráficos, las fotos turbias en blanco y negro de los estupefacientes y los adictos. Terminaron de subir y acomodarse dos o tres pasajeros. Disculpen la molestia, damas y caballeros, había dicho uno de los dos y lo había repetido el otro, la fundación nos tendió su mano cuando habíamos caído y abandonado toda esperanza, entonces recobramos la fe, decía uno abajo y la voz del que estaba arriba: recobré la fe cuando esta institución de bien me abrió la puerta y pude rescatarme, decía uno, y pude rescatarme, decía el otro, y pude ver mi senda de amor en esta tierra en la que todos… Y entonces un vaivén del micro, hacia adelante y hacia atrás, interrumpió la idea de la senda de amor, les costó articular el discurso. El pibe de arriba siguió: Toda ayuda, la más mínima, será bienvenida, así sea una mínima moneda, la más mínima moneda será útil para esta obra de caridad dedicada a la recuperación del alma de cientos de chicos que, como yo, extraviaron sus hogares, y la dignidad, completó el de abajo, porque al perder la fe en Dios, nos perdemos a nosotros mismos. G. consultó el reloj, el micro se desplazaba despacio, salía marcha atrás de la dársena, le pareció, pero no, fue una impresión falsa: el que empezaba a desplazarse marcha atrás era el micro que había estado en la dársena lateral, la derecha, de su lado, del lado de los asientos individuales, y tuvo la impresión de que el viaje había empezado. G. pudo ver bajar al pibe, campera de jean, jeans rotos, zapatillas sucias. Seguramente los donantes se sentirían gran cosa mediante esta forma económica de pagar un adelanto a cuenta de una mínima parcela en el cielo. Al acercarse el tal Cristian a retirarle el volante, G. notó su aliento a alcohol. G. le dio unas monedas. Dios lo bendiga, le agradeció el otro ahora nervioso, porque ahora sí, el micro partía mientras esos dos saltaban al asfalto. G. pudo ver al pibe que se negaba a entregarle su recaudación al tipo. El tipo lo agarró fuerte, empezó a zamarrearlo, levantó una mano con la intención de sopapearlo. Y G. no pudo ver más, el micro ahora bordeaba los contornos de la 31, un trayecto de oscuridad lenta rozando las construcciones improvisadas, algunas ya de varios pisos, las ventanas débilmente iluminadas. No podía deshacerse ni de la culpa ni de la rabia que, lo supo, se hundirían como él en el sueño letárgico inducido por el clona. No se puede sentir auténtica piedad si antes no se sintió rabia, con ensañamiento, contra uno mismo, pensó. Sintió la convicción de que sus monedas no habían contribuido al rescate de ningún ser abandonado de la mano de Dios, si es que acaso Dios existía, duda que últimamente había empezado a transformarse en una incertidumbre que lo desasosegaba en la medida en que se proponía encontrar pistas de su existencia a esta altura de su vida, cuando se supone que la edad proporciona sabiduría y descreimiento. Se preguntó si escribir sobre los otros acaso no era, a su modo, una mínima caridad, damas y caballeros, todos cuesta abajo en la rodada en este valle de lágrimas purulentas, viajeros en la noche lluviosa.

4

En la noche negra del viaje en la tormenta, junio, polar, de pronto, divisa por la ventanilla empañada, a través de la lluvia, una hilera de luces que indican el camino de acceso a un pueblo, un camino largo y fantasmal, demasiada escenografía como ingreso a un pueblo de campo tan chico, uno tan chico como seguramente reaccionario y pretencioso al estar su acceso presidido por esa estatua de Cristo rutilante de neones en la entrada, como si el camino no condujera a un infierno grande sino al paraíso. Después, otra vez la oscuridad impenetrable hasta pasar por una estación de servicio, una escenografía blanca, desierta, recortada en la oscura inmensidad de la nada, cree conjeturar cómo escribir el relato que quiere escribir. El relato, una *nouvelle*, debería compartir momentos con tono de ensayo y también de diario, es decir, la conjunción del comentador de libros y el diarista, y así quizás eludiría el voluntarismo derrotado de una novela totalizadora con la que viene fantaseando, una gran novela sobre *el sufrimiento de los seres comunes*, piensa, que ya va por su tercera versión frustrada, pero no voy a referirme a esa frustración aquí, a ese proyecto derrotado, sería volver a enmarañarme en la misma frustración, además, a quién carajo le importan mis bloqueos de impericia y neurosis, lo que dicho así parece sugerir a un escritor abnegado, pero lo sabemos, hay una trampa en esta abnegación, la misma clase de engaño que representa el Cristo artificioso entre los neones de la entrada del pueblo que el micro dejó atrás hace un rato. Hace unas horas, en el bar de la Terminal de Ómnibus de Retiro, esta noche, intuí un comienzo, el escritor en una estación de micros, a punto de abordar uno: que fuera un lugar común me daba cierta confianza, un comienzo clásico siempre era mejor que nada. En este instante del viaje, se dice, soy el único despierto del micro, la única luz prendida es la que corresponde a esta butaca, heme aquí, el pasajero insomne a pesar de la pasta. A dónde van todos. Acaso hay que ir siempre a algún lugar. Por qué esta necesidad de ir. Que en mi caso se funde con escapar, el maniático horror domiciliario, viajo ahora otra vez a la costa, y cuando no me aguante más en la costa volveré a la ciudad. En los últimos treinta años, cuántos kilómetros ida y vuelta, cantidad tal vez equivalente a una vuelta al mundo, cuántos en treinta años, saco cuentas, cumpliendo un promedio de 400 km por viaje, si no la vuelta al mundo, podría al menos haber alcanzado Anchorage, pero mi mundo no es otro que el de la repetición, la repetición obsesiva. En el fondo, el mío es un temperamento conservador: permanecer en movimiento, pero repitiendo el mismo itinerario en el mismo mapa.

5

Sugestión me van a decir, se decía G., antes de entrar en la cabaña y tocar la mezuzá, se lo decía también a quien quisiera escucharlo con la certeza anticipada del consenso, pero más con el caradurismo de quien quiere convencer al otro de algo de lo que no está convencido pero necesita profundamente creer, se daba cuenta, se lo decía a quien quisiera escucharlo y también a quien se resistiera mostrándole una actitud escéptica, una condescendencia perdonavidas, esa clase de expresión con la que se mira a un poseído. Creer o reventar, acá está la palabra sagrada, Deuteronomio, decía, tocando la mezuzá antes de entrar. La había puesto Moni, la poeta de la Villa para algunos, la rusa para los más, y a mucha honra, según ella. Antepasados en San Petersburgo. Por qué se piensan que le puse Pushkin a este motel. De Moni se contaban más historias de las que había vivido, pero ella, en vez de molestarse, las escuchaba con picardía, le causaban gracia y, si se le preguntaba respecto de la veracidad de alguna, doblando la apuesta, aseguraba: Se quedan cortos. Y al exagerarla conseguía una verosimilitud de la que nadie podía dudar. Moni, la propietaria del Pushkin Motel, una construcción de ladrillo y madera de dos plantas en el corazón del bosque, que databa de fines de los cincuenta, ahora devenido un mausoleo penumbroso y torcido flanqueado por unas cabañas que Moni ventilaba a partir de noviembre disponiéndolas para alquilar. A G. le había alquilado una de dos cuartos. En verdad, más que la cabaña, pensaba G., había alquilado las historias de Moni, por ejemplo, su pasado en el Greenwich Village, el flirteo con Ferlinghetti, según ella. También Moni comunista volanteando en fábricas de La Matanza en los sesenta, la clandestinidad y la persecución, su enganche con Tibor, el pintor húngaro: Derretido conmigo estaba, amor a primera vista, creeme, nos casamos en Budapest y después nos vinimos a la Villa donde me prometió un castillo, que vino a ser esta morada espiritual, la morada de la hebrea, el Pushkin. Por entonces éramos pocas almas en la Villa. G. podía pasarse un rato largo escuchándola. Escucharla a Moni era ingresar en la historia de la Villa, su mitología. Y ella: Siempre digo que vos no sos mi inquilino, sino mi huésped. Y, te apuesto, vas a ser también mi biógrafo. Si Tibor no se hubiera volado los sesos, no estaría pasando necesidad. Pero eso fue hace tanto, lo del tiro, y sin embargo pude levantar cabeza, emerger de la necesidad, resistir. Pero resistir no es sencillo si se es idealista y vivo como vivo. A ver si te pensás que a mí me gusta alquilar mi morada a espíritus que vaya una a saber de dónde vienen y qué energía portan. Es que el Pushkin tiene una energía especial, querido, le decía Moni. Y también: Estoy terminando mi libro del ciruelo, dejame que te lea el poema que escribí hoy. En su poesía se sucedían profusos los adjetivos y los adverbios de un yo exuberante. Igual Tibor, que Yahvé lo tenga en la gloria, me salvó al dejarme este complejo. Lástima que fui su perdición. Me quería solo para él. Por eso me trajo a la Villa, una forma de confinamiento y clausura, pero le salió mal. Aquí empezaban a venir los hippies y yo corría más peligro que en la ciudad sitiada por las fuerzas de la oscuridad. Un porrón de ginebra al día se bajaba el húngaro, sin contar los vinos del almacén de Herminia donde se empedaba con el criollaje de Madariaga que se trajo don Karl, el fundador, peones que contrataba para regar los médanos. Del pasado habrás oído hablar hasta la sordera: el alemán loco que forestó los médanos y creó la Villa, ningún ecologista como dice la gilada, tampoco era socialista como fabulan sus herederos, un comerciante, un fenicio, un especulador, no le importaba de dónde venían sus compradores de terrenos, si de Berlín o de Villa Crespo, con tal que se pusieran. Cuando me secuestró Tibor, unos pinos, unas acacias y puro arenal. Los hippies me rondaban. Amor libre y nudismo en la playa. Los celos le daban sed, decía Tibor, mi artista maldito. Y le daba al porrón. Que allí donde lo haya llevado Yahvé pueda disfrutar la paz que no tuvo en la tierra. Fue en verano, un febrero, un día de calor, las cotorras caían abombadas de los pinos. Mi Pollock, en curda, decidió quemar toda su obra y casi incendia el Pushkin. Los vecinos me socorrieron, hicimos pasamanos con baldes y pudimos dominar las llamas. Después, parado frente a las cenizas humeantes, mi trágico se voló la chapa. Puedo verlo, lo estoy viendo, ahí, mirá, parado donde estás vos. Agarra el revólver, se lo lleva a la sien, me guiña un ojo, me sopla un beso y gatilla. Moni se seca unas lágrimas, recupera la sonrisa, carraspea, arma un porro, lo prende: Entre las cenizas, brillando, esta mezuzá. Si la mezuzá me protegió a mí, te va a proteger a vos, querido.

6

En la cabaña, antes del amanecer, buscó a Kierkegaard. Años atrás, durante todo un año, había sido su lectura en ayunas. *Las obras del amor* se habían convertido en oración matinal. No se trataba del Bien y el Mal, esa lucha que se libra menos en el corazón que en la conciencia, pensaba, ni se trataba tampoco de la cuestión del pecado tanto como de la fe mientras aquel año, todos los días, todavía en lo oscuro, perseguía en ese libro lo que no encontraba en su interior. Así esta madrugada, al volver a la cabaña, al buscar en los estantes dónde había dejado el libro, sentía en los dedos la caricia untuosa de las telarañas. Necesitaba plumerear más seguido los estantes, se dijo. Hurgaba, extraía, sacaba unos, miraba los títulos, y nada. Cada vez más, lo sentía, las telarañas iban siendo más densas, una gasa gris, pegajosa. Se detuvo en libros que, se prometió, iba a releer. Disponiendo de tantos libros, se preguntó, cuántos libros de vida le quedarían. Ya no tanto por escribir, pensó, sino por leer. Debería concentrar sus lecturas en un solo libro, pensó mientras se frotaba los dedos con un trapo húmedo desprendiéndose las telarañas. Al pensar en un solo libro, reparaba en su modo de leer, el modo en que había leído *Las obras del amor*. No se le escapaba que en este modo había, además de la meditación, el esmero por sacarse una buena nota moral en un boletín imaginario. No podía parar de frotarse los dedos con el trapo. Las telarañas no se apelmazaban solo en los rincones más profundos de cada estante. Apenas se subía a una silla, al alzar un brazo y curiosear en los estantes superiores, los dedos entraban en contacto con esa tela suave y repugnante que, al desgarrarse, quedaba pegada. Cuánto hacía que no ordenaba la biblioteca. Si la escritura no es otra cosa que complacencia del yo, era lógico que el destino final de tanta escritura fueran estas telarañas que reproducían el modo en que su yo se enredaba y quedaba apresado. Se escribe por complacencia del yo, pero también por angustia y exorcismo. Por qué no, por venganza. Pero no podía hacerse el cándido con lo que había de vanidad en el asunto. Esos impulsos, la angustia y la venganza, sumados a una necesidad de redención, impulsos casi siempre variables eran los que lo habían enviciado en la escritura, una ansiedad cada vez más dolorosa con los años porque todo lo que empezaba terminaba abandonándolo con la sensación de que se estaba repitiendo como repetía el mismo itinerario en micro. Escribir los otros, se fijaba, escribir sin quedar fijado en las telarañas del yo. Pero, se preguntaba, acaso no lo había intentado antes. Tal vez necesitara intentarlo de nuevo. Y en la variación encontraría… Odiaba los puntos suspensivos. Especialmente ahora que su vida se aproximaba al punto final. Y este podía ser su último libro.

7

Esta mañana se dice que un buen churrasco tal vez le levante el ánimo. Se manda a la carnicería de Beto. El pibe está sentado en un rincón del local, lee una revista de historietas y a veces, levanta unos ojos claros, observa con atención. G. le devuelve una sonrisa. Puede tener diez pero también doce. Y tiene una expresión angélica. Y Celia, la madre, detrás de la caja, mirándolo con amor, le cuenta a G.: Beto quería a toda costa ponerle Roberto, pero a mí me gusta llamarlo Bobby, en inglés. Me consta que, a nuestra espalda, lo llaman el idiota, pero nuestro Bobby no es ningún idiota, aunque un poco lento sí. Y mudito, obvio, pero la mudez no tiene arreglo. Bobby asiente a lo que dice su madre, baja la vista, vuelve a la lectura. Y mirá que probamos. Es que Bobby entiende pero no reacciona, y si le pegan se queda quieto antes de soltar ese grito como de pájaro. Después sale picando. Eso por lo sensible que es. Celia sigue contándome. Su marido sierra unos bifes de costilla y el sonido del motor y el corte obliga a Celia a levantar la voz. Ahora Beto le grita a Celia por encima de la sierra: No vas a contar otra vez lo de la electricidad, le dice pasándole los bifes, ella los pesa, los mete en una bolsa de plástico y dice el precio. Qué tiene, si lo llevamos a Bobby a que le aplicaran los electroshocks fue porque probamos de todo con tal de sanarlo. Pero la electricidad no lo cambió ni tampoco le quitó la manía esa de andar oliendo la ropa tendida de los vecinos. Bobby ahora se ríe. Beto festeja: Al menos el Bobby no nos salió puto. El problema, dice Celia, es que cuando lo pescan me lo cagan a palos y nos vuelve lastimado. De todo probamos además del tratamiento eléctrico. Lo llevamos a la iglesia, les pusimos velas a todos los santos. Hasta fuimos a verla a la Nenita Milagrosa, la curandera. Mirá que arregló gente, la Nenita. Así que lo llevamos al Bobby. No tuvimos suerte, sigue Beto. Apenas estuvimos frente a la Nenita empezó a corcovear. No lo conseguíamos calmar. Hasta que la Nenita le puso una mano en la cabeza y se calmó. Milagrosa de verdad, la Nenita. Desde entonces está más apaciguado. Paga la compra, sale a la calle. El día se hizo noche. Truena. Va a llover.

8

Pero, a quiénes acompañaba Dios, se preguntó G., se pregunta. De lo que se trataba era de la desgracia de todos: los que se le cruzaban y también los que tenía cerca, los seres queridos, como se les suele decir, aunque no lo sean del todo. Qué hacer con el dolor. De esto hablaba con Dante, el periodista veterano, director y redactor único del semanario local. Querés una historia, lo tanteó Dante. Y le contó: El Colorado había aparecido de la nada en la redacción, un local piojoso, le dijo. Y corrigiéndose: De la nada no. De la noche. Porque verlo fue acordarse de esa noche, en la terminal de Retiro, en la época del proceso, como le decíamos a la dictadura los que nos quedamos. Dante esa noche viajaba hacia acá, ya trabajaba en *El Vocero*, el pasquín de cuatro páginas y, se acuerda, esto era un caserío, cinco mil como demasiado, ponele, no como ahora, unos sesenta mil, y los asentamientos que se extienden rodeándonos hasta que un día la indiada venga en malón y se apropie de los edificios y las casas vacías del turismo. Una noche, en esa época de cacería, una piba en la terminal, barrida por el viento. Era, debía ser, como ahora, junio. Me gusta, al contarlo, que sea junio, cuenta Dante. No se conocían pero se reconocieron. En esa época, si habías militado, identificabas a los iguales. Cambiamos unas palabras, contadas. A la pelirroja la encaré en el micro, éramos los únicos: Me puedo sentar con vos, le dije. Haceme el favor, G., no escribas «me puedo sentar a tu lado» que da bolero, le pide Dante. Me lo agradeció la piba: no dormía en los viajes. Le gustaba tener con quien hablar. No hizo falta que ella le aclarase a Dante que estaba rajando. Tenía un fierro bajo el gamulán. Torpe, se le resbaló, el ruido de una herramienta al chocar contra el piso. Nadie se avivó porque no viajaba nadie. Nosotros solos en ese micro, esa madrugada. Si había tomado un micro esa madrugada, me dijo, fue por desesperación, porque no tenía dónde parar. Así que también por desesperación lo hizo. Demasiada jactancia, digo, si dijera lo hicimos. Quisiera acordarme de más. Y solo me acuerdo de su pelo, rojo. También, de sus ojos. Grises. Me dijo un nombre que no debía ser el suyo, el de guerra. Cuando el micro llegó a la Villa, dejó que la invitara un café con leche. Le ofrecí techo. Me tengo que volver, me dijo. Debimos darnos un beso. Había amanecido y el micro se volvía. Y ahora, otra mañana, cuarenta y dos años después, el pibe, el Colorado, se me aparece: Vine a conocerte, soy tu hijo. El hijo de esa noche. Antes de morir, en Oslo, la madre le había contado esa noche, de un tipo que viajaba a esta Villa esa noche tierra de nadie: alguien de quien agarrarse. Nunca antes le había contado. Nunca. Fue antes de morir. El tipo había viajado de Houston a Oslo para despedirla. Trabajaba en ingeniería nuclear, me dijo. Nunca había querido a su madre ni tampoco le había importado averiguar quién podía ser su padre. Tenía una familia, una buena chica, Lizzie, dos hijos, Matt y Randy. Todos mormones. Dos nietos, dije. No son tus nietos, dijo con ese acento latino de CNN. Cómo te llamás, le pregunté. Eso no te importa. A qué viniste, solo a verme la jeta, le pregunté. Y él: Simplemente a ver el agujero negro, curiosidad científica. El Colorado tenía, tendrá ahora, unos cuarenta y pocos. Dante permanece callado un instante. A veces me pregunto cosas, cómo será ser él, cómo será ser sus hijos. Pero después me calmo, me digo que antes tengo que preguntarme qué me pasa con esa historia, con ese pibe, si no es simplemente una excusa para no sentir que estoy solo en esta tierra.

9

Pero vi la luz y me salvé, cuenta Carlitos del Prado manejando un remís que sube y baja la mañana por las alamedas. Y ahora voy a ser papá. Y esta es otra historia, se dice G. La última vez que lo vio a Carlitos fue hace unos años, bajo una llovizna tupida de invierno en la rambla de Mar del Plata, frente al casino, junto al padre, el viejo Del Prado en silla de ruedas, las piernas amputadas. Los ratis me habían cazado durmiendo en un departamento vacío en el sur de la Villa. Bueno, vacío no estaba. Estaba yo y estaban los electrodomésticos, computadoras, un par de motos. Y algo de falopa, pero no tanta como para el bardo que armaron, alardearon diciendo que había sido un operativo narco exitoso. Cuando escuché que los ratis subían, salté por la ventana del segundo, medio torcido quedé, pero rajé igual hacia los médanos. Nadie que no hizo nada ni tiene nada que esconder corre en patas por los médanos, le dijo el comisario, y menos a las cuatro de la mañana. Cantá a uno de los que te vendieron y consigo que la saqués barata. No la sacó. Me comí un año en Batán. Al viejo le cortaron una gamba cuando yo estaba adentro. Y la otra, la derecha, poco después de que yo saliera en libertad. Pobre viejo, borracho, cuenta Carlitos. G. se acuerda. El viejo y Carlitos en la rambla, anoto, anota G., vendían relojes chinos en la tormenta, una valija abierta a quien estuviera interesado en el tiempo. Relojes chinos, se acuerda Carlitos. Después de vender relojes con el viejo, regresé a la Villa y estuve por recaer en el delito. Pero la conocí a la Cynthia, la de la YPF, y me arrastró al templo. Ahora, cuando la veo esperar, cuando se agarra el bombo, pienso en mi viejo que la pateaba a mi vieja preñada de mí. Y no lo digo porque me lo dijeron, no. Yo lo escuchaba. Los fetos escuchan, sí, señor. Pero Dios lo castigó y por eso le quitó las dos piernas. Acordate, G., vos lo viste aquella vuelta en la rambla. Terminó como terminó, sin piernas, en la silla. Murió viendo culebras. Pero eso ya pasó. Yo me regeneré. Cuando le miro el bombo a Cynthia es como si yo mismo estuviera buceando adentro. No le guardo rencor al viejo de mierda, que terminó entre los alacranes del delirio tremendo, porque el señor me dio una oportunidad y yo pude ver la luz.

Le importarían esos seres que pasaban por su vida, les llevaría el apunte, se preguntaba G., de no entreverles una historia que pudiera ser atractiva. La exposición de sus llagas, lo que componía la partitura de *El sufrimiento de los seres comunes*, aspiraba a lograr una cierta emoción en los lectores, una piedad módica, tan módica como la propina a la camarera o las monedas a esos dos mangueros del micro, la limosna hipócrita de un escritor sensible. En más de un aspecto, si pienso en usos de la ficción, me resulta más cómodo escribir G., derivarle mi *pathos*, traumas y neurosis a ese de la inicial, ese otro de papel, ese que lee a Kierkegaard como si en sus meditaciones pudiera encontrar la luz que encontró Carlitos. Tan cómodo refocilarse en la literatura del yo en vez de contarlo a Carlitos. Pero contarlo a Carlitos era también, además de demagogia, literatura del yo, no hay literatura que no lo sea. No podía engañarse: quién sino él, G., era el que elegía a Carlitos, elegía darle una voz, sino la suya, una parecida. Podía dejar de ser él, se preguntaba. Si alguna vez había intentado suicidarse había sido por una sobredosis de yo. Había fracasado en el intento, pero la idea del suicidio, desde entonces, era un as en la manga. Se daba cuenta, la idea del suicidio era una estratagema de sobreviviente avergonzado. Encontraría la luz, se preguntaba, al enfrentarse a estos dilemas que le planteaba la escritura, y se lo preguntaba esta tarde al caminar por la playa desierta y después perderse en el bosque, el cielo virando de un celeste apagado a un gris tormentoso. Oscurecía. Caminar entre pinos, fresnos, acacias, olmos, eucaliptos. Caminar las calles de arena. Caminar alrededor de las viviendas mudas, como si se hubieran tragado las voces y las músicas del verano pasado y de todos los veranos anteriores al verano pasado, las persianas bajas. Apenas se escucha algún pájaro, un trino, un gorjeo casi inaudible en su fugacidad y después, los pasos en la arena. Alguien puede estar espiándote. En esa ventana te pareció que se corría sigilosa la cortina, una silueta detrás: el paranoico siempre tiene algo de razón. Podés caminar cuadras y cuadras sin cruzarte con nadie en este laberinto de cortadas y desvíos trazado por un paranoico, tal como había sido don Karl, el mítico fundador de esta Villa. El trazado laberíntico de tiempos de la guerra respondía al plan paranoico de tornar inexpugnable la Villa para los extraños a la comunidad alemana donde, se decía, se habían refugiado los nazis, funcionaba un radiotransmisor y por las noches, las luces en la playa provenían de submarinos que descargaban nazis fugitivos y cargaban pasaportes. No me contradigan: un paranoico sabe detectar el pensamiento de otro paranoico, se decía G. Ahora hablaba solo. Y si no, fijate en la 206 que avanza, pega una curva, dobla, sigue hacia el mar pero se interrumpe en la 300 y pico, tuerce y tenés que doblar, seguí derecho, derecho hasta encontrar el hotel abandonado, la cortada, aunque no sé para qué me preocupo en darte instrucciones si por más que te oriente igual te vas a perder, apurate, si no te apurás te va a agarrar la noche, la garra negra que atrapa tanto al habitante del bosque como al caminante que se dejó envolver por el hechizo de la arboleda, las casas sumidas en la quietud que, de pronto, como el golpe de un postigo librado al viento, te impone tomar conciencia de la quietud que te rodea impregnándote un temor de chico que se da cuenta de que se ha perdido. Mientras apura el paso en la noche se dice que, una vez más, corre el riesgo de repetirse. Alguien lo sigue. Bobby. Cuando G. se da vuelta, al acercarse, el pibe retrocede. En qué andás, Bobby, le pregunta y al toque se acuerda de que el pibe es mudo. El pibe retrocede, se echa a correr y se funde en la oscuridad.

11

El cáncer venía larvándose en Leticia hacía tres años interminables, la corroía a ella y, por carácter transitivo, también lo corroía a Teddy, su marido. Y al escribir «tres años interminables» pienso en lo que pensaban ella y Teddy, los Benedetto, cuándo se termina esto, esto era eso que no se nombraba, porque el cáncer no se nombra, se dice tumor, se dice melanoma, pero nadie, ni quien lo padece ni quienes acompañan el padecer del que padece, lo nombra, como si nombrarlo lo agravara, y piensan todo el tiempo cuándo se termina, tres años interminables en los que Teddy junto a ella, todo el tiempo acompañándola a los tratamientos, el trayecto entre la Villa y Mar del Plata, 90 km de ida, 90 km de vuelta, ida y vuelta de las clínicas y laboratorios. G. solía almorzar con ellos los domingos. Leti era maestra, una de las más queridas, y Teddy, abogado, resolvía tanto una disputa vecinal por una medianera como trámites de divorcio y, con dedicación y paciencia, rescataba a pibes chorros de la comisaría local. Matrimonio sin hijos, a su manera, cada uno volcaba en los chicos ajenos el amor que hubiera dado a los propios. Según Leti: El amor que les tenemos a los chicos tal vez se explica porque no fuimos padres. Porque no pudimos, decía Teddy y Leti lo corregía: Porque el Señor no quiso, decía ella y no le resultaba un conflicto, más bien un orgullo cristiano, conversar del tema en esos domingos de asado, un orgullo parecido al de Teddy, en la parrilla, los chinchulines trenzados, las mollejas, los riñones, la morcilla vasca, el vacío, la tira, una cantidad de carne que, precedida por una picada formidable con queso, aceitunas, salame, sumada a las papas fritas, y luego, como acompañante del asado las ensaladas, que habrían sido lo de menos, y tras la carne, el postre, los flanes caseros con dulce de leche y, tras los postres, el café: No vas a tomar una copita, le preguntaba Teddy. Un brindis digestivo. Después de esos almuerzos, Teddy sonreía: Es lo único que nos llevamos. Y mientras lo decía, juntaba en una fuente de aluminio los restos que más tarde iban a la heladera para ser comidos en la semana. No sabés cómo prepara Leti la carne fría, le decía. Para chuparse los dedos, la vinagreta. Volviendo al asado del domingo, G. cree conveniente anotar: A un costado de las brasas, el espinazo, la falda y el osobuco para las señoritas, como les decían a sus dos dóberman, Cati y Pati, madre e hija, que por un hueso que uno les tiraba se agarraban a los tarascones. Es que la mami está viejita, casi cieguita, la pobre, decía Leti, y la chiquita no le tiene paciencia a la mami, decía en esos días del cáncer, y lo decía con ese tono maternal de maestra, una ternura paciente con la que podía referirse también a su enfermedad, una forma apacible y comprensiva de la enfermedad que escandalizaba a los que, perteneciendo al mundo de los sanos, en nuestra cobardía, anota G., nos imponía preguntarnos cómo se podía mantener esa calma sabiendo que, aunque se ignore la fecha, se tienen los días contados, digo. Hablo de los supuestamente sanos, los supuestamente a salvo. Me acuerdo de esos mediodías de domingo, se acordaría G., conversaciones sobre el pueblo, nacimientos, casamientos, separaciones, muertes y también el contubernio político y la corrupción municipal, afanos, un adulterio que terminó en sainete, la clasificación del valor local de boxeo en un torneo provincial. Por lo general, Teddy y G. se reían de tal o cual personaje conocido, y Leti los reprendía con una sonrisa: No está bien reírse de la gente. Y lo decía mientras calmaba a las señoritas en combate, se aguantaba una mordida, se limpiaba la sangre con un repasador y, separándolas, rezongaba: Si no se portan bien, las voy a encerrar, qué va a decir la visita. G. no es una visita, enmendaba Teddy, es familia. Y a G. lo emocionaba esto de ser familia, aunque el horror domiciliario lo indujera a sentirse extranjero en todos lados, que acá lo considerasen familia, era algo. No se rían del prójimo, decía Leti, aquel que esté libre de culpas, que arroje la primera piedra, lo decía creyente, católica, y como cada vez que se hablaba de su fe, Leti repetía que si no habían intentado tener familia se había debido a que no había que forzar la voluntad del cielo si el cielo no quería, con esa ternura tan suya lo decía. Pero tenían a las señoritas que habían vuelto a agarrarse y ahora la riña era desenfrenada y más difícil separarlas a menos que uno se arriesgara a que las manos se le ensangrentaran. Pero llegó el día en que el cáncer le impidió a Leti agacharse para separar a las señoritas y tuvieron que guardarlas, a Cati, en el galponcito, y a Pati, en el dormitorio. Este fue el invierno más largo, cuando a Leti le extirparon el útero, aumentaron las sesiones de quimio y las dosis de morfina. Enflaquecía, sus ojos se volvían saltones y tristes, se mordía los labios aguantando los dolores. Entonces, la morfina. A veces día por medio, a veces todos los días, los Benedetto viajaban a Mar del Plata, donde se atendía Leti. Salían en la mañana temprano, atravesaban la niebla de la ruta. Como entrar en un sueño, decía Teddy. A Leti le gustaba ver algún caballo blanco. Y si divisaban uno, Teddy disminuía la velocidad, frenaba, ella se bajaba y por más que le dolía, bajaba a la banquina, saltaba la zanja, se las ingeniaba para pasar el alambrado y caminaba hasta el caballo, le acariciaba el cuello, le conversaba bajito, como si rezara y, al volver al auto, su sonrisa era radiante. Para ella, contaría después Teddy, un caballo blanco era una buena señal en esos últimos días en que usaba una gorra de lana que le habían tejido sus compañeras de la escuela. Cuando el Señor me llame voy a ir con mi gorrita, prometía.

12

G. también se preguntaba si acaso era posible escribir sobre otros que no fueran él, suponiendo que se pudiera conocer a otro recurriendo a la observación literaria cuando es sabido que ya es difícil que uno se conozca a sí mismo. Si ya es bastante ardua la introspección, cómo pretender el acceso al otro. Cuánto conocía, se preguntaba, a esos que se venía encontrando, esos a los que les atribuía un interés narrativo, términos estos dos, *interés* y *narrativo*, que juntos le resultaban presumidos. Lo que era accesible de los otros, la certidumbre de un secreto. Sin alejarse demasiado de este cuaderno, de los seres, ya que prefería denominarlos seres antes que personajes, y pensando en aproximarse a ellos, se daba cuenta de que su descripción podía revelar algo de sus maneras de ser, nunca una sola manera, pero nunca el secreto de su ser, todo un misterio ante el cual, se decía, no estaba dispuesto a fracasar tanto como fracasaba ante sí mismo. No era lo mismo lo secreto que el misterio. Uno podía esconder un acto, pero su revelación no terminaba de explicar el porqué de ese acto, su naturaleza, y tampoco aclaraba demasiado sobre la naturaleza de quien había cometido tanto el acto como su ocultamiento. No todos los actos que uno realiza tienen explicación tratándose de seres humanos, y de haber una, podría ser tranquilizadora pero no el desciframiento de eso, más allá del lenguaje, que se nos retacea así como la niebla de estas mañanas de junio ciega la visión de la playa: sabemos que detrás de la niebla está el mar, podemos escucharlo, pero nunca lo veremos, nunca, hasta que se disperse la niebla, que en los humanos nunca se disuelve y por más que uno resuelva el secreto nunca dilucidará el misterio. No obstante, estaba dispuesto a insistir ya que no era improbable que en el ser de esos seres le fuera factible encontrarse, planteo que una vez más lo remitía a su extrañeza en el mundo. Somos extraños para los otros y también para nosotros.

13

Pero quién me creo para andar ventilando el dolor de los otros, se pregunta. Y también, cómo contar ese dolor sin dañar. A quién le gusta mostrar su sufrir, aun cuando en la exposición del sufrir pueda haber un gusto morboso, trátese de chantaje o acusación. Sin embargo, el dolor singulariza. Y si se quiere heroico, debe narrarse mediante una narración exhaustiva de los detalles del horror. Porque con el sufrimiento, y este era, sin más, el caso de Leti, el heroísmo asciende y se recorta ejemplar y, debe ser esta superioridad, qué duda cabe, lo que perturba a quienes están próximos al sufriente disimulando su asco y su piedad, esperando alejarse de esos abismos del cuerpo faenado por la cirugía, los pormenores clínicos, la enunciación de las medicaciones y su cotejo con productos de otros laboratorios, otras marcas, lo que depara también un presunto saber científico a los allegados. Pero el alejamiento, si se ejecuta, remuerde la conciencia. Y la culpa erosiona a los sanos. Al indagar sobre el dolor de los otros, a G. lo atacaban los escrúpulos: si un riesgo corría su escritura era el de funcionar como el vademécum de un remedio, pensó. Y eran más sus contraindicaciones que sus beneficios.

14

El tiempo pasa y nos pasa, más nos pasa y por encima cuando intentamos negarlo, reflexión que le surge mientras camina por las alamedas observando las casas cerradas, muertas, que resucitan cuando viene el verano, chalets de puertas y ventanas enrejadas, los jardines sepultados por la maleza, el yuyaje que se espesa, avanza y cobra altura a partir del otoño cuando la Villa queda desierta y el barrio norte se vacía con la excepción de unos pocos moradores, los antiguos, los que andan por los ochenta y te pueden contar una y otra vez las mismas historias de pioneros, historias que son siempre las mismas pero ahora, a medida que pasaron los años, pasó el tiempo, les pasó el tiempo, fueron perfeccionándolas a la medida de sus sueños, y no te gastes en extraerlos del orden tranquilizador que le dieron a cada capítulo referido al pasado turbio, el radiotransmisor, las luces de los submarinos en la noche, los botes que suben y bajan la rompiente, y ni te gastes en preguntar porque los pocos viejos que te podrían contar, por ejemplo, esa ancianita que está regando unos rosales en la luz mortecina de la tarde se hará la que no sabe de qué le hablás, imaginación de los turistas, acá nos conocemos todos, te sonreirá con una dulzura de strudel, el tiempo pasa, nos pasa, y a quién puede interesarle, pasó el tiempo, crecieron los yuyos alrededor de esa vivienda alpina, un caserón de los cuarenta, las paredes corroídas por el salitre, empieza a atardecer y el paisaje pasa de un estado a otro, pasa como el tiempo pasa, una melancolía que filtra el esplendor del pasado, y de esa majestuosa construcción austríaca abandonada proviene el eco de un vals, unos acordes leves, la cadencia de un vestido de seda, y de pronto la bruma, las sombras envuelven al caminante, sus pasos, chasquidos en la arena, un chisporroteo al aplastar hojas muertas, el silencio que le da un vuelco al corazón, creíste oír el grito de un chico aunque pudo ser una nena, un grito que atravesó el aire helado y quieto, un grito aguja, te decís, y no fue impresión tuya, ninguna sugestión del lugar que, a medida que oscurece, no hablo de la noche profunda, hablo de este preciso instante, cuando oscurece y no es todavía lo negro sino su preludio, tal vez por eso angustia más, la certeza de una inminencia, tomándote por sorpresa, la conciencia del tiempo que pasó, que pasa y seguirá pasando y, aun cuando ya no estés ni puedas acudir en su ayuda, el grito infantil seguirá oyéndose, flecha invisible en el anochecer de junio, porque ya es junio, y al grito se lo tragó el bosque, será mejor que te apures porque esta es la hora en que los vecinos sueltan los rottweilers, no sea cosa que un intruso curiosee en sus propiedades, sus vidas, sus secretos. Detrás tuyo viene Bobby.

15

Mientras José Gaitán se levanta a las cinco para fichar en el corralón municipal, María le ceba unos mates antes de salir en un rato a hacer las casas. Hago casas, dice. Lo que hace, limpieza, lavado de la ropa y, a veces, si se lo piden, cocina. Sus patrones se refieren a ella como la muchacha y, aun cuando ya pasó los cuarenta, le encanta ser considerada una muchacha. A José lo llaman el gaucho y, por más que sea nacido en el campo, aunque se sienta criollo, sin ser un gaucho se las ingenia para andar siempre entre aperos y cada tanto con algún pingo. De gaucho lo que más tiene es el acento, impostado, como de animador de canal rural. También está el gauchito, Juan Cruz, de nombre. Desde su llegada a la Villa, G. los tomó por su familia adoptiva aunque el adoptado era él mientras compartían los guisos del invierno que acá, en la costa, es largo, como quien dice, como esperanza de pobre, cuando vienen las sudestadas y el mar se pone furioso. Pero al gauchito, al crecer, según José, se lo envenenó internet. Esa compu que le regaló la abuela. A los cuatro ya la manejaba experto. Al pedo quiero arrastrarlo a la doma, decía José. Y María: Dejalo tranquilo, José, no ves que no siente el campo tu hijo. Juan Cruz está para lo moderno. Amargado, José contaba a quien quisiera escucharlo que la yegua, por su madre, le había calentado la cabeza al potrillo. A los catorce, Juan Cruz tuvo su primera entrada en la comisaría y suerte de que no lo registraran. Mala junta, me contó Teddy, que lo sacó. Anda con los Otero, siguió Teddy, un peligro esos hermanos. A los Otero se les atribuían robos, asaltos, trata y dileo. Su última fechoría fue una serie de robos a farmacias en el sur. Y Teddy me aclara: No es lo mismo robo que asalto, lo que hace una diferencia. Además se cargaron a uno de los Crespo. Y balearon a uno de los Millán. Los Otero, los Millán y los Crespo, las tres pandillas pasando la Virgencita, más allá de Circunvalación, entre Circunvalación y la ruta, en los asientos antes de la quema. G. anotaba estos datos pensando que pronto escribiría sobre todos ellos, pronto, un tiempo que iba postergando. Los Gaitán, gente de laburo y bordes, los malandras, los chorros y los drogones que asolaban la Villa hasta que sucedía un cambio de autoridades policiales. Entonces el nuevo capo rati disciplinaba un tiempito, un tiempito nomás, a las bandas y la *pax* duraba porque los Otero, los Millán y los Crespo arreglaban con el nuevo comisario. O, mejor dicho, hasta que el nuevo comisario arreglaba con ellos. Y esta mañana que G. está por sentarse a escribir, a ver si de una vez por todas, prepotencia de trabajo, consigue escribir la escena esa de la terminal, la camarera desgraciada, porque piensa seguir un orden cronológico de estos días, María viene a saludarlo, cuánto hace que no se juntan a comer un guiso, le dice, que las cosas ya no están tan mal entre ella y José, que el gaucho ya no bebe tanto, dejó de gritarle, pero con Juan Cruz, padre e hijo, como perro y gato. Juan Cruz ya no es un chico. Y lo enfrentó al padre. Le rompió dos costillas. Y José le sacó un diente. Todo porque el chico trajo un cuatri a la casa y no quiso decir de dónde lo había conseguido. Tampoco nadie vino a reclamar. Y claro, ve esas cosas en internet y quiere tenerlas. Se le había metido en la cabeza el cuatri. Hasta que se salió con la suya. Que de dónde sacó la plata, un misterio. Iba a tener el cuatri guardado, dijo. Todavía no iba a andarlo. Nos palpitamos, evidente, que era robado. Ahí fue que se agarraron. Con las costillas rotas José fue a la comisaría y lo denunció. Y ahora lo habían metido preso a Juan Cruz. G. se preguntó si María no había venido a verlo para pedirle plata para sacar al chico. Está con el menor de los Otero, le dijo María. Se puso a llorar. Qué necesitás, le preguntó G. dispuesto a darle unos pesos que, lo sabía, nunca le serían devueltos. Más que dispuesto a socorrer a la madre llorona, lo que quería era sacársela de encima de una vez y sentarse a escribir *el sufrimiento de los seres comunes*. Cuánto necesitás, la tanteó. María arrancó una servilleta del rollo de cocina, se sonó los mocos, se secó las lágrimas y después, con una sonrisa inesperada, tímida, lo sondeó: Dos mil. A dos mil no llego, le dijo él. Unos mil te van, le preguntó. Todo es plata, dijo ella. Y con una sonrisa más feliz: Es que vi unas Nike en Todosport. A dos mil están. Pero con tu ayuda arrimo. Dios te lo pague.

16

En un paso puede transcurrir un instante y también todo el tiempo del mundo, la memoria de las estaciones felices y, súbito, el miedo, un vértigo, el temor del cielo. Un temor infantil. Ese grito que escuché la otra tarde cuando caminaba por el pinar.

17

No quería ser injusto con quienes componían su elenco de seres queridos. Pero quién se creía para nombrarlos elenco, se preguntaba, se pregunta, acaso autor y director de qué teatro, tanta era su omnipotencia, se recriminaba. Además, qué significaba queridos. Apenas anotada esa frase, la del elenco, se da cuenta de que las trampas del lenguaje son las de su lenguaje, sus limitaciones, las de su percepción del mundo, no otras limitaciones que las de su mala fe: denominar elenco al grupo de seres cercanos, no necesariamente por cercanos apreciados, pero sí necesarios no solo en función de su literatura, sino también de su vida en la Villa porque acá en la costa, en invierno, y estamos en junio, los inviernos, como se dijo, son largos y la soledad carcome como el salitre, entonces la consideración de elenco implica otorgarle un rol que lo supera en sus habilidades ficcionales, y esto sin recordar que no es lo mismo vida que literatura. Una vez más estaba haciendo literatura. Pero, qué quería decir con eso de ser justo, de qué justicia hablaba. Por cierto, no de la justicia divina de cuya existencia parecían convencidísimos todos sus próximos, y denominarlos próximos le parecía más pertinente que queridos, entonces, al narrarlos, había instantes en que se creía Dios, recapacitó. Pero esa justicia divina en la que todos creían no estaba de su lado. Se trataba de creer, se decía. Pero esas ganas debían ser espontáneas y no una cruza de inocencia y voluntarismo. Volviendo: no solo no quería ser injusto con aquellos sobre los que escribía: quería expresarles, al escribirlos, su gratitud. No encontraba otra forma de definir este sentimiento misericordioso hacia ellos, gratitud. Si pudieran advertir que él, G., entreveía en sus mezquindades una zona de pureza que los redimía, ya que nadie era ni absolutamente bueno ni absolutamente malo. El Bien y el Mal eran relativos y su valoración dependía del observador. G. prefería posponer esta cuestión de la justicia, un asunto personal. Cómo no hacer daño con lo que escribiera. Acaso cuando le dijo a Teddy que pensaba escribir su historia, que era también la del cáncer de Leti, Teddy no le había preguntado si podía leerla antes de que la publicara. En la pregunta de Teddy, que trasuntaba inquietud y, por qué no, desconfianza, había pudor, es decir, vergüenza. El recelo era instintivo. Teddy lo miraba a los ojos, como si pudiera leer en ellos lo que él veía al escribir. G. vuelve a preguntarse qué derecho tiene de andar espiando la intimidad de los otros.

18

Esta madrugada la oficial Pamela San Román maneja por las alamedas. Con este nombre, pensó siempre, merecía otro destino: ser cantante o actriz. Pero no se le pudo dar: demasiado fiera, demasiado gordita, demasiado todo. Aunque los demasiados no fueron la causa de que ingresara en la Bonaerense. Le gusta patrullar sola en la madrugada, puteando porque la calefa de esta unidad no anda, las ventanillas cerradas, así que no escuchará el grito de una nena, ese grito que si lo escuchara le haría acordar al suyo cuando era chica, le haría acordar al macho de su madre, la perra, que hacía la vista gorda, y esta es la verdadera razón por la que se enganchó en la Bonaerense, no solo por el sueldo. Si pudiera escuchar el grito se acordaría también de esa otra noche, recién estrenados el uniforme y la reglamentaria, también invierno, en una esquina, alerta para nada, Berazategui tres de la mañana, los gritos de esa nena saliendo de una prefabricada cerca de la ruta, la cola sangrando. Le entró a la casilla con la 9, sola se mandó, el hombre y la mujer riendo, él agarrándose la pija con una mano y la botella de birra en la otra. No terminó el gesto. La mujer después. Los dos boleta. Salió a la noche buscando a la nena que corría hacia la ruta, una Shell, venía un camión. Le hubiera gustado adoptarla. Se la llevó puesta el camión. La institución le cubrió los papeles, defensa propia. La trasladaron a la Villa y aquí está, sola, manejando el patrullero, despacio, a ver si algún gorrita, un transa, una alarma, pero esta noche viene tranqui, ningún gorrita sospechoso a la vista, mientras en ese chalet, la puerta del cuarto de la nena se abre despacio, un rectángulo de luz. La silueta del hombre se proyecta sobre el rectángulo, el hombre que susurra: Soy yo, papi. Haceme un lugarcito. La nena reza. Y después va a gritar sin ser oída. Quien quiere oír que oiga. Acá nadie. El patrullero se aleja. La cadenita con la Virgen de Luján que Pamela colgó sobre el tablero se balancea como un péndulo.

19

La pregunta de las preguntas: qué se hace cuando se toca fondo. Cada uno sabe cuándo llega ese momento, pero es engañoso porque siempre, y debió escribir todavía, siempre quedaba todavía un resto de uno que conservaba un reflejo de esperanza que creía perdido y, de ahí, desde ese resto, se extraían las fuerzas para resistir y continuar siendo quien se era por encima de las promesas de ser mejor tipo si se lograba zafar de este descenso que llamaba fondo por no saber, en el fondo, qué era el fondo, pensaba G. esa noche en que caminaba el boulevard, esa avenida larga que va desde la entrada del pueblo, la YPF, hasta el fondo, que podía ser el fin del asfalto, pero había más allá porque las construcciones se habían expandido en las últimas décadas con el desprendimiento de familias destetadas del Estado a partir de las privatizaciones de los noventa. Muchos de los que se encontraron con la guita de las privatizaciones de las empresas del Estado habían elegido venirse a la costa, cumplir un sueñito entre hippie y cuentapropista, familias que sumadas al pobrerío reclutado por los políticos locales en cada elección, unas chapas a la intemperie a cambio de los votos, y así se habían ido propagando los asentamientos, rancheríos descendientes de las tolderías. Y esa noche, caminando por el boulevard oscuro la distancia desde la YPF hacia la terminal, unas treinta cuadras, G. se propuso contar los templos evangélicos que se venían reproduciendo en los últimos años, ganando cada domingo más feligreses. Cantamos, le había dicho Carlitos Del Prado. Y nos hace de bien. G. había conversado con Alba, la empleada del juzgado, estudiante de Derecho. Si vieras los expedientes de abuso que se acumulan en nuestro archivo, le había contado. Tenemos una gran variedad, un repertorio de lo más colorido. Pastores, unos cuantos. Abusadores, drogones, estafadores. Y fajadores, los que quieras. Lo peor es que las mismas víctimas acuden después arrepentidas a retirar las demandas, alegan que el golpeador prometió cambiar. Por caso, te cuento de una kiosquera que vino el martes, enyesada, y le contó a la jueza que él, el fajador, estaba decidido a cambiar, le juró y le perjuró, que había conversado con un pastor y que el domingo iban a ir todos, ellos y los hijos, al templo a ver la luz.

20

No se reconocía en los apuntes, venía notándolo. Hacía bastante que no se reconocía siquiera en su letra. Antes, años atrás, había escrito sobre este lugar, esta gente. Pero ahora, al escucharlos, en este nuevo intento de escribirlos, dudaba de su capacidad de reproducción. Había perdido la fe en la escritura. Y la confianza en sí mismo. Dudaba de su honestidad. Qué era ser honesto en la escritura. Las historias, sus voces, se distorsionaban. Y ante la dificultad, se frenaba: las voces de los otros se le escurrían y la propia se perdía en sordina, con interferencias, esas descargas que sufrían las radios de su infancia. Pero esa verdad pretendida en escribir los otros era sospechosa. Esa verdad debía tener partes de mentira para ser verosímil. Es decir, debía mentir. El engaño como vía regia de la verdad. Ser hablado por ellos, se dijo. Entonces, el lenguaje y su incertidumbre. Sus palabras no eran suyas. Y contra lo oscuro no se podía pelear. A lo sumo, reconocerlo y, aunque joda, aceptarlo. No era solo un terror irracional lo que sentía. Del otro lado de los apuntes, blocs, la notebook y su Kierkegaard, había una ventana que daba al bosque, pero al abrirla, no veía el bosque sino el desierto. *Dios no tiene necesidad de ningún ser humano*, decía Kierkegaard. Podía seguir escribiendo solo si era capaz de fingir. Pero su interior se iba secando, así lo había registrado en el diario. Quiso gritar, pero no tenía voz. Decidió no hablar con nadie durante unos días. Permanecer mudo. Pensó en Bobby, siguiéndolo. Parecía que quisiera decirle algo, pero cuando se le acercaba, el pibe retrocedía. Después, otra vez, a cierta distancia, lo tenía detrás. De qué hablaba su silencio, se preguntó.

21

San Cayetano's, en letra cursiva celeste. Y abajo, kiosco-locutorio, en letras rojas, más chicas. Confiada en el poder del santo, Itatí montó el localcito en el terreno lateral a su casa en la 115 y Circunvalación. Itatí y Laureano Avendaño, su marido, que changueaba de albañil. Venían de Formosa, tenían cinco hijos y tres nietos. A G. le costaba distinguir los nombres de todos. Debía apuntarlos, se dijo. A veces Itatí venía a limpiarle la cabaña. Y le daba charla. A G. le interesaban más las historias que le traía Itatí que la limpieza que le hacía en la cabaña. Usted anda muy solo, le dijo la mujer un día. Y no es bueno. Por más que escape de un remordimiento, el remordimiento siempre lo termina alcanzando. G. se preguntó de dónde había sacado Itatí eso del remordimiento. Véngase el domingo a un asadito, don.

Festejamos el cumpleaños del Diego. El mayor de mis nietos, le aclaró Itatí. Así fue como G. conoció a familiares, parientes y vecinos. De los hijos, tres estaban casados y en la construcción, una en el hospital y la más chica en un bazar. Somos gente de trabajo, se jactaba Laureano. San Cayetano nos dio lo que somos, decía Itatí. A veces, en casa de los Avendaño, a G. le parecía encontrarse en un retablo, situado en un cuadro bucólico y pastoril. Lo cierto es que entre estos seres se sentía dominado por una unción cristiana que no experimentaba desde la infancia, la época de la comunión en Mataderos, calles de tierra, aquel hedor del frigorífico y las curtiembres que no lograba espantar el incienso de las misas. En efecto, con los Avendaño y los Gaitán hacía literatura. Pero, se preguntaba, cómo podía contar sobre esas familias donde creía encontrar la pureza. A quién quería engrupir. Acaso esa presunta pureza que les atribuía no encubría vicios y virtudes. Desde cuándo la humildad forzada, impuesta por condicionamientos sociales, determinismo económico, etcétera, garantizaba la pureza. La tentación del populismo dostoievskiano lo invadía. Creyó entrever cómo uno de los hijos de los Avendaño, Fabián, la miraba a Linda, su cuñada, el culo apretado por la calza. También era cierto, Marcelito, el Avendaño del medio, había pasado un tiempo en el instituto, mejor no averiguar la causa. G. también creyó advertir una provocación en el meneo de caderas de Lorena, la Avendaño chica. Habían empezado a correr el fernet, la birra y el vino, sonaba la cumbia. Cada tanto los pobres nos merecemos una alegría, opinaba Itatí contoneándose al compás: A usté se lo ve caído, don G. Qué le anda pasando. Tendría que ir a ver a la Nenita Milagrosa, le dijo ofreciéndole cerveza mientras, en el baño, el Juan Domingo se hacía una raya. A esta altura, Laureano, entonado, arrastraba las consonantes. Me tira la sangre de Cristo, hermano, levantó patriarcal el vaso de vino.

22

Llamó la atención que tardara tanto en saltar la existencia del prostíbulo infantil, que tomara estado público y que, según *El Vocero*, su existencia hubiera permanecido invisibilizada en el vecindario hasta que un matrimonio de jubilados de una propiedad lindante se quejó al municipio por ruidos molestos. Lo que se supo, quiénes regenteaban Cariñitos: una pareja, dos exagentes de la Bonaerense, explotaban a cuatro menores adoptados, dos nenas, de trece y doce y dos varones. De doce y diez. En esa zona de la Villa, talleres, corralones, ferreterías, carpinterías y supermercados, alguien, el hombre, la mujer, quién había sido el de la idea del galpón convertido en boliche, se preguntaba G. Llamaba también la atención que el negocio hubiera durado unos meses, que nadie levantara la perdiz hasta que los abuelos se quejaron e intervino la policía. A Cariñitos se accedía llamando a la puerta de la persiana metálica del galpón. Más de un merquero que iba a comprar frula, de paso, además de comprar la frula, se garchaba a uno de los chiques, como los llamó Dante en su noticia, porque ahora Dante usaba el inclusivo. Los chicos estaban vestidos y maquillados, le contó Teddy más tarde a G. Ese lunes que la noticia del allanamiento estuvo en los noticieros se alzó la indignación de los políticos, las instituciones morales, la Sociedad Española, Unione e Benevolenza, el Rotary, la Sociedad de Amigos de la Cerveza, la Asociación Mascotas, el Círculo Médico y seguían las firmas en la solicitada de repudio que publicó días después *El Vocero*. Aquí tengo un recorte del pasquín, le mostró a G. uno de los parroquianos de Moby, el bar de la playa. Lo interesante, dijo otro, es que para que el puticlub durase lo que duró es porque tenía sus clientes, integrantes de nuestras prestigiosas fuerzas vivas, fenicios ejemplares, aportantes de importantes donaciones a la parroquia. Lo que más preocupaba a todos es que la noticia escandalosa, difundida ahora en los medios de todo el ispa, piantara el turismo. O me van a decir, dijo otro, que el padre Justino no estuvo al tanto igual que la cana estuvo arreglada hasta que se turbó el sueño de los abuelos. A veces, casi siempre, Dios mira hacia otro lado, dijo uno que hasta entonces había permanecido callado en un ángulo de la barra, sumido en su ginebra, o nos olvidamos que hace unos años, no tantos, saltó el escándalo de los abusaditos en el chetísimo cole Nuestra Señora del Mar. Volviendo al quilombo, lo que menos importa, opinó otro más, es lo que será de esos pibes. A quién le importan los únicos privilegiados, eh.

23

El día no ayuda mucho. Sigue la llovizna. Dos parejas de musulmanes, con sus críos, en la ruta, hacen dedo hacia acá. Este pueblo es un destino.

24

Cuánto medía, se preguntó sin darse cuenta de que su altura, como el largo y el peso podían ser inmensurables tal como la ballena pudo haber sido en un sueño. Pero ahora real. Una vez más, se dijo. También antes había escrito esta escena, la que ahora escribe, se dijo. La repetición lo perseguía. Pero, se preguntó, era acaso una repetición la ballena gigante que había aparecido varada una mañana en la playa. Se había despertado, nos despertamos escribiría, y la ballena estaba allí, blanca según algunos, un blanco más imaginario que real que le adjudicaban los que habían visto la película, mayoría con respecto a quienes pudieron haber leído la novela, y según otros, ese blanco era gris, tan gris como eran sus sueños de grandeza, que por lo general tenían las dimensiones de la ampliación de un negocio, del terreno donde construirían una casa más grande, del ensanche de la avenida principal que había decretado el intendente o, más personal, del tamaño de las tetas siliconadas o la pija endurecida por una gragea. Cada uno le asignaba a la ballena la magnitud de su deseo y, después, cuando estaban ante ella, se les venía el alma al piso, a la arena, mejor dicho: no era para tanto, un cetáceo común y corriente, decían unos y otros como si estuvieran acostumbrados a navegar el Atlántico sur, además quién garantiza que es ballena y no cachalote. Acudíamos a ver el monstruo, soberbio, como se dijo, escribe G., como la inmensidad de nuestros sueños, auténtica aparición, por qué no una señal del cielo, y entonces, si era un enviado, si no provenía del océano sino del más allá de las nubes, si era un mensaje, quién podía descifrarlo, nos preguntábamos mientras los guardavidas, los surfistas y los bomberos se esforzaban en desencallar el animal sin lograrlo. No se movía. Hay que ver si no tiene alguna afección, aventuró uno. Hay que ser cautelosos al desplazarla. Por qué desplazarla y no desplazarlo. Quién podía definir su sexo, su edad, haciéndose todas y todos los expertos como si vivir en la orilla fuera lo mismo que vivir en el mar y dispusieran de un saber que les permitiera aseverar qué clase de ser era ese que nos miraba con esos ojos raros, por momentos cerrados, que al abrirse parecían escudriñarnos, radiografiar lo sórdido y tenebroso de cada uno, lo que causaba una impresión horrible y despertaba el deseo de retornar ese ser a esa vida en lo más profundo del abismo al que pertenecía. A la vez, más que respeto, infundía miedo. Y daban entonces ganas de destruir ese ser así como destruíamos, día a día, noche tras noche, lo que podía haber de pureza en nuestras existencias corrompidas por la ambición, la traición de nuestros ideales de nobleza y bondad, la simulación de una moral de la que carecíamos, la envidia de la camioneta del vecino, la mujer del amigo, destruir, sentíamos, destruir ese ser que nos espejaba con su monstruosidad. Y aquí estábamos murmurando, por esta mierda tanto escombro hasta que un pibe agarró una piedra y se la zampó en el lomo. A quién carajo le importaba, a esta altura, cómo había venido a dar a la playa. Los rescatistas se habían agotado y retirado. Además estaba la tormenta, se venía el aguacero y tal vez granizo como se había pronosticado. Las piedras golpeaban el lomo del ser. Heridas, escoriaciones, la piel abierta, la carne roja, púrpura, oscura. Se estaba muriendo despacio. Cada tanto movía la cabeza. Los perros de la playa se le arrimaban, pero si insinuaba moverse, los espantaba tanto como a nosotros, los humanos que nos reíamos de nuestro susto inesperado. El piberío no paraba con el apedreo. A diferencia de la perrada, no ladrábamos. Hasta que uno tuvo la iniciativa de un gruñido y después ladró, ladró y ladró. También nosotros, todos, ladramos. Primero graciosos, divertidos. Después con rabia, despidiendo espuma por la boca. Finalmente se desató una sudestada furiosa y nos arrió hacia arriba, hacia las casas. Debe haber sido la misma tormenta la que se llevó mar adentro a ese ser que nunca debió venir a decirnos lo que ni en ese momento ni nunca estaríamos en condiciones de captar.

25

Los que allí estábamos el atardecer de aquel sábado, se acuerda G., en esa prefabricada del barrio La Virgencita, en la salita de espera, pendientes de una puerta bloqueada por una cortina roja, el consultorio de la Nenita Milagrosa. Un albañil operado con un brazo enyesado, una vieja india desdentada con un ojo vendado, dos chicas, la mayor, según contó la menor, abandonada por su novio el mismo día del civil, y también un gaucho con unas muletas, accidentado en una doma, una mujer de edad incierta, cada tanto sacudida por un temblor. Entre nosotros, se acuerda G., figuraban también dos hermanos cincuentones rubios, lo dos mecánicos. Uno tenía una quemadura horrible en la cara. Y todos los que allí estábamos, incluyéndome, escribiría G., que no había llegado a esa casa en el corazón del barrio más pobre de la Villa solo por interés literario, sino también arrastrado por ese estado de inestabilidad que ignoraba cuánto más podría aguantar, la alternancia entre hundimiento y exaltación, estábamos allí, alrededor de una estufa a kerosene, callados o murmurando nuestros sufrimientos, allí estábamos, pensó G., habíamos venido no tanto por una fe sino por una necesidad de creer. La situación le recordó cuando su madre, en una de sus rachas de depresión, la enagua negra, acostada el día entero, por recomendación de una vecina, decidió abandonar la cama en semipenumbra y fue a ver a la Doña, una curandera que atendía en un caserón descascarado en Flores, la entrada lúgubre en una ochava. A una cuadra estaba el ferrocarril. El pequeño G. tendría unos ocho. Se acuerda del silencio y la penumbra, el susurro entrecortado de hombres y mujeres y chicos que esperaban contándose las desgracias. A recibirlos había salido la hija de la Doña, una muchacha poseída, desgreñada, desnuda bajo un camisón de gasa azul transparente, que corría cantando arias de ópera de una punta a la otra del caserón. G. se acordaba del vello pubiano de esa mujer. El caserón le pareció compuesto por una sucesión interminable de cuartos y salas y la voz de la muchacha iba y venía, se acercaba y se alejaba. Su madre le contó después que la muchacha padecía un desorden, un extravío. Qué quería decir desorden, qué extravío. El pequeño G., calculaba ahora, debió quedarse elucubrando qué tan valioso había perdido la muchacha para que se le desacomodaran el equilibrio y la compostura y corriera de una punta a otra del caserón, de un cuarto a una sala y de una sala a un corredor emitiendo unos gritos mientras su madre, la Doña, atendía a quienes habían acudido por un daño, un empacho, una culebrilla. De esa vez que su madre lo llevó a ver a la Doña se acordaba este anochecer helado esperando su turno para consultar a la Nenita Milagrosa. Mañana va a caer una helada, dijo uno de los holandeses, el de la quemadura. Posta, convino el otro. De aquella vez se acordaba ahora G. Pasaron las horas, lentas pero no aburridas. Había un suspenso en la atmósfera que lo mantenía en alerta. Y cuando fue su turno, la madre lo llevó de la mano. La tenía helada, húmeda. La Doña era una mujer imponente, oscura y perfumada. Qué te anda pasando, hijita. La madre no supo qué contestar, se echó a llorar y volvió sus ojos celestes, empapados, hacia él: Es por el nene, dijo. Tengo miedo de que le pase algo. La Doña, se acordaba ahora G., había calmado a su madre haciéndole beber unos sorbos de un té de yuyos. Después se inclinó sobre el pibe, lo persignó, le agarró la cabeza con unas manos cremosas, perfumadas y calientes y murmuró una oración en un idioma misterioso. Le dio un beso en la frente y le dijo, como un mandato: Ya estás limpito, andá. Tanto había andado G. desde entonces que, se daba cuenta, un cansancio repentino similar a la tristeza lo podía ahora. Y acá estaba, en el rancho de la Nenita Milagrosa. Tuvo la sensación de que el lapso entre aquel caserón de Flores y esta casa en La Virgencita había sido un instante. Los pacientes se contaban sus dramas en voz muy baja. Definitivamente, se trataba de pacientes en la medida en que confiaban en una cura aunque su éxito, pensó, se debía a la confianza en el poder de la criatura. El ambiente olía a cuerpos, a perros y a una emanación dulzona que provenía de los sahumerios prendidos en el consultorio tras la cortina roja. Esta atmósfera le subió el asco. Su progresismo no daba para tanto. El olor a pata del pobrerío era mucho. Salió a fumar. El domador de las muletas lo siguió. La Nenita se toma su tiempo, le dijo. G. asintió. Nunca vino, le preguntó el otro. No, le contestó G. Y cuando por fin fue su turno, al encontrarse ante la Nenita vio que era todavía más chica de lo que había imaginado, una criatura albina que podía ser tanto una niña como una joven de edad imprecisa, esa faz idílica que tienen ciertos íconos religiosos, como el Niño Jesús de Praga, cuya réplica G. había visto en la iglesia Santa Catalina de Siena, en Retiro. Se acordó de un atardecer, después de una meningoencefalitis, todavía en recuperación, tembloroso, vacilante, cuando entró tímido en la iglesia. La pila apenas tenía agua bendita, casi seca en el instante en que introdujo apenas los dedos, apenas, sin hundirlos, rozando la superficie líquida mientras se preguntaba cuántos dedos antes que los suyos, índices, anulares, de la mano izquierda, de la mano derecha, a veces un dedo solo, cuál, cuántos dedos se habían mojado ahí, en esa agua quieta, se preguntó cuántos pobres, enfermos, dedos curtidos, dedos trabajadores, dedos mochos, dedos sucios, dedos roñosos, dedos negros con uñas mochas, uñas comidas, uñas pintadas, cutículas despellejadas y también dedos quemados, dedos ampollados, que, al mojarse las yemas en esa agua bendita y persignarse expresaban la unción característica de los que creían porque ya no tenían nada que perder excepto una apuesta de fe última basada en la suerte como una quiniela, los pesos y monedas contadas, el resto que les queda a los desesperados, la esperanza en un cielo inalcanzable. La pila de mármol del agua bendita tenía el tamaño de una palangana. Ahí debían pulular gérmenes, bacterias, y era casi posta que al persignarse los desgraciados le contagiaran alguna porquería, pensó. No podía sentir este asco hacia los pobres y enfermos, no era de buen cristiano, tenía que vencer la repulsión, tenía que superar los miedos aunque pudieran ser razonables, eso pensó al apartarse de la pila, se persignó, se inclinó, agachó la cabeza y con los labios apretados sugiriendo contrición avanzó por la nave desierta. Se concentró en qué pedir. No sabía muy bien cómo formular su deseo. Acá se viene a rogar, a rogar y no a pedir. También se viene a rogar el perdón por nuestras faltas. Se corrigió: faltas, no. Pecados, a rogar el perdón por nuestros pecados, se dijo. Pero el *nuestros* no lo incluía, sus pecados no eran como los del prójimo. La cautela con que humedeció los dedos en la pila confirmaba que sus pecados eran todos uno, su vanidad, quién carajo se creía por encima de los otros con el berretín de la escritura, que para él era sagrada, pensó arrodillado contemplando el Cristo en el altar. Pensó en el calvario, pensó que no debía haber otro sufrimiento tan extraordinario, pensó en el sufrimiento de quien vino a este mundo a sufrir por los seres comunes, y pensó también padre por qué me has abandonado, pensó arrebatado por una emoción que ahora sentía auténtica, una congoja en la garganta, se friccionó los lagrimales, y en ese preciso segundo pensó otra vez en los dedos de tantos seres innominados, dedos apestados cuyo mal entró en contacto con sus pupilas. Cuánto tardaría en manifestarse en sus ojos alguna infección, cuánto en perder la visión, quedar ciego. En esto pensaba al apurarse a salir de la iglesia y entrar en la noche huyendo hacia ninguna parte. Contame qué te hace sufrir, le preguntaba ahora la Nenita. G. no supo qué contestar. Contame qué hacés. Así como a veces se hacía pasar por médico o abogado, ahora debía inventarse una profesión y también un mal que lo aquejaba. Le daba vergüenza su oficio. Debía inventarse uno. Relojero, pensó. Un relojero que venía perdiendo la visión y, al notar que la perdía, perdía también la noción del tiempo. Sin embargo, no pudo mentir: Me llamo G., soy escritor, estoy acabado, ni una línea, hablaba atropellado, y era y no era él quien decía: Perdí la voz. La criatura lo escrutaba silenciosa. Empezaron a bajarle unas lágrimas como de cera. G. se calló, avergonzado. No perdiste la voz, le dijo la Nenita. Al que perdiste fue a Dios. Cuánto hace que no vas a la iglesia. Tengo que confesarme, le preguntó G. Dónde habían quedado sus años de análisis. Ahora su confusión era total: Me olvidé cómo se rezaba, dijo, aunque suponiendo que debiera rezar, estaba internet. Vos andá y pensá, le dijo ella. Y en qué voy a pensar. En Dios pensá. Y si no puedo, preguntó. Si vos no pensás en él, él va a pensar en vos, no te aflijas. La consulta, lo supo, había terminado. No supo cómo encarar el pago. Cuánto te debo, la tanteó. No con plata, dijo ella. La Nenita se limpió las lágrimas: Tenés que escribir lo que te pasó, pero bien, escribirlo bien. G. no se animaba a mirarla a los ojos, tal el poder que le transmitía la otra. Levantó la vista con timidez: Lo que escriba, le preguntó, te lo tengo que traer. Y la Nenita: No hace falta. Te va a estar mirando.

26

Más tarde encontró los apuntes de aquel sábado. Después de la consulta a la Nenita Milagrosa, Bobby lo esperaba esa noche en la puerta. Caminaron como siempre, G. delante, Bobby siempre detrás, a unos pasos. Había estado siguiéndolo esos días. G. siempre delante, Bobby siempre detrás, a unos pasos. El piberío surgió despacio entre las sombras de la noche. Lo rodeaban despacio a Bobby, chuceándolo. G. se frenó, quiso pararlos. Bobby les sonreía manso. Hasta que le estuvieron encima. G. intervino. Pero varios lo agarraron. Los pigmeos eran muchos. Se deshacía de uno y lo reemplazaban otros, demasiados. Golpeaban, mordían. Sintió un impacto en la nuca, se desplomó aturdido. Hubo otro golpe, ahora en la frente, y otro más, el gusto de la sangre. Una pistola en la cara lo paralizó: Soltá el billete, soltá. A Bobby lo tenían tumbado, el culo al aire. Uno amagaba meterle un palo en el ojete. Y los demás se reían. Las risas se confundían con los chillidos de Bobby. Cuánto había durado todo, se preguntaba. Menos de lo que tardaba ahora en recomponer la escena. Quería ser preciso. Quería describir. Pero el rigor descriptivo exigía una poetización, es decir, otra vez mala fe. Bobby había quedado tirado entre unos matorrales. G. se incorporó, volvió a caer, se arrastró, gateó hacia él. Pero Bobby, levantándose, subiéndose el jean, moqueando, lo espantó con un gesto. Trastabilló. No podía caminar. G. lo levantó en sus brazos. Bobby pesaba más de lo que había pensado. Tropezó. Bobby y él, tirados en la arena. Bobby gemía, lloraba. G. levantó los ojos al cielo, las estrellas mudas. Cómo escribir después.

Agradecimientos

A Ricardo Arkader, Juan Boido, Rodrigo Fresán, Eduardo Grüner, Enrique Guastavino, Tomás James, Oscar Finkelberg, María Inés Krimer, Adriana Lestido, Martín Mazzei, Paula Pérez Alonso, Florencia Portilla, José Roza, Fernando Sánchez Sorondo, Juan Sasturain, Ana María Shua y Ángela Pradelli.

En memoria
Carlos Cottet, Orlando Balbo, José Pablo Feinmann, Juan Forn, Noé Jitrik y Carlos Trillo.

Índice